Johan Theorin

Inselgrab

Kriminalroman

Aus dem Schwedischen von
Kerstin Schöps und Susanne Dahmann

Piper München Zürich

Mehr über unsere Autoren und Bücher:
www.piper.de

Die Originalausgabe erschien 2013 unter dem Titel »Rörgast«
bei Wahlström & Widstrand, Stockholm.

Von Johan Theorin liegt im Piper Verlag außerdem vor:
Öland
Nebelsturm
Blutstein
So bitterkalt

MIX
Papier aus verantwortungsvollen Quellen
FSC® C014496
FSC
www.fsc.org

ISBN 978-3-492-05470-6

Published by arrangement with Bonnier Group Agency,
Stockholm, Schweden.
Gesetzt aus der Swift
Satz: Kösel Media GmbH, Krugzell
Druck und Bindung: GGP Media GmbH, Pößneck
Printed in Germany

Aus der Dunkelheit glitt das Geisterschiff über das schwarze Wasser des Sundes und wich nichts und niemandem aus.

Der Junge im Schlauchboot würde nicht ungeschoren davonkommen. Sein kleines Boot drohte bei der Kollision zu kentern, aber es gelang ihm in letzter Sekunde, sich an der stählernen Schiffswand festzuhalten und sein Boot zu vertäuen.

Der Schiffskörper erhob sich über ihm. Er war ölverschmiert und rostig, als würde das Schiff seit Jahrzehnten übers Meer fahren. An Deck war keine Menschenseele zu sehen, aber tief im Inneren des Schiffsrumpfes dröhnte ein Motor wie ein großes schlagendes Herz.

Das Schlauchboot hatte ein Leck, und Wasser drang ein, der Junge hatte keine Wahl. Er reckte sich und kletterte über die Reling an Bord.

Leise bewegte er sich über das dunkle Deck, es stank entsetzlich nach altem Fisch.

Vorsichtig schlich er vorwärts, vorbei an einer verschlossenen Luke.

Nur fünf oder sechs Meter weiter sah er den ersten Toten. Ein Matrose in einem fleckigen Overall, er lag auf dem Rücken und starrte in den Nachthimmel.

Hinter ihm tauchten weitere Matrosen schwankend aus der Dunkelheit auf. Sterbend oder schon tot. Lebende Tote. Sie streckten ihm ihre Arme entgegen und flüsterten mit schwacher Stimme in einer fremden Sprache.

Der Junge schrie und versuchte zu fliehen.

So begann der letzte Sommer des 20. Jahrhunderts in dem kleinen Ort Stenvik.

So begann die Geschichte von dem Geist, der die Stadt heimsuchte.

Aber eigentlich begann alles vor siebzig Jahren, auf einem kleinen Friedhof im Inneren der Insel. Mit einem anderen jungen Mann, Gerlof Davidsson, der laute Klopfgeräusche aus einem Sarg hörte.

SOMMER 1930

Gerlof Davidsson verließ die schwedische Volksschule im Alter von vierzehn Jahren und heuerte zwei Jahre später als Matrose an Bord eines Schiffes an. In der Zwischenzeit übernahm er Hilfsarbeiten überall auf Öland, wenn er nicht zu Hause auf dem Hof aushalf. Einige der Tätigkeiten waren gut, andere schlimmer. Nur eine nahm ein richtig schlechtes Ende: die Anstellung als Aushilfstotengräber auf dem Friedhof von Marnäs.

Solange er lebte, würde sich Gerlof an seinen letzten Arbeitstag dort erinnern, als der Großbauer Edvard Kloss zweimal begraben werden musste. Auch später, als alter Mann, hatte Gerlof keine Erklärung für die Geschehnisse auf dem Friedhof.

Er hatte immer gerne Spukgeschichten gehört, aber nie an sie geglaubt. Er glaubte auch nicht an die Rache aus dem Jenseits. Außerdem hatte Gerlof Worte wie *Gespenster* oder *Geist* immer mit Dunkelheit und Unglück in Verbindung gebracht.

Und nicht mit Sommer und Sonne.

Es war an einem sonnigen Sonntag Mitte Juni, Gerlof hatte das große Fahrrad seines Vaters ausgeliehen und war damit zum Friedhof geradelt. Endlich war er groß genug dafür, im letzten Jahr war er ordentlich gewachsen und hatte seinen hochgewachsenen Vater beinahe eingeholt.

Gerlof senkte den Kopf und trat in die Pedale. Er ließ die kleine Ortschaft am Meer hinter sich und fuhr nach Osten, ins Inselinnere. Entlang des Weges wuchsen Blauer Heinrich und kleine leuchtende Sternblumen. Dahinter erstreckten sich Wacholder- und Haselnussbüsche, und weiter hinten am Horizont waren die Flügel einiger Windmühlen zu sehen. Auf den Wiesen grasten Kühe und blökende Schafe. Zweimal musste er vom Fahrrad springen und die Gatter von Zäunen, die das Vieh zurückhalten sollten, öffnen und wieder schließen.

Es war eine offene und weite Landschaft, fast ohne Baumbestand, und wenn die Schwalben an seinem Fahrrad vorbeisausten und senkrecht in den Himmel stießen, dann wäre Gerlof am liebsten vom Weg abgefahren und hätte sich dem Wind und der Freiheit hingegeben. Aber dann dachte er an die Arbeit, die auf ihn wartete, und seine Ausgelassenheit verschwand.

Edvard Kloss war zweiundsechzig Jahre alt, als er letzte Woche starb, ein robuster Großbauer aus Nordöland. Kloss galt als wohlhabend, er verfügte zwar über kein großes Vermögen, besaß aber viel Land entlang der Küste, südlich von Gerlofs Heimatstadt Stenvik.

Zu früh gegangen, von allen betrauert und vermisst, hatte Gerlof in der Zeitungsannonce gelesen. Edvard Kloss war beim Bau einer Holzscheune ums Leben gekommen. Eine neu errichtete Wand war eingestürzt und hatte ihn unter sich begraben.

Aber wurde er wirklich von allen vermisst und sein Tod betrauert? Es rankten sich einige Gerüchte um den Vorfall, und der Tod von Edvard Kloss war noch nicht endgültig aufgeklärt worden. Am Unfallort hatten sich nur seine beiden jüngeren Brüder Sigfrid und Gilbert befunden, aber die gaben einander gegenseitig die Schuld. Sigfrid behauptete, dass er ein Stück entfernt bei den Holzstapeln gestanden habe, Gilbert aber in der Nähe der Scheune gewesen sei, als der Unfall geschah. Gilbert wiederum beteuerte genau das Gegenteil. Ein Nachbar hatte angegeben, dass er laute Stimmen gehört habe, allerdings fremde und nicht die der Gebrüder Kloss.

Gerlof sah keinen der Brüder, als er an diesem Morgen sein Fahrrad am Friedhof abstellte, und war sehr froh darüber. Er ahnte, dass es eine trostlose und schweigsame Beerdigung werden würde.

Es war erst halb neun, aber die Sonne brannte schon unerbittlich auf die Gräber. Die weiß gekalkte steinerne Kirche, ursprünglich als Wehrkirche mit dicken Mauern errichtet, erhob sich in den blauen Himmel. Vom Kirchturm erklang die dumpfe Totenglocke, und ihre Schläge wehten über die flache Landschaft. Sie läutete für die Toten.

Gerlof öffnete das Holztürchen und lief an den Gräbern vorbei. Zu seiner Linken stand die kleine Totenkapelle.

Daneben kauerte ein Wiedergänger, ein Kindergeist.

Gerlof blinzelte, aber das Kind saß nach wie vor neben der Leichenhalle.

Es war ein Junge, ein paar Jahre jünger als Gerlof. Er war sonderbar blass, als hätte er den Frühling eingesperrt in einem Kellerloch verbracht. Barfüßig hockte er da, den Rücken gegen die Mauer der Kapelle gelehnt. Er trug ein weißes Hemd und helle kurze Hosen. Das einzig Dunkle an ihm war eine große Schramme, die quer über seine Stirn lief.

»Davidsson! Hier drüben!«

Gerlof drehte sich um. Er sah den Totengräber Roland Bengtsson an der Friedhofsmauer stehen und winken.

Gerlof winkte zurück und ging zu ihm. Dabei warf er einen letzten Blick auf den Jungen. Doch, er saß noch immer da. Gerlof kannte ihn nicht und wunderte sich über seine auffällige Blässe, aber er war definitiv kein Gespenst.

Bengtsson wartete mit zwei Spaten in der Hand auf Gerlof. Er war ein großer, knorriger Mann mit sehnigen, braun gebrannten Armen und einem festen Händedruck.

»Guten Morgen, Davidsson«, sagte er fröhlich. »Dann wollen wir mal graben gehen.«

Gerlof sah auf das große rechteckige Grasstück an der Friedhofsmauer, das bereits ausgeschnitten worden war. Das zukünftige Grab von Edvard Kloss.

Darauf steuerte Bengtsson zu, und als sie davorstanden, fragte er mit leiser Stimme: »Will er ein kaltes Bier ... ehe wir anfangen?«

Mit einem Nicken deutete er zur Kirchenmauer, an der ein paar braune Glasflaschen lehnten und warteten. Gerlof wusste, dass Bengtssons Frau eine Guttemplerin war, und er nahm an, dass der Totengräber deshalb bei der Arbeit trank, weil er es zu Hause nicht durfte.

Die Flaschen waren kalt, das Glas beschlagen, und obwohl Gerlof die ganze Strecke schnell geradelt war und Durst hatte, schüttelte er den Kopf.

»Nein danke.«

Er mochte Bier nicht besonders und wollte beim Graben einen klaren Kopf haben.

Bengtsson nahm sich eine Flasche und sah hinüber zur Kapelle. Der blasse Junge war aufgestanden und schien dort zwischen den Gräbern auf etwas oder jemanden zu warten.

Bengtsson hob die Hand. »Aron!«, rief er.

Der Junge sah hoch.

»Komm mal her, Aron. Du kannst mithelfen! Du bekommst fünfundzwanzig Öre, wenn du uns beim Graben hilfst.«

Der Junge nickte.

»Abgemacht«, sagte Bengtsson. »Geh zum Werkzeugschuppen und hol dir einen Spaten.«

Der Junge schlurfte davon.

»Wer ist das?«, fragte Gerlof, als der Kleine außer Hörweite war. »Er ist nicht von hier, oder?«

»Aron Fredh?«, sagte Bengtsson. »Nein, er kommt aus dem Süden, aus Rödtorp ... Aber er ist so etwas wie ein Verwandter.« Bengtsson stellte seine leere Bierflasche hinter einen Grabstein und sah Gerlof mit müdem Blick an. »Er ist ein Verwandter *incognitus*, wenn Davidsson versteht, was ich meine.«

Gerlof verstand nicht, was er meinte. Weder hatte er jemals von Rödtorp gehört, noch beherrschte er eine Fremdsprache, trotzdem nickte er. Bengtsson selbst hatte nur eine kleine Tochter, das wusste er, war der Junge dann ein Neffe von ihm?

Der blasse Junge kam aus dem Werkzeugschuppen mit einem Spaten in der Hand. Er sagte kein Wort, stellte sich neben sie und begann zu graben. Der Boden war frei von Steinen und sommertrocken.

Gerlof stieß mit seinem Spaten als Erster auf Leichenreste. Es war ein dunkelbrauner menschlicher Knochen, vielleicht ein Oberschenkel. Nach einem Monat als Assistent des Totengräbers hatte er sich an diese Art von Fundstücken gewöhnt. Er nahm den Knochen, legte ihn vorsichtig ins Gras und bedeckte ihn mit einer Schaufel Erde. Dann setzte er seine Arbeit fort. Eine Stunde lang gruben sie sich immer tiefer in die Erde.

Es wurde merklich kühler, die Sonne verschwand. Während Gerlof schaufelte, fiel ihm eine alte Geschichte ein:

Ein Vertreter klingelte an der Tür eines öländischen Hofes. Ein kleiner Junge öffnete.

»Ist dein Vater zu Hause, mein Junge?«

»Nein, mein Herr.«

»Ist er weit weg?«

»Nein, mein Herr. Er ist auf dem Friedhof.«

»Was um alles in der Welt tut er dort?«

»Nichts, glaube ich. Er ist tot …«

Es war gegen elf Uhr, als Gerlof plötzlich ein Wiehern hörte. Er sah auf und erblickte zwei weiße Pferde, die durch das Friedhofstor trabten, umringt von Fliegenschwärmen. Das Gespann zog einen schwarz lackierten Wagen mit einem Holzkreuz auf dem Dach – einen Leichenwagen. Neben dem Kutscher saß der Pfarrer – Erling Samuelsson. Er hatte die Bestattung auf dem Hof des Toten vorbereitet.

Das Loch war jetzt tief genug, und Bengtsson half den beiden Jungen aus dem Grab. Sie klopften sich die Erde von den Kleidern und gingen zum Leichenwagen. Der stand jetzt neben der Kapelle. Der braune, frisch polierte und aufwendig gestaltete Sarg mit Edvard Kloss darin war auf den Rasen gehoben worden. Die meisten Verwandten, die dem Leichenzug bis zur Kirche gefolgt waren, zerstreuten sich und gingen nach Hause. An der Beerdigung selbst nahmen sie nicht mehr teil.

Gerlof sah, dass die beiden Brüder des Toten neben dem Sarg stehen blieben. Sigfrid und Gilbert sprachen an diesem Tag kein einziges Wort miteinander, stumm und reglos standen sie in ihren schwarzen Anzügen da. Eine dunkle Wolke schien über ihren Köpfen zu schweben.

Aber sie waren gezwungen zusammenzuarbeiten. Denn die Brüder sollten den Sarg – mithilfe von Bengtsson und Gerlof – zum Grab tragen.

»Auf drei«, sagte Bengtsson.

Edvard Kloss hatte gutes Essen und die Freuden des Lebens genossen, die Unterkante des Sarges schnitt scharf in Gerlofs Schulter. Mit kleinen Schritten setzten sie sich in Bewegung, Gerlof spürte, wie der schwere Körper des Toten hin und her rollte. Er wiegte sich von einer Seite auf die andere – oder war das nur Einbildung?

Sie wandten sich von der Kapelle ab und gingen langsam auf das ausgehobene Grab zu. Gerlof sah aus dem Augenwinkel, dass Aron sich hinter einen hohen Grabstein an der Friedhofsmauer gestellt hatte, als würde er sich verstecken.

Aber er war nicht allein. Hinter ihm, auf der anderen Seite der Friedhofsmauer, stand ein Mann um die dreißig und unterhielt sich leise mit Aron. Der Mann trug die einfache Kleidung eines Knechts und wirkte rastlos. Als er einen Schritt zur Seite machte, bemerkte Gerlof, dass er humpelte.

»Davidsson!«, rief Bengtsson. »Pass auf, jetzt!«

Er hatte zwei Holzbalken neben das Grab gelegt. Der Sarg sollte zuerst dort abgestellt werden, bevor er auf ihnen erneut hochgehoben werden und ganz langsam hinunter in das Loch rutschen sollte.

Als der Sarg im Grab stand, nahm der Pfarrer eine Handvoll Erde von dem Haufen, den die Totengräber geschaufelt hatten, und warf sie hinunter auf den Sargdeckel, während er den Toten segnete.

Von Erde bist du genommen, zu Erde sollst du werden. Unser Herr Jesus Christus möge dich auferwecken am Jüngsten Tag …

Der Pfarrer warf drei Hände Erde ins Grab und geleitete damit den Toten zu seiner letzten Ruhestätte. Dann griffen Bengtsson und Gerlof wieder zu ihren Spaten.

Während Gerlof das Grab mit Erde füllte, schielte er aus den Augenwinkeln zu den Brüdern Kloss hinüber. Der ältere, Gilbert, stand reglos da und hatte die Hände auf dem Rücken verschränkt. Der jüngere, Sigfrid, lief unruhig an der Mauer auf und ab.

Eine Kelle Erde nach der anderen landete auf dem Sarg. Am Ende würden sie ihre Spaten über Kreuz auf das Grab legen. So verlangte es der Brauch.

Nach der dreißigsten Schaufel machten sie eine kurze Pause. Sie streckten sich und verschnauften. Gerlof legte den Kopf in den Nacken und sah hinauf in den Himmel.

Da hörte er einen Laut in der Stille. Ein schwaches Geräusch nur.

Er lauschte.

Es war ein Klopfen. Dann herrschte wieder Stille, und dann folgten noch drei leise Klopfgeräusche.

Sie schienen aus dem Boden zu kommen.

Gerlof blinzelte und schaute hinunter in das Grab.

Er sah zu Bengtsson. Dessen Blick verriet, dass auch er das Klopfen gehört hatte. Die Brüder Kloss, die etwas abseits standen, waren beide kalkweiß im Gesicht. Auch Aron, der an der Mauer lehnte, hatte seinen Kopf gehoben.

Gerlof war nicht verrückt geworden – alle hatten die Geräusche gehört.

Niemand bewegte sich. Jetzt war nichts mehr zu hören, aber alle schienen den Atem anzuhalten.

Vorsichtig trat Gilbert Kloss an die Kante des Grabes, sein Mund stand offen. Er starrte hinunter auf den Sarg und sagte leise: »Wir müssen ihn wieder hochholen.«

Der Pfarrer strich sich nervös über die Stirn. »Das geht nicht.«

»Doch«, sagte Gilbert.

»Aber ich habe ihn schon gesegnet!«

Kloss schwieg, aber sein Blick duldete keinen Widerspruch. Dann ertönte eine andere Stimme, hinter ihnen. »Holt ihn hoch!«, befahl Sigfrid mit Nachdruck.

Der Pfarrer seufzte und sah zu Bengtsson. »Also gut, dann holen wir ihn wieder hoch … Ich rufe Doktor Blom.«

Daniel Blom war einer der beiden Gemeindeärzte.

Bengtsson stützte sich auf seinen Spaten, seufzte und sah Gerlof an. »Steigst du mit Aron runter, Gerlof?«

Gerlof sah in das dunkle Grab. Ob er dort hinunterwollte? Nein, ganz bestimmt nicht. Aber die Vorstellung, dass Edvard Kloss aufgewacht war und drohte, in seinem Sarg zu ersticken? Sie mussten sich beeilen.

Er kletterte ins Grab und stellte sich vorsichtig auf den mit Erde bedeckten Sargdeckel. Er musste an die Geschichte von Jesus und Lazarus denken, die er im Konfirmationsunterricht gelesen hatte.

Und der Verstorbene kam heraus, gebunden mit Grabtüchern an Füßen und Händen und sein Angesicht verhüllt mit dem Schweißtuch. Jesus spricht zu ihnen: Machet ihn los , und lasset ihn gehen!

Angestrengt lauschte Gerlof, ob sich das Klopfen wiederholte, aber er konnte nichts vernehmen. Es war nicht angenehm, dort unten zu stehen. Die Luft war eiskalt. Irgendwann würde er ebenfalls in der dunklen Erde liegen, wenn Jesus ihn nicht auch wieder zum Leben erwecken würde.

Plötzlich hörte er ein Kratzen hinter seinem Rücken und drehte sich erschreckt um. Aber es war nur der Junge, der ihm helfen sollte. Aron Fredh aus Rödtorp. Gerlof nickte ihm zu.

»Dann lass uns graben«, sagte er leise.

Aron starrte auf den Sarg und flüsterte etwas. Es war nur ein einziges Wort.

»Was? Was hast du gesagt?«

»Amerika«, wiederholte der Junge. »Ich fahre nach Amerika.«

»Wirklich?« Gerlof sah ihn skeptisch an. »Wie alt bist du denn, Aron?«

»Zwölf.«

»Dann bist du doch viel zu jung.«

»Sven nimmt mich mit. Ich werde Sheriff.«

»Echt?«

»Ich kann gut schießen«, sagte Aron.

Gerlof stellte keine weiteren Fragen. Einen Sven kannte er nicht, aber von Amerika hatte er schon gehört. Das Gelobte Land. Die Zeiten hatten sich zwar geändert: der Schwarze Freitag, die Weltwirtschaftskrise und die hohe Arbeitslosigkeit. Aber die Verlockung war ungebrochen.

Während Gerlof mit den Füßen auf Kloss' Sarg stand und schaufelte, beschloss er, die Arbeit als Totengräber aufzugeben. Er würde Stenvik und seinen strengen Vater hinter sich lassen und seiner Wege gehen. Nicht nach Amerika, aber zur See. Er würde nach Borgholm fahren und dort auf einem der Holzfrachter anheuern, die zwischen der Insel und dem Festland hin- und herfuhren.

Er wollte einen freien Beruf ausüben. Ein Seemann im Sonnenschein sein.

»Kommt ihr voran?«, rief eine Stimme vom Rand des Grabes.

Das war Bengtsson. Gerlof sah hoch.

»Ja.«

Zusammen mit Aron, dem zukünftigen Sheriff, entfernten sie die Erde vom Sargdeckel.

»Fertig!«

Bengtsson warf ihnen die Seile hinunter. Gerlof zog sie um die Schmalseiten des Sarges und kletterte so schnell es ging nach oben.

Edvard Kloss wurde in seinem Sarg hinaufgezogen und in die kühle Sakristei der Kirche getragen.

»Stellt ihn ab«, sagte der Pfarrer leise.

Mit einem kratzenden Geräusch ließen sie den Sarg auf den Kirchboden gleiten.

Dann herrschte Totenstille. Edvard Kloss war tot.

Und dennoch hatte er gegen den Sargdeckel geklopft.

Zwanzig Minuten später betrat der Gemeindearzt Blom die Kirche, die schwarze Arzttasche in der Hand. Sein Hemd war durchgeschwitzt, sein Gesicht ganz rot von der Hitze, und er verlangte dringend nach einer Erklärung. Laut hallte seine Frage durch das Kirchenschiff: »Was geht hier vor sich?«

Die Männer, die stumm in der Kirche gewartet hatten, sahen einander an.

»Da waren Geräusche«, erklärte der Pfarrer schließlich.

»Geräusche?«

»Ja, Geräusche.« Der Pfarrer deutete mit einem Kopfnicken auf den Sarg. »Klopfgeräusche von dort … als wir das Grab auffüllen wollten.«

Der Arzt musterte den Sargdeckel, der von Erde verschmutzt und von den Spaten zerkratzt war. »Aha. Dann werde ich mir das wohl mal ansehen müssen.«

Die Brüder Kloss standen wie erstarrt zwischen den Kirchenbänken, als Bengtsson die Sargnägel lockerte und den Deckel hochhob.

Lazarus hatte vier Tage in seinem Grab gelegen, erinnerte sich Gerlof. *Herr, er stinkt schon*, hatte seine Schwester Martha zu Jesus gesagt, als sie am Grab ihres Bruders standen.

Der Sargdeckel wurde entfernt. Gerlof trat nicht näher heran, konnte aber auch aus der Entfernung den Leichnam von Edvard Kloss sehen, der für seine letzte Ruhe gewaschen und zurechtgemacht worden war. Seine Arme lagen über Kreuz auf seinem mächtigen Bauch, die Augen waren geschlossen, und sein Gesicht von schwarzen Schrammen gezeichnet, die wahrscheinlich von der Stallwand stammten, die ihn erschlagen hatte. Er trug einen schwarzen Anzug aus dickem Stoff.

Wenn man den Toten so gut anzieht, wie man über ihn spricht, dann lächelt er. Das hatte Gerlofs Großmutter immer gesagt.

Aber der Mund von Edvard Kloss war nur ein schmaler Strich. Seine Lippen waren trocken und hart.

Doktor Blom öffnete seine Arzttasche und beugte sich über die Leiche. Gerlof wandte sich ab, hörte aber den Arzt vor sich hinmurmeln. Sein Stethoskop klirrte gegen den Steinfußboden.

»Kein Puls«, stellte der Doktor fest.

Schweigen.

Dann war Gilbert Kloss' angestrengte Stimme zu hören: »Öffnen Sie eine Ader. Dann können wir sicher sein.«

Da hatte Gerlof genug. Leise trat er aus der Kirche in die Sonne und stellte sich in den Schatten des Kirchturmes.

»Ein Bier, Davidsson?«, fragte ihn Bengtsson. Er hatte zwei Bierflaschen in der Hand.

Dieses Mal nickte Gerlof und nahm dankbar eine davon. Sie war noch immer kalt, er hob sie an den Mund und nahm ein paar große Schlucke. Der Alkohol stieg ihm sofort in den Kopf und entspannte ihn und seine Gedanken. Er sah Bengtsson an.

»Ist das schon mal passiert?«, fragte er leise.

»Was denn?«

»Dass ihr Geräusche gehört habt?«

Der Totengräber schüttelte den Kopf. »Zumindest nicht, seit ich dabei bin.« Er lächelte verkrampft, trank aus seiner Flasche und deutete mit einem Nicken auf die Kirchentür. »Aber Kloss ist ja auch was Besonderes ... Ich hatte immer meine Schwierigkeiten mit den Brüdern. Ein Kloss nimmt sich, was er will. Immer und überall.«

»Aber Edvard Kloss ...«, fing Gerlof an und suchte nach den richtigen Worten. »Er kann doch nicht ...«

»Beruhige dich«, sagte Bengtsson, »das hier hat nichts mit dir zu tun, Davidsson.« Er nahm erneut einen Schluck und fuhr fort: »Früher haben sie den Toten die Hände gefesselt. Dem Leichnam, meine ich, damit sie sich nicht im Sarg bewegen können. Wusste Davidsson das?«

Gerlof schüttelte den Kopf und schwieg.

Nur wenige Minuten später öffnete sich die Kirchentür, und Gerlof und Bengtsson versteckten schnell ihre Bierflaschen. Doktor Blom sah sich um, entdeckte sie und winkte sie zu sich heran.

»Wir sind so weit.«

»Und, ist er ...?«

»Er ist natürlich tot«, entgegnete Blom kurz angebunden. »Kein einziges Lebenszeichen … Ihr müsst ihn wieder eingraben.«

Und so wurde die Bestattung wiederholt. Erneut wurde der Sarg zum Grab getragen, die Seile wurden daran befestigt, und er wurde in das Erdloch gesenkt. Und dann begannen die Schaufeln ein zweites Mal, das Grab mit Erde zu füllen. Das übernahmen Bengtsson und Gerlof, beide mit zusammengebissenen Zähnen und ein wenig unsicher auf den Beinen von dem Bier. Gerlof sah sich suchend nach dem blassen Jungen um, aber Aron Fredh und der humpelnde Mann waren verschwunden.

Die anderen hatten sich alle um das Grab versammelt. Auch Doktor Blom hatte sich dazugesellt, seine Hand umklammerte fest den Griff seiner Arzttasche.

Die Erde fiel mit einem dumpfen Knall auf den Sarg.

Da hörten sie es wieder: drei kurze Klopfgeräusche aus der Erde. Leise, aber deutlich.

Gerlof erstarrte mit dem Spaten in der Hand, sein Herz raste. Schlagartig war er wieder nüchtern, aber auch seine Angst war wieder da. Er schaute zu Bengtsson auf der anderen Seite des Erdhaufens. Auch der Totengräber war in seiner Bewegung eingefroren.

Sigfrid Kloss stand am weitesten vom Grab entfernt, er wirkte angespannt – aber sein Bruder Gilbert schien wie versteinert. Er starrte wie hypnotisiert auf den Sarg.

Das Klopfen hatte sogar Doktor Blom erstarren lassen. Jetzt musste auch er überzeugt sein, da war sich Gerlof sicher. Aber Blom schüttelte den Kopf.

»Macht das Grab zu«, sagte er leise.

Der Pfarrer schwieg einen Augenblick, bevor er nickte. »Wir können nichts mehr für ihn tun.«

Die Totengräber gehorchten. Gerlof fröstelte, trotz der brennenden Sonne, aber er setzte seine Arbeit fort. Sein Spaten schien schwerer zu sein als zuvor.

Die Erde fiel polternd auf den Sarg. Eine Weile war nur dieses rhythmische, dumpfe Geräusch zu hören. Etwa zwanzig Spatenstiche später war der Sargdeckel unter einer Erdschicht verschwunden.

Im Übrigen blieb es still, es war kein weiteres Geräusch zu vernehmen.

Aber plötzlich hörte Gerlof neben sich ein Seufzen. Das kam von Gilbert Kloss, der zögernd auf das Grab zusteuerte. Sein Seufzer hatte wie ein langes, schweres Ausatmen geklungen. Er blieb am Rand des Grabes stehen und versuchte Luft zu holen, aber es entfuhr ihm nur ein dünner, pfeifender Ton.

»Gilbert?«, sagte Sigfrid.

Aber sein Bruder antwortete nicht, er stand reglos da. Mit offenem Mund.

Dann verstummte auch der pfeifende Ton, und seine Augen erstarben.

Gerlof sah, wie Gilbert Kloss zusammenbrach, und er sah, wie Bengtsson, der Doktor und der Pfarrer ihn anstarrten.

Sein Bruder Sigfrid schrie auf, Gerlof war der Einzige, der zur Hilfe eilte, aber noch einige Schritte entfernt war, als Gilberts Herz zu schlagen aufhörte.

Sein Körper stürzte der Länge nach zu Boden, rollte langsam über die Kante des Grabes und schlug wie ein schwerer Mehlsack mit einem dumpfen Knall auf dem mit Erde bedeckten Sarg auf.

FRÜHSOMMER

GERLOF

Konnte ein Boot sterben? Und wenn ja, wann galt es als tot? Gerlof betrachtete seinen alten Spitzkahn und dachte darüber nach. Eigentlich sollte sein Boot an so einem sonnigen Junitag im Wasser liegen, aber es war an Land. Mit gesprungenem Rumpf lag es auf der Seite im Gras. Das Boot hieß *Schwalbe*, der Name stand auf einer kleinen Holzplatte und war am Achterschiff angebracht. Aber das Boot glitt nicht mehr über Wasser. Eine fette grüne Fliege kroch langsam über die trockene Schiffswand.

»Was meinst du?«, fragte John Hagman, der auf der anderen Seite des Bootsrumpfes stand.

»Sie ist ein Wrack«, sagte Gerlof. »Alt und kaputt.«

»Sie ist jünger als wir!«, rief John.

»Tja«, erwiderte Gerlof. »Dann sind wir wohl auch alte Wracks.«

Gerlof war vierundachtzig Jahre alt, John würde nächstes Jahr achtzig werden. Fast drei Jahrzehnte lang waren die beiden gemeinsam zur See gefahren, als Kapitän und Steuermann. Sie hatten Kalkstein, Öl und Frachtgut über die Ostsee transportiert, nach Stockholm und zurück, durch Sturm und Flaute. Aber das war nun lange her, und der öländische Spitzkahn war das einzige Fahrzeug, das sie noch besaßen.

Das Licht war intensiv auf Öland, und an wolkenlosen Tagen wie diesen brannte die Sonne auf die Küste. Der Wind belebte die beiden Männer, er wehte landeinwärts und war frisch und kühl. Noch gab es keine Hitzewelle auf der Insel, die richtige Hitze kam in der Regel erst im Juli – und in einigen Sommern blieb sie ganz aus.

Gerlof bohrte seine Stockspitze in das trockene Holz und sah, wie es nachgab und ein paar Zentimeter einsank. Er schüttelte den Kopf.

»Ein Wrack«, wiederholte er. »Sie sinkt sofort, wenn wir sie jetzt zu Wasser lassen.«

»Sie kann repariert werden«, sagte John.

»Bist du dir sicher?«

»Ja. Die Risse können geschlossen werden. Anders kann bestimmt helfen.«

»Vielleicht hast du recht ... aber das müsst ihr beide allein machen. Ich kann nur danebensitzen und zusehen.«

Gerlof litt am Sjögren-Syndrom, einer rheumatischen Erkrankung, die sich in Schüben bemerkbar machte. Sie war unberechenbar – im Sommer ging es seinen Beine in der Wärme meistens gut, aber manchmal war er dennoch gezwungen, den Rollstuhl zu benutzen.

»Dafür gibt es Gelder!«, sagte John.

»Sicher?«

»Klar«, antwortete John. »Die Spitzkahnvereinigung von Öland unterstützt solche Projekte.«

Von der Küstenstraße hinter ihnen war ein lautes Aufheulen zu hören, und beide Männer drehten sich um. Ein polierter schwarzer Volvo-SUV mit ausländischem Kennzeichen und getönten Scheiben donnerte vorüber.

Es war Montag, eine Woche vor Mittsommer. Und das Fischerdörfchen Stenvik, das sich zu einem Ferienort gemausert hatte, erwachte langsam zum Leben.

Die Natur war natürlich schon seit Mai erwacht und hatte die Wiesen und Felder in den Farben Gold, Weiß und Lila verziert. Die Schmetterlinge waren aus ihren Kokons geschlüpft, das Gras war grün und die Kräuter dufteten. Doch trotz der frühen Sonnenwärme hatten die Sommergäste – oder »Badegäste«, wie sie genannt wurden – die Saison erst jetzt für eröffnet erklärt. Zu Mittsommer kamen sie in Horden auf die Insel geströmt, um ihre Sommerhäuser zu beziehen, die Hängematten herauszuholen und das Landleben zu genießen. So würde es bis Anfang August bleiben, bis alle wieder nach Hause aufbrachen und zurück in die Stadt fuhren.

Der Volvo sauste Richtung Norden. Gerlof zählte mehrere Insassen, kannte aber keinen von ihnen.

»Waren das diese Norweger aus Tønsberg?«, fragte er. »Die vor ein paar Jahren die Braune Villa gekauft haben?«

»Braune Villa?«, wiederholte John.

»Ja, ich weiß, die ist jetzt rot«, sagte Gerlof. »Aber sie war braun, als sie den Skogmans gehörte.«

»Skogmans?«

»Dieser Familie aus Ystad.«

John nickte und sah dem Volvo hinterher.

»Nee, die biegen nicht bei Skogmans ein ... Haben das Haus nicht Holländer gekauft?«

»Wann war das denn?«, fragte Gerlof.

»Vor zwei Jahren, glaube ich ... im Frühling 1997. Aber die sind kaum hier gewesen.«

Gerlof schüttelte verwundert den Kopf.

»Ich kann mich nicht erinnern«, murmelte er. »Hier rennen zu viele Leute herum.«

Im Winter war der Ort wie ausgestorben, aber so kurz vor Mittsommer war es fast unmöglich, die vielen neuen und alten Gesichter auseinanderzuhalten. Gerlof hatte Generationen von Sommergästen kommen und gehen sehen, aber mittlerweile fiel es ihm schwer, die Väter von den Söhnen und die Mütter von den Töchtern zu unterscheiden.

Die Badegäste ihrerseits kannten Gerlof wahrscheinlich auch nicht. Er hatte jahrelang im Altersheim oben in Marnäs gewohnt und pflegte erst seit ein paar Jahren für die Frühlings- und Sommermonate zurück in seinen Heimatort zu ziehen. Um dort den Kampf gegen seine schmerzenden Muskeln aufzunehmen. Seine Beine waren müde und wollten ihn nicht mehr tragen, und auch er war müde und wollte nicht mehr getragen werden. In letzter Zeit hatte er es mit Gelbwurz und Meerrettich gegen die Schmerzen versucht, und das hatte auch geholfen, aber trotzdem konnte er nach wie vor nur kurze Strecken bewältigen.

Bring mich zurück in eine Phase in meinem Leben, als ich noch Zeit hatte, dachte Gerlof wehmütig.

Es kamen noch mehrere Wagen die Küstenstraße heraufgefahren, aber Gerlof hatte sich wieder umgedreht und betrachtete seinen Spitzkahn.

»Also gut«, sagte er. »Dann bringen wir sie wieder in Schuss, zusammen mit deinem Sohn.«

»Gut«, John nickte. »Sie ist ein schönes Boot. Wie gemacht fürs Fischen.«

»Das ist sie«, bestätigte Gerlof, der seit Jahren nicht mehr fischen war. »Aber hast du überhaupt Zeit dafür?«

»Klar doch, der Campingplatz läuft praktisch von allein.«

John pachtete jeden Sommer den Campingplatz von Stenvik, seit er Anfang der Sechzigerjahre an Land gegangen war. Seit sein Sohn Anders alt genug war, teilten sie sich die Arbeit, aber nach wie vor war es John, der jeden Morgen und jeden Abend den Platz ablief, die Camper in ihren Zelten und Wohnwagen begrüßte und abkassierte und die Mülleimer leerte. Er hatte seit fünfunddreißig Jahren keinen einzigen Sommer freigehabt, aber das schien ihn nicht zu stören.

»Dann ist das abgemacht«, sagte Gerlof. »Vielleicht können wir im August schon selbst gefangene Scholle essen.«

»Ja«, erwiderte John. »Aber eine Weile muss das Boot noch hier liegen bleiben.«

Eine Weile. Das konnte bei John alles zwischen drei Tagen und drei Jahren bedeuten. Aber Gerlof vermutete, dass seine *Schwalbe* nur ein paar Wochen dort neben seinem Bootshaus liegen würde, bis sich John und Anders darum kümmern konnten.

Er seufzte und sah sich um. Sein Stenvik, der beste Ort auf der ganzen Welt. Die breite Bucht mit dem tiefblauen Wasser. Die Bootshäuser in Reih und Glied. Die alten und die neuen Sommerhäuser. Dahinter die Landschaft der sommergrünen Insel Öland, die sich so von der baumlosen Küstenlandschaft unterschieden hatte, als Gerlof ein kleiner Junge gewesen war.

Er war in dieser Bucht aufgewachsen, dann zur See gefahren und als erwachsener Mann zurückgekehrt, um dort ein Sommerhaus für seine Familie zu bauen.

Auf Höhe der Landzunge, südlich der Bucht und hinter dem Campingplatz, endeten die asphaltierte Straße und die Ortschaft. Die Küste dahinter war viel dramatischer als in Stenvik, mit einer hohen Klippe, die steil auf den Strand aus großen Felsenplatten abfiel. Dort gab es auch eine Röse oder, wie die Ölander sagten, ein *rör*, ein Steinhügelgrab aus der Bronzezeit. Das lag auf der Landborg, einem Plateau, das zum Wasser hin abfiel.

Südlich davon standen die schönsten Sommerhäuser an der Küstenstraße. Und noch ein Stück weiter, ganz frei stehend, hatte die Familie Kloss ihre beiden Villen bauen lassen.

Die Familie Kloss. Die Brüder Edvard, Sigfrid und Gilbert, Edvard und Gilbert waren beinahe zeitgleich gestorben – nur Sigfrid hatte ein gediegenes Alter erreicht. Er hatte den Grundbesitz seines Vaters geerbt und eine große Anlage für Touristen darauf errichtet. Jetzt verwalteten seine Enkelkinder das Anwesen und führten den Betrieb.

»Sind die Klossens schon eingetroffen?«, fragte Gerlof.

»Allerdings. Und am Standort steht schon ein Haufen Autos rum«, antwortete John. »Ich habe auch Leute mit ihren Golfschlägern gesehen.«

Die Anlage der Familie Kloss hieß Ölandic Resort und lag ein paar Kilometer südlich von Stenvik. John nannte sie allerdings hartnäckig »Kloss-Standort«. Für ihn war das Konkurrenz, obwohl er den Campingplatz in Stenvik Jahr für Jahr von den Klossens pachtete und er im Vergleich zu dem Resort-Platz nicht mehr als ein Schuhkarton war. Im Ölandic Resort gab es einfach alles – einen Golfplatz, einen großen Campingplatz, Geschäfte, einen Nachtclub, einen Swimmingpool und eine Ferienhausanlage.

Gerlof fand, dass der Familie Kloss zu viel gehörte, aber was konnte er schon dagegen ausrichten? All die reichen Städter störten ihn. Er versuchte sie möglichst zu meiden. Sie und ihre Boote, Swimmingpools und Motorsägen – dieses ganze moderne Zeug, das den ganzen Tag surrend und brummend zu hören war. Und die Vögel erschreckte und verscheuchte.

Er blickte auf die Bucht.

»Manchmal frage ich mich ernsthaft, John ... Hat sich hier auf Öland eine Sache in den letzten hundert Jahren zum Besseren gewandelt? Irgendeine?«

John dachte nach.

»Niemand muss hungern. Und die Wege sind eben.«

»Stimmt«, gab Gerlof zu. »Aber geht es uns jetzt besser?«

»Wer weiß das schon«, entgegnete John. »Aber wir leben. Darüber sollten wir uns freuen.«

»Stimmt.«

Aber entsprach das auch der Wahrheit? Freute sich Gerlof wirklich darüber, dass er dieses stattliche Alter erreicht hatte? Heute nahm er einen Tag nach dem anderen, wie es kam. Doch auch nach siebzig Jahren erinnerte er sich ganz genau daran, wie Gilbert Kloss am Grab seines Bruders einen Herzinfarkt bekommen hatte.

Alles konnte jederzeit zu Ende sein, aber jetzt schien die Sonne. *Sol lucet omnibus* – die Sonne scheint für alle!

Gerlof beschloss, diesen Sommer zu genießen. Sich auf das nächste Jahrtausend zu freuen. Er würde bald ein Hörgerät bekommen und dann wieder in seinem Garten sitzen und den Vögeln zuhören können. Und er wollte den Gästen in Stenvik freundlicher begegnen. Zumindest versuchen wollte er es. Er wollte nicht mehr nur knurren, wenn er einen Touristen sah, und er würde auch mit Stockholmern sprechen, wenn sie sich an ihn wandten.

Er nickte, wie um sich selbst aufzumuntern, und sagte: »Dann hoffen wir mal, dass dieses Jahr nette Gäste kommen.«

DER HEIMKEHRER

Die Fischerhütte bestand aus soliden Wänden und kleinen dunklen Kammern, in denen es nach Schnaps und Blut roch. Den alten Mann in der Tür störten diese Gerüche nicht, er war sie gewohnt.

Den Schnapsgeruch verbreitete der Besitzer der Hütte, Einar Wall. Wall war um die sechzig, krumm und wettergegerbt und hatte ganz offensichtlich schon sehr früh mit den Feierlichkeiten zu Mittsommer begonnen. Neben seinem Waffentisch, an dem er arbeitete, stand eine halb volle Flasche Schnaps.

Den Geruch von Blut verbreitete seine letzte Beute: An Haken, die an der Decke angebracht waren, hingen drei große Vögel. Ein Rebhuhn und zwei Waldschnepfen. Ihre Körper waren von Schrotkugeln durchsiebt worden, und er hatte sie schon gerupft und ausgenommen.

»Die habe ich gestern am Strand geschossen«, erklärte Wall. »Die Jagd auf Waldschnepfen ist in der Brutzeit verboten, aber das ist mir scheißegal … Vögel und Fische muss man fangen dürfen, wann man will.«

Der alte Mann war selbst Jäger und schwieg. Er musterte die beiden anderen Personen, die in der Hütte waren. Eine junge Frau und ein junger Mann, beide zwischen zwanzig und fünfundzwanzig Jahre alt. Sie waren gerade mit dem Wagen angekommen und hatten sich auf Walls zerschlissenes Sofa fallen lassen.

»Und wer seid ihr?«

»Ich heiße Rita«, sagte die magere Frau, die wie eine kleine Katze zusammengerollt auf dem Sofa lag und eine Hand auf das Bein ihres Freundes gelegt hatte.

»Ich heiße Pecka«, sagte der. Er war groß und hatte seinen kahl geschorenen Kopf entspannt gegen die Wand gelehnt, aber sein Bein wippte nervös auf und ab.

Der alte Mann erwiderte nichts. Wall hatte die beiden ausgesucht, nicht er. *Ein Welpe und ein Kätzchen,* dachte er nur. Aber auch er war einmal jung gewesen und mit den Jahren erfahrener und fähiger geworden.

Pecka konnte die Stille offenbar nicht gut ertragen. Er starrte den alten Mann aus zusammengekniffenen Augen an.

»Und wie sollen wir dich nennen?«

»Das ist unwichtig.«

»Aber wer zum Teufel bist du? Du klingst ausländisch.«

»Ich heiße Aron«, lautete die Antwort. »Und ich bin ein Heimkehrer.«

»Heimkehrer?«

»Ich bin nach Schweden zurückgekehrt.«

»Und von woher?«, fragte Pecka.

»Aus dem Neuen Land.«

Pecka glotzte ihn an, aber Rita nickte.

»Er meint die Staaten. Stimmt's?«

Der alte Mann antwortete nicht, darum wiederholte Rita: »Habe ich recht? Meinst du Amerika?«

Schweigen.

»Dann nennen wir dich einfach Aron«, beschloss Pecka. »Oder Heimkehrer ... Wie auch immer, Hauptsache, du bist dabei.«

Der alte Mann ging wortlos zu dem Waffentisch und nahm eine der schmalen Pistolen auf. »Eine Walther«, sagte er.

Wall nickte zufrieden, als würde er hinter einem Marktstand stehen. »Gutes Eisen«, erklärte er. »Die Polizei hat diese Marke jahrelang als Dienstwaffe verwendet. Einfach und ehrlich ... schwedisches Handwerk.«

»Walther ist deutsch«, sagte der alte Mann.

»Ich habe für alle Waffen eine Lizenz. Das hier ist eine Sig Sauer und das ein schwedisches Maschinengewehr. Das habe ich im Angebot.«

Pecka stemmte sich vom Sofa hoch und stellte sich schweigend dazu. Der Heimkehrer kannte diesen Blick, die Neugier in den Augen der jungen Soldaten, wenn sie eine neue Waffe zu sehen bekamen. Zumindest bei jenen, die noch niemanden umgebracht hatten.

»Du magst also Waffen?«, fragte Pecka.

Der Heimkehrer nickte. »Ich habe sie benutzt.«

»Bist du ein ehemaliger Fighter?«

Der Heimkehrer sah ihn an. »Fighter? Was ist das?«

»Ein Soldat«, erklärte Pecka. »Hast du Kampferfahrungen? Aus einem Krieg oder so?«

Krieg, dachte der Heimkehrer. Für junge Männer war das ein verheißungsvolles Ereignis an einem besonderen Ort. Ein neues Land.

»Ja, ich habe Erfahrungen«, sagte er. »Und du?«

Pecka schüttelte mürrisch den Kopf.

»Kein Krieg«, sagte er und fuhr dann jedoch mit stolz erhobenem Haupt fort: »Aber ich gebe mich nie geschlagen. Letzten Sommer war ich wegen Körperverletzung vor Gericht.«

Wall sah nicht ganz so stolz aus.

»Das war doch nur Quatsch«, sagte er. »Da wollte ein Tourist Ärger machen.«

Da begriff der Heimkehrer, dass die beiden Männer miteinander verwandt sein mussten, nahe verwandt – Wall machte sich Sorgen um Pecka. Langsam schob er das Magazin in die Pistole und legte sie zurück auf den Tisch.

Er sah aus dem Fenster. Die Sonne stand an einem wolkenlosen Himmel über dem Meer und dem Strand, aber ihre Strahlen drangen kaum durch die verschmutzten Fensterscheiben. Walls Hütte lag abgeschieden auf einem Strandgrundstück, das Gras reichte bis hinunter zum Wasser. Darauf stand ein kleines Gehege mit Gänsen und daneben ein Bootshaus aus grauem Kalkstein, das so heruntergekommen war wie das Wohnhaus.

Schwerfällig erhob sich Wall.

»Hier«, sagte er.

Dann verteilte er die Waffen an die Anwesenden. Rita bekam

eine kleine Sig Sauer, Pecka eine Walther und der Heimkehrer eine Walther und das Maschinengewehr.

»Braucht ihr auch Sprengstoff?«, fragte Wall.

Der Heimkehrer hob den Kopf.

»Hast du welchen da?«

»Ich habe letzten Winter etwas besorgt«, erklärte Pecka und sah erneut stolz aus. »Von einer Baustelle in der Nähe von Kalmar … Dynamitstangen, eine Lunte und Sprengköpfe. Den ganzen Scheiß.«

Jetzt schaute auch Wall zufrieden aus. »Ich habe alles gut versteckt, das findet niemand. Die Gesetzeshüter haben sich hier im Mai umgesehen, aber die mussten mit leeren Händen nach Hause fahren.«

»Wir können ja ein paar Stangen mitnehmen«, entschied der Heimkehrer. »Wie machen wir das mit der Bezahlung?«

»Hinterher«, entgegnete Wall. »Ihr erledigt euren Job und holt euch die Kasse, danach teilen wir.«

»Wir benötigen Sturmhauben, Einar«, sagte Pecka. »Hast du welche?«

Wall öffnete einen Pappkarton unter dem Waffentisch und holte eine Packung Gummihandschuhe heraus. Darunter lagen ein paar graue Sturmhauben mit Löchern für die Augen.

»Verbrennt sie hinterher«, mahnte er.

Der Heimkehrer sah sich die Hauben an und meinte dann: »Ich brauche keinen Schutz.«

»Aber sonst wirst du erkannt«, sagte Pecka.

Der Heimkehrer schüttelte den Kopf.

»Das macht nichts«, antwortete er und sah durch die gesprungene Fensterscheibe nach draußen. »Ich bin gar nicht hier.«

DAS NEUE LAND, MAI 1931

Die Reise beginnt an einem sonnigen Sommertag, elf Monate nach dem Tod von Edvard Kloss. Aron hat die Nacht fast vergessen, in der es geschah. Als die Wand einstürzte und Sven ihn von hinten stieß. *Los, rein da mit dir. Sie sind gleich hier. Los, kriech da rein!*

Sven war erst seit ein paar Jahren Arons Stiefvater, aber er gehorchte ihm. Sonst drohten ihm Prügel.

Sie reden nicht über diese Nacht, sie reden nur noch über ihre Reise. Als hätten sie sich den ganzen Frühling über darauf vorbereitet. Und trotzdem findet alles, was sie mitnehmen, seinen Platz in ihren Taschen.

Sven packt seine alte Snusdose aus dem Holz eines Apfelbaums ein. Aron will auch etwas Wertvolles dabeihaben.

»Kann ich meine Flinte mit nach Amerika nehmen?«

Aron hat ein eigenes Gewehr, eine einfache Schrotflinte, mit der er Rebhühner und Möwen schießt.

»Bist du verrückt?«, schnauzt Sven. »Damit lassen sie dich gar nicht an Bord.«

Also muss Aron seine Flinte zurücklassen. Sein Großvater, der Jäger war, hatte ihm die Flinte geschenkt und seiner Mutter Astrid gesagt, dass er ein sehr fähiger Schütze sei. Das klingt gut, *fähig*.

Und das ist er. Mit gerade mal zehn Jahren erlegte er seine erste Robbe. Die lag auf einer Eisscholle, die an einem kalten sonnigen Frühlingstag auf den Strand zugetrieben wurde. Die Robbe hob den Kopf, Aron hob die Flinte. Als er abdrückte, zuckte die Robbe zusammen und blieb reglos liegen. Er hatte das Tier in den Nacken getroffen, der Schuss hatte ihr das Genick gebrochen. Sie war fast einen Meter und dreißig Zentimeter lang und brachte mehr als zwanzig Kilo Speck.

»Aber ich muss die Flinte mitnehmen«, sagt Aron. »Sonst kann ich doch kein Sheriff werden.«

Sven lacht, es klingt wie ein trockenes Husten.

»Du kannst dir eine neue besorgen, wenn wir angekommen sind.«

»Gibt es Flinten im Neuen Land?«

»In Mengen. Da gibt es alles.«

Aber eine Sache würde es da bestimmt nicht geben, da ist sich Aron sicher: eine Familie, die auf ihn wartet. Seine Mutter Astrid und seine Schwester Greta bleiben in Schweden, und der Abschied ist hart. Greta ist erst neun Jahre alt und sieht ihren Bruder schweigend an. Seine Mutter presst die Lippen fest aufeinander.

»Halt dich von Ärger fern«, sagt sie. »Benimm dich.«

Aron nickt. Dann packt er seine Tasche und folgt Sven mit großen Schritten, damit er es sich nicht anders überlegen kann.

Der Tag ihrer Abreise ist trocken und sonnig.

Sie gehen Seite an Seite. Sven hat längere Beine, aber er humpelt rechts, deshalb kann Aron mit ihm mithalten.

Du fährst in das Neue Land im Westen, hatte Mutter gesagt, *es heißt Amerika. Dort arbeitest du ein paar Jahre hart, und dann kommst du mit viel Geld zurück.*

Und Sven sagt das Gleiche, nur knapper: »Das Neue Land. Dort fahren wir hin. Weg von hier.«

Sie verlassen den Hof und gehen Richtung Norden, über die weiten Felder der Familie Kloss, fast bis zur Röse, dem großen Grabhügel. Der liegt an der Klippe im Westen und sieht aus wie ein ungefährlicher Steinhaufen, aber Sven spuckt trotzdem auf den Boden.

»Ich hoffe, der stürzt eines Tages ins Meer!«

Sie biegen nach Osten ab und wandern über die Insel, vorbei an den Windmühlen, die auf dicken Holzfüßen mit erhobenen Flügeln am Wegrand stehen. Jederzeit bereit, von allen Seiten den Wind einzufangen. Sven starrt auch sie wütend an.

»Die müssen wir dann auch nicht mehr sehen.«

Mit ausholenden Schritten läuft er weiter und spricht mit dem Horizont, als wäre er sein Publikum: »Jetzt sind wir sie für immer los, die Drecksarbeit, wir müssen nicht mehr weiß wie Gespenster von der Arbeit in der Mühle nach Hause wanken.« Er sieht Aron an. »Wo wir hinfahren, gibt es Maschinen, die sich um alles kümmern. Sie haben riesige Fabriken in der Landwirtschaft, an der einen Seite kommt der Roggen rein, und auf der anderen Seite kommen die fertig gefüllten Mehlsäcke raus. Sie drücken einfach auf einen Knopf, und, zack, ist es fertig.«

Aron hört aufmerksam zu, stellt aber während ihrer Wanderung nur eine einzige Frage: »Und wann kommen wir wieder zurück?«

Sven verlangsamt sein Tempo, dann dreht er sich zu Aron um und schlägt ihm hart auf den Hinterkopf.

»Frag so etwas nicht«, schimpft er. »So darfst du nicht denken. Wir gehen jetzt weg, ins Neue Land, nicht zurück nach Hause.«

Es ist nicht der härteste Schlag, den Aron je bekommen hat, eher eine Art Warnung, und deshalb wagt er es weiterzubohren.

»Aber *wann?*«

»Das weiß niemand«, antwortet Sven.

»Und warum nicht?«

»Weil nicht alle wieder nach Hause zurückkehren.«

Diese Worte lassen die Sommerluft um ein paar Grad kälter werden. Aron verstummt, er will auch keine Schläge mehr bekommen – aber er hat sich schon entschieden, noch ehe sie den Zug erreicht haben. Er wird tun, was seine Mutter gesagt hat, und wieder nach Hause kommen.

Er wird wieder zurückkehren.

Zu seinem Hof.

JONAS

»Was ist los, Herr Wachtmeister?«, fragte Onkel Kent. »Ist etwas passiert?«

»Nein«, antwortete der Polizist auf seinem Motorrad. »Ich bin nur Ihretwegen hier.«

»Meinetwegen? Aber was habe ich getan?«

»Sie sind zu schnell gefahren.«

»Bin ich das?«

Onkel Kent hatte das Fenster mit einem Knopfdruck heruntergelassen, um mit dem Beamten reden zu können. Der schwache Duft der Blumen, die am Straßenrand wuchsen, wehte zu Jonas auf den Rücksitz. Es wuchsen unzählige gelbe und lilafarbene Blumen im Graben und zitterten im Wind. Ihr Duft vermischte sich mit dem Rasierwasser seines Onkels und dem Schweißgeruch seines Vaters, der in letzter Minute den Zug erreicht hatte. Jonas' Mutter hatte ihn auf dem Gleis vor allen Leuten ausgeschimpft, und Mats und Jonas hatten einander vielsagend angesehen.

Jetzt saß sein Vater schweigend neben Kent, ihn schien der Polizist nervös zu machen.

»Zu schnell?«

»Viel zu schnell«, sagte der Beamte.

Die öländische Sonne blendete Jonas, als er aus dem Fenster sah. Der Polizist war nur eine dunkle Gestalt in einer Motorradkluft, die neben dem Wagen stand.

»Können Sie mir sagen, wie viel zu schnell?«, fragte Kent.

»Zweiundzwanzig Stundenkilometer.«

Kent seufzte und lehnte sich zurück.

»Schuld ist dieses verdammte Auto. Eine Corvette läuft erst richtig rund, wenn man sie über Hundert zieht.«

Jonas hatte bisher nur einmal in seinem Leben Polizisten

gesehen, als zwei Beamte in seine Schule in Huskvarna gekommen waren, um mit den Schülern über Verkehrssicherheit auf dem Fahrrad zu sprechen. Sie waren nett gewesen, aber hatten ihn trotzdem nervös gemacht.

Onkel Kents Auto war knallrot mit schwarzen Streifen an den Seiten, es sah ein bisschen aus wie ein Raumfahrzeug. Auch im Inneren wirkte es wie eine Rakete, mit niedrigem Autodach und sehr beengt, vor allem auf dem Rücksitz. Jonas war zwar nicht besonders groß für sein Alter, musste aber trotzdem seine Beine anziehen. Sein großer Bruder Mats hatte mehr Platz, weil er hinter ihrem Vater Niklas saß, der kürzere Beine hatte und mit dem Sitz nach vorn gerutscht war.

»Bekomme ich dafür ein Knöllchen?«, fragte Kent.

»So sieht es aus.«

»Typisch, und das am sonnigsten Tag des Sommers.« Er lächelte den Polizisten an. »Aber ich erkenne meine Schuld in allen Anklagepunkten an … Ich bin ein Gesetzesbrecher.«

Jonas sah hinüber zu seinem Vater, der schweigend auf dem Beifahrersitz saß. Er hatte den Polizisten kein einziges Mal angesehen.

Onkel Kent hatte Jonas, Mats und Niklas mit der roten Corvette am Bahnhof in Kalmar abgeholt. Er besaß auch einen großen Volvo SUV, aber im Sommer fuhr er am liebsten mit seinem Sportwagen. Und der war schnell.

Vor einer halben Stunde waren sie von der Öland-Brücke abgefahren und hatten die Landstraße nach Norden genommen. Onkel Kent und Jonas' Vater hatten sich die ganze Zeit unterhalten, als aber der Polizist mit seinem Motorrad neben dem Wagen aufschloss und sie an die Seite winkte, war sein Vater augenblicklich verstummt. Er war verstummt und in seinem Sitz zusammengesunken.

Onkel Kent übernahm das Reden. Er hatte die Hände auf das Lenkrad gelegt und wirkte total entspannt, als wäre der Vorfall nur ein kleines unbedeutendes Malheur auf dem Weg zur Villa Kloss.

»Soll ich meine Schuld jetzt sofort begleichen?«

Der Polizist schüttelte den Kopf.

»Ich stelle Ihnen einen Strafzettel aus.«

»Wie viel macht das?«

»Achthundert Kronen.«

Onkel Kent senkte den Kopf und seufzte. Dann hob er den Kopf wieder und sah über den Acker, der sich rechts neben der Landstraße erstreckte.

»Wie heißen Sie?«

Der Beamte antwortete nicht.

»Ist das ein Geheimnis?«, bohrte Kent weiter. »Wie heißen Sie mit Vornamen?«

Der Polizist schüttelte den Kopf. Dann zog er aus seiner Innentasche einen Block und einen Stift.

»Ich heiße Sören«, erwiderte er.

»Prima, Sören. Ich heiße Kent Kloss.« Und mit einem Kopfnicken zum Beifahrersitz hinüber fuhr er fort: »Das hier ist mein kleiner Bruder Niklas, und hinten sitzen seine beiden Jungs. Wir werden den Sommer zusammen verbringen.«

Der Polizist nickte sachlich.

Kent redete weiter: »Sören, nur eine Sache noch ... Wir befinden uns auf einer geraden, freien und trockenen Straße, zwei Tage vor Mittsommer. Die Sonne scheint, es ist ein wunderbarer Tag. Ein phantastischer Sommertag, an dem ich mich so lebendig fühle, wie schon lange nicht mehr ... Was hätten Sie an meiner Stelle getan? Hätten Sie sich den ganzen Weg bis nach Borgholm hinter die Wohnwagen eingereiht?«

Der Polizist antwortete nicht, stoisch beendete er das Ausfüllen des Strafzettels und reichte ihn Kent durch das Fenster. Kent nahm ihn, aber er ließ nicht locker.

»Können Sie das zugeben, Sören?«

»Was soll ich zugeben?«

»Dass Sie dasselbe getan hätten? Wenn Sie hinter einem Wohnwagen gehangen hätten, in der Sommersonne, auf dem Weg zum Meer? Hätten Sie nicht auch das Gaspedal durchgedrückt oder noch nicht einmal durchgedrückt, nur ein bisschen die erlaubte Höchstgeschwindigkeit überschritten? Können Sie das zugeben?«

Kent lächelte nicht mehr, er meinte das ernst. Der Beamte seufzte.

»Meinetwegen, Kent. Wenn Sie sich dann besser fühlen.«

»Ein bisschen besser«, sagte Kent und grinste.

»Sehr gut. Fahren Sie vorsichtig.«

Der Polizist schwang sich auf sein Motorrad, wendete es und fuhr zurück nach Süden.

»Habt ihr das gesehen? Jetzt gibt er Gas, der Teufel!« Onkel Kent nickte seinen Neffen zu. »Man darf sie nie die Oberhand gewinnen lassen. Vergesst das nicht, Jungs!«

Dann startete er den dröhnenden Motor und fuhr direkt vor einem Wohnmobil zurück auf die Landstraße. Schnell nahm er die Fahrt wieder auf.

Die Sonne strahlte, die Straße war eben und gerade. Jonas spürte den warmen Fahrtwind im Gesicht und hatte den Blumenduft in der Nase. Kent hatte sein Fenster offen gelassen, den Ellenbogen aus dem Fenster geschoben und lenkte den Wagen nur mit einer Hand. Nur die Fingerspitzen am Steuer, nicht mehr.

Da klingelte Kents Handy. Er telefonierte mit seiner freien Hand, hörte dem Anrufer zwölf oder vierzehn Sekunden zu und unterbrach ihn dann mit lauter Stimme: »Nein! Eine Stützmauer habe ich gesagt. Wie, was …? Wie eine Stütze natürlich! Die soll alt aussehen, wie aus dem Mittelalter, aber gleichzeitig auch modern. Aus Steinen oder Bahnschwellen. Und die Wasserleitungen sollen unter der Mauer verlaufen, nicht daneben. Ja, gut … Sind die Bagger schon da?« Wieder lauschte er, dann rief er: »Bombig! Dann können wir ja … Hallo?« Er ließ das Handy sinken. »Korrekt! Ausgerechnet hier ist ein Funkloch!«

Onkel Kent hatte eine Menge Lieblingswörter, dazu gehörten auch *bombig* und *korrekt*. Und er sagte sie mit einer Kraft und

Selbstsicherheit, die Jonas niemals aufbringen könnte, ganz egal, was er zu sagen hatte.

Kent schob das Handy zurück in die Jackentasche. »Wollen wir gleich mit dem Boot rausfahren, wenn wir da sind?«

»Klar«, sagte Jonas' Vater. »Wenn die Wellen nicht zu stark sind.«

Onkel Kent lachte. »Motorboote lieben Wellen, sie springen einfach drüber! Wir drehen eine Runde. Und danach können wir noch einen Cosmo auf der Terrasse trinken.«

Jonas' Vater nickte, sah aber nicht besonders glücklich aus.

»In Ordnung.«

Jonas wusste nicht, was ein Cosmo war, traute sich aber nicht zu fragen. Wollte man erwachsen wirken, musste man immer zuhören und so tun, als wüsste man Bescheid. Und man musste über alles lachen, worüber die anderen lachten.

Kent warf einen Blick in den Rückspiegel.

»Dieses Jahr werden wir dich auf die Skier schnallen, was, J-K? Alles klar? Vor zwei Jahren ging das ja nur so lala, nicht wahr?«

Jonas wurde von ihm immer J-K genannt, das waren seine Initialen.

»Ich versuch's«, antwortete er.

Er wollte am liebsten nicht ans Wasserskifahren denken. Er wollte auch nicht an den besagten Sommer denken, als sein Vater ins Gefängnis musste und Mats und er allein nach Öland gefahren waren.

Vor ihnen erstreckte sich der breite Sund, sie hatten den Ort erreicht und fuhren gerade am Kiosk und am Restaurant vorbei. Dann bogen sie nach links auf die Küstenstraße ab, die Landborg auf der einen und die Villen auf der anderen Seite.

Jonas hatte es damals kein einziges Mal geschafft, sich auf den Skiern aus dem Wasser zu ziehen. Onkel Kent hatte es bestimmt fünfzehnmal versucht, Jonas hatte Unmengen von Wasser geschluckt und gehustet und sich an dem Griff festgeklammert. Aber er war jedes Mal schon nach wenigen Metern kopfüber ins Wasser gestürzt. Abends hatten sich seine Beine wie Kaugummi angefühlt.

»Du sollst es nicht versuchen, J-K, du sollst es tun! Aber jetzt bist du viel tougher, korrekt! Wie alt bist du jetzt?«

»Zwölf«, antwortete Jonas, obwohl er erst im August Geburtstag hatte. Er warf seinem Bruder einen Blick zu, aus Angst vor einem gehässigen Kommentar, aber Mats sah aus dem Fenster aufs Wasser und hatte offenbar gar nicht zugehört.

Dann hatten sie das Anwesen mit den beiden Sommerhäusern erreicht. Sie wurden Villa Kloss genannt, obwohl es sich um zwei frei stehende Häuser handelte, mit großen Panoramafenstern zum Meer hin. In dem nördlichen Haus wohnten Veronica und manchmal auch die Cousins, im südlichen Onkel Kent.

Jonas' Vater besaß kein Haus mehr. Sie würden in den Gästehäuschen schlafen.

»Zwölf! Das ist das allerbeste Alter«, sagte Kent, als die Corvette auf die Auffahrt bog. »Da ist man total frei. Du wirst einen Bombensommer haben, J-K!«

»Hm«, erwiderte Jonas.

Aber er fühlte sich nicht richtig frei. Nur ein bisschen.

GERLOF

Gerlof begegnete dem Schwedenamerikaner auf dem Weg zum Tanz.

Er war spät dran. Mühsam stützte er sich auf seinen Stock aus Kastanienholz und ging, so schnell ihn seine Beine trugen, die Küstenstraße hinunter zum Festplatz. Natürlich würde er nicht mittanzen, aber die Musik wollte er hören. Schließlich war nur einmal im Jahr Mittsommer.

Aber er hatte etwas vergessen gehabt – den *Apparat*. Er hatte sich noch nicht ganz daran gewöhnt.

»Ich hole ihn dir«, sagte seine Tochter Julia.

Sie trug einen kleinen Faltstuhl für Gerlof, den ließ sie fallen und lief ins Haus. Eine Minute später war sie wieder draußen und reichte ihm die kleinen Plastikschnecken.

»Können wir schon vorgehen? Die Jungs wollen von Anfang an dabei sein.«

Gerlof steckte sich die Schnecken ins Ohr und wedelte mit der Hand. »Ich komme nach.«

Mit seinem Stock in der Hand und dem Vogelgezwitscher im Ohr machte er sich auf den Weg zur geschmückten Mittsommerstange, die unten in der Bucht aufgestellt worden war.

Gerlof freute sich darüber, die Vögel hören zu können, auch wenn seine Ohren dabei Hilfe benötigten.

In den Frühlings- und Sommermonaten verließ Gerlof sein Zimmer im Altersheim von Marnäs und lebte in seinem Sommerhaus unten am Wasser. Denn dort gab es das Meer und den Wind und all die Vögel – die Zugvögel, die im Frühling aus Afrika zurückkehrten. Nach Hause in Gerlofs Garten.

Die Spatzen und Buchfinken versammelten sich an der kleinen Vogeltränke aus Kalkstein in der Gartenecke. Gerlof beobachtete, wie sie sich von der Kante hinunterbeugten, Wasser tranken – und dann die Schnäbel öffneten, um zu zwitschern und zu singen.

Das Problem war, dass er sie nicht mehr hatte hören können.

Sein eingeschränktes Hörvermögen war nichts Neues, das hatte sich im Lauf der Jahre langsam eingeschlichen. Seit seinem fünfundsechzigsten Lebensjahr, ein Jahr nach seiner Pensionierung, konnte er die Grillen nicht mehr hören. Er hatte sich wie immer abends auf die Veranda gestellt und in die Nacht gelauscht, aber es war totenstill geblieben. Zuerst hatte er angenommen, dass sie der Umweltverschmutzung zum

Opfer gefallen waren – aber dann hatte ihm ein Arzt erklärt, dass die Grillen in einer Frequenz zirpten, die für seine alten Ohren zu hoch sei.

Alte Ohren? Die waren doch nicht älter als der Rest. Als aber in diesem Frühling der Garten ganz stumm geblieben war, hatte Gerlof eingesehen, dass etwas nicht stimmte, und zu Doktor Wahlberg Kontakt aufgenommen. Der hatte ihn nach Kalmar zu einem Hörtest geschickt.

Gerlof hatte einen adretten Techniker erwartet, in weißem Kittel und mit einem Stift hinter dem Ohr. Stattdessen trug der Mann Jeans und hatte einen Pferdeschwanz.

»Guten Tag, ich heiße Ulrik und bin Audiologe.«

»Agrologe?«

»Nein, Audiologe. Ich werde ein Audiogramm von Ihrem Hörvermögen erstellen.«

Gerlof verwirrten die vielen unbekannten Begriffe. Er musste sich mit einem Kopfhörer auf den Ohren in eine kleine Kammer setzen und einen Knopf betätigen, sobald er einen hohen oder tiefen Ton hörte. Sehr lange war es beunruhigend still in seinem Kopfhörer gewesen.

»Wie war es?«, fragte er Ulrik, als der ihn aus der Kammer holte.

»Nicht so gut«, antwortete dieser. »Es ist an der Zeit für eine kleine technische Hilfe.«

Mitte Mai kam Ulrik mit einem kleinen Computer im Gepäck nach Öland, um das Gerät anzupassen.

»Normalerweise machen wir keine Hausbesuche«, sagte er. »Aber ich liebe diese Insel … Die Sonne und die Natur.«

Wenige Minuten später saß Gerlof wie versteinert auf seinem Stuhl auf der Veranda. Seine Hörschnecken, die wie angegossen passten, waren über Kabel mit dem Computer verbunden.

Ulrik beugte sich über den Monitor. »Wie klingt es jetzt? Hören Sie ein Heulen?«

Gerlof schüttelte den Kopf – vorsichtig, damit die Kabel nicht abrissen. Dann schloss er die Augen und konzentrierte sich auf seine Ohren.

Er lauschte. Nein, da war kein Geräusch, aber er hörte eine Art Wispern, wie er es schon seit Jahren nicht mehr vernommen hatte. Es war nicht das Rauschen des Blutes in seinen Ohren, das Geräusch kam von außen, und er begriff, dass es der Wind war, der um das Haus strich. Und durch den Wind hindurch hörte er plötzlich reinen und klaren Vogelgesang. Es war der Grünfink, der in seiner kleinen Badewanne sang. Und weiter hinten in den Büschen hörte er eine Dorngrasmücke.

Gerlof öffnete die Augen und blinzelte verwirrt. »Ich kann sie wieder hören«, flüsterte er. »Die Vögel.«

»Sehr gut«, sagte der Audiologe. »Dann sind wir auf dem richtigen Weg.«

Gerlof hatte die Vögel hören, aber nicht sehen können. Da musste er an ein Erlebnis aus seiner Kindheit denken, ein akustisches Mysterium. Und jetzt hatte er einen Fachmann zur Hand.

»Ulrik, kann man Geräusche hören, obwohl sie nicht da sind?«

Ulrik sah ihn verwirrt an. »Wie meinen Sie das?«

»Ich meine, wenn man merkwürdige Geräusche hört, zum Beispiel aus dem Erdboden … Kann es sich da um eine Art Halluzination handeln? Keine optische Täuschung, sondern eine akustische?«

»Schwere Frage«, antwortete Ulrik. »Natürlich gibt es Geräusche, die man nur selbst hört. Bei einem Tinnitus zum Beispiel, also Ohrensausen.«

»Das war kein Sausen«, sagte Gerlof. »Es waren Klopfgeräusche. Aus einem Sarg, der ins Grab gesenkt worden war. Ich habe sie selbst gehört, es waren auch noch andere Leute dabei. Alle, die am Grab standen, haben die Geräusche gehört.«

Er sah den Audiologen gespannt an, aber Ulrik schüttelte den Kopf.

»Es tut mir leid, aber ich bin kein Experte für Gespenstergeschichten.«

Als Gerlof sich dem Festplatz näherte, hörte er das Stimmengewirr einer großen Menschenmenge, wie einen brausenden Wasserfall in der Ferne. Die Stimmen klangen erwartungsvoll, aber der Tanz hatte noch nicht begonnen.

Gerlof wusste, dass die Anzahl der Bewohner von Stenvik deutlich angestiegen war, denn in den letzten Tagen hatte der Wasserdruck in den Leitungen merklich abgenommen. Wenn die Temperaturen auf der Insel stiegen, wurde das Wasser zur Mangelware auf der Insel. Im Sommer mussten es sich viele Menschen teilen.

Seine Beine taten ihm weh, aber er lief, so schnell er konnte, weiter und kam am Badesteg vorbei. Dort standen ein paar Jugendliche in winzigen Badeshorts und Bikinis. Gerlof musste an die Bademode seiner Jugend denken, als die Badeanzüge gestrickt waren und nach Wolle gerochen hatten.

Schließlich hatte er die lange Reihe der Briefkästen erreicht und wollte zum Festplatz abbiegen, als er dort einen Mann in seinem Alter stehen sah. Er war groß und stattlich, mit welligem weißen Haar und einer dunkelbraunen Anzugjacke. Um seinen Hals hing eine alte Kodak-Kamera.

Gerlof betrachtete den Mann einen Augenblick, er hatte das Gefühl, ihn zu kennen.

Der Beobachtete sah ebenfalls zu ihm herüber. Dann hob er seine Kamera, wie zum Schutz, und machte ein paar Aufnahmen von den Briefkästen.

Gerlof erinnerte sich an seinen Beschluss, den Fremden auf der Insel freundlich zu begegnen, und trat an den Mann heran.

»Guten Tag«, grüßte er. »Kennen wir einander nicht?«

Der Mann ließ zögernd seine Kamera sinken und musterte Gerlof. »Doch, wir sind uns schon einmal begegnet. Aber das ist lange her.«

Er sprach Öländisch, aber mit einem leichten Akzent. Gerlof streckte ihm die Hand entgegen.

»Ich heiße Davidsson. Gerlof Davidsson.«

Der Mann erwiderte den Händedruck.

»*All right*, ich erinnere mich«, sagte er. »Järloff ... Wir waren einmal abends zusammen fischen ... in Ihrem schönen Boot.«

»Das ist nicht mehr schön.« Auch Gerlof war wieder eingefallen, woher er den Mann kannte. »Sie sind der Schwedenamerikaner, richtig?«

Der Mann nickte. »Aber mehr Amerikaner als Schwede. Ich heiße Bill Carlson und bin aus Lansing in Michigan. Arne Carlson aus Långvik ist mein Cousin. Ich besuche seine *kids* diesen Sommer.«

Er verstummte und wandte sich wieder den Briefkästen zu. Es gab ganz offensichtlich auch weniger gesprächige Amerikaner, stellte Gerlof überrascht fest.

»Arne aus Långvik kannte ich gut«, sagte er schließlich. »Willkommen daheim, Bill.«

»Ich habe hier nie gelebt«, antwortete der und wirkte fast beschämt. »Mein Vater hat Öland verlassen und ist ausgewandert, als er noch sehr *young* war. Aber wir haben Schwedisch zu Hause gesprochen, und ich habe meine Verwandten alle fünf Jahre besucht. Allerdings leben nicht mehr viele. Ich habe eben die Namen auf den Briefkästen studiert, aber ich kenne praktisch keinen ...«

»Wer tut das schon?«, erwiderte Gerlof. »Jeden Sommer kommen so viele neue Leute hierher. Menschen, die man das ganze Jahr über nicht sieht.« Er sah hinüber zum Festplatz. »Wollen Sie sich auch die Musik anhören?«

»Absolut!«, entgegnete der Amerikaner. »*The frogs*, die lustigen Frösche, das sind meine Favoriten.«

Sie machten sich auf den Weg zur Mittsommerstange, aber Bill machte so große Schritte, dass Gerlof kaum hinterherkam. Er mühte sich ab, ihn einzuholen, und setzte die Unterhaltung fort.

»Wie alt sind Sie, Bill? Wenn ich fragen darf ...?«

»Bald sechsundachtzig. Aber ich fühle mich wie siebzig.«

Neidisch beobachtete Gerlof, wie leichtfüßig sich Bill bewegte. Er tat sich ein wenig schwer mit Menschen, die älter und fitter waren als er. Es gab Alte, die einfach nicht alt wurden.

LISA

In der Nacht vor ihrer Abreise schlief Lisa schlecht, weil Silas abends ausgegangen und erst in den frühen Morgenstunden zurückgekommen war. Im Sommer war er immer länger unterwegs und lebte härter am Limit. Als morgens um sieben Uhr der Wecker klingelte und Lisa aus dem Bett kletterte, sah es aus, als würde auf dem Sofa ein Haufen verschlissener Kleidungsstücke liegen.

Sie schlich daran vorbei, ohne sich zu verabschieden. Es hatte keinen Sinn. Leise packte sie ihre Tasche und zog die Tür hinter sich zu. Kein Abschied. Silas würde sowieso bald anrufen. Silas rief immer an.

Der alte Passat stand an der Straße vor dem Hochhaus. Das Türschloss war so defekt wie der Rest des Wagens, daher hatte sie ihre Gitarre und die Schallplatten in der Wohnung aufbewahrt. Sie schob sie in den Wagen und fuhr los, nach Süden.

Lisa hatte in den vergangenen Jahren fast jedes Wochenende woanders gespielt, aber sie hatte sich daran gewöhnt, viel mit dem Auto unterwegs zu sein. Kaum war sie auf die Europastraße gefahren, erhöhte sie die Geschwindigkeit. Sie musste auf die Tube drücken – aber etwa eine Stunde hinter Stockholm bemerkte sie einen unangenehmen Geruch im Wageninneren, es roch nach verbranntem Gummi und schlechtem Omen.

Panik. Aber sie war spät dran, wollte pünktlich sein zu ihrem Mittsommerauftritt und musste darauf vertrauen, dass der Wagen es schaffte. Sie fuhr weiter, blinzelte und gähnte.

Lisa konnte nie gut schlafen, wenn sie auf Silas wartete. Außerdem waren die Nächte zu hell. Sie mochte die warmen Sommernächte, aber nicht den gleitenden Übergang vom Tag zur Nacht.

Der Verkehr nach Süden war dicht und stockend, zahlreiche Feierwütige hatten es eilig, zu den Mittsommerfesten zu kommen.

Während der Fahrt die Küstenstraße Richtung Kalmar hinunter konnte Lisa immer wieder die Insel in der Ostsee als schwarzen Streifen am Horizont sehen. Es frustrierte sie, dass die Ölandbrücke auf den südlichen Teil der Insel führte, da sie ganz nach Norden wollte. Sie musste erst hinunterfahren, um dann wieder hochfahren zu können.

Endlich überquerte sie die lange Brücke über den Sund. Als Zehnjährige hatte sie auf einer Klassenreise Öland besucht, das war fünfzehn Jahre her, und sie freute sich zurückzukehren.

Wie ein glitzerndes Band zog sich die Autoschlange über die Brücke. Als Lisa in diesem Stau stecken blieb, wurde auch der Gestank im Wagen aufdringlicher.

Die Brücke gehörte zu den längsten in Europa – und an diesem Tag fühlte sich das für Lisa auch so an, als sich der Verkehr nur sehr stockend vorwärtsbewegte. Die Wellen glitzerten unter ihr in der Sonne, die auf den Asphalt brannte. Ihre Schallplatten drohten sich in der Hitze zu verformen. Es konnte nicht noch schlimmer kommen.

Doch, es konnte – kurz vor dem Brückenscheitel begann plötzlich der Motor zu rauchen.

Sie umklammerte das Steuer und nahm den Fuß vom Gaspedal. Der Wagen blieb stehen. Es gab keine Möglichkeit, an die Seite zu fahren. Von den Autos hinter ihr erklang ein wütendes Hupkonzert. Es war schließlich Mittsommer, und zehntausend Menschen hatten beschlossen, gleichzeitig auf die Insel zu fahren. Sie wollten vorankommen.

Die Sonne brannte durch die Windschutzscheibe, es wurde merklich heißer im Auto, und Lisa hatte weder Saft noch Wasser dabei, nur Kaugummis. Was sollte sie jetzt bloß tun? Umdrehen und Öland vergessen?

Ein Polizist auf einem Motorrad fuhr zwischen den Wagen hindurch und hielt in der Lücke an, die sich gebildet hatte, als Lisa stehen geblieben war.

Doppelpanik. Sie legte die Stirn aufs Steuer und hoffte inständig, dass er weiterfahren würde. Aber das tat er selbstverständlich nicht. Er klopfte an Lisas Scheibe. Sie ließ das Fenster herunter.

»Sie können hier nicht stehen bleiben«, sagte er.

»Das tue ich nicht freiwillig!« Lisa deutete nach vorn zur Motorhaube. »Da stimmt was nicht.«

»Mit dem Motor?« Der Polizist hob seine Nase schnuppernd in die Luft. »Das riecht verbrannt.«

»Ja …«

»Dann ist das bestimmt der Kühler. Sie haben hier bei der Steigung zu viel Gas gegeben.« Er deutete zum Ende der Brücke. »Sie können mit dem Wagen schon noch weiterfahren, aber nutzen Sie die erste Parkbucht, um den Motor abkühlen zu lassen. Drüben sind Kollegen unterwegs, die können Ihnen helfen.«

Lisa nickte. Sie hatte seit fünf Jahren ihren Führerschein, kam sich aber wie eine blutige Anfängerin vor, als sie den ersten Gang einlegte und sich wieder in die Schlange einreihte.

Als sie den Brückenscheitel erreicht hatte und es ab da bergab ging, fühlte sie sich besser. Der verbrannte Geruch stach ihr allerdings in die Nase, aber wenn sie das Fenster herunterkurbelte, drang der Gestank von Abgasen der anderen Autos und Wohnmobile ins Innere. Die Autoschlange erstreckte sich über die gesamte Brücke, und sie bewegte sich so langsam wie ein Ruderboot. Es war kurz vor halb eins, ihr Auftritt in Stenvik sollte um zwei Uhr beginnen – an einem normalen Tag hätte sie noch genug Zeit für die Strecke.

Fünfundzwanzig Minuten benötigte sie für die gut sechs Kilometer über die Brücke bis zur Insel, aber dahinter setzte sich der Stau fort. Lisa entdeckte einen großen Rastplatz und hielt dort an.

Es gab nur wenige Parkplätze – die Polizei führte Kontrollen durch und hatte mehrere Wagen herausgewunken. Die meisten waren klein und heruntergekommen, mit oft sehr jungen Fahrern und Passagieren, die alle aussteigen und den Kofferraum öffnen mussten.

Auch Lisa stieg aus und öffnete ihre Motorhaube. Gott, wie das stank. Der Motor war heiß gelaufen und knackte wütend, aber er qualmte nicht. Sie würde eine Weile warten, ehe sie weiterfuhr. Dann hatte sie immerhin noch eine Stunde bis zum Auftritt.

Nach einiger Zeit kam eine Polizistin zu ihr. Sie war jünger als ihr Kollege auf dem Motorrad, um die dreißig, braun gebrannt und trug ein kurzärmeliges Hemd.

»Haben Sie Probleme mit dem Motor?«

Lisa nickte. »Aber ich glaube, die sind nur vorübergehend. Er muss sich nur wieder abkühlen.«

»Gut, denn wir benötigen hier jeden Stellplatz. Wir überprüfen zurzeit viele Wagen.«

»Geschwindigkeitskontrolle?«

»Nein. Alkoholkontrolle.«

»Alkohol?«

Die Polizistin nickte und deutete auf einen alten roten Volvo Kombi. Drei Typen, ein bisschen jünger als Lisa, luden mehrere Weinkisten aus ihrem Wagen. Sie wurden von zwei Beamten bewacht.

»Die Leute bringen zu viel Alkohol mit«, erklärte die Polizistin. »Und wenn sie minderjährig sind oder aussehen wie illegale Händler, dann beschlagnahmen wir den Stoff.«

»Bekommen die ihn denn zurück?«

»Nein, wir schütten es weg, leider.« Sie betrachtete Lisas Wagen. »Wie sieht es jetzt aus?«

Lisa schnupperte, aber es roch nicht mehr verbrannt, nur nach Abgasen. »Ich kann bestimmt wieder fahren. Wird das mit dem Verkehr besser Richtung Norden?«

»Nicht wirklich. Es ist Mittsommer.«

»Ich weiß«, sagte Lisa und machte sich auf den Weg.

Der Verkehr war wesentlich flüssiger, aber sie konnte auch nicht schneller als fünfzig fahren. Und viel würde sie nicht gewinnen, wenn sie es mit Überholmanövern versuchte – sie konnte sich also nur entspannen und den Sommertag genießen.

Und versuchen, Silas für einen Augenblick zu vergessen.

Lisa brauchte fast vierzig Minuten bis nach Borgholm. Dort bogen die meisten Autos ab, und Lisa konnte das Tempo erhöhen. Sie hatte noch eine Viertelstunde bis zu ihrem Auftritt. Aber heute sollte sie nur begleiten mit der Gitarre, das war beruhigend. Eigentlich wollte sie nicht mehr auf solchen Veranstaltungen spielen, sie hatte schon vor Jahren aufgehört, Aufträge für Kindergeburtstage und Betriebsfeiern anzunehmen – aber sie brauchte das Geld.

Um vier Minuten vor zwei Uhr bog sie von der Landstraße ab und fuhr in den Ort. Der Festplatz befand sich direkt neben der Straße, nah am Wasser, und war nicht zu übersehen: Die Mittsommerstange war auf der Wiese errichtet worden, und die Besucher hatten sich darum versammelt.

Lisa sprang aus dem Auto, atmete die frische Seeluft tief ein und holte ihre Gitarre. Die hatte sich durch die Wärme wahrscheinlich verstimmt. Dann rannte sie auf die Mittsommerstange zu. Die schien erst seit dem Morgen dort zu stehen, denn das Birkenlaub leuchtete noch grün in der Sonne. Und darunter tanzten die Blumenkränze im Wind über den Köpfen der feierlich gekleideten Kinder und Erwachsenen.

Alle sahen schrecklich fröhlich aus. So viele reiche Menschen hier auf dem Land. Eilig schob Lisa sich zwischen den Wartenden hindurch.

»Verzeihung … Entschuldigung …«

Lisa hielt die Gitarre am Hals wie einen Knüppel in die Luft, und die Leute traten zur Seite.

Zwei ältere Männer warteten hinter der Stange, einer mit einem Mikrofon in der Hand, der andere mit einem riesigen Akkordeon vor dem Bauch. Sie nickten Lisa zu, als sie auf die beiden zulief.

»Oh, da kommt ja unsere Begleiterin … Dann bist du wohl Lisa Turesson?«

Sie nickte, hängte sich die Gitarre um und zog das Plektrum aus der Jackentasche. Sie strich einmal über die Seiten und stimmte das Instrument eilig. Das musste genügen.

»Wir wollten jetzt um zwei anfangen«, sagte der Akkordeonspieler. »Das wusstest du, oder?«

Lisa blickte ihn unter ihren Ponyfransen an. »Es war Stau auf der Brücke.«

»Ja, man muss rechtzeitig losfahren«, dozierte der Sänger. Er schaute auf ihre Gitarre. »Bist du so weit?«

»Klar.«

Der Sänger hob das Mikrofon vor die Lippen, und seine Irritation schien wie weggeblasen, als er anhob: »Hallo, alle miteinander! Könnt ihr mich hören? Gut, dann heiße ich euch alle – ob jung oder alt – herzlich willkommen zu Stenviks Mittsommerfest. Ich heiße Sune, und meine Begleiter sind Gunnar und Lisa. Wir werden spielen, und ihr sollt tanzen, bis alle nach Hause gehen und Hering und Kartoffeln essen. Klingt das gut?«

Vereinzelte Stimmen antworteten: »Jaaa …«

»Nehmt euch an den Händen, kommt schon, nicht schüchtern sein!«

Die Leute folgten seiner Aufforderung, hakten sich unter und bildeten eine lebende Kette.

»Wir fangen an mit ›Prästens lilla kråka‹ …« Er sah zu Lisa.

»Das Lied von des Priesters armer kleiner Krähe, die einen Ausflug machen wollte und im Graben landete. Seid ihr bereit?«

Der Sänger zählte an, und das Akkordeon und die Gitarre setzten ein. Die Leute begannen, um die Stange herumzutanzen. Zuerst langsam, dann immer schneller und schneller.

Es war Sommer, und Lisa hatte angefangen, Geld zu verdienen.

GERLOF

Der Tanz um die Mittsommerstange war im Gang. Der Sonnenkult hatte seinen Lauf genommen.

Gerlof saß auf seinem Stuhl im Gras und fragte sich, ob man nicht zu spät dran war. Die Sommersonnenwende hatte sich bereits vor vier Tagen ereignet, was rein rechnerisch bedeutete, dass der Herbst näher war als der Frühling und die Dunkelheit näher als die Helligkeit.

Aber die Sonne und der Sommer wurden dennoch gefeiert, und Gerlof sah viele lachende Gesichter unter den Blumenkränzen. Mehrere Hundert Menschen jedes Alters tanzten in großen Kreisen um die Stange herum.

Gerlof tanzte natürlich nicht mit. Er saß mit steifen Beinen auf seinem Stuhl und sehnte sich nach dem Büfett, nach Hering, Kartoffeln und den Schnäpsen. Aber er hatte gute Laune, hörte der Musik zu und beobachtete die Leute beim Tanzen.

Besonders freute er sich darüber, dass Julia tanzte. Sie hatte Öland für viele Jahre den Rücken gekehrt, nachdem ihr kleiner Sohn spurlos verschwunden war. Auch Gerlof hatte die Tragödie jahrzehntelang beschäftigt, bis er schließlich die Antworten auf die offenen Fragen gefunden, einen Mann ins Gefängnis gebracht hatte und Julia ein neues Leben beginnen konnte. Mit einem neuen Mann und dessen Kindern.

Viele der Tanzenden waren Fremde für ihn, aber die Familie Kloss erkannte Gerlof wieder – die Eigentümer des Ölandic Resorts. Sie standen etwas abseits vom Getümmel und tanzten nicht mit. Kent Kloss sah man oft in den Zeitungen, wo er in Interviews betonte, wie wichtig der Tourismus für die Insel sei. Neben ihm stand sein jüngerer Bruder Niklas, ebenfalls in Jeans und T-Shirt.

Auch die Schwester, Veronica Kloss, war da. Sie trug ein weißes Kleid und hatte rotbraunes Haar, das ihr in weichen Wellen auf die Schultern fiel. Gerlof hatte sie zuletzt im vergangenen Jahr gesehen, als sie in seinem Altersheim einen Vortrag über die Familiengeschichte der Kloss-Dynastie gehalten hatte. Ihr war es gelungen, die Männer im Publikum – einige von ihnen über neunzig Jahre alt – zum Lachen und Augenzwinkern zu bringen. Gerlof hatte auch zu ihnen gehört. Veronica Kloss war groß und stattlich. Sie hätte genauso gut in einem Schloss auf dem Balkon stehen und ihrem Volk zuwinken können.

Familie Kloss hatte ihre Kinder um sich geschart, alles Jungen, alle braun gebrannt.

Gerlof entdeckte auch Bill Carson, der mit seiner Kamera über die Wiese lief und Fotos machte. Mit einem zufriedenen Lächeln kam er auf ihn zu.

»Kann es noch schwedischer werden?«

»Schwedisch?« Gerlof lächelte. »Verraten Sie das bloß nicht unseren großen Künstlern Anders Zorn und Carl Larsson, aber es ist ein deutscher Brauch.«

»Tatsächlich?«

»Ursprünglich ja. Ursprünglich war es eine Maistange, ein Pfahl, den deutsche Bogenschützen als Zielscheibe benutzten, ehe sie ihn mit Frühlingsblumen schmückten. Später haben diese Idee, Stangen oder Pfähle mit Blumen zu schmücken, Handelsleute aus Deutschland nach Schweden gebracht, aber die meisten Blumen blühen bei uns erst im Juni, daher hat man kurzerhand das Fest um einen Monat verschoben.«

»Da sieht man es wieder«, sagte Bill Carlson. »Vom Krieg zu *flower power*.«

»Manchmal kommt es so, ja.«

»Sie interessieren sich sehr für Geschichte, Gerlof?«

»Ja. Meine eigene und die der anderen.«

Gerlof richtete den Blick erneut auf Familie Kloss. Sie wirkte entspannt, aber wie für alle in der Tourismusbranche war dies das letzte Wochenende vor dem Sturm. Den sechs Wochen nach Mittsommer. Der Tourismus auf Öland verhielt sich wie ein bengalisches Feuer, das nur im Sommer brannte – kurz und intensiv.

Eine halbe Stunde lang wurde noch getanzt und dann das Fest mit einer »Rakete« beendet. Alle stellten sich um die Stange und klatschten in die Hände, stampften mit den Füßen und warfen dann heulend die Arme in die Luft. Die Rakete wurde dreimal abgefeuert, dann war das Fest vorüber.

Die Kreise lösten sich auf, und die Menschen verließen den Festplatz, um nach Hause zu gehen. Gerlof hatte keine Verpflichtungen, seine Töchter kümmerten sich um alles. Aber er erinnerte sich an sein Versprechen, nett zu den Besuchern zu sein.

Mit einem Blick auf seinen neuen Bekannten aus Amerika sagte er: »Und Sie fahren jetzt mit dem Fahrrad bis nach Långvik, Bill?«

»Ja. Nach Hause zum *smörgåsbord*.«

»Möchten Sie noch einen Wermutschnaps vor Ihrer Reise?«

»Ein andermal«, sagte Bill. »Ich werde schnell wackelig, wenn ich starke Sachen trinke, und der Weg ist so schon holprig genug.«

Gerlof nickte. »Wir holen das nach, der Sommer ist ja noch lang.«

Sie gingen ein Stück die Küstenstraße entlang, zusammen mit vielen anderen Bewohnern von Stenvik, die nach Hause wollten. Gerlof beobachtete Mädchen, die Margeriten und Blaufuchs am Wegesrand pflückten, obwohl man das gemäß der Tradition erst nach Sonnenuntergang tun sollte, damit es Glück brachte.

Mittsommer war der lange Tag, an dem alles geschehen sollte und doch meistens sehr wenig geschah. Liebe lag in der Luft, die Liebe der Jungen zueinander und die der Älteren zur Natur. Aber sie war flüchtig und verschwand oft schon über Nacht.

Bill und Gerlof verabschiedeten sich an der nördlichen Hauptstraße.

»Warum geben Sie mir nicht Ihre Telefonnummer«, schlug Gerlof vor. »Wir sind gerade dabei, das Boot wieder instand zu setzen. Vielleicht können wir am Ende des Sommers noch einmal fischen gehen.«

»Sehr gerne«, antwortete Bill. »Es ist ein ganzer Schwarm von alten Amerikanern auf der Insel diesen Sommer. Wenn die alle auch Platz haben, kommen sie bestimmt gerne mit.«

»Das kann schon sein«, sagte Gerlof. »Aber wenn es um Schwärme geht, lieber Bill ... Da ziehe ich Vogelschwärme vor.«

LISA

Eine halbe Stunde später war das Fest schon wieder zu Ende. Sie schlossen mit dem Lied über die drei Mädchen aus Nora, und dann durften alle laut heulen und so tun, als wären sie Raketen, die in die Luft geschossen wurden.

Danach löste sich die Menge langsam auf. Als einzige Spuren des Tanzes blieben die großen Kreise auf dem Boden um die Mittsommerstange, wo das Gras platt getrampelt war. Lisa nahm die Gitarre ab und verschnaufte.

»Das war super«, sagte der Sänger.

»Danke«, erwiderte Lisa.

Mit einem Nicken deutete er zu dem Restaurant am Rande des Festplatzes.

»Da wirst du auch noch in diesem Sommer auftreten, oder?«

»Ja, ein paarmal. Aber die meiste Zeit arbeite ich im Ölandic Resort.« Da fiel ihr eine bedeutende Kleinigkeit ein: »Apropos. Wie läuft das mit der Kohle?«

»Kohle?«

»Ja, an wen wende ich mich wegen der Bezahlung?«

»Also, nicht an uns«, erklärte der Sänger. »Frag die Klossens.«

Den Namen kannte Lisa, so hieß der Auftraggeber, der sie über die Agentur gebucht hatte.

»Veronica oder ihr Bruder Kent Kloss ... Die stehen dort drüben.«

Lisa sah eine Gruppe von vier Erwachsenen und ebenso vielen Jugendlichen auf der anderen Seite der Mittsommerstange stehen. Die Leute sahen genauso zufrieden aus, wie alle anderen Familien auf dem Festplatz.

Sie legte ihre Gitarre in den Passat. Ihr Puls hatte sich längst wieder beruhigt nach dem Kampf gegen die Uhr. Jetzt hatte sie frei, mit der Musik war für heute Schluss.

Nur noch die Kohle, flüsterte Silas' Stimme in ihrem Kopf.

Die Familie Kloss wartete offenbar auf etwas. Lisa ging auf sie zu und schenkte der einen Frau ihr schönstes Lächeln.

»Veronica Kloss? Ich heiße Lisa Turesson, und Sie haben mich letzte Woche gebucht, um ...«

Die Frau hob abwehrend die Hand, sie wirkte nervös.

»Ich nicht«, sagte sie. »Nicht sein Frau Kloss. Bin Paulina.«

Sie sprach gebrochen Schwedisch, der Akzent klang osteuropäisch. *Importierte Putzhilfe*, schoss es Lisa durch den Kopf, und sie schämte sich sofort dafür.

Die zweite Frau aus der Gruppe gesellte sich zu ihnen. Sie war wohl um die vierzig. Zwei Lachgrübchen zierten ihre Wangen.

»Hallo, Lisa«, grüßte sie. »Ich bin Veronica. Vielen Dank für das schöne Konzert.«

»Gern geschehen«, antwortete Lisa und holte tief Luft. »Ich wollte Sie wegen der Bezahlung kurz sprechen.«

»Das regeln wir. Sie treten ja auch noch in unserem Restaurant und im Club auf, nicht wahr?«

Lisa nickte. »Ich bin den ganzen Juli hier, aber ich benötige eventuell ein kleines Startkapital …«

»Selbstverständlich«, sagte Veronica. Sie holte ihr Portemonnaie heraus und reichte ihr zwei große Scheine, einfach so, ohne Quittung.

In der Zwischenzeit war einer der Männer hinzugekommen. »Kent Kloss, mein Name, herzlich willkommen in Stenvik«, sagte er. »Wollen Sie noch mit zu uns kommen und einen Cosmo auf der Terrasse trinken?«

»Einen was, bitte?«

»Einen Cosmopolitan?

Kent Kloss trug T-Shirt und Shorts, genau wie der andere Mann und die Jugendlichen. Lisa hatte Schwierigkeiten, sein Alter zu schätzen. Sein Gesicht war das eines Mannes in den mittleren Jahren, aber er lachte wie ein Junge.

»Nein, vielen Dank«, antwortete Lisa. »Ich fahre noch Auto.«

»Ja, und?« Kloss grinste. »Wir haben Wochenende.«

Sie erwiderte sein Lächeln, professionell. »Trotzdem danke.«

»Ein andermal«, sagte Kent. »Der Sommer ist ja noch lang.«

Veronica Kloss holte einen Schlüssel aus der Jackentasche und deutete damit in Richtung Wasser.

»Sie wohnen dort unten, auf dem Campingplatz. Wir haben ein paar Wohnwagen für unsere Angestellten gemietet, die direkt am Wasser liegen. Sie sind ziemlich einfach, aber dafür wohnen Sie umsonst dort. Und die Aussicht ist phantastisch. Geht das in Ordnung?«

»Wunderbar!«, sagte Lisa, und Veronica beschrieb ihr den Standort ihres Sommerdomizils.

Als Lisa zum Wagen ging, um dorthin zu fahren, überkamen sie Müdigkeit und Erschöpfung.

Ein Wohnwagen! Sie hatte sich eine kleine rote Hütte am Meer erhofft, gemütlich und hübsch.

Aber der Campingplatz lag in unmittelbarer Nähe zum Wasser und seine Schönheit war bezaubernd. Sie fuhr zwischen den Zelten und Wohnwagen hindurch. Der Platz hatte Charakter, normalerweise waren Campingplätze immer aufgeräumt und rechteckig angelegt, bestanden aus gleich großen Rasenstücken und geraden Wegen. Aber dieser hier hatte eine eigentümliche Wildheit, die Wege waren alles andere als gerade, steinig und uneben, und überall wucherten Büsche und Dickicht. Die Zelte und Wohnwagen standen kreuz und quer, einzeln oder in Grüppchen. Viele waren schon älter und von der Sonne ausgebleicht, aber es gab auch neue, die mit Holzzäunen umgeben waren.

Veronicas Wegbeschreibung war präzise gewesen, und sie fand den Wohnwagen ohne Schwierigkeiten. Er war ebenfalls älteren Datums, weiß und rund und ohne Zaun. Aber er sah zumindest sauber und rostfrei aus.

Sie schloss den Wagen auf und sah sich im Inneren um. Groß war er nicht: eine Kochnische und weiter hinten eine kleine Abseite als Schlafecke. Aber es war geputzt worden. Sie schnupperte und erkannte den Duft von Reinigungsmitteln. Kein Schimmelgeruch.

Sehr gut. Sie setzte sich auf das schmale Bett und holte ihr Handy aus der Tasche. Es war Zeit, Silas anzurufen, zu fragen, wie es ihm ging, und zu erzählen, dass sie angekommen war.

DER HEIMKEHRER

Es war ein beindruckender Zaun. Nicht der höchste, den der Heimkehrer je gesehen hatte, aber er wirkte äußerst stabil.

Zwischen Stahlpfählen war ein grünes Drahtgitter gespannt. An jedem Abschnitt hing ein gelbes Schild mit der Aufschrift UNBEFUGTEN BETRETEN VERBOTEN.

Der Heimkehrer holte seine Tabakdose heraus und nahm sich etwas Snus. Das Verbot war lächerlich, aber der Zaun war einen zweiten Blick wert. Er war mindestens drei Meter hoch. Zwar führte er keinen Strom, aber er schloss oben mit vier Reihen Stacheldraht ab. Nach links verlief er bis hinunter zum Wasser, nach rechts in einen dichten Laubwald hinein.

»Die haben doch nicht die ganze Gegend eingezäunt, oder?«, fragte er.

Pecka und seine Freundin Rita standen neben ihm.

»Nee«, antwortete dieser. »Kloss hat nur die Sachen eingezäunt, die ihm wichtig sind. Die Stromversorgung und den Frachthafen.«

Der Heimkehrer nickte. »Und Rödtorp? Hat er das auch eingezäunt?«

»Was ist das denn?«, fragte Pecka.

»Ein kleiner Hof, südlich des Hafens.«

»Davon habe ich noch nie gehört.« Pecka klang gelangweilt. »Dieser Zaun endet südlich vom Hafen, am Badestrand.«

»Kommen wir da hinein?«

Pecka nickte. »Aber nicht unten am Wasser. Dort gibt es zwar ein Tor, doch das wird kameraüberwacht.«

Der Heimkehrer musterte den Zaun. »Der ist zu hoch für mich.«

»Wir klettern auch nicht«, erklärte Pecka. »Es gibt andere Möglichkeiten und Öffnungen. Komm mit.«

Er lief behände am Zaun entlang, es war nicht leicht, ihm durch Gestrüpp und Dickicht zu folgen. Nach etwa sechzig Metern kamen sie an eine kleine Lichtung und standen vor einer Stahltür, die in den Zaun eingebaut worden war. Sie war verschlossen, aber Pecka zog einen Schlüssel aus der Hosentasche. Er grinste.

»Ich habe ›vergessen‹, ihn zurückzugeben, als sie mich letztes Jahr rausgeschmissen haben.«

Er schloss auf – und auf einmal gab es eine Öffnung im Zaun, durch die sie nur noch hindurchgehen mussten. Der Heimkehrer hatte seine Pistole in die Hosentasche geschoben und tastete immer wieder danach.

Als sie durch das Tor geschlüpft waren, hob Pecka die Hand und bedeutete ihnen, leise zu sein. Es war offensichtlich, dass er sich auskannte. Zielstrebig lief er zwischen den Bäumen hindurch und führte sie zu einem kleinen Pfad. Dieser teilte sich nach ein paar Schritten, und er nahm die rechte Abzweigung.

Je tiefer sie in den Wald vordrangen, umso vorsichtiger bewegte sich Pecka. Er ging langsam und schien äußerst wachsam zu sein. Dennoch setzte er seinen Weg bestimmt fort, und wenige Minuten später vernahm der Heimkehrer ein schwaches Rauschen. Zwischen den Bäumen hindurch sah er das Wasser. Das Meer und davor eine große, offene asphaltierte Fläche.

»Dort ist der Frachthafen«, flüsterte Pecka.

Rita und er versteckten sich im Gebüsch, während der Heimkehrer am Waldrand an dem asphaltierten Platz vorbeiging und dann wieder in den Wald eintauchte. Der Pfad führte zwischen Bäumen und Dickicht hindurch. Der Heimkehrer war verwirrt. Er erinnerte sich an diesen Ort aus seiner Kindheit, aber etwas hatte sich verändert. Die Bäume waren jung. Aber der Boden und das Wasser rochen so wie früher.

Da hörte er plötzlich Glas unter seinen Stiefeln splittern.

Es war ein Stück von einer alten Fensterscheibe.

Er hob den Blick und sah die planierte Fläche etwa zwanzig Meter vor sich. Das war der Ort. Hier hatte die Kate gestanden. Aber jetzt sah es so aus, als hätte ein Riese alles in Grund und Boden gestampft, die Splitter weggetreten und wäre dann seiner Wege gegangen.

Der Heimkehrer stand eine Weile reglos da, dann machte er kehrt. Das war genug!

Er rannte in den Wald hinein und wäre beinahe über die beiden anderen gestolpert. Pecka und Rita kauerten noch hinter einem Gebüsch, und Pecka beobachtete die Hafenanlage durch sein Fernglas.

Der Heimkehrer sah, dass ein Schiff am Kai lag. Es war ein kleiner Frachter, rostig und wahrscheinlich verlassen. Aber plötzlich nahmen sie eine Bewegung an Bord wahr. Auf der Brücke und an Deck waren Seeleute zu sehen.

»Wir kennen ihren Zeitplan«, erklärte Rita. »Zwei Tage lang haben sie Waren entladen, und nach Mittsommer werden sie wieder ablegen.«

Der Heimkehrer schwieg, aber Pecka nickte.

»Dann schlagen wir zu.«

So saßen sie noch eine Weile im Gebüsch und beobachteten das Schiff, um sie herum das Summen der Fliegen. Aber den Heimkehrer ließ die Erinnerung an die zersplitterten Überreste seiner Kindheit nicht los.

DAS NEUE LAND, JUNI 1931

Die Fliegen summen im Abteil, der Fahrtwind weht ihnen um die Nase, die Lok pfeift.

Aron hat sein ganzes dreizehnjähriges Leben lang diesen Zug durch die Alvar fahren sehen, aber hatte nie selbst darin gesessen. Es ist abenteuerlich, nur wenige Waggons hinter der Lok über die Insel zu gleiten, über die platte Landschaft. Eine Reise durch das Nichts, über die Grassteppe der Alvar, aber trotzdem spannend. Aron streckt seinen Kopf aus dem Fenster und spürt den Fahrtwind im Haar. Die mit Kohle befeuerte Lok fährt viel schneller als die vereinzelten Wagen und Busse, die sich über die Landstraße schieben.

Ab und zu rollen sie an Scheunen vorbei. Dann meldet sich die Erinnerung an den Sommer vor einem Jahr, als die Wand einstürzte und es auf einmal ganz still wurde in der Dunkelheit.

Die Wand hatte sich nicht flach auf den Erdboden gelegt, es hatte sich eine schmale Spalte gebildet, wie die schwarze Öffnung in eine unterirdische Krypta. Aron hatte wie versteinert dagestanden und in die Öffnung gestarrt. Dann hatte Sven ihm die Hand auf den Rücken gelegt und ihn vorwärtsgestoßen.

Los, rein da mit dir, hatte Sven hektisch gebellt. *Geh und hol das Geld.*

Aron hatte gehorcht. Er hatte sich flach auf den Erdboden gelegt und war in die Spalte gekrochen.

Hinein in die Dunkelheit. Er war über den kalten Boden gerobbt, unter der harten Holzwand hindurch. Ein herausstehender Nagel hatte ihm die Stirn zerkratzt, aber er hatte nicht aufgegeben. War weitergekrochen.

Bis zu dem leblosen Körper.

Edvard Kloss, der unter der Wand begraben lag.

Eingeklemmt. Regungslos.

Aron erschaudert im Fahrtwind am Zugfenster. Er will nicht mehr an diese Nacht denken.

Sven scheint der Anblick der Scheunen entlang der Eisenbahnstrecke nichts anzuhaben. Wenn er Knechte sieht, die dort arbeiten, hebt er die Hand und winkt ihnen zu.

»Kennst du die?«, fragt Aron.

»Nein«, antwortet Sven, »aber alle Knechte sind meine Brüder. Sie sollen auch eines Tages von dieser Drecksarbeit befreit werden.«

Hinter Kalleguta biegt die Eisenbahn plötzlich scharf ab und fährt weiter nach Westen in Richtung Borgholm. Das Meer taucht wie ein blaues Band am Horizont auf. Aron ist noch nie in seinem Leben Fähre gefahren und hat noch nie den Sund überquert.

Am Bahnhof von Borgholm angekommen, steigen sie aus und laufen durch die geraden Straßen der Stadt.

Im Restaurant am Hafen essen sie jeder ein Omelett für zwei Kronen und fünfzig Öre. Sven bestellt sich ein Glas Bier, Aron bekommt eine Limonade.

Nach dem Essen genehmigt sich Sven einen Snus aus der kleinen hölzernen Tabakdose, die ihm Aron geschenkt hat, und studiert mit mürrischem Gesichtsausdruck die Rechnung. Missmutig schüttelt er den Kopf, bezahlt aber.

»In dem neuen Land ist das Essen umsonst«, sagt er, als sie wieder auf der Straße stehen.

»Ist das so?«

»Wenn ich es dir sage, man bezahlt nur, wenn man Geld hat.«

Am Nachmittag besteigen sie den Dampfer, der sie über den Sund fahren wird. Sven hat nur Augen für das Ufer des Festlandes, aber Aron dreht sich um und verfolgt, wie die Insel langsam zusammenschrumpft und am Ende nur noch ein graubrauner Streifen am Horizont ist. Es sieht aus, als würde sie im Meer versinken, als würde seine ganze Welt verschwinden.

JONAS

In den zwei Jahren hatte Jonas vergessen, wie unglaublich es war, nahe am Meer aufzuwachen. So musste es einem Astronauten ergehen, der auf einem fremden Planet aufwacht, auf dem Gerüche und Geräusche ganz anders waren.

Als er an Mittsommer die Augen aufschlug, war da das Heulen des Windes, das Schreien der Möwen, das Brummen der Hummeln an der Hauswand und das Sausen der Fahrräder, die die Küstenstraße hinunterfuhren – und hinter all diesen Geräuschen konnte er das schwache Rauschen der Wellen im Sund hören.

Villa Kloss, dachte er.

Die Geräusche waren fremd und doch vertraut. Jonas war zurückgekehrt in die Sommerwelt, in die ihn sein Vater schon als kleinen Jungen mitgenommen hatte. Aber jetzt war er erwachsen, fast. Er war zwölf Jahre alt und schlief nicht mehr bei seinem Vater im großen Haus seines Onkels Kent, sondern in einer kleinen Hütte zwanzig Meter entfernt vom Haupthaus. Ein Gästehäuschen, das nur aus einem Raum mit weißen Wänden und weißem Holzfußboden bestand. Sein großer Bruder Mats und seine Cousins Casper und Urban wohnten in den beiden anderen Gästehäusern. Hier würde er sein eigenes kleines Reich für die nächsten vier Wochen haben.

Tante Veronica, die Schwester seines Vaters, hatte ihm beim Beziehen des Betts geholfen, und der Geruch ihres Parfums hing noch in der Luft.

Veronica trug weiße Kleider und hatte dieselben hellblauen Augen wie sein Vater. Jonas mochte seine Tante, aber auch sie hatte er in den vergangenen zwei Jahren nicht gesehen. Er war nicht nach Öland gefahren, und Veronica hatte keine Zeit gefunden, sie in Huskvarna zu besuchen. Außerdem hatte

Jonas das Gefühl, dass sie und seine Mutter sich nicht besonders gut leiden konnten.

»Hier regierst du ganz allein«, hatte Veronica gesagt, als das Bett fertig bezogen gewesen war. »Hier wird dich niemand stören, das ist doch herrlich, oder?«

Das war es. Jonas hatte gut geschlafen, und niemand hatte ihn gestört. Er setzte sich auf. Neben dem Bett befand sich ein Fenster, durch das er das Wasser sehen konnte – der hellblaue Swimmingpool der Villa Kloss war nur zehn Meter von seinem Häuschen entfernt.

Und hinter der Küstenstraße glitzerte unterhalb der Klippe der dunkelblaue Sund.

Dort oben auf der Klippe, fast am Ende des kleinen Plateaus, lag das alte Inselgrab. Die Röse, das große runde Steinhügelgrab, in dem es spukte. Aber nicht jetzt, nicht so lange die Sonne schien.

Jonas stand auf und zog sich die Shorts an.

Das Einzige, was er hörte, waren die schwachen Geräusche des Sommers. Keine Stimmen. Als er am Abend zuvor eingeschlafen war, hatten alle anderen Mitglieder der Familie Kloss die kürzeste Nacht des Jahres gefeiert. Jeder auf seine Weise: Mats und seine Cousins hatten unten am Steg gesessen, um nach hübschen Mädchen Ausschau zu halten, sein Vater hatte als Chef des Restaurants, das ebenfalls in Familienbesitz war, nach dem Rechten gesehen, und Tante Veronica und Onkel Kent hatten auf der Terrasse gesessen. Veronicas Mann war für einen kurzen Besuch aus Stockholm gekommen, und auch Kents neue Freundin war mit von der Partie, ihren Namen kannte Jonas aber nicht. Seit Jonas denken konnte, hatte Onkel Kent jedes Jahr eine neue Freundin. Sie saßen meistens schweigend mit am Tisch und blieben in der Regel nicht lange.

Jonas war zu müde gewesen, um sich den Erwachsenen oder seinen Cousins anzuschließen. Gegen zehn Uhr hatte er sich ins Bett gelegt und war bei gedämpfter Musik, leisen Gesprächen und hellem Lachen eingeschlafen.

Er zog sich einen dünnen Pullover über, öffnete die Glastür und trat hinaus in die Sonne. Es war zwar erst acht Uhr, aber sie brannte schon ziemlich heiß.

Die beiden Grundstücke der Villa Kloss waren bedeckt mit Steinen, vereinzelten Büschen und Blauem Heinrich. Früher hatte seinem Vater das dritte Grundstück gehört, bevor er die Geschäfte gemacht hatte, die schlecht für ihn ausgegangen waren. Sein Sommerhaus hatten sie verkauft, und die neuen Besitzer hatten eine Bretterwand als Sichtschutz aufgestellt, wie Jonas feststellte.

Er hatte Hunger und hoffte, dass er in Onkel Kents Küche etwas zu essen finden würde.

Er ging die Stufen zur Holzterrasse hoch. Die beiden Terrassen vor Kents und Veronicas Haus würden sein Arbeitsplatz in den kommenden Wochen sein. Er sollte sie abschleifen und ölen, für einen Stundenlohn von fünfunddreißig Kronen. Ein Haufen Geld war das – und Jonas hatte sofort zugesagt.

Das Haus seines Onkels war lang und breit, mit großen Panoramafenstern auf der Meerseite und einer gläsernen Schiebetür. Jonas schob sie auf.

Diesen kühlen Raum zu betreten hatte Jonas immer das Gefühl vermittelt, als würde er auf die Kommandobrücke eines großen Raumschiffes treten. Nicht, dass er das jemals getan hätte, aber ungefähr so musste es dort aussehen: ein länglicher Raum mit großen Panoramafenstern, kühl und mit allerlei Technik ausgestattet. In die Decke waren reihenweise Leuchten eingelassen, eine große Stereoanlage stand neben einem noch größeren Flatscreen, und die beide Geräte waren mit den riesigen Lautsprechern verbunden, die Kent in die Wand hatte einbauen lassen.

In einer Ecke stand Kents rote Golftasche neben einem Laufband, und dahinter befand sich der Eingang zur Küche, die so metallisch glänzte wie die Wohnzimmereinrichtung. Knöpfe blinkten und Schalter brummten.

Onkel Kent hatte für den Sommer eine Haushälterin aus Russland oder Polen eingestellt. Sie stand gerade am Küchentisch, auf dem sie das Frühstück vorbereitet hatte. Brot, Butter, Saft, Eier, Früchte und vier verschiedene Sorten Flocken und Müsli.

Jonas war begeistert. Er freute sich, allein frühstücken zu können, denn zu Hause in Huskvarna musste er immer warten, bis sein Bruder Mats sich vor ihm genommen hatte, was er wollte. Jetzt konnte er nach Herzenslust zulangen. Er nahm sich eine blaue Schale, füllte sie mit Cornflakes und Milch und setzte sich in den größten schwarzen Ledersessel im Wohnzimmer.

Von seinem Platz aus sah er einen Großteil des Küstenstreifens. Das Grundstück, die Küstenstraße, das Meer und das Steinhügelgrab auf dem Plateau.

Eine Viertelstunde später wurde die Glastür aufgeschoben, und seine Tante kam herein.

»Morgen, Jonas«, sagte sie. »Gut geschlafen?«

Sie hatte sich schon für den Arbeitstag angezogen und trug ein schwarzes Kostüm und rote Schuhe.

Jonas kaute, schluckte herunter und nickte.

»Ja.«

»Sind Kent und Niklas hier?«

»Ich habe noch niemanden gesehen«, antwortete er.

»Dann sind die wahrscheinlich joggen.« Veronica lächelte ihn an.

In den Wintermonaten wohnte Veronica mit ihrem Mann und ihren Kindern in Stockholm. Ihre Söhne Urban und Casper waren achtzehn und fünfzehn Jahre alt. Aber die Sommermonate verbrachte sie in der Villa Kloss und arbeitete als Geschäftsführerin des Ölandic Resort. In dieser Zeit, von Ende Mai bis Anfang September, machte sie keinen Tag Urlaub.

»Was hast du heute für Pläne, Jonas?«, fragte sie ihn.

Er blickte auf Kents Terrasse und nickte bestimmt. »Ich werde die Terrasse schleifen.«

»Aber doch nicht heute«, Veronica schüttelte den Kopf. »Alle haben frei an Mittsommer. Du auch. Du hast Urlaub.«

Das klang gut.

Urlaub, dachte Jonas. Keine Sommerferien. Er hatte noch nicht einmal angefangen zu arbeiten und hatte schon Urlaub, wie ein Erwachsener.

LISA

Das Ölandic Resort lag ein paar Kilometer südlich von Stenvik und gehörte der Familie Kloss. Das Resort war Lisas zweiter Arbeitsplatz, und sie fuhr um die Mittagszeit dorthin, um ihren Auftritt vorzubereiten.

An der Auffahrt zu der Anlage gab es eine Rezeption, dazu eine Autoschranke – und eine Überwachungskamera. Sie spürte das kalte Auge der Kameralinse auf sich gerichtet, als sie das Fenster herunterkurbelte und sich anmeldete. Aber alles lief gut, und die Schranke öffnete sich. Sie fuhr über den neu asphaltierten Weg, vorbei an den Zelten und Wohnwagen des Ölandic Campingplatzes, hinunter zum Wasser und dem weiß gestrichenen Ölandic Hotel.

Es war Mittsommer, der Tag nach dem großen Fest. Aber im Ölandic Resort stieg jeden Tag eine Party, zumindest unten im hauseigenen Nachtclub. Zwei DJs und zwei Coverbands würden den Juli über im Wechsel arbeiten, vom frühen Abend bis tief in die Nacht.

Heute Abend würde Lady Summertime ihr Debüt geben, und Lisa hoffte, dass es ein großartiger Auftritt werden würde.

Das Ölandic Resort war eine künstlich angelegte Sommerhaussiedlung mit geraden Wegen und großen Grünflächen. Der Unterschied zu dem kleinen Campingplatz in Stenvik war enorm. Das Resort war für Tausende von Gästen angelegt, die sich in der Sonne aalen und den Badestrand, den Golfplatz, das Hotel und den Nachtclub nutzen wollten. Aber Lisa sah nicht viele Menschen auf ihrem Weg, und die wenigen, die unterwegs waren, wirkten wie Schlafwandler. Entweder schliefen hier alle tatsächlich noch, oder sie lagen bereits am Strand hinter dem dichten Laubwäldchen.

Sie parkte vor dem Hotel. Es hatte vier Stockwerke und stand direkt am Hang über dem Badestrand. Vom Hotel aus hatte man den besten Blick über die Anlage, den zweitbesten von der Sommerhaussiedlung aus, und der Campingplatz lag am weitesten vom Wasser entfernt.

Lisa nahm den Karton mit ihren CDs und ihre Tasche mit den Maxisingles und betrat die Hotelrezeption, wo die Luft angenehm kühl war und Goldfische in einem riesigen Aquarium ihre Kreise zogen. Zwei blonde Empfangsdamen standen hinter dem Tresen, beide um die zwanzig und mit hellblauen Blusen bekleidet.

Die eine lächelte Lisa an, und sie stellte sich vor.

»Ja, richtig«, sagte die junge Frau, »dann bist du Lady Summertime? Der Club ist im Keller.«

Sie zeigte ihr den Weg, half ihr aber nicht beim Tragen.

MAY LAI BAR stand in rot leuchtenden Neonbuchstaben über dem Eingang. Der Clubraum war groß, auf der rechten Seite befanden sich mehrere Reihen von Stehtischen, die an der Wand verankert waren, und über die gesamte linke Raumseite erstreckte sich ein langer Bartresen. Der war zwar noch verwaist, das Flaschensortiment in den Regalen dahinter aber beachtlich. Und in dem gläsernen Kühlschrank warteten bereits kalt gestellte Champagnerflaschen.

»Die Ruhe vor dem Sturm«, sagte die junge Frau vom Empfang.

»Wird es denn hier abends stürmisch?«, fragte Lisa.

»Na ja, die Leute lassen es sich schon gut gehen. Im Juli ist es hier eigentlich jeden Abend voll. Es kommen ziemlich viele Kinder reicher Leute her, mit Sportwagen und Papas Kreditkarte.«

Lisa nickte. Sie kannte diese Klientel.

Die DJ-Kabine stand direkt am Eingang neben einer großen Glastür, die zur Terrasse mit Meerblick führte. Die Tanzfläche vor der DJ-Kabine glänzte schwarz und sah frisch gebohnert aus, allerdings hing der Geruch von Schweiß und Alkohol in der Luft.

»Hast du ›Sommaren är kort‹ – der Sommer ist kurz – von Tomas Ledin dabei?«, fragte die junge Frau.

Lisa sah sie irritiert an.

»Na, das Lied von Tomas Ledin, ›Sommaren är kort‹? Legst du das auch auf?«

»Doch, ab und zu.«

Lisa legte lieber ›Around the World‹ von Daft Punk auf, aber sie wusste, dass diese alten Klassiker die Leute auf die Tanzfläche lockten.

Die Kabine war verschlossen, aber die Rezeptionistin hatte die Schlüssel. Sie gab Lisa einen.

»Sag Bescheid, wenn du irgendetwas brauchst. Ich bin oben an der Rezeption.«

»Danke.«

Lisa schloss auf und inspizierte die Ausstattung. Die beiden Schallplattenspieler waren von Technics, SL 1200-Modelle, und hatten offensichtlich schon harte Zeiten hinter sich, aber das Mischpult von Pioneer sah neu aus. Es gab ein paar Regler für eine Lichtshow an der Discokugel, die über der Tanzfläche hing und die sie von der Kabine aus steuern konnte. Und ihr stand ein schnurloses Mikrofon zur Verfügung, um die Tanzenden zwischendurch anzufeuern.

»Wir haben auch eine Nebelmaschine«, erklärte die junge Frau und zeigte auf einen Knopf weiter unten. »Die kannst du damit einschalten.«

»Super«, sagte Lisa. Sie liebte Spezialeffekte.

Die Kabine war ein wenig erhöht, fast wie eine Kanzel in der Kirche, aber sie war so eng wie alle anderen, in denen Lisa bisher gearbeitet hatte. Eine Plexiglasscheibe an der Vorderseite schirmte sie vor dem Publikum ab und schützte sie vor herumfliegenden Gegenständen.

»Wie sieht es hier im Ölandic Resort mit der Security aus?«, fragte Lisa. »Gibt es ausreichend Leute?«

»Die laufen im Sommer den ganzen Tag über die Anlage. Und abends sind sie vor allem im Hotel und im Club unterwegs. Es gibt einen Alarmknopf in der Bar, wenn die Lage eskaliert.«

»Sehr gut.«

»Fühl dich ganz wie zu Hause«, sagte die Rezeptionistin abschließend und kehrte zurück an ihren Arbeitsplatz.

Lisa stellte ihre Schallplatten auf den Boden, dann schloss sie die Kabine hinter sich wieder ab und ging zu der Glastür, die auf die Terrasse führte, um sich ein bisschen umzusehen.

Die Tür war wie ein breiter Notausgang – oder ein Fluchtweg, das war gut zu wissen. Sie trat hinaus in die Sommerwärme. Vom Meer strömte ihr ein schwacher Geruch von Tang entgegen.

Sie stand auf einer großen Terrasse mit weiteren Stehtischen und Stühlen um einen großen Grill aus Stein und Wellblech und eine Bar aus Bambus. Auch hier waren noch keine Gäste, aber auf den meisten Tischen standen bereits Reservierungsschilder.

Unterhalb des Hotels begann der Sandstrand, der in einer Bucht lag, die sich weit nach Süden erstreckte. Im Norden schloss sich ein Waldstück an. Es war ein dichter sommergrüner Laubwald hinter einer niedrigen Steinmauer, die oben mit mehreren Reihen Stacheldrahtzaun versehen war.

Eine kleine Steintreppe führte hinunter auf die Grünfläche vor der Hotelanlage, wo ein Kricketparcours aufgebaut war. Lisa lief die Stufen hinab, an dem Parcours vorbei und ging zielstrebig auf den Wald und die Steinmauer zu.

Mauern und Zäune machten sie immer neugierig. Hinter der Mauer konnte sie nur dicht an dicht niedrige Bäume und Gestrüpp ausmachen, aber wozu war der Stacheldraht da?

Vorsichtig hob sie ihn an, damit sie sich darunter hindurchschieben konnte. Zuerst ein Bein, dann den Rest des Körpers. Der Stacheldraht schien begierig zu sein, ihren Hinterkopf zu zerkratzen. Aber sie gelangte ohne Verletzung auf die andere Seite.

Jetzt stand sie im Wald, dem verbotenen Wald. Er schien über Jahrhunderte gewachsen zu sein, mit knorrigen Eschen und gekrümmten Eichen, dazwischen standen jüngere Birken und Fliederbüsche. Ein Märchenwald, der auf eine Prinzessin wartet – auf Lady Summertime.

Gern wollte sie noch ein kleines Stück tiefer in den Märchenwald eintauchen. Sie entdeckte einen kleinen Pfad, der von der Mauer wegführte, der vielleicht von Hasen und Rehen stammte. Vorsichtig lief sie weiter, blieb dann stehen und holte tief Luft.

Es war vollkommen still. Friedvoll und dunkel, nur das gedämpfte Summen der Insekten und das Zwitschern der Vögel war zu hören. Sie lief weiter. Als sie sich umdrehte, war das Hotel zwischen den Bäumen verschwunden, auch die Mauer konnte sie kaum noch erkennen. Öländische Wälder waren nicht weitläufig und hochgewachsen, sondern dicht und undurchdringlich – es konnten sich viele Geheimnisse in ihnen verbergen.

Plötzlich hörte sie das Knacken eines Astes in unmittelbarer Nähe. Es war eindeutig ein Knacken gewesen, keine Einbildung – aber sie konnte nichts sehen. Alles um sie herum war Grün und Braun. Blätter und Zweige, die sich sanft im Wind wiegten, und der schmale Pfad zu ihren Füßen.

Er wurde breiter und endete etwa fünfzig Meter weiter auf einer kleinen Lichtung mit hohem Wildgras. Lisa blinzelte in das grelle Licht. Die Sonne stand fast senkrecht am Himmel. Vom Strand her hörte sie fröhliche Stimmen.

Der schwedische Sommer. Tomas Ledin hatte recht, dieser Sommer war kurz, aber dadurch auch viel intensiver. Lisa war ein Stadtmensch, sie war in Farsta, südlich von Stockholm, ganz ohne Sommerhaus aufgewachsen. Aber eine Sehnsucht nach dem Landleben, die sie wohl über Generationen ererbt hatte, hatte sie für diese Sommersaison nach Öland gelockt.

Die Sehnsucht und das Geld.

Als sie auf den Boden sah, bemerkte sie Spuren von Fahrzeugreifen. Ein großes und schweres Gefährt hatte sich durch den alten Wald geschoben, einmal quer über die Lichtung bis zu den Bäumen auf der anderen Seite.

Dort hatte ein kleines Haus gestanden, aber das Gefährt musste es niedergewalzt haben, denn es waren nur noch das Fundament und ein paar graue Bohlen auf dem Waldboden übrig.

Hinter der Ruine setzte sich der Laubwald fort. Und dahinter sah sie das Meer glitzern, einen kleinen Strand und ein paar Felsen, die wie ein Steg ins Wasser hineinragten.

Ein vergessenes Idyll. Die Familie, die einst in dem kleinen Haus gelebt hatte, konnte jeden Tag an ihren eigenen kleinen Strand gehen.

»Was machen Sie hier?«, fragte eine barsche Stimme hinter ihr.

Lisa drehte sich um. Ein Mann stand mitten auf der Lichtung und starrte sie an.

Er trug ein Hemd und eine Hose in demselben Hellblau wie die Bluse der Rezeptionistin. Der Mann war groß und schlank und hatte eine schwarze Schirmmütze auf dem Kopf. Er schwitzte und kam mit großen Schritten auf sie zu. Lisa sah das Funkgerät an seinem Gürtel und begriff, dass er zum Wachpersonal gehörte. Jung und unnachgiebig.

Lisa hatte nichts gegen Wachleute, aber die Rebellin in ihr – Lady Summertime – mochte sie nicht. *Uniformen* – leckt mich!

»Was ich mache?«, antwortete sie und erwiderte seinen Blick. »Ich arbeite hier.«

»Und bitte wo?«

»Im Ölandic Resort.«

»Ach, tun Sie das?«

»Ja, ich bin DJane in der May Lai Bar.«

Der Mann vom Sicherheitsdienst blieb einen Meter vor ihr stehen.

»Ach wirklich, ich habe Sie da aber noch nie gesehen.«

»Ich habe ja auch noch nie hier gearbeitet. Ich fange heute Abend an, als Lady Summertime. Wollen Sie meinen Ausweis sehen?«

Es dauerte einen Moment, dann entspannten sich die Züge des Mannes, und er schüttelte den Kopf. »Ich wollte nur …« Er warf einen raschen Blick über die Schulter und erstarrte. »Verdammt, ist da jetzt noch jemand …«

Er verstummte. Lisa blickte an ihm vorbei und sah zuerst gar nichts, nur Laub und glitzerndes Wasser. Dann entdeckte sie einen Schatten. Da stand jemand regungslos auf den Felsen, mit dem Rücken zum Strand. Ein kräftig wirkender alter Mann in einem Fischerpullover.

Lisa schaute den Wachmann fragend an. »Kann ich jetzt gehen?«

Er warf ihr einen kurzen Blick zu, dann nickte er abweisend. »Ja, okay. Gehen Sie zurück. Sie haben hier nichts zu suchen.«

»Aber das gehört doch zum Ölandic Resort?«

»Nein, das ist ein privates Grundstück der Familie Kloss.«

»Aha, verstehe!«

Sie hatte nicht vor, länger mit dem Wachmann herumzustreiten, und lief zurück. Als sie einen Blick über die Schulter warf, sah sie, dass der Wachmann mit großen Schritten davonstürmte, auf den alten Mann am Meer zu.

Faschist, dachte Lisa.

Sie lief den Pfad entlang bis zur Mauer, kletterte so vorsichtig wie auf dem Hinweg unter dem Stacheldraht hindurch und war wieder auf dem Grundstück des Hotels.

Jetzt wollte sie zurück zum Campingplatz fahren, Silas anrufen und vielleicht noch ein paar Stunden schlafen, bevor sie zu ihrem Clubdebüt antreten würde.

Auf dem Weg zum Wagen meinte sie ein ungewöhnliches

Geräusch aus dem Wäldchen zu hörte. Eine alte Eiche, die gefällt zu Boden stürzte? Ein Feuerwerkskörper? Lisa blieb mit der Hand an der Wagentür stehen und horchte. Aber das Geräusch wiederholte sich nicht.

DER HEIMKEHRER

Der Heimkehrer stand auf den Felsen am Meer, als der Wachmann auftauchte.

Die Felsen seiner Kindheit, aber es war ein Fehler gewesen, dorthin zu gehen. Er war sichtbar und damit angreifbar geworden.

Fast jeden Tag in der Fremde hatte er sich danach gesehnt, an diesem kleinen Strand zu stehen. Er hatte davon geträumt, zurückzukommen und über den Steg aus Steinfelsen zu gehen, der ins Wasser ragte. Der kleine Hof seiner Eltern im Wald war zerstört worden, aber den Steg konnte Kloss nicht vernichten.

Vorsichtig betrat er den Felsensteg, und für einen kurzen Moment reiste er zurück in seine Kindheit. Aber er sprang nicht von Felsen zu Felsen, wie er das früher als kleiner Junge getan hatte, sondern ging mit den bedächtigen Schritten eines alten Mannes.

Zwölf Schritte waren es, dann stand der Heimkehrer auf dem äußersten Felsen. Er streckte sich und sah hinaus auf den leeren Sund.

Die Sonne schien, aber das Wasser zu seinen Füßen war dunkel und voller Schatten. Die Strahlen reichten nicht bis zum Meeresboden hinunter. Als der Heimkehrer den Blick über das Wasser nach Norden wandern ließ, sah er das schwarze Schiff ganz deutlich, das Pecka beobachtet hatte. Es lag am Kai, und die Seeleute hatten gut zu tun. Plastikkisten mit Fisch wurden vom Boot in einen Lieferwagen verfrachtet.

Aus der anderen Richtung, von Süden her, waren die ausgelassenen Stimmen der Badegäste des Ölandic Resort zu hören. Da die Bucht hinter einer Landzunge verborgen lag, konnte er sie nicht sehen. Aber auch ihn konnte niemand sehen.

Nach einer Weile war das Löschen der Schiffsladung beendet, und der Lieferwagen fuhr davon. Die Seeleute gingen zurück an Bord, und der Heimkehrer wandte sich zum Gehen.

»Hallo! Sie da!«

Der Heimkehrer hörte den Ruf und sah hinüber zum Strand.

»Ja, Sie! Das hier ist ein Privatgrundstück!«

Ein junger Mann stand am Strand, und es war nicht Pecka. Dieser junge Mann trug eine hellblaue Hose und eine schwarze Schirmmütze wie ein Parkwächter.

»Privatgrundstück?«, wiederholte der Heimkehrer und blieb stehen.

Der Wachmann nickte. »Suchen Sie jemanden?«

Diese Frage stellte der Wachmann wahrscheinlich allen Unbefugten, aber sie schien an dieser Stelle vollkommen unangebracht zu sein.

Der Heimkehrer schüttelte den Kopf. Er blieb auf dem Felsensteg stehen und fragte sich, ob Pecka den Wachmann hatte kommen sehen.

»Ich habe hier als kleiner Junge gewohnt«, erklärte er. »Ich habe hier draußen auf den Felsen gestanden und Hechte mit meinem Holzspeer aufgespießt … Wir hatten einen kleinen Hof im Wald.«

»Aha. Aber es gibt hier keinen Hof mehr.«

»Nein, der ist abgerissen worden.«

Der Wachmann hörte nicht weiter zu, er schien nachzudenken.

»Wie sind Sie hier reingekommen?«

»Ich bin hineingegangen.«

»Haben Sie die Schilder nicht gesehen?«

»Nein.«

»Und den Zaun? Den müssen Sie doch gesehen haben?«

Der Heimkehrer schüttelte erneut den Kopf – und tastete gleichzeitig mit seiner rechten Hand hinter seinem Rücken nach dem Hosenbund. Seine Finger fanden den Griff der Pistole. Die Walther, die er Einar Wall abgekauft hatte.

»Der Hof hieß früher Rödtorp«, sagte der Heimkehrer und sah dem Wachmann fest in die Augen. Er hielt die Hand mit der Pistole auf dem Rücken und fuhr fort: »Unser Haus war klein, aber solide, mein Großvater hatte es gebaut. Ich habe dort mit meiner Mutter Astrid, meiner Schwester Greta und meinem Stiefvater Sven gewohnt. Aber Sven wollte ins Neue Land auswandern, um dort zu arbeiten. Also haben wir das getan. Wir sind in Borgholm auf die Fähre gestiegen und …«

»Ja, ja, schon gut«, unterbrach ihn der Wachmann herrisch, »aber Sie müssen jetzt zu mir herunterkommen.«

Der Heimkehrer nickte und ging den Felsensteg zurück, aber seine Schritte waren noch unsicherer und vorsichtiger als auf dem Hinweg. Er blieb stehen und schüttelte den Kopf. »Meine Beine sind steif.«

»Warten Sie«, entgegnete der Wachmann genervt. »Ich helfe Ihnen.«

Er stieg auf den ersten Felsen. Der Heimkehrer wartete ab, die Pistole hinter dem Rücken. Er hörte die Badegäste in der Ferne. Fröhliche Rufe und Schreie.

Der Wachmann kam die fünf Schritte auf den Heimkehrer zu. »Halten Sie sich an meiner Schulter fest, dann gehen wir gemeinsam an Land.« Er streckte ihm die Hand entgegen und wandte sich zum Gehen um, vielleicht freute er sich sogar, dass er einem alten Mann helfen konnte.

»Vielen Dank für Ihre Hilfe«, sagte der Heimkehrer und konzentrierte sich auf das Genick des Wachmannes.

Dann hob er die Waffe, entsicherte sie und zielte.

Der Wachmann war im Begriff zurückzugehen und nahm dabei sein Funkgerät zur Hand, aber es war zu spät.

Sein Nacken war ungewöhnlich schmal. Der Übergang vom Schädel zu den Halswirbeln hob sich deutlich ab.

Der Heimkehrer drückte ab.

Der Schuss hallte über das Wasser, der Wachmann zuckte zusammen und kippte zur Seite. Er fiel ins Wasser, aus dem Licht ins Dunkle.

Der Heimkehrer sah, wie das Wasser über dem Mann zusammenschlug und sein Körper in die Tiefe sank.

Er blickte sich um und horchte. Der Pistolenschuss hatte die Luft mit einem scharfen Knall durchschnitten, kurz und hart, ohne Echo. Die Bäume und Sträucher dämpften den Schall, das wusste er.

Aber Pecka hatte den Schuss gehört. Er war aus dem Gebüsch gesprungen und hatte mit offenem Mund zum Strand hinuntergesehen. Wie versteinert stand er da, und es dauerte lange, bis er sich bewegen konnte.

Etwa zwanzig Sekunden nach dem Schuss tauchte der Körper des Wachmanns wieder auf, er hatte sich gedreht und trieb mit dem Gesicht nach oben unter der Wasseroberfläche. Aus seinem Mund stiegen Luftbläschen, und seine Arme bewegten sich fast unmerklich hin und her.

Pecka kam an den Strand gerannt und starrte den toten Wachmann im Wasser an.

»Er lebt noch«, sagte er leise.

Der Heimkehrer beugte sich mit ausgestrecktem Arm nach unten, hielt die Walther gegen die Stirn des Wachmannes und drückte erneut ab.

Die Luftbläschen versiegten.

Alles war still.

»Wir müssen seinen Körper beseitigen«, sagte der Heimkehrer.

Pecka hob den Kopf. Sein Blick war leer.

»Was?«

Der Heimkehrer antwortete nicht. Er schaute zu beiden Seiten den Strand hinunter, es war niemand zu sehen, und offenbar hatte keiner den Schuss gehört. Wenn der Heimkehrer etwas beherrschte, waren es der Umgang mit Toten und die Entsorgung von Leichen.

Er bückte sich und packte den Gürtel des Wachmannes, zog ihn im Wasser zum Strand. »Hilf mir!«, befahl er Pecka.

Der bewegte sich wie ein Schlafwandler, stieg aber ins Wasser und griff nach den Armen des Wachmannes. Gemeinsam zogen sie den Toten an Land und trugen ihn in den Schutz der Bäume.

»Scheiße«, stöhnte Pecka. »So eine Scheiße …«

Der Heimkehrer kümmerte sich nicht weiter um ihn. Er knöpfte das Hemd und die Hose des Toten auf und zog ihm die nassen Sachen aus.

Hinter einem Hagebuttenstrauch befand sich ein kleiner Graben. Er ließ Pecka die größten Steine entfernen, um das Loch zu vertiefen, und rollte dann den leblosen nackten Körper hinein. Vom Strand holte er zwei Arme voll Seetang und legte ihn über den Körper, um den kommenden Leichengeruch zu überdecken. Den Tang wiederum bedeckte er mit mehreren Schichten aus Steinen.

Dann trat der Heimkehrer einen Schritt zur Seite und begutachtete sein Werk. Sie hatten ein kleines Steingrab im Wald errichtet. Eine Röse. Wie das in Stenvik, nur nicht so alt.

»Hast du … hast du so etwas hier schon mal gemacht?«, fragte Pecka.

»Hier noch nicht«, erwiderte der Heimkehrer.

Aber er wusste, was sich unter den Steinen abspielen würde. Die Vögel würden den Leichengeruch wegen des Tangs nicht ausmachen können und daher nicht kreischend über ihm kreisen – und das war gut so. Aber die Insekten würden den Körper bald entdecken. Die Fliegen würden sich schon in wenigen Stunden zwischen den Steinen hindurchzwängen und ihre Eier in die Haut des Toten legen. Die Larven, die daraus schlüpften, waren hungrig und würden das Fleisch bis auf die Knochen verzehren. Bis er schließlich aufhören würde zu stinken. In wenigen Wochen schon würden alle Weichteile aufgefressen oder vertrocknet sein, und in zwei Monaten waren nur noch die Knochen übrig.

Zu dem Zeitpunkt würde der Heimkehrer die Insel längst verlassen haben.

Er hob den Blick von dem Steingrab und sah zum Frachthafen hinüber. Das Schiff lag nach wie vor am Kai.

»Du behältst das Schiff im Auge?«, fragte er.

Pecka hatte fassungslos auf das Grab gestarrt, er zuckte zusammen und antwortete mechanisch: »Ja. Sie sind an Land gegangen. Ins Restaurant.«

»Sehr gut. Wir müssen jetzt von hier verschwinden.«

Ein letzter Blick auf den Steinhaufen, dann trat der Heimkehrer den Rückzug durch den Wald an. Er lief, trotz seines Alters und der Tat, die er soeben begangen hatte, mit leichten Schritten. Er war es noch immer – *fähig*.

JONAS

Es war ein träger Sonntagvormittag, an dem rein gar nichts passierte. Jonas stand auf der Holzterrasse seines Onkels und sah sich um. Die Sonne wärmte, er war umgeben von Sommer. Boote auf dem Sund, Badende am Strand, Autos auf der Küstenstraße. Die Felslandschaft oberhalb des Wassers war von den Blüten des Blauen Heinrichs und des Klatschmohns in die Farben Blau und Rot getaucht, die überall aus den Ritzen des steinigen Bodens ans Licht drängten.

Aber offenbar war doch etwas passiert. Die Tür hinter ihm stand offen, und aus dem Wohnzimmer hörte er, wie Kent telefonierte. Normalerweise klang er immer vergnügt, aber heute war seine Stimme hart und verärgert.

»Verschwunden?«, rief er. »Was heißt verschwunden? Ist er gestern Morgen zur Arbeit erschienen, oder ist er gar nicht erst aufgetaucht?« Pause. »Er war da? Dann ist er also im Laufe des Tages verschwunden? Dasselbe wie letztes Jahr …«

Pause.

»Das weiß ich«, erwiderte Kent, »wir hatten schon letzte Saison Ärger mit ihm, aber er sollte dieses Jahr eine zweite Chance bekommen. Veronica hat an ihn geglaubt. Er werde sich zusammenreißen, hat er versprochen, seine Arbeit ordentlich erledigen. Da sieht man es mal wieder.«

Jonas wollte ihn nicht belauschen und verließ daher das Grundstück und schlenderte zur Küstenstraße. Von dort aus konnte er den Campingplatz sehen, der nur wenige hundert Meter nördlich lag. Er sah auch den Badesteg, der ein beliebter Treffpunkt war. Die Sommergäste lagen am Strand neben dem Steg und sonnten sich. Je höher die Sonne stieg und je heißer es wurde, desto mehr Sonnenanbeter kamen. Der Strand war bedeckt mit einem Mosaik aus roten, blauen und weißen Handtüchern, und daneben standen Thermoskannen, Flaschen und Fahrradkörbe mit Bällen. Die Sommergäste schleppten alle möglichen Sachen mit an den Strand, benutzten sie aber selten. Ab und zu spielten sie Frisbee, aber die meiste Zeit lagen sie reglos in der Sonne.

Jonas wedelte eine Fliege weg und blickte in die andere Richtung. Die Stadt endete mit der Villa Kloss, südlicher standen keine Häuser mehr, und die Küstenstraße wurde zu einem Schotterweg. Ein paar Kilometer weiter lag das Ölandic Resort mit seinem großen Campingplatz und dem Luxushotel, aber es lag verborgen hinter einer Reihe von Landzungen, die ins Meer hinausragten.

Jonas überquerte die Straße und bestieg das Plateau, das Landborg genannt wurde. Es war mit Schotter bedeckt und fiel zum Wasser hin ab.

Am äußersten Ende des Plateaus, Onkel Kents Haus direkt gegenüber, lag das runde Steingrab.

Die Röse. Sie gab es schon seit mehreren Tausend Jahren, seit der Bronzezeit.

Jonas' Schritte wurden immer langsamer, je näher er dem Steingrab kam. Als er klein war, hatte er es nie gewagt, so nah heranzugehen. Zumindest nicht allein. Die Röse sah aus wie eine ovale Felsenplatte, kam man aber näher, erkannte man, dass sie aus Hunderten von Steinen bestand, die aufeinandergestapelt waren.

Jonas wusste, dass sich unter den Steinen ein Sarg befand – allerdings kein Holzsarg, sondern einer aus Stein. Es war ein Sarkophag aus soliden Steinblöcken, das hatte ihm sein Vater erzählt. Die Steine waren nur zum Schutz vor Grabräubern über den Sarkophag gehäuft worden.

Da hörte er ein Knattern auf der Küstenstraße. Ein dunkelblaues Moped der Marke Yamaha fuhr von Süden heran, und als es näher kam, erkannte Jonas seinen Cousin Casper.

Casper war schon fünfzehn – natürlich hatte er sich gleich nach seinem Geburtstag ein Moped gekauft. Oder es von seiner Mutter, Tante Veronica, geschenkt bekommen.

Im vorletzten Sommer hatten die beiden mit ihren Fahrrädern Wettrennen im Steinbruch veranstaltet, aber Jonas wusste, dass er das jetzt vergessen konnte.

Casper bog von der Straße ab und hielt vor dem Plateau an. Er nickte Jonas zu, stieg aber nicht ab, sondern blieb auf dem Sattel sitzen und ließ den Motor ungeduldig aufheulen.

Jonas ging zu ihm. »Cool!«, rief er.

Casper nickte. »Habe ich im Frühling bekommen. Was machst du hier?«

Jonas machte gar nichts, er war ja nur zum Steingrab gelaufen. Aber er war gezwungen, irgendetwas zu sagen.

»Ich zähle die Steine«, antwortete er.

Casper drehte den Motor auf. Jonas hätte ihn am liebsten gefragt, ob sie etwas zusammen spielen wollten, aber er hatte das Gefühl, dass sein Cousin diese Vokabel nicht mehr benutzte.

»Steine?«, wiederholte Casper.

»Jedes Jahr rollen Steine vom Grab«, erklärte Jonas. »Ich zähle sie.«

Das entsprach sogar der Wahrheit. Seit seinem letzten Besuch am Grab waren mindestens drei große Steine von dem Haufen ins Gras neben die anderen gerollt, die schon seit vielen Jahren dort lagen.

Jonas zählte sie, dann blickte er seinen Cousin an. »Neun Steine sind es«, sagte er und fügte mit Nachdruck hinzu: »Wenn sich dreizehn Steine bewegt haben, dann kommt der Geist des Toten frei.«

»Welcher Geist?«

»Na, der Geist, der im Grab lebt.«

Diese Idee war ihm gerade eingefallen. Aber sie klang überzeugend und gut.

»Und was macht er dann?«, fragte Casper.

Er klang zwar nicht besonders interessiert, aber jetzt musste Jonas nachlegen: »Er geht in die Häuser auf der anderen Straßenseite und ...« Jonas überlegte fieberhaft, es sollte etwas Gruseliges sein. Etwas ganz Schlimmes. »Er geht durch alle Räume, hebt sein Schwert und schlägt die Arme der Schlafenden ab. Die schrecken vor Schmerz auf und sehen, wie ihr Blut aus ihren Wunden strömt und die abgeschlagenen Arme auf dem Boden liegen. Die meisten überleben, aber sie können nie wieder schwimmen.«

Casper hatte ihm zwar zugehört, wirkte aber nicht besonders beeindruckt.

»Nee, das tut er nicht. Weißt du, was er macht?«

Jonas schüttelte den Kopf.

»Er ergreift Besitz von ihren Körpern im Schlaf. Und wenn sie aufwachen, sind sie *besessen*.«

»Besessen?«

»Besessen von seinem Geist.«

»Ach so, klar.«

»Ich habe letzten Winter einen Horrorfilm gesehen«, erzählte Casper. »Da war das so. Der Film hieß *Dämon – Trau keiner Seele* und handelte von einem Dämon, der aus der Hölle kam und von den Seelen der Menschen Besitz ergriff. Der konnte von einem zum anderen springen, und wer von ihm besessen war, musste tun, was der Dämon wollte. Alle, die von ihm besessen waren, sind Serienmörder geworden, und wenn die Polizei einen festnehmen wollte, ist der Dämon einfach in den nächsten Körper gesprungen. Deshalb konnte er nicht gefangen werden.«

Jonas nickte. Er hatte den Film zwar nicht gesehen, aber von einem Dämon besessen zu sein klang wirklich schlimmer, als nur die Arme zu verlieren. Er versuchte, sich etwas noch Schrecklicheres auszudenken, aber es wollte ihm nichts einfallen.

Wieder blickte er auf das Steingrab.

»Siehst du auch, dass sich noch mehr Steine gelockert haben?«

»Vielleicht ist der Geist schon auf dem Weg nach draußen«, meinte Casper. »Aber du kannst sie doch zurücklegen?«

»Okay.«

Aber das sagte Jonas nur so, er würde nicht im Traum daran denken, die Steine anzufassen. Wer wusste schon, was da alles passieren könnte.

Casper ließ seinen Motor ein letztes Mal aufheulen und sah aufs Meer hinaus. Wie zu sich selbst sagte er: »Ich wollte nach Marnäs hochfahren, um mich mit ein paar Kumpels am Hafen zu treffen. Mal sehen, was da so abgeht.«

Er fragte nicht, ob Jonas ihn begleiten wolle, und Jonas fragte nicht, ob er mitkommen könne. Casper lenkte das Moped wieder auf die Straße, dann wandte er sich plötzlich zu Jonas um und rief über die Schulter: »Du kannst mein Schlauchboot haben, wenn du willst. Falls du schwimmen gehen willst. Es liegt unten im Bootshaus.«

»Okay«, antwortete Jonas leise.

Ohne ein weiteres Wort gab Casper Gas und fuhr weiter die Küstenstraße hinauf. Er ließ den Motor aufheulen, und das Knattern wurde immer lauter, bis er den Festplatz mit der Mittsommerstange und dem Minigolfplatz erreicht hatte, dort abbog und zur Landstraße hochfuhr.

Auch Jonas verließ das Plateau mit dem Steingrab.

Er erinnerte sich an die Worte seines Onkels, als er ihm einen *Bombensommer* vorhergesagt hatte.

Aber er stand allein am Strand, ganz allein. Als Jonas seinen Cousin auf seinem Moped davonbrausen sah, wusste er, dass der nächste Monat schrecklich werden würde.

LISA

Die Sonne war untergegangen und das Fest in vollem Gang.

Lady Summertime ließ den Blick über die Gäste schweifen, die tanzende Masse, die hemmungslose Energie, die den Tanzboden vor ihrer Kanzel bevölkerte. Die Hände flogen in die Luft, Haaren wurden geschwenkt, Oberkörper wiegten sich im Takt und bildeten eine dunkle wogende Welle.

»Summer of love!«, rief sie ins Mikrofon. »Der Sommer ist lang!«

Es war halb zwei Uhr nachts, der Club war brechend voll, und Lady Summertime hatte die Party mithilfe von Discolichtern und dröhnenden Bässen im Griff. Sie hatte die Party total im Griff. Mit einer lilafarbenen Perücke, einem wallenden gelben T-Shirt, schwarzem Nagellack und einer schwarzen Lederjacke. Lisa würde so etwas niemals tragen, aber das war Lady Summertimes Uniform.

Gegen halb acht hatte sie ihren Arbeitstag begonnen und

ein Abendessen von einem der Köche in der Küche serviert bekommen. Dann hatte sie sich geschminkt und sich die Perücke aufgesetzt. Gegen halb neun hatte Lady Summertime den Club betreten und zunächst eine CD mit leiseren Liedern als Hintergrundmusik aufgelegt.

Die Leute waren an diesem Sonntag nach Mittsommer noch ein wenig träge, aber gegen zehn Uhr kamen die Hotelgäste und Camper Schlag auf Schlag, mit von der Sonne verbrannten Gesichtern und bereits angeheitert. Sie stellten sich an die Bar, bestellten Bier und warfen Lisa in der DJ-Kabine hin und wieder Blicke zu.

Gegen halb elf drehte sie die Regler hoch und die Bässe so weit auf, dass einige der Gäste zusammenzuckten.

»Tanzt, Leute! Tanzt!«, schrie Lady Summertime, und die Leute gehorchten. Wenn sie genug getankt hatten, wagten sie sich auf die Tanzfläche und rissen die Arme hoch – jetzt wurde gefeiert!

Um elf war die Bar brechend voll. Eiskübel bevölkerten die Stehtische. Lisa trank den gesamten Abend ausschließlich Wasser, aber damit war sie ziemlich allein.

Gegen Viertel nach elf zerbrach das erste Glas am Boden. Die Splitter stoben in alle Richtungen, unter die Stühle und die hochhackigen Schuhe, aber es wurde weitergetanzt.

Gegen halb zwölf wurde die erste Champagnerflasche auf der Tanzfläche geleert, von einem Typen, der tausendvierhundert Kronen hingeblättert hatte, um Pulle schüttelnd zu verspritzen. Er war reich, das sah man an seiner gleichmäßigen Sonnenbräune und seiner Kleidung. Die Leute grölten im Champagnerregen, und mehrere Kreditkarten wurden über den Bartresen geschoben. *Mehr Champagner!*

Kurz vor zwölf war es stickig im Club, es roch nach Alkohol und Schweiß. Die Leute tanzten ausgelassen in durchgeschwitzten Hemden und Tops. Einige Kerle hatten nur Badehosen an. Den Frauen klebten die Haare in feuchten Strähnen am Kopf, ihre Schminke hatte sich schon länger verabschiedet.

Inzwischen hatte Lady Summertime eine Fangemeinde, die sich vor ihrer DJ-Kabine versammelt hatte. Ein Meer aus Händen war in der Luft, im Takt der Musik.

Lady Summertime! Lady Summertime!

Und sie rief zurück: »*Love ya! Love ya!*«

Kurz nach Mitternacht legte sie Patrick Cowleys Remix von Donna Summers »I Feel Love« auf und schaltete den Stroboskopeffekt und die Nebelmaschine ein. Und dann sprang Lady Summertime höchstpersönlich auf die Tanzfläche, mitten ins Getümmel, und tanzte mit.

Die Luft war stickig, und der dunkle Club wurde im Stakkato von Blitzen hell erleuchtet. Lady Summertime war nun ebenfalls einer der hüpfenden Körper, sie bewegte sich im Takt, hob die Hände in die Luft, wurde umarmt, bekam von einem Typen in einem weißen Hemd ein Angebot ins Ohr gebrüllt, das sie mit einem Lächeln dankend ablehnte – Lady Summertime hatte immer alles unter Kontrolle –, und nach ein paar Minuten war sie zurück in ihrer DJ-Kabine, schaltete die Nebelmaschine aus und legte »Situation« von Yazoo auf.

Lady Summertime! Lady Summertime!

Ihre Fangemeinde wurde größer. Laute Rufe, noch mehr Hände in der Luft. Stolpernde Füße, verschüttete Drinks.

Lady Summertime blätterte durch ihre Singlesammlung und lächelte der tobenden Menge vor ihr zu – da aber fiel ihr Blick auf drei Kerle weiter hinten im Club. Sie sahen aus wie Griechen oder Italiener und standen in der Nähe der Bar. Die drei flüsterten miteinander und schienen die Umgebung mit den Blicken zu scannen.

Sie legte »Firestarter« von The Prodigy auf, und als sie das nächste Mal hochsah, waren die Typen verschwunden.

Die Pullen wurden ausgetrunken und noch mehr Champagner bestellt. Lisa beobachtete, wie ein betrunkener Gast sieben Tausenderscheine auf den Tresen legte und dann dem Barkeeper signalisierte: *Behalt den Rest!*

Es war der Wahnsinn, es war Sommer.

Plötzlich tauchte einer der Wachmänner neben der DJ-Kabine auf. Er winkte Lisa zu, die ihre Kopfhörer abnahm und sich zu ihm herunterbeugte.

»Wir haben Anzeigen bekommen!«, rief er ihr zu. »Kannst du übers Mikrofon sagen, dass die Leute besser auf ihre Sachen aufpassen sollen?«

»Was für Anzeigen?«

»Diebstahl!«, schrie der Wachmann. »Es sind Brieftaschen geklaut worden.«

Lisa griff nach dem Mikrofon, zögerte dann aber und rief dem Mann zu: »Ich habe vorhin drei Typen gesehen … irgendwie schmierig. Mafiatypen. Gegelte Haare und weiße Hemden.«

Der Wachmann nickte verbissen.

»Alles klar, dann suchen wir nach denen.«

Lisa hob das Mikrofon zum Mund, drosselte die Lautstärke und bat die Leute, auf ihre Sachen aufzupassen. Aber die Botschaft erreichte die Partygäste kaum, es wurde einfach weitergefeiert.

Gegen halb drei war Schluss, da machte der Club zu. Lisa beendete den Abend mit einem langsameren Lied, um die Leute zu beruhigen. »Vielen Dank euch!«, rief sie. »Ich liebe euch, wir sehen uns morgen wieder!«

Die Wachleute übernahmen und begannen, die restlichen Gäste hinauszugeleiten. Aber die Feierlaune riss nicht ab, die Leute tanzten draußen vor dem Club weiter und zerstreuten sich erst allmählich in Richtung Campingplatz, Ferienhausanlage oder Hotel. Einige mussten den Nachtbus nehmen, andere würden im Vollmond am Strand schlafen oder noch einmal ins Meer springen.

Der Club war nun fast leer, aber ein Typ – der viel zu jung für sie war – lungerte vor ihrer DJ-Kabine herum. Er trug ein schwarzes Sakko und war so braun gebrannt wie all die anderen Kinder reicher Eltern.

»Erkennst du mich wieder?«, fragte er.

»Security?«, riet sie. »Aus Stockholm?«

Er schüttelte den Kopf und lächelte sie an. »Wir haben uns gesehen, als du gestern die Schlüssel bekommen hast. Ich heiße Urban Kloss. Mir gehört das hier … das Ölandic Resort.«

»Ach ja?«, sagte Lisa, die ihn auf höchstens zwanzig schätzte. »Wann hast du das denn gekauft?«

Sein Lächeln erlosch, und er wirkte für einen Moment sprachlos.

»Das ist Familienbesitz.«

»Dann gehört es also deiner Familie. Nicht dir, Urban. Du arbeitest hier nur.«

»Ich bin der Chef«, entgegnete er.

»Ach was?«

»Ja, ich bin der stellvertretende Restaurantleiter.«

»What ever.«

Urban grinste, offenbar mochte er Widerstand. »Willst du mal Golf spielen? Nächste Woche sind die Ölandic Open.«

Lady Summertime grinste ebenfalls, aber giftig. Sie wurde oft von Typen angemacht, aber sie konnte sich weitaus besser dagegen wehren als Lisa und schüttelte den Kopf. »Bälle sind sensibel, man darf sie nicht schlagen«, erwiderte sie und gähnte. »Und ich muss jetzt meine Platten nach Stenvik bringen und ins Bett gehen.«

»Ich helfe dir.«

»Nein, vielen Dank, Urban, das geht auch so, ich …«

»Nein, verdammt, ich helfe dir.«

Damit griff er die Tasche mit den Singles und stapfte davon. Lisa schloss die DJ-Kabine hinter sich ab und folgte ihm mit dem CD-Karton unter dem Arm.

Auf dem Parkplatz standen noch Leute in Grüppchen beisammen. Neben schwedischen Wagen parkten hier auch ein Porsche, ein BMW und sogar ein Lamborghini. Und mittendrin Lisas Passat.

»So, bitte schön«, sagte Urban und drehte sich zu ihr um.

Sie umarmte ihn kurz und ironisch und stieg ein. »Schlaf gut, Urban.« Mit einer lilafarbenen Perücke auf dem Kopf war es kein Problem, einen Typen abblitzen zu lassen.

Seit zwei Jahren führte sie eine Art Doppelleben: als Lisa Turesson, die lieblich Gitarre spielte und vor fast allem Angst hatte (Möwen, Wespen und Schlangen, vor allem im Sommer) und als Lady Summertime, die, mit einer lila Perücke verkleidet, Musik auflegte und ins Mikrofon grölte, als wäre sie ein heißes Ding. Lisa mochte Lady Summertime.

Eine Viertelstunde später war sie auf dem Campingplatz von Stenvik. Dort schliefen schon alle, es war still, aber in Lisas Ohren dröhnte noch die Musik.

Niemand beobachtete, wie Lisa ihre Sachen in den Wohnwagen trug, die Tür hinter sich abschloss und die Gardinen zuzog. Dann öffnete sie die Tasche und wühlte zwischen den Platten herum. Die gestohlenen Brieftaschen lagen zuunterst. Fünf Stück verbargen sich unter den Maxisingles, und obwohl sie wahnsinnig müde war, konnte sie es nicht lassen, sie alle auszuleeren und ihre Beute zu zählen.

Hauptsächlich Kreditkarten, aber es waren auch ein paar Scheine dabei. Sie legte sie übereinander auf den Kühlschrank und zählte insgesamt drei Tausender und ein paar Fünfhunderter.

Gleich nach dem Aufwachen würde sie die Brieftaschen nach Zetteln und Hinweisen auf die PIN-Codes durchsuchen. Wenn sie welche fand, würde sie sich ins Auto setzen, zum Automaten nach Marnäs fahren und etwas Geld abheben.

Aber jetzt war es Zeit zu schlafen. Und um zwanzig nach drei tat sie das auch. Tief und fest. Ohne böse Träume, ohne schlechtes Gewissen. Schließlich hatte nicht Lisa die Brieftaschen mitgehen lassen, sondern Lady Summertime. Und nicht Lisa brauchte das Geld, sondern Silas.

GERLOF

Mittsommer war vorüber, und die Leute auf Öland konnten wieder aufatmen. Vor allem die Campingplatzbesitzer, die Wirte und das Wachpersonal.

Auch Gerlof atmete auf. Stenvik stand noch. Und seine junge Verwandte Tilda Davidsson freute sich wohl besonders, sie war Polizistin, Kommissarin bei der Polizeibehörde von Kalmar auf dem Festland. Aber sie lebte mit Mann und Kind in der Nähe eines Leuchtturms auf der östlichen Seite von Öland und betrachtete die Insel als ihren ganz persönlichen Observationsbereich.

»Wie ist Mittsommer dieses Jahr für die Polizei verlaufen?«, fragte Gerlof Tilda, als sie sich am Montag nach den Feierlichkeiten sprachen.

»Es war kaum chaotischer als ein gewöhnliches Wochenende«, sagte Tilda.

»Und wie ist euch das gelungen?«

»Das lag vor allem an den Kontrollen hinter der Brücke. Wir haben so viele Autos wie nur möglich angehalten und Alkohol beschlagnahmt.«

»Aber die Leute kommen doch immer an Alkohol, wenn sie wollen?«

»Natürlich, aber wir haben die festgenommen, die schon zu viel intus hatten, und haben so größere Schlägereien verhindert.«

»Dann war also alles ruhig?«, hakte Gerlof nach.

»Nein, es passiert immer irgendetwas«, antwortete Tilda. »Wir hatten ein paar Prügeleien, zahlreiche kleinere Diebstähle, einige gestohlene Außenbordmotoren, Vandalismus und fünf oder sechs Leute wegen Trunkenheit am Steuer … aber es war so ruhig wie schon lange nicht mehr.«

»Das klingt gut.«

»Ach ja, wir haben auch noch eine Vermisstenanzeige, ein Wachmann vom Ölandic Resort. Aber die gehen davon aus, dass er zurück aufs Festland gefahren ist.«

»Aber bislang ist er verschwunden?«

»Ja, wir suchen noch nach ihm.«

Gerlof wusste, dass sie nicht mehr verraten durfte. Sie sprachen zwar oft über ihre Arbeit, aber nur bis zu einem bestimmten Punkt.

»Vielleicht hatte er keine Lust mehr auf seinen Chef, diesen Kent Kloss«, mutmaßte Gerlof und schob gleich eine Frage hinterher: »Du hast doch auch bald Ferien?«

»In drei Wochen. Mein Urlaub beginnt am 16. Juli.«

»Dann hoffen wir mal, dass es bis dahin weiterhin so ruhig bleibt.«

»Klar. Bei dir aber auch.«

Doch Gerlof wusste, dass es mit Teenagern nie wirklich ruhig war. Außerdem würde er die nächsten Tage alleine mit ihnen sein, bis Julia aus Göteborg zurückkam.

Der Audiologe Ulrik kam am Montag nach dem Mittsommerwochenende auf die Insel, um eine letzte Feinjustierung von Gerlofs Hörapparat vorzunehmen. Er wirkte aufgeräumt und vergnügt, und führte während der Arbeit mit leiser Stimme Selbstgespräche, aber Gerlof hatte das Gefühl, er würde ihm ins Ohr brüllen. Es war fast zu laut.

»Ich höre *alles*«, sagte er und blinzelte den Audiologen erstaunt an. »Ist das normal?«

»Wie klingt Ihre eigene Stimme?«, fragte Ulrik. »Hören Sie ein Echo?«

»Ein bisschen«, antwortete Gerlof.

Der Audiologe tippte etwas in seinen Computer, und das Echo nahm ab. »Ich habe vier verschiedene Programme eingerichtet«, erklärte er dann. »Sie können Ihr Hörgerät den Umständen entsprechend anpassen, je nachdem, ob Sie den

Vögeln zuhören wollen, sich mit jemandem unterhalten, Radio hören oder nur weit entfernte Geräusche wahrnehmen wollen.«

»Sie meinen, wenn ich jemanden belauschen will?«

Ulrik lachte. »Dann schalten Sie in den Spitzelkanal.«

Nachdem der Audiologe gegangen war, blieb Gerlof im Garten sitzen, ganz ergriffen von den vielen Klängen und Geräuschen. Er hatte eine verloren geglaubte Welt zurückerhalten.

Ein lautes Kreischen ließ ihn zusammenzucken. Aber es war nur ein liebestoller Fasan, der auf den frisch gemähten Feldern herumstolzierte und nach Hennen rief.

Da vernahm Gerlof plötzlich zwei Stimmen aus der entgegengesetzten Richtung. Er drehte sich um, konnte aber nur die Kiefern und Laubbäume hinter sich sehen. Die Stimmen kamen aus dem Waldstück an der Küstenstraße. Oder vom Strand? Sie klangen so nah, aber dieses Phänomen hatte Gerlof auch früher schon häufig auf Öland erlebt. Weil die Insel so flach war, konnte der Schall mehrere Kilometer weit getragen werden, wenn der Wind günstig stand.

Er justierte seinen Hörapparat.

Spitzelkanal, dachte er beschämt.

Aber jetzt konnte er die Stimmen tatsächlich noch viel besser hören. Ein Mann und ein Frau sprachen miteinander. Er verstand nicht, was sie sagten, aber der Mann klang ruhig, die Frau hingegen aufgebracht. Sie sprach wesentlich schneller als er, in einer etwas höheren Tonlage, seine Antworten fielen gelassener aus. Es klang nach einem vertraulichen Gespräch unter Freunden. Freunden – oder ein Liebespaar?

Gerlof versuchte, seinen Apparat zu verstellen, um sie noch besser hören zu können, aber die Stimmen blieben gedämpft. Sprachen die beiden überhaupt Schwedisch, oder war das eine fremde Sprache?

Da klingelte es an der Gartentür und Gerlof sah, dass seine Enkelkinder vom Baden zurückkamen. Er setzte sich auf und regelte rasch das Hörgerät herunter, um ihre hellen fröhlichen Rufe leiser zu stellen.

JONAS

Mats sah sich um, er kontrollierte, dass keiner der Erwachsenen zuhörte. Dann beugte er sich zu Jonas und sagte mit gesenkter Stimme: »Du wirst nicht mit nach Kalmar kommen, kapiert?«

Jonas saß neben ihm auf dem großen Ledersofa in Onkel Kents Haus. Er wollte protestieren, einmal seinem großen Bruder die Stirn bieten, aber er blieb stumm.

»Nee«, sagte er schließlich. »Das kapiere ich nicht.«

»Du bist noch zu klein für den Film«, erklärte Mats. »*Armageddon* ist erst ab fünfzehn.«

Jonas schaute ihn an. Dieser Kampf um den Kinoabend war bereits verloren, das wusste er, aber er konnte sich noch nicht geschlagen geben: »Ich bin mit dir in Marnäs doch auch schon in Filme gegangen, die für mich verboten waren. Man muss einfach nur reingehen.«

Mats wedelte eine Fliege von seinem Ohr: »Klar, aber in Kalmar gibt es viel härtere Kontrollen. Die haben dort Wachen stehen und wollen deinen Ausweis sehen. Und den hast du nicht, und dann darfst du nicht hinein und musst die ganze Zeit auf einer Parkbank sitzen und warten, bis der Film zu Ende ist. Oder den ganzen Abend allein durch Kalmar latschen. Willst du das?«

Jonas schüttelte den Kopf. Mats war achtzehn und Urban neunzehn. Er wusste, dass sie mit Absicht einen Film ab fünfzehn ausgesucht hatten, sodass zwar Casper mitkommen konnte, aber er nicht.

»Du bekommst das Geld für den Film, versprochen«, sagte

Mats. »Aber Papa, Kent und Veronica werden glauben, dass du mit uns nach Kalmar gefahren bist, also tauch unter, bis wir wieder da sind.« Er lächelte. »Verabrede dich doch mit einem Kumpel zum Spielen.«

Zum Spielen? Jonas hatte keine Freunde in Stenvik. Die Jungen waren entweder älter oder viel jünger als er. Bei den Älteren durfte er nicht dabei sein, und die Jüngeren waren uncool.

In der Villa Kloss konnte er sich aber nicht verstecken, denn die Erwachsenen planten eine Party. Hätte er spurlos verschwinden können, hätte er es an diesem Abend getan.

»Hallo, ihr beiden!«

Niklas kam ins Wohnzimmer, wo seine Söhne auf dem Sofa saßen. Jonas fand, dass er sie ansah, als hätte er sie eben erst kennengelernt.

»Heute Abend ist also großer Kinotag in der Großstadt, nicht wahr?«

Jonas schwieg.

»Fahrt ihr mit dem Bus nach Kalmar, Mats?«

»Urban fährt.«

»Okay, aber keinen Tropfen Alkohol am Steuer.«

Mats verdrehte die Augen und blickte dann seinen Vater an. »Aber du wirst schön saufen, heute Abend auf der Party, was?«

»Nein«, antwortete Niklas, wich aber dem Blick seines Sohnes aus. »Hast du mich jemals betrunken erlebt, Mats?«

»Mama hat es. Sie sagt, du warst oft besoffen, als ihr noch verheiratet wart.«

Jonas schwieg nach wie vor. Er blickte zu Boden und fragte sich, wo alle anderen waren. Warum kam Veronica nicht genau jetzt ins Zimmer?

»Das ist lange her«, entgegnete Niklas. »Da wart ihr noch gar nicht geboren. In unserer ersten Wohnung haben wir ein paar Partys gefeiert, die ein bisschen ausgeufert sind. Und Anita … Anita war damals auch nicht immer nüchtern. Sie hat gut mitgefeiert.«

»Hör auf, Mama zu beleidigen.«

»Ich sage nur, wie es war, Mats.«

Jonas stand auf, leise und langsam. Wenn er sich ganz vorsichtig bewegte, würden sie ihn vielleicht nicht bemerken. Wie ein Geist schlich er zur Verandatür. Er hatte sie fast erreicht, als er seinen Namen hörte.

»Jonas?«

Er blieb stehen und drehte sich um. Sein Vater hatte sich ein Lächeln ins Gesicht geklebt.

»Wollen wir schwimmen gehen?«

Der Himmel war blau, die Luft trocken und warm, aber Jonas fröstelte es. Und er fühlte sich einsam, obwohl er neben seinem Vater herlief. Ihn erwartete heute kein Kinoabend, sondern nur endlose Einsamkeit.

Sie gingen über die sonnenheiße Küstenstraße auf die Landborg. Papa schwieg, bis sie an dem Steingrab vorbeikamen. Er zeigte mit dem Finger auf den Steinhaufen und sagte: »Die Leute glauben ja, dass in der Röse ein Schatz liegt. Das ist ein sehr altes Grab, weißt du das?«

Jonas nickte. »Wir hatten die Bronzezeit in der Schule, die liegt zwischen der Steinzeit und der Eisenzeit.«

»Ganz genau. Hier soll also ein Häuptling aus der Bronzezeit vergraben liegen, so wie König Mysing in seinem Grabhügel auf dem Gräberfeld im Süden der Insel. Aber du hast keine Angst, oder?«

»Nee«, sagte Jonas.

Zumindest nicht jetzt, dachte er, die Sonne schien, und sein Vater stand neben ihm. Im Moment war das Steingrab vollkommen ungefährlich. Aber abends hatte er keine Lust, alleine zu der Röse zu gehen, wenn der Steinhaufen zu einem Tor in eine andere Welt wurde und der Geist dem Grab entstieg und die Leute zu Zombiemördern machte.

Sein Vater hatte etwas gesagt. Er hatte eine Frage gestellt, während sie die Landborg verließen und die Steintreppe zum Strand hinunterstiegen.

»Was?«, fragte Jonas.

»Geht es Mama gut?«

»Joo … glaube schon«, antwortete Jonas gedehnt. »Sie arbeitet viel in ihrer Schule.«

»Schön«, sagte Papa. »Wie gut, dass sie eine Stelle gefunden hat.«

Er sah aus, als wollte er noch weitere Fragen über Anita stellen, deshalb erhöhte Jonas sein Tempo und lief mit schnellen Schritten hinunter zum Strand.

Sie hörten fröhliches Geschrei vom Badesteg, der sich ein Stück weiter im Norden befand, der Strand unterhalb der Villa Kloss war leer, und es war brütend heiß. Die Wellen plätscherten leise gegen die grauweißen Steine. Sein Vater zeigte hinaus aufs Wasser, wo dicke Pfähle in einer Reihe hintereinander standen, ein paar hundert Meter ins Meer hinein.

»Ach, die Fischer fangen dieses Jahr also auch mit Bodennetzen. Dann scheint es hier im Sund noch Aale zu geben.«

Ein paar Meter von der Strandtreppe entfernt stand ein kleines Bootshaus aus Kalkstein, in dem die Familie Kloss ihre Strandstühle und Badesachen aufbewahrte. Es war mit einem Hängeschloss versehen, aber Casper hatte Jonas die Kombination verraten, daher konnte er es aufschließen.

Caspers gelbes Schlauchboot und zwei Plastikruder lagen auf dem Boden im Bootshaus, aber im Boot war keine Luft mehr – so in sich zusammengefallen, sah es ziemlich jämmerlich aus. Casper hatte es offenbar seit Jahren nicht mehr benutzt. Jonas war, seitdem er das letzte Mal darin gesessen hatte, bestimmt sieben oder acht Zentimeter gewachsen und auch schwerer geworden. Wahrscheinlich würde es der letzte Sommer sein, in dem er das Schlauchboot benutzen konnte.

Jonas zog es hinaus in die Sonne.

»Willst du damit aufs Wasser?«, fragte sein Vater.

Jonas nickte.

»Aber fahr nicht zu weit raus. Komm, ich helfe dir, es aufzublasen.«

Während sein Vater das Schlauchboot aufpumpte, stellte sich Jonas hinter einen Felsen am Strand und zog sich seine Badehose an. Er wollte so schnell wie möglich mit dem Boot lospaddeln, zu den Netzen rudern und im dunklen Wasser nachsehen, ob sich Aale darin verfangen hatten.

Außerdem wollte er sich nicht weiter mit seinem Vater unterhalten. Sonst würde er ihn wohl früher oder später fragen, was Niklas denn eigentlich verbrochen hatte, dass er im Gefängnis hatte sitzen müssen. Jonas wusste nur, dass es etwas Schlimmes gewesen sein musste. Etwas, das mit Geld und dem Zoll zu tun gehabt hatte. Etwas, worüber er nicht reden wollte.

Papa hat es für die ganze Familie verbockt, hatte Mats einmal gesagt. Als ob nicht das Vergehen ihres Vaters das eigentliche Problem gewesen wäre, sondern dass er sich dabei hatte erwischen lassen.

DER HEIMKEHRER

Der laue Sommerabend schien mit den Stunden zu altern und wurde so grau wie der Heimkehrer, als das Licht an der westlichen Küste der Insel verschwand. Die Sonne sank, und die kurzen Schatten wurden immer länger. Der Horizont wurde unscharf, und Himmel und Meer verschmolzen zu einem dunklen Vorhang. Die Gestalten, die sich zwischen den Bäumen vorwärtsbewegten, waren praktisch unsichtbar.

Es war so weit.

Pecka und der Heimkehrer hatten das umzäunte Gebiet des Ölandic Resorts durch das Tor im Norden betreten und sich dann durch den dichten Laubwald zum Strand vorgearbeitet. Sie hatten sich stets im Schutz der Bäume bewegt, bis sie den Frachthafen erreicht hatten. Der Parkplatz am Kai war leer.

»Wie geht es dir?«, fragte der Heimkehrer.

»Gut«, antwortete Pecka einsilbig. Sein Blick flatterte. Seit dem Mord an dem Wachmann war er viel stiller geworden, befolgte aber nach wie vor widerspruchslos alle Befehle.

Sie hatten sich zwischen den Bäumen verborgen, bis die Sonne untergegangen war. Jetzt kamen sie aus ihrem Versteck und liefen auf den L-förmigen Pier und das Schiff zu, das ganz am Ende festgemacht hatte. Der Heimkehrer hatte es in den vergangenen Tagen so eingehend beobachtet, dass er sich fast wie ein Besatzungsmitglied fühlte.

Vier Männer waren es an Bord, alles Ausländer. Sie hatten heute keine Ware mehr entladen, und alles deutete daraufhin, dass sie morgen auslaufen würden. Jetzt hielt sich die Besatzung wahrscheinlich im Hotel auf und feierte. Vergnügt und ahnungslos.

Es war Zeit, an Bord zu gehen.

Mit schnellen Schritten näherten sie sich dem Pier. Der Heimkehrer lief voran, Pecka folgte ihm nur wenige Schritte entfernt.

Sie waren beide bewaffnet. Pecka wollte zwar keine Pistole mehr tragen, hatte aber dafür eine frisch geschliffene Axt mitgenommen. Der Heimkehrer hatte seine Walther in der Hand und verbarg sie hinter dem Rücken.

»Und los«, sagte er.

»Okay«, antwortete Pecka und zog sich die Sturmhaube über den Kopf.

Der Heimkehrer spürte seine altersschwachen, schweren Beine, erhöhte aber dennoch das Tempo.

Als sie den Pier erreicht hatten, rief Pecka mit seinem Handy eine Nummer an und ließ es zweimal klingeln. Das war das Zeichen für Rita, den Außenbordmotor zu starten, um die Landzunge herumzufahren und ihr Boot backbord zum Schiff zu legen. Wenn sie ihren Auftrag erledigt hatten, wollten sie in Ritas Boot fliehen. So war der Plan.

Aber plötzlich hörten sie ein Rumpeln in der Stille.

Der Heimkehrer wurde langsamer. Zuerst verstand er nicht, woher das Geräusch kam – dann begriff er, dass der Schiffsmotor so dröhnte. Und Sekunden später hörte er Pecka hinter sich rufen: »Verdammt! Wir müssen abbrechen!«

Der Heimkehrer schüttelte den Kopf und setzte seinen Weg unbeirrt fort.

»Da sind zu viele Leute!«, rief Pecka. »Die sind alle an Bord ... Die legen jetzt schon ab.«

Aber der Heimkehrer dachte nicht daran umzudrehen. Mit zielsicheren Schritten näherte er sich der Gangway. Pecka war ihm gefolgt.

Tatsächlich, auf der Schiffsbrücke war Licht zu sehen – es war Mannschaft an Bord. Der Heimkehrer entdeckte einen Mann achtern, der Seemann war soeben an Deck aufgetaucht. Er war um die fünfzig, trug einen blauen Overall und machte sich gerade daran, eine kaputte Luke mit einem Stück Wellpappe zu reparieren. Dabei sah er gelangweilt aus.

Der Heimkehrer war schon so nah, dass er den Namen des Schiffes lesen konnte: *Elia*. Der Schiffsrumpf war dunkel, eine Mischung aus braunem Rost und schwarzer Farbe.

Das Grollen des Schiffsmotors wurde begleitet von dem fast wütenden Sirren von Ritas Außenborder. Sie hatte gerade die Landzunge umrundet.

Der Seemann an der Reling hob den Kopf und entdeckte die beiden Besucher auf dem Pier. Verwundert starrte er sie an. Sein Blick war nicht misstrauisch – nur fragend.

Der Heimkehrer ging weiter und grüßte ihn mit gedämpfter Stimme.

Der Seemann öffnete den Mund. Sein Blick veränderte sich von müde über fragend zu beunruhigt – aber zu dem Zeitpunkt hatte der Heimkehrer bereits seine Pistole hinter dem Rücken hervorgeholt.

Auch Pecka hatte das Schiff erreicht, und Rita hatte achtern angelegt.

Das Schiff war mit drei Tauen am Pier befestigt. Pecka stellte sich vor das erste und hob die Axt. Er benötigte nur fünf Hiebe, dann gab das Tau nach. Sofort lief er zum nächsten.

Der Heimkehrer befand sich bereits an Deck. Die Pistole auf den Seemann gerichtet, sprach er mit leiser Stimme auf ihn ein. Aus dem Augenwinkel sah er, dass Pecka die Axt sinken ließ. Alle Taue waren gekappt, und das Schiff begann langsam vom Pier hinaus auf den dunklen Sund zu treiben.

Der Heimkehrer sah sich um. Der Landungssteg war nach wie vor menschenleer.

Der Seemann an der Reling hatte vollkommen überrumpelt die Hände erhoben und ging rückwärts auf die Brücke zu.

Sie hatten das Schiff gekapert.

DAS NEUE LAND, JUNI 1933

Das metallene Schiff, das sechsundsechzig Jahre zuvor Aron und Sven in das Neue Land bringen soll, ist größer als alle Schiffe und Boote, die Aron je gesehen hat.

Sie sind noch am selben Tag in Kalmar in den Zug gestiegen und nach Nordschweden gefahren. Der Zug ratterte durch dichte Tannenwälder, vorbei an Bergen und Seen, und kam dann in gleißender Sonne im Herzen einer sehr großen Stadt an.

Der Bahnhof ist riesig, überall tummeln sich Reisende mit Gepäck. Vor dem Bahnhof erstreckt sich die Stadt mit langen geraden Kopfsteinpflasterstraßen und flanierenden Menschen auf den Bürgersteigen und so vielen Fahrzeugen auf den Straßen, wie Aron sie ebenfalls noch nie gesehen hat. Viele Karren und Kutschen fahren an ihnen vorbei, aber auch große schwarze Wagen mit schwarz gekleideten Fahrern hinter dem Steuer und Männern in Mänteln auf dem Rücksitz.

»Stockholm«, sagt Sven.

Aron kennt den Namen aus der Schule.

»Die Hauptstadt von Schweden.«

Sie essen kochend heißes Gulasch in einer verräucherten Kneipe in der Nähe des Bahnhofs, bevor sie sich Proviant und die letzten Dinge für die Reise besorgen. In einem Eisenwarengeschäft kauft Sven einen Spaten und einen Hammer.

»Man sollte sein eigenes Werkzeug ins Neue Land mitbringen«, erklärt er. »Dann bekommt man leichter Arbeit.«

Danach spazieren sie über die vielen Brücken der Stadt, vorbei an hohen Backsteinhäusern und dem großen königlichen Schloss. Und schließlich laufen sie durch enge Gassen und erreichen einen langen Kai, auf dem viele Kräne stehen und sich Menschenmassen drängen.

»Dort ist sie!«

Am Kai liegen kleine und große Schiffe vertäut, aber Sven zeigt auf ein langes weißes Schiff mit einem großen Schornstein, auf den drei große gelbe Kronen auf blauem Grund gemalt wurden. Dünner weißer Rauch steigt auf. Die Wimpel an der Reling flattern im Wind, und eine große schwedische Flagge hängt am Heck. Dort steht auch der Name des Schiffes: *S/S Kastelholm.*

»Das dort ist unsere Brücke«, sagt Sven. »Die Brücke über das Wasser!« Er nimmt sich etwas Schnupftabak aus der Tabakdose und scheint mit einem Schlag allen Zorn und alle Sorgen hinter sich gelassen zu haben.

Sie werden nicht alleine reisen, das kann Aron sehen. Eine große Anzahl Passagiere ist bereits an Deck, mit Taschen und Rucksäcken und Werkzeugen in den Händen. Alle stehen sie kerzengerade und mit erhobenen Häuptern, als würde sie etwas Großes erwarten.

»Lass uns an Bord gehen«, sagt Sven euphorisch, »und ins Neue Land fahren!«

Aron spürt, wie ihm ein eiskalter Schauer den Rücken hinunterläuft. Daran kann der kalte Wind schuld sein, der über das Meer fegt, oder es ist die Angst vor dem Unbekannten.

Er weiß nicht, was in dem Neuen Land geschehen wird, aber er folgt Sven auf das Schiff und wendet Schweden den Rücken zu.

GERLOF

Die Sonne verschwand in einer dicken Wolkendecke hinter Gerlofs Sommerhaus. Eine dunkelgraue Wand türmte sich am Horizont auf, als würde auf dem Festland ein verheerendes Feuer wüten – aber Gerlof wusste, dass sich ein Wetterumschwung ankündigte. Jetzt durfte er nur nicht pfeifen, denn das Pfeifen lockte Sturm und Gewitter an.

Aber Gerlof hatte auch nicht vor zu pfeifen. Es war schon laut genug im Sommerhaus. Er war der einzige Erwachsene am Abendbrottisch, nachdem seine beiden Töchter nach Mittsommer zurück aufs Festland gefahren waren, um zu arbeiten. Aber ihre Kinder waren geblieben.

Es waren drei Jungen. Der älteste von ihnen, Vincent, war schon neunzehn und erwachsen genug, um sich um die zwei Jüngeren zu kümmern, die sechzehn und elf waren. Aber zu dritt hatten sie eine Energie und ein Tempo, die Gerlof schon vor langer Zeit abhandengekommen waren. Zusammen mit ihren Freunden spielten sie im Garten mit gigantischen Wasserpistolen Krieg und Computerspiele, Nintendo und Super Mario Bros und wie das alles hieß.

Gerlof litt still, hatte sich aber einen Fluchtplan ausgearbeitet.

»Ich schlafe heute Nacht unten im Bootshaus«, verkündete er beim Abendbrot.

Er würde dort Schutz suchen, so wie es die Fischer früher getan hatten.

»Warum das denn, Opa?«, fragte Vincent.

Gerlof wählte als Antwort eine Lüge und die Wahrheit: »Es ist dunkler dort. Und ein bisschen stiller.«

Vincent nickte, er war alt genug, um seinen Großvater zu verstehen.

Also klemmte sich Gerlof nach dem Essen seinen Pyjama und eine Wasserflasche unter den Arm und verließ das Sommerhaus. An diesem Abend spielten seine Beine mit, und er konnte den Rollstuhl zu Hause lassen. Aber er stützte sich auf seinen Stock und hielt sich auf dem Weg zur Landborg am Arm seines großen Enkelsohnes fest. Sie bewegten sich gemächlich voran.

Gerlof roch verbranntes Fleisch. Jemand grillte in der Nähe. Im Gras neben der Straße lag eine leere Bierflasche. Gerlof zeigte mit dem Stock darauf. »Stockholmer ... Abscheulich.«

»Es kann auch ein Småländer gewesen sein«, warf Vincent ein.

Mühsam bückte sich Gerlof nach der Flasche und hob sie auf. »Kannst du sie bitte mitnehmen und in unsere Tonne schmeißen, Vincent?«

»Na klar.«

Gerlof verstand sich selbst als Müllsammler – zu etwas war er doch noch gut.

Als sie an seinem alten Spitzkahn vorbeikamen, sah er, dass jemand das alte, verrottete Holz am Bootsrumpf abgehobelt hatte. Wahrscheinlich war es John gewesen oder sein Sohn Anders. Gerlof überraschte das überhaupt nicht, sie hielten immer ihr Wort.

Vincent schloss das Bootshaus auf. Die Deckenlampe war kaputt, und es war stockdunkel, aber Gerlof sah die beiden frisch bezogenen Feldbetten. Hatte er das gemacht? Er konnte sich nicht daran erinnern.

»Hier wirst du deine Ruhe haben«, sagte Vincent und schaltete die Photonenlampe auf dem Fensterbrett ein.

»Das wollen wir doch hoffen«, sagte Gerlof.

Nachdem Vincent sich verabschiedet hatte, ließ er die Tür des Bootshauses offen stehen. Er sah sich in seiner nächtlichen Bleibe um. Die Betten, die Fischernetze und der kleine Tisch. Hier hatten John und er viele Nächte verbracht, wenn sie ihre Netze im Sund ausgelegt hatten und darauf warteten, dass sie sich füllten. Damals war Gerlof oft schon bei Sonnenaufgang auf den Beinen gewesen. Dieses Mal hatte er vor auszuschlafen, zumindest bis sieben Uhr.

Er trat vor die Tür, um die Abendluft zu genießen. Tief atmete er sie ein und ganz langsam aus. Und dann lauschte er dem Schweigen des Sommers.

Allein in der Stille.

Es war still, so still. Nur eine schwache Brise war zu spüren und zu hören.

Aber weit entfernt, aus südlicher Richtung, vernahm er ein Geräusch. Ein dumpfes Grollen, das er kaum zuordnen konnte. Gerlof stand still und erkannte schließlich das Geräusch: ein Dieselmotor im Leerlauf, ein Stück die Küste hinunter.

Ein größeres Schiff? Dann lag es aber verborgen hinter mehreren Landzungen, denn auf dem Sund war kein einziges Schiff zu sehen.

Er ging zurück ins Bootshaus und schloss die Tür hinter sich ab. Er hatte ein altes Radio, und das Letzte, was er vor dem Zubettgehen tat, war, sich die Wettervorhersage anzuhören. Über Öland und Gotland waren für die Nacht starke Bewölkung, aber Windstille angekündigt, mit vereinzelten Regenschauern in den frühen Morgenstunden. Am Dienstag sollte es wieder aufklaren und sonnig werden.

Danach zog sich Gerlof seinen Pyjama an und nahm die Hörgeräte ab. Zwei kleine technische Teilchen, auf die er achtgeben musste und an denen er mittlerweile Gefallen gefunden hatte.

Ehe er die Rollgardinen herunterließ, schaute er ein letztes Mal über den dunklen Sund und sah einen tiefroten Lichtstreifen unter der Wolkendecke am Horizont leuchten.

So dunkelrot wie Blut, dachte er, ohne etwas Böses zu vermuten. Er hatte diesen Streifen Licht schon so oft gesehen. Es waren die letzten Strahlen der Sonne, die wie ein Stück glühende Kohle am Horizont hing.

Die Teelichter auf dem Fensterbrett ließ er brennen. Sie standen in Glasbechern und würden im Laufe der Nacht erlöschen. Sie stellten keinerlei Gefahr dar.

Behutsam legte sich Gerlof ins Bett und schloss die Augen. Er war zufrieden. Er hatte das gleiche Gefühl wie damals, als er in seine Koje in der Kajüte geklettert war, nachdem er in einer lauen Sommernacht in einem Naturhafen vor Anker gegangen war. Das gleiche schmale Bett, die gleiche Nähe zur Schöpfung, der gleiche Frieden. Sollte der Wind zunehmen, würde er ohnehin aufwachen, das war eine Berufskrankheit, die er von den Jahren auf See behalten hatte.

Die Dunkelheit breitete sich über den Strand aus und verschluckte jeden Laut.

Bald war Gerlof eingeschlafen und träumte, dass er an den Strand ging und einen nagelneuen und nach Öl duftenden Spitzkahn zu Wasser ließ, hinein in das Meer der Stille.

Mitten in seinem Traum wurde Gerlof jäh geweckt. Aber nicht das Wetter hatte ihn aus dem Schlaf gerissen, sondern hämmerndes Trommeln gegen die Tür seines Bootshauses.

JONAS

Über der Tiefe treiben, in den Sonnenuntergang schweben.

Jonas lag auf dem Rücken im Schlauchboot, das sich anfühlte wie ein Wasserbett. Nein, es war ein Wasserbett, schließlich trieb er damit auf dem Wasser, draußen bei den Bodennetzen, die Beine über den Rand baumelnd. Er lag auf dem Rücken und beobachtete den Himmel über dem Sund. Das Himmelszelt über ihm wurde langsam dunkler, und die ersten Sterne waren bereits angeknipst worden.

Hier draußen war er vollkommen frei, frei von allem. Einsam auf dem Meer wie ein Schiffbrüchiger.

Der heimliche Plan seines Bruders war aufgegangen. Kurz nach sechs war Jonas mit den anderen in Urbans Auto gestiegen. Für die Erwachsenen hatte es so ausgesehen, als würden die vier Jungs zusammen ins Kino nach Kalmar fahren – aber schon auf Höhe des Campingplatzes von Stenvik, kaum aus der Sichtweite der Villa Kloss, hatte Jonas aussteigen müssen. Mats hatte ihm das Geld für das Kinoticket gegeben, das ihnen Papa spendiert hatte.

»Viel Spaß heute Abend, Brüderchen! Den werden wir auf jeden Fall haben.«

Die anderen lachten und nickten ihm zu. Und schon fuhr der Wagen die Landstraße hinauf.

Jonas hatte dem Auto hinterhergesehen, bis es verschwunden war, und war dann hinunter zum Badesteg gegangen. Der war auch am Abend noch gut besucht. Jonas setzte sich auf einen Stein und beobachtete die Badegäste. Vor allem ein Mädchen in seinem Alter mit langen fast weißen Haaren. Sie saß zusammen mit zwei Freundinnen auf einer Decke und unterhielt sich und lachte. Aber sie schaute kein einziges Mal in seine Richtung. Als wäre er unsichtbar.

Nach einer Weile stand er wieder auf und lief gemächlich über den steinigen Strand nach Süden, bis er die Landzunge unterhalb der Villa Kloss erreicht hatte. Dieser Abschnitt des Strandes war menschenleer und ein geeignetes Versteck. Jetzt musste er nur eine Beschäftigung finden, damit der Abend schnell vorüberging.

Zuerst ging er baden, ausgiebig, dann ließ er sich von der Sonne trocknen. Anschließend suchte er den Strand nach Treibgut ab, fand aber nur ein paar leere deutsche Milchkartons. Also ging er ein weiteres Mal schwimmen. Da hing die

Sonne bereits tief am Horizont, und das Wasser war deutlich kühler geworden.

Als er wieder trocken war, zog er sich die Shorts an. Dann schleppte er Caspers Schlauchboot aus dem Bootshaus, zog sich eine Schwimmweste an und watete ins Wasser, um eine kleine Runde zu drehen. Sobald die Sonne untergegangen war, würde er sich im Schutz der Dunkelheit in sein kleines Häuschen zurückschleichen und ins Bett gehen. Und morgen würde er den Erwachsenen erzählen, dass ihm der Film gefallen hatte.

Ein sehr guter Plan.

Jonas stellte sich auf einen Felsen, das Boot neben sich, und sah sich um. Die Wasseroberfläche war spiegelglatt. Der Sund sah ungefährlich aus, aber er wusste, dass der Meeresboden hier senkrecht abfiel und man nur wenige Meter von der Uferkante entfernt in die Tiefe sinken und ertrinken konnte.

Das Wasser wurde pechschwarz, wenn die Sonne verschwand, als würde auch der Meeresboden verschwinden. Ein bisschen unheimlich, aber auch aufregend.

Vorsichtig kletterte er ins Schlauchboot und ruderte parallel zum Strand bis zu den Pfählen mit den Bodennetzen. Dort steuerte er das Boot vom Land weg, immer weiter und weiter hinaus auf den Sund, um den Netzen zu folgen und sich dem Sog der schwarzen Tiefe unter sich hinzugeben. Die Algen und Fische, der Tang und die Steine. Eine andere Welt …

Als er etwa die Mitte der Pfahlreihe erreicht hatte, band er das Boot fest. Das Wasser war so tief und schwarz wie ein Grab, aber die Wasseroberfläche lag still und friedlich da.

Jonas machte es sich gemütlich auf seinem Luftkissen und beobachtete den Himmel dabei, wie dieser immer dunkler wurde. Die Wolkendecke war an einigen Stellen aufgerissen und kleine blinkende Punkte waren zu sehen.

Die sind jetzt schon im Kino in Kalmar, dachte er.

Während Mats und seine Cousins einen Film sehen durften, musste sich Jonas mit den Sternen über der Insel zufriedengeben. Aber der pochende Neid verebbte langsam und ging über in eine Art friedliche Ruhe, denn er hatte das Gefühl, schwerelos zwischen Himmel und Meer zu schweben. So weit draußen gab es auch keine Insekten, die ihn stören konnten, keine einzige Mücke.

Er schloss die Augen. Alles war friedlich, alles war dunkel.

Bis ihn ein leises Geräusch den Kopf heben ließ. Ein dumpfes Grollen, das über das Wasser ebenso deutlich übertragen wurde wie durch die Luft.

Das Geräusch wurde von einem Schiff verursacht. Ein großes Schiff, das seinen klopfenden Dieselmotor irgendwo da draußen in der Dunkelheit angeworfen hatte. Das Grollen nahm zu, dann verebbte es langsam.

Jonas blinzelte, schläfrig und verwirrt. War er eingeschlafen? Er hatte keine Uhr dabei, aber die Sonne war jetzt vollständig untergegangen, und dicke Wolken bedeckten den Himmel. Die Sterne waren nicht mehr zu sehen. Jonas konnte auch keine Positionslampen entdecken, die sich nähern würden.

Die Insel war fast noch dunkler als das Meer. Die beiden schwarzen Landzungen, die an den Seiten der Stenviker Bucht ins Meer stießen, waren pechschwarz. Er konnte nur ein paar wenige Lichter in den Fenstern der Sommerhäuser ausmachen, die nahe am Strand standen.

Entfernt hörte er Stimmen und Gelächter von der Insel. Wahrscheinlich war die Party in der Villa Kloss in vollem Gange. Sein Vater, Tante Veronica, Onkel Kent und die anderen saßen sicher auf der Veranda und tranken Wein.

Jonas überlegte sich, ob er nicht gleich die ganze Nacht im Schlauchboot verbringen sollte. Vielleicht würde dann den Erwachsenen auf der Terrasse das Lachen und Trinken vergehen. Und wenn das Auto aus Kalmar ohne ihn zurückkäme, würden sie sich fragen, wo er sei. Sie würden unruhig werden. *Wo ist Jonas? Hat jemand Jonas gesehen?* Plötzlich würde er wichtig sein.

Er beschloss, im Boot zu bleiben und noch ein bisschen

weiter hinausrudern. Bis ans Ende der Bodennetze – so weit hinaus hatte er sich noch nie zuvor gewagt.

Mit gleichmäßigen Zügen ruderte er los, durch den dünnen Plastikboden spürte er die zunehmende Kälte des Wassers. Er war sich nicht sicher, ob er bis an Land würde schwimmen können, wenn das Boot ein Leck bekäme. Trotz der Schwimmweste. Die Tiefe des Wassers machte ihn ganz schwindelig.

Schließlich hatte er den letzten Pfahl erreicht, ein schmaler Stumpf, der aus dem Wasser schaute. Jonas sah, dass er mit langen Seilen und Ketten befestigt und gesichert war. Er hörte auf zu rudern, das Boot glitt weiter, aber er streckte die Hand aus, bekam den Pfahl zu fassen und klammerte sich mit beiden Händen daran fest.

Der Pfahl war ein Hinweis darauf, dass es noch andere Menschen auf dieser Welt gab. Die Aalfischer zum Beispiel, die zu Beginn des Sommers die Netze ausgelegt hatten. Jonas sah hinunter ins Wasser, konnte das Netz aber nicht einmal erahnen. Waren da unten Aale, gefangen in der Dunkelheit? Die Familie Kloss aß immer wieder geräucherten Aal, aber er mochte den Geschmack nicht besonders. Der Fisch war ihm zu fettig.

Da hörte er das dumpfe Grollen wieder. Ein Motorboot? Das müsste Positionslampen haben, wenn es mitten in der Nacht auf dem Meer fuhr, aber er konnte keine Lichter sehen.

Dann verstummte das Geräusch.

Er ließ den Pfahl los und trieb sofort ab. Das Boot wurde von der Strömung in den Sund hinausgezogen. *Mach's gut, Pfahl.*

Jonas hielt die Ruder fest, tauchte sie aber nicht ins Wasser, sondern ließ das Boot einfach treiben. Hinaus in das Schwarze, das ihn umgab. Aber nur noch ein kleines Stück. Bald würde er umdrehen. Er wollte nur feststellen, ob er das Schiff zu sehen bekäme.

Seine Augen suchten die Dunkelheit ab. Ein dünner Nebel lag über der Wasseroberfläche, der die Sicht erschwerte. Aber plötzlich hatte Jonas das Gefühl, dass etwas Großes und Leises heranglitt, hinter der Landzunge im Süden tauchte ein grauer

Schatten auf, lang und schmal wie ein Meeresungeheuer. Eine Seeschlange oder ein Riesenkrake, der ihm im Sund aufgelauert hatte …

Bewegte sich der Schatten auf ihn zu? Jonas blinzelte, aber der Schatten war schon wieder verschwunden.

Hastig begann er zu rudern. Er wollte nach Hause, wusste aber im ersten Moment nicht, in welche Richtung er musste oder wie weit es bis zum Land war, alles war so dunkel und neblig. Und Jonas hatte keine Anhaltspunkte, er konnte sich an nichts orientieren.

Er machte eine Pause und atmete tief durch. Dann lauschte er.

Da war ein Plätschern.

Zwar schlugen kleine Wellen gegen das Schlauchboot, aber das Geräusch klang nach etwas Größerem. Es klang nach Brandung oder Sturzwellen.

Jonas schaute nach oben – und in diesem Augenblick brach die Wolkendecke auf. Der Vollmond schob sich zwischen den Wolken hindurch und tauchte den Sund in helles Licht. Das Wasser wurde zu einem silbrig glitzernden Teppich.

Und inmitten des funkelnden Meeres schwamm etwas Großes, Schwarzes – ein Schiff.

Es kam in gleichmäßigem Tempo auf ihn zu. Im Schein des Mondes konnte Jonas den Namen des Schiffes lesen: *Elia*.

Er griff nach den Rudern und wollte so schnell wie möglich weg. Aber da erhob sich das mächtige Schiff schon über ihm wie ein riesiger Stahlcontainer. Jonas roch Diesel und hörte das Grollen des Motors im Schiffsrumpf.

Es kam nicht zu einer Kollision, dafür war sein Boot zu klein. Die Bugwelle sog es an und riss es mit sich mit. Jonas kniete im Boot und klammerte sich fest. Sein Magen krampfte sich zusammen, das Boot drohte zerdrückt zu werden und zu sinken. Kaltes Wasser strömte über die Bordseite, ein großer Schwall, der sich über Jonas' Beine und ins Bootsinnere ergoss. Caspers Boot hatte ein Leck bekommen und würde bald sinken.

Jonas hatte panische Angst und bemühte sich, das Gleichgewicht zu halten. Seine Hände versuchten ein lose flatterndes Tau zu fassen zu bekommen, das wie eine Liane von der Reling herunterhing. Krampfhaft hielt er sich daran fest und zog sich hoch.

In dem Augenblick riss sich das Boot von der Schiffswand los und drehte sich wie eine gelbe Boje im Kreis. Dann wurde es nach achtern gezogen, tanzte durch die glitzernde Gischt zum Heck des Schiffes und versank.

Caspers Schlauchboot. Es war weg.

Jonas sah dem Boot hinterher; würde er das Tau jetzt loslassen, würde auch er ins Kielwasser gerissen werden. Unschlüssig hing er an dem Tampen.

Aber nicht lange.

Er biss die Zähne zusammen, schwang ein Bein nach oben, konnte seinen Fuß gegen einen kleinen Vorsprung in der Schiffswand stemmen und sich weiter hochziehen, bis er Halt an einer schwarzen Stahlröhre fand. Die Reling. Wie auf dem Stufenbarren im Sportunterricht schwang er sich hinauf.

Aus dem Schiff drang kein menschliches Geräusch. Keine Stimmen, keine Schritte. Und das Motorengeräusch klang hier oben gedämpfter. Daneben hörte er nur noch das leise Plätschern, mit dem sich das große Schiff durch das nächtliche Meer pflügte.

Jonas ließ sich von der Reling hinab und stand mit nackten Füßen auf dem kalten Stahldeck. Er fror und zitterte, aber er war den Fluten entronnen. Tief durchatmend, sah er sich zaghaft um. Was war das für ein Schiff?

Offenbar ein relativ großes Fischerboot. Jonas konnte zwar keine Netze an Deck entdecken, aber der Fischgestank, der sich mit dem Geruch von Diesel mischte, war unverkennbar.

Vor ihm befand sich eine große, lange Frachtluke, sie war geschlossen. Rechts und links davon standen zwei weiße Steuerhäuschen, ein kleines im Bug und ein größeres im Heck. Im Fenster des achtern liegenden Steuerhauses brannte ein Licht, der Rest des Schiffes war dunkel.

Woher war das Schiff gekommen? Er hatte im Laufe des Sommers einige große Schiffe im Sund gesehen, aber nie so nah an Land.

Unschlüssig stand er vor der Luke. Sollte er zum Häuschen am Bug gehen? Oder zu dem im Heck? Oder einfach abwarten?

Er entschied sich für das Häuschen achtern und ging langsam an der Luke vorbei. Es war wohl richtig, zu dem Licht zu gehen, wie schwach es auch sein mochte.

Dahinter bewegte sich nämlich nichts.

Vorsichtig schlich er weiter. Am Ende der Frachtluke sah er etwas Rundes und Dunkles liegen. Zuerst dachte er, es wäre ein Ball. Dann begriff er, dass es ein Kopf war. Ein Hals und Schultern.

Da lag ein Mann am Boden.

Jonas blieb wie erstarrt stehen.

Es war ein Mann in einem dunklen Overall. Er lag ausgestreckt auf dem Bauch, das Gesicht in Jonas Richtung gedreht. Seine Beine steckten in einer kleinen viereckigen Luke an Deck, als hätte er versucht, aus dem Frachtraum zu klettern.

Aber er bewegte sich nicht, offenbar atmete er auch nicht. Er lag nur reglos da.

Jonas starrte den Mann an. Er überlegte, ob er ihn mit der Fußspitze anstoßen sollte, da hörte er auf einmal klagende Rufe, die aus der Frachtluke kamen.

Dort unten waren Menschen! Aber ihre Rufe klangen merkwürdig gequält und erstickt.

Wie versteinert lauschte er.

Die Rufe aus der Tiefe verstummten.

Plötzlich hörte Jonas ein Keuchen hinter sich. Entsetzt fuhr er herum und sah eine Gestalt aus dem Dunklen auf sich zustolpern. Ein großer schlanker Mann mit schwarzen Haaren. Er war jung und trug eine Jeans und einen weißen Pullover – aber er sah krank aus, er ließ den Kopf hängen und seine Augen glänzten fiebrig. Die Gestalt bewegte sich wie ein Schlafwandler, fast wäre sie über die Kante der Frachtluke gestolpert, konnte sich aber wieder fangen und hob den Kopf mit leerem Blick.

Ein lebender Toter. Ein Zombie.

Da entdeckte der Mann Jonas, hob die Arme und stieß sonderbare Laute in einer fremden Sprache aus, ein heiseres Zischen. Bebend streckte der Zombie seine Hände nach Jonas aus, er war nur noch zwei Meter von ihm entfernt.

Dann nur noch einen Meter.

Jonas wich zurück, drehte sich dann um und rannte los, die Reling entlang, so schnell er konnte. Er sprang über den Toten am Boden und suchte verzweifelt nach einem Versteck.

Das Meer unter ihm funkelte schwarz wie Tinte. Öland war weit weg. Jonas floh blind über das Deck, nach achtern. Das größere Steuerhaus hatte eine schmale Stahltür.

Aber die war verschlossen. Und es gab keine Klinke. Hastig versuchte er, die Fingerspitzen zwischen Tür und Rahmen zu zwängen, und zog an den Kanten, aber die Tür bewegte sich nicht.

Er war in einer Sackgasse.

Hinter sich hörte er das heisere Zischen. Es kam näher und immer näher. Er drehte sich um und sah, wie die ausgestreckten Hände sich auf ihn zubewegten.

Jonas schloss die Augen und spürte, dass es an seinen Beinen plötzlich warm wurde. Er hatte sich in die Hose gepinkelt. In dem Moment merkte er, dass die Stahltür gegen seinen Rücken drückte. Sie bewegte sich – jemand versuchte, sie von der anderen Seite her zu öffnen.

Ein zweites Monster? Jonas kauerte sich zusammen und hörte, wie die Tür knirschte. Mit einem Schlag wurde sie aufgestoßen, sodass er zur Seite gedrückt wurde und umkippte.

Dann trat jemand aus dem Steuerhaus, zuerst nur ein Fuß in einem Lederstiefel, dann ein Bein in Jeans und schließlich zwei erhobene Hände.

Diese Hände hielten eine Axt.

Der Mann, der jetzt damit an Deck sprang, war groß, schlank

und kahlköpfig. Er schien Jonas hinter der Tür nicht gesehen zu haben, rannte mit zwei Schritten an ihm vorbei und schwang die Axt.

Der Schaft war lang, das Blatt funkelte, und die Schneide sauste direkt in die Brust des Zombies. Die Gestalt taumelte rückwärts und stürzte aufs Deck. Aber der Zombie lag nicht still. Er fuchtelte mit den Armen und versuchte aufzustehen. Der Mann mit der Axt schrie auf und schlug erneut zu, zweimal, dreimal und ein viertes Mal – erst jetzt sank der Zombie in sich zusammen und bewegte sich nicht mehr.

Danach war alles still, nur der Schiffsmotor brummte.

Der Mann mit der Axt atmete ein, als würde er innerlich zittern. Dann drehte er sich um und entdeckte Jonas.

Ein Mondstrahl fiel durch die Wolkendecke, und ihre Blicke trafen sich. Jonas erkannte den Mann, seine nervös blinzelnden Augen und den angestrengten Gesichtsausdruck. Er hatte ihn schon einmal gesehen.

Aber die Augen des Mannes waren kalt. Kalt und voller Furcht. Er beugte sich zu Jonas herunter und herrschte ihn an: »Wer bist *du?*« Dann packte er ihn hart an den Schultern. »Wo ist der Schwedenamerikaner, dieser Aron?«

Jonas öffnete den Mund, aber es kam kein Laut heraus. Alle Worte waren aus seinem Kopf verschwunden.

Aber der Mann fragte unentwegt weiter: »Der Alte … Wo ist er?«

Er hob die Axt, das Blut tropfte von der Schneide.

Jonas löste sich aus seiner Schreckensstarre, entwand sich dem Mann und rollte sich zur Seite. Nur weg von hier! Er streckte die Hände aus, bekam die kalte Reling zu fassen und zog sich schnell auf die Füße.

Hastig kletterte er über die Reling. Ein weißer Rettungsring hing daran. In rasender Eile lösten seine zitternden Finger den Rettungsring aus der Verankerung.

»Warte!«, schrie der Mann hinter ihm.

Jonas warf einen letzten Blick hinter sich, und eine Zehntelsekunde lang – sah er eine Gestalt. Jemand stand hinter der Fensterscheibe im Steuerhaus. Ein alter Mann mit grauem Haar und blassem Gesicht …

Jonas drehte sich um und sprang von Bord, hinein in das dunkle Meer.

Dann wurde alles kalt. Er versank und wurde in eine Welt aus Blasen gesogen. Die Strömung der Heckwelle riss an ihm, er nahm ein dumpfes Rauschen wahr, aber mit rudernden Armen gelangte er an die Oberfläche.

Er holte Luft. Das Schreckensboot erhob sich dicht über ihm. Aber es entfernte sich, angetrieben von dem grollenden klopfenden Motor in seinem Bauch.

Jonas trieb auf dem Wasser – er begriff, dass seine Schwimmweste noch fest am Körper saß. Der Rettungsring schwamm nicht weit entfernt von ihm, er bekam ihn zu fassen und zog ihn sich über den Kopf.

Die Weste und der Ring trugen seinen Körper, und als er sich herumdrehte, entdeckte er unbewegliche Lichter. Sie waren schwach, aber sie leuchteten. Das waren Lichter auf Öland. Sie waren in weiter Ferne – er musste seine Kräfte einteilen, um dorthin zu schwimmen. Er machte zehn Schwimmzüge mit den Beinen, dann ruhte er sich wieder aus. Auf diese Weise bewegte er sich langsam vorwärts. Die Lichter kamen näher, und nach einiger Zeit konnte er sehen, dass sie in kleinen Häusern brannten. Die dunkle Küste nahm immer mehr Konturen an, und schließlich spürte er Steine unter den Füßen. Er hatte den Strand erreicht.

Hinter ihm plätscherte es. War er verfolgt worden? Er blickte über die Schulter, aber da war nichts als schwarzes Wasser. Der Sund war dunkel, und es waren keine Positionslampen zu sehen.

Aber vielleicht waren die Toten ihm ins Wasser nachgesprungen und schwammen gerade langsam an Land …

Mit triefenden Shorts und tropfnassem Pullover schleppte er sich an den Strand, warf den Rettungsring ab und ließ sich auf die Steine sinken. Er war vollkommen erschöpft, aber die Angst vor den Toten jagte ihn wieder hoch.

Wo konnte er sich bloß verstecken?

Auf welchem Teil der Insel war er gelandet?

Der Strand war nicht so steil hier, das bedeutete, dass er weiter nördlich an Land gegangen war. Auf der Landborg standen die Bootshäuser aufgereiht – alle waren dunkel – bis auf eines aus Holz, in dessen Fenster ein schwaches Licht brannte.

Jonas steuerte direkt darauf zu, er stolperte über den steinigen Boden bis zur Tür des Bootshauses. Entschlossen drückte er die Klinke hinunter, aber die Tür war verschlossen. Daraufhin hämmerte er dagegen und rief laut um Hilfe, und endlich öffnete sie sich.

Dahinter stand kein Zombie und auch kein Wahnsinniger mit einer Axt. Nur ein harmloser alter Mann, der ganz verschlafen war, aber zur Seite trat und ihn ins Warme und Helle einließ.

Jonas stürzte ins Haus und blieb auf einem weichen Teppich stehen, den er nass tropfte. Jetzt verließen ihn alle Kräfte, und er sank auf die Knie.

Der Mann, der ihm geöffnet hatte, stand noch immer in der offenen Tür und starrte ihn entgeistert an.

»Zumachen«, flüsterte Jonas. »Schließen Sie die Tür ab! Die verfolgen mich.«

»Wer denn?«, fragte der Mann.

»Die Toten. Vom Schiff.«

GERLOF

Gerlof wurde von sonderbaren Vibrationen geweckt, das Geräusch erinnerte ihn an etwas. Er glaubte, auf See zu sein und in seiner Koje zu liegen. Dann öffnete er die Augen und erkannte, dass er in seinem Bootshaus geschlafen hatte und alles in Ordnung war. Aber die Wände wackelten.

Ein Erdbeben? Langsam setzte er sich im Bett auf, aber erst nachdem er die Hörapparate in die Ohrmuscheln gesetzt und eingeschaltet hatte, begriff er, wodurch das Beben der Wände verursacht wurde: Jemand hämmerte mit den Fäusten gegen die Tür seines Bootshauses. Und er hörte eine helle Stimme, die um Hilfe rief.

»Ich komme«, murmelte Gerlof.

Er zog sich seine Hose und seinen Wollpullover an, um nicht zu frieren und ordentlich auszusehen. Dann öffnete er die Tür.

Aus der Dunkelheit kam ein Junge hereingestürmt. Er stürzte fast über die Türschwelle, ein ihm unbekannter Junge mit Schwimmweste und klitschnasser Kleidung.

»Oje«, sagte Gerlof. Ihm fiel nichts Besseres ein.

Der Junge war auf die Knie gefallen und zitterte. Mit angstgeweitetem Blick starrte er zur Tür.

»Zumachen«, flüsterte Jonas. »Schließen Sie die Tür ab! Die verfolgen mich.«

»Wer denn?«, fragte der Mann.

»Die Toten. Vom Schiff.«

Gerlof schloss die Tür und drehte den Schlüssel herum.

»Du wirst verfolgt? Wovon redest du?«

Der Junge krabbelte in eine Ecke des Bootshauses. Vor Gerlofs Bett blieb er zusammengekauert hocken und klammerte sich an einen Bettpfosten, den Blick noch immer auf die Tür geheftet. Er hielt die Luft an und horchte offenbar, ob sich draußen etwas tat. Auch Gerlof lauschte, aber niemand rüttelte an der Türklinke. Und niemand klopfte.

Gerlof versuchte ruhig zu bleiben. Sollte er etwa auch Angst haben? Dafür war er noch viel zu verschlafen. Er zündete neue Teelichter auf dem Tisch an, um die dunklen Schatten zu verjagen.

»Wie heißt du?«

»Jonas.«

»Und was ist passiert, Jonas? Kannst du mir das erzählen?«

Endlich schaute der Junge Gerlof in die Augen.

»Dort draußen ist ein Schiff«, begann er stockend. »Ein großes Schiff ... Es ist direkt auf mich zugefahren. Ich bin an Bord geklettert.« Pause. »Von meinem Schlauchboot.« Pause. »Aber auf dem Schiff waren alle tot.« Pause. »Nur einer nicht. Der hatte eine Axt.«

»Und der verfolgt dich?«

»Nein, das war der Geist«, sagte der Junge, und seine Stimme wurde schriller. »Der Geist war an Bord. Und er hat mit den Toten gekämpft!«

Der Junge holte Luft, und Gerlof sah Tränen in seinen Augen glitzern. Er ließ ihn zu Atem kommen, ehe er die Hand ausstreckte und vorsichtig begann, ihm die Schwimmweste zu öffnen. Mit fester Stimme sagte er: »Das war kein Geist.«

»Doch!«

»Nein, und weißt du auch, warum nicht?«

Der Junge schüttelte den Kopf.

»Weil Geister Wasser nicht leiden können.« Gerlof zog ihm die Schwimmweste aus und fuhr fort: »Mein Großvater hat mir immer erzählt, dass man mit dem Boot aufs Meer fliehen soll, wenn man einen Wiedergänger sieht, denn so kann man ihn abschütteln. Du hast also keinen Geist gesehen, Jonas. Mein Ehrenwort.«

Der Junge sah ihn skeptisch an, schien sich aber langsam zu beruhigen. Doch sein Blick wanderte immer wieder zur Tür.

Schließlich ging Gerlof dorthin und öffnete sie. Der Junge holte zischend Luft, Gerlof drehte sich zu ihm um.

»Ich will nur nachsehen und horchen.«

Es bestand aller Wahrscheinlichkeit nach keine Gefahr, aber zur Sicherheit nahm Gerlof eine Waffe mit. Es war ein langer Belemnit, der nur zur Zierde im Bootshaus lag. Das Fossil hatte Gerlof am Strand gefunden, es stammte von einem Tintenfisch und war unter großem Druck am Meeresboden im Laufe von Millionen von Jahren versteinert worden.

Der Belemnit lag schwer in Gerlofs Hand und fühlte sich gut an, wie ein Knüppel, als er in die dunkle, milde Nacht hinaustrat. Der Strand vor dem Bootshaus war dunkelgrau, und das Wasser erstreckte sich dahinter wie ein schwarzer Abgrund. Gerlof bewegte sich praktisch lautlos und horchte, hörte aber nur das sanfte Plätschern der Wellen am Strand.

Er trat aus dem Lichtkegel, der durch die Tür fiel, und sah über den Sund. Einige weiße Punkte blinkten auf dem Festland, sonst war nichts zu sehen.

Gerlof justierte seine Hörgeräte und stellte den Kanal für Hintergrundgeräusche ein. Jetzt hörte er etwas, in weiter Ferne. Ein dunkles Grollen, weit draußen im Sund. Er erkannte es wieder – es war das Motorengeräusch, das ihm aufgefallen war, kurz bevor er ins Bett gegangen war. Aber jetzt kam es von Norden und schien sich zu entfernen. Er versuchte, die Lautstärke am Hörgerät weiter aufzudrehen, aber das Geräusch verschwand.

Gerlof wartete noch einen Augenblick, dann hörte er Wellen, die am Strand brachen und den Kies bewegten. Das wies darauf hin, dass ein Schiff den Sund passiert hatte.

Er ging zurück ins Bootshaus und schloss die Tür hinter sich ab.

»Da war niemand«, sagte er. »Keine Geister.« Da Jonas nichts erwiderte, fuhr Gerlof fort: »Ich heiße Gerlof.«

»Ich weiß«, antwortete Jonas. »Sie sind der Opa von Kristoffer.«

Der Junge war also ein Spielkamerad seines jüngsten Enkelkindes. Jetzt erkannte er ihn auch wieder. Vor ein paar Tagen hatte er ihn beim Mittsommertanz gesehen. Jonas gehörte zur Familie Kloss.

»Bist du Jonas Kloss?«

Der Junge nickte und sagte dann, den Blick wieder fest auf die Tür geheftet: »Er hat die Toten an Bord mit einer Axt erschlagen.« Pause. Der Junge dachte nach und fuhr dann fort: »Und er hat mich nach einem alten Amerikaner gefragt ... Er sagte: ›Wo ist der Schwedenamerikaner, dieser Aron?‹«

Ein Schwedenamerikaner?, überlegte Gerlof. Laut fragte er: »Und der Mann mit der Axt, Jonas ... Kanntest du den?«

Der Junge schüttelte den Kopf. »Weiß nicht ... Ich weiß nicht, wie er heißt.«

Gerlof dachte über diese Antwort nach.

»Aber du hast ihn wiedererkannt?«

Jonas zögerte. »Ich glaube schon«, sagte er dann.

»Wo hast du ihn denn schon einmal gesehen?«

»Ich weiß es nicht mehr.«

Der Junge hatte den Kopf gesenkt, und Gerlof wollte behutsam vorgehen. Deshalb fragte er mit leiser Stimme: »Wenn du versuchst, dich daran zu erinnern: Was war das Erste, woran du denken musstest, als du den Mann auf dem Schiff gesehen hast?«

Joans sah Gerlof an und legte die Stirn in Falten, bevor er antwortete: »An Afrika.«

DER HEIMKEHRER

Der Schiffsmotor war verstummt. Sie trieben auf dem Sund, bewegten sich aber wegen der Windstille in dieser Nacht kaum. Trotzdem fiel es dem alten Mann mit den müden Armen und steifen Beinen schwer, von Bord zu klettern.

Der Heimkehrer warf den Sack mit der Beute ins Motorboot. Dann wickelte er sich ein langes Plastikkabel ums Handgelenk, stieg über die Reling und stellte seine Füße auf einen Absatz. Für einen Moment war er davon überzeugt, dass Schiff und Motorboot auseinandertreiben würden, aber Rita steuerte dagegen. Langsam kletterte der Heimkehrer ins Motorboot, das Plastikkabel weiter am Handgelenk. Es stellte die letzte Verbindung zwischen den beiden Fahrzeugen dar.

Rita war ruhig und konzentriert – um ihren Freund stand es dagegen schlimmer. Pecka saß mit gesenktem Kopf im Motorboot und brabbelte vor sich hin. Die blutige Axt hatte er ins Wasser geschleudert, weit weg in die Dunkelheit.

»Verdammt … verdammt.«

Der Heimkehrer ließ sich schwer auf die Sitzbank im Bug fallen und berührte Peckas Knie. »Pecka«, sagte er leise. »Sieh mich an.«

Pecka hob den Kopf. »Verdammt«, wiederholte er. »Sie sind alle tot.«

Der Heimkehrer nickte. »Und jetzt müssen wir alle Spuren verwischen.« Er hielt das Plastikkabel in die Luft. »Wir müssen noch eine Sache erledigen.«

Pecka blinzelte ihn nervös an. »Wir haben die alle abgemurkst«, stieß er hervor. »Die ganze Besatzung.«

Der Heimkehrer griff nach der Hand des jungen Mannes, die eiskalt war. Er verstand nur zu gut, in welcher Verfassung Pecka war. Er stand unter Schock, so wie schon so viele Soldaten vor ihm, wenn sie zum ersten Mal getötet hatten. Wichtig war es jetzt, dass Pecka sich auf Einzelheiten konzentrierte und das große Ganze ausblendete. Als der Heimkehrer jung gewesen war und hatte töten müssen, hatte er sich immer auf seine Waffe konzentriert, auf den richtigen Umgang damit – auf nichts anderes. Dann war es ihm etwas leichter gefallen.

»Die sind alle krank geworden, oder?«, fragte Pecka. »Von etwas im Frachtraum?«

Der Heimkehrer schüttelte den Kopf. Er hatte keine Antwort darauf. »Sie sind selber schuld«, sagte er und reichte Pecka das Ende des Plastikkabels. »Jetzt beenden wir das hier. Das kannst du tun.«

Pecka betrachtete das Kabel, das vom Motorboot über die Reling des Schiffes führte und oben in einer Frachtluke verschwand. Seine zitternde rechte Hand tastete nach dem kleinen Auslöser am Ende des Kabels, dann drückte er den Knopf.

Ein dumpfer Schlag erklang aus dem Inneren des Schiffsrumpfes. Auch die Dunkelheit schien zu erzittern, und gurgelnde Geräusche unter Wasser waren zu hören. Der Schiffskörper war leckgeschlagen.

Der Heimkehrer hatte die Luft angehalten, jetzt atmete er aus. »Sehr gut, dann fahren wir.«

Rita wendete das Motorboot und steuerte von dem Frachtschiff weg. Das hatte bereits Schlagseite bekommen. Der Heimkehrer hatte die Sprengladung auf der Bugseite platziert, und in diese Richtung kippte das Schiff jetzt. Das Heck stieg in die Luft, erst langsam, dann immer schneller.

Das Schiff sank majestätisch und nahezu lautlos, nur vereinzelt zischte Luft aus den Luken und Bullaugen. Nach weniger als einer Viertelstunde war die Wasseroberfläche wieder spiegelglatt.

Rita gab Gas und trat den Heimweg durch die Nacht an. Schon bald tauchte die schwarze Küste der Insel vor ihnen auf. Von Weitem betrachtet, wirkte der Strand weich und sanft, aber als sie näher kamen, entdeckte der Heimkehrer die steinigen Unebenheiten.

Kurz bevor sie an Land gingen, schob der Heimkehrer seine Hand in den Sack und holte zwei Geldscheinbündel heraus. Er reichte sie Pecka und Rita, die sie in ihre Hosentaschen schoben.

»Damit kommt ihr über die Runden, bis wir uns wiedersehen.«

Pecka bedankte sich nicht, aber es sah aus, als hätte er sich ein bisschen gefangen. Er musste die Stimme heben, um den Motor zu übertönen: »Dieser Junge, der vorhin an Bord war … Was hatte er da zu suchen?«

Der Heimkehrer sah ihn überrascht an.

»Ein Junge?«

»Ja, als wir auf dem Weg in den Sund waren. Er tauchte plötzlich neben der Frachtluke auf. Ich habe dich überall gesucht, aber du warst verschwunden, und dann kam dieser kleine Kerl und hinter ihm diese lebenden Toten von der Besatzung, da habe ich meine Axt genommen und …«

»Beruhig dich«, unterbrach ihn der Heimkehrer. Er sah Pecka fest in die Augen. Im selben Augenblick lief das Boot auf dem steinigen Grund auf. »Dieser Junge, hat er dich gesehen?«

»Ja, klar, der hockte ja nur einen Meter von mir entfernt. Direkt vor mir an Deck war der. Keinen Schimmer, wo der herkam. Ich habe versucht ihn festzuhalten, aber dann ist er einfach über die Reling gesprungen.«

Rita stellte den Motor ab. »Aber du hattest doch deine Sturmhaube auf?«, fragte sie in die plötzliche Stille hinein. »Dein Gesicht hat er nicht gesehen?«

Verlegen schüttelte Pecka den Kopf. »Da nicht«, sagte er nach einer Weile. »Es war so verdammt heiß da drunter.«

Der Heimkehrer stand auf und blickte über den Strand. »Kennst du den Jungen?«

»Nee«, sagte Pecka.

Der Heimkehrer stieg wortlos an Land, drehte sich dann

aber noch einmal um. »Fahr gleich nach Hause«, befahl er. »Und bleib da. Geh nicht raus.«

Pecka begriff den Ernst der Lage und nickte. »Und du?«, fragte er. »Fährst du auch bald zurück nach Hause?«

»Nach Hause?«

»Ja … nach Amerika?«

Der Heimkehrer antwortete nicht.

Schweigend blickte er auf den schwarzen Sund. Er musste an die Reise in seiner Jugend denken, über das große Meer, als er noch an eine Zukunft geglaubt hatte.

DAS NEUE LAND, JULI 1931

Aron lässt Sven in der Kajüte zurück. Er kann sowieso nicht helfen. Svens schmaler Körper liegt zusammengekrümmt in der Koje, und sein Kopf hängt über den Rand. Sein Mund öffnet sich in regelmäßigen Abständen, und er erbricht sich in den Eimer, der auf dem Boden steht. Der Gestank ist entsetzlich. Aron bekommt keine Luft.

Zwischen den Würgattacken führt Sven Selbstgespräche. Er redet von der Familie Kloss, vom Steingrab, der Röse, von herabfallenden Steinen und einstürzenden Wänden.

»Du musst immer das letzte Wort haben. Er war wie eine Säule aus Stein, unbeugsam und hart … Hätte gleich nach Hause gehen sollen … hätte nicht die Hand gegen ihn erheben sollen …«

Zwischendurch scheint Sven zu denken, dass er auf Öland ist und in Rödtorp am Strand liegt. Aber das stimmt nicht. Er liegt an Bord des langen weißen Schiffes, der *S/S Kastelholm*, das sich durch ein großes, unruhiges Meer pflügt.

Aron und er teilen sich eine Koje, aber Aron ist selten in der

Kajüte. Er will nicht neben Sven und dem unerträglichen Gestank liegen und hält sich die meiste Zeit an Deck auf. Oder auf der Brücke, wohin ihn der Kapitän eingeladen hat, um sich anzusehen, wie ein Schiff gesteuert wird.

Zu Beginn der Reise ist auch Sven auf der *S/S Kastelholm* herumgelaufen. Er stand oft am Bug, hielt sich an der Reling fest und sah hinaus aufs Meer. Aber bald wurden die Wellen immer höher, und er verschwand in die Kajüte. Zu seinem Eimer.

Aron steht an der Reling, er schaut hinunter in das wirbelnde Wasser unten am Bug. Die Sonne versteckt sich hinter einer dichten Wolkendecke, der Horizont ist verschwunden, kein Land oder andere Schiffe sind in Sicht. Aron sieht nur Wellen, die in langen Reihen gegen das Schiff rollen und vor allem am Bug brechen. Das scheint sich endlos fortzusetzen.

Aron hat das Zeitgefühl verloren, er sehnt sich nur noch danach, endlich anzukommen. Festen Boden unter den Füßen zu haben, irgendeinen Boden. Er kann ihn fast schon riechen.

Die Luft ist kalt und ein strammer Wind weht. Aron kann den Motor hören, aber er hält sich von dem Maschinenraum fern. Er bevorzugt Wind und Sonne, sie erinnern ihn an den Strand vor ihrem Haus in Rödtorp.

Er wartet und hat Sehnsucht.

Da hört er schlurfende Schritte hinter sich, Sven hat sich an Deck geschleppt. Er atmet die Seeluft tief in seine Lungen, stellt sich vor den kleinen Mast und richtet den Blick nach vorn, ins Unbekannte.

Aron sieht ihn an. »Sind wir bald da?«

Sven seufzt. »Dieselbe Frage, wieder und immer wieder.« Er schluckt, rülpst leise und starrt in die Ferne. »Siehst du noch kein Land?«

Aron kneift die Augen zusammen und starrt in den Wind. Dann schüttelt er den Kopf.

»Du siehst es, wenn es auftaucht«, sagt Sven. »Und das wird es bald. Bald sind wir im Neuen Land.«

»Können wir Mutter dann einen Brief schreiben?«

»Natürlich«, antwortet Sven. »Wenn wir angekommen sind. Und wenn du alles hast, was man dazu braucht ... Stift und Papier und Briefmarken.«

»Das werde ich schon finden.«

»Und wenn es nicht zu teuer ist.«

Aron ist fest entschlossen, Stifte, Papier und das nötige Porto zu besorgen, sobald sie an Land gegangen sind. Was es auch kosten mag.

»Wie lang müssen wir dort bleiben, im Neuen Land?«

»›Bleiben‹?«, wiederholt Sven. »Wir wollen da nicht einfach nur bleiben! Wir wollen arbeiten, etwas auf die Beine stellen. Mindestens ein Jahr lang.«

»Und dann fahren wir wieder nach Hause?«

Sven seufzt. »Wir fahren nach Hause, wenn wir nach Hause fahren«, sagt er. »Frag nicht so viel.«

Damit dreht er sich um und geht zurück in die Kajüte, zurück zu seinem Eimer.

Aron bleibt an der Reling stehen. Er schaut aufs Meer und wartet auf die Küste, die Außenkante des Neuen Landes, der anderen Welt.

GERLOF

Die Sonne ging bereits gegen halb fünf Uhr über der Insel auf, aber Gerlof wachte erst nach sieben auf. Er blinzelte in das graue Licht im Bootshaus und betrachtete das alte Netz, das an der hinteren Wand des Häuschens hing. Er erinnerte sich an das Hämmern an der Tür und an einen verängstigten und triefnassen Jungen, der aus der Dunkelheit hereingestürmt war, kaum dass er die Tür geöffnet hatte. Hatte er das alles nur geträumt?

Nein, unter dem Dach hingen Kleidungsstücke von einem Kind zum Trocknen, und er war auch nicht allein im Bootshaus. Eine kleine Gestalt schlief tief und fest auf dem anderen Feldbett, unter mehreren Schichten Decken. Es war der verängstigte Junge, Jonas Kloss.

Nachdem Gerlof am Abend schließlich das Licht gelöscht hatte, waren die Atemzüge des Kindes immer ruhiger und langsamer geworden, bis es schließlich ganz gleichmäßig und leise geatmet hatte.

Gerlof selbst war viel zu aufgeregt und verwirrt gewesen, um schlafen zu können. Er war im Sitzen auf seinem Bett eingenickt, den lächerlichen versteinerten Knüppel in der Hand, um Wache zu halten und auf unbekannte Gefahren zu reagieren. Tote Seeleute und hungrige Monster. Aber sie waren nicht aufgetaucht.

Er stellte die Füße auf den kalten Boden, stand langsam auf und öffnete die Rollgardinen, um die Welt dort draußen zu betrachten.

Der Strand war so grau wie das Wasser, die Sonne war bereits aufgegangen, hatte aber noch lange nicht ihre Sommerstärke erreicht. Gerlof entdeckte keine Menschenseele entlang der Küste und kein Bootswrack auf dem Sund. Das Meer war spiegelglatt – aber plötzlich sah er eine Bewegung im Wasser. Ein kleiner pechschwarzer Kopf schwamm parallel zum Strand.

Gerlof hörte, dass Jonas sich bewegte. Er wandte sich um. »Guten Morgen.«

Der Junge wollte antworten, aber es platzte nur eine ängstliche Frage aus ihm heraus: »Ist er da?«

»Nein, hier ist niemand«, entgegnete Gerlof leise. »Ich sehe nur einen Nerz, der wahrscheinlich auf der Suche nach Vogeleiern ist.«

Einige Sturmmöwen kreisten über dem Strand und stießen gellende Warnrufe aus. Auch sie hatten den Nerz entdeckt, und kurz darauf stieß einer der großen Vögel hinunter aufs Wasser, den Schnabel wie ein Speer vorgestreckt. Als die Möwe angriff, tauchte der Nerz schnell unter und ein paar Meter weiter wieder auf. Er schwamm zum Strand, wo ihm die Felsen Schutz boten. Dann sprang er elegant an Land, schüttelte sich den Pelz und glitt davon wie ein wendiger Aal.

Gerlof ließ die Gardinen wieder herunter und lächelte den Jungen an.

»Wie geht es dir? Besser?«

Jonas nickte. Aber er hatte die Lippen zusammengekniffen, und in seinen Augen spiegelte sich große Angst. Leise fragte er: »Können Sie dort draußen irgendwelche Menschen sehen?«

»Nein«, sagte Gerlof. »Und auch keine Schiffe.«

Da fiel sein Blick auf einen alten Zeichenblock, der in dem kleinen Bücherregal stand. Eines seiner Enkelkinder hatte dort Papier und Wachsmalkreide liegen lassen.

Der Block brachte ihn auf eine Idee.

»Wollen wir versuchen herauszubekommen, wie es ausgesehen hat?«, fragte er. »Du beschreibst es mir und ich zeichne?«

»Gut«, flüsterte Jonas.

Gerlof nahm sich ein kleines Stück schwarze Malkreide und zeichnete die Umrisse eines öländischen Fischerbootes. Er fügte ein kleines Steuerhaus und einen kurzen Mast im Bug hinzu.

»War es ein Fischerboot? So eines hier?«

»Nee«, sagte Jonas. »Es stank da nach Fisch an Deck, aber das Schiff war viel länger.«

Gerlof zeichnete als Nächstes einen Schlepper, mit breitem Bug und Heck. »So?«

»Nee … noch länger«, sagte der Junge.

Gerlof zerknüllte das Papier und machte einen dritten Versuch. Er zeichnete ein längeres Frachtschiff, mit mehreren Frachtluken. »So in etwa?«

Jonas nickte stumm, und Gerlof war zufrieden.

»Aus welchem Material bestand es? Stahl oder Holz? Hast du am Schiffsrumpf Nieten gesehen, als du an Bord geklettert bist?«

Der Junge dachte einen Moment lang nach und nickte erneut.

»Sehr gut, es war also aus Stahl. Was hatte es denn für Aufbauten? Gab es ein Steuerhaus?«

Jonas zeigte mit dem Finger auf die Zeichnung. »Es gab ein kleines Haus hier vorn. Und ein größeres hinten.«

Gerlof zeichnete das Gesagte ein. »Hast du Freibordmarken gesehen?«

Der Junge sah ihn verständnislos an, und Gerlof beschwichtigte: »Ach, das ist auch nicht so wichtig ... Hatte das Schiff Masten?«

Jonas schloss die Augen. »Kann mich nicht erinnern«, sagte er nach einer Weile. »Vielleicht einen kleinen ganz vorn. Aber zwischen den beiden Häusern war eine große Frachtluke.«

Gerlof zog einen dicken Strich über das Deck des Schiffes, der die Luke andeuten sollte. »Wo waren die sterbenden Männer?«, fragte er.

»Die lagen da ... und da.«

»Und die Lebenden?«

»Der mit der Axt stand da.« Jonas zeigte ihm die Stelle. »Und hier oben im Steuerhaus stand ein grauhaariger alter Mann ... Da.«

Gerlof vermerkte die Stellen mit schwarzen Kreuzen.

»Hatte das Schiff einen Namen? Hast du etwas erkannt?«

Jonas nickte. »Da stand *Elia* drauf.«

»Elia?«, wiederholte Gerlof. »Der Prophet, der das tote Kind in Zarpat wieder zum Leben erweckte?«

Der Junge starrte ihn erneut verständnislos an, und Gerlof begriff, dass Jonas noch nicht konfirmiert war. Er schrieb den Namen *Elia* auf das Schiff. Sehr gut. Dann rollte er die Zeichnung zusammen und nickte dem Jungen zu.

»So, Jonas. Wollen wir nach oben gehen und etwas frühstücken? Ich lade dich ein.«

Sein Lächeln wurde zwar nicht erwidert, aber der Junge nickte und stand auf.

LISA

Am Morgen nach ihrem zweiten Clubabend wurde Lisa von einem Geräusch vor ihrem Wohnwagen geweckt. Jemand schlug Metall aufeinander. Sie setzte sich im Bett auf und sah auf die Uhr. Zehn nach zehn. Ihre Großmutter hatte im reiferen Alter immer mindestens bis zehn Uhr geschlafen. *Wenn ich früher aufstehe, wird der Tag so lang,* hatte sie gesagt und damit ziemlich deutlich zum Ausdruck gebracht, wie langweilig sie das Leben fand, seit ihr Mann gestorben war.

Aber Lisas Leben war alles andere als langweilig. Gestern wäre Lady Summertime allerdings fast in der May Lai Bar erwischt worden. Ein betrunkener reicher Macker, der den ganzen Abend mit seinem Geld nur so um sich geworfen hatte, hatte ihre Hand in dem Augenblick gepackt, als sie ihm gerade die Brieftasche aus dem Sakko hatte ziehen wollen.

Jetzt ist es vorbei, hatte sie noch gedacht.

Aber Sekundenbruchteile später hatte sie die Brieftasche losgelassen (leider, sie war ziemlich prall gefüllt gewesen) und sie zurück in die Sakkotasche gleiten lassen. Und der Typ hatte ihre seine Zunge ins Ohr geschoben und war dann selig zur Bar getorkelt. Er hatte nichts mitbekommen.

Lisa stand auf und schaute aus dem Fenster in den blendend hellen Vormittag. Der Himmel war knallblau. Die Wellen schlugen gegen den Strand. Nur die Mittsommerstange wirkte niedergeschlagen. Sie war auf dem Festplatz ihrem Schicksal überlassen worden, und ihr Blumenschmuck war in der Sonne verwelkt.

Neben einem Wohnwagen, der sich leicht zur Seite neigte, sah sie einen alten weißhaarigen Mann. Er stand gebückt über einem Wagenheber und versuchte ihn zu betätigen. Das war also die Erklärung für das merkwürdige Geräusch. Sie wandte sich ab und bereitete sich ein Frühstück.

Nach dem Essen griff sie nach ihrem Handy und wählte die Nummer von der Wohnung in Huddinge. Zwölfmal klingelte es, bis sich jemand meldete.

Eine müde und heisere Stimme sagte: »Ja?«

Es war Viertel vor elf, was für Silas früh am Morgen bedeutete.

»Hallo, ich bin es.«

Silas seufzte. Lisa konnte an seiner Atmung hören, dass er nichts genommen hatte. Er war müde, aber clean.

»Hallo«, antwortete er nur.

Dann wurde es still. Lisa hörte nur seinen Atem.

»Wie geht es dir?«, fragte sie.

»Ganz okay. Ich bin durstig.«

»Dann trink was.«

»Wir haben nichts im Haus.«

»Trink Leitungswasser.«

»Will ich nicht ... da ist Arsen drin.«

Erneute Stille.

»Ich habe dir einen Brief geschickt«, sagte Lisa dann.

»Mit Scheinen?«

»Ja. Der ist ganz gut gefüllt.«

»Prima. Kommen noch mehrere Briefe diesen Sommer?«

»Ich glaube schon. Es sieht so aus.«

»Spitze.«

Silas bedankte sich nicht, aber er klang zufrieden.

Ausführlicher wurde das Telefonat nicht, denn Silas musste angeblich los, ohne zu sagen, wohin. Wie immer.

Lisa saß eine Weile still in ihrem Wohnwagen. Dann nahm sie sich einen Kanister und trat hinaus in die Sonne, um ihn bei den Wasserhähnen zu füllen. Während sie dort stand, öffnete sich die Tür eines benachbarten Wohnwagens, der von Hagebuttensträuchern eingerahmt war. Eine junge Frau kam heraus, Lisa erkannte sie sofort wieder: Es war die ausländische Frau, die beim Mittsommerfest mit der Familie Kloss zusammengestanden hatte.

Paulina hieß sie, oder? Sie nickten einander zu.

»Guten Morgen«, grüßte Lisa. »Du wohnst also auch hier?«

Paulina nickte erneut.

»Bist du schon lange hier?«

»Zwei Wochen. Arbeit über Sommer.«

»Genau wie ich«, sagte Lisa. »Ich werde den ganzen Juli hier sein. Fährst du danach zurück nach Polen?«

Paulina schüttelte den Kopf. »Nicht Polen«, antwortete sie. »Komme von Lietuva.«

»Lietuva?« Lisa dachte nach. »Du meinst bestimmt Litauen, oder?«

»Ja ... Litauen.«

Mehr sagte sie nicht. Lisa musterte den Wohnwagen, in dem Paulina untergebracht war. Er war noch kleiner und auch älter als ihrer und machte einen ziemlich heruntergekommenen Eindruck. Eigentlich sah er aus wie ein aufgeplatztes Ei. Plötzlich fühlte Lisa sich privilegiert und schämte sich dafür.

»So«, sagte sie und hob den Wasserkanister hoch, »ich werde mich mal fertig machen, für den Job. Arbeitest du heute auch?«

Paulina nickte.

»Bei der Familie Kloss?«

»Nicht Familie Kloss. Arbeiten nur für *ihn*.«

»Für ihn?«

»Ja«, antwortete Paulina mit ernstem Blick. »Nur für Kent Kloss.«

Ohne ein weiteres Wort wandte die Litauerin den Blick ab. Aber Lisa hatte das Gefühl, dass Paulina nicht alle Tätigkeiten gefielen, die sie von ihrem Arbeitgeber aufgetragen bekam.

GERLOF

Jonas wurde sofort wiedererkannt. Er und Kristoffer, der elfjährige Sohn von Julias Mann, waren offenbar zusammen in die Schwimmschule von Stenvik gegangen. Schüchtern begrüßten sie sich.

Sehr gut. Alte Bekanntschaften machten alles gleich viel einfacher, dachte Gerlof. Dann zeigte er Jonas das Telefon. »Ruf bitte deine Eltern an«, sagte er. »Die machen sich bestimmt schon Sorgen. Du kannst ihnen sagen, dass es dir gut geht.«

Jonas zögerte. »Wir sind nur mit unserem Papa hier. Wir wohnen in der Villa Kloss bei meinem Onkel Kent und meiner Tante Veronica.«

Gerlof nickte, er kannte die Besitzer des Ölandic Resorts. »Ruf einfach in der Villa an«, schlug er vor. »Sag ihnen, dass du bei uns bist, bei der Familie Davidsson. Willst du, dass sie dich hier abholen?«

Jonas schüttelte den Kopf. Zaghaft nahm er den Hörer in die Hand und warf Gerlof einen gequälten Blick zu, bis dieser den Raum verließ. Er hörte den Jungen leise mit jemandem sprechen.

Danach frühstückten sie zusammen. Gerlof erwartete, dass seine Enkelkinder fragen würden, wo er Jonas begegnet war, aber das blieb aus. Und nach einer Weile entspannte sich Jonas, beteiligte sich an den Gesprächen und lachte, wenn die anderen lachten.

Nur Gerlof war nicht zum Lachen zumute. Immer wieder sah er hinüber zum Couchtisch, auf dem seine Zeichnung des Schiffes lag. *Elia*. Er dachte an die schwarzen Kreuze neben den Frachtluken und machte sich so seine Gedanken.

Nach dem Frühstück nahm er die Zeichnung und seinen Strohhut und bat Jonas, ihn kurz in den Garten zu begleiten.

Da saßen sie in den Gartenstühlen auf dem Rasen nebeneinander. Die Sonne brannte mittlerweile ganz ordentlich auf Gerlofs Schultern und Beine. Jonas hatte den Blick gesenkt und starrte aufs Gras.

»Musst du oft an das denken, was gestern passiert ist?«, fragte ihn Gerlof.

Der Junge blickte auf und nickte. Gerlof konnte erkennen, dass die Angst sich wieder zurückgemeldet hatte.

»Was du gestern erzählt hast, was da auf dem Schiff passiert ist ... Daran erinnerst du dich auch heute noch genauso?«

Jonas nickte erneut.

»Du hast an Deck tote Seeleute gesehen?«, wiederholte Gerlof. »Und zwei lebendige. Einen älteren Mann im Steuerhaus und einen jüngeren an Deck mit einer Axt in den Händen ... Einen Mann, der aus Afrika kam. War es so?«

»Ja«, sagte Jonas leise. »Aber er kam nicht *aus* Afrika ... Ich musste nur irgendwie an Afrika denken, als ich ihn sah. An afrikanische Tiere und Busch und Trommeln.«

Nachdenklich betrachtete Gerlof den Jungen. »Bist du schon einmal in Afrika gewesen?«

Jonas schüttelte den Kopf. Gerlof sah ein, dass er so nicht weiterkam. Er griff nach seinem Stock und erhob sich.

»Also gut«, sagte er. »Ich glaube, ich werde jetzt die Polizei anrufen.«

Jonas sah ihn ängstlich an, aber Gerlof hob beschwichtigend die Hand.

»Keine Sorge. Sie gehört zur Familie.«

Tilda Davidsson war die einzige Polizistin im Dienst, die Gerlof persönlich kannte. Außerdem war sie das Enkelkind seines verstorbenen großen Bruders. Gerlof erreichte sie zu Hause, auf der Ostseite der Insel, und schilderte ihr kurz, was sich ereignet hatte.

»Daher frage ich mich«, schloss er, »ob die Küstenwache heute Nacht auf dem Sund ein dahintreibendes Schiff registriert hat.«

»Ich habe keine Ahnung«, erklärte Tilda. »Ich bin nicht bei der Küstenwache. Außerdem habe ich heute frei.«

Gerlof hörte Kindergeschrei im Hintergrund, fragte aber dennoch: »Könntest du sie bitten, das zu überprüfen?«

»Nein, für so etwas ist die Polizeileitstelle zuständig, wenn wir den Jungen als glaubwürdig einstufen.«

Gerlof seufzte und stöhnte innerlich über die umständlichen Dienstwege. »Könntest du bitte vorbeikommen und dir selbst ein Bild davon machen?«, bat er dann.

Und das tat sie tatsächlich, ohne Kollegen und ohne Uniform. Sie trug ein weites Jeanskleid, was Gerlof zu dem Gedanken bewog, dass sie wieder schwanger war. Aber er wagte es nicht, sie danach zu fragen.

Tilda begrüßte Gerlof und die Enkelkinder und gab Jonas Kloss die Hand. Der Junge saß mit den anderen vor dem Fernseher und spielte Videospiele.

»Tilda ist von der Polizei in Kalmar«, erklärte Gerlof. »Ich finde, ihr solltet euch kurz unterhalten.«

Zögerlich stand Jonas auf, sah aber nicht besonders begeistert aus.

»Du kannst ruhig dabeibleiben«, flüsterte Tilda Gerlof zu.

»Soll ich das?«

»Du kannst Zeuge der Vernehmung sein. Das machen wir hin und wieder so, damit alles mit rechten Dingen zugeht.«

Gerlof nickte und folgte den beiden hinaus in die flirrende Hitze.

»Du verbringst also jeden Sommer hier auf der Insel, Jonas?«, begann Tilda das Gespräch, nachdem sie sich unter den Sonnenschirm gesetzt hatten.

»Nee. Letzten Sommer haben wir zu Hause bei Mama verbracht. Weil mein Papa …«

Der Junge verstummte und blickte Gerlof an.

»Und wo lebt deine Mutter?«, fragte Tilda.

»In Huskvarna.«

Gerlof saß schweigend daneben und überließ Tilda die

Gesprächsführung. Sie plauderte mit Jonas, zuerst über Videospiele und Fußballsammelbilder, dann beugte sie sich zu ihm vor und sagte: »Du hast gestern Abend etwas ziemlich Gruseliges erlebt, habe ich gehört.«

Jonas nickte stumm.

»Magst du mir davon erzählen?«

»Okay.«

Zwanzig Minuten saßen sie so zusammen und hörten dem Jungen zu. Gerlof bekam die identische Geschichte ein zweites Mal vorgetragen – das dunkle Schiff im Sund, die toten Seeleute und der Mann mit der Axt und der alte Schwedenamerikaner mit Namen Aron. Und da diese Version exakt mit der ersten übereinstimmte, war Gerlof zunehmend davon überzeugt, dass sie tatsächlich der Wahrheit entsprach.

Nachdem Jonas zurück ins Haus gegangen war, blieben sie noch eine Weile draußen sitzen.

»Deine Vernehmung hat dasselbe ergeben wie meine Unterhaltung mit ihm«, sagte Gerlof.

»Das war keine Vernehmung«, widersprach Tilda. »Man muss ganz besonders vorsichtig vorgehen, wenn man Minderjährige vernimmt, dafür gibt es extra ausgebildetes Personal. Wir haben nur geplaudert.«

»Wirst du dem nachgehen und ermitteln?«

»Was soll ich ermitteln, Gerlof?«, fragte Tilda. »Wenn die Polizeileitstelle Leute losschicken soll, um die Anwohner und mögliche Zeugen zu befragen, muss es ein Verbrechen und einen Tatort geben. Aber soweit wir wissen, gibt es das alles nicht.«

Gerlof rollte die Zeichnung auf, die er mit nach draußen genommen hatte.

»Wir haben das hier«, er hielt ihr das Blatt hin. »Jonas und ich haben sie heute Morgen gemeinsam erstellt. Er sagt, dass dieses Schiff so ausgesehen hat. Und es ist nicht von Öland.«

Tilda betrachtete die Zeichnung. »Woher weißt du das?«

»Das Schiff ist zu groß. Es sieht aus wie ein mittelgroßes Frachtschiff, bestimmt um die neunzig Fuß lang, aus der Zwischenkriegszeit. Es könnte so ein altes Zementfrachtschiff aus Degerhamn sein, aber von denen heißt keines *Elia*.«

»Meinetwegen«, sagte Tilda. »Aber wo ist es dann? Ich bin ein Stück die Küstenstraße entlanggefahren, und auf dem Sund ist kein einziges Schiff zu sehen.«

»Es ist weitergefahren. Der Junge hat erzählt, dass er den Motor gehört hat, und auch ich habe heute Nacht einen Dieselmotor gehört, der Richtung Norden fuhr, und ich habe die verstärkte Brandung gehört. Es kann schon längst den Sund verlassen haben und auf dem Weg durch die Ostsee sein. Wenn es nicht gesunken ist. Oder versenkt wurde.«

»In Ordnung.« Tilda reichte ihm die Zeichnung. »Ich kann die Kollegen von der Küstenwache bitten, die Augen offen zu halten, aber wenn kein Schiff auftaucht, haben wir wenig, dem wir weiter nachgehen können. Nur die Geschichte eines kleinen Jungen.«

»Eines *verängstigten* Jungen«, fügte Gerlof hinzu. »Jonas hat am ganzen Körper gezittert, als er in mein Bootshaus gestürmt kam. Er hat etwas wirklich Schreckliches erlebt.«

»Ja, Gespenster auf einem Geisterschiff«, entgegnete Tilda.

»Dass man Gespenster und Geister sieht, ist nicht gleichbedeutend damit, dass es welche gibt«, sagte Gerlof. »Aber ich kann dir eine Geschichte erzählen, die …«

Tilda lächelte müde. »Wieder eine von deinen Spukgeschichten?«

Gerlof hob mahnend den Zeigefinger. »Hör gut zu«, sagte er. »Diese hier ist wahr. Ich habe es selbst erlebt, in den Fünfzigern, als wir Steine nach Stockholm gefahren haben. Wir sind damals in regelmäßigen Abständen die Küste hochgefahren, das war reine Routine. Und eines schönen Sommertages legten wir in Oskarshamn an, um dort Schmieröl zu löschen. Neben uns am Kai lag ein Fischerboot, das zwar seetüchtig, aber verlassen zu sein schien. Kein Mensch war an Bord zu sehen. Auf

See ist es Tradition, sich zu grüßen, und nachdem wir die Ladung gelöscht hatten, ging ich hinüber, um zu den Fischern Guten Tag zu sagen. Vielleicht schliefen sie ja.

Also klopfte ich ans Steuerhaus, aber niemand antwortete. Das Boot wirkte vollkommen leer. Natürlich hätte ich einfach wieder zu unserem Schiff zurückkehren können. Aber ich hatte auf einmal so ein komisches Gefühl im Bauch. Also ging ich über Deck und sah, dass die Frachtluke einen Spaltbreit offen stand. Ich bückte mich und schaute hinunter in den Frachtraum. Und da lagen die beiden Fischer, reglos.«

»Ermordet?«

»Das dachte ich auch zuerst«, sagte Gerlof. »Ich bin sofort zu ihnen in den Frachtraum geklettert. Sie waren beide tot, aber es gab keine Anzeichen von äußerer Gewalt. Sie waren nur beide ganz blau im Gesicht. Da ahnte ich, was passiert war, und versuchte, so schnell es ging, den Frachtraum zu verlassen. An mehr erinnere ich mich nicht, als ich wieder zu mir kam, lag ich an Deck, und John schrie mich an. Irgendwie schien es mir noch gelungen zu sein, die Leiter hochzuklettern, ehe ich ohnmächtig wurde. Mir ging es entsetzlich … Ich war wie ein lebender Toter.«

»Dieses Fischerboot hatte Giftgas im Frachtraum?«

Gerlof schüttelte den Kopf. »Nein, die hatten nur Fisch geladen … Aber die Fische hatten sie umgebracht. Die Fischer hatten ihren Fang unter Deck ausgenommen und gesäubert, und die Innereien hatten angefangen, in der Wärme zu verwesen und dabei Schwefelwasserstoff zu bilden. Und Schwefelwasserstoff bindet den ganzen Sauerstoff, und man erstickt ganz einfach.«

»Passiert das häufig?«

»Heute nicht mehr – auf modernen Fischerbooten«, sagte Gerlof. »Dort gibt es Kühlanlagen, und man legt den Fisch sofort auf Eis, damit er frisch bleibt. Aber früher ist das öfter passiert, vor allem natürlich im Sommer. Und auf einem alten Schiff mit Fisch im Laderaum, so einem, auf dem Jonas war …

Da kann das auch passiert sein. Er hat erzählt, dass es nach Fisch gestunken hat. Es ist möglich, dass die Männer, die er da gesehen hat, an so einer Schwefelwasserstoffvergiftung gestorben sind.«

Tilda dachte eine Weile über das Gesagte nach. »Ein tödlicher Unfall, also?«, fragte sie.

»Es kann durchaus ein Unfall gewesen sein«, bestätigte Gerlof. »Aber ich bin mir nicht sicher. Man muss in einem geschlossenen Raum sein, um zu ersticken. Was hat die ganze Besatzung unter Deck gemacht, wenn sich das Schiff so nah an der Küste befand? Meiner Meinung nach sieht es aus, als hätte jemand die Besatzung unter Deck gezwungen und dann die Luke verschlossen.«

Tilda schwieg, dann nickte sie, stand auf, holte ihr Handy aus der Tasche und entfernte sich ein paar Schritte. Gerlof hörte, wie sie leise mit jemandem sprach.

Wenige Minuten später kam sie zurück. »Ich habe mit der Küstenwache telefoniert«, sagte Tilda. »Ihnen waren keine Schiffe vor Öland für gestern Abend gemeldet.«

»Was hast du ihnen erzählt?«

»Ich habe nur gesagt, dass eine Privatperson gestern Abend ein Schiff gesehen hat, das vor Stenvik im Sund zu treiben schien. Sie haben keinen Großalarm ausgerufen, aber sie wollten die Augen offen halten.«

Gerlof nahm seinen Stock und begleitete Tilda zu ihrem Auto.

»Ist dir das wichtig?«, fragte sie. »Ich meine, diese Geschichte?«

»Nein«, erwiderte Gerlof. »Aber jemand muss auch den Jungen zuhören. Als ich so jung war wie Jonas, habe ich Klopfgeräusche aus einem Sarg auf dem Friedhof gehört, aber mein Vater hat mich nur ausgelacht, als ich ihm die Geschichte erzählte. Deshalb lache ich nie, wenn ich von merkwürdigen Dingen höre.« Er sah Tilda an. »Apropos, wie geht es eigentlich deinen Gespenstern am Leuchtturm?«

»Die haben Urlaub«, antwortete sie kurz angebunden. »Und genau das habe ich auch bald.«

Damit stieg sie ins Auto ein.

Es gibt nichts mehr zu tun, sagte er sich, nachdem sie gefahren war und er zurück in den Garten ging. Die Vögel sangen, die Sonne brannte vom Himmel. Und dennoch konnte er nicht aufhören, darüber nachzudenken.

Ein Geisterschiff auf dem Sund, mit einem alten Amerikaner an Bord?

Und einem jüngeren Mann aus Afrika?

DER HEIMKEHRER

Im Sommer wimmelte es in Ölands Badebuchten nur so von Menschen, so viele Touristen hatte der Heimkehrer hier noch nie gesehen, aber das war gut so. Er konnte sich unter die Leute mischen und sah aus wie einer von ihnen, ein alter Mann in Shorts, rotem Pullover und mit einer Sonnenbrille auf der Nase.

Er konnte sogar zum Steingrab in Stenvik gehen, ohne dass ihn jemand fragen würde, was er da zu suchen hatte. Schließlich war es ein Kulturdenkmal, das jeder besichtigen durfte. Also parkte er den Ford, den er in Stockholm gekauft hatte, neben den anderen Wagen an den Briefkästen von Stenvik und machte sich dann auf den Weg nach Süden.

Der Heimkehrer lief an dem kleinen Campinglatz vorbei, der direkt am Wasser lag, dann bog er ab Richtung Landborg, die sich hinter dem Strand erhob. Er konnte sich hier unbehelligt bewegen, außer Sichtweite der Sommerhäuser an der Küstenstraße, denn oberhalb des Strandes, bevor es den Abhang zur Landborg hinaufging, befand sich eine Senke, in der eine schmale Rinne verlief. Sie war künstlich entstanden, Steinmetze hatten sie vor langer Zeit angelegt, als sie am Fels gearbeitet hatten. Es war ein v-förmiger Pfad, in dem Schotter und Felsbrocken lagen. Den lief der Heimkehrer nun entlang. Vorsichtig, um nicht zu stolpern.

Dann war er auf Höhe der Röse angekommen, das Steingrab erhob sich über ihm auf der Landborg. Es lag näher an der Kante der Landborg, als er es erinnerte, das Plateau war offenbar in den vergangenen siebzig Jahren erheblich verwittert.

Die Zeit zerstörte alles.

Wenige Meter unterhalb des Steingrabes befand sich eine Metalltür in der Felswand. Es sah aus, als würde sie direkt in den Fels und unter die Röse führen. Sie schien der Zugang zu einem Bunker zu sein – vielleicht eine alte Wehranlage aus dem Zweiten Weltkrieg?

Der Heimkehrer blickte sich um, aber es war niemand zu sehen.

Die Metalltür war mit einer Kette und einem soliden Vorhängeschloss gesichert. Er zerrte daran, es saß fest. Er würde einen Bolzenschneider benötigen.

Der Heimkehrer ging weiter und entdeckte eine kleine Steintreppe, die hinauf auf die Landborg und zum Steingrab führte. Dort oben verweilte er einen Augenblick lang, still und versunken, und dachte an Sven.

Dann wandte er sich um und blickte zu den Sommerhäusern auf der anderen Seite der Küstenstraße hinüber. Zwei rechteckige Häuser mit enormen Panoramafenstern und breiten Holzterrassen standen dort. Dazwischen befand sich ein großer blau schimmernder Swimmingpool.

Er war jetzt in unmittelbarer Nähe der Familie Kloss, nur wenige Hundert Meter entfernt. Aber in der Steinrinne konnte er sich bewegen, ohne dass sie ihn sahen. Außerdem kannten sie ihn nicht. Niemand wusste, wer er war.

Das machte alles so viel einfacher.

DAS NEUE LAND, JULI 1931

Aron und Sven stehen mit ihren Reisetaschen in der Hand an Deck. Sie sind endlich angekommen. Der Dampfer *Kastelholm* gleitet in einen großen fremden Hafen, in dem zahlreiche Schiffe und Boote liegen. Bedächtig legt er an einem breiten Kai an. Die große Stadt taucht vor Aron auf, mit hohen Häusern und breiten Straßen. Enorme Gebäude mit langen Reihen kleiner Fenster.

Stockholm ist winzig im Vergleich zu dieser Stadt. Aron kennt ihren Namen nicht, aber er weiß, dass sie endlich in Amerika sind.

Die Vereinigten Staaten. Das Neue Land.

Sven trägt ihre Taschen und Gerätschaften über die Gangway, und sie werden durch ein düsteres steinernes Tor geführt, wo sie sich in eine Schlange stellen müssen. Ein breitschultriger Mann in einer dunklen Uniform empfängt sie schließlich und befragt sie mithilfe eines Übersetzers. Aron schweigt, nur Sven redet. Er zeigte ihre Pässe vor, hält die Spaten in die Luft und lächelte den Dolmetscher und den unfreundlich dreinblickenden Wachposten an.

»Wir kommen aus eigenen Stücken.«

»Natürlich«, sagt der Dolmetscher. »Aber was wollt ihr hier?«

»Wir wollen arbeiten, wir beide. Wir wollen helfen, das Land aufzubauen.«

Der Dolmetscher übersetzt dem Wachmann Svens Worte und fragt dann: »Was seid ihr von Beruf?«

»Wir sind Landarbeiter«, sagt Sven. »Ich habe in Mühlen gearbeitet, aber hauptsächlich in der Landwirtschaft und der Viehzucht. Und mein Stiefsohn hier hat die Schule besucht und ist mir in seinen freien Stunden immer zur Hand gegangen.«

Der Dolmetscher sieht in Arons Pass. »Er ist erst dreizehn …«

»Ja, aber groß und stark und treu und eifrig.«

Einer der Wachleute hält Sven ein Bild hin. Es ist das Porträt eines Mannes mit durchdringendem Blick und erhobenem Haupt.

»Wisst ihr, wer das ist?«

»Euer Präsident«, antwortet Sven.

»Und wie heißt er?«

Aron hört, wie Sven, ohne zu zögern, einen fremden Namen nennt. Die Männer nicken zufrieden.

Schließlich gibt Sven den Männern ein paar seiner Dollarscheine. Das führt zu dem gewünschten Ergebnis. Ihre Pässe werden gestempelt, die Reisedokumente ausgestellt, und dann werden sie in das Neue Land gelassen.

Drei Tage lang bleiben Sven und Aron in der Stadt, übernachten in einem kleinen Hotel neben einem großen Bahnhof und laufen durch die breiten Straßen. Die sind voller Menschen, und Aron hört viele verschiedene fremde Sprachen, ohne ein Wort zu verstehen. Alle scheinen ein Ziel zu haben, aber Sven wirkt wie verloren. In dem kleinen Hotelzimmer verschlechtert sich seine Laune zunehmend, und er schlägt Aron mehrfach.

Am ersten Abend geht er aus und kommt erst nach Stunden wieder. Aron bleibt nichts anderes übrig, als am Fenster zu stehen und auf ihn zu warten.

Am zweiten Abend aber wirkt Sven viel aufgeräumter, als er nach Hause kommt. Er hat jemanden kennengelernt, der Schwedisch spricht.

»Wir müssen weiterziehen«, sagt er zu Aron. »In den Wäldern im Norden gibt es viele Skandinavier. Sie haben Arbeit für uns dort oben.«

Aron will lieber noch länger in der Großstadt bleiben, aber er darf nicht protestieren.

Einen Tag später verlassen sie die Stadt mit dem Zug. Die Backsteinhäuser verschwinden, die Orte werden kleiner, und die Reise führt sie durch ein schier unendlich weites graubraunes Land mit unberührten Tannenwäldern, breiten Flüssen und großen Seen.

Im Zug drängen sich zahlreiche hoffnungsvolle Arbeiter mit ihren Werkzeugen. Sägen, Stangen und Spaten.

Auch Sven und Aron sitzen unter ihnen, in der dritten Klasse. Die Dollarscheine sind fast alle aufgebraucht. Sie haben auch kaum noch Essen dabei, aber am Ende des Zuges kann man sich kochend heißen Tee kaufen. Sonst ist alles kalt.

Aber Sven sieht erwartungsvoll in die Zukunft, die Hand auf seinen Spatenstiel gelegt.

JONAS

Es war schon fast zwölf Uhr, als Jonas in die Villa Kloss zurückkam. Er hatte nur so getan, als hätte er mit jemandem telefoniert, um Gerlof Davidsson zu beruhigen. Niemand aus seiner Familie wusste, wo er die Nacht verbracht hatte. Und wenn er Mats und seine Cousins verpetzte, würden sie ihn wahrscheinlich von der Klippe stoßen.

Auf dem Nachhauseweg hatte er die Bucht mit den Blicken abgesucht, aber kein einziges Schiff entdeckt. Und auch am Strand lag kein toter Seemann, der an Land geschwemmt worden wäre. Die Sonne schien, und der Wind war warm. Die Leute lagen schon auf dem Badesteg und schwammen im Meer, wie an einem ganz normalen Sommertag, aber Jonas' Herz schlug wild.

Dann hatte er die Villa Kloss erreicht. Am besten ging er gleich hinein und brachte es hinter sich. Langsam zog er die Glastür zu Onkel Kents Wohnzimmer auf und erwartete, dass alle um den langen Esstisch versammelt sein würden: Kent,

Papa, sein Bruder und die Cousins – besorgt und mit zahllosen Fragen. Aber keiner schien bemerkt zu haben, dass er weg gewesen war. Es war niemand zu Hause.

Nur die Haushaltshilfe Paulina stand in der Küche und räumte das Geschirr von der gestrigen Party auf. Alle anderen schliefen wahrscheinlich noch oder waren bereits ins Ölandic Resort gefahren. Daher trank Jonas nur ein bisschen Wasser und ging in sein kleines Gästehäuschen.

»Hallo, Brüderchen.«

Mats und Urban kamen ihm entgegen, in grünen Shorts und Sonnenbrillen. Sie trugen zwei schmale Rennräder auf den Schultern und nickten ihm zu.

»Was geht ab?«, fragte Urban.

»Alles cool«, antwortete Jonas.

Mats blieb stehen und senkte die Stimme: »Wir haben Papa erzählt, dass du bei einem Kumpel übernachtet hast. Das stimmt doch, oder?«

»Ja, so in der Art … Ich habe in einem Bootshaus geschlafen.«

»Super«, sagte Mats. »Du hattest bestimmt einen lustigeren Abend als wir in Kalmar. Der Film war krass schlecht.«

Jonas nickte und dachte an die toten Männer an Deck des Schiffes. Und dann an Afrika und hörte dabei hämmernde Buschtrommeln in seinem Kopf. Am liebsten hätte er seine Mutter in Huskvarna angerufen und sie zu gebeten, zu kommen und ihn mit nach Hause zu nehmen.

Aber er rief nicht an. Er musste dableiben, er hatte einen Job zu erledigen.

Als Mats und Urban davongefahren waren, ging er zurück zu der sonnenwarmen Holzterrasse. Die Dielen warteten auf ihn. Erst würde er sie abschleifen und sie danach mit einem speziellen chinesischen Holzöl behandeln.

Hinter sich hörte er einen Motor aufheulen. Er wandte sich um. Kent bog gerade mit seinem Wagen bei den Garagen in die Auffahrt. Er hatte das Handy am Ohr und schien aufmerksam zuzuhören und einsilbig zu antworten. Er sah verschwitzt aus und war ganz rot im Gesicht. Als er das Gespräch beendet hatte, saß er eine Weile hinter dem Lenkrad und starrte hinaus auf den Sund. Dann schüttelte er den Kopf und wählte eine Nummer.

Offenbar war etwas passiert, was ihm nicht gefiel, aber Jonas wollte gar nicht wissen, worum es ging. Kent schien ihn nicht einmal zu sehen, er war viel zu gestresst. Und wenige Minuten später fuhr er den Wagen wieder aus der Ausfahrt und bog auf die Küstenstraße ein.

Jonas betrachtete die Holzdielen. Sein Urlaub war jetzt vorüber.

Gestern Abend hatte ihm Papa gezeigt, wie er schleifen sollte: *Ruhige, gleichmäßige Bewegungen, Jonas, und so fließend wie nur möglich. Deine Hände müssen die ganze Zeit in Bewegung sein, dann entstehen auch keine Dellen.*

Jonas nahm die Schleifmaschine, schaltete sie ein und zog sie mit gleichmäßigen Bewegungen über das Holz. Es war anstrengend und er kam schnell ins Schwitzen. Der Schmutz saß tief in den Fasern des Holzes, und Jonas musste mehrfach über die Dielen gehen, bis die helle Farbe des Materials zum Vorschein kam.

Ihm gefiel die Arbeit und dass er an nichts denken musste. Nicht an den Mann mit der Axt und nicht an die toten Seeleute.

Nach etwa zwanzig Minuten wurde die Glastür aufgeschoben.

»Hallo, Jonas!«

Sein Vater kam in Shorts, Hemd und Sandalen auf die Terrasse. Er blinzelte in die Sonne und winkte ihm zu.

»Geht es dir gut?«

Jonas nickte. Sein Vater setzte sich auf einen Sonnenstuhl neben dem Swimmingpool und schloss die Augen.

Hatte er einen Kater von gestern? Das konnte Jonas von der Terrasse aus nicht feststellen. Er fuhr mit seiner Arbeit fort, aber nachdem er zwei weitere Dielen abgeschliffen hatte, lief ihm der Schweiß über den Rücken, und er machte eine Pause.

Erschöpft setzte er sich zu seinem Vater an den Pool und ließ die Beine in das kühle Wasser hängen. Niklas lächelte ihn an, und Jonas fragte: »Habt ihr auch das Schiff gesehen?«

Sein Vater blickte zuerst ihn an und dann hinaus auf den Sund. »Welches Schiff?«

»Na, so ein großes. Gestern Abend.«

»Nein, gestern habe ich keines bemerkt. Aber seit wir hier sind, habe ich schon ein paar Frachtschiffe über den Sund fahren sehen.«

Jonas sagte nichts weiter. Er blieb noch ein paar Minuten mit den Beinen im Wasser sitzen, bis er sich abgekühlt hatte. Dann stand er wieder auf.

»Ich muss weitermachen.«

Jetzt ging es auch viel leichter, er hatte den Trick heraus, wie er die Schleifmaschine halten musste.

Als er erneut eine kurze Pause machte, um den Rücken durchzustrecken, spürte er, dass er von der anderen Seite der Küstenstraße her beobachtet wurde. Ein grauhaariger Mann mit weißem Bart und Sonnenbrille stand auf dem Plateau an der Röse und starrte in seine Richtung. Er trug einen roten langärmeligen Pullover, aber sein Gesicht konnte Jonas nicht sehen. Er war zu weit entfernt.

Der Mann stand zwischen den Steinen, die von dem Grab heruntergerollt waren, und Jonas spürte, wie ihm eine eiskalte Faust die Luft aus der Lunge presste.

Er wandte sich um und wollte schauen, ob sein Vater den Mann auch gesehen hatte, aber der saß zurückgelehnt mit offenem Mund in seinem Sonnenstuhl und war eingeschlafen.

Jonas beendete die eine Diele und sah dann vorsichtig wieder hoch zu der Röse.

Der Mann war verschwunden.

GERLOF

Die Vögel gaben ihr Bestes bei voller Lautstärke. Gerlof saß in seinem Garten und hatte seine Hörgeräte bis zum Anschlag aufgedreht, sodass sich der Gesang der Vögel in den Büschen und Zweigen hob und senkte wie bei einem richtigen Sommerkonzert.

Wer brauchte schon ein Grammofon, wenn es Amseln gab? Er nicht.

Es war früh am Abend, aber noch warm. Der Tag war vorüber, auch der Monat Juni näherte sich seinem Ende, und er hatte heute nicht viel mehr getan, als in der Sonne zu sitzen und zu dösen.

Er hatte Kopfschmerzen gehabt, was wahrscheinlich auf den Schlafmangel zurückzuführen war. Daher hatte er auch dankend abgelehnt, als seine Enkelkinder mit ihm Minigolf spielen gehen wollten, und stattdessen mit geschlossenen Augen den Vögeln zugehört – bis es am Gartentor klingelte.

Ein Junge stand davor, sein nächtlicher Gast, Jonas Kloss.

Gerlof winkte ihm, und der Junge kam zaghaft auf ihn zu.

»Guten Tag, ist Kristoffer zu Hause?«

»Im Moment nicht.«

»Wir wollten zusammen Fifa auf seinem Nintendo spielen.«

Gerlof hatte keine Ahnung, wovon Jonas redete, aber er nickte freundlich und erklärte: »Die Jungs sind zum Restaurant hinuntergegangen, aber sie kommen bestimmt bald wieder. Wie geht es dir heute, Jonas?«

»Gut.«

Ein Wort nur. Mehr sagte er nicht.

»Musst du oft daran denken … An das Schiff?«

Jonas nickte langsam. Er wirkte wie betäubt, als würden ihn die Toten noch fest in ihrem Griff haben. Und so war es wahrscheinlich auch. Die Erinnerung an Gilbert Kloss, der auf dem Friedhof am Grab seines Bruders tot zusammenbrach, war auch nach knapp siebzig Jahren noch lebendig in Gerlof. Er war damals zwar etwas älter gewesen als Jonas jetzt, aber der Tag spukte auch nach all den Jahren noch in seinem Kopf herum. Aber Gerlof wollte nicht, dass es Jonas ähnlich erging. Daher beugte er sich auf seinem Stuhl zu dem Jungen hin. »Jonas«, sagte er leise und mit weicher Stimme. »Ich glaube jetzt zu wissen, was mit den Männern an Bord des Schiffes passiert ist … Das waren keine Monster oder lebende Tote. Die sind an einer Gasvergiftung gestorben.«

Jonas sah ihn verunsichert an. »Einer Gasvergiftung?«

»Ja, verursacht durch die Fische im Laderaum. Du hast gesagt, dass es nach Fisch gestunken hat. Ich glaube, der hat angefangen, in der Wärme zu verwesen …«

Und dann erzählte er Jonas dieselbe Geschichte, die er auch Tilda erzählt hatte. Der Junge hörte ihm aufmerksam und schweigend zu und entspannte sich zunehmend. Dann wandte er sich zum Gehen, aber Gerlof hielt ihn zurück: »Dieser Mann mit der Axt, Jonas … Ist dir eingefallen, woher du ihn kennst?«

Der Junge schüttelte den Kopf.

»Ich könnte dir dabei helfen, dich zu erinnern. Wollen wir das ausprobieren?«

»Ja, gut.«

Unter großen Mühen zog Gerlof einen der anderen Gartenstühle aus Holz durch das Gras zu seinem Sitzplatz.

»Komm, setz dich zu mir.«

Jonas nahm ihm gegenüber Platz, und Gerlof legte sich seinen Block und einen Stift auf den Schoß. Er lächelte dem Jungen aufmunternd zu.

»Geht es dir gut?«

»Ich glaube schon.«

»Schön, dann wollen wir eine kleine Zeitreise unternehmen … Kannst du dir das Gesicht des Mannes von dem Schiff in Erinnerung rufen?«

Jonas nickte und senkte den Blick.

»Versuch dich an den Ort zu erinnern, wo du ihn zum ersten Mal gesehen hast.« Gerlof sprach sehr langsam. »Stell dir vor, du reist in die Vergangenheit zurück und zu diesem Augenblick.«

»Okay«, murmelte Jonas und senkte den Kopf noch tiefer.

Es wurde ganz still im Garten, nur ein paar Hummeln brummten an ihren Stühlen vorbei. Gerlof wartete einige Sekunden und fragte dann: »Und was für ein Bild taucht in deinem Kopf auf?«

»Ein Haus.«

»Wie viel Uhr ist es?«

»Weiß ich nicht … Aber es ist Sommer. Und abends.«

»Und du stehst vor einem Haus? Ist das hier auf Öland?«

»Weiß nicht. Ich glaub schon.«

»Wie sieht das Haus aus?«

»Es ist groß.«

»Ein Haus aus Granit, wie ein Schloss? Oder aus Backsteinen?«

»Aus Holz. Aus breiten Holzbrettern.«

Jonas starrte auf das Gras, er war nicht hypnotisiert, nur sehr konzentriert.

Ein Holzhaus. Gerlof notierte sich die Angaben des Jungen.

Man muss ganz besonders vorsichtig vorgehen, wenn man Minderjährige vernimmt, hatte Tilda gesagt. Gerlof musste also vorsichtig sein. Allerdings war das ja kein Verhör, beruhigte er sich, sondern nur eine Unterhaltung. Daher fragte er weiter: »Und welche Farbe hat das Haus?«

»Rot.«

Die meisten Holzhäuser auf Öland waren rot. Ganz Schweden war gesprenkelt mit roten Holzhäusern. Gerlof versuchte einen anderen Weg: »Er ist also in diesem großen roten Haus?«

Der Junge nickte.

»Bist du auch in diesem Haus?«

»Nein, aber ich gehe rein.«

»Allein?«

»Zusammen mit Mats.«

»Wer ist das?«

»Mein großer Bruder.«

»Und wie kommen Mats und du in das Haus?«

»Wir gehen die große Steintreppe hoch.«

»Und dann durch eine Tür?«

Jonas nickte stumm.

»Und der Mann von dem Schiff wartet drinnen auf euch?«

»Ja … Er sitzt da. Und wartet irgendwie.«

»Sagt er etwas, als ihr reinkommt?«

»Nee. Ich glaube, er nickt nur.«

»Macht er etwas?«

»Er streckt uns seine Hand entgegen.«

Gerlof dachte über diese Antwort nach und fragte dann: »Will er denn etwas Bestimmtes von euch?«

»Ja, unser Geld.«

»Euer Geld? Wie viel denn?«

»Er will alles haben. Von Mats … Mats gibt ihm die Scheine.«

Gerlof machte eine Pause, dann fragte er behutsam: »Bekommt ihr denn für das Geld …?«

… etwas von dem Mann, wollte er seinen Satz beenden, aber in diesem Augenblick klingelte es am Gartentor, und seine Enkel kamen vom Minigolfspielen zurück.

»He, Jonas!«, rief Kristoffer.

Jonas hob den Kopf, und seine Konzentration war verflogen. Er winkte seinem Freund zu. Dann sprang er auf, als würde er sich schämen. »Ich muss los«, murmelte er Gerlof hastig zu.

»Ich weiß«, antwortete Gerlof. »Aber vielen Dank für die nette Unterhaltung.«

Erinnerung an einen Mann in einem großen roten Haus. Und an Afrika. Gerlof blieb sitzen und versuchte den ganzen Abend über, dieses Rätsel zu lösen, aber es gelang ihm nicht.

Schließlich ging auch er ins Haus.

Jonas war bereits heimgegangen, aber seine Enkelkinder

saßen im Wohnzimmer und sahen wie so oft einen Film mit Verfolgungsjagden und Explosionen an. Die Kinder schauten sich fast jeden Abend einen Film an, aber sie drehten wenigstens sofort leiser, wenn er reinkam.

Gerlof ging ins Badezimmer und danach ins Schlafzimmer. »Guten Nacht, Jungs«, sagte er und zog die Tür zu. Diese Nacht würde er im Sommerhaus verbringen. Hier war es offenbar doch ruhiger.

Zwei Stunden später war es still im Haus, die Jungs hatten den Fernseher ausgeschaltet und waren zu Bett gegangen. Gerlofs Kopf sank immer tiefer in das Kissen, und er schlummerte ein.

Aber plötzlich riss er die Augen wieder auf und war hellwach.

Die Kinder sahen sich fast jeden Abend einen Film an.

Dieser Gedanke ließ ihn hochfahren, er setzte sich auf, schaltete das Licht ein und schlug sein Notizbuch auf. Dann las er Jonas' Antworten auf seine Fragen mit anderen Augen und musste vor Überraschung blinzeln. Da hatte sein einschlafendes Gehirn doch einfach weiter an den unsortierten Erinnerungsfetzen herumgebastelt und plötzlich eine denkbare Lösung für das Rätsel um Jonas' Afrikaassoziation gefunden.

Gerlof nahm einen Stift und schrieb mit zitternder Hand ein Wort in sein Buch, damit es sich im Laufe der Nacht nicht wieder verflüchtigen konnte. Dann griff er nach dem Telefonbuch von Öland. Er musste mit jemandem sprechen, mit einem alten Bekannten vom Heimatverein. Er fand die Nummer und wählte sie. Schon nach drei Klingelzeichen hob jemand ab, und Gerlof sprach mit gedämpfter Stimme, um seine Enkelkinder nicht zu wecken.

»Guten Abend, Bertil, hier ist Gerlof Davidsson.«

»Ach … Gerlof. Hallo, hallo.«

»Störe ich dich? Hast du schon geschlafen?«

»Nein, verdammt, im Sommer bleibe ich immer lange auf.

Mein Bruder und ich haben draußen auf der Veranda gesessen, also mach dir keine …«

»Das ist gut, Bertil«, unterbrach ihn Gerlof. »Ich habe ein paar Fragen an dich, die sich vielleicht ein bisschen merkwürdig anhören. Aber die Sache ist wichtig, und es geht um den Marnäs-Hof. Hast du dort noch zu tun?«

»Ja, das kann ich nicht einfach aufgeben.«

»Ich bin auf der Suche nach jemandem, der dort vielleicht in den letzten Jahren im Sommer als Aushilfe gearbeitet hat. Ein junger Mann, aber ich weiß sein genaues Alter nicht. Nur, dass er jung war.«

»In den letzten Jahren?«

»Ja, im Sommer«, sagte Gerlof. »Hat da jemand an der Kasse ausgeholfen?«

Bertil dachte eine Weile nach. Dann sagte er: »Ich kann mich nur an eine einzige Aushilfe erinnern, Pecka. Der hat vor fünf Jahren bei uns gearbeitet, damals war er so um die zwanzig.«

»Pecka?«

»Ja, so nannte er sich. Aber er heißt eigentlich Peter, Peter Mayer. Einen Sommer lang hat er bei uns gearbeitet, dann ist er weitergezogen.«

»Weißt du, wohin?«

»Ja, er hat verschiedene Arbeiten angenommen. Eine Zeit lang hat er auf einem Fischerboot gearbeitet und auf Campingplätzen und in einem Supermarkt. Aber es lief nicht so gut für ihn. Ich glaube, er hatte immer Schwierigkeiten mit Stimmungsschwankungen und der Disziplin. Wenn du verstehst, was ich meine.«

»Ich denke es zumindest«, erwiderte Gerlof. »Eine Sache noch, eine letzte … Hast du zufällig noch eine Liste der Filme, die ihr damals auf dem Marnäs-Hof gezeigt habt?«

»Nicht hier zu Hause. Aber im Büro habe ich eine.«

»Dürfte ich mir die mal ansehen?«

»Natürlich«, antwortete Bertil. »Ich kann sie dir morgen vorbeibringen.«

»Hab vielen Dank, das war eine große Hilfe.«

Gerlof verabschiedete sich und legte den Hörer auf die Gabel.

Dann schlug er sein Notizbuch wieder auf und schrieb einen Namen hinein, den er noch nie zuvor gehört hatte: PETER MAYER.

Danach löschte er das Licht und schlief endlich ein.

JONAS

Jonas hatte sein Arbeitspensum für den Tag erledigt und war danach in den Swimmingpool gesprungen. Allein, wie an den Tagen zuvor. Daran hatten auch die Ereignisse der vergangenen Tage nichts geändert. Casper war mit seiner Yamaha davongebraust, Jonas' Geständnis, dass sein Schlauchboot leider gesunken war, hatte ihn nicht sonderlich interessiert. Sein Vater war im Restaurant, und Mats und Urban arbeiteten im Ölandic Resort.

Natürlich gab es in Stenvik auch Jungen, die ungefähr in seinem Alter waren. Kristoffer zum Beispiel, er war zwar ein Jahr jünger als er und noch ein bisschen kindlich, aber es machte Spaß, mit ihm zu spielen. Deshalb fuhr er nach dem Baden mit dem Fahrrad zu ihm.

»Jonas!«

Als er durch das Gartentor der Familie Davidsson ging, saß Kristoffers Großvater Gerlof an seinem Lieblingsplatz unter den Bäumen. Der alte Mann winkte ihm mit seinem kleinen Notizbuch in der Hand zu. Er wirkte vergnügt an diesem Mittwoch, als hätte er lauter gute Neuigkeiten. Jonas ging zu ihm, und Gerlof kam direkt zur Sache: »Kristoffer ist im Haus, und du kannst auch gleich zu ihm reingehen. Aber vorher wollte ich dir noch eine Sache zeigen. Ich habe nach unserer Unterhaltung gestern etwas in mein Buch notiert. Es geht immer noch um den Mann auf dem Schiff, den du wiedererkannt hast. Magst du es dir einmal ansehen?«

Am liebsten hätte Jonas nicht mehr an das Geisterschiff gedacht, aber er nickte trotzdem.

»Sehr schön, dann komm doch mal zu mir.«

Gerlof hielt ihm das Notizbuch hin und zeigte auf eine Zeile, die dort in zittriger Handschrift geschrieben stand. Jonas beugte sich vor und las: *Der König der Löwen.*

Er las die Worte zweimal und blickte dann zu Gerlof auf.

»Das ist der Titel eines Films«, erklärte Gerlof. »Ich habe ihn mit meinen Enkelkindern zwar nur auf Video gesehen, aber er lief auch im Kino. Erinnerst du dich daran?«

Jonas nickte. Er hatte den Film sogar mehrmals gesehen. »In dem Film geht es um Tiere in Afrika«, erzählte er. »Ein Löwe wird von seinem Bruder von einem Felsen gestoßen und stirbt. In dem Film wird auch viel gesungen.«

»Ganz genau«, sagte Gerlof zufrieden. »Du hattest doch ›Afrika‹ gesagt … und da hatte ich in der Nacht plötzlich die Idee, dass dieses Haus, in dem der Mann vom Schiff gesessen hat, ein Kino war. Und du bist mit deinem Bruder dorthin gegangen, um dir den *König der Löwen* anzusehen. Ich habe das überprüft. Ein Freund von mir war zuständig für die Filmvorführungen im Haus des Heimatvereins. Und vor fünf Jahren, im Sommer 1994, lief dieser Film. Warst du in jenem Sommer auf Öland?«

»Ich glaube schon«, sagte Jonas.

»Gut. Denn dieser Marnäs-Hof ist groß und rot und aus Holz. So wie das Haus, das du beschrieben hast.«

Jonas nickte eifrig. Jetzt erinnerte er sich wieder. Er war sieben Jahre alt gewesen und Mats zwölf. Ihr Vater hatte sie zum Kino gefahren, war aber nicht mit hineingegangen, er hatte sie nur abgesetzt und später wieder abgeholt. Sie durften zum allerersten Mal alleine ein Kino besuchen. Sie waren in das Haus gegangen und zur Kasse, und da …

Seine Erinnerung wurde immer deutlicher.

»Ja, der saß da«, erklärte er eifrig. »Der Mann vom Schiff, der saß an der Kasse und hat uns die Tickets verkauft.«

»Sehr gut«, sagte Gerlof. »Ich weiß wohl auch seinen Namen. In diesem Sommer arbeitete nur ein junger Mann als Aushilfe auf dem Marnäs-Hof, und ich glaube, das ist er.« Er machte eine kurze Pause und beugte sich zu Jonas vor. »Wenn ich dir jetzt den Namen verrate, versprichst du mir, es niemandem zu erzählen?«

Jonas wirkte verunsichert, aber er nickte.

»Er heißt Peter. Peter Mayer. Aber er nennt sich Pecka. Hast du diesen Namen schon einmal gehört?«

Jonas schüttelte den Kopf. »Der Mann auf dem Schiff hat seinen Namen nicht gesagt.«

»Nein, natürlich nicht. Aber ich habe heute früh im Telefonbuch nachgesehen und einen Peter Mayer in Marnäs gefunden.«

Jonas stand wie versteinert da. Auf einmal wurde die Luft um einiges kälter.

»Er wohnt also ... auf Öland?«, fragte er leise.

»Ja, wenn er es denn ist.« Gerlof versuchte, beruhigend zu klingen. »Aber keine Angst, Jonas, er weiß ja nicht, wer du bist.«

Jonas' Herz schlug wild in seiner Brust. Marnäs lag ganz in der Nähe, mit dem Fahrrad war man in einer halben Stunde dort. Casper fuhr fast jeden Tag mit seinem Moped dorthin. Und der Axtmann wohnte also auch dort.

»Wir müssen nur versuchen, mehr über ihn in Erfahrung zu bringen. Du hast von einem alten Schwedenamerikaner gesprochen, der auf dem Schiff gewesen sein soll.«

»Aron«, sagte Jonas.

»Stimmt, Aron«, wiederholte Gerlof und dachte nach.

Jonas wollte ihm von der Gestalt erzählen, die er am Tag zuvor am Steingrab auf der Landborg gesehen hatte. Sie hatte ihn an den Mann auf dem Geisterschiff erinnert – aber jetzt war er sich nicht mehr so sicher, ob da wirklich jemand gestanden oder er es sich nur eingebildet hatte.

Es wurde ganz still im Garten.

Gerlof blickte in sein Notizbuch und sagte: »Sehr gut, Jonas. Ich werde versuchen, diesen Amerikaner ausfindig zu machen. Wenn es ihn gibt.«

GERLOF

Bei Tilda war nach wie vor besetzt. Dabei hatte Gerlof ihr einiges zu erzählen. Zögernd legte er wieder auf.

Herumschnüffeln und ausspionieren war einer Privatperson nicht untersagt, das wusste er. Aber es war an der Zeit, ihr mitzuteilen, was er über Peter Mayer und den ominösen Schwedenamerikaner herausbekommen hatte.

Gerlof musste an die große Auswanderung seiner Landsmänner nach Amerika denken, die im 19. Jahrhundert begonnen hatte und bis in die Zwanzigerjahre des 20. Jahrhunderts angehalten hatte. Wenn man an die Sommerhäuser in Stenvik dachte, die immer größer und prächtiger wurden, und an die funkelnden Limousinen, die die Küstenstraße hinunterfuhren, war es schwer vorstellbar, wie arm die Inselbewohner noch vor hundert Jahren gewesen waren. Ganz Schweden war damals ein Armenhaus. Ein abgeschiedenes Land im Norden, ohne größere Reichtümer. Hungersnot und Mangel an Arbeit hatten ein Fünftel der Bevölkerung zur Auswanderung gezwungen, die meisten von ihnen gingen nach Amerika. Durch die vielen Reisenden wurde Öland gewissermaßen mit Amerika verbunden. Zuerst reisten alle ins Neue Land, und später kehrten sie wieder nach Hause zurück – in der Regel weitaus wohlhabender als zuvor, einige von ihnen wurden sogar reich.

Gerlof war mit keinem der noch lebenden Emigranten persönlich bekannt, daher wollte er jemanden anrufen, der eventuell Kontakte hatte. Der einzige Amerikaner, den er kannte, war Bill Carlson aus Långvik, ein enthusiastischer Nachfahre echter öländischer Emigranten.

Ein junges Familienmitglied nahm den Hörer ab und versprach, den Amerikaner zu holen, der auf der Veranda saß.

»Yeah?«

»Hallo, Bill. Hier ist Gerlof Davidsson.«

Einen Augenblick lang herrschte gespannte Stille in der Leitung, dann ertönte ein herzliches: »Järloff! Hello! Wie geht es Ihnen?«

»Ganz gut.«

»Und wie geht es Ihrem Boot?«

»Wie es dem geht? Tja, wir arbeiten daran.« Gerlof räusperte sich. »Hören Sie, Bill, ich benötige Ihre Hilfe in einer Angelegenheit ... Ich suche einen Amerikaner.«

»An *American?*«

»Ja. Ich glaube, dass er sich zurzeit auf Öland aufhält. Aber ich weiß nicht, wo.«

»*Good luck*«, sagte Bill. »Im Sommer sind hier mehr Amerikaner, als man ahnt. Gestern im Supermarkt in Långvik habe ich ein paar junge Leute aus Washington kennengelernt, die ...«

»Es geht um einen alten Mann«, unterbrach ihn Gerlof. »Einen Schwedenamerikaner, der unter Umständen Aron heißt. Er stammt aus Nordöland, vermute ich, zumindest kennt er die Küste gut. Und ich glaube, dass er sich für Schiffe und Boote interessiert.«

»Aha. Den kenne ich nicht. Haben Sie noch mehr Informationen?«

»Nein. Aber er scheint suspekt zu sein.«

Bill lachte leise. »Sie meinen, er ist ein *criminal?*«

»Vielleicht. Ich kenne ihn ja nicht.«

»Unter den Auswanderern waren ja alle Sorten von Menschen vertreten. Haben Sie schon von Oskar Lundin aus Degerhamn gehört?«

»Nein, wer war das denn?«

»Ein alter Schwedenamerikaner aus Chicago. Ich habe ihn vor vielen Jahren hier kennengelernt. Damals behauptete er, dass er in den Dreißigern Chauffeur bei der Mafia gewesen sei. Bei Al Capone. Lundin soll Al Calpone von einem Treffen mit einem Gangsterboss zum nächsten gefahren haben, bis Al Capone festgenommen und später nach Alcatraz gebracht wurde.«

»Lebt er noch?«, fragte Gerlof. »Ich meine, Lundin?«

»Nein, er ist genauso mausetot wie Al Capone. Die meisten Heimkehrer sind gestorben.«

Gerlof seufzte. »Tja, so ist wohl der Lauf der Dinge.«

»Aber ein paar leben noch, und wir treffen uns alle am Freitag zum Mittagessen.«

»Wer?«

»Na, die Heimkehrer aus Nordöland. Alle, die noch übrig sind. Einmal im Jahr findet im Hotel Borgholm ein Treffen für alle Schwedenamerikaner statt. Kurz nach Mittsommer.«

»Und kommen auch immer alle?«, fragte Gerlof. »Alle Heimkehrer, die noch am Leben sind?«

»*Who knows?*«, erwiderte Bill. »Aber ich bin im Besitz einer Unterlage, die ich Ihnen gerne zeigen kann, wenn Sie weitere Namen benötigen. Es ist eine Liste aus den Kirchenbüchern, auf der sämtliche Auswanderer verzeichnet sind, die Öland im 20. Jahrhundert verlassen haben. Mein Cousin hat im Auswandererhaus von Göteborg recherchiert und sie sich im Archiv kopiert.«

»Die sehe ich mir sehr gerne an«, sagte Gerlof. »Und was dieses Mittagessen angeht …«

»Das Essen ist in der Regel gar nicht so schlecht. Sie könnten mich begleiten.«

»Wirklich? Auch das tue ich gerne, allerdings bin ich kein Schwedenamerikaner, Bill. Ich war noch nie in Amerika.«

»Und Sie haben keine Verwandten, die ausgewandert sind?«

»Doch, die Brüder meines Großvaters. Sie sind Anfang des 20. Jahrhunderts nach Amerika gegangen. Der eine landete in Boston und wurde ziemlich reich, und der andere scheint auf den Straßen von Chicago ums Leben gekommen zu sein. Aber das sind die Einzigen.«

»Aber Sie können Ehrenmitglied werden«, schlug Bill vor.

»Fein.«

»Die Leute werden Sie sowieso nicht mit Fragen löchern, sie erzählen selbst in einem fort wie Mühlenräder. Die wollen immer nur ihre eigene Geschichte, ihr eigenes Schicksal und ihre eigenen Abenteuer loswerden.«

»Dann höre ich ihnen einfach zu«, sagte Gerlof.

DER HEIMKEHRER

Alle trugen so kleine Telefone mit sich herum. Alle bis auf den Heimkehrer. Er musste sich mit den öffentlichen Telefonzellen begnügen, von denen es noch ein paar wenige auf den Marktplätzen und Raststätten der Insel gab. Und in so einer stand er nun. Er wählte eine Nummer, und eine heisere und misstrauische Stimme meldete sich.

»Hallo?«

»Wall?«, fragte der Heimkehrer.

»Ja …«

»Wissen Sie, wer dran ist?«

»Klar.«

Die Stimme des Waffenhändlers klang schleppend, als hätte er den ganzen Tag getrunken.

»Ich will noch ein paar Geschäfte mit dir machen«, erklärte der Heimkehrer.

»Wir müssen erst die alten abschließen. Was zum Teufel habt ihr mit dem Schiff gemacht?«

Der Heimkehrer schwieg. »Nichts, was man rückgängig machen kann«, sagte er dann.

»Nee«, erwiderte Wall, »Pecka hat mich gestern angerufen und war total durch den Wind. Er hat gesagt, ihr habt das Ding versenkt?«

»Ja, das war notwendig. Da war Giftgas an Bord.«

Wall antwortete nicht. Der Heimkehrer hörte, wie er einen großen Schluck nahm, ehe er sagte: »Du kannst vorbeikommen, wenn du was kaufen willst.«

»Gut. Und ich habe dieses Mal auch Geld dabei.«

»Komm morgen«, entschied Wall. »Abends.«

Der Heimkehrer legte auf. Er musste an den Bunker denken, der bei der Villa Kloss lag. Und er dachte an einen Mann, dem er vor langer Zeit begegnet war und der Felsen zum Fliegen bringen konnte.

DAS NEUE LAND, APRIL 1932

»Wir müssen uns auf große Herausforderungen gefasst machen«, sagt Sven. »Das verstehst du doch, oder?«

Aron betrachtet seine zerschundenen Hände und schweigt.

Svens Hände sehen genauso lädiert aus. Die Haut ist eingerissen, die Nägel sind abgebrochen und die Finger mit Wunden übersät. Aber sie haben noch Glück, einige der Arbeiter haben schon Finger verloren. Der Lehm und die Steine ruinieren die Hände, der harte Lehm versteckt sich unter der Grasnarbe und klammert sich an die Steinbrocken. Die Spaten hacken und schlagen auf sie ein, aber Lehm und Stein geben nicht nach.

Das Leben im Neuen Land besteht nur aus Arbeit und Schlaf.

Die Nächte verbringen sie in einer Baracke mit zwanzig anderen Männern oder noch mehr, auf Betten, die keine richtigen Betten sind. Svens Bett besteht aus drei leeren Kisten, und Arons viel kürzeres Bett ist aus Brettern gebaut, die auf zwei Böcke gelegt wurden.

Jeden Tag heißt es graben und hacken, von morgens bis abends. Sven, Aron und die anderen Auswanderer bauen einen Kanal, oder einen breiten Graben durch den Wald. Aron weiß es nicht genau, er gräbt einfach immer weiter. Holzpfähle stecken in der Erde und zeigen an, wo sie schaufeln sollen, sie reichen bis zu den Bergen am Horizont. Aber Aron denkt nicht an das Ziel. Er stößt den Spaten immer und immer wieder in die Erde. Doch der bleibt darin stecken. Aron zerrt daran, er reißt daran, er seufzt. Er gräbt und gräbt.

Der Winter wird zum Frühling, und sie graben immer weiter.

Einen einzigen Tag erleben sie – der Schnee ist geschmolzen –, an dem die Arbeit leichter von der Hand geht. An diesem Tag kommt ein energischer Mann mit einer schwarzen Kappe den Weg von den Eisenbahnschienen herunter. Er schiebt eine Schubkarre, auf der Holzkisten liegen, und grüßt die Arbeiter.

»Habt ihr hier einen bockigen Stein, den ihr aus dem Weg geschafft haben wollt?«, fragt er auf Schwedisch. Er ist ein Bergbauingenieur aus Finnland.

»Allerdings«, antwortet Sven.

Es gibt immer besonders große sperrige Steine. Ein paar der älteren Arbeiter zeigen dem Mann die Felsbrocken, die ein Stück entfernt liegen.

»Prima, dann werde ich für euch mal zaubern!«, ruft der Mann aus Esbo und hebt die Holzkisten von seiner Schubkarre.

Aron hilft ihm beim Tragen und beobachtet, wie er runde Stangen aus den Kisten nimmt, die in fettiges Papier eingewickelt sind.

»Ammonal!«, ruft er laut und versammelt alle Arbeiter am nächstliegenden Felsbrocken. Er hebt die Stangen in die Luft. »Das sind meine Freunde, die werden gleich zusammenarbeiten … Wohin soll der Fels rollen? Gut, dann steckt meine Freunde auf der anderen Seite tief in den Boden und verbindet die Zündköpfe mit der Zündschnur. Aber seid vorsichtig! Ihr müsst mit ihnen so behutsam umgehen wie mit euren Schätzchen!«

Nachdem die Männer seinen Anweisungen gefolgt sind, rollt er eine meterlange schwarze Schnur auf und zündet das Ende an. Als sie anfängt, fröhlich Funken sprühend zu brennen, rät er ihnen, sich in Sicherheit zu bringen.

Der Boden erzittert. Mit einem Knall steigen eine dicke Rauchwolke und eine Feuersäule in den Himmel auf, und der Fels wird weggesprengt. Es ist Zauberei. Die Arbeiter jubeln, und der Mann hebt seine Kappe in die Luft.

»Ammonal! Dynamit ist die Zukunft!«

Die Tage in dieser Wildnis werden wärmer, und der Lehm trocknet und lässt sich leichter ausheben. Aber mit der Wärme kommen auch die Mücken. Wolken von Mückenschwärmen fliegen durch den Wald. Sie heulen den Arbeitern in den Ohren und kriechen Aron unter die Hemdärmel oder stechen direkt durch den Stoff. Sein Gesicht ist ganz geschwollen, die Haut juckt, und das Blut pocht von all den Stichen. Die Biester sind überall, an den Augen, in der Nase, und wenn ihm eine in den Mund fliegt, schmeckt sie süßlich nach Blut.

Sven bastelt zwei Kränze aus Birkenrinde für ihn und sich, die sie sich auf den Kopf setzen, um sich vor den Mücken und der Sonne ein wenig zu schützen. Und dann greift er nach dem Spaten und gräbt weiter.

»Wir dürfen nicht aufgeben«, sagt er. »Das hier ist es doch, was wir wollten, oder?«

Aron erwidert nichts.

Er wollte Sheriff werden in dem Neuen Land, nicht Waldarbeiter.

In der kurzen Pause in der Mittagszeit bekommen sie Suppe zu essen. In ihr schwimmen Hunderte von Mücken wie eine grauschwarze Schicht an der Oberfläche. Aron zerdrückt sie mit seinem Löffel und schlürft alles in sich hinein. Mit geschlossenen Augen kaut er und schluckt, er will die Mücken alle töten. Alle töten.

JONAS

Jonas war zurück in der Villa Kloss. Er wollte an nichts denken, schon gar nicht an Peter Mayer. Er hatte seine Arbeit zu erledigen.

Aus dem kleinen Schuppen holte er die Schleifmaschine, steckte den Stecker in die Steckdose an der Terrasse und fing an zu schleifen. Eine Diele nach der anderen, langsam und gleichmäßig, wie sein Vater es ihm beigebracht hatte. Die graue Patina sollte verschwinden und das helle Holz zum Vorschein kommen und leuchten. Erst dann konnte man die Dielen einölen.

Jonas kniete ohne Kopfbedeckung auf der Terrasse. Die Sonne brannte herunter, und er versuchte alles aus seinem Kopf zu verdrängen – aber ein Name pochte förmlich in seinem Inneren: *Peter. Peter Mayer. Mayer. Peter Mayer.* Er wusste, dass er mit niemandem darüber reden sollte, aber der Name, den Gerlof ihm genannt hatte, wollte ihm einfach keine Ruhe lassen. Der Mann von dem Schiff, der Menschen mit einer Axt erschlagen hatte.

Peter Mayer. Der Kartenverkäufer für den König der Löwen. *Wohnhaft in Marnäs.*

»Wie geht es dir, Jonas?« Sein Vater hatte die Glastür aufgeschoben und schaute heraus. »Kommst du gut voran?«

Jonas nickte.

»Macht es dir Spaß?«

Jonas wusste nicht, was er antworten sollte. Er versuchte zu lächeln, aber sein Vater schien seine Not zu sehen, denn er kam auf die Terrasse heraus.

»Vermisst du Mama?«, fragte er.

»Ein bisschen … Aber es ist schon okay.«

Sie schwiegen. Jonas setzte seine Arbeit fort.

»Was hast du dann?«, fragte sein Vater.

Jonas schaltete die Schleifmaschine aus.

»Es sind so Sachen passiert.«

»Wie? Was ist passiert?«

»Na, da ist was passiert … Montagabend war das.«

»Was war da? Was ist passiert, Jonas? Du warst doch im Kino, oder nicht?«

Jonas zögerte. Er hätte den Mund halten sollen, aber als ihn sein Vater jetzt so anstarrte, spürte er einen ziehenden Schmerz in der Brust.

»Nee«, sagte er schließlich. »Ich bin zu Hause geblieben.«

Sein Vater kam näher.

»Du warst was?«

»Ja, ich bin hiergeblieben und dann zum Strand runtergegangen und mit dem Schlauchboot von Casper rausgefahren. Und dabei ist etwas passiert.«

Das Geschehene war einfach zu groß für ihn, um es als Geheimnis zu bewahren – und so erzählte er seinem Vater alles, was draußen im Sund passiert war. Zu Beginn langsam und zögernd, dann immer schneller. Von dem Frachtschiff mit den Fischen, den lebenden Toten, dem Mann, der ihn festhalten wollte. Und der wahrscheinlich Peter Mayer hieß.

Sein Vater hörte ihm aufmerksam zu. Er war ein guter Zuhörer, er hatte ihn noch nie ausgelacht, wenn Jonas etwas erzählte. Und auch dieses Mal lachte er nicht.

»Alles klar«, sagte er nur. »Dann weiß ich jetzt Bescheid, Jonas. Vielen Dank, dass du mir das erzählt hast.«

Mehr nicht. Ihn schien die Geschichte nicht im Geringsten aufzuregen, er wirkte nur nachdenklich. Jonas blieb still auf der Terrasse sitzen.

Sein Vater nickte. »Es ist alles in Ordnung. Du kannst jetzt ruhig spielen gehen.«

»Ich spiele nicht«, antwortete Jonas. »Ich arbeite hier.« Dann fiel ihm wieder die Frau ein, mit der er sich bei Gerlof unterhalten hatte. »Wollen wir damit zur Polizei gehen?«

»Klar. Das machen wir … bald. Ich muss erst noch darüber nachdenken.«

Sein Vater wandte den Kopf ab und blickte aufs Wasser hinaus, als würde er sich schämen. Dann stand er auf und ging ins Haus.

Auch Jonas schämte sich, denn er hatte Mats versprochen, die Sache mit dem Kinobesuch nicht zu verraten, und Gerlof versprochen, niemandem von Peter Mayer zu erzählen. *Versprich mir, es niemandem zu erzählen,* hatte Gerlof zu ihm gesagt. Daran hatte er sich nicht gehalten. Er war ein blödes Plappermaul.

Am besten arbeitete er einfach weiter. Bloß nicht nachdenken.

Eine Stunde später hatte er ein Fünftel der Fläche geschliffen. Das Holz sah fast wie neu aus, hell und frisch leuchtete es im Sonnenschein. Und er hatte keine Scharten verursacht.

Er war stolz auf sich.

Als er sich streckte, sah er einen schweren Wagen die Küstenstraße hinunterkommen. Es war Onkel Kent, mit weißer Schirmmütze und einer großen Sonnenbrille. Er öffnete die Tür und winkte ihn zu sich.

»J-K, komm mal eben her zu mir!«

Ehe Jonas reagieren konnte, war Onkel Kent bereits aus dem Auto gestiegen und fing schon an zu reden, während er auf Jonas zuging: »Dein Vater hat mich vorhin angerufen, J-K. Er hat mir erzählt, dass du vorgestern ein richtiges Abenteuer erlebt hast.« Jetzt stand er vor Jonas auf der Terrasse und ging in die Hocke. »Du hast etwas Gruseliges auf einem Schiff erlebt? Und er hat erzählt, dass du einen Typen getroffen hast, der Peter Mayer heißt.«

Jonas schwieg.

»Stimmt das alles?«, fragte Kent bohrend.

Jonas nickte zaghaft.

»Interessant«, sagte Kent. Er sah dabei Jonas fest in die Augen. »Dann kann ich dir nämlich eine Sache dazu sagen: Wir hatten über Mittsommer ein Frachtschiff im Hafen des Ölandic Resorts liegen. Vor ein paar Tagen sind die Leute einfach ausgelaufen, ohne sich abzumelden. Wir fanden das sehr sonderbar.«

Jonas sah die toten Seeleute vor sich, aber er schwieg nach wie vor.

»Und dieser Peter Mayer«, fuhr Kent fort, »er nennt sich Pecka und hat letzten Sommer für uns hier als Wachmann gearbeitet. Mit ihm würde ich mich gerne mal unterhalten. Aber ich will sicher sein, dass es auch wirklich Pecka gewesen ist, den du auf dem Schiff gesehen hast, J-K. Würdest du ihn wiedererkennen, was meinst du?«

Jonas schaute seinen Onkel verunsichert an, aber Kent lächelte beruhigend.

»Keine Sorge«, sagte er. »Pecka wohnt in Marnäs. Ich habe eine Adresse, ich will mich nur mit ihm unterhalten. Aber dafür muss ich mir halt sicher sein, dass er … Kommst du mit?«

Jonas überlegte kurz und nickte dann. Er öffnete den Mund, um etwas zu sagen, aber Kent wühlte ihm durchs Haar und sagte: »Bombe, J-K! Dann fahren wir heute Abend bei ihm vorbei und sagen mal Hallo.« Onkel Kent richtete sich wieder auf. »Heute ist Markttag in Marnäs, wenn wir Glück haben, ist er zu Hause.«

Kent ging zurück zu seinem Wagen. Jonas blieb verdutzt sitzen und sah dem Auto hinterher, als es auf die Küstenstraße bog.

Als der Wagen außer Sichtweite war, schaltete Jonas die Schleifmaschine wieder an und setzte seine Arbeit fort. Das fühlte sich alles nicht richtig an.

Zu dem Mann von dem Schiff fahren? Und mit ihm reden? Was war, wenn er seine Axt bei sich hatte?

LISA

Kein Champagner, keine Bar, keine betrunkenen Gäste. Nur ein orangefarbener Sonnenuntergang und ein warmer Wind, der über die kleine Terrasse strich.

An diesem Donnerstagabend legte Lisa keine Platten auf. Sie saß auf einem Barhocker mit der Gitarre auf den Knien und einem Mikrofon vor sich. Das war auch das Einzige, was sie sehen konnte, denn die Sonne schien ihr direkt ins Gesicht.

Heute trug sie keine Perücke, sie war keine DJane. Sie war ein Troubadour und spielte alte Weisen. Das war etwas ganz anderes, als die halbe Nacht über Scheiben aufzulegen. Zum Beispiel war der Sound viel schlechter – sie hatte nur einen einzigen kleinen Lautsprecher –, und der Wind vom Sund trug die Musik davon.

Sie mochte es, die alten schwedischen Volkslieder von Evert Taube, Dan Andersson und Nils Ferlin zu singen, aber ihr Publikum verlangte auch moderne Stücke.

»Spiel mal Ace of Base!«, hörte sie ein Mädchen rufen.

»So etwas kann ich nicht«, antwortete sie.

»Dann spiel Markoolio!«, rief ein Mann.

Lisa drückte ihre Gitarre an sich. Es war kurz nach neun und Zeit, den Abend zu beenden.

»Ich spiele euch einen Song, den ich kann«, sagte sie. »Er ist von Tomas Ledin und handelt davon, dass der Sommer kurz ist ...«

Sie hielt sich zurück an diesem Abend. Lady Summertime durfte nicht auf diese Leute losgelassen werden und sich mit ihren langen Fingern bei den ganz normalen Sommergästen bedienen. Nur die Brieftaschen der Reichen sollte sie stehlen, um das Geld unter den Armen zu verteilen. Oder Silas zu geben.

Um Viertel nach neun war ihr Auftritt beendet, die Sonne hing mittlerweile dunkelrot am Horizont. Lisa hatte sich eigentlich noch Milch und Brot kaufen wollen, aber sie wusste, dass der kleine Kiosk neben dem Restaurant schon geschlossen hatte. Er wurde von einem älteren Mann und seinem Sohn geführt, den Hagmans. Das Restaurant gehörte ihrem Arbeitgeber, der Familie Kloss.

Die Gaststätte in Stenvik war ein kleiner, aber energiegeladener Arbeitsplatz. Zwei finnische Kellnerinnen navigierten zwischen den Tischen hin und her, und in der Küche herrschte der kanadische Koch über Pestogläser und Pizzateig. Der Chef hier war nicht Kent Kloss, sondern sein jüngerer Bruder Niklas. Aber er hielt sich sehr zurück und stand meistens hinter der Kasse. Sein Personal arbeitete selbstständig und hatte den Laden im Griff.

Als Lisa ihre Gitarre einpackte, ging er an ihr vorbei zum Ausgang. Er nickte ihr zu.

Sie nutzte die Gelegenheit und fragte: »Hat es gut geklungen?«

»Klar«, sagte Niklas Kloss.

»Dann komme ich am Montag wieder, ja?«

»Prima, tu das. Das wird super.«

Er nickte, schien ihr aber gar nicht richtig zugehört zu haben. Sein Blick war auf einen großen Jeep geheftet, der gerade auf den Parkplatz bog und mit dem Motor im Leerlauf stehen blieb. Der Fahrer stieg aus, und Lisa erkannte Kent Kloss. Er winkte seinem Bruder, und Niklas ging zu ihm.

Vom Wind verzerrt, hörte Lisa nur ein paar Wortfetzen.

»... ehemaliger Angestellter ...«, sagte Kent.

»... will darüber gar nicht diskutieren ...«, erwiderte Niklas.

»... nur reden ...«

»... solltest du anrufen ...«

»... lieber direkt hinfahren ...«

Schließlich stieg Niklas in den Wagen, er sah gestresst aus. Kent setzte sich hinters Steuer und fuhr los.

Auf dem Rücksitz saß ein kleiner Junge. Es war eines der Kloss-Kinder, und er blickte Lisa an, als der Wagen den Parkplatz verließ und in Richtung Landstraße fuhr. Auch der Junge sah nicht besonders fröhlich aus.

Die Sonne war gerade untergegangen, als Lisa sich mit ihrer Gitarre im Arm auf den Weg zum Campingplatz machte. Zurück blieb nur das Licht am Himmel, das die Wolken in ein rotes Feuer am Horizont verwandelte. Ein Streifen Blut.

Es wurde schnell dunkel. Lisa ging zu ihrem Wohnwagen und fragte sich, wohin die Brüder Kloss noch so spät mit dem kleinen Jungen fahren wollten.

JONAS

Marnäs lag an der Ostküste von Öland, im Ort gab es mehrere Geschäfte, und dort stand auch die weiße mittelalterliche Kirche der Gemeinde. Es war zu groß, um als Dorf zu gelten, und zu klein, um als Stadt angesehen zu werden. Aber Marnäs war ein Anziehungspunkt. Es gab einen Laden, in dem man Alkohol kaufen konnte, einen Hafen mit Fischerbooten und eine Polizeiwache, die jeden Dienstag für ein paar Stunden geöffnet hatte.

Jonas gefielen in Marnäs die Geschäfte am besten, aber an

diesem Abend war an einen Einkaufsbummel nicht zu denken. Es war fast halb zehn, und die Läden hatten geschlossen. Nur das Treiben auf dem Markt war noch in vollem Gange, und das lockte auch die vielen Menschen an.

Der Marktplatz ging über in eine Hafenanlage, auf der für diesen Abend ein kleiner Jahrmarkt aufgebaut worden war mit Karussells und Würstchenbuden. Es waren unglaublich viele Menschen und Autos unterwegs, Kent fand nicht auf Anhieb einen Parkplatz und stellte den Wagen kurzerhand auf einem Behindertenparkplatz hinter dem Hafenbüro ab.

»Wir bleiben ja nicht lange hier«, redete sich Kent heraus. »Ich bezahle das Knöllchen, wenn wir eines bekommen.«

Jonas' Vater schwieg, er sah überhaupt nicht froh aus. Aber Onkel Kent redete munter weiter, als sie ausgestiegen waren.

»Wir klingeln bei Peter Mayer und sehen nach, ob er zu Hause ist.« Er blickte Jonas an. »Und wenn er da ist, J-K, und du ihn erkennst, dann werden wir uns ein bisschen mit ihm unterhalten und ihn fragen, was denn auf dem Schiff los war. Aber da musst du nicht unbedingt dabei sein ... Ist das ein Plan?«

Jonas nickte mit hämmerndem Herzen, aber er hatte auch das Gefühl, dass er seit dem Morgen gewachsen war. Auf einmal stand er im Mittelpunkt. Er war wichtig – er war ein Zeuge.

Sie gingen an der Hafenanlage und dem Jahrmarkt vorbei. Jonas sah die blinkenden Lichter und roch den Duft von Grillwürstchen und Popcorn. Er wäre gerne an einem der Stände stehen geblieben, die Süßigkeiten oder gebrauchte Videofilme anboten. Aber Kent lief zielstrebig weiter und schüttelte nur den Kopf.

»Seht euch diesen ganzen Mist an«, schimpfte er. »Marnäs ist im Sommer ein einziger Gemischtwarenladen! Verkaufen, verkaufen, verkaufen, und alles ist nur billiger Scheiß.«

Als sie direkt am Jahrmarkt vorbeiliefen, wurde er sogar

noch schneller und bog in eine kleine Seitenstraße ein. Nördlich des Hafenbeckens standen ein paar Mehrfamilienhäuser mit Blick über die dunkelblaue Ostsee. Dorthin steuerte er.

»Hausnummer acht«, sagte er. »Zweiter Stock.«

Er öffnete die Tür und hielt sie für seinen Bruder und Jonas auf, dann ließ er sie hinter sich zufallen.

Es wurde vollkommen still in dem kühlen Treppenhaus, eine fast lärmende Stille.

Kent stieg die Treppe hoch. »Bleib hinter mir, J-K«, sagte er leise.

Er bewegte sich jetzt viel vorsichtiger und schaltete auch das Licht nicht an.

Papa ging als Letzter, als wollte er ihnen den Weg für den Rückzug frei halten.

Sie erreichten den zweiten Stock. Dort gab es zwei Türen. Auf der linken stand MAYER – auf einem handgeschriebenen Zettel. Jonas' Puls beschleunigte sich, als er den Namen las, als würde sich allein dadurch schon das Böse im Treppenhaus ausbreiten.

Onkel Kent hingegen wirkte überhaupt nicht ängstlich. Er trat vor die Tür und klingelte. Lange.

Jonas' Herz schlug wild, als er das Klingeln hörte. Er war wieder zurück auf dem Geisterschiff. An der Tür entdeckte er einen kleinen Spion, so einen hatten sie auch an der Wohnungstür in Huskvarna. Vielleicht stand dort gerade jemand dahinter und beobachtete sie.

Peter Mayer. Der Axtmann.

Aber die Tür wurde nicht geöffnet. Onkel Kent wartete lange, klingelte ein zweites Mal und wartete wieder. Schließlich seufzte er ergeben. »Korrekt! Niemand zu Hause, J-K. Dann müssen wir eben wieder zurückfahren.«

Jonas war erleichtert. Ein bisschen enttäuscht vielleicht, aber die Erleichterung überwog.

Sie traten aus dem Treppenhaus auf die Straße. Es war jetzt noch dunkler als zuvor. Die Straßenlaternen waren eingeschaltet worden, und die Besucher des Marktplatzes sahen aus wie Gespenster.

Jonas schaute sehnsüchtig zum Jahrmarkt hinüber. Jetzt hätten sie ja Zeit, und er könnte Autoskooter fahren. Aber er wusste, dass Kent das nicht erlauben würde.

Neben dem Hafen lag die einzige Pizzeria von Marnäs, das Moby Dick. Jonas hatte dort vor zwei Jahren mit seinem Vater und Mats eine Pizza gegessen.

Natürlich war das Moby Dick an so einem Abend brechend voll. Das Restaurant hatte auch Sitzplätze im Freien, und die waren bis auf den letzten Platz besetzt. Die Leuten saßen beisammen und tranken und lachten und rauchten. Sonnenverbrannte Golfer mit weißen Schirmmützen und blauen Poloshirts, Segler mit blauen Jacketts und Biker mit von ihren Helmen verschwitzten, platt gedrückten Haaren.

Sommergäste. Jonas betrachtete sie neugierig.

Ein hochgewachsener junger Mann in einer schwarzen Jeansjacke ging mit einem Pizzakarton im Arm zwischen den vollbesetzten Tischen hindurch. Sein Blick wanderte nervös von einem Gast zum anderen. Sein Kopf war kahl geschoren.

Jonas starrte ihn lange an.

Die Zeit blieb stehen, sein Herz aber raste.

Er wandte sich ab, als wäre nichts geschehen – aber er wusste, wen er gesehen hatte. Nach einigen Schritten zog er seinen Vater am Ärmel und flüsterte ihm zu: »Da.«

»Was denn?«, fragte der.

»Da ist *er*.«

Sein Vater blieb stehen.

»Wer?«

»Der Mann vom Schiff.«

»Du meinst diesen Mayer? Wo?«

Jonas deutete vorsichtig mit einem Nicken zur Pizzeria, und sein Vater drehte sich um und sah Peter Mayer, der gerade auf den Bürgersteig getreten war und sich auf den Weg zum Hafen machte.

»Kent!«, rief Niklas.

»Was ist denn?«

»Dort drüben.«

Jonas' Vater zeigte Onkel Kent mit dem Finger, um wen es ging. Der blieb abrupt stehen.

Sekunden später rannte Kent quer über die Straße. »Hey!«, rief er. »Pecka!«

Der Mann mit dem Pizzakarton drehte sich um und erstarrte. Dann stürzte er los, in die entgegengesetzte Richtung, fort von der Menschenmenge und von Kent Kloss.

»Warte!«, schrie Kent. »Ich will doch nur …«

Peter Mayer warf den Pizzakarton weg und floh. Aber er rannte nicht nach Hause, sondern nach Westen, in die Dunkelheit. Und er sah kein einziges Mal über die Schulter zurück.

Jonas beobachtete, wie Kent die Verfolgung aufnahm.

»Ich hole den Wagen«, rief sein Vater.

Onkel Kent nickte, er hatte verstanden.

Niklas legte Jonas eine Hand auf die Schulter. »Komm mit.«

Jonas gehorchte und folgte seinem Vater einige Schritte. Aber plötzlich schoss ihm ein Gedanke durch den Kopf, und er wandte sich um und rannte hinter Kent her. Zuerst zögernd, dann immer schneller. Er wollte sehen, was passierte.

»Jonas!«

Er hörte Papas Rufe hinter sich, hielt aber nicht an. Es war ein gutes Gefühl zu rennen. Und diesmal war nicht er der Gejagte, sondern der Jäger. Ein Mitglied der Familie Kloss.

Die Leute, an denen er vorbeirannte, waren nur dunkle verschwommene Schatten, aber Kent trug eine helle Windjacke und stach aus der Menge hervor. Jonas sah, wie er das Tempo erhöhte, als er über die Straße lief, vorbei an den Geschäften und hinaus aus der Ortschaft. Vor Kent konnte er eine andere Gestalt mit glänzend kahlem Schädel erkennen.

Jonas folgte ihnen, als dritter Mann.

Nach kurzer Zeit hatten sie alles hinter sich gelassen. Jonas lief am letzten Haus der Ortschaft vorbei, dann an der letzten

Straßenlaterne, und von dort führte der Weg direkt in die Dunkelheit.

Hier war es viel kälter. Und der Weg vor ihm war pechschwarz, bis Jonas' Augen sich daran gewöhnt hatten. Er blinzelte, um ihn herum waren nur graue Schatten.

Onkel Kent lief an der Kirche vorbei, Peter Mayer war bereits ein Stück weiter, hielt kurz am Straßenrand inne und verschwand dann in einem kleinen Birkenwald.

Kent folgte ihm mit einem großen Sprung über den Straßengraben.

Als Jonas das Wäldchen erreicht hatte, sah er, dass ein kleiner Pfad zwischen den Bäumen hindurchführte. Er sprang ebenfalls über den Graben und folgte ihm. Die schwarzgrüne Dunkelheit verschluckte ihn. Aber er sah den Pfad vor sich, der durch den dunklen Wald führte, und er hörte Geräusche zwischen den Bäumen: das Knacken von Zweigen. Die Birken umringten ihn wie graue Pfeiler, aber er schoss zwischen ihnen hindurch.

Doch plötzlich lichtete sich der Wald, Jonas hatte die andere Seite erreicht und stand auf einem Feld oder eher einem nicht gepflügten Acker. Der war mit Gras bewachsen und wurde von einer zerkratzten Glühbirne am Himmel erleuchtet – es war beinahe noch Vollmond.

Jonas entdeckte zwei Gestalten, die sich im Mondlicht bewegten, die eine verfolgte die andere. Sie hatten den Acker bereits überquert, an dessen Ende ein neuer Wald begann. Und in diesem verschwanden der Gejagte und sein Jäger.

Jonas lief über das Feld und folgte ihnen, in diesem Wald gab es ebenfalls einen Pfad. Mittlerweile war er erschöpft und er hatte Angst, zugleich fühlte er sich aber auch euphorisch. Heute Abend war er nicht allein wie auf dem Schiff. Sein Vater war in der Nähe, und Onkel Kent rannte vor ihm durch den Wald.

Er lief weiter und hörte auch hier das Knacken der Äste. Darunter mischte sich jetzt aber ein Rauschen wie von einem sanften Wind. Es kam von den Autos, die auf der Landstraße vorbeifuhren, auf der Strecke zwischen Borgholm und den Ortschaften im Norden.

Jonas konzentrierte sich auf den Pfad vor sich, um sich nicht zu verlaufen. Da hörte er plötzlich lautes Geschrei, es klang nach Onkel Kent.

Er blieb stehen.

Jetzt war eine andere Stimme zu hören, die ebenfalls schrie. Nur heller.

Dann hörte Jonas ein heulendes Kreischen, aber das kam nicht von einem Menschen – es war das Kreischen und Quietschen von bremsenden Reifen auf Asphalt.

Das Geräusch brach abrupt ab, und sekundenlang herrschte eine gespenstische Stille. Dann waren wieder laute Stimmen zu hören, verwirrte Schreie in der Dunkelheit und Autotüren, die aufgerissen und zugeworfen wurden.

Jonas stand reglos auf dem Waldpfad. Er horchte in die Nacht.

Plötzlich hörte er lautes Knacken und schweren Atem. Jemand kam mit schnellen Schritten auf ihn zu. Dann tauchte ein Schatten aus der Dunkelheit auf und blieb vor ihm stehen.

»J-K, bist du das?«, keuchte Onkel Kent.

»Ich wollte nur sehen, ob ...«

Aber Kent unterbrach ihn barsch. »Du solltest nicht hier sein.«

Jonas erwiderte nichts, was hätte er auch sagen sollen? Onkel Kent drängte sich wortlos und schnaufend an ihm vorbei.

»Und war die ... Jagd erfolgreich?«, fragte Jonas.

Aber Kent antwortete nicht, er lief einfach weiter, über den Acker und in den Birkenwald, Richtung Marnäs.

Jonas konnte nichts anders tun, als ihm zu folgen. Als er seinen Onkel endlich eingeholt hatte, fragte er: »Hast du ihn erwischt?«

»Nein«, schnaufte Kent. »Er ist weg.«

Sie durchquerten das Wäldchen, sprangen über den Graben und waren wieder auf dem beleuchteten Asphalt der Ortschaft.

Im Licht der Straßenlaterne entdeckte Jonas etwas Neues an Onkel Kent: Der Muskel an seinem linken Auge zuckte, als hätte er eine eigenständige Trainingseinheit zu absolvieren.

Da wandte Kent sich abrupt zu Jonas um.

»Hast du etwas gesehen?«

»Was gesehen?«

Aber Onkel Kent holte nur scharf Luft und lief weiter. Schweigend trabten sie nebeneinander die Straße hinunter, bis sie Rufe hinter sich hörten.

»He, hallo!«

Das war Niklas. Er wartete an der Kirche auf sie, den Wagen hatte er am Straßenrand geparkt.

»Was ist passiert?«

Als sie bei ihm angekommen waren, trat Kent ganz nah an seinen Bruder heran und flüsterte so leise, dass Jonas es kaum verstehen konnte.

»Da kam ein Auto.«

»Ein Auto?«

Onkel Kent nickte. »Fuhr direkt in Mayer rein.«

»Und wie ging es aus?«

»Ich weiß es nicht. Nicht gut, vermute ich.«

Papa sah mitgenommen aus, stellte aber keine weiteren Fragen.

Sie setzten sich in den Wagen. Dann startete Papa den Motor.

»Gut, dann fahren wir jetzt nach Hause.«

Bevor sie auf die Landstraße abbogen, sah Jonas aus dem Seitenfenster. Auf der Strecke, die nach Süden führte, blinkten Lichter, und mehrere ineinander verkeilte Wagen standen auf der Straße. Jonas sah das rotierende Blaulicht und Menschen mit gelben Reflexstreifen auf der Kleidung, die auf der Fahrbahn herumliefen.

Niklas blinkte und wollte nach links abbiegen, aber Kent

schüttelte den Kopf. »Fahr nicht da entlang«, sagte er. »Bieg hier rechts ab, dann fahren wir über Långvik. Die Küstenstraße ist heute Abend bestimmt leerer.«

Niklas befolgte Kents Anweisung.

Jonas drehte sich um und sah durch die Heckscheibe. Ihm war klar, dass sich dort ein schwerer Unfall ereignet hatte, aber jetzt würde er nicht sehen können, was genau geschehen war. Und ob jemand zu Schaden gekommen war.

Die blinkenden Lichter verschwanden in der Ferne.

Wenige Kilometer später fuhr sein Vater von der Landstraße ab und bog in einen schmaleren Kiesweg, der zur Küste führte.

Kent lehnte sich in seinem Sitz zurück. »Das war's«, sagte er. »Wir werden es später in den Nachrichten hören, was da genau passiert ist ... Aber wir werden mit niemandem darüber reden.«

»Wie immer also«, entgegnete Niklas leise.

Jonas sagte nichts, er saß schweigend auf dem Rücksitz und sah aus dem Fenster.

Was meinte Onkel Kent damit – mit wem sollten sie nicht darüber reden? Mit den anderen Familienmitgliedern? Oder mit der Polizei?

GERLOF

Bevor Gerlof an diesem Abend zu Bett ging, hörte er gegen Mitternacht im Radio von einem tödlichen Verkehrsunfall auf Nordöland.

Und jetzt zu Öland, sagte der Nachrichtensprecher. *Ein vierundzwanzigjähriger Mann kam heute Abend auf der Landstraße 136 außerhalb von Marnäs ums Leben. Der Mann war unvermittelt auf die Straße gesprungen und direkt von einem Pkw erfasst worden, der nach*

Süden fuhr. Der Verletzte wurde sofort mit dem Notarztwagen nach Kalmar gebracht, starb aber auf dem Transport dorthin. Der fünfzigjährige Fahrer erlitt einen Schock …

Der Sprecher nannte nicht den Namen des Toten, und die Nachricht löste in Gerlof nur einen altbekannten Gedanken aus: Das Straßenverkehrsamt sollte die Geschwindigkeitsbegrenzung auf der Landstraße erheblich senken. Auf der gesamten Strecke bis hinunter nach Borgholm war die Straße gerade und breit, und das verführte viele Autofahrer zum Rasen. Vielleicht sollte er tatsächlich einmal einen Leserbrief über diesen elendigen Zustand schreiben. Er könnte ja vorschlagen, aus der Asphaltstraße wieder einen Schotterweg zu machen.

Gerlof schaltete das Radio aus. Dann löschte er auch das Licht. Morgen würde auch er die Landstraße benutzen müssen, denn er wollte mit dem Bus nach Borgholm fahren, um an einem nostalgischen Mittagessen teilzunehmen.

Am nächsten Tag saß er gegen Mittag an einem langen Tisch mit vielen Männern und Frauen in seinem Alter. Betagte Heimkehrer, deren Lebenserfahrung sich auf ihren Gesichtern spiegelte. Sie tauschten Auswanderergeschichten untereinander aus, und Gerlof wollte ihnen in nichts nachstehen.

»Ein Cousin meines Vaters aus Böda war nach Amerika ausgewandert«, erzählte er. »Eines Abends, als dessen Bruder sich gerade schlafen legen wollte, nahm er einen starken Leichengeruch in seinem Schlafzimmer war. Auch seine Frau konnte den ekelhaften Gestank riechen. Endlich schliefen sie ein, aber als der Cousin am Morgen erwachte, meinte er, seinen Bruder am Fenster stehen zu sehen. Da wusste er, dass sein Bruder in Amerika gestorben war.«

Gerlof verstummte. Einige am Tisch kicherten über die Geschichte und fanden sie offenbar lustig.

Neun Männer und zwei Frauen hatten sich um den Tisch zum schwedisch-amerikanischen Mittagessen im Hotel Borgholm versammelt und unterhielten sich bei gebratenem Heilbutt auf Tomatenkompott.

Das Essen war phantastisch, aber Gerlofs Aufmerksamkeit galt an diesem Tag hauptsächlich seinen Tischnachbarn, den Heimkehrern aus Amerika. Sie sprachen eine Mischung aus Englisch und Schwedisch, alle schienen sich in beiden Sprachen zu Hause zu fühlen. Schwedische Schnäpse wurden bestellt, und die Geschichten wurden zunehmend abenteuerlicher.

»Schwedischer Heilbutt und Flundern sind *good*, aber in Alaska habe ich einen Heilbutt gefangen, der wog zweihundert Kilo ...«

Einer der Heimkehrer, Ingemar Grandin, war den weiten Weg aus San Pablo, Kalifornien, gekommen. Eine Dame hieß Nordlof und kam aus New Haven, andere kamen aus Minnesota, Wisconsin und Boston.

Es stellte sich heraus, dass nur drei von ihnen richtige Auswanderer waren, die damals als Kinder mit ihren Eltern Schweden verlassen hatten. Die anderen waren in Amerika geboren, aber ihre Eltern stammten hier von der Insel.

Gerlof fand, dass keiner der Gäste aussah, als hätte er Al Capone durch Chicagos Straßen gefahren oder ein Frachtschiff gekapert.

Am Ende des Treffens bekam Gerlof von Bill Carlson einige zusammengefaltete Blätter ausgehändigt.

»Hier sind die Informationen aus dem Auswandererhaus in Göteborg, die ich Ihr versprochen habe.«

»*Ihnen* versprochen«, korrigierte Gerlof.

»What ever«, sagte Bill.

Es war eine mit Schreibmaschine getippte Liste, die aus Namen und Jahreszahlen bestand. Gerlof betrachtete die Abschrift aus den Kirchenbüchern. Sie beinhaltete ausschließlich Namen von Bewohnern der nördlichen Gemeinden der Insel und umfasste nur die letzten hundert Jahre. Aber sie war dennoch stattlich.

Er glitt mit dem Finger über die Liste und blieb an zwei Namen hängen:

Aron Fredh, geb. 1918, Rödtorp, Gemeinde Alböke
Sven Fredh, geb. 1894, Rödtorp, Gemeinde Alböke

Sie hatten laut Kirchenbucheintrag das Land im Mai 1931 verlassen. Es gab auch noch spätere Auswanderer, sowohl in den Vierzigerjahren als auch in den Fünfzigerjahren, aber da nahmen die Schweden nicht mehr das Schiff ins »Neue Land«, sondern flogen mit dem Flugzeug in die »USA«. Aron und Sven waren vermutlich zwei der letzten richtigen Auswanderer gewesen.

Gerlofs Blick war an dem Vornamen Aron hängen geblieben. Den Namen hatte Jonas auf dem Schiff gehört. Aber auch der Ortsname hatte ihn stutzig gemacht.

Aron aus Rödtorp?

Da erinnerte er sich plötzlich und beugte sich zu Bill hinüber. »Den kenne ich von früher.« Er zeigte auf den Namen. »Ich glaube, mit diesem Aron aus Rödtorp habe ich auf dem Friedhof von Marnäs zusammengearbeitet. Er redete davon, nach Amerika auswandern zu wollen, und ein Jahr später habe ich erfahren, dass er den Vorsatz auch in die Tat umgesetzt hat, zusammen mit seinem Vater. Aber ich weiß nicht, wie es ihnen dort drüben ergangen ist.«

Bill beugte sich über den Tisch und las den Namen.

»1931 … Dann sind die kurz nach der Großen Depression gefahren«, sagte er. »Das war keine gute Zeit für Neuamerikaner, mit der extremen Arbeitslosigkeit. Die hatten es bestimmt nicht leicht.«

»Ach so«, sagte Gerlof.

Er betrachtete die Gruppe der Heimkehrer und fragte sich, ob Aron Fredh jemals wieder nach Hause zurückgekehrt war.

DER HEIMKEHRER

Als der Heimkehrer dem Waffenhändler auf der Ostseite der Insel einen zweiten Besuch abstattete, kam er mit dem Auto und allein. Er parkte fünfzig Meter vor Walls Haus und wartete ein paar Minuten. Hielt Ausschau. Aber er konnte niemand anderen entdecken.

Die Sonne hing strahlend hinter dem Wagen am Himmel und ließ die Strandwiesen in einem hellen Grün leuchten. Dahinter glitzerte das Wasser in einem tiefen Blau. Idyllisch, trotzdem hatte der Heimkehrer das Gefühl, dass irgendetwas nicht stimmte. Er öffnete die Wagentür. Das nervöse Gegacker der Gänse am Wasser drang zu ihm herüber. Sonst war es ganz still.

Er stieg aus und blickte über die Ostsee, Richtung Gotland und das Baltikum am Ende des Horizonts. Dann ging er zu dem hellroten Sommerhaus.

»Hallo?«, rief er.

Aber an diesem Abend öffnete niemand die Tür.

Als er näher kam, sah er, dass sie nur angelehnt war. Vorsichtig schob er sie Zentimeter um Zentimeter auf.

»Hallo? Wall?«

Die Gänse gackerten erneut, sonst antwortete niemand.

Nein, da stimmte etwas nicht. Der Heimkehrer bewegte sich so leise wie möglich. Er sah sich im Erdgeschoss um, doch erkannte gleich, dass Wall nicht zu Hause war. Aber warum stand dann die Tür offen? Das passte überhaupt nicht zu Walls vorsichtigem Verhalten, das er bei ihrer ersten Begegnung an den Tag gelegt hatte.

Auch das Ruderboot, das auf dem Wasser trieb, passte nicht ins Bild. Der Heimkehrer entdeckte es, als er wieder aus dem Haus kam. Es sah aus, als würde jemand in dem Boot sitzen.

Er ging näher ans Wasser heran. Das Ruderboot hatte das letzte Mal auf der Grasfläche hinter dem Haus gelegen, und jetzt trieb es ohne Vertäuung im Wasser. Aber es war kein Mensch, der da im Boot kauerte, sondern große Vögel. Große braune Vögel hatten sich auf die Reling gesetzt und das Boot durch ihr Gewicht zum Schaukeln gebracht. Das waren keine Gänse, sondern Raubvögel. Und über ihnen kreisten Raben.

Der Heimkehrer stellte sich an die Uferkante. Die Raubvögel zuckten nervös mit den Flügeln, flogen aber nicht davon. Es waren Seeadler, riesengroß, mit kräftigen gebogenen Schnäbeln, die im Boot nach etwas hackten, das auf dem Boden lag. Als die Raben sich näher heranwagten, hoben die Adler die Köpfe, um kurz darauf ihre Tätigkeit wieder aufzunehmen und weiterzuhacken.

Sie fraßen etwas, Fleisch, vermutete der Heimkehrer.

Einer der Adler hatte etwas Weißes zu fassen bekommen und zog daran, und plötzlich erkannte der Heimkehrer, dass es eine Hand war. Eine leblose menschliche Hand. Der Vogel öffnete den Schnabel, und die Hand fiel zurück ins Boot.

Wie versteinert stand der Heimkehrer am Strand, erst nach einer Weile setzte er sich in Bewegung. Er sprang ins Wasser, schrie und jagte die Vögel davon. Jetzt hatte er das Boot erreicht und konnte seine Fracht sehen.

Wall lag ausgestreckt auf dem Rücken, eine Flasche Schnaps neben sich, fast leer.

Der Heimkehrer konnte den Waffenhändler nur noch an seiner Kleidung wiedererkennen. Denn er war bis zur Unkenntlichkeit entstellt. Die Schnäbel der Adler hatten ihn zerhackt, von Walls Gesicht war nichts mehr übrig.

Der Heimkehrer ließ die Reling los und wich zurück. Er hatte schon viele tote Körper gesehen und war es gewohnt, dem Tod zu begegnen. Doch dieser Anblick ließ ihn schaudern. Er watete an den Strand zurück. Dort stand er für einige Sekunden mit nassen Schuhen und starrte das Boot an.

Als er seine Fassung wiedererlangt hatte, wandte er sich um und ging ins Haus, um das zu holen, wofür er gekommen war.

Im Haus des Waffenhändlers war ein Schatz versteckt. Die Polizei hatte es auf den Kopf gestellt und nichts gefunden, damit hatte sich Wall doch gebrüstet.

Der Heimkehrer begann zu suchen und hatte mehr Glück als die Staatsbeamten. Er kannte sich aus mit Waffen, konnte ihr Gewicht schätzen und sie praktisch riechen. Methodisch durchsuchte er das Haus, zuerst die Möbel in jedem Raum, und als er eine rechteckige Aussteuertruhe im ersten Stock anhob, öffnete und sah, dass sie nur alte Decken enthielt, machte ihn das Gewicht misstrauisch.

Sie war viel zu schwer.

Die Gewehre waren nicht in die Decken eingewickelt, sondern unter einem doppelten Boden versteckt. Das eine war eine alte Husqvarna mit langem Lauf und dazugehörigen Patronen von Gyttorp, fünf Packungen. Die Munition schien tadellos in Ordnung zu sein, aber das Gewehr sah mitgenommen aus.

Die andere Waffe war eine moderne Beretta. Sehr schön. Der Heimkehrer hielt sie vor dem Fenster ins Licht und musterte sie eingehend. Er schätzte Präzisionswaffen mit zuverlässiger Munition, die das Opfer schnell tötete, wenn der Schütze seinen Job ordentlich machte.

Er nahm die Waffe und ging die Treppe hinunter.

Eigentlich sollte er so schnell wie möglich aus dem Haus verschwinden, aber in der Küche fiel sein Blick auf einen Schlüsselbund. Es war der Schlüssel für das Vorhängeschloss am Bootshaus.

Die meisten Bootshäuser auf Öland waren lediglich mit einer Schnur verschlossen, Walls Bootshaus aber war mit einem stählernen Querriegel und einem soliden Vorhängeschloss versehen. Ob die Polizei sich hier auch umgesehen hatte?

Der Heimkehrer fand den richtigen Schlüssel und schob die

Tür auf. Ein muffiger Geruch von vergammeltem Tang schlug ihm entgegen. Er sah auch sofort, woher der stammte: Das Bootshaus war voll mit Netzen, die von Stangen unter dem Dach herunterhingen.

In einer Ecke des Raumes stand eine Glasflasche. Er hob sie hoch und las auf dem Etikett *Chloroform*. Er stellte sie an den Ausgang und setzte seine Suche fort.

Unter einem großen Haufen Netze, die entsetzlich stanken, lagen Holzkisten mit gelben Etiketten. Er trug sie nach draußen ins Licht. Die Kisten waren sorgfältig zugenagelt. Mit einem Fischermesser gelang es dem Heimkehrer, eine aufzuhebeln. Der Inhalt entsprach seinen Erwartungen. Vorsichtig setzte er den Deckel wieder auf die Kiste, wickelte sie in ein Tuch und trug sie zum Auto.

Dann warf er einen letzten Blick hinüber zu Walls letzter Ruhestätte und den großen Vögeln, die wieder auf der Reling Platz genommen hatten, um ihr Mahl fortzusetzen. Die Raben warteten wie zuvor darauf, bis sie an der Reihe waren.

Bald schon würden die Vögel den Körper von Einar Wall vollständig zerstückelt haben. Der Heimkehrer konnte nichts mehr für ihn tun, außer der Polizei einen Tipp zu geben. Anonym natürlich, von einer Telefonzelle aus.

Er setzte sich ins Auto und fuhr los.

DAS NEUE LAND, NOVEMBER 1933

Aron hat die Orientierung verloren. Der Winter im Neuen Land ist zurückgekehrt, alles ist weiß. Weit, leer und weiß. Die Berge in der Ferne, der Wald, der sie umgibt, und die Felder. Und mittendrin liegt der breite Kanal, der sich wie eine dunkelbraune Wunde durch die Landschaft zieht.

Ihr Zuhause ist eine klapprige Baracke, in der sich jeden Abend müde Waldarbeiter aus mindestens dreißig verschiedenen Ländern versammeln. Alle Auswanderer bekommen trockenes Brot und dünne Fleischsuppe. Sie drängen sich dicht um den Eisenofen und fallen dann erschöpft auf ihre Pritschen, auf denen sie oft zu mehreren wie die Sardinen liegen müssen.

In der Baracke stinkt es wie in einem alten Stall. Die Arbeiter haben sich nicht mehr gewaschen, seit das Wasser gefroren ist, und das ist mehrere Wochen her.

Aron hört den Wind draußen heulen und muss an Öland denken, an den Strand und an die Steine, auf denen er im Sommer stand, an die Tage, als er mit seinem Großvater Vögel jagen war, an die Abende, wenn seine Mutter ihm und seiner Schwester Greta Geschichten erzählt hat – aber das sind alles dunkle, verschwommene Kindheitserinnerungen.

Er ist jetzt fünfzehn. Die alte Sprache hat sich mit der neuen vermischt, fremde Wörter haben sich in seinen Kopf geschlichen und ersetzen allmählich die alten, sie kommen immer selbstverständlicher aus seinem Mund.

Und er ist nicht nur älter geworden, er hat sich auch verändert. Es gibt keinen Spiegel in der Baracke, aber er kann spüren, dass ihm ein dünner Flaum auf Kinn und Wangen wächst, erste Bartstoppel, die immer dichter und dicker werden.

Jeden Morgen wacht er in eisiger Kälte auf und ist überrascht, dass er sich noch bewegen kann. Wenn der Ofen in der Nacht ausgegangen ist, muss er ihn wieder anfeuern – sofern es Brennholz gibt. Er stopft ein paar Stöcke in den Ofen und zündet sie an. Dann hört er, wie Sven und die anderen Männer langsam wach werden und sich in ihren Betten hustend und grunzend bewegen.

Eines Morgens entdecken sie, dass ein Mann zwei Pritschen weiter – Aron nimmt an, dass er Deutscher ist – nicht aufgewacht ist. Ein Kamerad schüttelt ihn, zieht seine Hand aber schnell zurück. Der Deutsche ist ganz steifgefroren.

»Herzinfarkt«, sagt Sven leise.

Aron betrachtet den Toten und muss an Gilbert Kloss denken, der an einem sonnigen Sommertag einfach vornübergekippt und beinahe in das offene Grab gerollt ist. Sein Herz hatte auch einfach aufgehört zu schlagen, allerdings vor Angst.

Der Deutsche wird rausgetragen und weit entfernt außer Sichtweite unter einem Holzkreuz begraben. Niemand will mehr an ihn denken. Er ist tot.

Aber Aron wird überleben. Trotz der harten Arbeit, trotz der Kälte.

Ob der Ofen heizt oder nicht, richtig warm wird es nie in der Baracke. Die durchgefrorenen Gliedmaßen und Gelenke kämpfen darum, warm und geschmeidig zu bleiben. Von der Decke starren die Eiszapfen, und der Frost klettert die Wände hinunter. An einer der Baracken hängt ein Thermometer, und das zeigt nicht nur einmal minus fünfundzwanzig Grad an.

Aber sie müssen trotzdem hinaus. Sie müssen neues Land erobern. Mühsam pflügen sie sich durch den Schnee zwischen den Bäumen. Sie schaufeln, fällen Bäume und hacken in den gefrorenen Boden, alles, damit der Kanal weiterwächst.

Die langen, weißen Tage im Unterholz werden zur Routine.

Sven arbeitet so hart wie alle anderen. Aber er hat aufgehört zu reden, wenn sie draußen in der Kälte sind. Zwischendurch holt er seine Tabakdose aus der Tasche, um zum tausendsten Mal festzustellen, dass sie schon lange leer ist. Dann murmelt er etwas mit gesenktem Kopf und arbeitet weiter.

Manchmal erwacht er zum Leben, abends in der Baracke, aber gut ist das auch nicht. Dann stiert er mit wildem Blick um sich und hebt die Hand gegen Aron in der Dunkelheit, bereit, jederzeit zuzuschlagen, wenn der die falschen Fragen stellt – aber Aron ist beinahe so groß wie er und erwidert Svens Blicke. Er ist kein kleiner Junge mehr und außerdem viel zu müde, um Angst vor Sven zu haben, also baut er sich breitbeinig vor ihm auf und verteidigt sich.

Wenn er geschlagen wird, schlägt er zurück. Es tut gut, sich verteidigen zu können.

JONAS

»Wie geht es dir auf Öland?«

Jonas drückte den Hörer fest aufs Ohr, wusste aber nicht, was er seiner Mutter antworten sollte. Er hatte so vieles zu erzählen, vom Geisterschiff und von der Verfolgung von Peter Mayer, aber er traute sich nicht. Er wusste nicht, wer von den anderen ihm zuhörte. Onkel Kent hatte gesagt, dass sie mit niemandem über die Ereignisse reden sollten, und er konnte jederzeit um die Ecke kommen. Außerdem gehörte ihm das Telefon, das auf einem Tisch am Fenster stand.

»Es ist ganz gut hier«, antwortete Jonas deshalb einsilbig.

»Und Papa ist nett zu dir?«

»Ja, er ist nett.«

»Hast du Heimweh?«

»Ein bisschen.«

»Ich vermisse dich und Mats auch.«

Peter Mayer war tot. Jonas hatte es schließlich begriffen. Aber Onkel Kent war beim Frühstück wie immer gewesen, hatte mit Mats und den Cousins seine Späßchen gemacht und gelacht.

Jonas' Vater war stiller gewesen, aber er war immer stiller als Kent.

»Es sind ja nur noch vier Wochen«, sagte seine Mutter, »dann kommt ihr wieder nach Hause.«

Jonas versuchte, nicht an Huskvarna und sein Zuhause zu denken. *Vier Wochen.* Ein ganzer Monat.

Die Telefonverbindung war schlecht, und die Stimme seiner

Mutter klang blechern, deshalb fragte Jonas: »Bist du zu Hause, Mama?«

»Nein, ich bin in Spanien, in Malaga. Ich habe euch doch erzählt, dass ich nach Mittsommer nach Spanien fliegen würde, erinnerst du dich nicht daran?«

Jonas konnte sich nicht daran erinnern. Aber so wusste er immerhin, dass er auf keinen Fall nach Hause fahren konnte, auch wenn er es wollte. Da war keiner, er war in der Villa Kloss gefangen.

»Wann kommst du denn wieder zurück?«, fragte er.

»In einer Woche. Ich will hier noch ein bisschen herumfahren.«

Jonas hörte ihre Antwort zwar, registrierte sie aber kaum – er hatte soeben aus dem Fenster gesehen und eine Bewegung oben am Steingrab bemerkt.

Dort stand ein Mann, der grauhaarige Mann. Er stand bei dem Steinhügelgrab und hatte die Hände daraufgelegt. Jonas kniff die Augen zusammen, aber die Reflexion der Sonne auf der Wasseroberfläche ließ die Konturen des Mannes verschwimmen.

»Hallo, Jonas? Bist du noch dran?«

»Ja … ich bin noch dran.«

Er blinzelte. Und beobachtete, wie der Mann vom Plateau hinabstieg. Es sah fast so aus, als würde er im Boden hinter dem Steingrab versinken.

»Weißt du, was ich heute gekauft habe, Jonas?«

»Was denn?«

»Ein Geschenk für dich, aus Spanien. Aber ich verrate nicht, was es ist …«

Seine Mutter redete einfach weiter, bis sie plötzlich sagte, dass das Gespräch zu teuer werde. Aber dass sie bald wieder anrufen werde. Und dass sie ihn liebe.

Jonas überlegte, ob sie allein nach Spanien geflogen war, wollte sie aber nicht fragen.

»Also, bis bald dann.«

»Okay.«

Langsam legte Jonas den Hörer zurück. Das Plateau am Steingrab war wieder menschenleer.

Er wollte an nichts denken. Nicht an seine Mutter in Spanien, nicht an den Abend in Marnäs und nicht an den Grabgeist.

Er würde einfach nur seine Arbeit erledigen.

Eine Viertelstunde später war er wieder auf der Holzterrasse zugange, schon ganz erhitzt und schweißnass. Vom Badesteg drangen lautes Planschen und fröhliches Geschrei herauf, während er auf Knien arbeitete, um die Holzdielen glatt und hell zu schleifen. Manchmal war es ganz einfach, manchmal vollkommen aussichtslos. Die eine Ecke der Terrasse war im Laufe der Jahre verschimmelt und dadurch ganz dunkelgrau geworden, sodass die helle Farbe des Holzes nicht mehr durchdringen konnte, wie ausgiebig er auch schliff.

Er gönnte sich eine Pause und sah dabei hoch zur Landborg. Doch der Mann am Steingrab zeigte sich nicht mehr. Aber draußen auf dem Sund sah Jonas ein Boot, das auf und ab fuhr. Es war Onkel Kents Motorboot, das hinter den Netzen in der Sonne kreuzte.

Urban, Mats und Casper waren zum Tauchen vom Achterdeck gesprungen. Jonas sah sie wie dunkle Schatten auf der glitzernden Wasseroberfläche. Aber der größte Schatten, Kent selbst, stand an der Reling und rollte eine Zugleine auf, einer der Jungs war wohl gerade Wasserski gefahren.

Kent hatte auch Jonas am Morgen gefragt, ob er nicht mitfahren wolle, aber Jonas hatte dankend abgelehnt.

Er wollte lieber weiterschleifen und an nichts denken. Sich nicht erinnern. Als er für einen kurzen Moment die Augen schloss, sah er den verängstigten Blick von Peter Mayer, als Onkel Kent ihn gerufen hatte und bevor er in die Dunkelheit geflohen war. In den Wald und auf die Landstraße.

Jonas wischte sich den Schweiß von der Stirn. Dann wedelte er sich eine Fliege vom Ohr.

Der Sund funkelte.

Das Motorboot brummte.

Nach weiteren zwanzig geschliffenen Dielen war es höchste Zeit, schwimmen zu gehen. Er benötigte dringend eine Abkühlung.

Der Swimmingpool am Haus glitzerte verlockend, aber Jonas griff sich seine Badehose und ging hinunter zum Strand. Er machte einen Umweg am Steingrab vorbei und überprüfte aus dem Augenwinkel die Steine, doch es lagen alle an Ort und Stelle. Niemand war zu sehen, niemand war zu hören. Der Grabgeist war verschwunden.

Jonas lief die Steintreppe hinab, stieg über die Felsenrinne und ging weiter hinunter zum Strand. Das Sonnenlicht war unten am Wasser so gleißend hell, dass man fast blind davon werden konnte. Jonas hielt den Kopf gesenkt, damit die Schirmmütze sein Gesicht schützte.

»Hallo, Jonas!«

Tante Veronica lag im Wasser, paddelte mit den Füßen und winkte ihm zu. Veronica war eine gute Schwimmerin, sie konnte mit langen und kräftigen Schwimmzügen die Küste entlangschwimmen.

»Hallo«, rief er zurück.

»Wie war es auf dem Markt gestern Abend?«

»Gut«, sagte er.

»War es voll?«

»Ja ... ziemlich voll.«

Jonas wollte nicht an den Markt von Marnäs denken oder an die Verfolgungsjagd im Dunkeln und an das Geräusch von kreischenden, quietschenden Autoreifen. Er zog sich die Schuhe aus, kletterte auf die Steine – und schrie fast laut auf vor Schmerz, weil die Steine glühend heiß waren.

»Zieh dir die Badeschuhe an, Jonas!«, rief Veronica.

Jonas erwiderte nichts, sondern biss die Zähne zusammen und zwang seine Füße, sich an die Hitze zu gewöhnen. Er wartete ab, bis Veronica weiterschwamm, dann zog er sich um und stieg auf einen Felsen. Die Luft war heiß und windstill, nur ab und zu kam eine schwache Brise vom Wasser. Dabei war es auf Öland oft windig. Manchmal war der Wind so heiß wie in der Wüste, manchmal eiskalt. Und das Meer war ständig in Bewegung. Jetzt tanzten zahllose kleine Schaumkronen vom Schlag der Wellen darauf.

Kents Motorboot verursachte diese Wellen. Keiner der Jungs fuhr Wasserski, aber Jonas sah Mats und die Cousins in Badehosen auf dem Achterdeck sitzen. Und Kent stand mit geradem Rücken hinter dem Steuer.

Eben drehte er sich um und sagte etwas zu den Jungs, woraufhin die drei lachten.

Dann entdeckte er Jonas an Land und winkte ihm zu.

»Hallo, J-K!«

Er lachte, als wäre nichts geschehen.

»Fahr doch mit den Jungs raus, Jonas«, rief Veronica, die wieder herangeschwommen kam. »Das ist bestimmt lustig!?«

Jonas schaute zu den Schattengestalten an Bord hinüber. Kent, der Peter Mayer bis zur Landstraße gejagt hatte, und Mats und die anderen, die ihn ausgrenzten und ihm nie erzählten, was sie unternahmen.

Er schüttelte den Kopf.

»Ich bleibe lieber hier.«

GERLOF

»Ich habe von dem Todesfall gehört«, sagte Gerlof.

»Welcher Todesfall?«, fragte Tilda.

»Na, der Autounfall mit dem jungen Mann.«

Da Tilda schwieg, hakte Gerlof nach: »Oder gibt es noch einen anderen Todesfall?«

»Kennst du Einar Wall?« Tildas Antwort war eine Gegenfrage.

»Ich weiß, wer er ist«, sagte Gerlof. »Ein alter Fischer. Er wohnt auf der Ostseite der Insel, so wie du, aber nördlich von Marnäs.«

»Erzähl mir etwas von ihm.«

»Also, viel mehr weiß ich auch nicht. Einar Wall ist pensioniert. Er ist Fischer und Jäger und hat sich noch anderen, weitaus weniger respektablen Tätigkeiten gewidmet. Zumindest erzählen sich das die Leute hinter vorgehaltener Hand.«

»Hat er krumme Sachen gemacht, oder was?«

»Ich würde mal sagen, die Fische, die er verkauft hat, waren beliebter als er. Aber ich habe mit ihm nie Geschäfte gemacht. Er ist jünger als ich, zwischen sechzig und siebzig.«

»Er *war* jünger«, korrigierte Tilda.

»Ist er tot?«

»Wir haben Freitagabend einen anonymen Anruf erhalten, dass er tot vor seinem Sommerhaus liegen würde. Und das tat er auch. Wir gehen davon aus, dass er am selben Tag oder in der Nacht zuvor gestorben ist.«

»Und wie ist es passiert?«

»Das kann ich dir nicht sagen.«

Gerlof wusste, dass er nicht weiterbohren sollte, daher fragte er unschuldig: »Und der Autounfall?«

»Sein Neffe, der Sohn seiner Schwester«, antwortete Tilda. »Er wurde auf der Landstraße überfahren ... Peter Mayer.«

Gerlof zuckte zusammen. »Wer? Wie hieß der Tote auf der Landstraße?«

»Peter Mayer. Er war vierundzwanzig Jahre alt und hat sich vor ein Auto geworfen, am Abend bevor Einar Wall starb. Und die beiden waren miteinander verwandt und haben sich offenbar ziemlich nahegestanden. Wir ermitteln gerade, ob es da einen Zusammenhang gibt und der eine Todesfall den anderen bedingt hat ... Daher wollte ich gerne hören, was du über Einar Wall weißt.«

»Wir reden später weiter«, unterbrach Gerlof sie. »Ich muss los, John holt mich gleich ab.«

»Wollt ihr verreisen?«

»Nicht weit, wir sind nur zum Kaffeetrinken verabredet.«

»Und mit wem?«

»Mit der Tochter eines Totengräbers.«

Auf Öland hatten nicht alle Landwirte so große Höfe besessen wie die Familie Kloss. Sonja, die Tochter des Totengräbers Roland Bengtsson, hatte einen Bauern geheiratet, der nur ein halbes Dutzend Milchkühe, einige Kartoffeläcker und einen Heuschober mit einer kleinen Hühnerschar besaß. Als er sich zur Ruhe setzte, verkauften sie den Hof und zogen nach Utvalla in ein kleines Backsteinhaus an der Ostseite der Insel mit Blick auf ein paar Vogelhäuschen. Dahinter erstreckte sich nur die Ostsee, die wie ein dunkelblauer Bühnenboden bis zum Horizont reichte. Oder bis zum Baltikum und nach Russland.

Aber Gerlof sah nicht hinaus aufs Meer, als er langsam aus Johns Auto stieg. Er blickte nach Norden. Von hier aus war es nicht weit bis zu Einar Walls Haus, es lag nur wenige Kilometer entfernt, allerdings verborgen hinter Landzungen und kleineren Buchten.

Gerlof hatte die Tochter von Bengtsson angerufen und John und sich zum Kaffee eingeladen. So etwas konnte man auf Öland machen, wenn man sich kannte. Und das taten Sonja und er, zumindest ein bisschen.

Die Bengtssons hatten Reisetaschen im Flur stehen, sie wollten am nächsten Tag nach Mallorca fliegen, freuten sich aber dennoch über den Besuch und baten die Gäste an den Kaffeetisch.

Gerlofs erste Frage galt dem verstorbenen Nachbarn.

»Nein, wir haben an dem Tag nichts Auffälliges gehört«, antwortete Sonja. »Wir haben auch nichts gesehen, immerhin ist ja auch der Tannenwald dazwischen.«

»Wall war auch kein ganz einfacher Typ«, warf ihr Mann ein. »Er hat Fische und auch Fleisch verkauft, aber wohl auch andere Sachen. Wenn man bei ihm vorbeifuhr, sah man oft fremde Autos vor der Tür stehen.«

»Und er hat getrunken.« Sonja nickte. »Das hat ihn am Ende auch umgebracht. Sein Herz hat das einfach nicht mehr mitgemacht.«

»Er hat also einen Herzinfarkt bekommen?«

»So haben wir es gehört. Dass er in seinem Boot saß und gesoffen hat und in der Hitze einfach umgekippt ist.«

»Ach«, sagte Gerlof. »So kann es natürlich gewesen sein.«

Es wurde still am Kaffeetisch. Bis John das Thema wechselte und sie eine Weile über dies und das plauderten. Aber eigentlich war Gerlof gekommen, um über Sonjas Vater zu sprechen.

»Sonja, weißt du eigentlich«, fing er an, »dass ich mit deinem Vater zusammen auf dem Friedhof gearbeitet habe, als ich jung war? Nur kurze Zeit, aber er ist immer sehr nett zu mir gewesen.«

»Ach, wirklich, in welchem Jahr war das denn?«

»1930«, sagte Gerlof. »Zur selben Zeit gab es da noch einen anderen Jungen, um den sich Roland zu kümmern schien. Ich glaube, er hieß Aron, Aron Fredh.«

Sonja und ihr Mann warfen einander einen kurzen Blick zu. Sie kannten den Namen beide. »Aron und Papa waren miteinander verwandt«, erklärte Sonja schließlich. »Papa hat sich ab und zu um ihn gekümmert.«

»Dann warst du also auch mit Aron verwandt?«

»Ja, über Ecken. Nicht Papa war mit der Familie von Aron verwandt, sondern meine Mutter war die Cousine von Arons Mutter, Astrid.«

Astrid Fredh. Gerlof notierte sich den Namen.

»Aber von ihnen lebt niemand mehr, nehme ich an?«

»Nein, sie sind alle gestorben. Astrid starb in den Siebzigern, da hatte sie Rödtorp bereits verlassen. Aron hatte noch eine kleine Schwester, Greta, aber sie starb nach einem Sturz letztes Jahr im Altersheim von Marnäs.«

»Und in welcher Abteilung?«

»›Der Drechsler‹ hieß die, glaube ich.«

Gerlof nickte. Er erinnerte sich nur flüchtig an den Todesfall, allerdings wohnte er auch nicht in der »Drechsler-Abteilung«, und leider waren Stürze bei älteren Menschen auch keineswegs ungewöhnlich. Man musste zunehmend vorsichtiger sein bei rutschigen Teppichen und glatten Fußböden.

»Wo lebte Aron eigentlich mit seiner Familie?«, fragte er. »War das hier bei euch in der Nähe?«

»Nein«, antwortete Sonja. »Sie wohnten im Westen, wie ich vorhin sagte, in Rödtorp neben dem Grundstück der Familie Kloss. Astrid und Greta sind bis Ende der Dreißigerjahre in dem Häuschen geblieben. Aron war ja mit seinem Stiefvater Sven in die USA ausgewandert.«

Gerlof stutzte. Nicht wegen der Auswanderung, sondern wegen des Verwandtschaftsgrades.

»Stiefvater?«, wiederholte er. »Dann war dieser Sven gar nicht sein leiblicher Vater?«

Sonja warf ihrem Mann erneut einen Blick zu.

»Sven kam Anfang der Zwanzigerjahre als Knecht nach Öland. Da waren Aron und Greta schon auf der Welt.«

Gerlof registrierte, dass sie ihm nicht den Namen des leiblichen Vaters nannte.

Für einen Moment herrschte bedrücktes Schweigen.

»Weißt du, wohin es Sven und Aron verschlagen hat, als sie in Amerika ankamen?«

»Oh nein, keine Ahnung. Das ist fast siebzig Jahre her.«

»Sie haben nie geschrieben?«

»Keine Briefe«, sagte Sonja. Dann erhob sie sich. »Aber es kann sein, dass ich noch eine Postkarte in Papas Sammlung habe … Warte mal.«

Sie verschwand und kam kurz darauf mit einem dunkelgrünen Buch zurück, das sie Gerlof reichte. Es war alt und an den

Ecken abgenutzt. Auf der Vorderseite stand in goldenen Lettern POSTKARTENALBUM.

»Papa hat das Album von seinem Vater geerbt«, erklärte Sonja. »Sie haben beide Postkarten gesammelt, aber bekamen nicht so viele geschickt. Wir haben Papa immer welche aus dem Urlaub geschrieben, die weiter hinten, aus Mallorca, die sind von uns.«

Gerlof blätterte das Album vorsichtig von hinten nach vorn durch. Er mochte Postkarten, als Kapitän hatte er auch seinen Töchtern häufig welche aus den verschiedenen schwedischen Häfen geschickt.

Die spanischen Postkarten ganz hinten zeigten in leuchtenden kräftigen Farben ein knallblaues Meer und eine knallgelbe Sonne. Je weiter er vorblätterte, desto älter, blasser und weniger exotisch wurden die Postkarten. Sie zeigten Ansichten von der »Gefle Esplanade« oder vom »Halmstad Grand Hotel«.

Aber eine von ihnen stach heraus, und Gerlof hielt inne und las den Text auf der Vorderseite: »Svenska Amerika Linjens fartyg *S/S Kastelholm* – Carte Postale«. Darunter war das Foto eines jener großen stattlichen Dampfer zu sehen, die seinen Frachter früher ab und zu auf der Ostsee passiert hatten.

»Die hier vielleicht?«, fragte er Sonja und zog die Postkarte vorsichtig aus dem Album. Auf der Rückseite stand ein kurzer Gruß, mit Bleistift in einer krakeligen Handschrift geschrieben.

Vielen Dank für alles, Onkel Roland. Wir sind im Hafen angekommen und gehen bald an Bord. Auf der Karte kannst du das Schiff sehen, das uns von Schweden nach Amerika bringen wird, aber wir kommen zurück.
Kümmere dich bitte um Mutter und Schwesterchen Greta. Auf Wiedersehen.
Grüße, Aron

Diese Karte war unzweifelhaft von einem Auswanderer verfasst und wahrscheinlich im Hafen von Göteborg abgeschickt worden, aber sie gab eigentlich nur Aufschluss darüber, dass Aron fehlerlos schreiben konnte. Den Datumsstempel konnte Gerlof nicht mehr entziffern, aber er meinte, die Zahl 1931 erkennen zu können. Er ließ die Karte sinken.

»Aron schreibt, dass sie zurückkommen werden.«

»Ja«, sagte Sonja, »aber das sind sie nie. Und wir haben auch nie wieder etwas von ihnen gehört. Ich bin ab und zu bei Greta Fredh vorbeigefahren und habe mich erkundigt, ob sie Post von ihrem Vater oder Bruder erhalten hätte, aber das hatte sie nicht. Sie hörten gar nichts von ihnen.«

Wenn sie nicht gelogen hat, dachte Gerlof. Laut aber sagte er: »Man hat ja immer nur die Geschichten von den Auswanderern zu hören bekommen, die erfolgreich waren und dicke Bündel Geld nach Hause geschickt haben. Alle, die in den Armenquartieren endeten, sind einfach von der Bildfläche verschwunden.«

Sonja nickte und sah bedrückt aus. »Man kann nur hoffen, dass es ihnen in den USA besser erging als hier, denn das Haus, in dem sie hier lebten, war in einem fürchterlichen Zustand, nur eine graue ärmliche Hütte ... Und Sven hatte nie Geld. Er war Halbinvalide und hatte einen verkrüppelten Fuß.«

»Und wie hat er die Familie ernährt?«

»Er hat wahrscheinlich alle möglichen Arbeiten angenommen, was Leute eben so tun mussten, wenn sie keinen eigenen Hof zu bewirtschaften hatten. Er war Müllergehilfe und arbeitete in den verschiedenen Mühlen hier in der Gegend.«

John sah diskret auf die Uhr. Er musste zurück zum Campingplatz und seine obligatorische Runde über die Anlage machen. Gerlof stellte seine Tasse ab.

»Vielen Dank, es war schön, mit euch zu plaudern. Dürfte ich mir diese Postkarten für ein paar Tage ausleihen?«

»Du kannst sie zwei Wochen lang ausleihen«, entgegnete Sonja lächelnd. »So lange sind wir auf Mallorca.«

Am liebsten hätte Gerlof noch eine letzte Frage gestellt, die sich allerdings nicht auf Aron bezog, sondern auf die Klopfgeräusche aus einem Sarg vor beinahe siebzig Jahren. Genau genommen wusste Gerlof aber nicht, was er eigentlich fragen wollte. Denn es war ja nicht Sonja, sondern ihr Vater gewesen, mit dem er auf dem Sarg gestanden und das Klopfen gehört hatte. Und Bengtsson lag schon seit Jahren selbst auf dem Friedhof.

»Dann packt ihr mal weiter«, sagte er deshalb nur. »Und wir fahren nach Hause.«

JONAS

Kristoffer hatte ihn gefragt, ob er Lust hätte, zum Spielen zu kommen, also hatte sich Jonas auf sein Fahrrad geschwungen und war zu den Davidssons gefahren. Als er durch das Gartentor ging, sah er Gerlof an seinem angestammten Platz sitzen, mit seinem Strohhut auf dem Kopf. So wie immer.

Der Garten war zwar klein, aber Jonas war trotzdem lieber hier als in der Villa Kloss. Bei den Davidssons fühlte er sich wohl.

Aber an diesem Tag klang Gerlofs Stimme etwas härter als sonst, ein bisschen so wie die eines Kapitäns, als er ihn begrüßte: »Guten Tag, Jonas. Komm doch mal eben zu mir.«

Zögernd ging Jonas auf ihn zu, Gerlof beugte sich vor, stützte sich auf seinen Stock und sah ihn scharf an.

»Peter Mayer«, sagte er langsam. »Du erinnerst dich doch noch an den Namen?«

Jonas' Herz schlug laut. Dann nickte er und versuchte, dem durchdringenden Blick standzuhalten.

»Jonas, hast du diesen Namen jemandem gegenüber erwähnt?«

Jonas schwieg. Was sollte er antworten? Am liebsten würde er Gerlof alles erzählen, und zwar die ganze Geschichte von dem Abend in Marnäs und Onkel Kent, der Peter Mayer übers Feld gejagt hatte, und von den Schreien und den kreischenden Autoreifen.

Aber was würde dann passieren? Jonas wollte sich nicht vorstellen, was geschehen würde, wenn er Onkel Kent verpetzte. Daher schüttelte er den Kopf.

»Nein. Niemandem.«

»Weißt du, warum ich dich nach Peter Mayer frage?«

»Nee«, sagte Jonas schnell. Vielleicht ein bisschen zu schnell.

Gerlof wedelte eine Fliege weg, wandte den Blick aber nicht von ihm ab. »Du wirkst ein wenig nervös, Jonas. Ist alles in Ordnung?«

»Nein, nicht alles.«

»Was gibt es denn?«

Jonas holte tief Luft. Er war gezwungen, *irgendetwas* von seinen Ängsten preiszugeben, um Gerlof abzulenken. Er entschied sich: »Es spukt hinten am Steingrab auf der Landborg.«

»Ach, wirklich?«, fragte Gerlof, klang aber überhaupt nicht beunruhigt.

Jonas nickte. »Ich habe den Geist gesehen. Er kam aus den Steinen.«

»Tat er das?« Gerlof lächelte ihn an. »Ich habe einmal gehört, dass da unten ein Drache lebt. Zwölf Meter lang von der Schnauze bis zum Schwanz.«

Jonas erwiderte das Lächeln nicht. Er war zu alt für Märchen und wusste, dass es keine Drachen gab. Vor anderen Dingen konnte man Angst haben, aber nicht vor Drachen.

Auch Gerlofs Lächeln erlosch wieder, er stieß den Stock in den Boden und erhob sich. »Komm mal mit, Jonas. Wir gehen eine kleine Runde spazieren.«

Langsam, aber entschlossen wanderte er über den Rasen, und Jonas folgte ihm.

Gerlofs Ziel war das andere Ende des Grundstücks, denn

dort führte ein kleiner Pfad durch das Gestrüpp und die Wildgräser. Nach etwa dreißig Metern blieb Gerlof stehen.

»Sieh mal dort drüben, Jonas.«

Jonas wandte den Kopf und entdeckte einen viereckigen Turm aus verblichenem Holz, der sich in einer kleinen Lichtung aus dem Dickicht erhob. Er wusste, was das war – eine Windmühle. Hinter dem Restaurant stand auch so eine, eine rote Windmühle, die aber fast neu aussah. Diese hier war baufällig, mit unbemalten Wänden und zersplitterten Flügeln.

»Meinen Sie die Windmühle?«

»Nein. Dort drüben.«

Gerlof hatte den Stock gehoben und zeigte damit auf eine kleine Fläche neben der Windmühle. Jonas sah jetzt genauer hin und erkannte einen kleinen Haufen aus runden Steinen, die verborgen im hohen Gras lagen.

»Siehst du diese Steine? Diese Steine sind die eigentliche Röse … das echte Steingrab, das für einen verstorbenen Häuptling der Bronzezeit errichtet wurde.«

»Stimmt das wirklich?«

»Ja. Deine Vorfahren, Edvard, Sigfrid und Gilbert Kloss, haben in den Zwanzigerjahren das Steingrab geöffnet. Sie haben geglaubt, unter den Steinen einen alten Goldschatz zu finden. Ich weiß nicht, ob sie etwas gefunden haben, aber beim Graben kam ihnen die Idee, dass sich das Steingrab viel besser oben auf der Landborg machen würde – direkt neben ihrem Anwesen. Es sollte auf der Klippe liegen … ein bisschen Nationalromantik eben.«

»Was ist das?«, fragte Jonas.

»Früher waren einige Leute Nationalromantiker. Man pflegte mit Begeisterung die Erinnerung an die Relikte der Vergangenheit. Also haben die Brüder mehrere Ochsenkarren mit den Steinen beladen und so die Hälfte der Röse unten ans Wasser verfrachtet.«

Jonas hörte aufmerksam zu.

»Die Röse unten neben euren Häusern ist also genau genommen gar kein Grab«, fuhr Gerlof fort. »Hast du gesehen, dass sich darunter ein alter Bunker befindet?«

»Ich habe die Metalltür gesehen«, sagte Jonas. »Die ist unten in der Felsenrinne.«

»Ganz genau. Aber glaubst du wirklich, dass die Ingenieure unserer Armee den Bunker unter das Steingrab hätten bauen dürfen, wenn es ein echter archäologischer Fundplatz wäre?«

Jonas schüttelte den Kopf.

»Nein, das hätten sie nicht gedurft«, bestätigte Gerlof. »Aber sie konnten dort bauen, weil dieses Denkmal an der Küste eben kein echtes ist.« Und mit einem Blick auf die restlichen Steine im Dickicht sagte er: »Wenn hier einer Angst haben sollte, dann bin ich es ... Als ich klein war, wurde mir erzählt, dass man von dem Geist umklammert würde, wenn man zu nahe an der Röse vorbeiginge. Dass unsichtbare Arme einem die Luft aus den Lungen pressen würden.«

»Und, haben Sie Angst?«, fragte Jonas zaghaft.

Gerlof schüttelte den Kopf. »Ich glaube, dass die meisten unheimlichen Ereignisse sich ganz gut erklären lassen. Früher hat man angeblich die Geister abends in der Alvar schreien gehört. Aber es waren nur die Schreie hungriger Fuchsjungen. Sie saßen in ihrem Bau und schrien nach Futter.«

Jonas spürte, wie er ruhiger wurde. Gerlof hatte auf alles eine Antwort.

Sie kehrten in den Garten zurück. Jonas überprüfte, ob sich eine Zecke an seinem Hosenbein festklammerte, konnte aber keine entdecken.

Gerlof setzte sich wieder in seinen Gartenstuhl und schloss die Augen, als würde er damit signalisieren, dass ihr Gespräch beendet war. Aber Jonas wollte noch nicht gehen.

»Ich habe jemanden drüben am Steingrab stehen sehen. Mehrmals schon.«

Gerlof öffnete die Augen. »Das glaube ich dir, Jonas. Aber es war ein richtiger Mensch, den du da gesehen hast. Ein Tourist vielleicht.«

»Aber er war so wie Sie … uralt. Und plötzlich war er einfach verschwunden.«

»Wie hat er denn ausgesehen?«

»Grauhaarig war er, mit einem weißen Bart. Er trug dunkle Kleidung. So wie der Mann im Steuerhaus.«

Gerlof sah ihn ernst an. »Geht es dir gut, Jonas?«

Der Junge schüttelte den Kopf.

»Ich weiß, dass sich eine schreckliche Erinnerung in deinen Kopf eingebrannt hat. Du hast etwas ganz Furchtbares erlebt. Mit fünfzehn hatte ich eines Sommers ein ähnliches Erlebnis. Ich sah, wie ein Mann an einem offenen Grab einen Herzinfarkt bekam und vor meinen Augen starb. Aber all das Bedrohliche geht eines Tages vorbei, das ist der einzige Trost. Man wird älter, und neue, schöne Erinnerungen verdrängen die schrecklichen.«

Jonas nickte und fragte sich, wann dieser Tag kommen und er wieder schöne Erinnerungen haben würde.

GERLOF

Jonas und Kristoffer waren mit den Fahrrädern zum Kiosk am Marktplatz geradelt, und Gerlof hatte sich ins Sommerhaus geflüchtet, um der abendlichen Konferenz der Mücken zu entgehen.

Er räumte ein paar leere Saftgläser in die Spüle, die seine Enkelkinder hatten stehen lassen, und setzte sich danach in den Sessel neben dem Telefontischchen. Schwer und müde.

Er kam einfach nicht weiter. Zumindest nicht mit Peter Mayers Tod.

Und der alte Amerikaner? Wie konnte er ihn bloß ausfindig machen?

Gerlof nahm sich sein Notizbuch und blätterte seine Aufzeichnungen durch, die er sich beim Mittagessen der Heimkehrer und bei der Tochter des Totengräbers gemacht hatte. Seine Gedanken über Sven und Aron Fredh aus Rödtorp. Er hatte sich eine Frage aufgeschrieben: *Wo in den* USA *ist Aron gelandet?* Aber die Zeile darunter war noch leer, denn abgesehen von der Postkarte, die Aron vor seiner Abreise abgeschickt hatte, hatte Sonja nie wieder von ihren Verwandten gehört.

Man kann nur hoffen, dass es ihnen in den USA besser erging als hier, denn das Haus, in dem sie hier lebten, war in einem fürchterlichen Zustand, nur eine graue ärmliche Hütte, hatte Sonja gesagt.

Er dachte einen Weile über diese Sätze nach, dann griff er nach dem Telefonhörer und rief Sonja an. Sie nahm zwar sofort ab, klang aber ein bisschen angestrengt.

»Ihr seid also noch nicht losgefahren?«

»Nein, der Bus nach Kastrup fährt erst in ein paar Stunden.«

Gerlof kam gleich zur Sache: »Sonja, du hast gestern etwas gesagt, worüber ich nachgedacht habe, nämlich dass die Familie Fredh in einer ärmlichen Hütte in Rödtorp gelebt hat.«

»Ja, genau, in der Kate ›Rödtorp‹. Die Familie Kloss hatte Astrid Fredh lebenslanges Mietrecht eingeräumt. Die Hütte lag mitten im Wald, dort, in dem umzäunten Teil des Ölandic Resorts.« Sonja verstummte, fügte jedoch nach einer kurzen Pause noch hinzu: »Aber die Kloss-Nachkommen haben sie abreißen lassen, und jetzt erinnert sich schon niemand mehr daran, woher der Ortsname stammt.«

»Ja, du hast recht«, entgegnete Gerlof. »Aber warum heißt der Ort Rödtorp, also ›rote Kate‹, wenn die Hütte doch grau und ärmlich war?«

Als Antwort erhielt er zunächst ein trockenes Lachen.

»Der Name hatte nichts mit der Wandfarbe zu tun«, erklärte Sonja dann. »Er bezog sich auf Svens Reden vor den Mühlenarbeitern. Deshalb haben die Leute sein Zuhause so genannt.«

»Er hat Reden vor den Mühlenarbeitern gehalten? Worüber denn?«

»Tja, wie nennt man das … Er hat aufrührerische Reden gehalten.«

»Worüber?«

»Über den Segen des Sozialismus«, erklärte Sonja. »Daran glaubte Sven fest. Als Soldat in Kalmar im Ersten Weltkrieg wurde er zu einem überzeugten Sozialisten. Und das war er auch, als er nach Öland kam, kein Geld hatte und in den Mühlen arbeiten musste. Einige behaupteten, er sei Kommunist gewesen.«

»Er hat also in den Mühlen und auf den Höfen politische Reden gehalten?«

»Ja, und Texte verteilt. In den Dreißigerjahren waren ja alle viel politischer als heute. Du weißt doch, hier auf der Insel fanden sowohl kommunistische als auch nationalsozialistische Treffen statt. Die Gruppen sind auch aneinandergeraten, haben sich gegenseitig die Fahnen heruntergerissen und so. Die Brüder Kloss duldeten keine politische Agitation auf ihrem Hof. Sven hat sich deswegen auch mit ihnen gestritten.«

Ja, Gerlof erinnerte sich nur zu gut – diese politischen Debatten waren ein weiterer Grund für ihn gewesen, zur See zu fahren. Dort sprach man nur über den Wind und das Wetter und die Frachtpreise.

»Vielen Dank, Sonja«, sagte er, wünschte ihr eine schöne Reise und legte auf. Dann holte er das Album mit den Postkarten aus dem Schlafzimmer, das er ins Bücherregal gelegt hatte. Er blätterte bis zu der Seite mit Aron Fredhs Karte und der Schwarz-Weiß-Aufnahme des Schiffes. Erneut las er den kurzen Text und betrachtete eingehend die Vorderseite. Das weiße Schiff, die *S/S Kastelholm*, im Hafen von Göteborg. Das schwedische Tor nach Amerika.

Aber Gerlof interessierte nicht so sehr das Schiff, sondern vielmehr die Kaianlage und die Umgebung. Der Hintergrund war verschwommen – ein grauer Morgennebel hing über dem Wasser, und nur das Dampfschiff war zu sehen, wie es aus dem Bild fuhr. Auf dem Kai standen Gebäude und einige Laubbäume, aber kein einziger Kran, was Gerlof sonderbar fand, denn in seiner Erinnerung an das Göteborg der Dreißigerjahre hatte ein ganzer Wald aus Lastkränen am Hafen gestanden.

Aber plötzlich erkannte er den Abschnitt der Kaianlage wieder. Er hatte ein Déjà-vu, denn das, was eben noch so fremd gewirkt hatte, war ihm mit einem Mal sehr vertraut. Er hatte es so oft gesehen.

Erneut griff er zum Telefonhörer und wählte eine wohlbekannte Nummer.

»John, hast du deinen abendlichen Kontrollgang über den Campingplatz schon absolviert?«

»Ja. Anders ist unten bei deinem Boot und schleift. Ich wollte losgehen, um ihm zu helfen.«

»Ich kann doch mitkommen, wenn du mich abholst«, schlug Gerlof vor.

»Klar«, antwortete John.

Gerlof beendete das Gespräch, blieb aber sitzen und wählte eine andere Nummer: das staatliche Schifffahrtsmuseum in Stockholm.

Eine Viertelstunde später holte John ihn mit dem Wagen ab. Gerlof war aufgeregt, er hatte seinem Freund etwas Wichtiges zu erzählen und zog ihn mit sich auf die Terrasse.

»Ich habe etwas herausgefunden, John.«

»Ach, und was?«

»Sven Fredh, Arons Stiefvater, war Kommunist.«

John blinzelte ihn verständnislos an. Der Begriff war längst nicht mehr so negativ besetzt wie früher.

»Verstehst du denn nicht?«, fragte Gerlof eifrig. »Sven war ein Revolutionär, er wird kaum nach Amerika gefahren sein. Dort waren Kommunisten überhaupt nicht gern gesehen. Die Immigranten aus Europa waren sowieso nicht besonders willkommen nach dem Börsencrash. Und am wenigsten Revolutionäre und sogenannte Bolschewiken.«

»Stimmt, aber er kann doch seine politischen Ansichten geheim gehalten haben, bis er den Zoll passierte.«

»Sie sind nie in New York angekommen«, behauptete Gerlof. Er hielt die Postkarte von Aron hoch. »Das ist nicht die Kaianlage von Göteborg, sondern von Stockholm.«

»Stockholm?«

Gerlof nickte. »Die Umgebung ist nicht gut zu erkennen, aber vorhin habe ich plötzlich begriffen, dass dies die Skeppsbron in Stockholm ist, der große Schiffsanleger in der Innenstadt. Und welche Schiffe haben in den Dreißigerjahren in Stockholm von der Skeppsbron abgelegt? Waren das die großen Schiffe, die nach Amerika gefahren sind?«

»Nein«, antwortete John. »Von Stockholm aus sind die Schiffe nach Finnland gefahren. Wir waren doch vor dem Krieg ein paarmal dort und haben gesehen, wie sie beladen wurden.«

»Ganz genau. Aber es gab auch Linien, die noch weiter entfernte Ziele anfuhren. Die *S/S Kastelholm* zum Beispiel gehörte dazu.«

»Ja, die ist nach Amerika gefahren, das steht doch auch auf der Postkarte.«

Gerlof schüttelte den Kopf. »Dieser Dampfer gehörte zwar der Reederei Svenska Amerika Linjen, aber sie haben auch europäische Routen befahren. Bevor du kamst, habe ich beim staatlichen Schifffahrtsmuseum in Stockholm angerufen, und ein Mitarbeiter dort hat etwas über das besagte Schiff im Archiv gefunden. Er konnte mir sagen, dass die *S/S Kastelholm* Anfang der Dreißiger die Routen über die Ostsee bedient hat, sogar bis hoch nach Leningrad.«

John runzelte überrascht die Stirn.

»Aron und Sven sind gar nicht nach Amerika gereist«, fuhr Gerlof fort. »Sie sind in die entgegengesetzte Richtung gefahren, in ein Land, das es heute gar nicht mehr gibt – in die Sowjetunion.«

Ungläubig starrte John ihn an. Dann erst begann er das Ausmaß der Geschichte zu begreifen.

»Das Neue Land lag also für sie nicht im Westen, sondern im Osten?«

»Genau. Für einige Schweden lag es im Osten. Nämlich für diejenigen, die von der Revolution träumten, von einer klassenlosen Gesellschaft.«

»Aber wie erging es denen dort drüben?«

»Ich weiß es nicht«, sagte Gerlof. »Damals waren es unruhige Zeiten in der Sowjetunion, und Stalin wurde ja immer paranoider, ihnen kann alles Mögliche passiert sein … Was, glaubst du, ist aus Aron geworden?«

Da John nicht antwortete, meinte Gerlof schließlich: »Auf jeden Fall hat er nicht für Al Capone gearbeitet.«

HOCHSOMMER

DAS NEUE LAND, OKTOBER 1934

Arons Stiefel haben Löcher, immer sind die Füße nass. Er steht bis zu den Knöcheln im Schlamm hinter einer der grauen Baracken, die sich vor dem dunklen Tannenwald ducken. Hasserfüllt starrt er Sven an, der ihm endlich die Wahrheit gesagt hat.

»Wir sind nicht in Amerika!«

»Nein.«

»Wo sind wir dann?«, fragt Aron und hat Angst vor der Antwort.

»Wir sind in einem anderen Land«, sagt Sven. »Das Schiff hat uns über die Ostsee in eine Stadt gebracht, die Leningrad heißt, und dann sind wir von der Küste nach Norden gefahren.«

Aron weiß, dass sie die Küste weit hinter sich gelassen haben, es ist kein Meer in der Nähe. Nur Wald. Und so langsam beginnt er zu begreifen. Die merkwürdigen Schilder bei ihrer Ankunft damals. Die sonderbaren Bemerkungen, die die anderen Männer manchmal abends beim Essen machen …

»Dann liegt Hibina also nicht in Amerika.«

Sven schüttelt verneinend den Kopf. »Es liegt im Norden von Russland, in der Nähe eines Berges, der Hibinogorsk heißt.«

Aron starrt seinen Stiefvater an.

»Russland gehört zu einer Union, so wie Amerika eine ist, aber die Union heißt Sowjetunion.«

Aron erinnert sich an eine Unterrichtsstunde über Russland, da ging es auch um die Sowjetunion, aber der Name bedeutet nichts für ihn.

»Aber du hast gesagt …«

»Ich habe gesagt, dass wir ins Neue Land fahren. Und da sind wir jetzt, im Osten, wo die Sonne aufgeht. Das Reich der Sonne und des Überflusses.«

Aron erwidert nichts, denkt nur an das Graubrot, das er jeden Morgen zum Frühstück bekommt. Ein einziges Stück Brot. Und er sieht sich um in dieser Arbeitersiedlung, betrachtet die grauen Baracken und die schlammigen Wege.

»Amerika ist nicht das Gelobte Land«, erklärt Sven. »Es ist das Reich des Bösen. In Amerika werden Arme und Schwarze wie Hunde gejagt. Sie werden eingefangen und an Bäumen aufgeknüpft, damit die Weißen und Reichen sie mit Pfeilen beschießen können, einfach nur zum Vergnügen. Willst du etwa dorthin?«

Aron antwortet nicht.

»Nein, das willst du nicht«, fährt Sven fort. »Das sehe ich dir an. Du willst hierbleiben, wo alle Seite an Seite arbeiten.«

»Ich will nach Hause«, sagt Aron schließlich. »Zurück nach Rödtorp. Ich habe Mutter geschrieben, dass wir wieder nach Hause kommen.«

»Davon weiß sie nichts.«

»Sie weiß es …«

»Nein, sie weiß es nicht«, wiederholt Sven. »Ich habe deinen Brief nicht zur Post gebracht.«

Aron ist fassungslos.

»Außerdem können wir die Sowjetunion nicht verlassen, weil wir kein Geld haben. Sicher werden wir dieses Land wieder verlassen und nach Hause fahren … Aber das muss noch warten.«

Das hat Aron in den vergangenen drei Jahren immer wieder gehört. Dasselbe leere Versprechen. In seinen Augen hat sein Stiefvater, der stolze schwedische Arbeiter, begonnen, in sich zusammenzufallen.

Sowjetunion? Aron versucht, mehr über dieses Land in Erfahrung zu bringen. Er beherrscht die Sprache schon ganz gut, Russisch, das er bisher für Amerikanisch gehalten hat. Und er kann sich mit den anderen Arbeitern im Lager unterhalten.

Jetzt darf er auch für ein paar Stunden am Tag in die Schule gehen. Aron bekommt von einem russischen Lehrer Unterricht, von Herrn Kopelev. Er verbessert sein Sprachvermögen, lernt aber auch große Phrasen wie *Genossen, ein übervoller Tisch erwartet uns nach der Weltrevolution!* und *Lass dich nicht von deinen Gütern verzehren, Genosse, das private Eigentum ist die Wurzel allen Übels!*

In der Baracke reden allerdings alle über das Essen. Aron auch, er träumt sogar von schwedischem Essen. Gebratene und gesalzene Flunder. Aal, geräuchert und fettig oder hart und gekocht. Kartoffeln, geriebene Kartoffeln. Fleisch. Gehacktes, salziges Schweinefleisch. Aus geriebenen Kartoffeln und gehacktem Schweinefleisch werden die öländischen Fleischklöße gemacht, und kochend heiß werden sie gegessen.

Alle reden übers Essen, ununterbrochen. Wie ein Lauffeuer verbreitet sich ein Gerücht, und eines Morgens gibt Aron es an Sven weiter: »Das Volk verhungert. Die Menschen sterben auf den Straßen.«

Sven hört auf zu graben und sieht ihn an. »Wovon redest du da?«

»Das habe ich gehört, die Leute haben nichts zu essen.«

»Wo denn? Wo verhungern sie?«

»Im Süden. In der Kraine«, sagt Aron und wischt sich die Nase mit dem Handschuh ab.

»Ukraine«, verbessert ihn Sven.

»Ja, in der Ukraine. Dort, wo die großen Bauernhöfe liegen, wo es viel zu essen geben müsste. Aber damit ist jetzt Schluss, denn die Soldaten haben die Ernte gestohlen.«

»Nicht die Soldaten stehlen die Ernte«, belehrt ihn Sven und schlägt den Spaten tief in den Boden, »die Großbauern verstecken sie und essen sie in der Nacht alleine auf.«

»Aber ihnen sind alle Kühe geschlachtet worden«, erzählt Aron. »Jetzt essen sie ihre Kinder. Die essen da unten alles, was sie kriegen können.«

»Hör dir dieses Zeug nicht an«, mahnt Sven und steht jetzt

ganz dicht vor ihm. »Ich werde dir eine Geschichte von Stalin erzählen.«

»Wer ist das?«

»Der Führer«, erklärt Sven. »Der Kapitän, der dieses große Schiff steuert, Josef Stalin.« Er blickt hinauf in den hellen Himmel, dann fixiert er wieder Aron. »Vor zwanzig Jahren führte er den Kampf gegen die damaligen Herrscher an, den Zaren und seine Anhänger. Eines Tages wurde er von den Schergen der Zaren ergriffen und zu einer Prügelstrafe verurteilt. Er sollte im Galopp durch ein Spalier aus Polizisten rennen, die ihre mit Nägeln gespickten Peitschen schwangen. Und weißt du, was Stalin gemacht hat?«

Aron weiß es nicht und schüttelt den Kopf.

»Bevor er durchs Spalier ging, riss er einen Grashalm ab und steckte ihn sich zwischen die Zähne. Dann erst ging er los. Stalin rannte nicht durch das Spalier – er schritt. Er spazierte durch die Reihen, als würde er allein auf einer Wiese sein. Und als er mit blutigem Rücken den letzten Soldaten erreicht hatte, öffnete er die Lippen und zog den Grashalm aus dem Mund. Darauf war kein einziger Abdruck seiner Zähne zu sehen. Stalin wurde also an diesem Tag ausgepeitscht, war aber trotzdem der Sieger. Verstehst du das?«

Aron nickt.

»So stark müssen wir sein, wenn wir hier überleben wollen«, sagt Sven und richtet sich auf. »Fang jetzt an zu graben.«

Aron bleibt reglos mit dem Spaten in der Hand stehen.

»Ich bin nicht wie Stalin«, entgegnet er.

Sven sieht seinen Stiefsohn entschlossen an.

»Aber du kannst es werden.«

DER HEIMKEHRER

Der Heimkehrer saß in seinem Auto auf einem leeren Parkplatz, neben sich auf dem Beifahrersitz eine geöffnete Holzkiste. In der Kiste hätten Konserven oder Weinflaschen sein können, aber ein gelbes Etikett verkündete: WARNING – EXPLOSIVE!

Zwanzig Stangen mit hellgelbem Sprengstoff lagen darin. Seite an Seite. Als würden sie schlafen. Eingewickelt in Schutzpapier. Daneben Zündköpfe und Zündschnüre.

All das gehörte jetzt ihm. Wall hatte keine Verwendung mehr dafür.

Der Heimkehrer verbarg die Kiste mit den anderen unter einer Decke. Dann stieg er aus und setzte sich an den Tisch, der auf dem Rastplatz stand. Mehrere Autos rasten an ihm vorbei, bis ein gelber alter Sportwagen auf den Parkplatz bog. Er erkannte das Auto, auch wenn hinter dem Steuer jemand anderer saß. Rita. Von Pecka keine Spur.

Rita stieg aus und kam langsam auf ihn zu. Er hob die Hand zum Gruß, aber sie starrte durch ihn hindurch. Ihre Augen waren rot und verquollen.

Irgendetwas stimmte nicht.

»Wo ist Pecka?«

Rita schüttelte nur den Kopf. »Weg«, stammelte sie.

»Wie, weg?«

»Er wurde überfahren … Donnerstagabend.«

Der Heimkehrer sah sie fassungslos an. »Wo ist das passiert?«

»Hier auf der Landstraße, weiter nördlich … Er wollte nur kurz vor die Tür, um eine Pizza zu holen. Ich habe ewig in seiner Wohnung auf ihn gewartet, und dann haben so Anzugtypen an der Tür geklingelt. Aber ich habe nicht aufgemacht.«

»Anzugtypen?«, wiederholte der Heimkehrer, und Rita nickte.

»Zwei Männer und ein kleiner Junge.«

»Kloss«, sagte der Heimkehrer, »das waren die Brüder Kloss. Und dieser Junge hat Pecka auf dem Schiff gesehen. Er muss der Sohn von einem der Brüder sein.«

Rita senkte den Kopf und wischte sich mit dem Handrücken über die Nase. Der Heimkehrer sah sie an und seufzte.

»Peckas Onkel ist auch tot.«

»Wall?«, fragte Rita.

»Ja, Einar Wall. Ich habe ihn bei seiner Hütte gefunden. Er lag tot in seinem Boot … Kloss hat ihm also auch einen Besuch abgestattet.«

Rita setzte sich neben den Heimkehrer auf die Bank. Für einen kurzen Moment hatte er das Gefühl, als würde seine Tochter neben ihm sitzen, aber er schob den Gedanken sofort beiseite.

»Wall muss das von Pecka gehört haben«, sagte Rita leise. »Er mochte Pecka. Sie waren wie Vater und Sohn.«

Sie schwiegen. Der Heimkehrer dachte an Väter und Söhne, an Pecka und Wall und die vielen Toten. Zahllos lagen sie unter der Erde.

Nach einer Weile stand Rita wieder auf. »Wir können nicht hierbleiben«, sagte sie. »Wir müssen abhauen.«

»Aber das wollen sie doch, die Kloss-Brüder«, sagte der Heimkehrer. »Sie glauben, dass sie gewonnen haben.«

Rita sah die Landstraße hinunter, wo das Ölandic Resort lag, und schien über etwas nachzudenken.

»Ich habe eine Idee, was wir tun könnten«, sagte sie schließlich. »Für Pecka und Wall.«

»Und was?«

»Pecka hat einmal von einer Sache erzählt, die er machen wollte, nachdem sie ihn aus dem Ölandic Resort rausgeschmissen hatten … bevor er sich entschloss, bei dem Schiffsdiebstahl mitzumachen.«

»Eine Aktion gegen Kloss?«, fragte der Heimkehrer.

Rita nickte. »Er hatte vor, ihre Anlage zu sabotieren. Aus Rache. Pecka wollte dafür sorgen, dass niemand mehr im Resort wohnen will. Die Klossens sollten dadurch Millionen verlieren. Und er hat mir genau erzählt, wie er es anstellen wollte.«

Der Heimkehrer erhob sich ebenfalls, nickte ihr zu und lächelte.

»Na, dann lass uns das machen.«

GERLOF

Anfang Juli hatte sich eine sengende Hitze über die Insel gelegt. Die Sonne ging schon morgens gegen halb fünf über der Ostsee auf, und um sieben Uhr war die erfrischende Kühle der Nacht vollständig verschwunden. Um neun war es bereits brennend heiß in der Alvar. Und einige Vögel, so zum Beispiel der Kuckuck, hatten ihren Gesang in den Büschen eingestellt.

Bisher war der Sommer nur warm gewesen, wurde Gerlof bewusst. Jetzt herrschte eine fast unerträgliche Hitze, wenn die unerbittlichen Sonnenstrahlen von dem wolkenlosen Himmel brannten, kein Windhauch mehr zu spüren war und die Luft flirrte.

Während einer derartigen Hitzewelle zog Gerlof es wie viele andere Inselbewohner vor, sich unten am Wasser aufzuhalten, wo mit ein bisschen Glück eine kleine Brise wehte. Auch John war schon dort, um die Schleifarbeiten am Boot fortzusetzen oder ein paar verrottete Planken auszutauschen. Gerlof saß indessen mit Strohhut im Schatten des Bootshauses in einem Liegestuhl.

»Ich werde nicht mehr so lange hier sein«, sagte er zu John.

John rümpfte die Nase und beugte sich tiefer über das Boot. »Das sagst du schon seit Jahren.«

»So meine ich das gar nicht«, sagte Gerlof. »Ich meine, rein körperlich, hier im Ort. Meine Töchter kommen bald, und dann wird es zu eng im Sommerhaus. Dann ziehe ich zurück ins Altersheim.«

»Und wann ist das?«

»Übernächstes Wochenende, in zehn Tagen.«

John betrachtete die *Schwalbe* und schüttelte den Kopf.

»So schnell werden wir damit nicht fertig.«

»Das ist klar«, sagte Gerlof mit düsterer Stimme. »Ich weiß jedoch nicht, wie oft ich nach Stenvik kommen werde. Aber ich bin in Gedanken immer bei euch.«

Hauptsächlich aber galten seine Gedanken zwei etwa zwölfjährigen Jungen: Aron Fredh und Jonas Kloss.

Aron war zwar schon lange kein kleiner Junge mehr, sofern er die Zeit in der Sowjetunion überleben hatte. Aber Gerlof sah ihn als den kleinen Jungen, der in der Sonne vor einem frisch ausgehobenen Grab stand. Ob ihm die Klopfgeräusche aus dem Sarg auch Angst eingejagt hatten? Davon ging Gerlof aus. Er erinnerte sich, dass Aron an diesem Tag von einem großen mageren Mann abgeholt worden war. Von seinem Stiefvater Sven, dem überzeugten Kommunisten.

Und er dachte an Jonas Kloss, den anderen verängstigten Jungen. Auch ihm hatte ein grusliges Erlebnis einen Schrecken eingejagt. Aber Gerlof war sich nicht sicher, ob wirklich nur seine Angst vor dem Grabgeist und die Ereignisse auf dem Geisterschiff die Ursachen für die Nervosität des Jungen waren.

Er hatte den Eindruck, dass Jonas auch zu Hause in der Familie mit Schwierigkeiten zu kämpfen hatte.

Als das Schleifen und Hämmern an seinem Boot beendet worden waren, kehrte Gerlof zurück in seinen Garten. Aber die Sonne brannte zu stark, draußen konnte er sich praktisch nicht mehr aufhalten.

Er ging ins Haus und machte sich eine Schale Buttermilch mit Zimt.

Das Telefon klingelte, als er gerade in der Küche stand.

Es war Tilda, sie hatte Neuigkeiten: »Die Küstenwache hat sich gemeldet.«

»Wegen des Schiffes?«

»Nein, das ist nach wie vor spurlos verschwunden. Aber sie haben eine Leiche gefunden, draußen im Kalmarsund. Einen Seemann.«

Das war die Hitze, dachte Gerlof. Das Wasser im Sund erwärmte sich, und die Toten trieben wieder an die Oberfläche.

»Gehörte er zur Besatzung der *Elia?*«

»Möglich«, sagte Tilda. »Die Polizei von Kalmar ist dafür zuständig. Er hatte aber Ausweispapiere bei sich, sie überprüfen das gerade.«

»Sehr gut«, sagte Gerlof. »Ich bin auch einer Sache auf der Spur.«

Er hörte Tilda seufzte.

»Ich bin nur auf der Suche nach dem alten Mann auf dem Schiff … dem Amerikaner, wenn er das auch wirklich war.«

»Laut Jonas Kloss war er doch Schwedenamerikaner«, erinnerte sich Tilda.

»Ja, ich weiß. Aber wenn es sich um den Heimkehrer handelt, dem ich auf der Spur bin, dann ist er damals nach Russland ausgewandert. Das passt auch besser zu der Zeit. Und in diesem Fall heißt er Aron Fredh.«

»Aha«, sagte Tilda. »Den Namen habe ich noch nie gehört. Aber gib Bescheid, wenn du ihn gefunden hast.«

»Das ist nicht so einfach«, erwiderte Gerlof. »Es sind gerade so viele Menschen auf der Insel.«

»Das weiß ich sehr wohl«, meinte Tilda trocken. Und nach einer kurzen Pause fügte sie hinzu: »Dieser Jonas Kloss muss nach dem Leichenfund jetzt auf jeden Fall richtig verhört werden.«

»Auf der Wache?«

»Wir werden Jonas bei sich zu Hause befragen können, wenn er sich dort wohler fühlt.«

Gute Frage, dachte Gerlof bei sich. Laut aber sagte er: »Ich wäre gern dabei.«

Tilda lachte laut auf.

»Wohl kaum!«

Aber so schnell gab Gerlof nicht auf: »Ich kann doch wieder als Dings teilnehmen, wie hast du das noch genannt, Zeuge der Vernehmung? Und darauf achten, dass alles mit rechten Dingen zugeht.«

Tilda schwieg eine Weile, dann antwortete sie: »In diesem Fall muss der Junge zustimmen.«

»Das tut er bestimmt.«

»Und du darfst nur still dabeisitzen«, betonte Tilda. »Du darfst kein Wort sagen. Und hinterher kein Wort darüber verlieren.«

»Das schaffe ich alles.«

»Bist du dir sicher?« Tilda klang nicht besonders überzeugt.

JONAS

»Wir bekommen hohen Besuch, J-K«, sagte Onkel Kent.

Er stand mit durchgedrücktem Rücken vor Jonas auf der Terrasse, wo die Luft von der Hitze flirrte, wirkte aber nicht sehr froh. Sein Blick wanderte über die Landstraße, und Jonas bemerkte, dass ein Muskel an seinem linken Augenwinkel wieder zuckte. So war es auch nach dem Zwischenfall bei Marnäs gewesen.

Nach jenem Abend hatte Jonas versucht, seinem Onkel aus dem Weg zu gehen. Da aber sein Arbeitsplatz die Terrasse war und die nun einmal neben dem Eingang zum Haus lag, ließ sich ein Zusammentreffen nicht immer vermeiden.

»Wer kommt denn?«, fragte Jonas.

Kent sah ihn prüfend an. »Die Polizei. Sie kommen morgen Abend, J-K. Und sie wollen mit dir reden.«

»Worüber?«

Kent blickte hinaus auf den Sund. »Die wollen über dieses mysteriöse Schiff reden, das du auf dem Sund gesehen hast. Sie wollen dir dazu ein paar Fragen stellen. Aber ich werde die ganze Zeit dabei sein.«

Jonas sah durch die Panoramascheibe des Wohnzimmers. Dahinter waren zwei Köpfe zu erkennen, sein Bruder Mats und sein Cousin Urban. Sie saßen auf dem Sofa und hatten den Fernseher eingeschaltet. Er wusste, dass sie wussten, dass er wegen des Kinobesuches gepetzt hatte. Bisher hatten sie zwar noch kein Wort gesagt, aber er wartete nach wie vor auf seine Strafe.

»Ist das für dich okay, J-K?«, fragte Kent.

Jonas nickte stumm und schaute in die entgegengesetzte Richtung, zur Küstenstraße und zur Landborg. Beide waren menschenleer. Das Steingrab lag an seinem Platz, und der Grabgeist hatte sich in den vergangenen Tagen nicht gezeigt. Als hätte Gerlofs Enthüllung, dass das Steingrab gar nicht der richtige Grabplatz war, den Geist verjagt.

»Nur eine Sache noch: Weißt du, was ein Akteur ist, J-K?«

Sein Onkel beugte sich zu ihm herunter. Er hatte das Hemd aufgeknöpft, und Jonas strömte ein schwerer und betäubender Parfümgeruch in die Nase. Er schüttelte den Kopf.

»Ein Akteur ist jemand, der Teil eines Geschäftsabschlusses oder meinetwegen auch eines Spiels ist. Es gibt große und kleine Akteure, und du bist ein kleiner Akteur in einem großen Spiel. Verstehst du, was ich meine?«

Jonas nickte zögernd.

»Bombe!«, sagte Kent. Dann blinzelte er, senkte die Stimme und sagte leise: »Und du weißt, was dein Papa getan hat, stimmt's? Warum er letzten Sommer nicht da war?«

Erneut nickte Jonas.

»Aber er ist wieder da, es ist also alles gut ausgegangen«, jetzt war sein Gesicht ganz dicht an Jonas', und er flüsterte ihm ins Ohr: »Aber wenn du meinst, ein großer Akteur sein zu müssen, J-K, und von dem Abend in Marnäs erzählst ... dann könnte es sein, dass sie deinen Papa wieder mitnehmen. Willst du das?«

Energisch schüttelte Jonas den Kopf.

»Nein, das will niemand«, bestätigte Kent. »Du beantwortest ihre Fragen zu diesem Schiff, aber mehr musst du ihnen nicht erzählen. Okay?«

»Okay«, flüsterte Jonas.

»Bombe!«, wiederholte Kent. »Dann gewinnen wir nämlich dieses Spiel.«

Er richtete sich wieder auf, klopfte ihm auf die Schulter und ging ins Haus. Kurz darauf hörte Jonas, wie im Wohnzimmer das Laufband angestellt wurde.

DAS NEUE LAND, MAI 1935

»Wir fahren nach Hause«, sagt Sven, als der Sommer Einzug hält, die Erde trocken wird und das Graben leichter fällt. »Nach Hause.«

Aron sieht ihn überrascht an. »Ist das wahr?«

»Das ist wahr«, antwortet Sven. »Ich habe meinen Pass im Büro abgegeben, der Sekretär hat ihn nach Leningrad geschickt. Wenn er mit den richtigen Stempeln für die Ausreise zurückkommt, dann fahren wir nach Hause.«

Aron glaubt ihm. *Jetzt ist es so weit*, denkt er glücklich. *Jetzt.*

Aber die Tage und der Sommer verstreichen, und der Pass kommt nicht zurück.

Das Einzige, was ankommt, sind größere Essensrationen, sodass Aron nicht mehr morgens und abends vor Hunger zittern muss. In diesem Sommer ist der Wald voller Beeren und die Lkws bringen Fleisch und Äpfel.

Aber während immer mehr Lebensmittel bei ihnen eintreffen, verschwinden zeitgleich immer mehr Arbeiter. Einer der Ersten ist Michail Suntsow, ein alter Mann aus Minsk, der im Raum neben den Schweden gewohnt hat. Suntsow hat Aron wilde Geschichten über das Leben in der Sowjetunion erzählt und ihm aus Birkenholz ein schönes Kampfflugzeug geschnitzt, das sich Aron an die Wand über ihrem Bett gehängt hat.

Aber eines Tages verschwindet Suntsow einfach so. Auch diejenigen, die zu viel flüstern, verschwinden nach und nach. Meistens nachts. Sie werden von Uniformierten geholt, die sich wie Schatten durch den Raum bewegen. Die Arbeiter werden aus der Baracke geführt und tauchen nie wieder auf.

Und Sven bekommt seinen Pass nicht zurück.

Es wird Herbst und wieder kälter. Das Gras ist von Frost bedeckt und der Boden ist hart.

Svens Blick verliert langsam seine Beharrlichkeit. Sein Rücken ist ganz krumm, und er humpelt mehr als je zuvor.

»Wir fahren trotzdem nach Hause«, sagt Sven. »Ich habe einen Brief an das schwedische Konsulat in Leningrad geschrieben und ihnen erzählt, wie es hier zugeht. Dass man nicht ausreisen darf, wann man will. Das wird bald geregelt sein.«

Aber seine Stimme klingt unsicher.

Außerdem passiert nichts. Die Tage vergehen, der erste Schnee fällt, und es wird unaufhörlich weitergearbeitet.

Dann wird Sven eines Tages nach der Arbeit ins Büro gerufen. Aron sieht ihn in dem Gebäude verschwinden, die Tür fällt hinter ihm zu. Er ist den ganzen Abend dort, zumindest kommt es Aron so vor.

Als Sven endlich in ihre Unterkunft zurückkehrt, erzählt er mit gepresster Stimme: »Sie haben meinen Pass, sie hatten ihn die ganze Zeit über. Und auch den Brief, den ich ans Konsulat geschrieben habe. Sie behalten alle Briefe ein, auch Briefe, die aus Schweden an uns geschickt wurden.«

Mit hängenden Schultern lässt er sich aufs Bett fallen.

»Sie reden davon, die Verschwörung zu zerschlagen.«

»Was denn für eine Verschwörung?«, fragt Aron.

Sven schüttelt bloß den Kopf. »Ich hätte ihnen nicht meinen Pass geben sollen.« Er führt Selbstgespräche. »Das hätte ich auf keinen Fall tun sollen.«

Vor sich hinmurmelnd, bleibt er auf der Kante seiner Pritsche sitzen. Aron legt sich hin und betrachtet das hölzerne Flugzeugmodell. Das ist der einzige Beweis, dass Suntsow je existiert hat.

Dann schließt er die Augen und versucht zu schlafen. Er hat seinen Pass noch, er trägt ihn immer bei sich in der Hosentasche. Und er zeigt ihn niemandem.

Sven bleibt neben ihm sitzen, während Aron einschläft.

Er wird wach, als sich eine schwere Hand auf seine Schulter legt. Eine harte, lederne Hand, die ihn heftig rüttelt.

»Hoch mit dir«, befiehlt eine heisere Stimme auf Russisch.

Aron öffnet die Augen und sieht drei Männer in der Baracke stehen, ein Großer vor seinem Bett, die beiden anderen an der Tür. Alle tragen dunkle Mäntel und Mützen, wie eine Art Felduniform.

»Hoch mit dir«, wiederholt der Mann mit den Lederhandschuhen und zerrt Aron von der Pritsche.

Der Boden ist eiskalt. Der Mann wirft ihm seine Kleidung und die Stiefel hin.

»Los, komm.«

Hastig zieht sich Aron an und wird schweigend aus der Baracke geführt, er fühlt sich benommen und ausgeliefert – aber da sieht er, dass er nicht alleine ist. Ein anderer Mann aus der Baracke steht schon da.

Sven. Sie haben auch Sven aus dem Bett gezerrt.

Sie müssen auf den Rücksitz des Wagens klettern, eingerahmt von je einem Wachmann, sodass Aron gezwungen ist, sich auf Svens Schoß zu setzen. Und dann verlässt der Wagen die Arbeitersiedlung und fährt hinaus in die Dunkelheit.

Sven flüstert Aron ins Ohr: »Bleib ganz ruhig.«

»Ich bin ruhig.«

»Das ist sehr wichtig«, murmelt Sven. »Wir müssen auf jeden Fall ruhig bleiben.«

Aber Sven wirkt überhaupt nicht ruhig, er windet sich, als hätte er furchtbare Schmerzen.

Aron hingegen ist tatsächlich ganz ruhig. Zu seiner Überraschung kann er die Fahrt sogar genießen. Es ist die erste Autofahrt seines Lebens, und merkwürdigerweise hilft ihm diese Tatsache, seine Angst zu verdrängen. Sein alter Traum fällt ihm wieder ein: Er wollte Sheriff in Amerika werden.

Es ist eine lange Fahrt durch die Dunkelheit, mehrere Kilometer – keiner spricht ein Wort.

Schließlich tauchen Lichter vor ihnen auf. Scheinwerfer. Sie sind auf dem Dach eines schwarzen Gebäudes angebracht, das sich weit über die Baumspitzen erhebt – ein Wachturm. Aron kann auch Zäune mit Stacheldraht erkennen.

Der Wagen fährt durch ein offenes Tor, das direkt hinter ihnen wieder geschlossen wird. Sie halten vor einem niedrigen Backsteinhaus, und Sven und Aron werden in das Gebäude gebracht. Ein Wachmann mit einem Maschinengewehr führt sie durch einen langen Korridor über Betonboden, vorbei an einer Reihe verschlossener Holztüren.

Sie sind umgeben von Geräuschen, dumpfen Schlägen, lauten Schreien.

Der Mann öffnet eine der Türen und versetzt Aron einen kleinen Stoß in den Rücken.

»Runter mit dir«, sagt er.

Aron sieht eine Treppe aus breiten Steinblöcken, die steil unter die Erde führt.

GERLOF

Gerlof hatte das enorme Anwesen der Familie Kloss noch nie zuvor betreten. Es bestand aus einem schlichten, aber hübschen Steingarten mit Blauem Heinrich und Wacholdersträuchern, der von einer Steinmauer umsäumt war. Dahinter standen zwei längliche Häuser wie zwei Scheunen aus Kiefernholz und Glas, umgeben von Garagen und kleineren Gästehäusern.

In den Fünfzigerjahren hätte sich auch Gerlof ein Grundstück an der Küstenstraße kaufen können, aber er hatte dankend abgelehnt. Als Seemann wollte er keinen Tropfen Wasser sehen, wenn er an Land war, und daher hatte er sich ein Haus ohne Meerblick gekauft.

Als John ihn auf der Auffahrt aussteigen ließ, wurde Gerlof jedoch nicht von einem Mitglied der Familie Kloss empfangen. Eine Frau mittleren Alters mit kurzen grauen Haaren und festem Blick erwartete ihn.

»Gerlof Davidsson?«

Sie streckte ihm die Hand entgegen.

»Das bin ich.«

Er hatte die Frau noch nie zuvor gesehen, aber dieser Blick und der Handschlag waren ihm vertraut – diese Frau war eine zivile Polizeibeamtin. Vielleicht war sie deshalb so warm und praktisch angezogen; sie trug ein dunkles Kleid, eine weiße Bluse und eine Strickjacke aus Wolle.

»Cecilia Sander, ich bin von der Kriminalpolizei und zuständig für die Vernehmung von Kindern. Ich werde das Verhör mit Jonas Kloss führen. Und Sie sind der Zeuge der Vernehmung?«

»Das bin ich«, wiederholte sich Gerlof.

»Sie wissen, was das bedeutet?«

»Ja, ich soll zuhören und mir alles merken.«

»Sehr gut.« Die Polizistin wandte sich um und ging auf das südliche der beiden Häuser zu. »Es ist schon alles vorbereitet. Wir werden die Vernehmung in diesem Haus durchführen.«

Gerlof folgte ihr über eine frisch abgeschliffene Terrasse zu einer breiten Glastür, die in einen großen Raum mit poliertem Steinfußboden und hellem Holz an den Wänden führte. Es war wunderbar kühl in dem Raum, offenbar hatte Familie Kloss eine Klimaanlage.

Die Schwester von Kent Kloss stand im Türrahmen. An diesem Abend trug sie Jeans und einen weißen Pullover. Ihr dunkles Haar fiel ihr über die Schultern, sie lächelte ihn an und streckte ihm die Hand entgegen.

»Gerlof?«, sagte sie.

»Guten Abend … wir sind uns schon einmal begegnet«, entgegnete er und hoffte, dass sie sich erinnern würde.

»Ach, tatsächlich?«, fragte Veronica. »Wo denn?«

»Im Altersheim von Marnäs. Sie haben dort einen Vortrag über Ihre Familie gehalten und über die Geschichte des Ölandic Resorts.«

»Richtig, letztes Jahr war ich dort. Das war ein schöner Abend. Die Bewohner hatten alle so viel zu erzählen.«

»Für alle, die es hören wollen«, sagte Gerlof und entspannte sich zusehends.

Er ließ sich in den Raum hineinführen, vorbei an einem Laufband und einem Weinregal. In einer Sitzgruppe um einen länglichen Couchtisch herum saßen bereits mehrere Leute. Die Stimmung wirkte angespannt. Gerlof erkannte Jonas Kloss, der besonders bedrückt aussah. Neben ihm saß sein Onkel Kent, braun gebrannt und in einem hellbraunen Leinenjackett. Mit am Tisch waren auch drei Jugendliche, alle ordentlich gekleidet, mit Hemden und dunkelblauen Jeans. Das waren vermutlich Jonas' Bruder und die Cousins der beiden.

Eine jüngere Frau schenkte Eiswasser in die Gläser, und zuerst dachte Gerlof, dass es eine weitere Schwester in der Familie Kloss gebe. Als ihr *Bitte schön* aber einen deutlichen

Akzent erkennen ließ, begriff er, dass sie eine Haushälterin sein musste. *Zugehfrau* hatten sie früher dazu gesagt. Es gab offenbar Leute, die sich so etwas auch heute leisten konnten.

»Also schön«, ergriff Cecilia Sander das Wort und setzte sich an das Kopfende des Tisches. »Dann wollen wir mit der Vernehmung beginnen. Es wäre gut, wenn alle den Raum verlassen, außer Jonas und ein Elternteil von ihm. Die anderen können fürs Erste gehen.«

»Dann werde ich hierbleiben«, sagte Kent Kloss sofort. »Ich bin sein Onkel, seine Eltern sind nicht hier.«

Er schenkte der Polizistin ein umwerfendes Lächeln, aber sie erwiderte es nicht.

»Wo sind sie denn, Jonas?«, fragte sie.

»Mama ist zu Hause. Sie lebt in Huskvarna. Papa ist hier, aber er …«

Jonas verstummte und sah seinen Onkel an.

»Er war leider nicht abkömmlich, er ist der Chef des Restaurants in Stenvik«, sprang Kent erklärend ein. »Sonst verlieren wir unsere Ausschanklizenz.«

»Meinetwegen«, sagte Cecilia Sanders und klappte einen Notizblock auf. »Jonas, dann wollen wir uns mal ein bisschen unterhalten.« Sie schaute in ihre Unterlagen. »Am Abend des 28. Juni solltest du nach Kalmar ins Kino fahren. Aber dazu kam es nicht, stattdessen bist du hinunter an den Strand gegangen?«

»Ja.«

»Warum bist du nicht mit ins Kino gefahren?«

»Der Film war erst ab fünfzehn. Ich durfte da nicht mit.«

Kent räusperte sich. »Die älteren Jungs haben das hinter unserem Rücken entschieden, und das war natürlich überhaupt nicht in Ordnung. Das haben wir schon ausführlich mit ihnen besprochen, und sie bereuen es, sich Jonas gegenüber so verhalten zu haben.«

Cecilia Sander hörte Kent zwar zu, musterte dabei aber unentwegt Jonas.

»Du bist also zum Strand hinuntergegangen. Was ist dann passiert?«

»Na ja, ich habe ein Schiff gesehen, das auf mich zukam … Ich bin mit dem Schlauchboot rausgerudert.«

»Kannst du mir erzählen, was danach passiert ist?«

»Es hieß *Elia*, das Schiff, meine ich …«, stammelte Jonas. »Und ich bin an Bord geklettert.«

Dann erzählte er dieselbe Geschichte, die Gerlof bereits zweimal gehört hatte. Er sprach langsam, aber sie entsprach genau den ersten beiden Versionen.

Die Beamtin machte sich eifrig Notizen und hörte Jonas zu, bis er ans Ende seines Berichts kam, als er von Bord sprang und an Land schwamm. Dann holte sie ein paar Fotos aus ihrer Tasche.

»Ich werde dir jetzt ein Foto zeigen, das ein bisschen unheimlich aussieht, nur damit du darauf vorbereitet bist. Es ist die Aufnahme eines Toten, den wir vor ein paar Tagen aus dem Sund gezogen haben. Er trieb im Wasser, etwa fünf Seemeilen nördlich von hier.«

Dann drehte sie das Bild um und hob es hoch, zu sehen war ein kreideweißes Gesicht mit geschlossenen Augen und Vollbart. Der Mann war um die fünfzig und trug einen Overall, sein Gesicht war geschwollen. Er hatte eine ganze Weile im Wasser gelegen, das konnte Gerlof auch von Weitem ausmachen.

»Erkennst du diesen Mann?«, fragte Sander.

Jonas warf einen Blick auf das Foto, wandte dann aber sofort den Kopf ab, bis er erneut auf das Bild schaute, dieses Mal länger. Dann nickte er.

»Er war auch auf dem Schiff … Er lag neben der einen Frachtluke.«

Sander legte das Foto auf den Tisch. »Er ist ein Deutscher und heißt Thomas Herberg«, sagte sie. »Er hatte zum Glück sein Portemonnaie in der Tasche, daher konnten wir ihn identifizieren.«

Es war totenstill am Tisch. Sie hob ein zweites Foto hoch.

»Das Schiff, auf dem du warst, die *Elia* ... Könnte das dieses hier gewesen sein?«

Gerlof beugte sich vor. Auf der Abbildung war ein mittelgroßer Frachter zu sehen, schräg von vorn fotografiert, mit einem schwarzen Schiffsrumpf und zwei Steuerhäusern an Deck. Er war ein bisschen stolz, als er sah, dass es seiner Zeichnung sehr ähnelte, die er mithilfe von Jonas in seinem Bootshaus angefertigt hatte. Der entscheidende Unterschied war allerdings, dass das Schiff auf dem Foto sorgfältig vertäut an einem Kai lag.

»Ja ... ich glaube schon«, sagte Jonas.

Gerlof schielte zu Kent Kloss, der nur einen kurzen Blick auf das Schiff geworfen hatte und dann sofort aus dem Fenster sah.

»Du hast einen Teil des Namens ganz richtig erinnert«, erklärte Sander. »Das Schiff heißt nicht *Elia*, sondern *Ophelia* und ist ein alter Frachter aus Hamburg.«

Sie legte auch dieses Foto zu den anderen.

»Thomas Herberg war der Kapitän dieses Schiffes.«

Ophelia also, dachte Gerlof. Nicht *Elia* – aber vielleicht hatte die Besatzung auch Teile des Namens absichtlich übermalt?

»Ich habe noch ein paar Fotos«, sagte Sander und legte vier weitere Bilder nebeneinander auf den Tisch. Es waren Aufnahmen von vier jungen Männern, zwischen zwanzig und dreißig Jahren alt. Sie blickten alle mit großem Ernst in die Kamera. Gerlof erinnerte die Art der Aufnahme an die Fahndungsfotos der Polizei. Er kannte keinen einzigen der Männer, aber Jonas zeigte, ohne zu zögern, auf den Vierten in der Reihe.

»Den erkenne ich wieder, das ist Peter Mayer ... Er war das mit der Axt.«

»Du weißt also, wie dieser Mann heißt? Hast du ihn woanders schon einmal gesehen?«

Jonas nickte. »Im Kino in Marnäs«, sagte er schnell und warf Gerlof einen scheuen Blick zu. »Da war ich aber noch kleiner ... Er hat dort Kinokarten verkauft.«

Die Polizistin notierte sich etwas. »Noch ein weiteres Mal?«, fragte sie dann.

Jetzt wanderte Jonas' Blick zu Kent, der ihn unverwandt anstarrte. Dann wandte sich Jonas der Polizistin zu und schüttelte stumm den Kopf.

»In Ordnung«, sagte die. »Dann habe ich hier nur noch ein letztes Foto, Jonas. Hast du diese Person schon jemals zuvor gesehen?«

Es war ein vergrößertes und etwas verschwommenes Bild eines älteren Mannes mit grauem Bart, der in die Kamera starrte. Er trug ein schwarzes Jackett. Hinter dem Mann erkannte Gerlof ein Holzschild mit der Aufschrift ECHSLER. Er kannte das Schild: Es gehörte zu einer Abteilung im Altersheim von Marnäs. DER DRECHSLER. Sie befand sich im ersten Stock, unter Gerlofs Abteilung. Kurz darauf fiel ihm auch wieder ein, wer der Mann war. Einar Wall, der Fischer und mutmaßliche Waffenschmuggler. Aber Wall hatte doch in einer alten Hütte an der Küste gewohnt und nicht im Altersheim? Was hatte Einar Wall in der Drechsler-Abteilung zu suchen gehabt? Hatte Wall Verwandte im Heim?

Auch Jonas betrachtete das Foto eingehend, schüttelte aber dann den Kopf. »Nee.«

Es wurde still am Tisch. Sander machte sich ein paar letzte Notizen, dann schaute sie in die Runde an. »Sehr gut«, sagte sie. »Dann sind wir hier fertig. Sie erhalten eine Abschrift des Protokolls. Und wenn ich noch Fragen habe, rufe ich an. Vielen Dank, Jonas.«

Jonas nickte und erhob sich. So schnell er konnte, verließ er das Haus durch die Glastür. Gerlof konnte ihm ansehen, wie froh er war, dass er das Verhör überstanden hatte.

DER HEIMKEHRER

Es war Freitag, spät am Abend. Der Heimkehrer wischte sich den Schweiß von der Stirn und schraubte die letzten Wasserrohre zusammen. Es war heiß in der engen Küche. Neben ihm stand der Plastikkanister, den Rita mit in den Kuhstall genommen hatte. Der war jetzt leer.

Sie hatten ihn und die Hochdruckpumpe vollkommen unbehelligt auf die Anlage der Familie Kloss bringen können. Wahrscheinlich sahen sie beide aus wie ganz normale Camper, ein älterer Vater mit seiner Tochter oder seinem Enkelkind.

Die Leitungen auseinanderzuschrauben hatte am längsten gedauert, und in dieser Zeit hatten sie sich ein bisschen unterhalten. Rita hatte von ihrer Familie erzählt, dass der Kontakt zu ihren Eltern abgebrochen war und ihr Bruder im Norden von Norwegen lebte. Daher sei sie letzten Herbst nach Öland gekommen, um dort ein neues Leben zu beginnen. Auch wegen Pecka, den sie zuvor auf einem Musikfestival kennengelernt hatte.

»Und du?«, hatte sie dann gefragt. »Hast du viele Angehörige in den USA?«

»Ich habe nie gesagt, dass ich in den USA war«, hatte der Heimkehrer geantwortet. »Ich bin in der Sowjetunion gewesen.«

»Die gibt es doch gar nicht mehr«, hatte Ritas einzige Reaktion gelautet, und es waren keine weiteren Fragen gefolgt.

Schließlich war ihre Arbeit erledigt.

»Lass uns fahren«, meinte Rita und schaltete die Hochdruckpumpe ein.

Der Heimkehrer hielt kurz inne und lauschte dem leisen Brummen der Pumpe. Das war der Anfang vom Ende der Familie Kloss.

Alles fand langsam ein Ende. So kam es dem Heimkehrer vor.

Pecka und Wall waren tot. Seine Frau war auch tot – und viel Zeit blieb ihm selbst vielleicht auch nicht mehr.

Der Heimkehrer blickte aus dem Küchenfenster. Er sah den Campingplatz und die geraden Reihen der Sommerhäuser und Zelte, aber er dachte nur an das Gefangenenlager.

DAS NEUE LAND, DEZEMBER 1935

Das Leben besteht nur aus Arbeit. Schlaf und harter Arbeit, sonst nichts.

Aron und Sven sitzen fest. In der Nacht sind sie Gefangene und am Tag Sklaven, sie sind niemals frei. Bewaffnet mit Axt und Sägen, arbeiten sie zusammen mit Matti, dem langen dünnen Finnen, und Grischa, dem kleinen kräftigen Ukrainer. Sie fällen die Nadelbäume des Waldes, von morgens bis abends, und schleppen die Stämme hinunter zum Fluss. Es gibt hier noch keine Pferde – während sie auf sie warten, müssen die Menschen die Zugtiere sein.

Wo sind sie bloß gelandet? Irgendwo im Norden der Sowjetunion, mehr wissen sie nicht. An diesen Ort wurden sie nach einem kurzen Verhör und einem noch schnelleren Urteilsspruch verbannt. Es wurden Dokumente ausgestellt, abgestempelt und kopiert. Aron konnte mittlerweile gut genug Russisch lesen, um herauszubekommen, dass Sven und er wegen Sabotage zu acht Jahren Arbeitslager verurteilt wurden.

Aber Sabotage wovon? Sie wissen es nicht.

Die Strafe ist Arbeit und noch mehr Arbeit.

Nach ein paar Tagen in einer übervollen Zelle wurden sie eines Nachts in der Dunkelheit zu einem Zug gebracht und in einen Waggon mit langen Reihen von Metallkäfigen geschoben, in denen sich die schon zahlreiche Gefangene drängten. Sie bekamen ein bisschen Suppe, und schon setzte sich der Zug in Bewegung.

Sie fuhren Stunden, vielleicht auch Tage. Die Kälte wurde immer beißender. Der Waggon hatte keine Fenster, nur Ritzen in den Wänden, und sie nahmen an, dass es nach Norden ging.

Es gab auch keine Toilette in dem Waggon, nur ein Loch im Boden, das aber schnell zufror. Danach mussten sich die Gefangenen in die dunkelste Ecke hocken. Im Laufe der Zeit hatte sich dort ein großer stinkender Haufen gebildet, der mit jedem Besuch erneut wuchs.

Hin und wieder hielt der Waggon an, und neue Gefangene wurden in die Käfige geschoben. Draußen standen junge Männer in Uniformen, Soldaten mit Gewehren und Maschinenpistolen. Aron beobachtete sie und erinnerte sich daran, wie er als kleiner Junge sein eigenes Gewehr in der Hand gehalten hatte.

»Siehst du die Messer an den Mündungen?«, flüsterte er Sven aufgeregt zu.

»Das sind keine Messer«, erwiderte sein Stiefvater mit müder Stimme. »Das sind Bajonette.«

Aron war verwundert.

»Das heißt, sie können damit schießen und zustechen?«

Aber Sven antwortete nichts mehr, er lehnte den Kopf gegen die Wand und schloss die Augen.

Endlich hielt der Zug an und blieb auch stehen. Als die Türen geöffnet wurden, war die Dämmerung schon hereingebrochen.

Die Gefangenen stolperten auf einen schneebedeckten Bahnhofsplatz, mussten sich in Reih und Glied aufstellen und dann losmarschieren. Direkt in den Wald hinein.

Das Erste, was Aron von dem Lager sah, war ein mit Schnee bestäubter Kleiderberg, der neben dem Weg lag. Dann entdeckte er eine schwarz verfärbte Hand, die wie eine Kralle aus dem Haufen ragte, und er begriff, dass die Leichen einfach übereinandergestapelt worden waren.

»Die begraben die Leute hier gar nicht«, flüsterte er.

Auch darauf erwiderte Sven nichts, aber ein anderer Gefangener hinter ihnen murmelte auf Norwegisch, dass der Boden immer gefroren sei.

Alles war gefroren.

Als Nächstes fiel Arons Blick auf einen Zaun, an dem schwere Eiszapfen hingen. An einigen der Pfosten saßen oder kauerten Schatten – das waren große Kettenhunde. Weiter hinten stand ein Wachturm, drei Stockwerke hoch, mit Aussicht auf eine Reihe niedriger Baracken.

Sie wurden in eines der grob gezimmerten Gebäude geführt, in dem das Gedränge bereits groß war.

Aron sah durch die gesprungene Scheibe eines Fensters hinaus in eine weiße Welt. Hinter dem Zaun und den Schneewehen erstreckte sich ein dichter Nadelwald, und weiter hinten am Horizont erhoben sich hohe Berge.

In Svens und Arons Baracke leben etwa fünfzig Männer aus zehn verschiedenen Ländern. Wenn der Tag zu Ende geht, versammeln sie sich am Kamin, der nur aus einem verrosteten Metallfass besteht und nicht viel Wärme spendet. Sie bekommen hartes Brot und dünne Fleischsuppe zu essen und liegen zu zweit oder zu dritt in einem Bett.

Aron hört den Wind um die Baracke pfeifen und denkt an die Stürme auf Öland, aber das sind Kindheitserinnerungen, die langsam verblassen. Er ist jetzt ein Erwachsener, er ist siebzehn.

Er wacht auf, zerquetscht ein paar Bettwanzen und steht auf. Wenn noch Holz vorhanden ist, feuert er die Tonne an und hört, wie sich Sven und die anderen Männer zu regen beginnen.

Fast jeden Morgen versuchen sie, einen vermeintlichen Langschläfer zu wecken, finden aber nur einen kalten steifen Körper vor.

Der Tod wandert regelmäßig zwischen den Pritschen auf

und ab, und Aron hat sich schnell an den Anblick von blauen Lippen und ins Leere starrenden Augen gewöhnt. Und an die steifen Körper, die wie Holzplanken aus der Baracke getragen werden. Keiner hat die Kraft, um die Toten zu waschen, sie werden zu den anderen Leichen auf den Berg gelegt wie ein Scheit auf einen Holzhaufen.

Sie müssen zurück zur Arbeit.

Die Brigade marschiert jeden Morgen um sieben in den Wald, dann werden sie in kleinere Gruppen eingeteilt. Es gibt einen Vorarbeiter, aber den bekommen Sven und Aron fast nie zu Gesicht. Die Gruppen machen sich an die Arbeit mit Axt und Säge und fällen Bäume und schleppen die Stämme hinunter zum Fluss.

Die Baumstämme treiben davon, aber die Gefangenen haben keine Chance zu fliehen. Sie sind umgeben von unendlichem Wald und Schnee, und es geht das Gerücht um, dass es in den Wäldern Bären und Wölfe gibt.

Es hat auch keinen Sinn zu streiken oder sich vor der Arbeit zu drücken. Sie nennen das *tufta*. Denn jeden Abend wird die Anzahl der Stämme am Flussufer gezählt, und die Gruppe, die ihre Quote nicht erfüllt hat, bekommt kleinere Essensrationen. Und weniger Essen bedeutet den sicheren Tod, früher oder später.

Also hackt und schleppt man und friert ununterbrochen. Beine und Arme werden bei der Arbeit warm, aber die Hände sind immer eiskalt. Sven hatte das Glück, für Aron und sich fast unversehrte Schuhe und Fäustlinge ergattern zu können. Andere Gefangene müssen sich mit Stofffetzen an Fingern und Zehen begnügen.

Der Finne Matti hat keine Handschuhe, er hat überhaupt keinen Schutz für seine Finger. Auch seine Fettreserven sind alle aufgebraucht, er ist so verfroren, dass er sogar aufgehört hat zu zittern. Aron sieht, dass er Erfrierungen an den Fingern seiner linken Hand hat. Sie ist ganz weiß und zu einem unförmigen Klumpen geworden.

Als die Dämmerung hereinbricht, ist Matti plötzlich verschwunden. Aron, Grischa und Sven haben gerade einen Baum gefällt, und als sie wieder zu Matti hinübersehen wollen, ist er weg. Zurück bleiben nur Fußspuren von stolpernden Schritten im Schnee. Sven folgt ihnen, verliert aber die Spur im Dunkeln. Sie rufen nach Matti, erhalten aber keine Antwort.

Sie suchen so lange, bis die Pfeifen durch den Wald gellen, die zur Rückkehr rufen. Sie müssen zurück ins Lager, ohne Matti.

Der Vorarbeiter brüllt und schreit, als die Köpfe der anwesenden Arbeiter durchgezählt werden und ein Gefangener fehlt. Aber auch er kann nichts anderes tun, als seine Brigade ins Lager zurückzubringen.

In dieser Nacht fällt die Temperatur draußen noch weiter. Aron lauscht dem Wind und denkt an den großen Wald. Und an Matti.

Am nächsten Morgen marschiert die Brigade erneut zu der Waldschneise, die sie geschlagen haben. Feine Schneeflocken fallen auf sie herab, aber der Wald steht still und schweigend da. Sie heben ihre Sägen, um weiterzuarbeiten.

Aber plötzlich hören sie jemanden singen. Der Gesang ist finnisch, und sie erkennen die Stimme wieder.

»Matti!«, ruft Sven.

Er stürzt in den Wald hinein, Aron folgt ihm. Der Gesang führt sie zu Matti. Sie finden ihn unter einer großen Kiefer, in sich zusammengesunken, die zu Fäusten verkrampften Hände von sich weggestreckt. In einem Halbkreis, der um seine Füße herum gezogen ist, stecken kleine dünne Pilze im Schnee.

»Matti?«

Sven stürzt auf ihn zu und rüttelt den Kameraden an den Schultern. Aber der reagiert nicht. Matti hört die Welt um sich herum nicht mehr, und er scheint auch nichts mehr zu sehen. Seine Augen hat er geschlossen, die Wimpern sind mit Frost überzogen. Er sitzt da und singt aus vollem Hals.

Vorsichtig nähert sich Aron. Er betrachtet den sonderbaren Halbkreis und begreift nicht, wie Pilze bei diesen Temperaturen wachsen können. Erst als er genauer hinsieht, packt ihn die Erkenntnis, was das für Pilze sind.

Es sind Finger.

Der Finne hat seine erfrorenen Finger abgebrochen und sie vor sich in den Schnee gesteckt. Unentwegt singt Matti weiter, aus vollem Hals und mit geschlossenen Augen.

Schweigend starrt Aron auf die Fingerstumpen. Zehn Stück, und sie zeigen alle anklagend in den Himmel.

Matti wird auf die Krankenstation gebracht, wo ihm in einer Notoperation die Hände und Füße amputiert werden. Aber es ist zu spät, und der Finne stirbt noch in derselben Nacht.

An diesem Tag ist in Aron etwas für immer erstarrt. Er ist jetzt abgebrühter, und das Leid, das ihn umgibt, berührt ihn nicht mehr. Er nimmt die Kranken und Sterbenden zwar wahr, senkt aber nur den Kopf und geht seiner Wege.

Sven und er halten sich anderen Gefangenen gegenüber zurück, sie werden vorsichtiger. Doch es kommen ununterbrochen neue Transporte im Lager an, und die Gefangenen haben ein großes Bedürfnis, mit jemandem zu reden.

Ein paar Wochen lang arbeiten sie in einer Truppe mit einem Amerikaner. Max Hingley aus Chicago, der schon Ende der Zwanzigerjahre als überzeugter Kommunist in das Neue Land gekommen ist. Aber bereits zwei Jahre nach seiner Ankunft wurde er in ein Arbeitslager gesteckt und musste bei einem Kanalbau schuften. Jetzt ziehen sie jeden Tag gemeinsam in den Wald, um zu arbeiten. Aber eines Morgens ist Hingley verschwunden. Es heißt, er wurde in der Nacht aus seiner Baracke geholt und schon am darauffolgenden Tag verurteilt. Niemand weiß, wofür.

»Sie haben angenommen, dass er ein Spion ist«, sagt einer.

»Ein Spion?«, wiederholt Sven ungläubig. »Hingley war doch überzeugter Kommunist.«

Es scheinen neue Regeln zu herrschen. Neue Gesichter ersetzen die Toten und Verschwundenen.

Ein junger russischer Gefangener wird ihrer Brigade zugeteilt. Er stellt sich als Vladimir Nikolajewitsch Jegerow vor, ist ein Jahr älter als Aron und kommt aus Kiew in der Ukraine. Sein langer Name habe damit zu tun, dass man immer den Namen seines Vaters in der Mitte trage, erklärt er. »Aber nennt mich einfach nur Vlad. Das ist für Ausländer leichter.«

»Ich heiße Aron«, entgegnet Aron auf Russisch.

Vlad ist sehr gesprächig, anders als die anderen von der schweigsamen Brigade. Seine Mutter stammt aus Russland, sein Vater aus der Ukraine. Aber sie sind beide tot. Vor zwei Jahren sind sie dem *Holodomor*, der großen Hungersnot, zum Opfer gefallen. Vladimir wurde zu vier Jahren Arbeitslager verurteilt, weil er einen halben Laib Brot versteckt hat. Er vermisst das ukrainische Brot, das weiße und das schwarze.

»Ich vermisse auch das gekochte Fleisch, so wie wir es in meiner Heimat essen«, sagt er. »Und die Äpfel, Aprikosen, Kartoffeln, den Zucker, die Sahne und die Süßkirschen …«

Aron hört ihm mit offenem Mund zu, ihm läuft der Speichel im Mund zusammen. Er hatte sich vorgenommen, sich mit niemandem anzufreunden, aber wenn Vlad erzählt, kann er einfach nicht weghören.

Vlad hat gelernt, in den Lagern zu überleben. Er hat sich Schuhe aus Birkenrinde gebastelt, seine Jacke ist unversehrt, und aus irgendeinem sonderbaren Grund wird ihm seine Schaffellmütze nicht gestohlen. Außerdem verfügt er über einen Vorrat an Papier und Stiften und unterstützt Aron dabei, auf Russisch zu schreiben, und im Laufe der Zeit wird er sicherer. Sie tauschen sich aus. Aron schreibt ein Wort auf Russisch mit schwedischen Buchstaben, und Vlad schreibt es mit russischen. Dann vergleichen sie das Ergebnis.

Nach drei Jahren ist Russisch seine Hauptsprache. Schwedisch spricht er nur noch mit Sven, und das auch immer seltener.

Eines Tages kommt Vlad mit frischen Zwiebeln, wie auch immer er sie beschafft hat, und bietet Aron eine an. Während sie essen, erzählt er, dass er gesehen hat, wie Max Hingley damals in der Nacht von Soldaten abgeführt wurde. Es waren grau gekleidete Männer vom Geheimdienst, der GPU.

»Nur, weil er ein Ausländer war.«

Aron erstarrt, mit dem Zwiebelstück in der Hand.

»Deshalb?«

»Die Polizei glaubt, dass alle Ausländer Spione sind.«

Schweigend kauen sie auf ihren Zwiebeln, bis Aron schließlich sagt: »Aber ich bin kein Spion.«

»Bist du dir sicher?«, fragt Vlad. Dann lacht er und beugt sich zu ihm vor. »Du solltest einfach Sowjetbürger werden … Ihr beide, Sven und du. Ihr solltet euch Pässe besorgen, dann könnt ihr euch frei im Land bewegen, wenn ihr wieder entlassen werdet.«

»Aber wir wollen keine Sowjets werden«, erklärt Aron. »Wir wollen zurück nach Hause.«

Vlad nickt. »Aber zuerst müsst ihr hier rauskommen. Dann könnt ihr nach Hause.«

»Ja, aber wie?«

»Ihr müsst euch die Pässe von denen nehmen, die sie nicht mehr benötigen.«

Zuerst versteht Aron nicht, was Vlad damit meint. »Es braucht doch jeder seinen Pass?«

Vlad schüttelt den Kopf. »Nicht die *fitil*.«

Fitil bedeutet Kerzendocht. Und das ist das Wort für jene, deren Licht bald verlöscht – die Sterbenden unter den Gefangenen.

Aron hört aufmerksam zu.

Am Abend spricht er mit Sven darüber. Im Dunkeln, nachdem alle eingeschlafen sind und schnarchen und röcheln. Aron flüstert auf Schwedisch, er erzählt von Vlads Warnung und von seinem Rat.

»Meint er, wir … sollen einen sowjetischen Pass stehlen?«,

fragt Sven leise. »Wir sollen stehlen, um Sowjetbürger zu werden? Hat er das gesagt?«

Aron nickt. »Oder den Pass von einem *Kerzendocht* nehmen.«

Schweigend sehen sie sich an und lauschen dem Röcheln der Kameraden.

GERLOF

Die Vernehmung im Hause Kloss war vorüber, und alle erhoben sich. Der Zeuge der Vernehmung benötigte dazu am meisten Zeit, aber er bewegte sich auch absichtlich langsam. Schweigend hatte er dem Gespräch beigewohnt, dabei aber Kent Kloss kaum aus den Augen gelassen. Der Besitzer des Ölandic Resorts grinste, als hätte er ein Tennismatch gewonnen.

Gerlof hätte ihm am liebsten dieses Grinsen aus dem Gesicht gewischt. Er stützte sich auf seinen Stock und sprach Kent Kloss mit leiser Stimme an, als würde er nur ein wenig plaudern wollen.

»Ich habe im Frühling einen Saugbagger vor Stenvik fahren sehen. Der war auf dem Weg zu Ihnen ins Resort, nicht wahr?«

Genau genommen hatte John den Bagger im Sund gesehen, aber das konnte Kloss ja nicht wissen. Der nickte.

»Ja, wir mussten Schlamm wegsaugen lassen.«

»Vom Hafenboden?«, hakte Gerlof nach.

»Korrekt.« Kloss schien allerdings gar nicht richtig zuzuhören, er sah auf seine Armbanduhr.

»Zu Ihrer Anlage gehört ein kleiner Hafen. Ich weiß das. Am Anfang gab es nur eine Anlegebrücke für Dampfschiffe, und nach dem Krieg wurde sie zu einem Frachthafen umgebaut.«

Kloss antwortete nicht einmal, er hatte sich schon zur Tür

gewandt. Gerlof platzierte die Spitze seines Stock wie unabsichtlich vor Kloss' Füße und fragte ihn direkt: »Benutzen Sie diesen Frachthafen noch?«

Kloss sah ihn an. »Frachthafen, Frachthafen«, sagte er. »Das ist bloß ein alter Pier, den wir mit ein bisschen Beton ausgebessert haben.«

»Aber Sie halten das Hafenbecken in Schuss?«

»Na ja, wir baggern es ab und zu aus, im Frühling. Sonst verschlammt es ja total.«

»Wie tief ist denn das Wasser am Pier?«

»Ein paar Meter … vielleicht drei.«

Gerlof hob den Stock und zeigte auf das Foto mit dem Frachter *Ophelia*, das noch auf dem Tisch lag.

»Dann ist es tief genug für dieses Schiff. Ich nehme an, dass es einen Tiefgang von etwa zwei Metern hat. Es kann also ohne Weiteres im Ölandic Frachthafen gelegen haben.«

Kent Kloss starrte ihn nur an. Wenigstens hatte Gerlof jetzt seine ungeteilte Aufmerksamkeit.

Also fuhr er fort: »Unten in Borgholm hat ja niemand das Schiff gesehen, und viele andere Häfen kommen kaum infrage.« Er sah Kent Kloss eindringlich an. »Hat es denn dort gelegen?«

Kloss schwieg. Cecilie Sanders Interesse schien mittlerweile auch geweckt zu sein. Sie hatte die Bilder zusammengesammelt und sich erhoben, jetzt schaltete sie sich in das Gespräch ein.

»War die *Ophelia* etwa Ihr Schiff?«

Sie betonte das Wort *Ihr*. Und Kent Kloss antwortete kurz angebunden.

»Die Antwort lautet: Nein. Nicht wirklich.«

»Wissen Sie es nicht genau?«

»Es war nicht unser Schiff, das weiß ich sehr genau, aber es kann natürlich sein, dass wir es eingesetzt haben.« Kloss senkte den Kopf. »Wir hatten einen Frachter über Mittsommer im Hafen liegen, aber ich kann mich nicht erinnern, wie der hieß … Sie haben uns eine Lieferung gebracht. Wir hatten einen Teil ihres Laderaums gemietet.«

»Wofür?«, fragte die Polizeibeamtin.

Kent Kloss schaute auf seine Hände und inspizierte seine Fingernägel. »Für … Lebensmittel«, brummelte er.

»War es Fisch?«, fragte Gerlof. »Oder etwas anderes?«

»Ganz genau, Fisch«, antwortete Kloss. »Sie haben uns gefrorenen Fisch für unsere Restaurants geliefert. Am Mittsommerwochenende haben sie angelegt und entladen, dann sind sie wieder abgefahren.«

»Sie müssen doch Kontakt zur Besatzung gehabt haben?«

»Nicht seitdem.« Kloss zuckte mit den Schultern, aber Gerlof war der Meinung, dass er auf der Hut war. Der Mann musste sich sichtlich darum bemühen, entspannt zu wirken. »Außerdem hat sich unser Küchenchef um die Ware gekümmert. Ich wusste bis eben gar nicht, wie Kapitän Herberg aussah, ich hatte nur ein Telefonnummer in Hamburg.«

»Aber das Logbuch der *Ophelia* haben Sie eingesehen?«, fragte Sander.

»Leider nicht«, entgegnete Kent Kloss.

Sander machte sich eine Notiz. Sie nickte zwar, sah aber nicht zufrieden aus.

Auch Gerlof war alles andere als zufrieden. Eine Fischlieferung aus dem Ausland. Das war in den Sommermonaten nicht weiter verwunderlich, aber konnte die Lösung so einfach sein?

Er blickte aus dem Panoramafenster und sah, dass Jonas auf der Terrasse stand und sich mit einem Mann mittleren Alters unterhielt, der ihn mit ernstem Gesicht anschaute und immer wieder nervöse Blicke auf die Haustür warf. Das musste Jonas' Vater Niklas sein.

»Wir lassen von uns hören«, verabschiedete sich die Polizeibeamtin. Und an Kent Kloss gewandt, fügte sie hinzu: »Wir arbeiten in diesem Fall eng mit dem Zoll und der Küstenwache zusammen.«

Gerlof folgte ihr. Die Sonne war fast untergegangen, aber die

Hitze hatte sich gehalten. Kloss besaß ein großes blaues Bassin, in dem man sich abkühlen konnte.

Jonas kniete bereits wieder auf der Terrasse und arbeitete, er hatte die kleine Schleifmaschine eingeschaltet und zog sie in gleichmäßigen Bewegungen über die Holzdielen. Sein Vater nirgendwo mehr zu sehen.

Gerlof schaute zur Straße hinüber und sah Kent Kloss an John Hagmans Auto stehen. John hatte sein Fenster heruntergekurbelt und unterhielt sich mit ihm.

Sie beendeten ihr Gespräch, als Gerlof angeschlurft kam. Kloss sah ihn an, er hatte seine Selbstsicherheit zurückgewonnen und sein Blick sagte: *Versuch es ruhig.*

Fünf Minuten später startete John den Wagen und fuhr rückwärts aus der Einfahrt.

»Ich habe gesehen, dass du mit dem Feind gesprochen hast«, sagte Gerlof.

»Kloss ist kein Feind«, erwiderte John. »Er ist nur ein Konkurrent. Aber auch mein Verpächter.«

»Was wollte er denn?«

»Er wollte wissen, ob ich ältere Campinggäste auf meinem Platz habe.«

»Natürlich hast du das«, sagte Gerlof. »Du hast schließlich viele Stammgäste …«

»Klar. Aber er wollte wissen, ob das allein reisende ältere Männer sind, die zum ersten Mal hier auf der Insel Urlaub machen. Neue Gesichter eben. Und davon haben wir ja auch ein paar. Er hat gefragt, ob sie aus dem Ausland stammen, aber das konnte ich ihm nicht beantworten.«

»Er sucht also nach älteren Ausländern? Genau wie wir.«

»Richtig. Er wollte, dass ich ihm die betreffenden Wohnwagen zeige, aber das habe ich abgelehnt. Ich kann ihm doch nicht meine Gäste ausliefern.«

»Selbstverständlich nicht.« Gerlof nickte, obwohl er eigentlich vorgehabt hatte, John genau dasselbe zu fragen. Stattdessen wechselte er das Thema: »Was weißt du über den Bruder von Kent Kloss?«

»Dass er Niklas heißt.«

»Prima. Und was weißt du sonst noch über Niklas Kloss?«

»Nicht viel«, entgegnete John. »Er ist zuständig für das Restaurant, aber ich sehe ihn nicht so häufig. Man bekommt hauptsächlich Kent Kloss und seine Schwester Veronica zu Gesicht.«

»So war es auch vorhin bei der Vernehmung«, sagte Gerlof nachdenklich. »Kent Kloss saß neben dem Jungen, als der mit der Polizei redete. Eigentlich hätte sein Vater dort sitzen müssen, aber es sieht so aus, als würde er sich verstecken.«

»Niklas Kloss ist das schwarze Schaf der Familie«, erklärte John. »Wenn man den Gerüchten Glauben schenkt.«

»Was hat er denn verbrochen?«

»Er erbte damals auch ein Grundstück, hatte aber kein Geld, um darauf zu bauen. Daher hat er es nach ein paar Jahren verkauft. Spielschulden, sagen die Leute. Und kurz darauf ist er in den Knast gekommen.«

»Ach tatsächlich? Und weswegen?«

»Keine Ahnung. Betrug oder Diebstahl ... Er ist erst vor Kurzem entlassen worden.«

Gerlof nickte gedankenverloren.

»Dann verstehe ich auch, warum er der Polizei aus dem Weg geht.«

DER HEIMKEHRER

Am zweiten Juliwochenende war keine Wolke am Himmel über Öland zu sehen. Von morgens bis abends war die Insel in Licht und Wärme getaucht, und die Sonne lockte viele Besucher aus Südschweden an. Eine richtige Touristenwelle strömte an diesem Wochenende vom Festland auf die Insel, die Ferien hatten begonnen. Es kam nicht zu Staus wie an Mittsommer, aber von Freitag bis Sonntag rollte ein gleichmäßiger Strom von Autos und Wohnwagen über die Brücke, und die Besucher verteilten sich gen Nord- und Südspitze auf der gesamten Insel.

Tagsüber bevölkerten sie die Badestrände und abends die Campingplätze und Hotelanlagen. Die Sommerhäuser wurden bezogen, die Grills aus den Schuppen geholt, die Rasenmäher angeworfen. In den kommenden Wochen würden alle Straßen und Wege, die gesamte Stromversorgung und das Abwassersystem maximal ausgelastet sein, bis im August dann wieder Ruhe einkehrte.

Auch die Ferienanlage war brechend voll, ebenso die Nachtclubs. Dem Ölandic Resort vor den Toren von Stenvik stand der finanziell wichtigste Monat des Jahres bevor.

Der Heimkehrer stand auf einem Parkplatz an der Landstraße und sah dem nicht abreißenden Strom von Fahrzeugen zu, der an ihm vorbeirauschte.

Neben ihm stand Rita. Sie sah müde, aber entschlossen aus.

»Wir haben unseren Teil getan. Ich hau jetzt ab«, sagte sie.

Der Heimkehrer nickte und ertappte sich erneut bei dem Gedanken, dass er ihr Vater oder sogar Großvater sein könnte. Er holte sein Portemonnaie aus der Jacke und zählte ein paar Scheine ab.

»Hier ist noch etwas vom Schiff«, sagte er. »Wo fährst du jetzt hin?«

Nickend nahm sie das Geld entgegen und steckte es ein. »Kopenhagen«, antwortete sie. »Dort habe ich Freunde und kann für eine Weile untertauchen. Und du?«

»Ich bleibe auf der Insel.«

»Und wie lange?«

»Bis ich sterbe.«

Rita lachte kurz auf, sie hielt das für einen Scherz. »Vielen Dank für diesen Sommer«, sagte sie dann, umarmte ihn kurz und machte sich auf den Weg.

Der Heimkehrer blieb zurück. Langsam füllte sich der Parkplatz, die Tische wurden für die Mittagspause genutzt, und er wusste, dass sich die Familie Kloss über die vielen Touristen freute. Das Ölandic Resort war bestens auf die Saison vorbereitet.

Doch niemand außer Rita und dem Heimkehrer wusste, dass die Anlage kurz vor einer Katastrophe stand. Sie kam durch die Wiesen und Felder gekrochen.

DAS NEUE LAND, FEBRUAR 1936

Der Tag des Unfalls beginnt wie jeder normale Arbeitstag.

Sie sind zu viert im Wald: Aron, Vlad, der alte Grischa und Sven. Sie sind zuständig für das Verladen der Hölzer und haben sogar einen alten Gaul als Zugtier. Der heißt Bokser und zieht den Schlitten unermüdlich durch den Wald. Dabei ist Bokser schon halb tot und hat Wunden so groß wie Untertassen am Hals.

Die vier schuften, sie fällen und verladen im Akkord, weil sie mit ihrer Quote im Verzug sind. Sie sind immer im Verzug. Die Bäume müssten zu Hunderten von alleine umfallen, wenn sie die Quote erfüllen wollten. Eigentlich sollten sie zu siebt sein, aber zwei sind krank, und einer sitzt wegen *tufta* in Isolierhaft. Er war zu langsam bei der Arbeit.

Mehrere Baumstämme liegen auf dem Waldboden. Vlad zählt bis drei, dann wuchten Grischa, Aron und er die Stämme auf den Schlitten, einen nach dem anderen. Sven steht daneben und sichert alles mit einer Kette. Grischa jammert und klagt bei jedem einzelnen Baumstamm. Jeden Handgriff haben sie schon tausendfach ausgeführt.

Aron bewegt sich mechanisch, in Gedanken ist er am Strand in Rödtorp. Wo die Sonne scheint und das Wasser zwischen den Steinen plätschert. Wo der Sand weich ist und man baden kann, wann man will.

»Aron«, flüstert Sven.

Aron blinzelt und ist zurück in der Kälte und in der unendlichen Müdigkeit. Sven steht neben dem Schlitten, er hat einen sonderbaren Blick. Einen entschlossenen Blick. Er bewegt seine Hände. Sie schrauben an etwas herum.

Mit einem Mal stürzt alles in sich zusammen.

»Pass auf!«, ruft ihm Sven auf Schwedisch zu.

Vlad steht mit dem Rücken zum Schlitten, aber Aron begreift, was geschieht. Die Kette hat sich gelöst, und die Baumstämme beginnen zu rollen, unaufhaltsam.

»Vlad!«, schreit Aron und will davonstürzen. Er hört das Donnern des ersten Stammes, der vom Schlitten fällt, da trifft ihn schon das eine Ende an der Schulter. Der zweite Stamm wirft ihn zu Boden und zerschlägt ihm das Gesicht.

Aron spürt keinen Schmerz. Er spürt nur die Wucht und das Gewicht des Stammes.

Er wird in den Schnee gedrückt. Die anderen Stämme sieht er von oben heranrollen, einer nach dem anderen, lang und schwarz heben sie sich gegen den Himmel ab. Sie poltern auf den gefrorenen Boden wie Mühlensteine, aber auf wundersame Weise trifft keiner seinen Kopf. Die Stämme rollen krachend den Abhang hinunter.

Er hört Grischa, der gegen das Dröhnen anruft.

Bokser wiehert vorn am Schlitten.

Beide haben es überlebt.

Aber irgendwo unter den Baumstämmen wird Vlad sein. Vladimir aus der Ukraine. Mit seiner Schaffellmütze.

Aron weiß das, aber er kann ihn nicht sehen. Seine Augen sind bereits zugeschwollen. Als die Schmerzen von den gebrochenen Knochen seinen Körper in Wellen überfluten, ist er nicht mehr bei Bewusstsein. Er hat seinen Körper verlassen und versinkt in der Stille, wie im seichten Wasser am Strand.

Aron
Aron
Aron!

Schwache Laute aus weiter Ferne, ein Echo, das wie sein Name klingt. Er hört es, aber er will nicht zurück.

Aron schlägt die Augen auf. Nein, er liegt nicht im warmen Sand, er liegt im Schnee unter großen Kiefern. Und über ihm erhebt sich ein riesiger Schatten.

»Aron! Hörst du mich?«

Das ist Svens Stimme, sie ist voller Energie.

Er schreit Arons ins Gesicht: »Wir machen es jetzt! Wir tauschen!«

Sven beugt sich zu ihm, Aron spürt seine Hände an seinem Körper. Unsanfte Stöße, von der gebrochenen Rippe geht ein stechender Schmerz aus.

»Hör auf«, flüstert Aron.

Aber Sven lässt sich nicht abbringen.

»Wir müssen uns beeilen, Aron ... Ich habe Grischa weggeschickt. Bald kommen die anderen, wir haben nicht viel Zeit!«

Aron spürt, wie jemand an seiner Kleidung zerrt. Sven fingert fieberhaft an seinen Knöpfen und Schnüren.

»Wir tauschen!«

Aron hört nicht mehr hin, er dreht den Kopf zur Seite und übergibt sich. Dann versinkt er erneut in der Bewusstlosigkeit.

Als Aron erwacht, umgibt ihn ein schwaches Licht. Er liegt auf einer weichen Unterlage. Aber nicht mehr im Schnee. Sondern in einem Bett.

»Vladimir Jegerow?«, hört er eine Stimme fragen.

Aron blinzelt in die Richtung, eine Krankenschwester steht

vor ihm. Sie ist blass und mager, auch sie ist eine Gefangene, muss aber nicht im Wald schuften. Die Krankenschwester lächelt ihn an, sie hat freundliche Augen.

Später kann er sich nicht erinnern, ob er ihr geantwortet hat.

»Du hattest einen Unfall im Wald, Vladimir. Dein rechtes Bein ist gebrochen, eine Rippe und deine Nase auch. Du hast dir die Schulter ausgerenkt, aber du hattest sehr viel Glück. Ein Kamerad von dir hat nicht so viel Glück gehabt.«

»Wer?«

Die Krankenschwester hält ihm einen dampfenden Becher Tee an die Lippen.

»Ein Ausländer«, sagt sie. »Ein junger Schwede … Die Baumstämme haben ihn überrollt wie ein Panzer. Er wurde erdrückt.«

Vlad, denkt Aron. Aber er sagt kein Wort, nimmt nur dankend vorsichtige Schlucke von dem Tee.

»Du wirst eine Weile hier liegen müssen«, fügt die Schwester hinzu. Sie schenkt ihm erneut ein Lächeln und verlässt dann das Zimmer.

Jede Bewegung verursacht Schmerzen, aber Aron hebt trotzdem seine linke Hand ans Gesicht und tastet. Es fühlt sich fremd an, ist stark geschwollen und bedeckt mit Kruste. Zerquetscht und betäubt.

Vorsichtig hebt er die Decke und betrachtet die Beinschiene. Er hat lange Unterwäsche und Filzschuhe an, aber die gehören ihm nicht. Das sind Vlads.

Aron schließt die Augen. Es hat keinen Sinn, darüber nachzudenken.

Das hat Sven getan. Er hat die Kette gelöst und dadurch die Baumstämme ins Rollen gebracht. Dann hat er die Kleidung getauscht. Das war die ganze Zeit über sein Ziel gewesen. Aus dem Ausländer Aron sollte der Sowjetrusse Vlad werden.

Jemand hustet. Aron dreht den Kopf und stellt fest, dass er mit mindestens dreißig Männern in einem vollkommen überfüllten Raum der Krankenstation liegt. Es ist eng, aber es gibt Lampen und Öfen, und es ist hell und warm.

Das Bettlaken ist zwar nicht besonders sauber, aber es ist ein Laken, und er kann keine Bettwanzen sehen. Auch der Tee ist echt und kein Surrogat. Und neben seinem Bett steht ein Teller mit kleinen Zwiebelstücken.

Er hatte das Gerücht gehört, dass verletzte oder schwer kranke Gefangene hervorragend versorgt würden.

Es ist ein sonderbares Gefühl. Aber im Moment darf er sich einfach ausruhen und es genießen, unter einem Bettlaken zu liegen.

Er entspannt sich.

Vlad ist tot, und Aron ist im Paradies gelandet.

LISA

Bereits nach dem Aufwachen fühlte sich Lisa nicht besonders. Nicht fiebrig, aber zittrig und schwach.

Lady Summertime hatte am Samstag ihren siebten Clubabend im Hotel absolviert, und der war äußerst profitabel gewesen. Sie hatte im gut besuchten Club die Nebelmaschine angeworfen, und in der Dunkelheit waren drei Brieftaschen in ihrer Tasche verschwunden. Die Kreditkarten hatte sie bisher noch nicht angerührt, als der Club schloss, war sie zu müde gewesen, um nach Borgholm zu fahren und die Konten abzuräumen.

Summertime hatte die ganze Nacht über keinen Tropfen Alkohol getrunken, nur Wasser, und trotzdem fühlte sich Lisa ganz wackelig auf den Beinen, als sie aufstand.

Ob sie eine Magenverstimmung hatte? Zum Frühstück aß sie nur eine kleine Brotscheibe, fühlte sich aber dennoch pappsatt. Sie zog den Badeanzug an, griff sich ihr Handtuch und ging hinunter zum Strand. Ins Wasser wollte sie aber nicht gehen, sondern legte sich in die Sonne, um zu dösen.

Die anhaltende Sommerhitze hatte zahlreiche Badegäste an den Strand gelockt, und Lisa fühlte sich von den vielen Handtüchern und Körpern bedrängt. Kinder, Bikinis und Schwimmreifen, wohin das Auge blickte. Der Gestank von Sonnencreme war schlimmer als je zuvor, die Badenden kreischten und schrien, und die Strandfliegen waren überall und krochen ihr in den Mund. Lisa schluckte und schloss die Augen.

Gegen Mittag hatte sie genug und ging zurück zum Wohnwagen. Immer wieder stieß sie sich die Füße an den Steinen, als würden ihre Beine ihr nicht mehr gehorchen. War sie vielleicht dehydriert, obwohl sie im Club so viel Wasser getrunken hatte?

Ihr Handy lag auf dem Bett, sie hatte vergessen, es mit zum Strand zu nehmen. Zwei Anrufe in Abwesenheit hatte sie erhalten, beide von Silas. Verdammt. Aber sie hatte keine Kraft zurückzurufen.

Zu Mittag aß sie nur ein Stück trockenes Brot, ohne Butter, legte sich ins Bett und tauchte für ein paar Stunden in eine stille Tiefe ab.

Als sie aufwachte, war es drückend heiß im Wohnwagen. Es war Viertel nach sechs, sie hatte den ganzen Nachmittag verschlafen. Höchste Zeit aufzustehen, zu duschen und zur May Lai Bar aufzubrechen.

Gegen halb acht kam sie an, aber es ging ihr nicht besser. Die DJ-Tasche mit den Maxisingles war bleischwer, und ihr lief der Schweiß in Strömen über den Rücken.

In der Hotelküche stand Essen für sie bereit, aber sie verzichtete. Sie füllte nur ihre Wasserflasche am Waschbecken in der Damentoilette auf, setzte die Perücke auf, schminkte sich und kam als Lady Summertime wieder heraus. Eine zittrige DJane.

Dann betrat sie die DJ-Kabine und ließ die Show beginnen.

An diesem Abend hörten die Clubgäste keine euphorischen Schreie durchs Mikrofon. Lady Summertime legte eine Scheibe auf und schaltete die Discobeleuchtung ein. Ein besonders langes Stück – sie musste die Zähne zusammenbeißen und fröhlich aussehen.

Aber sie schaffte es verdammt noch mal nicht, fröhlich auszusehen.

Immerhin war sie zur Arbeit erschienen, und nach neun Uhr begannen die Leute hereinzuströmen. Sie kamen früher als sonst – ein typischer Samstagabend mit vielen Gästen. Die Temperatur stieg schnell an, und der Kellner verteilte großzügig Wasser aus seiner Sodapistole an die Durstigen.

Lisa fand, dass auch die anderen Angestellten sich an diesem Abend bedächtiger bewegten als sonst, wie unter Drogen gesetzte Schlafwandler. Und trotz des großen Andranges wollten die Leute auf der Tanzfläche nicht so richtig in Stimmung kommen. Die meisten hockten nur an der Bar oder lehnten an den Wänden.

Lady Summertime sah sich nach verlockenden Brieftaschen um, die in Shorts und Jeans steckten, aber sie hatte auch keine Energie, auf die Jagd nach ihnen zu gehen. Zwar hörte sie Silas' Stimme immer wieder in ihrem Kopf murmeln, aber an diesem Abend würde sie ausschließlich Musik spielen, ruhig und mit zusammengepressten Lippen.

Sie trank ununterbrochen Wasser, aber es wurde einfach nicht besser. Ihr Magen fühlte sich an wie eine blubbernde Waschmaschine mit defekten Zahnrädern. Er drehte und drehte sich, ohne zur Ruhe zu kommen.

Lady Summertime schluckte ihr Unwohlsein herunter und spürte, dass der Schweiß eine künstliche Wimper gelöst hatte. Mühsam versuchte sie, aufrecht am Mischpult zu stehen.

Kurz nach zehn Uhr war es vorbei. Ihr Magen brodelte, und Lisa kannte ihren Körper nach den vierundzwanzig gemeinsamen Jahren gut genug, um zu wissen, dass eine Eruption kurz bevorstand. Etwas musste raus, in die eine oder die andere Richtung.

Sie hatte nicht vor, oben in der DJ-Kabine darauf zu warten, daher legte sie einen langen Song auf: »Here Comes the Night« – die Discoversion eines Songs von den Beach Boys, die fast elf Minuten dauerte. Dann entfernte sie sich zügig vom DJ-Pult. Das würde schon in Ordnung sein, es tanzte sowieso kaum einer, und sie musste sofort auf die Toilette.

Aber die Tür zur Toilette stand offen, und davor hatte sich eine lange Schlange gebildet. Panisch drängte sie sich an den Wartenden vorbei in den Vorraum. Dort stand eine junge Frau mit weißer Bluse und einer ebensolchen Gesichtsfarbe, die sich über das Waschbecken beugte und eine gelbe Flüssigkeit in einer schier endlosen Kaskade erbrach. Ins Waschbecken, auf den Spiegel und auf ihre Bluse. Ähnliche Geräusche drangen auch aus den Kabinen, alle schienen sich zu übergeben, es klang wie ein lauter schluchzender Chor.

Lisa unterdrückte ein Rülpsen und machte auf dem Absatz kehrt. Gleich würde es losgehen, ihr Magen hatte sich verkrampft und machte sich bereit für die Show. Es konnte sich nur um Sekunden handeln.

»'tschuldigung«, stieß sie hervor, »'tschuldigung, Vorsicht – ich muss hier durch!«

Aber die meisten beachteten sie nicht weiter. Sie hatten die Geräusche aus den Toiletten auch gehört und erbrachen sich an Ort und Stelle. Es war wie in einem Krankenhaus während einer Salmonellenepidemie. Stinkende Pfützen auf dem Kachelboden, ekelhafter Gestank in der Luft. Totales Chaos.

Lisa hatte sich durch die Menge gedrängt und rannte los. Sie benötigte dringend einen Busch, hinter den sie sich hocken konnte, oder im schlimmsten Fall ein Auto. Aber die Treppe war zu lang, sie würde es nicht bis nach draußen schaffen.

Die Welt um sie herum drehte sich, ihr Magen rebellierte wild. In der Ferne hörte sie die Bässe des Beach-Boys-Songs wie ein schlagendes Herz.

Dann sah sie eine Tür mit der Aufschrift *VIP-Lounge* neben der Treppe und stürmte darauf zu.

»He, hallo!«, hörte sie eine Stimme hinter sich rufen.

So ein verdammter Security-Typ. Aber Lisa hatte keine Zeit zu diskutieren, sie stieß die Tür auf und sah eine Reihe von Anzugträgern, die um einen Tisch herum saßen. Aber was weit wichtiger war, sie entdeckte einen Papierkorb. Hastig beugte sie sich über ihn und ließ den ersten Schwall aus sich hinaus. Es war ekelhaft, und es war peinlich, aber auch unglaublich befreiend.

Im Hintergrund hörte sie die letzten Klänge von »Here Comes the Night«, denen eine fürchterliche Stille folgte.

Total unprofessionell, schoss es Lady Summertime durch den Kopf. *Riesenmist!*

Aber Lisa war viel zu übel, um sich darüber Gedanken zu machen. Sie hob den Kopf aus dem Papierkorb, holte Luft und erbrach sich ein zweites Mal.

JONAS

Jonas wurde in der Nacht zum Sonntag von sonderbaren Geräuschen aus dem benachbarten Gästehäuschen geweckt. Gequälte Laute, ersticktes Stöhnen. Dann hörte er ein Poltern, eine klappernde Glastür und dann erneutes Stöhnen und Husten.

Er lauschte in die Dunkelheit. Es klang nach Mats, offenbar war ihm schlecht geworden.

Jonas drehte sich in seinem Bett um und versuchte wieder einzuschlafen. Aber er konnte nicht. Es war zu warm, und das Stöhnen brach nicht ab.

Schließlich stand er auf und ging nach draußen. Es war

windstill und lauwarm. Über dem Sund leuchtete der schmale Mond.

»Mats?«, rief er leise.

Er bekam nur ein Stöhnen zur Antwort und ging darauf zu. Da entdeckte er seinen großen Bruder, der im Schatten zwischen den Gästehäusern hockte. Mit gesenktem Kopf kauerte Mats am Boden wie ein besiegter Fußballer. Es sah erbärmlich aus.

»Was ist mit dir? Bist du krank?«, fragte Jonas zaghaft.

Mats hob ganz langsam den Kopf. Vor ihm im Gras war eine Pfütze, die im Mondlicht schimmerte.

»Du …«, sagte er. »Kannst du mir bitte was zu trinken holen? Aus der Küche?«

Jonas ging los und nahm eine Flasche Mineralwasser aus dem Kühlschrank.

Als er damit zurückkam, hatte sich Mats aufgerichtet, stand aber mit hängendem Kopf da. Jonas gab ihm die Flasche.

»Habt ihr Bier getrunken?«

Mats schüttelte den Kopf. »Ich habe drüben im Resort den Rasen gemäht … Keine Ahnung, woher ich das habe.«

Dann stolperte er ohne ein Wort des Dankes zurück in sein Häuschen. Auch Jonas ging zurück in sein Bett, aber er glaubte Mats nicht und vermutete, dass er auf einer Party gewesen war.

Mats hatte aber offenbar doch die Wahrheit gesagt, denn als Jonas am nächsten Morgen aufwachte, waren offenbar *alle* krank. Nur Jonas und die Haushaltshilfe Paulina saßen beim Frühstück. Alle Türen waren verschlossen – im Haus Kloss herrschte dieses eine Mal eine absolute Stille.

Später kam Onkel Kent in die Küche, als Jonas gerade ein Käsebrot aß. Sie starrten einander an. Jonas hatte sich nicht getraut zu fragen, wie er sich bei der Vernehmung gemacht hatte. Da aber die Polizeibeamtin das Haus wieder verlassen hatte und seitdem alles ruhig geblieben war, ging er davon aus, dass Kent mit ihm zufrieden war.

»Morgen!«, nuschelte Kent, aber seine Stimme klang belegt, und Jonas konnte sehen, dass es auch seinen Onkel erwischt hatte. Er war blass und ganz grau im Gesicht. Trotz der Sonnenbräune.

Mehr sagte Kent auch nicht, öffnete nur den Kühlschrank und nahm sich eine Flasche Saft. Grapefruitsaft. Er betrachtete die gelbe Flüssigkeit in der Flasche und schien nachzudenken, bevor er dann vorsichtig ein paar Schlucke nahm.

Das Telefon klingelte, und Kent ging ran.

»Du machst Scherze«, sagte er müde. »Das ist nicht dein Ernst?« Dann lauschte er. »Okay«, sagte er schließlich. »Doch, ich habe auch Magen-Darm ... Wie Montezumas Rache. Wir müssen Aushilfskräfte einstellen. Irgendjemand wird ja wohl noch gesund sein?«

Wieder lauschte er.

»Okay, ruf alle Springer an, die dir einfallen. Wie geht es den Gästen?«

Schweigend hörte er dem Anrufer zu.

»Macht, so gut es geht, sauber. Alle müssen mitanpacken ... Haben wir Schlammsauger da?«

Schweigen.

»Okay«, stöhnte Kent müde. »Ich bin gleich da.«

Er kippte den Rest der Flasche in die Spüle und drehte sich dann zu Jonas um.

»J-K«, sagte er. »Wenn deine Tante auftaucht, dann richte ihr aus, dass hier die Hölle los ist. Im Resort drüben ist eine Epidemie ausgebrochen – Magen-Darm. Das Personal ist betroffen und leider auch die Gäste ... Die Toiletten sind alle verstopft, ich muss sofort rüber. Sag Veronica, dass sie mich auf dem Handy erreichen kann.«

Jonas nickte vorsichtig. »Mats ist auch krank«, sagte er dann. »Er hat sich übergeben.«

»*Alle* sind krank. Du etwa nicht, J-K?«

Jonas schüttelte den Kopf.

»Aber das kann noch kommen«, sagte Kent.

Er warf ihm einen Blick zu, als wäre alles seine Schuld. Dann schlich er müde zu seinem Auto.

Jonas blieb sitzen und schmierte sich eine zweite Brotscheibe. Es war sonderbar, aber er hatte überhaupt keine Bauchschmerzen. Ihm ging es prima, und er überlegte, Kristoffer besuchen zu gehen.

Morgen würde eine neue Arbeitswoche beginnen. Die Terrasse würde bald fertig sein, frisch geschliffen und dunkelbraun von dem chinesischen Holzöl. Dann würde er das Geld für seine Arbeit bekommen. Und in einer Woche würde er dann mit der Terrasse drüben bei Tante Veronica anfangen und sich dadurch nicht mehr so nah bei dem Steingrab und Onkel Kent aufhalten müssen.

Darauf freute er sich, denn irgendetwas Ungutes lag diesen Sommer in der Luft. Etwas, das viel schlimmer war als ein Magen-Darm-Virus.

GERLOF

Die *Schwalbe* gewann allmählich ihre vergangene Schönheit zurück. Mithilfe neuer Planken und gehaltvollen duftenden Teeröls. Gerlof hatte sich eine Thermoskanne Kaffee mit zum Bootshaus genommen, wo John und Anders an diesem lauen Sommerabend damit beschäftigt waren, den Rumpf des Bootes zu streichen.

John warf einen skeptischen Blick auf den Kaffee, den Gerlof in einen Becher goss.

»Hast du den auch ordentlich abgekocht?«

Gerlof hielt mitten in der Bewegung inne.

»Was meinst du?«

»Du musst das Trinkwasser abkochen, Gerlof.«

»Und warum das?«

»An der Küste hier ist ein Magen-Darm-Virus ausgebrochen«, erklärte John. »Die Leute liegen zum Teil im Krankenhaus. Es ist die reinste Epidemie. Hast du keine Zeitung gelesen?«

»Noch nicht«, sagte Gerlof. Er goss den Becher voll. »Und ich spüre auch kein Grummeln im Bauch.«

»Ja, Stenvik scheint bis jetzt davon verschont zu sein. Es ist hauptsächlich bei den Klossens ausgebrochen.«

»Auf der Anlage?«

»Ja.«

»Das ist ja übel«, meinte Gerlof und nahm einen Schluck. »Und dann auch noch mitten in der Hochsaison … Das ist ja geradezu eine Katastrophe.«

»Ganz genau.« John nickte. »Der Abfluss des großen Campingplatzes ist verstopft, so schlimm ist es dort. Und die Ersten haben schon ihre Zelte gepackt oder sind in ihre Wohnwagen gestiegen und abgereist.«

Gerlof hatte im ersten Augenblick erwartet, dass John sich darüber freuen würde. Aber er wusste, dass darunter alle Campingplätze leiden würden. Leute, die schlechte Erinnerungen an einen Campingplatz oder ein Ferienhaus hatten, fanden in der Regel für die ganze Insel kein gutes Wort mehr.

Er genoss es, im Licht der untergehenden Sonne zu stehen und den lauwarmen Wind vom Sund zu spüren. Aber das würde er nicht mehr lange erleben können. In fünf Tagen würde er zurück in sein Zimmer ins Altersheim ziehen. Damit war der Sommer für ihn gewissermaßen vorbei. Und es würde viel schwieriger für ihn werden, nach draußen zu gehen.

Ärgerlich. Vielleicht war das sein letzter Sommer in Stenvik.

Gerlof wedelte eine Fliege weg und schaute zum Badesteg hinüber. Heute badeten nicht mehr so viele Menschen dort, aber am Strand lagen noch die Sonnenhungrigen und genossen die letzten Strahlen.

Dahinter lag das Steingrab, und Gerlof erinnerte sich an das, was er Jonas erzählt hatte. Das war nicht das echte Steingrab.

Er kniff die Augen zu und öffnete sie wieder. Irgendetwas stimmte da nicht.

»Die Tür zum Bunker steht offen«, sagte er plötzlich.

John hörte auf zu streichen.

»Was ist?«

Gerlof zeigte auf das andere Ende der Bucht. »Die Tür von dem alten Bunker … Sie steht offen, obwohl sie doch eigentlich verschlossen sein müsste.«

»Allerdings. Die Armee hat da vor vielen Jahren ein Vorhängeschloss angebracht. Ich habe nie nachgesehen, aber es wird schon noch dort sein.«

Gerlof konnte eine Bewegung am Bunker ausmachen. Eine Gestalt kam aus der Tür, aber Gerlof war zu weit entfernt, um Details zu erkennen. Er erinnerte sich daran, was Jonas von der Gestalt erzählt hatte, die plötzlich am Steingrab aufgetaucht und dann einfach wieder verschwunden war.

»Dann war es vielleicht ein Soldatengeist«, sagte er.

DER HEIMKEHRER

Nachdem er sich versichert hatte, dass sich niemand in der Senke aufhielt, verließ der Heimkehrer den Bunker und trat in das schwächer werdende Sonnenlicht. Die Metalltür sperrte er mit einem Vorhängeschloss aus Walls Sammlung ab.

Sein Rücken tat ihm weh. Über eine Stunde lang hatte er gebückt in dem niedrigen Raum gestanden und sich dabei an die Zeit in dem unendlichen sowjetischen Unterholz erinnert gefühlt.

Er hatte schnell eine Routine gefunden, aber die Arbeit ging langsam voran. Hinter jedem Steinbrocken, den er herausschlug, befanden sich zwei neue, noch größere. Im öländischen Boden gab es mehr Steine als Erde. Er hob die Spitzhacke, schlug sie in die Wand, lockerte Steine und Erde, die vor ihm auf den Boden fielen, und wiederholte diese Bewegung zweihundertmal an einem Abend oder noch häufiger. Hacken und zerschlagen, wie ein Grubenarbeiter in einem Gefangenenlager.

Als er endlich wieder draußen in der Felsenrinne stand, streckte er Arme und Beine und blickte nach Norden. Das Ölandic Resort konnte er nicht sehen, aber er dachte an das Brummen der Hochdruckpumpe. Sie hatte ihre Arbeit sehr gut gemacht.

Dann schaute er in die andere Richtung. Heute waren viel weniger Badegäste am Steg. Vielleicht waren sie aus dem Resort geflüchtet, um dem Elend dort zu entkommen.

Am Ende der Bucht sah er zwei alte Fischer, die ein Holzboot strichen. Sie sahen so zufrieden aus und erinnerten den Heimkehrer an seinen Großvater, der auch abends immer in die Arbeit mit seinen Netzen und Booten versunken gewesen war.

Ein friedvolles Gefühl.

Er könnte zu den Männern gehen und sich mit ihnen unterhalten, Geschichten austauschen. Dann hätte er auch für einen kurzen Augenblick so etwas wie Frieden gefunden. Aber er wusste, wer in ihm schlummerte. Früher oder später würde Vlad sich melden, daher war er immer auf der Hut.

DAS NEUE LAND, MÄRZ 1936

Aron ist achtzehn Jahre alt und trägt das Ölzeug seines toten Freundes Vlad, schläft auf der Pritsche von Vlad und isst aus Vlads Essgeschirr. Die Gefangenen, die wissen oder ahnen, dass er kein Sowjetmensch ist, dass er nicht Vladimir heißt, hat Sven zumindest bisher dazu gebracht zu schweigen.

Das größte Problem ist der alte Grischa. Grischa weiß es, und er verlangt Geld, damit er nichts ausplaudert.

»Besorge Geld«, sagt er eines Abends zu Aron, als sie allein sind. »Echte Rubel. Sonst geh ich zu Polynow.«

Vlad nickt nur. Polynow ist der Kommandant, ein schnurrbärtiger alter Polizist, der mit der Reitgerte herumspaziert, wenn er die Gefangenen inspiziert. Doch Polynow interessiert sich nur für zwei Dinge: Ordnung und einen starken Wodka.

Grischa ist der Einzige, der hinter Geld her ist. Er ist der letzte Kapitalist des Lagers.

Kapitalisten haben den Tod verdient.

Aron muss etwas tun, aber er kann seinen Stiefvater nicht um Hilfe bitten. Manchmal gelingt es ihm, in der Pause Svens Blick über den Hof hinweg aufzufangen, doch er wagt es nicht, mit ihm zu sprechen. Schließlich ist Sven Ausländer.

Und Vladimirs Grab kann er auch nicht besuchen. Man hat ihn neben den anderen Gefangenen, die gestorben sind, in einem stetig größer werdenden Waldfriedhof südlich des Lagers verscharrt. Es wurde kein Kreuz aufgestellt, aber Sven hat in eine der Wände von Arons Baracke neben Hunderten anderer Namen »ARON FREDH 1918–1936« eingeritzt. Damit man es sehen kann.

Jedes Mal, wenn Aron ihn sieht, wirkt Sven dünner und kleiner. Sein Stiefvater erinnert an ein rastloses Tier, das immer in Bewegung ist. Er streicht an den Baracken entlang und starrt die Leute an. Wenn ein Mitgefangener das Falsche sagt, gibt es jedes Mal Streit. Sven spuckt oder schlägt zu. Doch oft trifft er nur in die Luft – er schafft es nicht einmal mehr zuzuschlagen.

Hatte Aron wirklich Angst vor seinem Stiefvater, als er klein war? Jetzt, als Vlad, fürchtet er sich überhaupt nicht. Sven ist wie ein alter Köter auf einem Hof mit jungen Hunden.

Ein paarmal schleicht er sich in Vlads Baracke und versteckt kleine, auf Schwedisch geschriebene Zettel für Aron unter der Decke. Das ist lebensgefährlich. Vlad zerreißt die Zettel und schluckt die Schnipsel, er wagt nicht einmal zu lesen, was darauf steht.

Svens Plan, Aron zu einem Sowjetbürger zu machen, hat funktioniert, aber ebenso wie Vlad glaubt Aron nicht mehr an den Traum, aus dem Neuen Land fliehen zu können.

Wie sollte das auch gehen?

Erst einmal müssten Sven und Aron durch den Stacheldraht kommen, der das Lager umgibt, und dann an den Wachen vorbei. Dann müssten sie es irgendwie in Kälte und Schnee durch die gewaltigen russischen Wälder schaffen. Durch ein Land, dessen Bürger angeblich hundert Rubel bekommen, wenn sie die abgeschlagene Hand eines Flüchtigen zur Polizei bringen.

Das ist zu riskant. Und schließlich wird es ganz unmöglich, denn eines Tages ist Sven verschwunden.

Wahrscheinlich ist er in der Nacht geholt worden, glaubt Aron, genau wie die meisten Ausländer. Eines Tages ist er nicht mehr auf dem Hof zu sehen, und als Aron in dessen Gefangenenbaracke schaut, sieht er nur eine leere Pritsche. Zwei Tage später hat ein anderer Gefangener das Bett übernommen, um näher am Ofen zu liegen.

Natürlich passiert es ständig, dass Gefangene einfach verschwinden. Sie werden des Nachts aus den Baracken geholt und weggebracht. Dazu sollte man keine Fragen stellen.

Vlad hält den Mund. Er schert sich nicht um Ausländer.

Doch Sven ist Arons einzige Verbindung nach Hause, nach Schweden, und er muss ihn finden. Er versucht, in den anderen Teilen des Lagers nach Sven zu suchen, doch ihm begegnen nur Schweigen und furchtsame Blicke.

Lediglich ein weißhaariger Großbauer aus Karelien, der auf dem Hof im Schlamm steht, schenkt ihm ein schwaches Lächeln.

»Paff!«, sagt er und pustet Luft durch die Lippen, sodass der Schnurrbart flattert. »Paff, macht es … dann sind sie weg. Alle Ausländer sind am Ende ein Furz im Wind. Die werden als

Spione verurteilt und durch den Schornstein geschickt. Das weißt du nur zu gut, oder, Schwede?«

Aron im Innern von Vlad zuckt zusammen.

»Sven ist kein Spion«, sagt er.

»Er ist von der Troika verurteilt worden«, erklärt der Bauer. »Kein Ausländer kommt davon.« Aron schweigt, da beugt sich der Bauer vor und senkt die Stimme: »Ich habe mit Grischa geredet«, sagt er. »Er hat erzählt, was ihr im Wald getan habt. Ihr habt da draußen Kleider getauscht, was? Welch ein Wunder! Ein toter Sowjetbürger wird wieder lebendig.«

Aron ballt die Faust. »Halt bloß die Schnauze, du«, droht er. »Ich weiß nicht, wovon du plapperst.« Jetzt übernimmt Vlad, der Sowjet in ihm, das Kommando.

»Du nicht«, entgegnet der Großbauer, »aber Polynow wird es vielleicht wissen wollen.«

Er lächelt weiterhin unter dem Schnurrbart, weshalb Vlad einen Schritt nach vorn tut und ihm mit der geballten Faust direkt auf die haarige Lippe schlägt.

Leider wird es kein harter Schlag, er ist zu erschöpft. Und der Bauer schüttelt sich nur. Dann nimmt er Maß an Vlad und schlägt fast ebenso schwach zurück.

Sie tänzeln umeinander herum. Die Schlägerei ist nicht mehr als ein stolpernder Tanz im Schlamm, aber sie lockt Volk an. Ein schadenfroher Kreis aus Gefangenen bildet sich um sie.

Irgendwann steigt ein Wachmann in den Ring und zerrt die Gefangenen auseinander.

Es ist vorbei. Vlads Brustkorb schmerzt von einem harten Ellenbogen, und er selbst hat dem Großbauern die Wange aufgerissen.

Der Wachmann ruft einen Kollegen, und dann werden Vlad und der Bauerntölpel zu Polynow gebracht.

Polynow ist der Herrscher über das Lager.

Es ist ein seltsames Gefühl, in das Büro gebracht zu werden. Der Holzfußboden ist gescheuert. Es gibt sogar einen Teppich und in einer Schrankwand eine kleine Sammlung Weinflaschen.

Kommandant Polynow sitzt wie eine fette Schildkröte auf seinem Thron, einem wackligen Holzstuhl. Vor sich hat er seinen Schreibtisch mit einem halb vollen Wodkaglas und einem alten Armeerevolver. An der Wand hängen zwei gerahmte Porträts: eines vom obersten Polizeichef Genrich Jagoda und eines vom Landesvater Josef Stalin. Vor seinem inneren Auge sieht Aron den großen Anführer Stalin mit einem Grashalm im Mund.

»Was ist passiert?«, fragt Polynow und seufzt über die Schlammspuren, die die Gefangenen auf dem Fußboden hinterlassen. »Warum habt ihr euch geschlagen? Haben wir euch noch nicht genügend fertiggemacht?«

»Kamerad Kommandant«, beginnt der Großbauer und zeigt mit dem Finger auf Vlad, »er hat angefangen.«

»Das stimmt nicht«, entgegnet Vlad. »Kulaken lieben Streit, das weiß doch jeder.«

»Still, du Welpe!«, schreit der Bauer.

Der Kommandant spielt mit dem Armeerevolver und hört sich müde das Gekeife der Gefangenen an.

»Es reicht«, murmelt er schließlich.

Polynow erhebt sich und sieht plötzlich nüchtern aus. Sein Blick bohrt sich erst in Vlad, dann in den Großbauern. Dann legt er den Revolver vor die beiden Gefangenen auf den Tisch.

»Regelt das selbst.«

Vlad starrt auf den gesprungenen Holzgriff des Revolvers. Er weiß nicht recht, was der Kommandant will.

Aber der Bauer erkennt es und wischt sich das Blut von der Wange. »Kamerad Kommandant«, sagt er mit entschlossener Stimme, »ich habe Ihnen eine wichtige Information mitzuteilen, Kamerad Kommandant.« Er zeigt auf Aron. »Dieser Gefangene hier ist nicht, was er vorgibt …«

Da nimmt Vlad den Revolver. Der Griff liegt gut in seiner Hand. Der Bauer muss zum Schweigen gebracht werden, egal, was er über Aron erzählen wollte, also presst er dem Mitgefangenen den Lauf auf die Brust und drückt ab.

Ein Rucken in seiner Hand, ein harter Knall im Raum. Sekunden später liegt der Bauer zuckend auf dem Teppich wie eine kaputte Puppe, den Blick zur Decke gewandt.

Vlad zielt und will noch einmal schießen, aber es ist nur ein trockenes Klicken zu hören.

Polynow streckt die Hand aus und nimmt den Revolver an sich. »Es war nur eine Kugel in der Trommel.«

Er nickt, und der Wachmann im Raum tritt mit seinem Gewehr vor, richtet es auf die Brust des Bauern und drückt ab. Im Büro wird es still.

»... Ukrainer?«

Aron wendet den Kopf. Der Kommandant hat eine Frage gestellt.

»Dann bist du also Ukrainer?«

Aron atmet ein, drückt die Brust raus und steht stramm. Er ist jetzt ganz ruhig, nun schickt er Vladimir Jegerow vor.

»Ich bin russischer Ukrainer, Herr Kommandant. Mein Vater stammt aus Stalingrad und meine Mutter aus Kiew, aber sie sind beide tot.«

»Warum bist du hier?«

Vlad antwortet, ohne zu zögern: »Ich habe einen Laib Brot für meine kleine Schwester versteckt, Herr Kommandant. Sie konnte noch eine weitere Woche davon leben.«

»Du hast also dem Staat Brot gestohlen? Und sie haben dich nicht erschossen?«

»Sie haben mich hierhergeschickt, Herr Kommandant«, erwidert Vlad. »Ich habe noch fünf Monate abzuarbeiten.«

»Gut«, sagt Polynow. »Und schießen kannst du.«

Vlad streckt sich noch ein bisschen mehr, und der Kommandant fährt fort: »Wir haben viel zu viel Gesocks in der Wachmannschaft. Ungebildete Säufer. Die schießen ständig daneben.«

»Ich trinke nie«, entgegnet Vlad.

Der Kommandant schielt auf seine Wodkaflasche, dann brüllt er: »Jakow!«

Der Oberste Wachmann tritt ein. Er ist klein, streckt aber die Nase zehn Zentimeter über Vlads Kinn.

»Erste Order, Kamerad.« Der Oberste Wachmann deutet mit einem Nicken auf die Leiche des Großbauern. »Hol ein paar Gefangene. Begrabt den hier, wenn es dunkel ist.«

Polynow ist zu einem Schrank gegangen und hat etwas geholt.

»Hier ist eine Winchester aus dem Lager der Banditen des Zaren. Alt, aber funktionstüchtig. Trag sie über der Schulter, sodass man sie sieht. Wenn du sie verlierst, musst du zurück in die Brigade.«

Vlad verliert das Gewehr nicht. Er war schwedischer Lagergefangener, jetzt ist er sowjetischer Wachmann und spürt, wie die Waffe ihn aufrechter gehen lässt.

Die Arbeit als Wachmann bringt zwar einige Vorteile – schon am ersten Tag kann er sich fünf Kilo Kartoffeln holen –, bedeutet aber nicht, dass er abhauen könnte. Doch er kann sich freier im Lager bewegen und hat eine wichtige Aufgabe.

Am folgenden Abend hat er Aufsicht entlang des Zaunes, und er verabredet sich mit dem Gefangenen Grischa an einer der hintersten Baracken.

Grischa schleicht im Schatten der Häuser dorthin. Vlad steht und wartet ein paar Meter vom Zaun entfernt. Doch der Gefangene zögert und tritt nicht in den Lichtkegel. Also holt Vlad etwas aus der Tasche. Es ist eine Tüte, mit der er ein wenig raschelt.

»Getrocknete Aprikosen und frischer Tabak«, sagt er leise.

Da tritt Grischa schließlich vor. Er nimmt die Tüte und steckt sie sich unter die Jacke. Obst und Tabak sind harte Währung, aber er scheint dennoch enttäuscht zu sein.

»Ist das alles?«

»Ich habe das Geld dahinten versteckt.« Vlad deutet mit

einem Nicken zu einer dunklen Stelle am Zaun. »Fünfhundert Rubel. Wenn du über mich schweigst, dann kannst du sie holen.«

Grischa sieht ihn an. Der Tageslohn für einen Wachmann beträgt rund acht Rubel, fünfhundert sind ein Vermögen. Doch er zögert.

»Was ist mit den Hunden?«

Vlad lächelt. »Siehst du welche?«, fragt er. »Sie sind heute Abend hinten am Tor.«

Grischa steht immer noch im Schatten der Baracken, er ist unentschlossen. Da ist Vlad die Sache leid und er zuckt mit den Schultern. »Wie du willst. Wenn du es nicht nimmst, hole ich mir das Geld zurück.«

Und er geht auf den Zaunpfahl zu. Aus dem Augenwinkel beobachtet er scharf, ob sich der Alte bewegt.

Und das tut er.

Grischa ist zwar in der Tat alt, aber schnell. Er drängt sich an Vlad vorbei und eilt auf den Zaun zu, hin zu dem Pfosten, an dem das Geld liegen soll.

Als er zwei Schritte vom Zaun entfernt ist, hebt Vlad sein Gewehr an die Schulter. »Ausbrecher!«, ruft er.

Dann zielt er auf Grischas Rücken und schießt. Einmal, zweimal. Als würde man Seehunde schießen.

Andere Wachleute kommen angerannt, aber Vlad hat gut gezielt. Sie können nur noch auf die Leiche anlegen und dann wieder ihrer Wege gehen.

Jetzt wird Grischa als Warnung für die anderen noch ein paar Tage am Zaun liegen bleiben.

LISA

Zwei heiße Fiebertage in verpesteter Luft und mit akutem Toilettenpapiermangel im Wohnwagen dauerte es, dann ging es Lisa allmählich besser. Ein wenig besser zumindest. Nach der Brechattacke in der May Lai Bar hatte sie irgendwie ihren Körper zum Wohnwagen zurückgeschleppt und war ins Bett gefallen, um sich dann den Rest der Nacht hemmungslos zu übergeben. Die Magenverstimmung machte sie wieder zu einer Fünfjährigen, einem kleinen fiebernden Mädchen. Schwindelig und verwirrt.

Den ganzen Sonntag über lag sie wie benebelt da. Am Montag konnte sie sich etwas rühren und ein wenig Wasser trinken. Die Sonne draußen anblinzeln. Am Dienstag fühlte sie sich fast wieder erwachsen. Der Magen schmerzte, aber es war schon besser. Sie konnte noch nichts essen, schaffte es aber zumindest, sich von der Schlafstelle zu erheben.

Toastbrot. Sie sollte Toastbrot essen, wollte aber keinen einzigen Bissen zu sich nehmen. Paulina war gesund geblieben und mit ein paar Flaschen Mineralwasser vorbeigekommen, davon hatte Lisa ein paar Schlucke getrunken. Dann wartete sie. Es gurgelte besorgniserregend in ihrem Bauch, aber es kam nichts wieder hoch. Sie trank noch etwas mehr Wasser und sah aus dem Fenster.

Da draußen war noch der Sommer.

Sie hatte nur einen einzigen Auftritt in der May Lai Bar absagen müssen. Im Hotel schien sich jedoch keiner darum zu scheren, denn all die anderen auf der Anlage hatte dieselbe Krankengeschichte wie sie selbst. Jetzt war es vorbei. Doch das war nicht die ganze Wahrheit, denn die Nachricht von der Epidemie hatte sich verbreitet.

An jenem Abend war die May Lai Bar fast leer. Das ganze Ferienresort wirkte wie eine Geisterstadt, so kam es Lisa zumindest vor, als sie zum Hotel hinunterfuhr. Der Campingplatz war wieder zu einer großen Wiese geworden, auf der nur mehr verstreute Zelte und Wohnwagen standen, ein Großteil der Gäste war gefahren. Offensichtlich hatten viele nur die Überschrift des *Ölandsbladet* gelesen, die lautete: IM RESORT WÜTET EIN MAGEN-DARM-INFEKT, um daraufhin schnell zu packen und abzureisen. Oder auf einen der anderen großen Campingplätze der Insel überzusiedeln, wo kein Virus im Trinkwasser lauerte.

Doch wie war es möglich, dass eine einzige Ferienanlage auf der Insel betroffen war und keine der anderen?

Die Shows im Ölandic Club mussten auf jeden Fall weitergehen, also stellte sich Lady Summertime um neun Uhr hinter ihre Musikanlage. Sie fühlte sich wie ein kleiner Vogel, der zurück in seinem Bau war, als sie die erste Platte auflegte und das Mikrofon ergriff.

»Hallo zusammen! Hier ist Lady Summertime mit all euren Lieblingssongs. Jetzt geht es ab, und zwar den ganzen Abend. Hier sind die Bee Gees mit ›You Should Be Dancing‹!«

Ihre Stimme klang noch erschöpft und mechanisch wie in einer Wartehalle, und niemand gehorchte den Bee Gees. Ein paar Schattengestalten hingen mit schlanken Gläsern in den Händen hinten an der Bar herum, doch die Tanzfläche war leer. Und sie blieb es auch. An diesem Abend wollte sich niemand bewegen.

Lady Summertime zog trotzdem ihre Schicht durch.

Um zwanzig nach elf sah sie vom Plattenteller auf. Sie entdeckte auf einem der hohen Eichentische entlang der rechten Wand neben einem leeren Glas ein Handy. Dieser Anblick gab ihr einen kleinen Kick.

Da lag auch eine schwarze Sonnenbrille. Lady Summertime sah sich um, doch es war kein Besitzer zu sehen. Sie konzentrierte sich wieder auf den Plattenspieler, schaffte einen sanften Übergang von Fleetwood Mac zu Elton John und schaute hin und wieder heimlich zu dem Tisch hinüber. Das Telefon lag immer noch da, zum Teil von dem Glas verdeckt. Es war klein und schwarz, eines der jüngsten Ericsson-Modelle. Der Tisch, auf dem es lag, war dreieckig und auf Brusthöhe an der Wand verankert. Man musste sich nicht darüberbeugen, um das Handy zu nehmen, sondern brauchte nur die Hand auszustrecken.

Wer es wohl vergessen hatte? Ein reicher Typ? Ein armes Mädchen? Sie hatte nicht mitbekommen, wer an dem Tisch gestanden hatte – wie unprofessionell.

Ihre Schicht war bald zu Ende. Sie ließ »Sweet Dreams« von den Eurythmics laufen und sah weiter zu dem Wandtisch hinüber, als hätte sie einen Tunnelblick. Lady Summertime hatte nur noch Augen für das Handy, abgesehen von ein paar raschen Blicken, die sie auf die im Lokal verstreuten Gäste warf.

Keiner schien sie zu beobachten.

Zu den letzten zwei Minuten des Songs schaltete sie alle blinkenden weißen Spotlights an, sodass das Licht entlang der Wände gedämpft wurde, und ließ einen Vorhang aus Rauch über die Tanzfläche wabern. Dann verschwand sie blitzschnell von ihrem Posten, als würde sie zur Toilette gehen.

Doch sie ging nicht hinaus, sie schlich am Eingang vorbei, dort standen keine Wachleute. Die Gäste an der Bar unterhielten sich miteinander, nur einer sprach mit Morten, dem dänischen Barkeeper. Keiner schien sie zu bemerken.

Lady Summertime lief die rechte Wand entlang, sie war jetzt nur noch zwei Meter von dem Tisch mit dem Handy entfernt. Drei kurze Schritte durch den weißen Rauch. Dann zwei. Und schon stand sie dort, drehte sich in einer eleganten Bewegung, sodass sie mit der rechten Hand über den Tisch wischen konnte, und schon hatte sie es in der Hand. Sekunden später lag es in der Seitentasche ihrer Jeansshorts.

Sie drehte sich um – und stellte fest, dass ein Wachmann in den Club gekommen war. Es war … wie hieß der Typ noch?

Lisa konnte sich nicht erinnern. Im Moment sah er nicht in ihre Richtung, aber hatte er das möglicherweise ein paar Sekunden vorher getan, als sie das Telefon genommen hatte?

Vielleicht, aber dann stünde er jetzt ja wohl schon vor ihr.

Das Handy wog schwer in der Hosentasche. Sie konnte es unmöglich zurücklegen. Sie musste rasch wieder in ihre DJ-Kabine steigen.

Sie setzte die Kopfhörer auf. »Sweet Dreams« war fast zu Ende, und es durfte nicht eine Sekunde still sein. Nahtlos ging sie zu Lou Reed mit »Perfect Day« über, ein ruhiger Abschluss. Jetzt gab es tatsächlich einige Paare, die aufstanden und tanzten. Vielleicht würde heute Abend ja jemand seine große Liebe treffen.

Auf halber Strecke von »Perfect Day« kam ein mageres Mädchen in einem schwarzen Kleid in den Club und ging direkt zu dem Wandtisch, auf dem eben noch das Handy gelegen hatte. Summertime beobachtete sie.

Das Mädchen nahm das Glas, schaute über den Tisch, beugte sich darunter und suchte den Boden ab. Dann schaute sie sich im Lokal um.

Summertime tat so, als würde sie das Mädchen nicht bemerken, rückte die Kopfhörer zurecht und beugte sich über den Plattenspieler. Aus dem Augenwinkel sah sie das Mädchen zur Bar gehen und mit Morten sprechen. Offenbar fragte sie ihn etwas. Morten schüttelte rasch den Kopf, beugte sich aber hinter den Tresen und holte sein eigenes Handy heraus. Das Mädchen nickte und nahm es entgegen.

Lady Summertime blickte zur Tür. Der Wachmann stand noch da. Aber sie war durch ihre Kabine vor seinen Blicken geschützt, also holte sie ganz langsam das gestohlene Handy aus der Jeanstasche. Nun hielt sie es in einem leichten Griff zwischen den Fingern. Mit der anderen Hand nahm sie ein paar Schallplatten und steckte sie in ihre Tasche auf dem Boden. Während sie sich bückte, schob sie das Handy durch einen Spalt unter ihrer Musikanlage hindurch auf die Tanzfläche.

In dem Moment, als es aus ihrem Sichtfeld verschwand, fing es an zu blinken und zu vibrieren. Jemand rief an, und das war natürlich das Mädchen hinten bei Morten. Sie hielt sein Telefon ans Ohr und sah sich im Lokal um, obwohl die Musik das Klingeln übertönte.

Lady Summertime legte ein neues langsames Lied auf, »Don't Give Up«, obwohl ihre Schicht eigentlich schon beendet war. Aber sie war jetzt nervös und wollte beschäftigt wirken.

Das Handy auf der Tanzfläche blinkte. Nach einer Weile wurde es von einem der Paare entdeckt, das sich wenige Meter entfernt über die Tanzfläche wiegte. Der Mann beugte sich hinunter und nahm es auf. Er meldete sich, hielt sich mit der Hand das andere Ohr zu, wegen der Musik – und sah zur Bar. Dort stand das Mädchen und winkte. Er ging zu ihr, und Lisa sah den Schluss der Pantomime:

Danke, danke, wo haben Sie es gefunden?

Auf der Tanzfläche.

Oh, danke. Ich habe es überall gesucht …

Das Handy war wiedergefunden, das Drama beendet. Lisas Schicht ebenso. Das letzte Lied verklang, und sie griff zum Mikrofon.

»Das waren Peter Gabriel und Kate Bush mit ›Don't Give Up‹. Geben Sie niemals auf! Und das tut auch Lady Summertime nicht, ich nehme jetzt einfach ein bisschen frei bis Mitternacht und lasse unsere Liveband zum Zuge kommen, The Fun Boys, die draußen auf der Terrasse spielen werden.«

Lisa nahm die Kopfhörer ab und schob die Regler nach unten. Jetzt würde sie sich in die Hotelküche begeben und eine kostenlose Mahlzeit bekommen, ehe sie in einer halben Stunde weitermachte.

Auf dem Weg nach draußen nickte sie, entspannt lächelnd, dem hochgewachsenen Türsteher zu. EMANUEL stand auf seinem Namensschild. Emanuel schaute auf sie herunter und nickte ebenfalls, aber Lisa vermochte seinen Blick nicht zu deuten.

GERLOF

Vor Gerlofs Garten war ein dumpfes Brummen zu hören, das die Insekten zum Schweigen brachte und den Vogelgesang dämpfte. Er saß im Gartenstuhl und wandte den Kopf. Hinter den Bäumen entlang der Straße erahnte er einen großen schwarzen Schatten.

Dann geschah eine ganze Weile nichts weiter. Die Sonne schien, der Schatten blieb, und es brummte.

Gerlof war müde, sein Bein schmerzte. Doch schließlich stand er doch aus seinem Stuhl auf und ging zum Tor. Draußen auf der Straße stand ein riesiges Auto mit dunkel getönten Scheiben. So ein Stadtjeep, der dafür gebaut war, es in der Großstadt mit Verkehrsinseln und Kinderwagen aufzunehmen. Chrom und Glas blitzten in der Sonne.

Dann glitt die Fensterscheibe auf der Fahrerseite in einer gleichmäßigen Bewegung herunter, und Gerlof sah Kent Kloss darin sitzen, das Handy ans Ohr gedrückt und die andere Hand auf dem ledernen Lenkrad. Offensichtlich besaß Kent zwei Autos.

Gerlof öffnete das Gartentor und ging langsam zu dem Jeep. Er nickte Kloss zu. »Hallo«, sagte er. »Vielen Dank für neulich.«

Sie hatten sich seit dem Polizeiverhör in der Villa Kloss nicht gesehen.

»Ich danke«, erwiderte Kent müde. Er stellte den Motor nicht ab, sondern ließ ihn weiterbrummeln.

»Brauchen Sie etwas, Kent?«, fragte Gerlof, und Kloss nickte.

»Ich wollte J-K abholen.«

»J-K?«

»Jonas Kloss, meinen Neffen. Er soll nach Hause kommen.«

Gerlof blieb stehen. Er hatte nicht vor, Jonas aus dem Haus zu holen. Stattdessen sagte er einfach nur: »Wie geht es Ihnen denn da drüben?«

»Alles in Ordnung«, antwortete Kent. »Bei uns ist es genauso heiß wie hier.«

»Ich meinte im Ölandic Resort«, verdeutlichte Gerlof. »Es gab doch eine Epidemie dort.«

Kloss senkte den Blick.

»Ja, Magen-Darm-Infekt«, nuschelte er. »Das ganze Wochenende über war es ein verdammtes Durcheinander. Aber die Toiletten sind jetzt sauber durchgespült.«

»Und die Gäste?«

»Die kommen zurück«, erwiderte Kent rasch, »einer nach dem anderen.«

Doch er sah selbst nicht sonderlich überzeugt davon aus und spielte ungeduldig mit dem Gaspedal.

Gerlof wunderte sich, was Kent hier eigentlich machte. Warum wollte er seinen Neffen mit dem Auto abholen? Wollte Kent ihn kontrollieren?

Laut fragte er: »Gibt es etwas Neues von der *Ophelia?*«

»Von wem?«

»Diesem Frachter, den Sie gemietet hatten.«

Kent schaute über das Meer.

»Soweit ich weiß«, entgegnete er schließlich. »Er ist weg, aber wir glauben, dass …« Er unterbrach sich und fügte dann hinzu: »Ich versuche, nicht an dieses Schiff zu denken.«

»Natürlich«, sagte Gerlof. »Das war schließlich ein Schmuggelkahn.«

Kent nahm den Fuß vom Gaspedal. »Was sagen Sie da?«

»Sie haben mit der *Ophelia* Alkohol geschmuggelt.«

Kloss schaute ihn entgeistert an und schüttelte den Kopf. »Wir haben Fisch transportiert«, erwiderte er gedehnt und ließ den Motor bedrohlich aufheulen.

»Der Alkoholschmuggel ist ein Gewerbe mit Tradition«, erklärte Gerlof, »nicht nur auf Öland, sondern entlang der gesamten südschwedischen Küste. Erinnern Sie sich an Algoth Niska?«

Kloss schwieg, also redete er weiter: »Als ich jung war, fuhren Algoth und seine Bande in die internationalen Gewässer hinaus und trafen sich mit Schiffen aus Polen und Deutschland. Von denen kauften sie Wodka für ein oder zwei Kronen den Liter. Ebenso Tabak und manchmal auch Waffen. Dann brachten sie alles nach Öland und versteckte es hier und dort, in Bootsschuppen, in Brunnen, unter Holzstapeln und sogar in Schutzhütten weit draußen auf der Großen Alvar.« Er schaute Kent Kloss eindringlich an. »Wie macht man das heute so?«

»Keine Ahnung.«

»Es ist wahrscheinlich verlockend, den Alkohol weiterverkaufen zu können«, vermutete Gerlof. »Vor der Hochsaison kontrolliert die Polizei schließlich nur die Flaschen, die über die Brücke auf die Insel gebracht werden, nicht die, die man wegbringt. Wenn man also am Pier die Schiffsladung gelöscht hat, dann können die Autos übernehmen und die Flaschen weiterverteilen. Oder?«

Kent lächelte dünn. »Wie ich schon sagte, wir hatten frischen Fisch an Bord der *Ophelia*.«

»Ganz bestimmt hatten Sie auch eine Menge Fisch an Bord«, stimmte Gerlof zu. »Eine alte Ladung, die man dem Zoll vorweisen konnte, aber das erwies sich als Fehler. Die *Ophelia* hatte keine Kühlanlagen, und so verdarb der Fisch in der Wärme. Dennoch ging alles gut, solange der Laderaum offen stand, aber wenn jemand die Luken schloss, dann erstickte die Besatzung.«

Kent nahm den Fuß vom Gaspedal. »Wir gehen dem nach«, sagte er. »Es gibt ein paar Wachleute im Ölandic Resort, die sich als nicht vertrauenswürdig erwiesen haben ...«

»So wie Peter Mayer?«, warf Gerlof ein.

»Er hat gar nicht mehr bei uns gearbeitet, wir haben ihn voriges Jahr rausgeworfen. Ein anderer Wachmann ist um Mittsommer verschwunden.«

»Und Einar Wall?«, fragte Gerlof. »Kennen Sie den auch?«

»Nur geschäftlich ... Wall hat ein bisschen Fisch und Geflügel an unsere Restaurants verkauft.«

Langsam begann Gerlof zu ahnen, was an Mittsommer passiert war. Eine kleine Gruppe Personen wusste, dass im Industriehafen des Ölandic Resorts ein Frachter mit Geld lag, und hatte eine Idee. Einar Wall hatte zu der Gruppe gehört, zudem sein Neffe Peter Mayer und noch ein alter Heimkehrer aus dem Ausland. Sie hatten beschlossen, einen Schmuggelkahn zu berauben, und das hatten sie auch getan. Aber die Dinge waren nicht nach Plan gelaufen.

»Peter Mayer ist oben auf der Landstraße gestorben«, sagte Gerlof. »Einar Wall starb bei seiner Hütte.«

Das war eine Feststellung, keine Frage, und Kent Kloss reagierte darauf, indem er noch einmal mit dem Gaspedal spielte.

Aber Gerlof war noch nicht fertig, sondern trat jetzt näher ans Auto heran.

»Sehen Sie sich vor, Kent«, sagte er. »Es können Dinge passieren.«

Kent ließ das Gaspedal los.

»Drohst du mir, du alter Knacker?«

Das war eine lustige Beschimpfung, aber Gerlof blieb ernst. Er schüttelte den Kopf.

»Nicht ich. Es gibt jemand anderes, der bedrohlich ist.«

»Und wer?«

Gerlof wog kurz ab, dann nannte er einen Namen, der sich in seinem Kopf festgesetzt hatte.

»Aron Fredh«, sagte er.

Kent Kloss sah ihn mit finsterer Miene an, und Gerlof wusste, dass der Name für ihn tatsächlich von Bedeutung war.

Dann lächelte Kent müde und winkte ab. »Aron Fredh. Das ist eine andere Geschichte.«

»Ist es das?«

»Aron Fredh«, wiederholte Kent, »das war ein kleiner Rotzbengel, der sich in die USA aufgemacht hat. Dahin ist er zusammen mit seinem Stiefvater Sven abgehauen, der auch so ein Loser war.«

»War er das?«, fragte Gerlof.

»Absolut«, blaffte Kent. »Sven Fredh sollte die Röse für uns bauen, aber er hat es versaut.«

»Sven hat die Röse gebaut?« Gerlof war verwundert.

Aber Kent nickte. »Sven Fredh sollte damals in den Zwanzigerjahren zusammen mit meinem Großvater und seinen Brüdern die Steine zur Küste hinunterbringen. Aber der ganze Bau ist zusammengebrochen. Sven wäre beinahe verschüttet worden und hat sich dabei das Bein gebrochen. Sie mussten noch einmal von vorn anfangen, und Sven ist entlassen worden.«

Gerlof hörte interessiert zu, das hier war ihm neu. Dann sagte er mit erhobener Stimme, um das Motorengeräusch zu übertönen: »Ich bin Aron begegnet.«

»Diesen Sommer?«, fragte Kent.

Er hatte den Fuß wieder vom Gaspedal genommen, jetzt war er neugierig. Aber Gerlof schüttelte den Kopf.

»Als ich jung war, im Sommer 1930. Aron Fredh und ich arbeiteten zusammen auf dem Friedhof. Wir haben ein Grab gegraben.«

Kloss nickte und sagte sarkastisch: »Dann können Sie ihn ja finden, Gerlof, wenn Sie wissen, wie er aussieht.«

»Nicht mehr. Ich bin zu alt.«

»Aber Sie haben trotz Ihres Alters ein gutes Gedächtnis. Sie erinnern sich an Schiffe und Leute und alles Mögliche. Und Sie könnten an der Sache auch was verdienen.«

»Was denn?«, fragte Gerlof. »Warum ist Aron Fredh so gefährlich?«

Aber er bekam keine Antwort.

Hinter ihm klapperte das Gartentor. Jonas war aus dem Haus gekommen. Der Junge näherte sich dem Auto und sah seinen Onkel an wie ein Hund sein Herrchen.

»Wir wollen essen, J-K«, rief Kent.

Jonas nickte und stieg in den Wagen. Kent warf Gerlof einen letzten Blick zu. »Dann hören wir ja vielleicht voneinander«, sagte er.

Er stieg aufs Gas, und der Jeep rauschte davon.

Gerlof sah dem Wagen nach. Das war doch wirklich ein interessantes Gespräch am Gartentor gewesen. Ihm war natürlich klar, dass Kent Kloss ihm eine Menge gesagt hatte, ohne jedoch irgendetwas zuzugeben.

JONAS

Das chinesische Holzöl tropfte vom Pinsel, und der Schweiß rann von Jonas' Stirn. Behutsam strich er mit dem Pinsel über die Holzdielen der Terrasse. Als vier Dielen fertig waren, machte er eine Pause und trank bestimmt einen halben Liter Wasser – garantiert sauberes Wasser, aus der Flasche –, dann arbeitete er weiter. Ein paar Dielen wollte er noch schaffen, dann konnte er ein abendliches Bad nehmen.

Bald würde er mit der Terrasse von Onkel Kent fertig sein. Und nächste Woche würde er bei Tante Veronica weitermachen.

Der Anblick des glänzenden Holzes und der Geruch von Chinaöl – das war dieser Sommer für Jonas.

Als die Sonne langsam auf den Streifen Land am Horizont zusank, machte er Feierabend und schnaufte durch. Jetzt wollte er nur noch baden gehen, dann hatte er für diesen Abend frei.

Er holte seine Badehose, überquerte die Küstenstraße und stieg dann auf die menschenleere Landborg über dem Wasser hinauf.

In den ersten Tagen nach Mittsommer war er nie abends allein zum Strand gegangen. Seine Furcht vor dem Wasser hatte sich immer noch nicht ganz gelegt, aber er hatte nicht vor, sie die Oberhand gewinnen zu lassen.

Der Blaue Heinrich, der aus der steinigen Erde wuchs, vertrocknete allmählich und wurde dunkellila. Das Wildgras war schon vergilbt, und die Büsche verloren ihre Blätter. Nur die Röse sah aus wie immer, abgesehen davon, dass ein Stein heruntergerollt war. Wie viele davon lagen jetzt im Gras – zehn oder elf? Jonas ging schnell daran vorbei, ohne nachzuzählen.

Er betrat die alte Steintreppe, die über die Felsenkante führte, dann in die Senke hinab und weiter zum Strand. Es waren nicht mehr als fünfzig Meter zu gehen, doch auf halbem Weg auf der Treppe hielt er inne.

Unten in der Senke hatte er ein Geräusch gehört. Es kam von der alten Steinrinne, die von Steinmetzen wie eine v-förmige Wunde in den Felsboden gehauen worden war. Ein kratzendes Geräusch von links. Jonas spähte hinunter. Doch alles, was er sehen konnte, waren rosafarbener Stein und grauer Schotter. Aber keine Menschenseele.

Jetzt war das Geräusch wieder zu hören, mehrere Male. Es klang, als würde jemand mit einer Hacke oder einem Spaten rhythmisch in den Fels hauen.

Nein, nicht in den Fels – unter dem Fels.

Ein großer Felsen, der vor ihm aus der Wand ragte, versperrte Jonas die Sicht. Aber wenn er bis zum Boden der Senke hinunterstieg, dann würde er mehr sehen.

In der Rinne lagen überall Steinbrocken. Jonas hatte nur die alten Turnschuhe an und musste vorsichtig gehen und manchmal von Stein zu Stein springen. Hier und da wuchsen aus dem Schotter irgendwelche Dornenbüsche, die sich nach ihm streckten, aber er schlängelte sich an ihnen vorbei. Jetzt konnte er weiter die Rinne entlangsehen.

Er entdeckte eine Metalltür, die fest im Fels verankert war, fast direkt unterhalb der Stelle, auf der die Röse auf dem Plateau lag.

Der Bunker. Jetzt erinnerte er sich. Auch Gerlof hatte davon erzählt.

Aus früheren Sommerferien wusste Jonas, dass der Bunker immer mit einem rostigen, alten Vorhängeschloss versperrt gewesen war – doch jetzt stand er offen. Und von dort kamen die kratzenden Geräusche.

Es war jemand im Bunker.

Nicht der Grabgeist, das wusste er. Gerlof hatte gesagt, dass es keinen solchen Geist gab.

Jonas schlich etwas näher heran. Noch nie hatte er den Bunker von innen gesehen, doch Casper und er hatten schon vor der Metalltür gespielt und sich gefragt, ob wohl tote Soldaten dahinter lagen. Sie hatten sich damit gegenseitig einen Schrecken eingejagt.

Das Hacken ging weiter.

Jonas machte noch einen Schritt. Jetzt war er fast am Eingang des Bunkers angekommen und sah im Sonnenlicht einen mit Kies bedeckten Zementfußboden. Doch die Strahlen reichten nicht mehr als einen knappen Meter hinein. Dahinter war es pechschwarz.

Er tat noch einen Schritt vorwärts und lauschte. Jetzt drangen keine Geräusche mehr aus der Türöffnung. Er fasste sich ein Herz.

Vor dem Eingang lag wie eine große Schwelle ein breiter Steinsockel. Jonas stieg nicht darauf, beugte sich aber so weit vor, dass er in den Bunker hineinschauen konnte. Er hielt den Atem an und horchte.

Im Inneren stand die Luft und es war stickig. Hinter der Schwelle lag ein kleiner Raum, doch an dessen Ende erahnte Jonas noch eine schmale Türöffnung, die das Sonnenlicht jedoch nicht erreichte.

In dem vorderen Raum stand auf dem Zementfußboden nur ein einziges Möbelstück, ein wackliger Holztisch. Eines der Beine war abgebrochen, doch jemand hatte einen Steinblock daruntergeschoben, um die Tischplatte waagerecht zu halten.

Auf dem Tisch lag etwas.

Jonas blinzelte, es war ein Gegenstand. Klein und platt, mit einem länglichen Ende. Jetzt erkannte er, was es war: eine Pistole.

Mit einem Mal hatte Jonas vergessen, dass er besser nicht in den Bunker gehen sollte – er war einfach zu neugierig. War das wirklich eine richtige Pistole?

Er stieg über die Schwelle und schlich in den Raum hinein. Dann streckte er die Hand nach der Pistole aus und nahm sie auf. Sie war schwer, wahnsinnig schwer. Und alt, mit einem zerkratzten Holzgriff. Aber das war ganz eindeutig eine richtige Pistole.

Erschrocken hob er den Kopf. Da war ein schwaches Geräusch zu hören gewesen, ein leises Kratzen. Er hielt wieder den Atem an. Das Geräusch kam aus dem hinteren Raum, aus der Dunkelheit. Dort war jemand.

Der Geist?

Jonas musste hier raus.

Rasch wickelte er die Pistole in sein Badehandtuch und schlich aus dem Bunker.

Das Baden war ihm jetzt egal, ihm war gar nicht mehr heiß. Er lief den Weg zurück durch die Rinne und flitzte die Treppe hinauf bis zur Landborg. Das Handtuch, das er um den Fund aus dem Bunker gewickelt hatte, trug er unter dem Arm.

Er rannte an der Röse vorbei, geradewegs über die Küstenstraße, zurück zur Villa Kloss und dann in seine eigene kleine Hütte.

Dort schloss er sorgsam die Tür und zog die Gardine zu, wickelte dann das Handtuch auf und setzte sich auf sein Bett, um den Fund zu betrachten.

Eine richtige Pistole.

DAS NEUE LAND, JULI 1936

Zu Jahresbeginn müssen alle Parteibücher mit Fotos erneuert werden. Auf diese Weise sollen Staatsfeinde, die sich eine neue Identität verschafft haben, gefunden und ausgerottet werden – doch Aron lässt sich gelassen vor der Kamera im Wachkontor nieder. Eine Fotografie ist für ihn nur von Vorteil. Er hat das Leben und die Identität von Vladimir Jegerow gestohlen, und ein eigenes Parteibuch wird Vlad nur noch glaubwürdiger machen.

Das entwickelte Foto anzusehen, ist ein seltsames Gefühl, denn Aron hat mehrere Jahre nicht in den Spiegel geschaut. Er sieht einen abgehärteten jungen Mann mit gebrochener Nase und einer roten Narbe auf der Stirn. Aron erkennt sich nicht wieder, es ist Vlad, den er sieht.

Vladimir ist nicht nur Mitglied in der Partei geworden, er hat auch einen Pass und eine Wachuniform bekommen. Damit ist er nun fast frei. Er kann sich auch außerhalb des Lagers bewegen, und er ist in ein kleines Zimmer in den Soldatenbaracken eingezogen, das tatsächlich richtig warm ist. Eine alte Babuschka kocht ihm jeden Abend Essen und kümmert sich um seine Uniform. Es ist unmöglich, die Stiefel im Schlamm des Frühjahrs und im Staub des Sommers blank zu halten, aber Vlad hat ein zweites Paar gefunden, sodass er wechseln kann.

Hingegen hat er nur ein Gewehr, doch das lässt er niemals aus den Augen und putzt es sorgfältig jeden Abend. Es muss immer funktionieren.

Nach ein paar Monaten lässt sich sogar in der Nordsowjetunion der Frühling erahnen. Manche Gefangene drehen durch und fliehen zum Licht. Zum Zaun. Vlad zögert nicht, er stellt sich breitbeinig hin und erschießt sie.

Und darin ist er gut.

Nach Grischa hat er sieben Gefangene am Zaun erschossen. Alle wollten entkommen. Kommandant Polynow hat ihn für seine Wachsamkeit gelobt und ihm sogar einen Bonus von hundert Rubeln gegeben.

Im hinteren Teil des Lagergeländes ist aus Ziegeln ein holzbefeuertes Krematorium errichtet worden. Dort entsorgt man die Leichen.

Im Sommer kommt die Hitze durch den Wald geweht und breitet sich schwer über das Lager. Die Gefangenen arbeiten langsamer, aber auch die Fluchtversuche sind seltener.

Man kann eine Art Frieden in der Sowjetunion erahnen. Die Kulaken und die Klassenfeinde wurden in die Knie gezwungen, und alle ausländischen Spione wurden eliminiert. Vielleicht ist endlich die Zukunft gekommen.

Doch Anfang Juli erscheint ein neuer Vizekommandant im Lager, ein Leutnant. Er heißt Fajgin und kommt von irgendwo im Süden, trägt eine neue Uniform und eine blitzsaubere Mütze.

Polynow versammelt die Wachen in seinem Büro, doch Fajgin führt das Wort, er spricht mit glühendem Blick. Auf seinem Hemdenkragen prangt das NKWD-Abzeichen, ein starkes Schwert unter Hammer und Sichel.

»Wir haben wichtige Neuigkeiten«, sagt der Leutnant. »Im Süden sind, sowohl in den Städten wie auch auf dem Land, weitere Feinde entdeckt worden. Mehr denn je.« Er beugt sich über den Tisch. »Es handelt sich um eine große Verschwörung mit Tausenden Beteiligten.«

»Sind es Kulaken?«, fragt ein Wachmann neben Vlad.

»Die Kulaken sind weg«, antwortet Fajgin, »aber diese Feinde sind noch viel gefährlicher. Es sind Trotzkisten. Intellektuelle. Fanatiker.«

»Herrscht Krieg?«, fragt ein anderer Wachmann.

»Ja. Es herrscht Krieg«, entgegnet Fajgin, »doch nicht auf den Straßen. Der Feind versteckt sich, er versucht, mit der Masse zu verschmelzen und so auszusehen wie wir. So zu sein wie wir. Dann schlägt er mit Sabotage und Krawallen zu. Oder mit Mord.«

Die Wachmänner schweigen. Fajgin lächelt zum ersten Mal ein wenig und zeigt auf die Mappe, die neben ihm auf dem Tisch liegt: »Und auch diese Feinde sollen sterben. Wir haben Listen mit den Namen derjenigen, die mit dem Zug auf dem Weg hierher sind, und Anweisungen, wie sie zu behandeln sind. Die Trotzkisten sollen hier im Lager ein eigenes Haus bekommen.«

Das neue Haus wird Saustall genannt, obwohl es keine Schweine im Lager gibt. Der Saustall wird eine niedrige Bude mit dicken Holzwänden, und er wird fast Wand an Wand mit dem Krematorium errichtet. Der hinterste Raum bekommt einen abschüssigen Steinfußboden.

Die Arbeit im Saustall findet des Nachts statt. Wenn ein Trotzkist in den hintersten Raum des Hauses geführt wird, wird ein Aufziehgrammophon angeworfen. Das spielt mit hoher Lautstärke vaterländische Marschmusik und übertönt so alle anderen Geräusche.

Vlad aber, der ein paarmal an der Außentür des Saustalls Wache steht, hört dennoch die Schüsse durch die Holzwände schallen. Jede Nacht kehren die Schussgeräusche wieder.

Aber es ist nicht alles durchdacht: Man hätte auf die Rückseite des Saustalls eine Tür oder eine Art Luke bauen sollen. Jetzt müssen die Leichen lange nach Mitternacht, wenn die Sommernacht dunkel genug ist, durch den Eingang des Saustalls hinüber ins Krematorium geschafft werden.

Morgens steigt dann grauer Rauch aus den Schornsteinen.

Doch in diesem Jahr sind es zu viele Feinde, und es kommen immer mehr Züge. Die Trotzkisten überschwemmen alles. Der Sommer geht in den Herbst über, und überall im Lager stolpern die dünnen zerlumpten Figuren herum.

Im September werden Vlad und etwa zehn andere Wachleute in das Büro von Kommandant Polynow gerufen, wo auch Fajgin wartet. Fajgin steht immer noch erhobenen Hauptes da, während der Kommandant den Kopf hängen lässt. Er sieht mittlerweile sehr alt aus, sein Gesicht ist aufgedunsen, und er hat schwarze Ringe unter den Augen. Der Weinschrank ist schon seit Langem leer.

Außerdem sieht Vlad, dass das Porträt des Generalsekretärs Jagoda von der Wand verschwunden ist. Stalins Bild hängt noch, doch neben ihm prangt ein anderes Gesicht. Ein jüngerer Mann mit ebenso hartem Blick wie Jagoda.

»Unser Kommissariat hat einen neuen Führer bekommen«, erklärt Polynow leise und deutet mit einem Nicken auf das Porträt. »Er heißt Kamerad Nikolai Jeschow. Jagoda wurde inhaftiert. Er ist beim Lesen von trotzkistischer Literatur ertappt worden.« Der Kommandant seufzt. »Die Aufständischen breiten sich aus. Wir brauchen neue Schützeneinheiten.«

Er hebt die Wodkaflasche und nimmt einen großen Schluck. Er ist sehr betrunken.

»Wir bekommen mehr Arbeit«, fährt er fort. »Viel mehr Arbeit. Allesamt. Das Land muss gesäubert werden, von … von …« Er verstummt, als hätte er den Faden verloren.

»Der Saustall und das Krematorium reichen nicht mehr aus, und wir können schließlich nicht anfangen, Leichen hier im Lager zu stapeln. Es muss eine bessere Lösung geben. Also sollten wir einen besonderen Ort für die gefährlichsten Feinde, die Trotzkisten, einrichten. Wir werden tief im Wald eine Kiesgrube für sie ausheben, wo man keine Musik braucht.«

GERLOF

Gerlof posierte, auf seinen Stock gestützt, vor einer Kamera auf dem Friedhof. Er fühlte sich nicht wohl in seiner Haut, wenn er sich so darstellte, aber das war ja seine eigene Entscheidung gewesen. Nun redete er sich ein, es wäre für eine gute Sache.

Alles nur, um Aron Fredh herauszulocken, wo auch immer er sich versteckte.

Er schaute in die Kamera des Fotografen, der gleichzeitig auch Reporter war. Bengt Nyberg war einer der Veteranen der Lokalzeitung und berichtete eigentlich über alles, was in Nordöland passierte.

»Ich habe gesehen, dass du über den Magen-Darm-Infekt geschrieben hast«, begann Gerlof.

Bengt sah nachgerade zufrieden aus. »Ja, genau, unten im Ölandic Resort«, sagte er. »Sie wollten die Sache natürlich am liebsten totschweigen, aber ich habe exklusiv berichtet. Schließlich waren es Hunderte von Kranken dort unten. Die Kläranlage hat das beinahe nicht bewältigen können.«

Sie gingen nebeneinander ein paar Schritte über den Kiesweg. Gerlof sah sich auf dem Friedhof um. Er betrachtete das ordentlich gemähte Gras und die Reihen von Grabsteinen um die Kirche herum. Seit siebzig Jahren besuchte er diesen Ort. Im Laufe der Zeit waren viele neue Gräber dazugekommen. Seine Frau und alle seine älteren Verwandten lagen hier.

Nyberg fotografierte Gerlof, wie er dramatisch mit dem Stock auf etwas zwischen den Gräbern zeigte. Dann ließ er die Kamera sinken.

»Und welches Grab war es genau?«

»Daran erinnere ich mich nicht«, entgegnete Gerlof. »Ich

habe in dem Sommer ziemlich viele Gräber gegraben. Es war irgendwo hier …«

Da log er natürlich, aber er wollte die Familie Kloss nicht der Zeitung gegenüber erwähnen. Das würde Kent Kloss sicher nicht gut finden.

»Doch ich erinnere mich an das Geräusch«, fuhr er fort. »Drei markante Klopfgeräusche, dann noch einmal drei. Und da haben wir dann aufgehört, das Grab zuzuschaufeln. Wir haben den Sarg wieder rausgehoben und Doktor Blom gerufen. Und der kam dann auf seinem Fahrrad, konnte aber nichts mehr machen.«

»Er war tot?«, fragte der Journalist. »Der Mann in dem Sarg?«

»Mausetot«, bekräftigte Gerlof.

Nyberg machte noch ein Foto und schrieb etwas auf seinen Block. Dann schien er zufrieden und wandte sich wieder Gerlof zu.

»Ja, das war eine gruselige Geschichte … ein Sommermysterium.«

»Wirst du darüber schreiben?«, fragte Gerlof.

»Doch, ich werde eine kleine Geschichte daraus machen. Einen Einspalter mit Bild.«

»Und wann erscheint das?«

»Weiß ich noch nicht«, antwortete Nyberg. »Morgen, wenn wir Glück haben. In diesem Monat gibt es keine Sauregurkenzeit bei uns, obwohl in der Gemeinde keine Sitzungen stattfinden.«

Gerlof nahm an, dass er auf den Tod von Einar Wall und Peter Mayer in der Woche zuvor anspielte. Er legte Nyberg die Hand auf den Arm und sagte: »Schreib doch, dass ich gern mit Zeugen Kontakt aufnehmen würde.«

»Mit Zeugen?«

»Ja, falls sich noch jemand anderer an dieses Klopfen erinnert. Jemand, der an dem Tag auf dem Friedhof war. Dann könnte derjenige sich bei mir melden.«

Bengt Nyberg nickte, ohne jedoch zu fragen, welche Zeugen das nach fast siebzig Jahren wohl sein sollten.

An der Kirchentür trennten sie sich, nachdem der Reporter noch verraten hatte, welche Überschrift der Artikel wahrscheinlich bekommen würde, und die war alles andere als subtil:

GERLOF DAVIDSSON ERINNERT SICH NOCH AN DAS KLOPFEN AUS DEM GRAB.

Das konnte man getrost Sensationsjournalismus nennen.

Aber Gerlof war dennoch zufrieden, als er zwei Tage später die Zeitung aufschlug. Der Artikel war gut sichtbar platziert und wurde sicher von vielen gelesen. Gerlof wusste, dass alle anderen, die an jenem Tag das Klopfen gehört hatten, seit Langem tot waren.

Alle außer ihm selbst – und möglicherweise Aron.

LISA

Als Lisa an diesem Morgen erwachte, ging es ihr ziemlich gut. Ihr Magen hatte sich beruhigt, die Sonne strahlte vom Himmel, und das Leben erschien heller – sie hätte eigentlich ahnen müssen, dass heute noch etwas passieren würde.

Ungefähr eine Stunde nach dem Aufwachen, als alle Körperflüssigkeiten wieder im Gleichgewicht waren, ging sie an den Strand hinunter. Die Steine waren warm und angenehm unter den Fußsohlen. Sie ging bis zu den äußersten Planken auf den Steg hinaus und sprang, ohne zu zögern, ins Wasser. Der Sandboden war weich und das Wasser warm, über zwanzig Grad, Lisa genoss es, sich darin auszustrecken. Augen schließen, treiben lassen, entspannen. *No worries.*

Sie schwamm am Steg entlang, bis die Schwimmschule mit einer Gruppe plantschender Kinder kam. Dann ging sie wieder hinauf, zurück zum Campingplatz.

Als sie durch den Eingang trat, sah sie schon von Weitem ihren Wohnwagen, aber irgendetwas stimmte nicht.

Der Wagen bewegte sich. Die Tür war angelehnt und schwang leicht hin und her.

Lisa verlangsamte ihre Schritte, ging aber weiter. Sie erinnerte sich an einen alten englischen Rat für Camper: *Don't go knocking, if the trailer is rocking.*

Aber wenn ein Wohnwagen schaukelte, obwohl eigentlich niemand darin sein konnte – sollte man dann nicht doch anklopfen?

Lisa klopfte nicht, sondern öffnete einfach die Tür.

»Hallo?«, fragte sie leise.

Im Wohnwagen war es dunkel, und ihre Augen mussten sich erst an die Dunkelheit gewöhnen, doch sie hörte deutlich eine Stimme.

»Hallo, Lady Summertime.«

Eine Männerstimme. Sie klang ruhig, aber Lisa verspürte ein eisiges Gefühl in der Magengegend. Hier stimmte etwas nicht.

Sie stieg nicht in den Wagen, beugte sich aber vor und blickte weiter hinein, sodass sie bis zu ihrer Schlafkoje sehen konnte. Mitten auf ihrem schmalen Bett hockte eine lange Gestalt.

Jetzt erkannte sie: Das war Kent Kloss.

Er trug weiße Shorts und einen roten Pullover und nickte ihr zu. Mit Entsetzen stellte sie fest, dass er ihre Tasche geöffnet hatte. Die DJ-Tasche.

Langsam blätterte Kloss durch die Schallplatten. Er war noch nicht weit gekommen, kam aber rasch voran.

»Nur hereinspaziert!«, sagte er und lächelte. »Fühlen Sie sich wie zu Hause.«

Lisa trat ein, fühlte sich aber nicht wie zu Hause. Der Wohnwagen war eng und heiß, und sie hatte das Gefühl, er würde vibrieren. Sie warf ihre Badetasche ab, lächelte Kent Kloss kurz zu und entgegnete: »Hallo, Kent, wie sind Sie denn hier hereingekommen?«

Er lächelte unverwandt. »Ich habe einen Ersatzschlüssel. Dieser Wagen gehört uns, haben Sie das vergessen? Wir lassen Sie hier wohnen, als unsere Angestellte.«

Der letzte Satz klang ein wenig drohend. Lisa konnte nur nicken.

»Ich wollte sehen, wie es Ihnen hier so geht«, fuhr er fort. »Also bin ich hier hereingekommen und war dann ein wenig neugierig. Ich mag alte Tanzmusik, und da wollte ich sehen, was Sie so haben.«

»Schon in Ordnung«, sagte Lisa. »Das da sind Schallplatten, die ich im Club spiele. Ich habe nichts zu verbergen.«

Seine Antwort kam schnell: »Wirklich nicht?«

Sie schüttelte den Kopf und machte einen Schritt in den Wagen hinein.

Kent blätterte weiter das Schallplattenalbum durch, deutete aber plötzlich mit einem Nicken neben sich auf Lisas Bett. »Und was ist damit?«

Lisa entdeckte einen kleinen schwarz-braunen Haufen am Fußende. Es war eine Sammlung Brieftaschen, und natürlich erkannte sie die. Ebenso die Handys, die danebenlagen.

Die gesamte Beute aus der May Lai Bar lag zur freien Begutachtung auf dem Bett. Kloss hatte also bereits alles gefunden.

»Die Sachen lagen zwischen den Schallplatten«, sagte Kent. »Und ich nehme mal an, dass die versteckt werden sollten.«

Lisa schwieg.

Ich kann alles erklären, das war es wahrscheinlich, was man in solchen Momenten sagte. Sie wusste, dass sie schuldig aussah. Die Sache war verloren, aber sie versuchte trotzdem, ehrlich und gelangweilt zu klingen.

»Das da«, begann sie, »habe ich in der May Lai Bar gefunden. Die Leute verlieren dort alles Mögliche. Ich habe mehrmals nach den Besitzern gefragt, aber niemand hat sich gemeldet. Also habe ich sie mit hierhergenommen. Aber vielleicht hat mich ja jemand im Club gesehen und das falsch verstanden.«

Kent Kloss blickte sie an. »Es stimmt, jemand hat Sie gesehen«, entgegnete er. »Einer unserer Wachmänner, Emanuel. Er hat gesehen, wie Sie am Dienstagabend ein Handy von einem Tisch genommen haben.«

Lisa machte einen Schritt auf ihn zu.

»Das habe ich auch gefunden.«

»Na klar. Und jetzt habe ich Sie gefunden.«

Kent Kloss erhob sich vom Bett. Er schien verärgert zu sein.

»Ich bin im Laufe der Jahre allen möglichen Typen begegnet«, sagte er. »Campingplatzaufsehern, die aus Hütten klauen, Barkeepern, die aus der Kasse klauen, Putzleuten, die aus den Hotelzimmern klauen. Ist mir alles vertraut.«

Er roch stark, das merkte Lisa jetzt, aber das war kein Rasierwasser. Kent stank nach Alkohol und hatte ein bedrohliches Blitzen in den Augen.

»Arbeitest du für ihn?«, fragte er gedämpft.

»Für wen?«

Der Schlag von Kents Handfläche kam ohne Vorwarnung, hart und schnell, über Nase und Wange, und Lisa stolperte rückwärts. Sie stolperte über die verdammte Badetasche und schlug hart auf dem Boden auf. Der Wohnwagen schaukelte wie ein Schiff.

Aber Kent Kloss kannte keine Gnade, er bohrte weiter: »Tust du das? Spionierst du uns aus?«

Lisa blinzelte und befühlte ihre Nase.

»Für wen soll ich spionieren?«, fragte sie leise und versuchte aufzustehen.

»Liegen bleiben!«

Kloss holte Luft, dann nahm er Schwung. Sein Tritt traf ihren Oberschenkel und erzeugte einen pochenden Schmerz. Lisa schrie auf, rührte sich aber nicht.

Es wurde wieder still im Wohnwagen. Sie hörte nur ihr eigenes Keuchen und die tiefen Atemzüge von Kloss. Erneut befühlte sie ihre Nase und spürte warme Blutstropfen.

»Ich weiß nicht, von ... von wem Sie sprechen.«

»Aha«, höhnte er, »du weißt also nicht, von wem ich spreche.«

Jetzt ließ Lisa Lady Summertime zum Vorschein kommen, die zischte: »Ihr beklaut die Gäste auch.«

»Tun wir das?«

Sie nickte.

»Vierzehnhundert Kronen für den Champagner, Kent. Einfacher Schaumwein, der sicher für höchstens fünfzig Kronen die Flasche reingeschmuggelt wurde. Ist das nicht klauen?«

»Jetzt lenk mal nicht ab«, drohte Kent. »Hier hat nur einer von uns ein Problem, und das bin nicht ich.«

Lady Summertime erwartete weitere Schläge, sagte aber kalt: »Dann rufen Sie doch die Bullen.«

Kloss blickte auf sie herab.

»Noch nicht.«

Eine Ader pulsierte auf seiner sonnengebräunten Stirn, für eine Sekunde stand er mucksmäuschenstill. Dann entspannte er sich wieder. Er trat einen Schritt zurück und setzte sich breitbeinig auf das Bett. »Du wirst mir bei einer Sache helfen«, sagte er.

Lady Summertime erwog, ihn mitten in seinen ungeschützten Schritt zu treten, aber Lisa schob diesen Gedanken beiseite. Sie rappelte sich vorsichtig auf, immer gefasst auf weitere Schläge, aber es kamen keine mehr. Kloss hatte seinen Zorn abreagiert, und er rief nicht die Polizei.

Er sah aus dem Fenster, als wollte er sicherstellen, dass ihn niemand sah. Seine Finger trommelten auf seinen Oberschenkeln. Schließlich fuhr er fort: »Diesen Sommer ist ein Mann auf die Insel gekommen, und er hat … ja, er hat Probleme gemacht. Ich wusste erst nicht, wer er ist, aber jetzt weiß ich es. Er heißt Aron Fredh.«

Kent Kloss sah Lisa forschend an, als ob sie auf den Namen reagieren müsste, aber sie hatte ihn noch nie gehört. Würde er sie wieder schlagen, wenn sie jetzt etwas Falsches sagte?

»Aron Fredh«, echote sie nur, »okay.«

Kloss schaute auf seine sonnengebräunten Hände herab. »Ich weiß nicht, wie er aussieht, und er hält sich versteckt, aber ich muss ihn finden.« Jetzt blickte er Lisa an. »Und ich glaube, dass du mir dabei helfen kannst, ihn einzukreisen.«

»Wo ist er?«

»Irgendwo hier«, sagte Kloss. »Ich glaube, er ist entweder im Resort, auf dem Campingplatz oder in einer Hütte, und zwar unter falschem Namen. So muss es sein, denn es ist ihm gelungen, unser Trinkwasser zu vergiften, und das kann einem nur innerhalb der Anlage gelingen.«

Vergiftetes Trinkwasser. Damit hatte Lisa eingehende Bekanntschaft gemacht.

»Das Resort ist groß«, sagte sie. »Wie soll ich ihn da finden?«

Jetzt lächelte Kent sie an, als hätten der Schlag und der Tritt nie stattgefunden. Er trommelte weiter mit den Fingern.

»Du sollst natürlich rumschnüffeln und ihn ausspähen. Darin bist du doch gut.«

Lisa atmete aus.

»Das heißt, ich soll einfach unter all den Campinggästen diesen Mann finden, von dem ihr nicht wisst, wie er aussieht?«

»Er ist ein alter Mann, das wissen wir. Aber fit für sein Alter. Und er wohnt sicherlich allein. Es gibt eine Reihe von Männern im Resort, auf die diese Beschreibung zutrifft. Wir werden dir ihre Wohnwagen und Hütten zeigen, und wenn sie leer sind, wirst du sie diskret durchsuchen.«

»Wenn sie leer sind?«

»Na klar, die Gäste sollen ja schließlich nichts merken.«

»Und woher weiß ich, wann das der Fall ist?«

»Die Wachleute passen auf. Gegen Mittag sind die meisten Wagen und Hütten leer.«

Lisa hatte keine große Wahl.

»Wonach soll ich suchen?«

»Nach allem, was ungewöhnlich ist«, erklärte Kent Kloss. »Waffen, Masken, Geldscheinbündel. Du erkennst schon, wenn einer kein gewöhnlicher Urlauber ist.«

»Und dann kann ich gehen?«

Kloss erhob sich. »Darüber reden wir dann. Du wirst auf jeden Fall nicht angezeigt. Und wenn du deine Finger im Zaum hältst, darfst du auch weiterhin Platten auflegen.«

»Und wenn ich beim Rumschnüffeln erwischt werde?«

Kent Kloss legte ein Siegerlächeln auf.

»Du bist schon erwischt worden, Lady Summertime«, sagte er. »Deshalb wirst du das hier für mich ja auch tun.«

GERLOF

Der Zeitungsartikel über die Klopfgeräusche war veröffentlicht und viel kommentiert worden. Gerlof konnte nur hoffen, dass er von der richtigen Person gelesen worden war, so wie bei einer Kontaktanzeige. Wenn Aron Fredh überhaupt noch auf der Insel war.

Also setzte er sich hin und wartete auf Besuch. Es waren seine letzten Tage im Sommerhaus, nach dem Wochenende würde er wieder in sein Zimmer im Altersheim zurückkehren müssen.

Aber am Freitag bekam er tatsächlich Besuch von einem Mörder. Allerdings war es nicht der, nach dem er in diesem Sommer suchte, sondern ein Mörder, den er selbst viele Jahre zuvor der Polizei ausgeliefert hatte.

Gerlof saß wie gewöhnlich im Schatten des Sonnenschirmes in seinem Gartenstuhl. Der Schirm war jetzt immer aufgespannt, denn die Sonne brannte unbarmherzig.

Gerlofs Hörgerät war eingeschaltet, und plötzlich vernahm er hinter sich in den Büschen ein Rascheln. Dann Schritte, deutliche Schritte. Gerlof wandte den Kopf, und einen Augenblick später stieg der Mann in Jeans, Hemd und gewöhnlichen flachen Schuhen aus den Wacholderbüschen. Er blieb hinter der Grundstücksgrenze im hohen Wildgras stehen, und Gerlof erkannte ihn.

Das hier war der Mann, der sein Enkelkind getötet hatte.

Der Besucher stand still, und sie sahen einander einige Augenblicke lang an. Gerlof war froh, dass seine Tochter Julia nicht im Ort war.

»Guten Tag«, sagte der Mann leise.

»Guten Tag«, erwiderte Gerlof.

Er fragte sich, ob er wohl Angst haben sollte. Doch das hatte er überhaupt nicht. Dieser Mörder sah nicht gefährlich aus, sondern im Sonnenschein nur müde und blass. Viele Jahre gealtert. Und ohne etwas in den Händen.

Also nickte Gerlof ihm zu.

»Komm und setz dich.«

Daraufhin betrat der Mann zögernd das Grundstück. Er nahm einen der Stühle und ließ sich auf der anderen Seite des Tisches nieder.

»Du bist also draußen«, stellte Gerlof fest.

Doch der Mann schüttelte den Kopf. »Nicht entlassen. Ich habe Freigang. Mein erster unbewachter Freigang. Da wollte ich vorbeikommen und ...« Der Mann verstummte und schaute sich um, blickte zum Tor und zur Hütte und fragte dann: »Bist du allein?«

»Meine Enkelkinder sind baden gegangen«, erklärte Gerlof. »Meine Töchter sind noch nicht da.«

Der Mann schien sich zu entspannen, bis ein Brummen in der Luft zu hören war. Eine Hornisse kam angeflogen. Ihr Stich konnte gefährlich sein, das wusste Gerlof, doch insgesamt verhielten sich Hornissen viel friedlicher als ihre kleineren Verwandten. Vielleicht war es die Größe, die sie ruhiger machte.

Die Hornisse flog an ihnen vorüber, und es wurde wieder still, sodass Gerlof eine nächste Frage stellen konnte: »Und wie lange währt dieser Freigang?«

»Vierundzwanzig Stunden«, antwortete der Mann leise. »Der

Strafvollzug entlässt die Leute in mehreren Schritten. Erst sind es ein paar Stunden, dann darf man länger raus. Wenn man sich anständig benimmt.«

»Und das hast du getan? Du bist geheilt?«

Der Mann blickte auf seine Hände. »Geheilt«, brummte er, »wie soll man das wissen?«

»Man weiß ja wohl, was man fühlt«, entgegnete Gerlof. »Wenn man Frieden mit dem Rest der Welt empfindet.«

»Ich habe es versucht«, sagte der Besucher. »Ich habe von meinen … von meinen Gedanken sprechen können.«

»Das heißt, du hasst nicht mehr?« fragte Gerlof.

Der Mann schüttelte den Kopf. Dann blickte er auf.

»Hasst du mich, Gerlof?«

Gerlof wich seinem Blick aus. »Im Moment sitze ich hier und überlege, ob ich das tue«, erklärte er. Dann sah er dem Besucher forschend ins Gesicht und suchte nach Anzeichen von Zorn, fand aber keinen. Nur große Müdigkeit.

Er wechselte das Thema.

»Niklas Kloss«, begann er, »kennst du den?«

Der Mann nickte.

»Das ist doch einer der reichen Gebrüder Kloss, oder? Besitzer des Ölandic Resorts?«

»Genau. Aber Niklas ist das schwarze Schaf. Er hat im Gefängnis gesessen.«

Der Mann nickte wieder, er schien sich zu erinnern.

»Aber nicht in meinem. Ich bin ihm nie begegnet.«

»Doch du hast von ihm gehört?«

»So etwas hört man. Ich weiß, weswegen er gesessen hat.«

»Und was war das?«

»Schmuggel. In großem Stil. Er ist mit einer Lastwagenladung Alkohol aus Deutschland am Zoll hochgenommen worden. Das Zeug war mehrere Millionen wert. Kloss war nicht der Fahrer, aber er hatte die Verantwortung. Heißt es.«

Gerlof horchte bei der letzten Bemerkung auf und fragte: »Du glaubst also nicht, dass er es war?«

»Es war wohl eher sein älterer Bruder, Kent Kloss. Aber Niklas kriegte ein paar Jahre Knast. Das ist es, was ich weiß.«

»Das erstaunt mich nicht«, sagte Gerlof.

»Nein«, stimmte der Mann zu. »Die Leute haben schon immer Alkohol und Tabak über die Ostsee geschmuggelt. Aber die Mengen sind inzwischen größer. Man fragt sich doch, wer das alles in sich hineinschütten soll, was da ankommt. Bald ist es wieder wie im Mittelalter, wo die Schweden jeden Tag mehrere Liter Bier tranken.«

»Es wird wohl nicht alles hier getrunken«, meinte Gerlof.

»Nein, einiges geht aufs Festland.«

Der Mann verstummte. Für einen Moment hatte Gerlof das Gefühl gehabt, als würde er mit irgendjemandem dasitzen und sich unterhalten – *als ob der Mann ein gewöhnlicher Besucher wäre* –, doch mit jedem Schweigen kehrte die Anspannung zurück.

»Es war mutig von dir hierherzukommen«, sagte er schließlich. Der Mann erwiderte nichts, also fuhr er fort: »Ich hoffe, dass du zurückkommen kannst. Also, hierher auf die Insel.«

»Ja«, sagte der Mann, »das ist das Ziel. Wieder nach Hause zu kommen. Das Gefängnis ... das ist kein Zuhause.«

Gerlof hatte sich entschieden.

»Du wolltest wissen, ob ich dich hasse«, sagte er. »Aber es wäre ziemlich elend, hier am Ende seines Lebens in der Sonne zu sitzen und jede Menge Hass auf die Menschen zu empfinden.«

Der Mann nickte, möglicherweise erleichtert, und erhob sich. »Ich nehme denselben Weg zurück, den ich gekommen bin, an der alten Mühle vorbei. Und an der Röse.«

»Genau«, sagte Gerlof, »die Denkmäler der Vorzeit existieren noch.«

Er hob die Hand zu einem Winken, und der Besucher war verschwunden.

DER HEIMKEHRER

Es war spät am Abend, und der Heimkehrer hatte vor sich die Lokalzeitung aufgeschlagen. Die hatte er regelmäßig in den letzten Tagen gelesen, um die Trinkwasserprobleme der Anlage zu verfolgen. Doch in der gestrigen Ausgabe hatte er noch einen anderen interessanten Artikel gefunden. Die Überschrift hatte seine Aufmerksamkeit erregt:

GERLOF DAVIDSSON ERINNERT SICH NOCH AN DAS KLOPFEN AUS DEM GRAB.

Jetzt betrachtete er noch einmal das Foto über dem Text. Er sah einen alten Mann, der, auf seinen Stock gestützt, zwischen den Gräbern auf einem Friedhof stand. Dem Friedhof von Marnäs. Der Mann hatte dem Reporter eine alte Geschichte erzählt.

Trotz der vielen Jahre, die vergangen waren, erkannte der Heimkehrer den Mann, und er erinnerte sich an das offene Grab.

Grässliche Geräusche hallten in seinem Kopf wider.

Das Klopfen aus dem Sarg.

Er war nie wieder auf dem Friedhof gewesen. Siebzig Jahre lang nicht.

Der Heimkehrer fühlte sich einsam. Und das war er auch. Pecka und Einar Wall waren tot. Rita hatte die Insel jetzt verlassen. Er sehnte sich nach seiner Frau und seinem Kind, aber die beiden konnte er natürlich nicht treffen.

Die Straße war leer und dunkel, als er hinaustrat. Der Heimkehrer besaß kein Handy, weshalb er zu einer Telefonzelle unterwegs war.

Als er dort die Auskunft anrief, erfuhr er die Nummer von Gerlof Davidsson. Dann ergriff er erneut den Hörer und wählte sie.

DAS NEUE LAND, NOVEMBER 1936

Die Trotzkisten stehen schweigend und verfroren in einer Reihe. Alles, was sie in dem eiskalten Wind am Leib tragen dürfen, ist ihre schmutzig graue Unterwäsche, so kann keiner von ihnen irgendwelche Waffen verbergen. Magere Beine, zitternde Arme. Sie sind nicht nur fast nackt, ihre Hände sind zudem mit Stahldraht gefesselt. Manchmal sind die Feinde auch mit meterlangen Seilen aneinandergeknüpft. Wenn einer von ihnen fällt, werden die Gefangenen neben ihm beinahe mitgerissen. Aber nur beinahe.

Denn Vlad hat festgestellt: Wenn ein Feind nach vorn fällt und das Seil dadurch gespannt wird, kämpfen der Mann oder die Frau daneben darum, nicht mitgerissen zu werden. Sie stellen sich breitbeinig hin, um das Gleichgewicht nicht zu verlieren. Oft machen sie einen Schritt zur Seite, als ob die Feinde, die noch leben, so weit wie möglich von dem, der schon tot ist, wegkommen wollten.

Es ist doch erstaunlich, denkt Vlad, als er seine Winchester sinken lässt, *dass ein Feind so lange wie möglich leben will*. Auch wenn das nur ein paar zusätzliche Momente am Rand einer frisch ausgehobenen Grube bedeutet, in die der Tod sie bereits hineinzieht.

Eine verlassene Kiesgrube – hier werden die Feinde in einer langen Lastwagenkolonne vom Lager hergefahren. Hier werden sie aufgestellt und erschossen. Die Kiesgrube liegt in einem Wald südlich des Lagers, nördlich des Sees Onega.

Am Ende der Welt.

Vlad trägt zwei frisch gewaschene Leinenhemden, einen abgenutzten, aber warmen Armeemantel und neue grobe Stiefel. Er ist gegen den Wind geschützt, und die Arbeit sorgt dafür, dass ihm noch wärmer wird. Er hebt das Gewehr, feuert und senkt es wieder – die ganze Zeit.

Die Wachleute stehen drei Schritte entfernt und zielen mit den Gewehren auf die Gefangenen. Am sichersten wäre es natürlich, auf jeden Rücken zuzugehen und den Gewehrlauf dicht an den Nacken zu setzen, aber mit ein paar Schritten Abstand verhindert der Schütze, dass er mit Blut bespritzt wird.

Selbst mit drei Schritten Abstand, findet Vlad, müsste es doch eigentlich unmöglich sein, ein Genick zu verfehlen, solange man das Gewehr ruhig hält. Doch erstaunlich oft zittert ein Schütze, sodass der Feind in den Rücken, in die Schulter oder überhaupt nicht getroffen wird. Der Feind zuckt zusammen, bleibt aber stehen.

Das ist übel. Vlad schießt nie daneben. Er trägt hier die Verantwortung, also ist er es, der hingehen und dem Feind einen zweiten Schuss versetzen muss.

In diesem kalten Herbst scheinen viele der gefesselten Gefangenen Ausländer zu sein. Einwanderer aus dem Westen, die in dem Neuen Land eine Zukunft gesucht haben: Polen, Deutsche, Kanadier. Ein paar Amerikaner, ein paar Norweger und eine lange Reihe Finnen. Manchmal, wenn Vlad das Gewehr hebt, sieht er, wie ein Feind den Kopf wendet. Obwohl alle Hoffnung verloren ist, fängt manchmal einer an, um sein Leben zu betteln. Bietet Geld oder Liebe an oder fleht einfach nur um Mitleid.

Hin und wieder hört er leise Gebete auf Schwedisch oder Finnlandschwedisch. Aron will dann innehalten und zuhören. Aber Vlad hört nicht auf die Feinde, er zielt nur und bringt die Betenden zum Schweigen.

Die Wachleute haben Weißkohl, Fleischkonserven und Wodka mitbekommen zur Kiesgrube, und während einer der Lagergefangenen Kies über die Leichen streut, kann Vlad sich mit seinen Leuten hinsetzen und essen. Nach der Zeit im Arbeitslager hat er sich wieder stark und gesund gegessen, doch er trinkt immer noch keinen Alkohol. Er verschenkt seine Ration an die Kollegen. Das macht ihn populär, führt allerdings auch dazu, dass manche Wachleute nach den Mittagspausen noch schlechter treffen als vorher.

Gegen Ende dieses Tages fährt ein schwarzes Auto bei der Kiesgrube vor. Der Lagerkommandant Fajgin sitzt hinter dem Steuer und auf der Rückbank zwei andere Männer. Einer von ihnen ist klein, der andere groß.

Fajgin steigt schwankend aus dem Auto – er ist jetzt der Kommandant. Polynow ist wegen seiner Trunksucht gefeuert worden, aber Fajgin hat keine Lehre daraus gezogen, sondern hat begonnen, das Wodkalager seines Vorgängers zu leeren. Nachdem seine Begleiter ebenfalls aus dem Wagen gestiegen sind, deutet er auf die Grube und redet auf die Männer ein, doch die beiden scheinen ihn wie Luft zu behandeln. Sie treten heran und beobachten, wie die letzten Gefangenen fallen.

Schließlich bewegen sie sich zur Grube und auf die Wachen zu.

»Stillgestanden!«, brüllt Fajgin.

Es gibt also eine Inspektion der Waffen und der Mannschaft vor der großen Grube. Vielleicht war der Major es, der die Gefangenen zu dieser Endstation geschickt hat, und jetzt möchte er sehen, wie die Sache erledigt wird.

Doch er will mehr.

Später begreift Vlad, dass Fajgin dem Major gegenüber seine Treffsicherheit gelobt haben muss, denn jetzt nickt er dem Kommandanten zu. Der Major bleibt vor Vlad stehen. Vlad sieht, dass sich über seine Stirn eine dunkelblaue Narbe zieht, vielleicht von einem Säbelschlag während des Bürgerkrieges. Er betrachtet Vlad und seinen alten Waffenrock kritisch von oben bis unten, dann sieht er das abgenutzte Gewehr an, das immer noch warm in Vlads Händen liegt.

»Du zögerst nie, Kamerad?«

»Nein, Major.«

»Du bist immer auf der Hut vor den Feinden des Vaterlandes?«

»Ja.«

»Arbeitest hart und schläfst gut?«

»Immer, Major.«

Der Offizier nickt. Er streckt eine schwarz behandschuhte Hand aus und zieht Vlad von den anderen weg zur Seite.

»Gefällt es dir hier im Norden, Kamerad Jegerow, mit der Kälte und dem Wind?«

Vlad begreift, dass er diesmal ehrlich sein darf, also schüttelt er den Kopf.

»Das Volkskommissariat in Leningrad braucht mehr Leute«, sagt der Major. Er achtet darauf, Fajgin den Rücken zuzudrehen, und fügt hinzu: »Wir brauchen Männer mit ruhiger Hand, Männer, die ihre Arbeit machen. Nüchterne Leute.«

»Ich trinke nur Wasser«, entgegnet Vlad.

»Kamerad Jegerow«, fährt der Major fort und beugt sich vor, »weißt du, was *tschernaja rabota* ist?«

»Nein«, erwidert Vlad.

»Das ist eine geheime Arbeit in Leningrad. Schwarzarbeit. Hart und viele Stunden lang und oft in der Nacht, im Kampf gegen den Feind.«

Vlad strafft den Rücken. Leningrad, die Großstadt! Und das Tor zu Arons alter Heimat.

Er ist bereit.

GERLOF

Es war Sonntagabend im Sommerhaus, nach einem weiteren drückend heißen Tag im Garten. Gerlof fühlte sich nach den langen Sonnentagen etwas benommen. Die Hitze sog alle Energie sowohl aus ihm als auch aus der Natur.

Er war gerade dabei, sich ins Schlafzimmer zurückzuziehen, als plötzlich das Telefon klingelte. So spät, das war ungewöhnlich.

Die Jungen waren in ihrem Zimmer und würden nicht ans Telefon gehen, also nahm Gerlof schnell den Hörer ab und sagte mit leiser Stimme: »Davidsson.«

Sein Hörgerät war noch eingeschaltet, doch in seinem Ohr war es still. Keine Stimme, nur ein schwaches Hintergrundrauschen.

»Hallo?«, fragte er leise.

Alles blieb still.

Wer rief so spät an, ohne sich vorzustellen? Das konnten kaum John oder eine der Töchter sein. Da begann Gerlof zu ahnen, wer da am anderen Ende war.

»Aron?«, fragte er.

Er bekam noch immer keine Antwort, war sich aber dennoch sicher.

»Aron«, sagte er wieder, diesmal mit Nachdruck. »Sprich mit mir.«

Er blieb noch ein paar Augenblicke still, dann antwortete eine Männerstimme in sein Ohr: »Du erinnerst dich also an das Klopfen?«

Gerlof schluckte in der Dunkelheit, sein Mund war ausgetrocknet. Das war zwar die Stimme eines alten Mannes, da in der Leitung, doch sie klang hart wie Stein. Wie die eines erfahrenen, kampferprobten Soldaten.

Er holte tief Luft und antwortete: »Ja. Und du ebenso.«

»Ja«, erwiderte die Stimme.

Es wurde wieder still, dann sagte Gerlof: »Damals, als wir beide auf dem Sargdeckel unten im Grab standen, da hattest du Angst. Wir hatten beide Angst, oder?«

Die Stimme schwieg einen Augenblick. Dann sagte sie: »Kloss hat meinetwegen geklopft.«

»Warum?«

»Er wollte mich verjagen.«

»Warum denn?«, fragte Gerlof.

Er erhielt keine Antwort, konnte aber einen schwach surrenden Laut im Hintergrund hören, wie von einer elektrischen Maschine, die in der Nähe des Telefons eingeschaltet worden war. Zusammen mit dem Surren war ein schwach hallendes Wiehern zu hören.

Gerlof sprach weiter: »Edvard Kloss starb, als eine Scheunenwand auf ihn fiel. Ich habe mich immer gefragt, ob die von selbst umgefallen ist oder ob jemand sie dazu brachte.«

Er machte eine Pause, bekam aber keine Antwort.

»Es wurde ja getratscht, dass es einer seiner Brüder gewesen sei«, fuhr er fort. »Dass Sigfrid oder Gilbert Kloss die Stützen losgemacht hätten, die die Wand hielten, und ihr einen Schubs gegeben hätten, als Edvard darunterstand. Aber es könnte ja auch jemand anderes gewesen sein. Irgendein unzufriedener Arbeiter, also zum Beispiel.«

Im Hörer rauschte es nur. Wieder hörte er das seltsame Surren. Er ließ sich nicht beirren: »Ich habe kürzlich erfahren, dass dein Vater, Sven Fredh, für die Gebrüder Kloss gearbeitet hat und dass er die alte Röse für sie versetzt hat. Aber das lief nicht so gut, oder?«

»Sie fiel ein«, sagte die Stimme. »Die Gebrüder Kloss haben Sven unter Druck gesetzt und die Steine nicht richtig hingelegt, und so rollten sie auf sein Bein. Er musste für den Rest seines Lebens hinken.«

»Und Sven wollte dafür Schmerzensgeld von Edvard Kloss.«

»Ja. Aber Kloss hat natürlich gesagt, es wäre Svens eigene Schuld.«

»Du hast ja auch deine Blessuren abgekriegt, Aron. Ich erinnere mich, dass du an dem Tag auf dem Friedhof, als wir uns begegneten, eine lange Schramme auf der Stirn hattest. Woher kam die?«

Es blieb still.

»Das ist jetzt bald siebzig Jahre her«, schob Gerlof nach, »ich glaube, das darfst du erzählen.«

Zum ersten Mal klang die Stimme gequält, als sie antwortete: »Das ist passiert, als die Scheunenwand umfiel. Als ich reinkroch.«

»Du warst an jenem Abend also dabei?«

»Ja. Aber ich habe nicht die Wand auf ihn gekippt.«

»Dann war es Sven«, sagte Gerlof. »Sven hat die Scheunenwand auf Edvard stürzen lassen, und dann befahl er dir reinzukriechen, um Edvards Brieftasche zu holen. War es so?«

»Ja«, bestätigte die Stimme. »Edvard sollte bezahlen.«

»Was sollte er bezahlen, Aron?«

»Das, was er Sven für das zerstörte Bein schuldig war. Und für meine Mutter.«

Gerlof hörte zu und versuchte, die Zusammenhänge zu begreifen.

»Dann hatte er Astrid also etwas angetan?«

»Angetan, ja«, sagte die Stimme leise. »Das hatte er.«

Gerlof fragte nicht weiter. Er hatte schon geahnt, wer der leibliche Vater von Aron Fredh war. Es wäre nicht das erste Mal gewesen, dass eine Magd vom Bauern geschwängert wurde.

»Dann war also Edvard Kloss dein Vater«, sagte er. »War er auch der Vater von deiner Schwester Greta?«

»Alle wussten es«, antwortete die Stimme, »aber er hat es immer abgestritten.«

Gerlof seufzte. »Ich verstehe, dass du darüber verbittert bist, Aron. Aber die Enkelkinder von Edvard, die haben nichts mit diesem alten Streit zu tun, das ist dir doch klar, oder?«

Wieder folgte ein langes Schweigen, dann kam die Antwort: »Die Enkelkinder Kloss haben mir den Hof weggenommen. Sie haben mir alles genommen, was ich hier hatte.«

Jetzt schwieg Gerlof. Was sollte er dazu sagen?

»Und du hast ihnen ein Schiff genommen«, erwiderte er schließlich, »und die Seeleute erstickten an Sauerstoffmangel im Laderaum. Wie konntest du das zulassen?«

Die Stimme klang aber nicht reuevoll, als sie entgegnete: »Die Seeleute waren Kriminelle. Und sie hätten gar nicht an Bord sein sollen, also musste ich sie unter Deck bringen. Aber es war das Schiff von Kloss, randvoll mit Geld, und darauf kam es an. Also haben wir das Geld genommen und das Schiff versenkt.«

»Wo liegt die *Ophelia* jetzt?«, fragte Gerlof.

»Weit draußen im Sund«, erwiderte die Stimme. »Fünf Seemeilen nordwestlich von Stenvik.«

Gerlof seufzte wieder, noch schwerer.

»Stell jetzt nicht noch mehr an, Aron«, mahnte er.

Die Stimme schwieg eine Weile, doch als sie antwortete, klang sie ebenso hart wie zuvor.

»Ich tue das, was ich gelernt habe. Ich wurde in die Welt hinausgetrieben und musste lernen, wie es da zugeht. Ich wurde Soldat.«

»In Russland«, sagte Gerlof, »oder?«

»In der Sowjetunion«, korrigierte die Stimme. »Ich war Soldat im Neuen Land.«

»Aber du musst jetzt keinen Krieg mehr führen, Aron«, entgegnete Gerlof. »Du kannst Hilfe bekommen, damit du aufhörst, Fehler zu machen. Sonst wirst du das Klopfen für den Rest deines Leben hören.«

»Ich brauche keine Hilfe«, sagte die Stimme. »Es geht nicht mehr lang.«

Aron schien sich seiner Sache besorgniserregend sicher. Gerlof schwieg.

»Was wirst du jetzt tun, Aron?«, fragte er schließlich.

Er bekam keine Antwort. Hörte nur ein Klicken.

Langsam legte Gerlof mit zitternder Hand den Hörer auf. Dann beugte er sich vor, um das Verandafenster zu öffnen und frische und kühle Luft hereinzulassen.

Nächtliche Kühle.

Draußen in der Dunkelheit, jenseits der Veranda, hörte er das Zirpen der Grillen, sah aber keine sich bewegenden Schatten. Bäume, Gras und Kräuter ruhten jetzt nach einem weiteren anstrengenden Tag in der Sonne.

Die Gewächse auf Öland waren zäher als jeder Soldat, das war Gerlof klar, als er da in der Dunkelheit stand. Die Natur würde immer die Bedingungen des Menschen bestimmen. Wenn es Erde und Pflanzen gut ging, dann gab es Nahrung, ging es ihnen schlecht, verhungerte man.

Das meiste auf Öland war zäh und mager. Da gab es keine großen Reichtümer zu gewinnen, und es hatte auch noch niemand Öl oder Goldgruben entdeckt. Und der Tourismus war trotz allem recht durchschnittlich. Bisher war noch niemand auf die Idee gekommen, riesige Hotels oder Casinos zu eröffnen und Öland zu einem schwedischen Las Vegas zu machen.

Es war ganz einfach schwer, auf Öland das schnelle Geld zu verdienen, und infolgedessen waren der Insel all die Invasionen von Glückssuchern oder Armeen erspart geblieben, die so viele andere hilflose Orte auf der Erde zerstört hatten. Das Einzige, was es auf Öland im Überfluss gab, waren Sonne und Steine und zähe Gewächse.

Gerlof war dankbar dafür.

Er war auch froh, dass kein starker Führer aufgetaucht war und verlangt hatte, dass alle auf der Insel zu ihrem eigenen Vorteil ihre Nachbarn anzeigen sollten. Damit waren Gerlof und den anderen auf der Insel die schweren Entscheidungen erspart geblieben, die andere in unruhigen Zeiten zu treffen gezwungen wurden.

So wie andernorts gab es auch hier einige Waffen, aber glücklicherweise nur sehr wenige. Zudem war die Bevölkerung auch nicht in verschiedene Sekten oder Klans eingeteilt, die der Meinung waren, auf Kosten anderer mehr Macht und einen höheren Status einnehmen zu müssen, und deshalb hatten sich Streitigkeiten auf Öland auf örtliche Dorfschlägereien beschränkt. Natürlich hatten die Leute um Land gestritten, so wie anderswo auch, doch es war bei harten Worten oder Verhandlungen vor dem Landgericht geblieben.

Die Insel hatte in jeder Hinsicht Glück gehabt.

Aber jetzt gab es ein Problem.

Gerlof schloss das Fenster vor der Dunkelheit, ehe die Mücken hereinkamen, und griff wieder nach dem Hörer. Er war müde, wollte aber noch ein letztes Telefongespräch führen.

John hob nach dem zweiten Klingeln ab, und Gerlof kam sogleich zur Sache: »Aron Fredh hat mich angerufen.«

»Ehrlich?«, fragte John. »Wo war er?«

»Das hat er nicht gesagt. Aber es klang, als würde er im Freien stehen, in einer Telefonzelle.«

»Ach ja«, sagte John. »Davon gibt es hier in der Gegend nicht mehr viele.«

»Nein«, meinte Gerlof. »Und das Interessante war, dass ich im Hintergrund ein Geräusch hörte, ein Surren oder Rasseln und hin und wieder ein leises Wiehern. Ich bin nicht schlau daraus geworden. Aber dann habe ich etwas nachgedacht und kam darauf, dass es vielleicht ein elektrisches Pferd war.«

»Ein elektrisches Pferd?«

»So ein Apparat, in den man Geld wirft, damit er sich ein Weilchen bewegt und die Kinder darauf reiten können. Ich meine, das Geräusch im Hintergrund gehört zu haben.«

John schien nachzudenken.

»Unten bei der Anlage von Kloss gibt es eine Telefonzelle, beim Laden. Ich meine, die hätten eine ganze Reihe mechanischer Spielsachen.«

»Du glaubst, Aron wohnt im Ölandic Resort? Nun, es heißt ja, man solle sich in der Nähe seiner Feinde aufhalten.«

»Klang er reuevoll?«, fragte John.

»Nicht im Geringsten«, sagte Gerlof. »Aber wir haben zumindest geredet. Lass uns hoffen, dass er noch einmal anruft, auch wenn ich am Montag ins Heim zurückziehe.«

»Ich kann dich hinfahren.«

»Danke, John.«

Gerlof sagte Gute Nacht und legte auf.

Dann ging er ins Schlafzimmer, setzte sich noch eine Weile aufs Bett und dachte nach.

Ein alter Soldat war aus der weiten Welt auf die Insel zurückgekehrt, ein Rächer, der Angst und Schrecken verbreitete – und niemand wusste, wer er war. Und es wusste auch niemand, wo er war. Solange auf Öland Hochsaison war und es auf der Insel vor Sommergästen wimmelte, konnte er sich so frei bewegen, wie er wollte. Wer würde ihn aufhalten können?

Die Familie Kloss?

Gerlof?

LISA

Lisa hatte an diesem heißen Sonntag frei von ihrer Show, doch sie musste eine andere Art Job für Kent Kloss verrichten.

Sie sollte im Ölandic Resort nach einem speziellen Mann herumschnüffeln. Einem zwar alten, aber gefährlichen Mann.

Gegen vierzehn Uhr stellte sie ihr Auto am Hotel ab und ging dann zum oberen Campingplatz. Sie war sommerlich gekleidet, trug Shorts und ein gelbes T-Shirt, genau wie ein gewöhnlicher Gast. Eine weiße Kappe, die sie tief ins Gesicht gezogen hatte, und eine große Sonnenbrille halfen, ihre Identität etwas zu verbergen. Jedenfalls hoffte sie das.

Als sie Ende Juni das Ölandic Resort zum ersten Mal gesehen

hatte, war die große Wiese des Campingplatzes hellgrün gewesen, doch seither hatte die Sonne fast ununterbrochen vom Himmel gebrannt. Jetzt war das Gras gelb und vertrocknet. Die kurzen Halme knisterten unter ihren Schuhen, als sie zwischen den Wohnwagen herumlief.

Seit der Wasserverunreinigung in der vorigen Woche gab es viele leere Plätze in den Reihen, und Lisa sah auch an diesem Tag mehrere Wohnwagenbesitzer, die ihre Sommerdomizile vom Platz bugsierten. Bei denen sollte sie natürlich nicht suchen, sondern bei den verbliebenen Gästen.

Sie suchte nach Golfbällen im Gras.

Das war die Idee von Kent Kloss gewesen, ob sie nun brillant oder verrückt war: Er ließ vor jeden Wohnwagen oder jede Hütte, die er untersucht haben wollte, einen weißen Golfball legen. Das sah dann so aus, als wären die Bälle nur zufällig von der Golfanlage des Campingplatzes dahin gerollt.

Also suchte Lisa im Gras, und nach ungefähr fünfzig Metern sah sie den ersten weißen Punkt in all dem Gelbgrün. Er lag bei einem sehr neuen Wohnwagen mit einem kleinen Vorzelt.

Ein paar Meter von dem Wagen entfernt blieb sie stehen und sah sich um. Auf dem Campingplatz waren einige Leute unterwegs, doch niemand in der Nähe.

Risky business, dachte sie und wünschte, sie könnte wie Lady Summertime ihre Perücke tragen. Denn sie war nervös. Selbst wenn die Wachleute von Kloss sich fernhielten, konnten doch Campinggäste auftauchen. Was würde sie dann sagen? Dass sie nur putzte?

Vor Spaziergängern konnte sie so tun, als handelte es sich um ihren Wohnwagen, und einfach reingehen. Bis der wahre Besitzer auftauchte.

Aber sie konnte nicht einfach so hier herumstehen, also betrat sie rasch das Vorzelt und griff nach der Klinke an der Wohnwagentür. Verschlossen. Da konnte sie nicht viel mehr tun, als hineinzuspähen. Sie drückte die Stirn an die Scheibe neben der Tür. Wonach suchte sie?

Etwas Verdächtiges, hatte Kent Kloss gesagt.

Vielleicht Waffen oder Geldscheinbündel.

Doch sie konnte hinter der Scheibe nur das ordentlich aufgeräumte Innere eines Wohnwagens sehen, ordentlicher als ihr eigener, mit zusammengefalteten Handtüchern und ein paar Bücherstapeln. Leere Oberflächen. Keine Waffen.

Also ging sie weiter und fand am Ende derselben Reihe einen weiteren Golfball. Dieser Wagen war silbergrau und größer als die meisten – fast genauso breit, wie ihrer lang war.

Die Tür unter dem Vorzelt stand einen Spaltbreit offen. Ganz klar unverschlossen. Aber es war riskant hineinzugehen.

Sie sah sich um. Der lange Graspfad zwischen den Wagen war menschenleer.

Gut. Sie ging hinein.

Eine große schwarze Fliege flog brummend gegen die Scheibe, ruhte sich kurz aus und fing wieder an zu brummen. Sie wollte in die Abendsonne hinaus, doch Lisa wagte es nicht, das Fenster zu öffnen. Sie wollte nichts anfassen und warf rasche Blicke nach draußen. Immer noch alles leer. Aber wenn man den Wohnwagen nicht verschloss, dann war man nicht weit weg. Sie hatte nicht viel Zeit.

Am Fußende des Bettes lag eine graue Decke, die von einem kleinen runden Gegenstand ausgebeult wurde. Eigentlich wollte Lisa nicht so weit in den Wagen hineingehen, doch sie beschloss, das Risiko auf sich zu nehmen. Mit drei schnellen Schritten war sie am Bett und zog die Decke weg.

Der Welpe war ein Dackel. Er hatte dort gelegen und geschlafen – jetzt zuckte er zusammen, sprang auf seine kurzen Beine und fing an, Lisa zu verbellen.

Panisch trat sie den Rückzug an. Raus aus der Wohnwagentür, die sie hinter sich zuschlug, dann schnell, die Kappe tief über die Augen gezogen, den Pfad hinunter.

Das Bellen erstarb, aber es dauerte noch ein paar Minuten, ehe ihr Herz sich langsam beruhigte. Sie sah sich um, aber niemand starrte sie an.

Jetzt war nur noch die Hüttensiedlung übrig. Da gab es laut Kent Kloss ein paar verdächtige ältere Gäste, und die konnte Lisa auch gleich kontrollieren.

Sie ging zum Wasser hinunter, um eine Gruppe Eschen herum und erreichte dann die Hütten.

In der ersten Reihe lag ein Golfball bei der dritten Hütte, als ob ihn ein Spieler hinten auf dem Golfplatz mit einem schrägen Schlag über den ganzen Campingplatz und direkt in den Wald geschossen hätte.

Die Hütte sah verschlossen und leer aus, aber Lisa war dennoch vorsichtig. Sie trat auf die kleine Veranda und klopfte leise ans Fenster.

Erst war es still, dann war ein dumpfer Laut zu hören, und die Tür wurde geöffnet. Ein Mann in einer knappen roten Badehose und mit einem ebenso roten Gesicht schaute heraus. Er war um die siebzig, lang und mager und glatzköpfig.

»Was?«, fragte er.

Lisa machte einen schnellen Schritt rückwärts, fasste sich aber wieder. »Oh, hallo«, sagte sie. »Ich wollte fragen, ob Sie vielleicht Waschmittel haben. Ich wohne da hinten und müsste etwas waschen.«

Der Mann starrte sie an, er sah verschlafen aus.

»Ne.«

»Alles klar, weiß ich Bescheid«, antwortete Lisa mit einem strahlenden Lächeln. »Tschüss!«

Und schon war sie von der Veranda heruntergestiegen und entfernte sich mit steifen Beinen von der Hütte. Hatte sie etwas Verdächtiges gesehen? Nein, sie hatte überhaupt nichts gesehen.

Die zweite interessante Hütte lag zwei Reihen weiter, zwanzig Meter näher am Wasser. Ein letzter weißer Golfball leuchtete ihr aus dem gelben Gras entgegen.

Sie nahm ihn wie ein Souvenir auf, dann ging sie zur Tür und klopfte vorsichtig an.

Keine Antwort.

Sie sah sich mit dem gewohnt raschen Blick um, dann drückte sie die Klinke herunter. Und die Tür ging tatsächlich auf.

Nichts passierte. Sie streckte den Kopf hinein.

»Hallo?«

Keine Antwort. Kein bellender Dackel, und das Bett war leer. Wenn sie in dieser Hütte eine Decke sah, würde sie die nicht hochheben. Aber sie würde sich kurz umsehen.

Auch diese Hütte war ordentlich. Das Bett war gemacht, daneben stand eine Reisetasche, aber andere persönliche Dinge waren nicht zu sehen. Doch – auf der Spüle in der Küchenecke der Hütte standen neben sicher fünfzehn Flaschen Mineralwasser ein Rucksack und eine Art roter Wasserspritze. Der Rucksack war aus schwarzem Leder und wirkte prall gefüllt.

Verschlossene Taschen und Säcke übten natürlich immer eine besondere Anziehungskraft auf Lisa aus. Sie konnten alles Mögliche enthalten. Geld. Schmuck. Müll.

Rasch überprüfte sie noch einmal, dass niemand hinter ihr war. Dann schlich sie schnell in die Hütte. Sie nahm die Sonnenbrille ab und ging zur Küchenecke, streckte eine Hand aus und zog den Reißverschluss des Rucksacks leise auf. Dann sah sie hinein.

Auch in dem Rucksack lagen ein paar Flaschen Wasser, außerdem Männerkleider, zusammengerollte Flanellhemden, Jeans und Wollpullover. Aber ganz unten lag etwas Helles, das offenbar aus Holz war. Sie nahm es heraus.

Eine Dose aus hellem Holz. Eine Snusdose? Sie sah abgenutzt und alt aus.

Und unter der Dose lag noch etwas. Ein glänzender Stahllauf stak heraus, und zuerst dachte Lisa, es würde sich um eine Art Rohr handeln, bevor sie begriff, dass sie auf eine Waffe starrte.

Ein Revolver.

Sie nahm ihn nicht heraus, sondern schreckte mit der Holzdose in der Hand zurück.

Jetzt wollte sie nur noch heraus aus der Hütte. Sie hatte genug gesehen, und sie hatte nicht vor, zum zweiten Mal in diesem Sommer erwischt zu werden. Die Gefahr war groß, denn wenn die Tür unverschlossen war, dann war der Bewohner der Hütte vielleicht nur kurz hinausgegangen und …

Sie drehte sich um und rannte aus der Tür.

Auf der Wiese draußen war niemand zu sehen.

Mit gesenktem Kopf entfernte sich Lisa ungefähr dreißig Meter von der Hütte, bis sie den Waldrand erreicht hatte. Dort blieb sie im Schatten einer großen Esche stehen und holte ihr Handy aus der Hosentasche. Rasch wählte sie eine Nummer.

»Kent Kloss.«

Seine Stimme war laut und entschieden, aber sie selbst antwortete leise: »Hier ist Lisa Turesson.«

»Ja?«

»Ich glaube, ich habe etwas entdeckt.«

»Auf dem Campingplatz?«

»In einer der Hütten«, sagte Lisa. »In der letzten. Ich bin eben drin gewesen, und da waren besondere Sachen, da lag …«

Sie verstummte.

Jetzt sah sie weiter entfernt einen alten Mann, er war hinter dem Gehölz herausgekommen und im Schatten der Bäume stehen geblieben. Und er sah in ihre Richtung.

Lisa erkannte ihn. Erst wusste sie nicht genau, woher, doch dann wurde ihr klar, dass sie ihn in ungefähr derselben Entfernung ein paar Wochen zuvor an Mittsommer gesehen hatte. Das war unten am Strand der Anlage gewesen. Der Mann hatte draußen auf den Steinen in dem eingezäunten Gebiet gestanden.

Jetzt schritt er schnell auf die Hütte zu, die sie eben untersucht hatte.

Plötzlich wurde Lisa klar, dass sie die Tür nicht hinter sich zugezogen hatte. Sie stand weit offen, wie ein Warnsignal.

Der Mann verschwand in der Hütte.

Lisa hob das Handy wieder ans Ohr.

»Er ist hier«, flüsterte sie. »Er ist zurück.«

»Halte ihn auf«, sagte Kent Kloss. »Wir kommen.«

Sie stand unschlüssig da. Ihn aufhalten? Wie sollte das gehen?

Kurz darauf kam der Mann wieder aus der Hütte.

»Es geht nicht«, sagte Lisa ins Telefon. »Er haut ab.«

Doch, das war der Mann vom Strand. Aron Fredh, wenn er nun so hieß, ein alter grauhaariger Mann mit weißem Bart, untersetzt, aber noch mit Kraft in den Beinen. Und jetzt rannte er los. Er eilte von den Hütten weg zum Parkplatz hinauf. Dann tauchte er in den Wald ein.

»Halte ihn auf«, rief ihr Kloss ins Ohr.

»Es geht nicht«, gab Lisa zurück.

Sie blieb stehen. Aron Fredh hatte einen Revolver im Rucksack gehabt, und sie war an diesem Tag schon genügend Risiken eingegangen.

Sie öffnete ihre linke Hand und betrachtete das Einzige, was sie aus der Hütte mitgenommen hatte. Eine kleine Holzdose. Als sie sie umdrehte, sah sie Flecken auf dem Boden. Vielleicht von Snus oder von Öl. Oder von Blut.

GERLOF

Jetzt war der Trubel im Sommerhaus perfekt. Lena und Julia waren mit ihren Männern und den übrigen Kindern für zwei Ferienwochen gekommen. Alle zusammen hatten sie einen Vormittagskaffee im Haus getrunken, und die Töchter hatten Gerlof geholfen, seine Taschen zu packen, sodass es vor der Abfahrt jetzt nichts mehr für ihn zu tun gab.

Hin und wieder hatte Gerlof einen Blick auf sein Telefon geworfen, doch das hatte den ganzen Vormittag geschwiegen.

John Hagman klopfte ihm auf die Schulter. »Sollen wir?«

Gerlof nickte. »Auf ins Gefängnis.«

Und dann fuhren sie. Weg von Stenvik und dem Sommerhaus, hinauf nach Marnäs.

Gerlof sah die helle Landschaft vorbeiziehen und fragte sich, ob für ihn der Sommer jetzt wohl vorüber war. In diesen Zeiten am Rande des Lebens ging das schnell.

Das Altersheim lag im Sonnenschein, die Fensterscheiben glänzten, und der Parkplatz davor war leer. Als Gerlof in die Eingangshalle trat, wirkte das Haus verlassen auf ihn. Erst war ihm nicht ganz klar, warum, doch dann begriff er, dass ein Großteil des Personals im Urlaub war.

Er ging hinter John her, der bereits die Tür zu Gerlofs Zimmer aufgeschlossen und die Reisetasche hineingestellt hatte.

»Gerlof!«

Gerade als er den Raum betreten wollte, hörte er einen Ruf hinter sich. Es war Boel, die Leiterin des Hauses, und sie lächelte. Sie zwinkerte ihm sogar zu.

»Na, haben Sie es da draußen nicht länger ausgehalten?«

Das konnte nur ein Witz sein, und Gerlof nickte.

»Ich habe aufgegeben.«

»Jetzt bin ich an der Reihe zu flüchten«, erklärte Boel. »Am Freitag gehe ich in Urlaub. Mein Mann und ich werden in die Provence fahren.«

»Aha«, sagte Gerlof artig. »Dann wünsche ich einen schönen Urlaub.«

»Und Sie?«, fragte Boel. »Hatten Sie schöne Ferien? Haben Sie sich erholt?«

»Doch, es geht mir ziemlich gut. Ich komme nach meinem Großvater.«

»Dann war er also ebenso groß und stark wie Sie?«

»Mehr zäh als groß. Ein mutiger Seemann«, erklärte Gerlof. »Und ein Vorbild«, ergänzte er. »Ich selbst habe diesen Sommer mein eigenes Boot gerichtet.«

Boels Lächeln erstarb. »Sie fahren mir aber nicht allein raus«, mahnte sie. »Nicht in Ihrem Alter.«

Dann eilte sie weiter, und Gerlof konnte in sein Zimmer gehen. John war dabei, die Jalousien hochzuziehen.

Hier sah alles aus wie immer. Der abgenutzte geflochtene Plastikläufer lag noch in dem kleinen Flur, das Badezimmer war geputzt, und alle Schiffspatente, die ihn berechtigten, auf See das Kommando zu führen, hingen eingerahmt an den Wänden.

Das Telefon war auch noch da. Gerlof ging hin, hob den Hörer ab und erhielt sofort ein Freizeichen. Gut. Er sah John an.

»Ich habe den Mädchen gesagt, wenn jemand in der Hütte anruft und nach mir verlangt, sollen sie sich hier melden.«

John nickte, er wusste, an wen Gerlof dachte.

»Und was wirst du sonst noch machen?«

»Tja, ich muss mich wohl wieder der Flasche zuwenden.«

Gerlof deutete auf seinen Schreibtisch, wo ein halb fertiges Flaschenschiff, ein Zweimaster, stand. Der Rumpf des Schiffes war fast fertig verleimt, jetzt würde er mit den Masten und dem Rigg beginnen.

Aber er würde auch viel Zeit brauchen, um über Aron Fredh nachzudenken.

Gerlof konnte zwar versuchen sich einzureden, dass Aron sein Werk beendet und Öland verlassen hatte, doch das glaubte er nicht. Nicht, solange Kent Kloss noch da war.

LISA

Kent saß in Lisas Wohnwagen und wog die alte Holzdose in der Hand. Sie selbst hockte so weit wie möglich von ihm entfernt auf ihrem Bett. Kloss sah nicht gesund aus, er hatte so einen gejagten Blick. Und heute Abend stank er ganz klar nach Alkohol, und zwar nach mehr als einem »Cosmo«.

»Das hier lag also im Rucksack in seiner Hütte?«, fragte er.

»Ja.«

»Und du hast dort auch eine Waffe gesehen?«

Lisa nickte.

»Was für eine?«

»Weiß nicht. Einen Revolver?«

Kloss warf ihr einen verärgerten Blick zu. »Den hättest du besser auch mitgebracht.«

»Das hab ich nicht geschafft.«

Er betrachtete weiterhin die Holzdose und seufzte. »Beim Anmieten der Hütte hat sich Aron Fredh als Karl Larsson eingetragen. Er hat bar bezahlt und keine Adresse angegeben. Dann konnte er im Resort wohnen und überall herumlaufen und uns bespitzeln. Aber wenn er wiederkommt, greifen wir ihn uns.«

Er sah Lisa an.

»Was hast du noch in dem Rucksack gesehen?«

»Nicht viel. Da waren Kleider drin und mehrere Flaschen Wasser.«

Kent lächelte müde.

»Kann ich verstehen, dass er eigenes Wasser hatte, schließlich hat er unseres vergiftet. Aber inzwischen wissen wir, wie er das angestellt hat.«

»Was angestellt?«, fragte Lisa.

»Wie er unsere Anlage ausgetrickst hat«, erklärte Kent. »Er

hat eine eigene Pumpe mit aufs Hüttengelände gebracht, eine Hochdruckpumpe. Dann musste er nur noch die Wasserleitung in der Hütte auseinanderschrauben und verunreinigtes Güllewasser in unser ganzes Wassersystem pumpen.«

»Das wird aber auch zu den Angestellten verbreitet«, erinnerte ihn Lisa.

»Natürlich«, sagte Kent, »aber die Gästeanlagen haben Priorität.«

Er rieb sich die Augen, als hätte er mehrere Nächte nicht geschlafen.

»Wir haben das Wasser jetzt gereinigt, aber die Leute sind zum Teil bereits abgereist. Damit ist dies eine verlorene Saison für uns. Alles den Bach runter.«

»Warum macht er das?«

»Was denn?«, fragte Kent.

»Nun, ich meine … Er muss euch wirklich hassen.«

Kloss starrte sie an. Seine Augen waren müde und rot, aber sein Blick hatte sich verfinstert.

»Darüber mach du dir mal besser keine Gedanken«, zischte er.

»Okay«, erwiderte Lisa leise.

Kent warf ihr einen langen Blick zu. Dann betrachtete er erneut die Holzdose.

»Die habe ich schon einmal gesehen.« Er zeigte auf das eingebrannte Doppelkreuz auf dem Boden der Dose. »Das hier ist unser Familienzeichen. Mein Großvater hatte wie alle drei Brüder Kloss eine solche Snusdose aus Apfelbaumholz. Aber seine und die von Gilbert stehen hinten in der Hütte auf meinem Kaminsims. Die von Edvard hingegen war bis heute verschwunden.« Er wog die Dose in der Hand und fügte hinzu: »Der Bruder meines Großvaters trug seine Dose immer bei sich. Ich nehme mal an, dass Edvard es genauso tat.«

»Und was bedeutet das jetzt?«, fragte Lisa.

»Dass Edvard Kloss diese Dose bei sich hatte, als er starb. Und dass Aron Fredh dabei war und sie an sich genommen hat.«

Er wurde still. Lisa erwog zu fragen, wie Edvard Kloss gestorben war und ob Aron Fredh ihn möglicherweise ermordet hatte, doch sie schwieg vorsichtshalber.

Kent Kloss drehte die Snusdose in den Händen und sah jetzt fast zufrieden aus.

»Nun ist er zumindest auf der Flucht. Die Hütte ist bewacht, er kann nicht dorthin zurückkehren.«

»Dann haut er vielleicht ab«, sagte Lisa.

Kloss antwortete nicht. Er warf nur noch einen letzten Blick auf die Snusdose und ging zur Wohnwagentür – und darüber war Lisa natürlich froh. Sie erinnerte sich noch zu gut an die Ohrfeige, die sie bekommen hatte, deshalb konnte sie sich nicht entspannen, solange Kent Kloss bei ihr im Wohnwagen war.

»Dann habe ich ja wohl meinen Teil erledigt«, sagte sie, »oder?«

Kloss blieb in der Tür stehen.

»Nicht ganz.«

»Was heißt das?«

»Wir sind noch nicht fertig miteinander.«

Kloss lächelte, aber sein Blick war immer noch hitzig.

»Arbeite weiter«, sagte er, »ich lasse von mir hören.«

Dann ging er hinaus und warf die Tür hinter sich zu.

Lisa blieb sitzen und spürte, wie die Wände des Wohnwagens immer näher rückten. Die Hitze war erdrückend, als würde es bald zu einer Explosion kommen.

JONAS

Alles war still. Es war Viertel nach zehn Uhr am Abend, die Sonne war untergegangen, und ein weißer Halbmond segelte langsam zwischen dünnen Wolkenfetzen über den Sund. Die Hitze an der Küste war an diesem Abend von einer kühlen Meeresbrise weggetragen worden.

Jonas lag in seiner kleinen Hütte und hörte draußen an der Küstenstraße plaudernde und lachende Stimmen. Es waren die Stimmen von Jungs, aber dunkler als seine eigene.

Sein Bruder Mats und die Cousins. Sie lungerten heute Abend mit ein paar gleichaltrigen Freunden aus anderen Villen im Ort auf dem Plateau unten am Strand herum. Er selbst lag auf dem Bett und auf seinem eigenen Geheimnis – der Pistole, die er im Bunker gefunden hatte. Er hatte immer noch niemandem davon erzählt, nicht einmal seinem Vater.

Er wusste nicht, ob ihm vertrauen konnte.

Oder wem er überhaupt vertrauen konnte.

Die Stimmen unten auf der Straße lachten und kreischten. Eigentlich sollte Jonas jetzt schlafen, aber er konnte es nicht. Die Luft in der Hütte war zu stickig, er selbst war zu aufgewühlt.

Schließlich setzte er sich im Bett auf, steckte die Hand unter die Matratze, fühlte den Griff und umfasste ihn. Er zog die Pistole heraus.

Sie war groß und schwer. Plötzlich kam er sich viel älter vor, nur weil er die Pistole in der Hand hielt.

Er schob den Lauf hinten am Rücken in den Hosenbund und zog sein Hemd drüber. Das ließ er frei flattern, genau wie es die Gangster im Kino taten, wenn sie Pistolen zu verbergen hatten.

Dann ging er in die Nacht hinaus.

Es war dunkel, aber die Luft war immer noch lauwarm. Sommerluft, die nach Blumen und Kräutern roch.

Die Gruppe Jungs stand noch auf dem Plateau. Jonas verließ das Grundstück der Villa Kloss. Im Garten vor dem Haus hatte jemand Markierungsstecken aufgestellt, als ob dort ein Bau geplant wäre. Er lief Slalom zwischen ihnen und ging dann über die Küstenstraße.

Bei jedem Schritt, den er machte, schabte der große Pistolengriff auf seinem Rücken.

Er würde die Pistole zeigen, aber sie keinem in die Hand geben. Nur hochheben würde er sie und zielen und zeigen, wie man den Abzug drückte.

Als er näher kam, sah er, dass die Gruppe aus fünf Jungs bestand.

Er erkannte Mats, der auf seinem Fahrrad saß. Der Bruder schien seit Mittsommer schon wieder zehn Zentimeter gewachsen zu sein. Auch Urban und Casper waren größer geworden.

Die Stimmen verstummten, als er sich näherte.

»Da kommt dein kleiner Bruder«, sagte jemand gedämpft.

Keiner grüßte, aber alle drehten sich nach ihm um. Alle großen Jungs sahen ihn an.

Das war vielleicht die günstigste Situation, um die Pistole herauszuholen, doch Jonas tat es nicht. Er ging einfach hin und stellte sich zwischen Mats und Casper, als wäre er einer aus der Gang.

Die Jungen fingen wieder an zu reden. Offenbar waren Mädchen das Thema.

»Ist doch klar, dass die sich rasieren.«

»Zumindest unter den Armen.«

Einer lachte.

»Und an anderen Stellen!«

»Unter den Armen rasiere ich mich auch«, sagte Mats entschieden. »Schließlich kann man nicht eine Schnecke im Arm liegen haben, wenn man da nicht rasiert ist. Das ist dann ja so, als hätte sie einen Grizzly im Gesicht!«

Jetzt lachten alle. Jonas konnte nichts sagen. Er gehörte nicht dazu.

Er hatte nur einen einzigen Vorteil.

Schließlich machte er einen Schritt vorwärts und stellte sich zwischen die Fahrräder. Jetzt stand er breitbeinig neben seinem Cousin Casper. Er tastete hinter seinem Rücken unter das Hemd.

Seine Hand bekam den Pistolengriff zu fassen.

»Kuck mal, was ich hab«, sagte er leise zu Casper.

Dann zog er die Pistole heraus. Eigentlich hatte er sie über dem Kopf schwenken wollen, sodass alle sie sehen würden, aber sie war zu schwer. Also hielt er sie nur vor sich, und der Schein des Halbmondes spiegelte sich auf dem Lauf.

Wieder drehten sich die Gesichter zu ihm, und das Gespräch über die Mädchen verstummte.

»Das ist eine Pistole«, erklärte er, für den Fall, dass jemand das nicht erkannte.

Eine Hand streckte sich nach der Waffe aus, aber er trat einen Schritt beiseite.

»Die habe ich gefunden«, sagte er.

»Mach keinen Unsinn«, mahnte Mats.

Jonas schüttelte den Kopf – er hatte alles unter Kontrolle. Er würde einfach den Abzug ein wenig drücken …

Plötzlich fuhr ein weißer Lichtkegel über die Versammlung.

»Was ist denn hier los?«

Hinter dem Lichtstrahl war die wohlbekannte Stimme von Onkel Kent zu hören. Er musste vom Strand gekommen sein, denn er hatte eine Taschenlampe in der Hand.

Jonas ließ die Pistole sinken. Er hatte sie hinter seinem Rücken verstecken wollen, aber Kent hatte sie bereits gesehen. Jetzt kam er zu ihm.

»Darf ich mal sehen?«

Das war keineswegs eine höfliche Frage. Er hatte die Hand bereits ausgestreckt und wand die Pistole jetzt aus Jonas' Griff. Dann zog Kent ihn beiseite und beugte sich über ihn. Jonas nahm den Geruch von Alkohol wahr.

»Die sieht echt aus. Woher hast du die?«

Was sollte Jonas darauf antworten?

»Unten aus der Rinne«, sagte er schließlich.

»Wem gehört sie?«

»Weiß nicht.«

Kent nahm die Pistole an sich, er schob sie genauso in seinen Gürtel, wie Jonas es getan hatte.

»Zeig es mir, J-K«, sagte er. »Zeig mir genau, wo du die gefunden hast.«

Jetzt blickten ihn alle Jungs an, mit einem Mal stand er im Mittelpunkt.

DER HEIMKEHRER

Gejagt und eingeschlossen ... Der Heimkehrer hatte wieder den alten Traum geträumt, den Albtraum, in dem er klein war und gezwungen wurde, unter die Scheunenwand zu kriechen.

Rein mit dir, hatte Sven im Wald verschwitzt und nervös geblafft. *Rein, und hol sein Geld.*

Hinein in die Finsternis. Aron war über den kalten Boden gekrochen, unter die harte Holzwand. An den Nägeln vorbei, die sich nach ihm streckten. Einer hatte ihn an der Stirn zerkratzt, aber er war weitergekrochen.

Bis zu dem Körper.

Zu Edvard Kloss, seinem richtigen Vater, der da unter der Wand lag.

Eingeklemmt. Regungslos.

Aron hatte die Hand nach Edvards Hose ausgestreckt. In der einen Tasche hatte er etwas Hartes gespürt: eine Snusdose aus Holz. Er nahm sie und tastete weiter. In der anderen Tasche fand er die dicke Brieftasche, die er auch herauszog.

Da zuckte der Körper zusammen. Ein Jammern erklang, und eine Hand schloss sich um Arons Arm.

Edvard lebte.

Jetzt geriet Aron dort unten in der Dunkelheit in Panik. Er hob die Holzdose und schlug damit auf den Körper ein. Er traf seinen Vater am Kopf, an der Schläfe, mehrmals. Er schlug und schlug.

Edvard verstummte, der Griff löste sich.

Der Heimkehrer erwachte mit einem Ruck auf dem Fahrersitz seines Autos.

Sein Vater war tot. Er war allein.

Die Morgenstrahlen der Sonne tasteten sich durch die Birken bis an das Auto heran, doch dem Heimkehrer wurde nicht warm. Er hatte zu viele Erinnerungen im Gepäck.

Die Hütte, in der er auf dem Ölandic Resort gewohnt hatte, war entdeckt worden, er hatte nur den Rucksack greifen können, mehr nicht. Schuhe, Kleider und das Gewehr hatte er zurücklassen müssen. Und Kloss hatte die Snusdose gestohlen.

Er konnte nicht zurückkehren. Und im Auto konnte er auch nicht mehr schlafen, denn seine alten Glieder waren schon ganz steif. Wenn das hier seine letzte Woche auf der Insel war – und das Gefühl hatte er –, dann musste er ausgeruht sein.

Er brauchte ein richtiges Bett. Und plötzlich fiel ihm ein Versteck ein, wo er würde wohnen können. Dort war er schon einmal gewesen. Ein Ort nahe dem Anwesen der Klossens, aber dennoch abgeschieden.

DAS NEUE LAND, MAI 1937

Nach sechs langen Jahren ist Aron zurück in Leningrad, doch diesmal als ein anderer Mann: als Vladimir Nikolajewitsch Jegerow. Zurück an der großen Bucht, von der es in die Ostsee hinausgeht – und die für ihn und Sven das Tor zum Neuen Land gewesen war.

Damals wohnten sie im Hotel. Jetzt muss Vlad in einer Soldatenbaracke hausen, bis er seine eigene Einzimmerwohnung bekommt.

Der Soldat Vlad hat nicht viele Erinnerungen an die langen harten Jahre im Norden mitgebracht. Einen Parteiausweis, eine Uniform, ein paar kleinere Narben im Gesicht und einen Oberkörper, der von aufgekratzten Mückenstichen und Flohbissen gezeichnet ist. Ferner den Namen und die Staatsbürgerschaft. Der Name, der jetzt zu Arons Namen, seiner ganzen Identität geworden ist: Vlad Jegerow. Der Schwede in ihm ist gut weggeschlossen.

Vlads Arbeitsplatz ist nicht so schön, aber trotzdem mächtig und beeindruckend. Es ist das Kresty-Gefängnis, das Kreuzgefängnis. Ein helles fünfstöckiges Steingebäude, das, umgeben von einer vier Meter hohen Mauer, in der Form eines Kreuzes erbaut wurde. Auf jedem Stockwerk verlaufen quer durch das Gebäude Gefängniskorridore mit Reihen von dicken Zellentüren auf beiden Seiten. Hinter diesen Türen sitzen Tausende von Gefangenen, zwanzig oder dreißig Mann in jeder Zelle. Nur wenige Laute dringen heraus, und es muss schon ein Todesschrei zu hören sein, damit die Wächter einmal eine der Türen öffnen.

Auch der Keller ist schallisoliert. Dort unten, in den innersten Verhörräumen, soll Vlad seinen Dienst tun. Hier riecht es stark nach Schweiß und Blut und billigem Putzmittel, und die Türen sind noch massiver.

Die neuen Kollegen, denen Vlad auf den Fluren begegnet, wirken grimmig und sind hochgewachsen, doch sie haben Stil und Eleganz. Geschmeidig bewegen sie sich in ihren dunkelblauen NKWD-Uniformen. Sie betrachten seinen grauen Rock und die zerschlissenen Stiefel und lächeln einander zu. Vlad begreift, dass er ein Landei ist.

»Nur herein, Kamerad Jegerow.«

Sein neuer Oberst, Kapitän Rugajew, empfängt ihn in seinem Büro und lädt zu Tee und einem Stück getrockneter Blutwurst ein. Der Kapitän studiert sorgfältig das Parteibuch und die Dokumente des neuen Wachmanns, und Vlad kann sich derweil im Zimmer umsehen.

Von der Wand hinter Rugajews Rücken blickt natürlich Stalin in die Zukunft. Rechts von seinem Porträt hängt ein Plakat mit einem sowjetischen Arbeiter, der eine lange, giftig aussehende Schlange unter einem Stein herauszerrt; darunter steht dazu der Text: »Wir werden Spione und Saboteure ausrotten!«

Schließlich nickt Rugajew und gibt ihm die Papiere zurück. Dann lächelt er ebenso amüsiert wie alle anderen im Kresty über Vlads zerschlissene Uniform. Er steht auf und geht zu einem Schrank.

»Sieh her, Kamerad.« Rugajew öffnet die Schranktür, und dahinter drängen sich gut gebügelte Uniformen und glänzende Lederstiefel. »Im Frühjahr haben wir zur Belohnung für unsere harte Arbeit neue Uniformen bekommen. Such dir eine passende aus.«

Vlad nimmt schnell mit dem Blick Maß und greift sich eine Uniform. Dann gibt ihm Rugajew einen Waffengurt mit ledernem Pistolenholster, dazu eine nagelneue Pistole. Eine Mauser.

»Hier im Kreuzgefängnis gibt es viel Nachtarbeit.« Der Kapitän deutet auf das Porträt an der Wand. »Unser Führer arbeitet bis spät in die Nacht, und wir tun es ihm nach.« Als Nächstes deutet er auf das Bild mit der Schlange, die unter dem Stein hervorgezerrt wird. »Und das ist unsere Aufgabe, Tag und

Nacht. Aber du hast auch im Norden Feinde gejagt, nicht wahr, Jegerow? Unermüdlich, war es nicht so?«

Vlad nickt. Er begreift, wofür er die Mauser brauchen wird.

»Kannst du Schreibmaschine schreiben, Jegerow?«

»Nein, Kapitän.«

»Dann bring es dir bei. Du wirst viele Verhöre abhalten müssen, und die müssen dokumentiert und archiviert werden. Melde dich für morgen bei Kamerad Truschkin an.«

Der erste Gefangene, den Vlad verhören muss, ist ein magerer und erschöpfter Mann, der in schmutziger Unterwäsche aus dem Gefängnis geholt wird, wo er wegen Verstoßes gegen Paragraph 58 des sowjetischen Strafgesetzbuchs, der immer bei der Anklage gegen Klassenfeinde angewendet wird, einsitzt.

Vlad stellt sich breitbeinig auf den Zementfußboden, nur einen Meter von ihm entfernt. Vielleicht hat Rugajew ihm für den Anfang ja eine leichte Aufgabe gestellt, denn der Mann ist bereits gebrochen. Die Angst blickt ihm aus den Augen, als er in den Verhörstuhl gesetzt wird.

Vlad hört Papier hinter sich rascheln. Er dreht den Kopf. Ohne dass er es gemerkt hat, ist ein älterer Kollege in den Raum gekommen und hat sich ganz hinten an den Schreibtisch gesetzt. Ein Protokollführer, der Papier in seine Schreibmaschine eingespannt hat.

Es ist so weit. Vlad sieht den Gefangenen an.

»Erzähl von deinen Verbrechen«, sagt er leise.

Mit gesenktem Kopf fängt der Mann zu reden an, noch bevor die Frage ganz gestellt ist: »Ich bin Trotzkist. In meiner Traktorenfabrik in Charkow habe ich Anfang des Jahres beschlossen, eine Reihe von Maschinen zu sabotieren, die absolut notwendig für die Produktion sind. Ich habe Hammer und Meißel hineingeworfen, und nur durch das rasche Eingreifen eines Vorarbeiters ist verhindert worden, dass alle Bänder stillstanden.«

»Was hast du sonst noch getan?«

»Ich habe noch mehrere andere Arbeiter für meine trotzkistische Gruppe angeworben, die Sabotagemöglichkeiten in der Fabrik herausfinden sollten.«

»Wer war mit dabei?«

Der Saboteur fängt an, Namen herunterzurattern, und der Protokollführer lässt die Schreibmaschine klappern.

Sie erhalten an die zehn Namen.

Als der Saboteur nichts mehr zu bieten hat, scheint er erleichtert. Er sieht zu Vlad auf.

»Ich bin böse«, sagt er. »Oder?«

Er blickt Vlad unverwandt an, doch der antwortet nicht.

Auch Aron weiß nicht, was er darauf sagen soll.

Die Schreibmaschine hat aufgehört zu klappern. In der Stille wird das letzte Papier aus der Walze gezogen.

»Bitte schön«, sagte der Protokollführer.

Zeit für die Unterschrift des Saboteurs.

Vlad reicht dem Gefangenen das Protokoll, und der unterschreibt mit zitternder Hand.

Als Vlad sieht, dass das Geständnis unterschrieben wird, fühlt er sich besser. Es ist schon beeindruckend, mit geradem Rücken in der neuen Uniform vor einem halb nackten Klassenfeind zu stehen. Ihn dazu zu bringen, seine Verbrechen zu gestehen, ist ein kleiner, aber wichtiger Sieg in einem großen Krieg.

Nachdem er die ersten Schichten hinter sich gebracht hat, muss Vlad anfangen, abends das Schreibmaschineschreiben zu erlernen. Der Kollege Truschkin nimmt sich geduldig des Anfängers an und bringt ihm Taste für Taste das Schreiben bei.

Grigorij Truschkin ist ein paar Jahre älter als Vlad, ein russischer Arbeitersohn, der wie so viele andere Wachleute bei den jungen Pionieren und in der Komsomol ausgebildet wurde. Truschkin kann ohne Probleme über Marxismus und Klassenkampf diskutieren, hat aber trotzdem ein Faible für Schach und liebt es, auf dem Grammofon *Le Sacre du Printemps* von

Strawinsky zu spielen, obwohl das mehrere Jahre lang verboten war.

»Strawinsky stammt aus meiner Heimatstadt«, verkündet er stolz.

Truschkin geht mit Vlad durch Leningrad und gesteht ihm zu, was Sven Aron nie erlaubt hat: Er lässt ihn die Großstadt entdecken.

Auf den breiten Straßen in Leningrad knallen die Absätze ihrer Stiefel hart auf das Steinpflaster, und die blauen Uniformen sind weithin zu sehen. Keine Polizeipatrouille hält sie zur Passkontrolle an, nicht ein einziges Mal. Die Polizisten nicken nur wie Kollegen. Und um sie herum auf den Bürgersteigen dämpfen die gewöhnlichen Mitbürger ihre Stimmen und sehen nervös beiseite.

Vlad fühlt sich in Grigorij Truschkins Gesellschaft wohl. Aron auch. Sie spazieren am Ufer der Newa entlang und besuchen erst ein dunkles Teehaus, dann ein verrauchtes Restaurant, wo die Wodkagläser zur Decke gehoben werden. Aber Truschkin trinkt nicht so viel Alkohol wie die meisten Kollegen, er mag lieber heiße Schokolade.

Später dann, in einem Lebensmittelgeschäft in der Stadt, entdeckt Vlad Sardellen und geräucherten Aal aus der Ostsee. Er kauft ein paar Fischstücke, isst sie bedächtig, und plötzlich denkt Aron an die Insel auf der anderen Seite des Wassers und an sein eigenes Ufer.

Er sollte von sich hören lassen, der Mutter nach Hause schreiben. Doch das ist natürlich nicht möglich. Im Ausland lauern überall Spione, und wer Kontakte zu Ausländern hat, wird selbst zum Spion. Briefe sind lebensgefährlich.

Nach drei Monaten Arbeit erhält Vlad eine Belohnung von Rugajew: eine Armbanduhr, wahrscheinlich von einem Klassenfeind konfisziert. Er legt sie an sein linkes Handgelenk, um die Zeit im Blick zu haben, wenn er Protokoll führt oder Gefangene verhört.

Der Druck von oben wächst. Sie sollen ununterbrochen immer noch mehr Namen liefern.

Kamerad Truschkin hält Verhöre ab, die mindestens ebenso hart sind wie die der anderen, doch eines Abends, als Vlad ihn in einem Viertel nördlich des Kresty einzuholen versucht, sieht er, wie Truschkin an einer Parkbank stehen bleibt, sich herunterbeugt und etwas auf den Boden fallen lässt, um dann schnell weiterzugehen.

Vlad geht zu der Bank und nimmt das Papier auf. Es ist ein Umschlag, an eine Frau in Leningrad adressiert.

Er starrt auf den Adressaten: Olga Bibikowa. Die Adresse kennt er, er hat sie selbst in ein Verhörprotokoll geschrieben.

Die Frau von Maxim Bibikow. Aber Bibikow ist tot, er hat drei Tage zuvor seine neun Gramm ins Genick bekommen.

Vlad versteht das nicht, also beeilt er sich, hinter Truschkin herzukommen.

»Kamerad«, er zeigt ihm den Brief, »was ist das hier?«

Truschkin sieht ihn an und lächelt schüchtern wie ein Schuljunge. Das ist ungewöhnlich.

»Nur ein Brief.« Der Kamerad nimmt ihn schnell und steckt ihn in die Uniform. »Ich lasse ihn an einem trockenen Platz auf der Straße liegen, damit ihn vielleicht jemand anderes findet und auf die Post bringt.«

»Aber warum denn?«, fragte Vlad. »Was ist das für ein Brief?«

Truschkin lacht leise und nervös auf, ehe er erklärt: »Nur eine Mitteilung.«

»Worüber?«

»Ich habe an die Frau von Bibikow geschrieben, dass er an Tuberkulose gestorben ist«, sagt Truschkin. »Dann muss sie nicht mehr grübeln.«

Vlad sieht sich um, auf der Straße ist kein Uniformierter sonst zu sehen. Eigentlich möchte Vlad seines Weges gehen, aber Aron lässt ihn stehen bleiben und weiterfragen. Es stellt sich heraus, dass Truschkin eine Reihe anonymer Briefe an die Verwandten der Hingerichteten geschrieben hat, um ihnen mitzuteilen, dass ihr Ehemann oder Vater an einem Herzanfall oder einer Lungenkrankheit gestorben ist. Gewiss waren es kurze Briefe, aber …

»Dann müssen sie nicht mehr nachgrübeln«, sagt Truschkin wieder und zuckt mit den Schultern. »Ich will ein bisschen Ruhe und Frieden schaffen.«

Aron nickt schweigend, aber Vlad ist außer sich. Briefe sind gefährlich! Sie hinterlassen Spuren. Und er weiß, dass es falsch ist, Briefe zu schreiben und Mitleid mit dem Feind zu empfinden.

»Hör auf, diese Briefe zu schreiben«, sagt er zu Truschkin, »und zwar sofort.«

Mitleid ist die falsche Einstellung – das ist eine verlorene Schlacht. Vlad weigert sich, in diese Schlacht zu ziehen, obwohl regelmäßig besorgte Ehepartner und Eltern von Gefangenen im Gefängnis auftauchen. Sie stehen dann mit ihren warmen Kleidern und Essenspaketen für die Gefangenen da und flehen um Gehör. Als Wachmann ist man das gewohnt. Vlad hört ihnen mit grimmiger Miene zu und antwortet, wie er es gelernt hat: »*Razberemsja*. Diesen Fall müssen wir uns näher ansehen.«

Im Stillen fragt er sich: *Wie kann es angehen, dass diese Menschen immer noch frei sind?* Sie sind mit Verbrechern verwandt, sie sollten allesamt gefangen genommen werden. Das werden sie auch oft, aber es gibt immer noch viele von ihnen. *Warum haben wir noch nicht alle Feinde gefangen genommen?*

Vlad darf nicht die Contenance verlieren, nicht hier im Kresty in seiner Uniform. Wenn eine Frau mit ängstlichem Blick ihn draußen auf der Straße anhält, vielleicht noch mit einem Kind auf dem Arm, dann starrt er sie nur nieder und geht seines Weges. Und wenn sie nicht aufgibt, wenn sie ruft und hinter ihm herläuft, dann stellt er sich breitbeinig mit seinen Stiefeln hin und antwortet bloß: »Es tut mir leid. Ihr Mann ist an einen anderen Ort verbracht worden.«

Was immer der Wahrheit entspricht.

GERLOF

Während draußen vor dem Fenster die Sonne auf die Insel niederbrannte, vertrieb sich Gerlof auf den Fluren des Altenheims die Zeit.

Dort war es kühl und luftig, und man konnte sich ohne Probleme bewegen. Es gab keine einzige Schwelle vor den Türen, keine Steine oder Grasbüschel – aber es war eine einsame Angelegenheit. Viel geschah hier nicht.

Er bekam nur wenig Besuch. John arbeitete im Laden, und Tilda hatte Ferien. Ab und an schauten die Töchter vorbei, aber sie waren immer auf dem Weg irgendwohin.

Auf der Anschlagtafel im Eingang hing ein Hinweis, dass im August ein Kurs mit dem Thema »Freunde dich mit dem Netz an« beginnen sollte. Dabei ging es wahrscheinlich nicht ums Fischen, vermutete Gerlof.

Während des Sommers vermisste er die Vorträge. Den Vortrag von Veronica Kloss über ihre Familiengeschichte hatte er sehr interessant gefunden. Inzwischen wusste er allerdings einiges mehr über die Familie Kloss, als sie erzählt hatte.

Neben dem Eingang des Altenheimes gab es eine kleine Bibliothek. Dort fand Gerlof ein Sachbuch über die Sowjetunion in den Dreißigerjahren von einem britischen Historiker namens Robert Conquest. Das lieh er aus und nahm es mit auf sein Zimmer.

Er wollte wissen, mit welcher Art von Wirklichkeit Aron und Sven Fredh konfrontiert gewesen waren, als sie in das Neue Land kamen, doch schon der Titel des Buch ließ ihn Böses ahnen. Es hieß *Der große Terror*.

An einem ruhigen Freitag Ende Juli nahm er den Fahrstuhl in die Drechsler-Abteilung im Erdgeschoss. Dort war es ebenso still und kühl wie oben. Mit dem Stock in der Hand ging er langsam den Flur hinunter. Fast ganz am Ende lag das Zimmer, in dem, wenn er sich recht erinnerte, Greta Fredh gewohnt hatte. Jetzt stand auf dem Namensschild, dass eine Blenda Pettersson dort wohnte.

Sie haben mir alles genommen, was ich hier hatte – so hatte Aron am Telefon gesagt. Damit hatte er gemeint, dass Kloss sich die Kate am Strand angeeignet hatte. Nichts sonst. Oder?

Gerlof blickte auf das Schild, klopfte aber nicht an.

»Hallo, haben Sie sich verirrt?«

Eine junge Frau fragte ihn das, sie hatte dunkle Haare, war sonnengebräunt und trug einen roten Personalkittel.

Gerlof schüttelte den Kopf und stellte sich vor. »Ich wohne hier im oberen Stockwerk«, erklärte er. »Ich laufe nur ein wenig herum und schaue bei meinen Nachbarn herein.«

»Ah so. Ja, die Bewohner halten sich jetzt meist in ihren Zimmern auf, die Hitze macht sie müde. Kennen Sie Blenda?«

Gerlof schüttelte den Kopf, aber die Pflegerin hatte bereits angeklopft und die Tür geöffnet.

»Lassen Sie uns hineingehen, ich muss ohnehin nach ihr sehen. Hallo, Blenda!«

Gerlof fühlte sich wie ein Eindringling, folgte der Pflegerin aber trotzdem.

Er betrat ein kleines Apartment, das fast eine exakte Kopie seines eigenen war: Auf dem Flur lag ein abgenutzter Plastikläufer, links ein geräumiges Badezimmer mit einer behindertengerechten Dusche und vom Flur abgehend das Schlafzimmer. Dort saß in einem Sessel zusammengesunken eine Frau mit dünnem, weißem Haar.

Gerlof konnte nicht feststellen, ob sie wach war oder vor sich hindämmerte. Die Pflegerin plauderte mit Blenda, erhielt aber keine Antwort. Also machte sie das Bett, füllte ein Glas mit Wasser und legte einige Tabletten in das Schälchen auf dem Nachttisch. Dann war der Besuch vorüber.

Aber Gerlof blieb vor der Tür noch kurz stehen.

»Die Frau, die vor Blenda hier wohnte, die vorherige Bewohnerin, hieß die nicht Greta?«

»Greta Fredh, ja«, sagte die Pflegerin. »Sie starb vorigen Sommer, da habe ich auch hier gearbeitet. Das war Mitte August.«

»Sie war gefallen, oder?«, fragte Gerlof, der sich vage an etwas erinnerte, was die Tochter des Totengräbers Bengtsson erzählt hatte.

»Ein Unfall.« Die Pflegerin senkte die Stimme, als ob der Tod zuhören würde. »Greta war in ihrem Badezimmer hingefallen und hatte sich den Kopf aufgeschlagen. Und das Schloss war von innen versperrt, wir mussten einen Schlüsseldienst holen, um zu ihr hineinzukommen, aber da war es schon zu spät.«

Gerlof sah zur Tür. »Bekam Greta irgendwelchen Besuch? Kamen manchmal Verwandte zu ihr?«

Die Pflegerin dachte nach. »Vorigen Sommer war Veronica Kloss einige Male hier und hat ihr Bücher und Zeitungen vorgelesen. Sie wissen schon, die vom Ölandic Resort.«

Gerlof nickte. Das wusste er nur zu gut.

»Aber die waren doch nicht verwandt, oder?«

»Greta behauptete es manchmal. Aber sie war am Ende auch ziemlich verwirrt.«

»Gab es noch mehr Besucher?«

»Nicht, soweit ich weiß. Dieses Jahr im Frühsommer war ein Bruder ein paarmal hier, aber der hat wohl nur einige Erbstücke eingesammelt.«

Gerlof hielt den Atem an.

»Hat der Bruder seinen Namen gesagt?«, fragte er gespannt.

»Hm ... vielleicht Arnold?«

»Aron«, versuchte es Gerlof.

»Genau, Aron. Aber er hat nicht viel gesprochen, er war recht schweigsam.«

»Wie sah er aus?«

»Alt, aber fit«, sagte die Pflegerin. »Kurz und kräftig, mit viel Energie, obwohl er bestimmt um die achtzig war.« Sie sah Gerlof an und fügte schnell hinzu: »Aber das ist ja auch kein Alter.«

»Das Alter sitzt im Geist«, entgegnete Gerlof. Er dankte und ging wieder zurück den Flur hinunter.

Im Zimmer nebenan wohnte ein Wall. Ulf Wall. Wer war das wohl? Vielleicht der Vater des ermordeten Einar Wall? Möglich war es, denn das Bild von Einar Wall, das die Polizei veröffentlicht hatte, schien genau hier aufgenommen worden zu sein.

Ulf Walls Tür war gut verschlossen.

Gerlof klopfte nicht an, sondern ging weiter. Er sehnte sich nach einem Kaffee, und den konnte er nur in seiner eigenen Abteilung bekommen.

JONAS

In der Villa Kloss marschierte Onkel Kent in schwarzem Pullover und grünbraunen Camouflage-Shorts wie ein Militär vor der Familie und den Angestellten auf und ab und sah zum ersten Mal in dieser Woche richtig zufrieden aus, fand Jonas.

»Die Alarmanlage ist mit einem Bewegungsmelder ausgestattet«, sagte er, »der mit einer Fernbedienung abgeschaltet wird. Wenn ihr das Grundstück betreten habt, habt ihr eine Minute Zeit, um den Alarm zu deaktivieren und ins Haus zu kommen. Außerdem ist die Anlage millenniumsicher, das heißt, sie wird auch nach Neujahr funktionieren.«

Jonas verfolgte die Präsentation zusammen mit Mats und den Cousins, Veronica und seinem Vater, der Putzfrau Paulina und einem neu angestellten Gärtner, der Marc hieß, muskulös und sehr sonnengebräunt war und irgendwoher aus dem Ausland stammte.

Sie standen im Vorgarten versammelt, der jetzt wie eine Mondlandschaft aussah. Gras, Büsche und der Blaue Heinrich waren ausgegraben und durch feinen Kies ersetzt worden. In den letzten Tagen hatte Jonas begriffen, was die Stäbe, die in der Woche zuvor aufgetaucht waren, markiert hatten. Auch sie waren jetzt verschwunden, stattdessen ragte ein Dutzend kleiner, fest eingegrabener Pfeiler jeweils ungefähr zehn Zentimeter aus der Erde. Sie waren aus schwarzem Plastik, aber Jonas fand, sie glichen Holzpfeilern in einem Stellnetz.

»Sensoren« nannte Kent sie und erinnerte mehrmals daran, wie empfindlich sie waren. Dann zeigte er auf eine Metallsäule bei der Garage.

»Der externe Alarm wird von hier aus gesteuert«, erklärte er. »Man aktiviert ihn mit einem festgelegten Code und schaltet ihn mit einem zweiten aus.«

Er zeigte in die andere Richtung, zum Haus hin.

»Die Alarmanlage wird von drinnen gesteuert. Ihr öffnet die Eingangstür und stellt den Alarm an der Wand daneben ab. Das gilt auch für die Gästehäuschen.«

Er blickte in die Runde. »Gut«, meinte er dann. »Nun haben wir also ein externes und ein internes Alarmsystem gegen Einbrecher. Ihr werdet die Codes dazu bekommen. Noch Fragen?«

Keiner der Zuhörer sagte etwas. Jonas hätte sich am liebsten zurückgezogen und wäre gegangen.

»Was ist mit den Hasen?«

Jonas wandte sich um. Sein Vater war es, der die Hand hochgestreckt hatte wie ein Schuljunge.

»Wieso?«, fragte Kent.

»In der Nacht wimmelt es hier von Hasen«, erklärte Jonas' Vater. »Lösen die denn nicht den Alarm aus, wenn sie über das Grundstück hüpfen?«

»Doch«, sagte Kent, »und genau deswegen werden wir nächste Woche einen Zaun bekommen. Eineinhalb Meter hoch, einmal um die ganze Villa Kloss herum, dazu ein automatisches Tor. Da kommen die Hasen nicht mehr hinein.«

Tante Veronica hatte die ganze Zeit in einiger Entfernung schweigend dabeigestanden. Sie trug keine Tarnkleidung, sondern nur ein hellgrünes Kleid, und jetzt schüttelte sie den

Kopf. »Ich werde keine Berliner Mauer haben«, sagte sie bestimmt, »zumindest nicht um meinen Teil des Grundstücks.«

»Es wird ein niedriger Zaun«, erklärte Kent. »Sogar die Jungs können darüberschauen.«

Veronica schaute ihn entschlossen an. »Unsere Familie versteckt sich nicht«, beharrte sie.

»Nein, aber wir schützen uns«, gab Kent zurück, »bis wieder Ruhe eingekehrt ist. Das hier ist kein gewöhnlicher Nachbarschaftszwist, Veronica.«

Jetzt warf sie ihm einen harten Blick zu. »Mach keine Dummheiten.« Mit dieser Mahnung wandte sie sich um und ging zu ihrem eigenen Haus zurück.

Kent scherte sich nicht um sie, sondern zog kleine Zettel aus der Hosentasche seiner Camouflage-Shorts.

»Gut, dann wären wir so weit. Hier bekommt ihr die Alarmcodes.«

Alle traten vor, und auch Jonas stellte sich in die Reihe. Während er wartete, warf er einen Blick über die Schulter zur Röse. In den letzten Tagen war es dort still gewesen. Nur ein paar Touristen, die an den Steinen stehen geblieben waren, und keiner von ihnen war ein alter Mann gewesen.

»Siehst du etwas, J-K?«

Jonas schaute seinen Onkel Kent an, der ihn anlächelte. Er reichte ihm einen Zettel, und Jonas nahm ihn entgegen.

»Ne«, antwortete er. »Nichts.«

Kent blickte zur Straße hinunter.

»Ich weiß, dass wir beobachtet werden«, sagte er leise. »Es gibt einen alten Mann, der sich manchmal in den Bunker schleicht. Aber wir werden das Problem in den Griff bekommen.«

LISA

»Geht es euch gut?«

Lisa spielte im Restaurant in Stenvik Gitarre. Es war Samstagabend, und das Lokal war fast voll besetzt, innen gab es noch ein paar leere Tische, aber dafür drängten sich draußen die Gäste. Wahrscheinlich waren die meisten wegen des Biers, der Pizza und der Aussicht über die Bucht gekommen und nicht wegen der Musik, aber das war egal.

Weniger als eine Woche hatte sie noch in Stenvik, ehe sie wieder nach Hause musste, zurück zu den Abgasen der Großstadt. Sich wieder Silas und seinen Fragen stellen musste, warum noch kein Geld gekommen sei und was sie dagegen unternehmen wolle.

Lisa schien die sinkende Sonne ins Gesicht, sie versuchte aber dennoch, den Blick über das Publikum wandern zu lassen. Die meisten Tische waren gut besetzt, doch an einem, am Rand der Terrasse, sah sie einen älteren Mann, der dort alleine mit einem Glas Wasser vor sich saß. Gegen die Sonne war er nur ein dunkler Schatten, der den Kopf im Takt der Musik bewegte.

War das der Mann vom Campingplatz? Beschattete er sie? Wollte er die Holzdose zurück?

Konzentration, dachte sie.

Sie schloss die Augen, sang ins Mikrofon und versuchte sich das Publikum wegzudenken. Den Mann wegzudenken. Sonst würde sie den Faden verlieren.

Mit geschlossenen Augen arbeitete sie sich noch durch zwei weitere Lieder. Als sie danach aufsah, war der Mann weg.

»Vielen Dank euch allen!«, rief sie, und dann war Schluss. Sie rutschte vom Barhocker und ging aus dem Sonnenschein ins Dunkel des Restaurants.

Der Chef Niklas Kloss hing an der Kasse herum. Er hatte in der vergangenen Woche erschöpft und abwesend gewirkt, hatte sich in einem völlig anderen Tempo als die Kellner bewegt und die meiste Zeit am Bierkühler herumgestanden. Lisa nahm an, dass der Mageninfekt im Ölandic Resort der gesamten Familie Kloss schlaflose Nächte beschert hatte.

»Gute Arbeit«, sagte er nur.

Nicht mehr. Da blieb ihr nur, nach Hause zu gehen.

Aber als sie das Restaurant verließ, trat jemand aus der Dunkelheit auf sie zu. Eine schmale Gestalt, die leise über den Kies huschte.

»Lisa?«

Es war Paulina, die Assistentin von Kent Kloss. Sie lächelte unsicher. »Schön gespielt«, sagte sie.

»Danke«, erwiderte Lisa.

Sie fragte sich, wie lange Paulina da wohl gestanden und zugehört hatte. Warum hatte sie sich nicht an einen der Tische gesetzt? War sie so schüchtern, oder hatte sie kein Geld?

»Du gehst jetzt runter, Lisa?«

Mit einem Nicken deutete sie in Richtung Campingplatz, und Lisa begriff.

»Yes«, sagte sie und nahm den Gitarrenkasten. »Ich gehe zum Wohnwagen runter. Muss mich vor der letzten Schicht etwas ausruhen.«

Paulina begleitete sie in der Dunkelheit zum Campingplatz. Sie liefen schweigend an dem vertrockneten Mittsommerbaum vorbei, aber als sie die Küstenstraße überquerten, deutete Paulina zu den breiten Häusern hin, die zur Villa Kloss gehörten, und sagte mit gedämpfter Stimme: »Er macht Angebot.«

»Ach ja?«, entgegnete Lisa. Sie musste nicht groß fragen, wer »er« war. Kent Kloss natürlich.

»Er hat Job für dich«, sagte Paulina. »Für uns.«

»Mehr Musik?«, fragte Lisa.

»Nein, andere Job. Hier in Ort.«

Lisa sah Paulina nachdenklich an. »Was will der eigentlich?«, fragte sie. »Dreht der irgendwelche Dinger? Missbraucht er dich?«

Paulina blickte sie schweigend an, und schien erst nicht zu begreifen, was Lisa meinte. Dann schüttelte sie den Kopf. »Nein, so nicht«, sagte sie. »Bin ich nicht so eine. Ich bin angestellt.«

Sie klang so entschieden, dass Lisa sich für ihre Frage schämte und schnell das Thema wechselte.

»Wie hast du eigentlich hier den Job gekriegt?«

»Anzeige«, sagte Paulina. »Er hatte Anzeige in vielen Zeitungen, und ich mich gemeldet.«

»Also genau wie ich«, meinte Lisa und seufzte.

Sie gingen weiter, und nach einer Weile sagte Paulina: »Er wird bald reden mit uns. Er will mehr Hilfe.«

»Ich weiß«, antwortete Lisa. »Ich habe ihm schon unten auf dem Campingplatz geholfen.«

Es ging hier natürlich nicht um ein Angebot, das wusste Lisa. Kent Kloss machte keine Angebote. Er gab nur Befehle.

»Er bezahlt«, sagte Paulina.

»Ach, ehrlich? Ist es ein legaler Job?«

Paulina schwieg, und Lisa konnte nur mit den Schultern zucken. Legal oder nicht, sie hatte einen Preis.

»Okay«, sagte sie. »Dann helfe ich ihm vielleicht ein letztes Mal, dann fahre ich nach Hause.«

DAS NEUE LAND, FEBRUAR 1938

Aron ist zwanzig Jahre alt geworden, und dieses Jahr steht im Zeichen von Arbeit und neuen Nachrichten. Im Keller in Leningrad hört er Radiosendungen über politische Gerichtsverfahren und große Säuberungsaktionen unter Parteifunktionären in Moskau. Vlad selbst wird befördert: Der NKWD macht ihn zum Leutnant.

Ein Leutnant genießt Privilegien und Respekt. Als NKWD-Mann trägt Vlad seine Uniform auch auf der Straße und spürt die raschen Blicke der Mitbürger – unterwürfige Blicke von alten Frauen und bewundernde Blicke von kleinen Jungen. Er steht für Recht und Ordnung, für Sicherheit in einer Welt voller Feinde.

Aber das bedeutet auch viel Arbeit. Nachtarbeit. Mit Kapitän Rugajew, den Kameraden Truschkin und Popow und all den anderen.

»Warum spionierst du für Japan?«

»Warum hast du die Partei nicht hochleben lassen?«

»Warum hast du ausgerechnet über diesen Witz gelacht?«

Die Fragen nehmen kein Ende.

Die Gefangenen ebenso wenig. Höhere Instanzen in Moskau haben festgelegt, dass es Tausende von Staatsfeinden gibt, vielleicht sogar Millionen. Jedes NKWD-Kommissariat hat eine Quote an Personen, die deportiert und hingerichtet werden müssen, zu erfüllen – also brauchen sie Gefangene.

Jede Nacht fahren die schwarzen Lieferwagen hinaus und holen noch mehr Staatsfeinde, die ins Gefängnis gebracht werden. Manchmal tragen sie teure Pelze, manchmal dünne Schlafanzüge. Manche haben ihre Kinder auf dem Arm, manche weinen nach ihnen.

Spätnachts hört Aron hin und wieder im Dunkel des Kellers Klopfgeräusche. Leises Klopfen in langen Sequenzen. Es beunruhigt ihn, aber jedes Mal, wenn er sich den rhythmischen Klängen nähert, verstummen sie.

»Das ist eine Gefangenensprache«, erklärt sein Kollege Truschkin.

»Eine Sprache?«

»Die Gefangenen sprechen miteinander von Zelle zu Zelle. Sie klopfen Codes an die Wände.«

»Ach, ehrlich?«

»Wir versuchen, das zu unterbinden«, sagt Truschkin, »aber sie klopfen einfach weiter.«

Aron entspannt sich ein wenig. Es sind also Menschen, die da klopfen.

Die Behandlung der Gefangenen geschieht wie am Fließband, alles ist so arrangiert, dass der Vorgang so schnell und so leicht wie möglich vonstattengeht.

Alle Gefangenen werden durchsucht, nackt ausgezogen, dann werden ihre Körperöffnungen untersucht, und sie werden, ängstlich und zitternd, schnell in den Keller geführt. Vlad steht in seiner Uniform mit den Stiefeln auf dem Zementfußboden, und Aron hört ihn wieder und wieder dieselben Fragen stellen:

»Warum hast du die Partei verraten?«

»Warum hast du die Maschinen sabotiert?«

»Welche Agenten haben dich angeworben?«

Wenn Vlads Stimme heiser wird, dann übernimmt ein Kollege.

Kamerad Truschkin wird als Verhörleiter niemals müde, ganz gleich, wie lang seine Schicht ist, und er ist ein Vorbild für Vlad. Truschkin erhebt sich über jeden Gefangenen und donnert die Fragen nur so heraus:

»Warum bist du zu den Trotzkisten gegangen?«

»Warum willst du das Vaterland verlassen?«

»Warum denkst du nicht an deine Kinder?«

Hin und wieder werden Gefangene, die unter Platzangst leiden, in besonders enge Zimmer gesperrt, in denen sich Decke und Wände um sie zu schließen scheinen. Frierende Gefangene werden in eiskalte Zellen verbracht, fiebrige Gefangene werden mit Wasser abgebraust. Folter als Verhörmethode ist erlaubt, und Rücken und Fußsohlen der Gefangenen werden mit der *dubinka*, einem Schlagstock aus Gummischlauch, bearbeitet.

Die Methoden sind mannigfaltig, aber das Ziel ist immer das schriftliche Geständnis, die krakelige Unterschrift ganz unten auf dem Protokoll, geschrieben mit Tinte, in die sich oft tropfendes Blut mischt.

Und danach: *vysshaia mera*. Die schwerste Strafe des Gesetzes: die Bleikugel.

Die Todeskammer im Keller wird auch als Friseursalon benutzt. Wenn die Gefangenen dorthin geführt werden, wissen sie niemals, was sie erwartet, denn die Gefängnisleitung hat entschieden, dass Henker und Friseure dieselben Uniformen tragen sollen.

Die Tür ist zusätzlich isoliert und wird sorgfältig verschlossen. In einer Ecke spielt ein Grammofon in voller Lautstärke forsche Marschmusik. Die hintere kurze Wand des Raumes ist weiß und sieht unschuldig aus, ist aber in Wirklichkeit eine Gipsplatte mit Holz und einer dicken Schicht Sand dahinter, zum Auffangen der Kugeln.

Das Schicksal der Gefangenen wird erst offenbar, wenn sie gezwungen werden, sich mit dem Gesicht zu der Gipswand in ein weiß getünchtes Viereck auf dem Boden zu stellen – aber dann ist es schon zu spät. Vier oder fünf Sekunden stehen sie da, während die Musik spielt, dann tritt der Henker vor und schießt.

Das Grammophon spielt ununterbrochen.

Vlad wird oft von Kapitän Rugajew beordert, in der Kammer Dienst zu tun, und Aron weiß, warum: Er zielt am sichersten. Viele der Wachleute schießen schlecht mit der Pistole und brauchen zwei Kugeln für den Genickschuss, manchmal sogar drei. Aber Vlad zielt gründlich.

Wenn ein Gefangener nicht erschossen werden kann – vielleicht, weil die Leiche hinterher irgendeinem ausländischen Diplomaten gezeigt werden muss –, dann wird ihm eine mit Chloroform getränkte Maske übergezogen, und ein Arzt verabreicht ihm eine Giftinjektion. Dann sieht der Todesfall wie ein plötzlicher Herzinfarkt aus.

Nach einer langen Schicht muss der Fußboden immer geschrubbt werden. Aber hier kann man keine Putzfrauen arbeiten lassen, also muss meist ein Gefangener putzen, aber oft müssen auch die Wachleute selbst hinter sich sauber machen.

Die Verhöre scheinen kein Ende zu nehmen, ebenso wenig die Papierarbeit. Arons einziger Trost ist, dass der Kampf nicht mehr ewig weitergehen kann. Der Frieden muss bald kommen, und dann wird es immer noch den kleinen Hof auf der anderen Seite der Ostsee geben. Die Kate und den Strand, seine Schwester und seine Mutter. Dorthin wird er zurückkehren, wenn die letzten Feinde vernichtet sind.

Doch es kommen immer mehr. In der Nacht zum 5. August 1938 wird ein Gefangener mit einem Sack über dem Kopf und einem Mantel über den Schultern in den Keller geführt. Für Vlad ist der Sack nichts Neues, der wird oft verwendet, wenn die Nächte hell sind und der Transport von Feinden in der Öffentlichkeit geschehen muss.

Im Übrigen sieht der Gefangene aus wie alle anderen. Unter dem Mantel trägt er fleckige Unterwäsche, und die Beine sind mit blauen Flecken und Schürfwunden bedeckt.

»Nummer 34–98«, verkündet der Protokollführer am Schreibtisch und spannt ein neues Blatt Papier in die Schreibmaschine ein.

Vlad ist bereit. An der Wand stehen drei Eimer mit eiskaltem Wasser, und auf einem Tisch liegt der Schlagstock, die *dubinka*. Schnell zieht er dem Gefangenen den Sack vom Kopf – und bleibt dann wie angewurzelt stehen.

Es ist Truschkin.

Auf dem Stuhl vor ihm sitzt Kamerad Truschkin, Arons Freund. Er sagt keinen Ton, seine Lippen sind aufgeplatzt, aber er sieht Vlad an. Sein Blick dringt direkt in Aron hinein.

Aron wendet sich ab und schaut den Protokollführer an. »Das verstehe ich nicht«, sagt er.

»Was verstehst du nicht?«

Aron sieht wieder zu Truschkin.

»Ich verstehe nicht, warum er hierhergebracht worden ist. Warum wir …«

Der Protokollführer nimmt ein Dokument und liest: »34–98 hat Kontakt zu Angehörigen von Volksfeinden gehabt. Er hat ihnen Briefe geschickt.«

Aron räuspert sich, er sieht dem Gefangenen in die roten Augen. Kamerad Truschkin weiß, wo er sich befindet: am Anfang des schweren Weges zu einem vollständigen Geständnis. Er weiß, dass der Stuhl, auf dem er sitzt, nass werden wird, dass der Fußboden unter ihm bald bespritzt werden wird.

»Noch mehr?«, fragt Vlad über die Schulter.

»Viel mehr«, sagt der Protokollführer. »Als sie ihn unten in Sotschi ergriffen haben, plante er einen Aufstand innerhalb der Organe. Er war die Spinne in einem ausländischen Netzwerk. Heute Nacht werden wir sicher viele neue Namen bekommen.«

Aron nickt steif, dann fährt der Protokollführer fort: »Ihr kennt euch, oder?«

»Was?«

»Du und Truschkin«, verdeutlicht der Protokollführer. »Ihr habt doch in eurer Freizeit viel zusammen in Kneipen gesessen, oder? Ihr wart Freunde, was?«

Vlad schüttelt den Kopf. »Das stimmt nicht.«

Es wird still. Er wartet darauf, dass Truschkin etwas sagt, dass er den Mund aufmacht und protestiert. Doch das geschieht nicht. Truschkin sieht ihn nur mit leerem Blick an.

»Das stimmt nicht«, wiederholt Vlad. »Wir sind keine Freunde.«

Aron fragt sich, ob jemand den Keller überwacht. Wird ein Ohr an die Tür gepresst? Sieht ein Auge durch einen Türspalt? Jeden Moment kann einer seiner Vorgesetzten eintreten und fragen, was sie da eigentlich diskutieren und warum nichts passiert. Also geht er entschlossen hin, nimmt dem Gefangenen den Mantel weg und zieht dessen Unterhemd hoch. Der entblößte Rücken ist immer noch weiß wie Mehl, frei von Wunden und blauen Flecken.

»Dann fangen wir mal an«, sagt Vlad.

Er unterdrückt Arons Schrei.

Die Quote an Feinden muss erfüllt werden, sie brauchen neue Namen, und Vlad weiß, dass Truschkin das versteht. Sie müssen jetzt beide ihre Pflicht tun.

Truschkin hat den Blick auf den Zementfußboden gesenkt. Aron sieht nur seinen Rücken.

Aron kriecht davon, und Vlad kommt hervor.

Er nimmt die *dubinka* und beginnt das Verhör.

JONAS

Die Holzterrasse von Onkel Kent sah wie neu aus, fand Jonas. Da konnte er zufrieden sein. Jetzt würde er hinten bei Tante Veronica weiterarbeiten, und das Einzige, was noch zwischen ihm und Kent auszuhandeln war, war sein Lohn.

Er hatte dieses Gespräch so lange wie möglich vor sich hergeschoben, und jetzt war es schon später Abend. Also gab er sich einen Ruck und ging hinüber zu Onkel Kent.

Das Fenster des großen Wohnzimmers war schwach erhellt, und Jonas schob die Glastür zur Seite.

Im Zimmer war es heiß und stickig, die Klimaanlage war offenbar abgestellt. Jonas trat ein. Auf dem Fußboden lagen Rechnungen und Sportkleidung verstreut, und die Tasche mit den Golfschlägern war umgefallen.

Er horchte, aber alles war still. Langsam streckte er die Hand zum Lichtschalter aus, als eine Stimme sagte: »Nein. Nicht das Licht anmachen.«

Jonas erschrak und schaute zu dem großen Fernseher hinüber. Er war nicht eingeschaltet, doch im Sessel davor saß jemand.

Der Grabgeist, dachte er. Es ist der Geist vom Steingrab, der hierhergekommen ist.

»Hallöchen, J-K. Wie geht's?«

Jonas erkannte Kents Stimme, und jetzt wagte er sich ein paar Schritte ins Zimmer hinein.

»Gut«, sagte er. »Ich müsste heute das Geld bekommen. Für das Abschleifen.«

Kent nickte bedächtig.

»Exakt, ja. Komm nur her.«

Jonas ging langsam zu ihm hin, während sein Onkel etwas schwankend aufstand und seine Brieftasche nahm. Auf dem Tisch stand eine Flasche.

Kent lächelte und hielt ihm ein paar Geldscheine hin. »Nun komm schon, J-K«, lockte er.

Jonas ging hin und bekam das Geld. »Danke«, sagte er leise.

»Bitte schön«, erwiderte Kent und berührte seine Stirn.

Seine Finger waren eiskalt, wie Jonas spürte.

»Gefällt es dir hier, J-K?«

Jonas nickte.

»Gut«, sagte Kent, »das ist gut. So soll es sein in der Villa Kloss.« Er sah sich um. »Mir hat es hier immer gefallen. Früher hatten wir ein paar wirklich unglaubliche Partys, Niklas und ich und unsere Freunde. Wir haben Mädchen aus Stockholm mitgebracht, und dann haben wir es so richtig krachen lassen. Bombe! Ich hatte damals ein Wasserbett, das war so groß wie der Pool. Wir brachten es fertig, die ganze Nacht zu feiern. Am Vormittag haben wir dann ein bisschen in der Sonne gedöst, und ab Mittag ging es nahtlos am Strand weiter.«

Er sah Jonas an und legte ihm seine kalte Hand auf den Nacken.

»Aber eines kann ich dir sagen, J-K, und das ist wichtig. Hörst du?«

Jonas war von der Berührung wie erstarrt, nickte aber stumm.

»Eines habe ich gelernt«, fuhr Kent fort, »und zwar, dass es nach jeder Party Unmengen abzuspülen gibt. Je länger man feiert, desto größer wird die Spülarbeit. Tu mir den Gefallen, und vergiss das nicht, okay?«

Jonas hielt die Luft an, nickte und räusperte sich. »Okay«, sagte er.

»Gut, J-K.« Kent verringerte den Druck auf Jonas' Nacken. »Ich denke mir, dass du eine Menge über das nachgedacht hast, was oben auf der Landstraße passiert ist. Ich auch. Aber ich wollte nur mit Mayer reden, wollte ihn bloß fragen, was er gemacht hat. Weißt du, vorige Saison hat er uns Geld geklaut, da war es klar, dass wir ihn feuern mussten. Und diesen Sommer hat er das Ding in unserem Frachthafen gedreht. Ist an Bord unseres Schiffes gegangen, hat die Besatzung eingeschlossen und einfach die Taue gekappt.« Er seufzte und fuhr fort: »Also wollte ich mit ihm reden, aber er ist mir in Marnäs abgehauen, durch den Wald und direkt auf die Straße hinausgerannt. Und dann kam das Auto …«

Kent sah aus dem Fenster zu der Alarmsäule im Garten hinüber und seufzte noch einmal.

»Aber es wird alles gut werden. In den letzten Wochen war ein bisschen viel Trubel wegen all der Probleme im Resort, aber jetzt wird wieder Ruhe einkehren.«

Jonas schwieg. Er dachte an die Pistole, die Kent an sich genommen hatte. Dann entzog er sich vorsichtig der Hand seines Onkels.

Onkel Kent drehte sich um und setzte sich wieder auf den Sessel. Jonas selbst ging zur Tür, vorbei an Rechnungen und Golfschlägern.

Da wandte Kent den Kopf.

»Wohin willst du, J-K?«

»Einfach raus.«

»Verlass das Grundstück nicht«, mahnte Kent. »Wir müssen

jetzt im Bereich der Alarmanlage bleiben. Hier in der Villa Kluss ist es am sichersten.«

Jonas schob die Glastür auf und trat schnell auf die Terrasse, wo er fast mit Tante Veronica zusammenstieß, die offenbar auf dem Weg ins Haus war.

»Hallo, Jonas, bist du noch auf?«

Er nickte.

»Du wirst ja morgen anfangen, bei mir zu arbeiten. Das ist prima. Ich brauche jede Menge Hilfe.«

Jonas nickte erneut. Er fand das auch prima.

Veronica warf einen Blick ins Wohnzimmer zu Kent hinüber und flüsterte dann Jonas zu:

»Wie geht's ihm?«

»Gut. Glaube ich«, antwortete Jonas.

»Er hatte so viel Ärger in letzter Zeit«, sagte Veronica leise.

»Hm.«

»Ich werde nur kurz nach ihm sehen. Schlaf gut, Jonas.«

Damit ging sie zu Kent hinein und zog die Glastür hinter sich zu.

Jonas lief über das frisch geölte Holz, das nur von kleinen schwachen Lämpchen erhellt wurde. Er warf einen letzten Blick durch das Panoramafenster in Kents Wohnzimmer. Seine Tante war zum Sessel gegangen. Sie rüttelte Kent und sagte etwas zu ihm, das Jonas nicht hören konnte.

Kent murmelte eine Antwort, aber Veronica sprach mit ernster Miene weiter.

Langsam richtete Kent sich auf. Er hörte seine Schwester schweigend an und nickte.

Jonas spionierte nicht länger, sondern ging zu seiner Hütte. Er war völlig erledigt.

LISA

Es war Donnerstagabend in der May Lai Bar, *the midnight hour*, und Lady Summertimes Schicht ging nur noch eine knappe Stunde. Zum Glück. Die lilafarbene Perücke juckte schon höllisch.

Dies war der vorletzte Auftritt von Lady Summertime im Club, und er war nicht gut gelaufen. Der Laden war nicht einmal halb voll und die Stimmung im Keller. Die Tanzfläche war wie leer gefegt, und obendrein fühlte sich Lisa auf ihrem Posten überwacht.

Was sie natürlich auch wurde. Die Wachleute strichen durchs Lokal, und sie ahnte, dass Kent Kloss seine Männer angewiesen hatte, ihr auf die Finger zu schauen.

Lisa beugte sich übers Mischpult. Sie passte auf, dass Lady Summertime sich gut benahm. Sie unternahm keine Spaziergänge über die Tanzfläche mehr und hielt ihre Finger im Zaum. Jetzt war sie ganz anständig, aber die Spannung war flöten.

Eine halbe Stunde nach Mitternacht kam, was ungewöhnlich war, Kent Kloss höchstpersönlich in den Club und ließ sich an der Bar nieder. Er bestellte etwas beim Barkeeper, donnerte ein paar Stammgästen die Pranke auf den Rücken und redete mit einigen Wachleuten, die zu ihm kamen. Lisa sah, dass er ein Mineralwasser bestellt hatte, das trank er und redete und lachte an der Bar, sah aber nicht zur DJ-Kabine hinüber. Nicht ein einziges Mal.

Lisa wurde nervös. Lady Summertime fing an, am Mischpult herumzufummeln und produzierte abgehackte Übergänge zwischen den Songs.

Aber irgendwann hatte die Quälerei ein Ende.

»Danke und gute Nacht!«, sagte sie schlicht nach dem letzten Song, »The End« von den Doors.

Und das war’s.

Keiner applaudierte, die Gäste, die noch im Club waren, leerten einfach ihre Gläser und verließen das Lokal. Eine müde und zähe Atmosphäre hing über dem Raum. Das ist die Hitze, dachte Lisa, wusste es aber besser. In einem halb leeren Lokal konnte man keine gute Stimmung erzeugen.

Sie sammelte die Schallplatten in die Tasche und war damit fertig, als die letzten Gäste gerade das Lokal verließen. Doch ehe sie sich verdrücken konnte, kam Kent Kloss von der Bar zu ihr.

»Hallo, Lady Summertime«, sagte er. »Brauchst du Hilfe beim Tragen?«

»Nein, das geht schon.«

Sie schüttelte entschieden den Kopf, aber er folgte ihr dennoch die Treppe hinauf. Sie traten in die milde Nachtluft und gingen zu ihrem Passat. Ein kleiner schwarzer Schatten wischte unter dem Nachthimmel hindurch – eine Fledermaus auf der Jagd nach Insekten.

»Und, benimmst du dich auch anständig?«, fragte Kent, als sie bei den Autos standen.

»Absolut«, beteuerte Lisa, »engelsgleich.«

»Dann mach mal so weiter«, sagte er. »Keine Dummheiten!«

Kent wirkte völlig nüchtern, hatte in der Dunkelheit allerdings das Lächeln abgelegt.

»Wenigstens hatten wir diesen Sommer Glück mit dem Wetter«, sagte er. »Alles andere ist zum Teufel, aber das Sommerwetter hält an.« Dann sah er zum erleuchteten Hotel zurück und fügte hinzu: »Acht Paletten mit Wodka und russischem Champagner – weißt du zufällig jemanden, der die haben will?«

Lisa schüttelte den Kopf. »Wieso?«

Kent lächelte müde. »So viel haben wir noch. Acht Paletten, unverkauft. Wir haben an Mittsommer mit einem Schiff eine großzügige Sendung reinbekommen, haben aber nur die Hälfte von dem verkauft, was ich veranschlagt hatte. Das ist der Mageninfekt. Ich hätte diesen Sommer zwei Millionen verdienen können, und das steuerfrei, wenn der Kerl nicht Gülle in die Tanks gekippt hätte.«

Lisa antwortete nicht, sondern sah nur auf ihre Uhr. Es war schon nach zwei. »Ich muss los«, sagte sie.

Kent machte einen Schritt auf sie zu. »Hat sie mit dir gesprochen?«

Lisa schloss das Auto auf.

»Sie meinen Paulina?«, fragte sie über die Schulter. »Ja, das hat sie.«

»Und du bist dabei?«

»Kommt drauf an.«

»Worauf?«, fragte Kent mit härterer Stimme.

Lisa wusste, dass sie ihm nichts entgegensetzen konnte, versuchte es aber trotzdem: »Kann ich dann nach Hause fahren?«

»Du kannst nach Hause oder wo immer du hinwillst, wenn das hier erledigt ist«, sagte Kloss, »ich werde dich nicht anzeigen. Niemand wird nach dir suchen.«

Lisa nickte.

»Und was soll ich machen?«

»Aufpassen«, sagte Kent. »Zusammen mit Paulina auf die Villa Kloss aufpassen und alles beobachten. Aron Fredh wird dort auftauchen, ganz sicher, und du weißt, wie er aussieht.«

»Und was werden Sie dann machen, wenn wir aufpassen?«

Kent öffnete ihr die Autotür und beugte sich zu ihr hin.

»Ich werde die Falle bereitstellen.«

DER HEIMKEHRER

Aron saß hoch oben in seinem neuen Versteck. Er hatte es sich dort, so gut er konnte, mit Decken und einer dünnen Matratze gemütlich gemacht und die letzten Nächte ordentlich geschlafen.

In dem Versteck fühlte er sich erstaunlich sicher, wie ein Adler in einer Baumkrone. Er konnte auf die Bucht und den Sund hinausschauen, aber auch ins Landesinnere.

Heute Abend waren weiße Wolken am Himmel, die über die Insel zogen. Einige von ihnen ähnelten Menschenköpfen, andere verdrehten Monstern.

Unten am Strand konnte er die Kinder von der Schwimmschule sich versammeln sehen und von morgens bis abends die Badenden, die aus dem Wasser auf den Steg kletterten.

Er sah Autos kommen und wieder abfahren.

Er beobachtete, dass manche Hüttenbesitzer schon begonnen hatten, ihre Häuser abzuschließen, und sich bereitmachten, aufs Festland zurückzureisen.

Die Sonne würde noch lange scheinen, aber im Ferienresort war der Sommer bald vorbei.

Er blickte übers Meer. An diesem Abend trug es weiße Streifen, angeleckt vom Wind. Groß und mächtig war es und ständig in Bewegung.

Aron träumte davon, hier am Sund zu sterben, damit er in seinem letzten Moment über das Wasser würde blicken können, um dann mit friedlichem Herzen die Augen zu schließen. Und vielleicht würde es auch so kommen, wenn er sich in der Zeit, die noch blieb, in der Nähe des Wassers aufhielt und seinen Feinden aus dem Weg ging, bis es so weit war, ihnen entgegenzutreten.

Er war bereit. Alles war vorbereitet.

Langsam stieg Aron den Turm hinab, ging am Schlafplatz im Erdgeschoss vorbei, durch die Tür und dann die Treppe hinunter. Sein Auto stand ein Stück entfernt zwischen den Bäumen versteckt.

Jetzt würde er nach Marnäs fahren, um ein letztes Gespräch mit Gerlof Davidsson zu führen.

DAS NEUE LAND, 1940–1945

Der Krieg gegen die Konterrevolution ist lang und hart gewesen, und Vlad ist sehr müde.

So viele sind jetzt verschwunden. Angezeigt und verurteilt. Ständig wird verlangt, dass jeder entdeckte Feind mehrere Namen von anderen Feinden preisgeben muss, die ihrerseits weitere Namen von Feinden preisgeben, wie bei einem immer größer werdenden Mühlrad.

So viele haben sie zerstört.

Truschkin ist erschossen.

Lehrer und Wissenschaftler sind auch erschossen.

Homosexuelle und Militärs sind erschossen.

Lyriker, Hausmeister und Priester sind erschossen.

So viele.

Vlads erster Befehlshaber im Kresty, Rugajew, ist von Zakowskij, dem höchsten Führer in Leningrad, entfernt worden. Zakowskij ist dann vom obersten Polizeichef Jagoda erschossen worden, der seinerseits im Jahr darauf von seinem Nachfolger, dem Wodkatrinker Jeschow, hingerichtet worden ist. Jeschow war blutrünstig, landete aber schnell selbst im Lubjanka-Gefängnis, von dem neuen Führer des NKWD, Lawrenti Beria, zum Tode verurteilt.

Vlads neuer Gefängnischef hat schon mehrere Monate auf

seinem Posten überlebt. Er heißt Karrek und ist ein grimmiger alter Soldat, der schon im Ersten Weltkrieg gekämpft hat. Major Karrek spricht nicht viel, trägt aber immer ein kleines Notizbuch bei sich. Es heißt, er würde darin Gerüchte vermerken, die über seine Truppe kursieren. Karrek verhängt nach wie vor die strengste Strafe des Gesetzes im Keller, oft vollstreckt er sie persönlich.

Vlad ist überzeugt davon, dass ihn niemand verdächtigt, Trotzkist oder Imperialist oder eine andere Art von Landesverräter zu sein. Er ist loyal gegenüber Stalin, gegenüber der Partei und seinen Vorgesetzten, er ist kein Klassenfeind. Er ist sauber.

Und dennoch. Wenn er einschlafen will und die Wände sich auf das Bett zubewegen, dann sind Angst und Zweifel da. Was schreibt Karrek in sein Buch? Da ist die Furcht, am nächsten Tag zur Arbeit zu kommen und nur ausweichenden Blicken zu begegnen, und niemand nennt ihn mehr »Kamerad«. Schließlich war er schon einmal Ausländer, und manchmal ist er selbst nicht sicher, ob er nicht ein Spion ist.

Er erinnert sich an den Freund Vladimir und seine Frage, oben im Norden: *Woher weißt du, dass du das nicht bist?*

Ist er ein Spion? Aron sieht schließlich, was im Keller geschieht, er bemerkt und erinnert alles – ist er damit nicht auch eine Art Spion? Vielleicht spioniert er für eine ausländische Macht, die noch keinen Kontakt zu ihm aufgenommen hat. Wenn Sven ein Spion war, dann war es vielleicht Svens geheimer Plan, Aron hier in der Partei zu platzieren. Dann würden fremde Agenten erst in Jahren zu ihm Kontakt aufnehmen können.

Diese dunklen Gedanken kommen immer am Abend. Wenn er in seinem Bett liegt, in der Dunkelheit blutige Gesichter schweben sieht und auf Klopfgeräusche lauscht. Er wartet darauf, dass unten am Eingang ein Auto anhält und dann eilige Schritte auf der Treppe zu hören sind. Wartet auf die harten Schläge an der Tür, wie Knöchel auf einem Sargdeckel.

Am 4. Mai 1940 wird Vlad in Karreks Büro gerufen. Der Major sitzt mit seinem Notizbuch vor sich am Schreibtisch. Er nickt kurz.

»Tritt näher, Jegerow.«

Vlad tritt an den Schreibtisch. Dort steht eine Schale mit Salzgurken, doch Karrek bietet sie nicht an. Er lehnt sich zurück und betrachtet Vlad.

»Geht es dir gut?«, fragt er.

»Sehr gut, Kamerad Major.«

Karrek rückt seine Manschettenknöpfe zurecht und sieht Vlad an. »Ich bin nach Moskau berufen worden«, sagte er, »um im Lubjanka-Gefängnis Dienst zu tun. Ich werde dort Kommandant werden. Das ist eine sehr ehrenvolle Aufgabe. Ich muss ein paar Männer mitnehmen und habe die Besten ausgewählt.«

Erst begreift Vlad nicht, was er da hört. Dann nimmt er Haltung an.

Drei Monate später wird Major Karrek nach Moskau versetzt. Er nimmt Vlad und zwei andere Auserwählte mit in die Hauptstadt.

Der Sommer 1941 wird brennend heiß. Drückend, findet Aron, wie vor einem Gewitter. Und das bricht schon an Mittsommer los.

Hitler überfällt die Sowjetunion am 22. Juni mit einem Blitzangriff, der allen Widerstand beiseitefegt. Die Polikarpow-Flugzeuge werden von den Messerschmitt-Schwärmen niedergeschossen. Deutsche Panzerdivisionen rollen über ukrainische Weizenfelder. Die Eisenbahnlinie zwischen Leningrad und Moskau wird am 21. August abgeschnitten. Kiew fällt am 26. September.

Jetzt könnte Aron nicht einmal, wenn er von Stalin persönlich freies Geleit bekäme, nach Hause, nach Schweden, reisen.

Er ist in einem Land eingeschlossen, in dem alle zum ersten Mal vom Krieg heimgesucht werden. Das Brot geht aus. Zucker wird rationiert, und die Seife wird halbiert.

Ein Viertel der sowjetischen Bevölkerung rückt in die Rote Armee ein, doch sie können die Faschisten nicht zurückdrängen. Ende Oktober stehen die Deutschen vor Moskau. Kalinin im Norden und Kaluga im Süden sind bereits gefallen. Läden und verlassene Wohnung werden geplündert. Moskaus sechzehn Brücken und Stalins Datscha werden vermint. Stalin selbst macht sich bereit, Moskau zu verlassen, entscheidet sich aber schließlich am 18. Oktober dafür, zu bleiben und in einem Zug in der Untergrundbahn zu schlafen.

Anfang November hält Stalin im belagerten Moskau eine Militärparade ab, um den Kampfgeist zu beschwören. Vlad muss helfen, vom Bolschoi-Theater Stühle für die Mitglieder des Politbüros heranzuschleppen. Dann hört er den Führer eine große Rede über die Verteidigung des Vaterlandes halten, dazu spielt die NKWD-Kapelle.

Im Dezember – die Temperaturen sind auf arktische Verhältnisse gefallen – wendet sich das Kriegsglück zugunsten der Sowjetunion, aber der Preis ist entsetzlich hoch. Insgesamt sterben über acht Millionen sowjetische Soldaten im Kampf. Weitere fast zehn Millionen Zivilisten sterben an Hunger oder durch Massaker der Nationalsozialisten.

Nach dem Krieg wird der NKWD aufgelöst. Die Gefangenenabteilung wird dem Innenministerium, dem MWD, zugeschlagen, während Gegenspionage und die Jagd auf Klassenfeinde dem Ministerium für Staatssicherheit, dem KGB, zugeteilt werden. Vlad geht mit zum KGB.

Moskau taut nach den Kriegswintern langsam auf, es gibt mehr Nahrung, und die Menschen haben ein wenig Zeit für Vergnügungen. Vlad wohnt jetzt seit fünf Jahren in derselben kleinen Wohnung, in einem Mietshaus für Staatsbedienstete, mit Gemeinschaftsbad, aber eigener Küche. Er hat keinen hohen Lohn, hat sich nach Kriegsende aber ein Auto kaufen können, einen braunen Pobeda. Mit dem unternimmt er Ausflüge, aber niemals nach Norden. Niemals in die Gegend der alten Lager.

Wenn er einen Abend frei hat, geht er manchmal ins Bolschoi. Er setzt sich ganz hinten auf die billigsten Plätze im Saal und sieht sich Theater- oder Ballettaufführungen an.

Nachts muss Vlad oft arbeiten.

Im Gefängnis am Lubjanka-Platz werden immer noch lange Schichten gefahren, manchmal zwölf Stunden oder mehr. In den letzten Jahren hat sich ein schmutziger Strom, bedingt durch den Krieg, in die Moskauer Gefängnisse ergossen: besiegte Offiziere, deutsche Wissenschaftler, Russen, die sich Hitler angeschlossen hatten, aufrührerische Balten, gefangene Diplomaten und noch mehr Kriegsgefangene. Alle müssen verhört werden. Alle müssen sortiert, gewogen und gemessen werden.

Vlad herrscht über die Gefangenen, aber Aron ist jetzt müde. Er ist des Holens der Gefangenen müde, der Verhöre und des Wachehaltens. Er ist knapp dreißig Jahre alt, fühlt sich aber oft wie sechzig.

»Wisst ihr, warum wir ihnen die neun Gramm ausgerechnet ins Genick geben?«, hatte Karrek eines späten Abends über ein paar Gläsern Wodka gefragt.

Aron und die anderen Wachleute schütteln die Köpfe. Darüber haben sie nie nachgedacht, sie haben es einfach nur getan, Jahr um Jahr. Schuss um Schuss, auch wenn der erste nicht immer tödlich war. Manchmal war ein zweiter Schuss erforderlich, wenn der Gefangene schon lag. Oder ein dritter. Manchmal wurde behauptet, dass der Sand, der über die Leichen geschüttet worden war, sich bewegt habe.

»Ihr wisst es nicht?«

»Nein.«

»Ist doch klar«, erklärt Karrek. »Weil das Genick uns nicht anstarren kann.«

GERLOF

»Ich begreife nicht, wo du die Geduld dafür hernimmst«, sagte John.

»Das ist Training für die Hände«, erklärte Gerlof.

Er saß John gegenüber am Tisch und konzentrierte sich darauf, das Rigg eines Klippers, der klassischen *Cutty Sark*, fertigzustellen. Das war eine Fummelarbeit mit Stahldrahthaken und Nähgarn und dünnen Rahmen aus Zahnstochern. Als der letzte kleine Knoten geknüpft war, atmete er erleichtert aus.

»Aber ich begreife das auch nicht, John«, gestand er. »Und für diese Flasche habe ich noch nicht einmal einen Kunden, die habe ich nur …«

Gerlof wurde von einem Klingelton unterbrochen. Das Telefon. Er starrte es an, dann stand er entschlossen auf und nahm den Hörer ab.

»Davidsson.«

Eine Stimme antwortete leise: »Guten Abend.«

Gerlof erkannte sie. Diesmal war er besser darauf vorbereitet.

»Guten Abend, Aron«, erwiderte er. John saß einige Meter entfernt, und Gerlof nickte ihm zu. In den Hörer fragte er: »Geht es dir gut?«

»Doch.«

»Mir nicht«, sagte Gerlof. »Ich habe ein grässliches Buch gelesen, ein Geschichtsbuch über die Sowjetunion. Über alles, was in den Dreißigerjahren dort passiert ist. Der Große Terror.«

»Ich lese keine Bücher«, ließ sich die Stimme vernehmen.

»Aber du weißt von dem Terror.«

Gerlof erhielt keine Antwort und fuhr fort: »Rund eine Million Menschen wurden hingerichtet, und das nur zwischen 1936 und 1938. Die meisten erschossen, steht in dem Buch.

Andere zu Tode gefoltert. Eine Million in weniger als zwei Jahren.«

Die Stimme schwieg immer noch.

»Was hast du in diesen Jahren gemacht, Aron? Du hast gesagt, du seist Soldat gewesen, aber was hast du gemacht?«

»Ich habe Befehle ausgeführt«, sagte die Stimme. »Ich habe gegen den Faschismus gekämpft.«

»Aber jetzt bist du kein Soldat mehr, Aron. Du kannst jetzt aufgeben. Du kannst anfangen, mit Familie Kloss zu reden.«

»Nein«, entgegnete die Stimme. »Es sind zu viele Tote.«

»Nicht hier auf der Insel«, entgegnete Gerlof.

»Doch. Es gibt sie auch hier.«

»Wo denn?«, fragte Gerlof.

Die Stimme schien zu zögern, dann antwortete sie: »Auf dem Land von Kloss.«

»Wer liegt da?«

»Ein Wachmann«, antwortete die Stimme. »Er ist in der einen Röse zwischen Strand und Rödtorp begraben. Er ist erschossen worden.«

Gerlof erinnerte sich, dass Tilda von einem um Mittsommer herum verschwundenen Wachmann gesprochen hatte.

»Warum erzählst du mir das, Aron?«

»Wem sonst?«

Gerlof dachte nach. »Ich habe von Greta gehört«, sagte er schließlich. »Ich weiß, dass deine Schwester voriges Jahr im Marnäs-Heim gestorben ist, Aron. Hast du sonst keine Familie?«

»Nur eine Tochter. Aber nicht hier.«

»Dann musst du auch eine Frau haben.«

»Nicht mehr.«

»Wo sind sie?«

Die Stimme schwieg. Dann sagte sie: »Adieu.«

Es klickte in der Leitung.

Gerlof atmete tief ein und legte selbst auch auf.

Das war's. Er sah John an.

»Jetzt ist er woanders, das waren nicht dieselben Hintergrundgeräusche. Keine wiehernden Pferde.«

»Die Frage ist, warum er anruft«, meinte John.

»Er will Kontakt, so wie alle anderen Menschen auch«, sagte Gerlof und seufzte. »Alle wollen sich als Mensch fühlen. Selbst Mörder verspüren dieses Bedürfnis.«

Nachdem John gegangen war, griff Gerlof wieder zum Hörer und wählte die Nummer von Tilda. Sie war jetzt zurück in Schweden, wollte aber ihre Ruhe haben.

»Ich habe Urlaub«, sagte sie.

»Es geht um eine Polizeisache«, erklärte Gerlof.

»Trotzdem habe ich Urlaub«, beharrte sie. »Immer noch.«

»Das hier kann leider nicht warten«, sagte Gerlof und redete schnell weiter: »Dieser Wachmann, der an Mittsommer verschwunden ist, ist der immer noch vermisst?«

»Soweit ich weiß, ja«, sagte Tilda.

»Ich habe einen Tipp bekommen«, erwiderte er.

Und dann wiederholte er, was Aron Fredh über die Leiche bei Rödtorp gesagt hatte.

Tilda hörte ihm aufmerksam zu. »Ich werde Kollegen bitten, das nachzuprüfen«, versprach sie dann. »Wo genau liegt Rödtorp?«

»Dort, wo jetzt das Ölandic Resort ist«, sagte Gerlof. »Aron Fredh ist dort aufgewachsen.«

»Innerhalb der Anlage?«

»Ja, direkt am Wasser«, erklärte Gerlof. »Wenn seine Angabe stimmt, dann gibt es noch mehr Ärger für Familie Kloss. Und dessen ist er sich wohl bewusst.«

Gerlof hörte, wie Tilda sich Notizen machte, ehe sie sagte: »Wir müssen versuchen, diesen Mann zu finden.«

Gerlof seufzte.

»Sprich mit Kent Kloss.«

JONAS

Etwas Schlimmes war passiert. Jonas spürte, wie es über der Villa Kloss in der Luft hing.

Er sprach mit niemandem, sondern arbeitete einfach stur weiter, sodass er mit der Holzterrasse von Tante Veronica schon fast fertig war. Das war gut, denn von den Sommerferien in Stenvik waren nur noch drei Tage übrig.

Von Jonas' Vater war nicht viel zu sehen, er arbeitete bis spät in der Nacht im Restaurant und schlief morgens lange. Jeden Tag stand er spät auf, lächelte dann aber Jonas unter seiner Sonnenbrille zu. Dann ging er wieder zur Arbeit.

Mats wollte am Samstagvormittag nach Hause fahren, Jonas würde mit seinem Vater am Sonntag abreisen. Wahrscheinlich würde Veronica sie zum Bahnhof fahren, vielleicht aber auch Onkel Kent.

Er hoffte, dass es Tante Veronica sein würde.

Von der Terrasse aus hatte er auch Kents Villa im Blick und konnte kurze Verwandtentreffen beobachten: Onkel Kent und sein Vater hielten eine Mittagskonferenz an der Garage ab, hinterher sprachen Veronica und sein Vater am Pool, und später am Abend saßen Kent und Veronica hinten auf Kents Holzterrasse. Und immer wurde leise flüsternd gesprochen.

Es war etwas passiert, soviel stand fest – aber es gab immer noch Dielen zu ölen und eine weiße Sonne, unter der es zu schwitzen galt, also arbeitete Jonas weiter.

Urban und Mats kamen an jenem Abend besonders spät von der Arbeit im Ölandic Resort. Urban ging sofort in sein Zimmer, aber Mats blieb noch bei seinem kleinen Bruder. Er ging auf der Terrasse in die Hocke und fragte leise: »He, Brüderchen, hast du davon gehört?«

»Nee«, sagte Jonas, »was gibt's?«

»Die Polizei hat eine versteckte Leiche gefunden. Unter einer Röse.«

Jonas sah kurz zum Plateau hinüber, aber sein Bruder schüttelte den Kopf.

»Nicht die Röse. Eine andere, drinnen im Resort. Da sind jetzt massenhaft Polizisten.«

»Und wer isses?«

»Ein Typ, der für uns gearbeitet hat, ein Wachmann. Ich bin ihm nie begegnet, aber er war im Resort angestellt.«

Jonas schaute seinen Bruder blinzelnd an und überlegte, ob er ihm von dem Grabgeist und der Pistole erzählen sollte.

Mats richtete sich wieder auf. »Ich bin jetzt auf jeden Fall fertig mit meiner Arbeit da drüben.« Er klang erleichtert.

Die Familienmitglieder kehrten eines nach dem anderen in die Villa Kloss zurück. Jonas stand auf der Terrasse im Sonnenuntergang und hatte plötzlich das Gefühl, sie würden ihm gegenüber etwas verbergen, und obwohl sie alle nur von dem trockenen Wetter und der Wasserknappheit redeten und davon, dass die Schwimmschule am Morgen beendet worden war, wusste er doch, dass die Erwachsenen an ganz andere Dinge dachten.

Die Sonne wurde vom Meer langsam verschluckt und verschwand als roter Strich am Horizont. Jonas drehte sich um und sah, dass Veronica mit einem Glas Wein in der Hand beim Haus saß.

»Hallo, Jonas«, sagte sie.

Er ging zu ihr und dachte, dass sie etwas von der Leiche, die man gefunden hatte, erzählen würde, aber sie wuschelte ihm nur durchs Haar.

»Bist du müde?«

»Ein bisschen«, sagte er.

Veronica trank von ihrem Wein und schien nachzudenken, ehe sie ihn fragte: »Hat dein Papa dir von unseren Ahnen erzählt, Jonas?«

Er schüttelte den Kopf. »Nicht viel.«

Seine Tante lehnte sich im Liegestuhl zurück und blickte über die Küste. »Das ist eine spannende Geschichte«, begann sie. »Es fing mit dem Bauern Gillis an, der sich im 19. Jahrhundert massenhaft billiges Land hier an der Küste kaufte. Alle meinten, der Küstenstreifen sei wertlos, schließlich konnte man ihn nicht bestellen, aber er kaufte nur noch mehr Grundstücke und behielt sie sein Leben lang. Schließlich übergab er das Land seinen drei Söhnen, Edvard und Gilbert und meinem Großvater Sigfrid, und als seine Brüder gestorben waren, zäunte Sigfrid einen Großteil des Landes ein und schuf das, was dann das Ölandic Resort wurde. Das heißt, dieses Land gehört uns schon seit mehreren Generationen. Mir kommt es so vor, als würde die Familie Kloss hier schon seit Menschengedenken wohnen. Die Leute haben versucht, uns das Land wegzunehmen, aber das hat nicht funktioniert.«

Bedächtig schwenkte sie den Wein in ihrem Glas. Jonas wartete auf die Fortsetzung.

»Man soll stolz auf seine Familie sein. Das sage ich immer zu Casper und Urban. Und das solltest du auch sein, Jonas.«

Er nickte. Doch für ihn war die Familie nur eine Anzahl von Namen. Er hatte keine Ahnung, wer Gillis und Edvard und Gilbert und Sigfrid waren.

Schließlich wünschte er seiner Tante eine gute Nacht und legte sich in sein kleines Häuschen.

Als er unter den kühlen Betttüchern lag, hörte er draußen einen einsamen Vogel, dessen leises Zwitschern langsam in der Dämmerung verstummte.

Und als er gerade dabei war einzuschlafen, vernahm er behutsame Schritte auf der Holzterrasse. Es klang, als würde Onkel Kent die Alarmanlage einschalten oder aber zur Küstenstraße hinunterschleichen.

Jonas schloss die Augen und drückte sich Decke und Kissen auf die Ohren. Er wollte jetzt nur noch schlafen.

DER HEIMKEHRER

Aron wusste, dass sie näher rückten.

Wenn Gerlof ihm geglaubt hatte, dann hatten sie inzwischen sicherlich die versteckte Leiche gefunden, aber das bedeutete auch, dass die Polizei sich auf das Ölandic Resort konzentrierte.

Nach dem Telefongespräch mit Gerlof hatte er bis zum Sonnenuntergang gewartet, ehe er Marnäs verließ und auf die Westseite der Insel zurückfuhr.

Jetzt, in der Dunkelheit, konnte er sich frei bewegen. Es war lange nach Mitternacht, und die Senke unterhalb der Küstenstraße lag im Schatten.

War auch niemand dort?

Als er an der Kante der Senke stand, war er sich nicht sicher. In fünfzig Meter Entfernung sah er die Metalltür zum Bunker und horchte auf Geräusche.

Es war vollkommen still.

Langsam und vorsichtig stieg er in die Senke hinab und ging die Rinne entlang, denselben Weg, den er nun schon seit mehreren Wochen immer wieder zurücklegte.

Das Vorhängeschloss war noch da, und er nahm den Schüssel und schloss leise die Tür auf. Sie quietschte leicht, ließ sich aber öffnen.

Das Loch, das unter der Röse in die Erde führte, war jetzt fertig gegraben, und er war vorsichtiger denn je. Deshalb kam er nicht mehr bei Tageslicht hierher, sondern war zu einem Nachttier geworden.

Die Wolken hatten sich verzogen und der Mond beleuchtete nun hilfreich den Eingang des Bunkers, als der Heimkehrer hineinspähte.

Dort drinnen sah alles gut aus. Genau so, wie er es verlassen hatte, mit den Werkzeugen und den Kisten.

Am Eingang lag eine Kabelrolle, und Aron nahm sie auf und trug sie in die Rinne. Dann schloss er die Bunkertür, um danach das dünne Kabel Stück für Stück hinter sich abzurollen und unter kleinen Steinen und größeren Kalksteinklippen zu verstecken. Schließlich war es nicht mehr zu sehen.

Gut. Er richtete sich auf.

Da hörte er ein Rascheln in der Dunkelheit.

Jemand war von der Steintreppe am hinteren Ende in die Senke gestiegen und kam jetzt auf ihn zu.

Aron ging nun kein Risiko mehr ein. Er machte schnell kehrt und eilte in die andere Richtung davon.

Nach zwanzig Metern kletterte er aus der Senke. Nun sah er den Campingplatz und den Badesteg. Vor ihm glitzerte der Sund unter einem fast vollen Mond, aber er eilte vom Ufer weg und in die Dunkelheit jenseits des Strandes hinein. Über die Küstenstraße, am Festplatz vorbei und hinein in den dunklen Wald.

Dort blieb er stehen und lauschte. Es waren keine Schritte zu hören.

Trotzdem fühlte Aron, wie ihm das Blut in den Ohren rauschte. Sein Herz schlug heftig, nach über achtzig Jahren war es abgenutzt und müde, aber ein paar Schläge hatte es noch in sich.

In der kommenden Woche würde er diese Herzschläge brauchen.

DAS NEUE LAND, OKTOBER 1957

Es ist Spätherbst in Moskau, und Aron hat soeben ein enges, staubiges, unerträgliches Zimmer verlassen, in dem ein Sterbebett steht. Er ist wieder draußen auf der Straße, und wie so viele andere an diesem Abend hält er nach dem Satelliten Sputnik Ausschau, der dort oben kreisen soll. Ein technischer Triumph. Aber der Himmel über ihm ist grauschwarz.

Die Haut seines alten Obersts, Generalmajor Karrek, war ebenso grau, als Aron ihn verließ. Karrek hatte schon lange, vom Alkoholmissbrauch aufgedunsen und gleichzeitig faltig wie eine Mumie, in seiner kleinen Wohnung auf den Tod gewartet. Eine junge Krankenschwester hatte ihn im Verlauf des letzten Jahres täglich besucht, doch an diesem Abend ist Aron mit seinem alten Oberst allein gewesen.

Soldaten sterben einsam.

In so wenigen Jahren ist so viel geschehen. Auch Stalin ist am Ende gestorben, krank und einsam, weil niemand ihn zu stören wagte. Der neue Führer heißt Nikita Chruschtschow, und er hat wie alle anderen Führer mit der Übernahme der Macht die Führungsriege gesäubert. Stalins Spionagechef Beria wurde schnell verurteilt und hingerichtet, und Kamerad Karrek musste, als Beria weg war, seinen Posten verlassen. Karrek hatte als Chef des Lubjanka seine Pflicht getan, und es erwartete ihn keine Strafe, sondern nur eine kleine Staatspension und völlige Vergessenheit.

Der Generalmajor wurde aus seinem Gefängnisbüro hinausgeworfen, und das setzte ihm schwer zu.

Nur drei Jahre dauerte es noch nach Berias Tod, bis Karreks Leber vor den Unmengen an Alkohol kapitulierte. Der Generalmajor war schon immer sehr durstig gewesen, doch als schließlich die schützenden Hände des großen Führers fehlten, landete er, wie so viele andere, die für die Sicherheit des Reiches gelebt und ihr Dasein dem Kampf gegen die Volksfeinde gewidmet hatten, im freien Fall in einem Meer von Wodka.

Als das Ende nah war, war sein Blick angstvoll, als schien er besorgt auf etwas zu warten.

»Ich habe sie gezählt, all die, denen ich die strengste Strafe des Gesetzes verpasst habe«, flüsterte Karrek und sah Vlad an.

»Das hältst du nicht für möglich, was? Aber ich hatte eine Zahl im Kopf und habe bei jedem Schuss weitergezählt.«

Vlad wollte die Zahl nicht wissen, aber Karrek hustete und fuhr fort:

»Zwölftausenddreihundertfünf.« Er hob seine Pistolenhand, die rechte, die am meisten von all dem Wodka zitterte. »Mit dieser … mit dieser Hand hier. Wie klingt das?«

»Unfassbar«, erwiderte Vlad.

Karrek sah ihn mit fiebrigen Augen an, doch Vlad senkte den Blick. Er schaute auf seine eigene rechte Hand hinunter. Zum ersten Mal dachte Aron darüber nach, was sie getan hatte und wie oft. Tausende Male den Abzug mit dem Zeigefinger betätigt? Ganz sicher.

Und wie viele Schläge mit der *dubinka* auf Rücken, Füße und Köpfe? Das konnte gar nicht gezählt werden.

Meistens waren seine Opfer Männer, aber manchmal auch Frauen. Aber niemals Kinder. Es gab Sadisten in den Parteiorganen, die Kinder schlugen, sie sogar totschlugen, doch er nicht. Vlads Altersgrenze verlief bei fünfzehn Jahren. Irgendwo dort.

Es waren Volksfeinde und Verräter. Und die kriegten, was sie verdienten.

Karrek starb mit einem Seufzer. Er schlief ruhig und still in seinem Bett ein, ganz anders als die Zwölftausenddreihundertfünf.

Es ist Oktober, und der Sputnik schwebt brummend und piepsend im All. Aron geht durch Moskau, ebenso einsam wie der Satellit. Doch überall auf den Straßen meint er, bekannte Gesichter zu sehen, und das macht ihm Angst.

In der Woche zuvor hat ihn jemand am Bahnhof erkannt. Da ist er sich ganz sicher. Eine Frau mittleren Alters blieb ein paar Meter entfernt stehen und starrte ihn mit furchtsamem Blick an. Was hatte Vlad ihr getan? Hatte er die *dubinka* auf ihrem Rücken tanzen lassen? Hatte er sie drei Tage ohne Schlaf wach gehalten? Oder hatte er ihrem Sohn die Arme gebrochen oder ihren Mann erschossen?

Aron kann sich nicht erinnern.

Was immer Vlad auch getan hat, es war doch für eine gute Sache.

Ein höheres Ziel, eine bessere Zukunft. Vlad und seine Kollegen haben im Keller hart gearbeitet, haben einen Feind nach dem anderen herausgezerrt und die ganze Zeit in die Zukunft geschaut.

Ist die Zukunft jetzt gekommen?

Aron bezweifelt es. Er wandert durch die Straßen und erwägt zu fliehen. Er könnte zur schwedischen Botschaft gehen, ein Gebäude, in dessen Nähe er noch nie gekommen ist, oder zum Owir, dem Amt für Passangelegenheiten und Registrierung, und alles gestehen.

Es wird Abend, ein kalter Herbstabend, und Vlad sucht ein paar Blocks von seiner Wohnung entfernt Zuflucht vor den eisigen Winden Moskaus in einem aserbaidschanischen Restaurant. Er setzt sich an einen Ecktisch und bestellt Wodka. Er wird auch ein wenig Kebab essen, aber es geht ihm um den Wodka.

Ein beschlagenes Glas wird ihm gebracht, und Vlad hebt es und trinkt schweigend auf Stalin. Nieder mit Chruschtschow, diesem Heuchler, der selbst bis zum Hals im Blut watet.

Jetzt säuft er zum ersten Mal in seinem Leben. Aron wird schlecht von dem Alkohol, aber Vlad bestellt ein Glas nach dem anderen. Als er das fünfte geleert und gespürt hat, wie der Wodka in seinen Magen rinnt, hebt er den Kopf und sieht, dass seine toten NKWD-Kollegen mit ihm am Tisch sitzen. Sie ermahnen ihn: »Trink weiter, Brüderchen!«

Links von ihm sitzt sein Stiefvater Sven, jetzt sind Aron und er gleich alt. Rechts von ihm sitzt Vladimir aus der Ukraine. Der alte Grischa ist auch da und der elegante Kollege Grigorij Truschkin, den Vlad mehrere Nächte lang verhört hat, bis er gebrochen war. Aber Truschkin lächelt und nickt ihm zu: »Trink, Kamerad! So viele Sommer, so viele Winter.«

Vlad prostet den Toten zu, Glas um Glas. Er leert sie methodisch, und nach dem elften oder zwölften schließt er die Augen und spürt, wie der Raum anfängt zu kreisen. Er ist ein kreisender Satellit, auf dem Weg hinaus ins All.

So ist das also. So ist es, frei und verurteilt zugleich zu sein. Betäubend einsam und immer betrunkener.

Aron erinnert sich nicht mehr: Wird er aus dem Restaurant geworfen, schwedische Worte brabbelnd, oder stolpert er freiwillig hinaus? Plötzlich kniet er wankend draußen auf dem Bürgersteig mit sabberndem Mund und hängendem Kopf.

Er muss nach Hause, hier draußen wird er sich zu Tode frieren. Also rappelt er sich hoch.

Dann wird alles um ihn schwarz, und als er wieder aufwacht, sieht er nur noch Straßenpflaster. Er ist gestürzt.

Wo ist er? Er weiß es nicht, er schläft wieder ein.

Dunkelheit.

Eine Hand rüttelt an seiner Schulter. Eine schmale Hand, und dann hört er die Stimme einer Frau: »Wie geht es Ihnen, Soldat?«

Sie heißt Ludmila, mit zweitem Namen Stalina, den benutzt sie aber nie. Sie nennt sich selbst Mila, und sie hilft ihm nach Hause.

Als sie ihn in sein Bett gesteckt hat, schaut er sie an und erzählt oder versucht zu erzählen, dass er das erste Mal überhaupt betrunken ist. Er trinkt sonst niemals.

Natürlich glaubt Mila ihm nicht.

»Wenigstens sind Sie nicht aggressiv«, sagte sie leise. »Viele betrunkene Männer werden aggressiv.«

Aron ist nicht aggressiv, das verspricht er. Er ist nicht gefährlich. Und er wird nie wieder trinken.

Mila bleibt noch ein Weilchen an seinem Bett sitzen. Immer deutlicher kann er sie erkennen. Sie ist dunkel und schön.

»Was arbeiten Sie?«, fragt sie.

Aron und Vlad zögern beide.

»Im Staatsdienst«, sagen sie schließlich. »Und was ist Ihr Beruf?«

»Krankenschwester.«

Es wird wieder still.

»Darf ich Sie wiedersehen?«, fragt Aron. »Wohnen Sie hier?«

»Meine Mutter wohnt in Moskau«, antwortet Mila. »Ich besuche sie für eine Woche. Ich arbeite … woanders.«

Da begreift Aron, dass sie mit Geheimnissen arbeitet, genau wie er.

Mila erhebt sich. »Jetzt muss ich gehen.«

»Ich würde Sie gern wiedersehen«, sagt Aron.

Mila sieht sich im Zimmer um.

»Sie haben Telefon.«

»Ja«, sagt Aron, »mein Arbeitgeber muss mich manchmal erreichen.«

Mila lächelt.

»Ich werde Ihnen die Nummer meiner Mutter geben. Rufen Sie an und sprechen Sie mit ihr, dann werden wir sehen, ob sie zulässt, dass Sie mit mir sprechen.«

LISA

Kent Kloss sah müde aus. Vielleicht hatte er am Abend zuvor getrunken. Aber jetzt war er nüchtern und lief eifrig auf und ab, sodass Lisas Wohnwagen erbebte.

»Er war heute Nacht in der Nähe. Ich habe ihn unten am Bunker herumschleichen hören, aber er ist mir entwischt. Heute Abend seid ihr dabei. Heute greifen wir ihn uns.«

Wir?, dachte Lisa. Zählte sie zu dieser Gruppe?

Doch sie fragte nicht laut, sondern saß nur schweigend auf dem Sofa in ihrem Wohnwagen und lauschte Kent. Paulina saß ebenso still neben der Tür.

Kent stand wie üblich, den Kopf direkt unter dem Dach, und auch wenn sein Gesicht müde und bleich war, hatte er doch noch Energie im Leib. Er öffnete und ballte die Fäuste, war ständig in Bewegung. Auf die Arbeitsfläche hatte er eine schwarze Tasche gestellt.

»Einen Tag hat er noch«, fuhr Kent fort, »vielleicht zwei. Aber dann ist seine Glückssträhne zu Ende.«

Lisa hatte natürlich gehört, dass man auf dem Gelände des Ölandic Resort einen Wachmann erschossen aufgefunden hatte. Sie war sich ziemlich sicher, dass es derselbe Mann war, der an ihrem ersten Tag hier im Wald aufgetaucht war, doch sie hatte nicht vor, Kent dazu irgendwelche Fragen zu stellen. Es war nicht der richtige Zeitpunkt, um zu offenbaren, dass sie den Mann kurz vor seinem gewaltsamen Ableben getroffen hatte.

Stattdessen fragte sie: »Was macht er da unten? Ich meine, in dem Bunker?«

»Er beobachtet«, sagte Kent. »Er beschattet mich und meine Familie. Und der Bunker dient ihm als Basis für seine Operationen.«

Kent hatte sich so eine Art Militärsprache zugelegt, wie Lisa feststellte. Aber sie hielt den Mund, und auch Paulina schwieg.

Er wandte sich der Tasche auf der Arbeitsfläche zu und zog den Reißverschluss auf. Dann nahm er zwei kleine schwarze Plastikgeräte heraus.

»Das sollt ihr heute Nacht haben.«

Lisa begriff, dass es sich um Walkie-Talkies handelte. Das kam nicht überraschend, denn Kent Kloss liebte elektrische Geräte.

Er sah auf seine Armbanduhr und erklärte: »In einer Stunde wird es dunkel werden. Wir werden uns um zehn Uhr an der Küstenstraße bei meinem Haus treffen, dann erfahrt ihr, was ihr machen sollt. Ich nehme meine Taschenlampe und ein drittes Walkie-Talkie mit. Noch Fragen?«

Lisa und Paulina schwiegen.

Zum ersten Mal seit vielen Jahren wünschte Lisa sich einen Polizisten herbei, der sollte jetzt einfach auftauchen und die Sache klären. Aber sie wusste, dass Kent Kloss keine Polizei in der Nähe haben wollte, was auch immer er mit dem Mann in dem Bunker machen wollte.

Kent nahm die Tasche und öffnete die Wohnwagentür. »Gut«, sagte er. »Dann bis nachher. Zieht euch warm an, denn es kann heute Nacht kühl werden.«

Er verließ den Wohnwagen und schlug die Tür zu.

Lisa blieb auf dem Sofa sitzen und nahm wahr, wie der Geruch von Kents Rasierwasser langsam verflog.

»Bullshit«, sagte sie zu der geschlossenen Tür. »Es wird eine warme Nacht werden.«

Sie betrachtete ihr Walkie-Talkie, das wie ein großes schwarzes Spielzeughandy aussah. Doch Kent Kloss meinte es ernst, weshalb das Ding sicherlich funktionierte.

Dann sah sie Paulina an. Die Litauerin saß mit gefalteten Händen da, schaute aber entschieden in die andere Richtung.

»Dann machen wir das hier also?«, fragte Lisa, nur um irgendetwas zu sagen.

Paulina nickte. »Machen wir«, echote sie.

»Warum?«, fragte Lisa.

Paulina schwieg.

»Für kranke Mutter«, sagte sie schließlich.

»Deine kranke Mutter?«

Paulina nickte, und Lisa fragte: »Das heißt, du wirst von Kent Kloss gut bezahlt?«

»Ja.«

»Wie viel?«

»Tausend.«

»Tausend Kronen?«

»Dollar«, korrigierte Paulina und zog eine alte Teedose aus ihrer Tasche. »Hat er schon hundert gegeben.«

Sie machte die Dose auf, und Lisa sah die Geldscheine darin.

»Okay«, sagte sie. »Gut.«

Paulina blickte sie an.

»Und du? Warum du?«

Lisa schwieg eine Weile und antwortete dann: »Ich habe einen Verwandten, der Geld braucht.«

»Verwandten?«

»Mein Vater. Mein Papa. Er wohnt in Stockholm und kauft in der Straßenapotheke ein.«

Paulina verstand sie nicht.

»Er ist drogenabhängig«, erklärte Lisa. Dann stand sie schnell auf. »Okay, machen wir uns also fertig.«

Sie bereute es schon, dass sie von Silas erzählt hatte. Jetzt wollte sie einfach nur abhauen, scheiß auf diesen letzten Job und runter von der Insel, und zwar noch heute Abend.

Aber sie wusste, dass sie bleiben musste.

Das Walkie-Talkie schwieg, aber Lisas Telefon klingelte, nachdem Paulina gegangen war und sie selbst sich aufs Bett gelegt hatte. Sie sah lange auf das Handy, ohne sich zu melden.

Sie wusste, wer das war.

Das Telefon klingelte. Achtmal. Dann noch ein-, zweimal.

Aber Lisa ließ es klingeln. Sie schaute einfach nur aus dem Fenster, wo eine leuchtend gelbe Sonne auf dem Weg über den Sund war.

Endlich verstummte das Telefon. Lisa blieb liegen.

Nach einer halben Stunde stand sie auf, zog dunkle Kleidung an und eine schwarze Kappe über das helle Haar. Die Sonne war jetzt hinter dem Horizont versunken, es war Zeit zu gehen.

GERLOF

Eine Woche lang war Gerlof in seinem Altersheim herumgelaufen und hatte sich Geschichten über Veronica Kloss angehört. Wie phantastisch sie sei und wie gut sie sich um die Alten gekümmert habe.

»Eine unglaubliche Energie«, sagten die Leute vom Personal. »Hat nie aufgegeben. Hat geredet und zugehört. Sie hielt die alten Tanten auf Trab, hat ihnen sogar Bücher vorgelesen.«

Aber wenn Veronica so fürsorglich war, warum war sie diesen Sommer nicht gekommen? Gerlof wusste zwar, dass die Familie Kloss unten im Ölandic Resort eine Menge Probleme hatte, aber dennoch ... Er hatte sie nicht ein einziges Mal gesehen.

Vorigen Sommer war Veronica fast jede Woche da gewesen. Die Pflegerin hatte gesagt, dass sie einen guten Kontakt zu Greta Fredh gehabt habe, nachdem sie mehrmals unten in der Drechsler-Abteilung gewesen war und Greta und den anderen vorgelesen hatte.

Dann war Greta bei einem Sturz im Badezimmer ums Leben gekommen, und Veronica war nicht mehr gekommen. Gerlof hatte mit mehreren Alten gesprochen, die sie vermissten und hofften, dass sie wiederkäme.

Aber warum kam sie nicht? War nur Greta wichtig gewesen?

Die Tür zu Ulf Walls Zimmer stand oft einen Spaltbreit offen, doch der Raum dahinter war, auch wenn die Sonne über das Altenheim schien, dunkel, und Gerlof hatte es noch nicht gewagt hineinzugehen. Er wusste nicht viel mehr über Ulf Wall, als dass er mindestens fünf Jahre älter war als Gerlof selbst und möglicherweise der Vater von Einar, dem Jäger und

Waffenhändler. Und dass er der Zimmernachbar von Greta Fredh gewesen war.

Schließlich, am letzten Tag im Juli, schob Gerlof dann doch die Tür auf und streckte den Kopf ins Zimmer.

»Hallo?«, fragte er leise.

Es war still. Dann kam eine kurz angebundene Antwort: »Was denn?«

Diese Frage war natürlich schwer zu beantworten, also sagte Gerlof zunächst gar nichts, sondern betrat den Flur. Er kannte sich aus, denn auch dieses Apartment glich seinem eigenen, doch es roch nicht genauso gut. Hier stand die Luft still.

Auch Ulf Wall rührte sich nicht. Er trug einen grauen Pullover und saß neben der heruntergelassenen Jalousie in einem Sessel.

Gerlof ging weiter langsam durch den Flur.

»Gerlof Davidsson«, sagte er.

Der Mann im Sessel starrte ihn an und nickte schließlich.

»Doch. Ich weiß, wer Sie sind, Davidsson.«

»Gut.«

»Sie haben sich kürzlich in der Zeitung kapriziert.«

Gerlof nickte. »Und ich habe von Ihrem Sohn gehört, auch kürzlich«, erwiderte er. »Das tut mir leid. Denn Einar war doch wohl Ihr Sohn, oder?«

Wall sah ihn unverwandt an, ohne eine Miene zu verziehen. Dann nickte er. »Aber ich habe noch zwei weitere«, sagte er. »Die verhalten sich anständiger als Einar. Kein Alkohol und keine Verbrecherjagd.«

Gerlof nickte. Es gab keine Sitzgelegenheit für einen Gast, also blieb er auf leicht schmerzenden Beinen stehen. »Und dann habe ich von Ihrer Nachbarin gehört«, sagte er. »Greta Fredh.«

Wall nickte. »Arons Schwester, ja. Sie ist vorigen Sommer gestorben.«

Gerlof schwankte noch mehr. Arons Schwester.

»Sie kennen also Aron Fredh?«

»Wir sind ins Gespräch gekommen«, erklärte Wall. »Er war ein paarmal hier.«

»Wann denn?«, fragte Gerlof.

»Im August. Er ist hierhergekommen und hat sich das Zimmer der Schwester angesehen. Hat ein paar Sachen mitgenommen.«

»Und worüber haben Sie gesprochen?«

»Tja, über Greta. Er wollte wohl wissen, was passiert war.«

»Wie ich höre, ist sie gestürzt.«

Ulf Wall nickte. »Er fragte, ob jemand von der Familie Kloss in der Nähe gewesen sei.«

»Kloss?«, wiederholte Gerlof. »Von der Familie Kloss?«

»Ich habe gesagt, was ich wusste.«

»Und was wussten Sie?«

»Dass sie hier war«, erklärte Wall. »Veronica Kloss ist hier voriges Jahr eine Zeit lang ein und aus gegangen.«

»Ja, das weiß ich«, bestätigte Gerlof. »Sie hat Vorträge gehalten und den Alten vorgelesen. Aber dieses Jahr war sie nicht hier.«

»Nein«, sagte Wall, »sie hat aufgehört zu kommen. Das war nach dem Unfall.«

»Nach Gretas Sturz?«

»Genau. Nachdem sie im Badezimmer gestorben war.«

»Und die Tür war verschlossen«, fügte Gerlof hinzu.

»Ja, Greta war ganz gründlich damit zuzuschließen, wenn sie im Badezimmer war. Damit niemand reinspickeln konnte.« Wall hustete. »Aber Veronica Kloss war bei ihr. Sie kam raus. Ich habe sie an meiner Tür vorbeirennen sehen.«

»Ehrlich?«

»Ja, klar«, bekräftigte Wall. »Und das habe ich auch Aron Fredh gesagt.«

Gerlof dachte nach.

»War Ihr Sohn Einar auch hier, als Aron im Heim war?«

»Ist vorgekommen. Sie haben miteinander gesprochen.«

»Über die Familie Kloss?«

»Über alles Mögliche. Einar war wütend auf Kent Kloss. Kloss versuchte immer, Einar beim Fleisch und beim Fisch zu betuppen.«

Gerlof begriff, dass hier in Walls Zimmer irgendetwas seinen Anfang genommen hatte, und zwar mit einem Treffen zwischen einem Heimkehrer und einem Waffenhändler. Zwei unzufriedenen Männern mit einem gemeinsamen Feind.

»Haben die beiden vielleicht auch Geschäfte miteinander gemacht?«

»Sehr gut möglich«, sagte Wall. »Aber darüber hat sich Einar ausgeschwiegen.«

Gerlof konnte nicht mehr länger gerade stehen, und er war zu gut erzogen, um sich aufs Bett zu setzen, also dankte er und ging.

Draußen vor Walls Tür hielt er inne und betrachtete die Nachbartür, wo Greta Fredh gewohnt hatte.

Er hob die Hand und klopfte. Es kam keine Antwort, aber inzwischen war er schon routiniert darin, bei den Leuten einfach so hineinzumarschieren, und deshalb tat er das.

Es saß jemand im Zimmer, die alte Frau, die das Apartment übernommen hatte. Sie starrte ihn erschrocken an.

»Guten Tag«, sagte er rasch. Er schämte sich, dass er einfach so eingetreten war, aber er lächelte und hob die Hand, um zu zeigen, dass er ungefährlich war.

Dann sah er sich um. Hier hatte Arons Schwester Greta gewohnt, hier war sie gestorben. Im Badezimmer, bei einem Sturz.

Und die Tür zum Badezimmer war verschlossen gewesen, das hatten sowohl die Pflegerin als auch Wall gesagt. Unmöglich, dass jemand anderes sie hätte schubsen können.

Gerlof wollte gerade kehrtmachen und gehen, als sein Blick auf den Läufer im Flur fiel. Genauso einen hatte er selbst. Einen alten Plastikteppich.

Und da wurde ihm klar, wie alles vor sich gegangen war.

Veronica Kloss. Die nette Veronica, die Vorträge im Altersheim hielt. Die sich für die Alten engagierte, von Zimmer zu Zimmer ging und ihnen laut vorlas. Vom Beginn des letzten Sommers bis zum Tod von Greta Fredh.

Gerlof machte kehrt und trat in den Flur hinaus.

»Hallo?«, rief er. Niemand antwortete, also entsann er sich des alten Befehlshabers, der er war, und erhob die Stimme: »Hallo? Ist hier jemand vom Personal?«

Eine junge Frau tauchte auf. Es war nicht dieselbe Pflegerin, die er letztes Mal getroffen hatte, doch sie ähnelten einander.

»Was ist passiert?«

»Dieses Zimmer«, sagte Gerlof und zeigte mit dem Stock hinter sich, »das müssen Sie absperren und die Polizei rufen.«

Die Pflegerin sah verwirrt aus. »Warum das denn?«

Gerlof versuchte, so autoritär wie möglich zu wirken und ganz selbstsicher zu klingen, als er antwortete: »Dies ist ein Tatort. Greta Fredh ist hier drinnen ermordet worden.«

JONAS

Am Samstag war der Himmel über der Villa Kloss grau. Entlang der Küste herrschte Windstille, doch über dem Festland türmten sich dunkle Wolken auf. Es schien, als wäre ein Sturm im Anmarsch.

Jonas arbeitete den ganzen Tag mit dem Pinsel, um Veronicas Terrasse fertig einzulassen, und er schaffte es auch. Um Viertel nach sieben am Abend war auch die letzte Diele geölt.

Den Lohn hatte er von seiner Tante bereits bekommen, in einem Umschlag, den er zusammen mit dem Geld von Onkel Kent unter sein Kopfkissen geschoben hatte.

Jonas blinzelte, während er Pinsel und Öldosen wegräumte. Er wollte nie wieder an Sandpapier, Leinöl und breite Dielen denken. Jetzt dachte er an das Geld und daran, dass er mit seinem Vater nach Hause fahren würde. Veronica hatte versprochen, sie am nächsten Tag nach dem Mittagessen zu bringen.

Sein Bruder Mats war schon zu Hause, er hatte am selben Morgen oben an der Landstraße den Bus nach Kalmar genommen.

Nachdem er geduscht hatte, radelte Jonas zum Sommerhaus der Familie Davidsson, um sich zu verabschieden, so wie man es zu tun pflegte, wenn man nach Hause fuhr. Kristoffer war da und seine Eltern auch, aber Gerlof nicht, denn der war nach Norden zurück in sein Altersheim gezogen.

Als Jonas wieder zum Kloss-Anwesen fuhr, war er ein wenig traurig. Es war schade, Gerlof nicht noch ein letztes Mal zu treffen.

Der Sommer würde bald vorbei sein. Draußen war es immer noch warm, und Jonas ließ die Tür zu seinem Häuschen offen stehen, als er sich ins Bett legte, um die Nachtluft hereinzulassen. Die war natürlich fast genauso warm wie die Luft im Zimmer.

Er sah ein letztes Mal auf seine Uhr. Jetzt war es fast zehn.

Im Garten war es dunkler als sonst, denn irgendjemand hatte die Lampen um den Pool und unten an der Auffahrt ausgeschaltet. Aber die Alarmanlage war eingeschaltet, und die Dioden der Pfeiler blinkten grün, das konnte Jonas sehen.

Er kroch unter das Laken. Das Lärmen der Grillen tönte ihm in den Ohren. Dieses laute Zirpen würde er wohl nicht vermissen, wenn er nach Hause in die Stadt kam, aber auf die Dauer wirkte es doch einschläfernd.

Dann verstummte das Zirpen plötzlich. Aber nur kurz, als würde der Arm eines Plattenspielers ein paar Sekunden hochgenommen. Und dann setzte es langsam wieder ein.

War da draußen jemand im Gras? Ein größeres Tier? Oder ein Mensch? Jonas lauschte eine Weile, aber nun waren die Grillen wieder in ihrem gewöhnlichen Rhythmus.

Er legte sich auf den Rücken. Durch die weiße Gardine

konnte er einen fast kreisrunden Mond über den Klippen und dem Sund hängen sehen. Vielleicht war es der Vollmond, der die Grillen komisch werden ließ.

Das Bett war warm, aber das Laken war ziemlich kühl. Von draußen waren leise Stimmen zu hören, es klang, als ob Jonas' Vater von der letzten Schicht aus dem Restaurant nach Hause gekommen sei und noch kurz mit Casper und Urban plauderte.

Onkel Kent war den ganzen Tag nicht zu sehen gewesen. Aber das machte nichts.

Jonas schloss die Augen. Nach einer Weile verstummten die Stimmen. Dann waren Schritte und dumpfe Geräusche aus dem Nachbarhäuschen zu hören, als Casper und Urban sich schlafen legten, und dann wurde alles still.

Das Zimmer schien dunkler zu werden. Jonas glitt langsam in die Schatten der Sommernacht hinein, als wäre ein schmutzig grauer Nebel unter der Tür des Häuschens hereingezogen und hätte sich um ihn gelegt. Aber er war so müde, so schrecklich müde, und hier gab es keine Gefahr. Keinen Grabgeist.

Nur einen schützenden Engel.

Und so war es: An seinem Bett stand ein Engel, hochgewachsen und unbeweglich. Der Engel senkte die Hand über sein Gesicht und erklärte ihm mit heller Stimme, dass alles in Ordnung sei.

Schlaf nur, schlaf.

Die große weiße Hand des Engels blieb liegen. Und alles war ruhig und still. Jonas sank tiefer und tiefer auf den Grund des Meeres.

Irgendetwas in ihm wusste, dass es nicht gut war, dass es sogar gefährlich war, so tief zu sinken, doch da vermochte er schon nichts mehr dagegen auszurichten.

DER HEIMKEHRER

Die drei Gästehäuschen standen auf dem hinteren Teil des Kloss-Anwesens in einer Reihe in der Dunkelheit. Es gab eine Alarmanlage auf dem Grundstück, aber Aron kannte natürlich den Code.

Leise öffnete er die Tür zu der Hütte ganz links. Der Raum roch nach Chloroform. Das kam von der Flasche, die er in Einar Walls Bootsschuppen gefunden hatte. Im Bett unter dem Fenster lag ein Junge. Er hatte ein weißes Taschentuch über dem Gesicht, und weil das Tuch mit der betäubenden Flüssigkeit getränkt war, schlief er tief. Ein schwerer Dämmerschlaf unter einer weißen Maske.

Gut.

Aron hob ihn hoch. Die Atmung des Jungen war ruhig und gleichmäßig, als ihn er aus der Hütte zur Rückseite des Gartens trug, wo ein schmaler Kiesweg entlang einer niedrigen Steinmauer verlief. Aron stieg über die Mauer und trat auf den Weg hinaus. Ein Stück entfernt in der Dunkelheit stand sein Auto. Dort angekommen, sperrte er mit der Hand, die die Beine des Jungen trug, den Kofferraum auf und schob den dünnen Körper vorsichtig hinein.

Dann drückte er die Klappe zu und machte kehrt, um den Jungen in der nächsten Hütte aufzusuchen.

Zwei Jungen würden im Kofferraum Platz finden, der dritte konnte auf dem Rücksitz liegen. Das Chloroform würde ihm selbst nichts anhaben, sie würden nicht lang fahren.

Es war jetzt halb zwölf.

In einer Stunde würde Aron wieder hier an der Küste zurück sein – für ein letztes Zusammentreffen mit der Familie Kloss.

DAS NEUE LAND, 1960–1980

Aron trifft sich weiterhin mit Ludmila, wenn sie nicht gerade andernorts als Krankenschwester im Einsatz ist. Natürlich vermisst er sie dann, aber sein seelisches Gleichgewicht ist besser geworden, jetzt ist er ein Mann mittleren Alters, der ruhig und still als Wachmann für den KGB arbeitet. Er hat ein neues Auto bekommen, einen weißen Wolga.

Inzwischen ist es ein wenig leichter zu reisen. Die Sowjetunion hat sich nach Stalins Tod allmählich und vorsichtig geöffnet, es wird des Nachts nicht mehr an Türen geklopft. Politische Dissidenten werden verhört und gefangen genommen, doch es müssen keine Quoten gegen Tausende von Klassenfeinden mehr erfüllt werden. Arons Dienstwaffe bleibt im Holster.

Von einem Einsatz kommt Mila krank zurück. Im Herbst 1960 ist sie für einige Monate in den Süden geschickt worden und ist mit ängstlichem Blick und einem schweren Husten zurückgekehrt. Seither plagt sie ein kratzender Husten, der nachts am schlimmsten ist. Außerdem findet sie schwer Schlaf, und wenn sie einmal eingeschlafen ist, erwacht sie manchmal schreiend mit einem Ruck.

Aron fragt nichts. Mila will oder darf nicht erzählen, was passiert ist. Dann ist es eben so. Er hat seine eigenen Geheimnisse.

Im darauffolgenden Frühling, im Mai 1961, verloben sie sich und heiraten im nächsten Jahr. Nicht im Namen Gottes, sondern im Namen des Staates. Eine stille und würdevolle Zeremonie im Zentralen Hochzeitspalast.

Jetzt können Aron und Mila zusammenziehen, jedoch nicht in Vlads kleine Wohnung. In der Petrowka-Straße wartet eine frisch renovierte Zweizimmerwohnung auf sie.

Aron hatte nie geglaubt, dass er einmal ein Ehemann werden würde, doch jetzt ist er es, im Alter von dreiundvierzig Jahren. Er wünschte nur, seine Mutter und seine Schwester Greta könnten ihn sehen.

Schließlich bekommen sie auch ein Kind, ein Mädchen, das 1972 geboren wird, als Mila achtunddreißig Jahre alt ist. Es ist ein Wunschkind, denn Mila hat schon zwei Fehlgeburten erlitten. Aron fragt sich, ob das vielleicht mit ihrer Krankheit zu tun hat.

Am Abend bevor die Tochter geboren wird, erzählt Mila, was zwölf Jahre zuvor geschehen ist – von den Massengräbern in der Steinwüste, über die niemand ein Wort verlieren durfte.

Sie hat selbst beim Graben geholfen.

»Alle haben gegraben«, erzählt sie Aron.

»Ein Massengrab?«, fragt er. »Wer ist dort begraben?«

»Ingenieure«, sagt Mila.

Und dann erzählt sie von den Raketenversuchen auf der großen Steppe östlich des Aralsees im Oktober 1960. Von der Nacht, in der ihre Lungen zerstört wurden.

»Ich war im Krankenhaus, mehrere Kilometer entfernt«, sagt sie, »doch wir spürten die Stoßwelle bis dorthin. Erst dachten wir, es wäre die Rakete, die wie geplant ins All gestartet war, doch das war nicht der Fall. Schließlich wussten wir nicht, wie schlecht die ganze Aktion vorbereitet war und dass den obersten Militärs die Sicherheit egal war, wenn nur der Zeitplan eingehalten wurde.«

Am Tag vor dem geplanten Start trieben die Generäle die Ingenieure immer stärker zur Eile an. Mittlerweile war es spät am Abend, alle waren entsetzlich müde. Und dann ging etwas schrecklich schief. Jemand betätigte den falschen Schalter, sodass der Abschuss der Rakete zu früh eingeleitet wurde, als immer noch zahlreiche Menschen am Startplatz waren.

»Die Rakete startete ohne Vorwarnung«, erzählt Mila. »Sie sprühte Feuer, dann überhitzten die Brennstofftanks, und die ganze Rakete explodierte. Eine glühende Wolke stieg in den Nachthimmel auf. Die ganze Startplattform war ein einziges Flammenmeer, das jeden vernichtete, der in der Nähe gestanden hatte, und als eine brennende Woge auf alle anderen zurollte. Sie konnten nicht fliehen.«

Mila war es erspart geblieben, den Feuersturm mitansehen zu müssen, als viele der Flüchtenden in den Stacheldrahtzäunen um das Gelände herum hängen blieben und zu lebenden Fackeln wurden.

Aber sie musste alles hinterher sehen. Alles.

»Ich bin mit einem der ersten Feuerwehrautos zur Unglücksstelle gefahren«, erzählt sie, »um mich vor Ort um die Verletzten zu kümmern und sie in unser Krankenhaus zu bringen. Wir haben mehrere Tage zwischen rauchenden Raketenteilen und verkohlten Leichen gearbeitet. Doch wir durften hinterher nichts von dem Unglück erzählen. Nichts von dem, was geschehen war. Alle Toten wurden in einem Massengrab verscharrt.«

Mila verstummt und hustet. Lange.

Aron sitzt an ihrem Bett und tröstet sie. Aber sie schüttelt den Kopf.

»Man kann es nicht beschreiben. Du würdest es doch nicht verstehen, du hast schließlich dein Leben lang hinter einem Schreibtisch gesessen. Hast du je einen Toten gesehen, Vlad?«

Aron schweigt. Schließlich sagt er: »Ich habe nicht nur hinter dem Schreibtisch gesessen. Und ich habe Menschen sterben sehen.«

»Wirklich?«

Aron nickt. Jetzt könnte er Mila mehrere Tage lang von seiner Arbeit im Dunkeln berichten, doch er beschließt, ihr von dem zu erzählen, was in einem kalten Frühjahr geschah, als Vlad mit Major Karrek nach Moskau kam. Im April 1940, Polen war im September zuvor überfallen worden, im darauffolgenden Jahr würde Hitler die Sowjetunion angreifen.

»Ich war Soldat und sollte einen Spezialauftrag erledigen«, beginnt Aron. »Wir fuhren mit dem Zug ins Landesinnere, fort von den eisigen Winden der Stadt. Unsere Gruppe bestand aus einem von Major Karrek handverlesenen NKWD-Kommando, zuverlässigen Männern aus den Gefängnissen in Moskau und Leningrad. Karrek war mein Oberst und hatte große Macht. Er leitete eine Einheit, die direkt an Stalin berichtete.

›Wir werden in der Dunkelheit arbeiten‹, erklärte Karrek uns. ›Geheimarbeit.‹

Als wir an unserem Ziel angekommen waren, hielt Karrek eine kurze Rede vor uns Wachleuten: ›Wir haben hier eine wichtige Aufgabe‹, sagte er. ›Wir werden gefangene Hunde erschießen. Massenhaft Hunde. Damit sie nicht ausreißen und unsere Kinder totbeißen.‹

Wir hatten unsere Geheimarbeit nachts zu erledigen, in der Nähe des Lagers in einem frisch gegrabenen Keller, der mit Sandsäcken und Holzpfählen isoliert war. Es gab keinen Schreibtisch. Hier wurde kein Protokoll geschrieben.

Kamerad Karrek hatte seine besonderen Pistolen für die Arbeit mitgebracht, es waren deutsche Walther-Modelle. Meine Aufgabe war es, den Waffentisch in Ordnung zu halten und stets mit frisch geladenen Magazinen bereitzustehen.

Kamerad Karrek trat in seiner Metzgerschürze vor. ›Dann legen wir mal los‹, sagte er.

Meine Kollegen führten die Gefangenen in den Keller und einen nach dem anderen in den erleuchteten Teil des Raumes. Es waren Soldaten, das sah ich sofort, irgendwelche Befehlshaber, doch sie hatten keine Mützen mehr und manchmal auch keine Jacken. Ihre Hände waren mit Drähten auf dem Rücken zusammengebunden. Sie durften nicht reden, aber ich sah, dass sie Ausländer waren.

Dann musste ich aufhören zu denken und anfangen zu zählen. Sowie ein Gefangener in den Raum kam, wurden ihm die Füße unter den Beinen weggetreten, und er wurde auf Knien zur hinteren Wand mit den Holzpfählen gezerrt. In einer einzigen Bewegung trat Kamerad Karrek mit erhobener Pistole hinzu, zielte auf das Genick des Gefangenen und drückte ab.

Fünf Sekunden später hoben meine Kollegen die Leiche auf und schoben sie durch eine Luke auf einen Lastwagen mit großer Ladefläche. Der Fußboden wurde abgespritzt, Karrek trat wieder in den Schatten zurück. Dann war alles bereit für den nächsten Gefangenen.«

Aron verstummt, von Erinnerungen gefangen. Nach einer Weile spricht er weiter: »Wir haben in dem Keller die Nächte durchgearbeitet«, sagt er zu Mila. »Es war wie … wie am laufenden Band. Oder wie in einer mahlenden Mühle.

In der Morgendämmerung, wenn die geheime Arbeit fast vollendet war, hingen Karreks Augenlider schwer herab. Trotzdem saßen selbst die letzten Schüsse, wo sie sitzen sollten. Erst wenn alle Gefangenen erledigt waren, nahm er die schmutzige Schürze ab und zählte die Striche auf dem Papier. Die Politiker, die dagesessen und sich das ausgedacht hatten, wollten jeden Morgen eine Summe telegrafiert bekommen.

Der Geruch von Pulver, der Geruch von Blut.

An einem solchen Morgen nach einer langen Nacht hielt ein sehr betrunkener Karrek eine Rede an uns über *tschistka*, die notwendige Säuberung.

›Jede *tschistka* ist schwer‹, murmelte er und erhob sein Glas. ›Doch sie geht vorüber. Bald sind alle Feinde erledigt, und dann können wir nach Hause reisen.‹

Und das taten wir.«

Arons Geständnis Mila gegenüber ist beendet, doch er hat natürlich nicht alles erzählt.

Nichts von Sven.

Nichts von Kamerad Truschkin.

Seine Frau hat ihm mit der Hand auf dem Bauch zugehört. Sie sieht ihn lange an, doch in ihrem Blick ist keine Abscheu. Nur Trauer.

»Es herrschte Krieg«, sagt sie. »Du wolltest in diesem Krieg siegen. Du hast getan, was du tun musstest.«

Aron senkt den Blick. »Ich war damals jemand anderes«, sagt er. »Ich war nicht ich selbst.«

Und dann holt er tief Luft und erzählt schließlich, wer er wirklich ist: dass er kein russischer Ukrainer ist und auch nicht den Namen Vladimir Jegerow trägt.

»Ich heiße Aron«, bekennt er. »Aron Fredh. Und ich bin in den Dreißigerjahren aus Schweden hierhergekommen.«

Mila hört ihm wieder aufmerksam zu, und auch jetzt bleibt sie dicht bei ihm liegen.

»Ich war gezwungen, meinen Namen zu ändern und jemand anderes zu werden«, sagte er schließlich, »um zu überleben. Aber jetzt ist der Henker fort.«

Ja, Vlad ist fort. Er ist tot. Dessen ist sich Aron fast sicher.

Doch Mila und er leben, und einen Tag später werden sie Eltern.

Die Tochter wächst zu einem fröhlichen Mädchen heran, groß und schmal, wie ein Stecken und voller Energie. Aron liebt sein Kind, stundenlang könnte er mit ihr spielen. Als sie alt genug ist, beginnt er behutsam, Schwedisch mit ihr zu sprechen.

Mila hat alte Freundinnen aus der Militärzeit, mit denen sie sich manchmal trifft, doch Aron bleibt meist mit der Tochter zu Hause.

In dem Jahr, als die Tochter in die Schule kommt, wird er pensioniert. An jenem Tag hat er das Gefühl, als hätte ein großer Teil von Vlads Geist ihn verlassen und als werde er nie wieder kommen.

Aron besucht noch einige Male die Veteranentreffen des KGB, um alte Kollegen zu treffen, doch er ist ihre traurige Nostalgie bald leid und geht immer seltener dorthin. Die leisen Gespräche bringen nichts, und die Angst, sich in irgendwelche Freundschaftsbande zu verstricken, sitzt tief seit den Zeiten des NKWD.

Aron nimmt es gelassen. Er lebt für das schöne Licht, das

über Moskau erstrahlt, für die Sonne, die über den Fluss und die Parks gleitet und für seine Frau und seine Tochter.

Und dennoch: Irgendwann will er ihnen den Hof und den Strand zeigen.

GERLOF

»Kloss hat eine neue Alarmanlage installiert«, erzählte John, der hinter dem Lenkrad saß.

»Ich kann mir vorstellen, warum«, meinte Gerlof neben ihm. »Die haben Angst vor Aron Fredh.«

John hatte ihn am Samstagabend aus dem Altersheim abgeholt, dann waren sie hinunter nach Stenvik zu Johns kleiner Hütte gefahren und dann weiter zu seinem Campingplatz, wo John die Tagesgebühren eingesammelt hatte.

Jetzt saßen sie südlich des Ölandic Campingplatzes in Johns Auto und sahen zu den rechteckigen Häusern hinüber, die zur Villa Kloss gehörten. Dort brannte Licht, doch Gerlof konnte hinter den Fenstern niemanden sehen. Die Sonne war bereits untergegangen, und sicherlich war die Alarmanlage eingeschaltet, weshalb er zögerte, einfach hinzugehen und zu klingeln.

»Außerdem kann ich ihn inzwischen ein bisschen besser verstehen«, sagte er. »Also, Aron.«

»Was verstehst du?«, fragte John.

»Was ihn umtreibt«, erklärte Gerlof. »Familie Kloss hat ihm alles genommen, was Aron Fredh hier noch auf der Insel besaß. Und was er diesen Sommer verbrochen hat, war eine einzige Rache dafür.«

»Sie hätten miteinander reden sollen«, meinte John.

»Stimmt«, sagte Gerlof. »Aber ich nehme mal an, dass Aron das versucht hat, ehe er von Russland nach Hause kam. Sicher wird er sich gemeldet und gesagt haben, dass er als Sohn von Edvard Kloss seinen Teil des Erbes will.«

»Ein unbekannter Erbe«, sagte John.

»Zwei Erben«, präzisierte Gerlof. »Greta Fredh war die Tochter von Edvard Kloss, und Aron Fredh ist sein Sohn. Kegel hat man solche Kinder zu jener Zeit genannt, aber dennoch mit gesetzlichem Anrecht auf Edvards Grund und Boden. Der Küstenstreifen um Stenvik ist viele Millionen wert. Das waren schlechte Nachrichten für die Familie. Und vielleicht noch schlimmere, weil Greta und Aron möglicherweise auch einen Anteil am Ölandic Resort einfordern wollten.«

»So wie ich Kent Kloss kenne«, sagte John, »würde der darauf nie eingehen.«

»Genau«, stimmte Gerlof zu, »und das hat die Familie wohl auch deutlich gezeigt. Schließlich haben sie Arons Elternhaus abgerissen. Und seine Schwester Greta lebt nicht mehr. Offenkundig war Veronica Kloss die Letzte, die an dem Tag, als Greta starb, in ihrem Zimmer war.«

»Da kann man sich seinen Teil denken.«

»Das habe ich getan«, erklärte Gerlof. »Spätestens als ich bemerkt habe, wie groß das Vertrauen des Personals in Veronica Kloss war. Sie konnte kommen und gehen, wie sie wollte. Und so war es ihr möglich, Greta zu töten.«

»Weißt du das sicher, Gerlof?«, fragte John.

»Es war zumindest niemand anderes. Greta Fredh war in ihrem Badezimmer, als sie stürzte und sich das Genick brach. Und wie ich hörte, schloss sie immer hinter sich ab, also konnte niemand sie geschubst haben.«

»Aber du meinst, Veronica wäre an sie herangekommen?«, fragte John.

»Ja«, sagte Gerlof, »denn es gibt eine Methode, wie man Leute hinter einer Tür zu Fall bringen kann. Wenn diese Leute leicht genug sind und man selbst kräftige Arme hat. Und wenn es unter der Tür keine Schwelle gibt.«

John schaute Gerlof fragend an.

Der fuhr fort: »In jeder Wohneinheit im Altersheim gibt es im Flur einen schmalen Plastikläufer. Ich glaube, dass Veronica den Teppich quer gelegt hat, sodass ein Teil auf dem Badezimmerboden lag und der Rest unter der Tür hindurch in den Flur ragte. Als Greta im Badezimmer verschwunden war und hinter sich abgeschlossen hatte, stand Veronica draußen und zog mit einem kräftigen Ruck am Teppich. Das Übrige hat die Schwerkraft erledigt. Greta fiel und brach sich das Genick, und Veronica konnte einfach den Teppich zurücklegen und das Zimmer verlassen.«

»Ein Läufer als Mordwaffe«, sagte John.

»Ich war in dem Zimmer, in dem Greta früher gewohnt hat, da lag der Teppich noch dort«, erklärte Gerlof. »Ich habe ihnen gesagt, sie sollen ihn wegräumen, damit die Polizei ihn sich ansehen kann. Möglicherweise sind Fingerabdrücke oder andere Spuren von Veronica darauf. Die Teppiche werden da oben nicht so oft gewaschen.«

»Hast du deine Polizistin deswegen angerufen?«

Gerlof seufzte. »Ja, Tilda«, sagte er. »Leider war sie nicht sonderlich interessiert. Sie hat nur gesagt, dass Fingerabdrücke auf einem Läufer keine großartigen Beweismittel sind. Es bräuchte wohl ein Geständnis von Veronica Kloss.«

»Aber das wirst du nicht kriegen«, meinte John.

»Nein«, gab Gerlof zu. »Und deshalb sitzen wir hier. Wie zwei alte Eulen.«

Er sah zur Villa Kloss und seufzte erneut. Es war jetzt kurz vor zehn, und er fühlte sich müde und machtlos.

»Was sollen wir tun?«, fragte er. »Das ist wie so ein alter Streit um Land, der immer noch verbitterter wird. Wir haben Aron Fredh auf der einen Seite und die Geschwister Kloss auf der anderen. Das kann übel ausgehen.«

»Sollen wir denn nach Hause fahren?«, fragte John.

»Ja.«

Schweigend legte John den Gang ein, und dann rollte das Auto die Küstenstraße entlang, weg von der Villa Kloss.

»Kann ich heute Nacht vielleicht bei dir schlafen?«, fragte Gerlof.

»Na klar«, erwiderte John.

»Dann fahren wir jetzt zu dir und reden morgen mit Kloss. Wenn es hell ist.«

»Gut«, sagte John.

Aber Gerlof hatte kein besonders gutes Gefühl.

LISA

Was mache ich hier bloß?, fragte sich Lisa in der Dunkelheit unten am Strand. Wie bin ich nur in diese Sache hineingeraten?

Sie konnte sich kaum mehr erinnern und wusste momentan nur noch, was ihre Aufgabe war. Kent Kloss wollte Aron Fredh eine Falle stellen, und sie sollte mithelfen.

Sie kauerte an der Oberkante der Senke auf den Klippen, hinter sich hörte sie das Meer rauschen und ahnte vage, dass ihre neue Freundin Paulina auf der gegenüberliegenden Seite auf der Steinkante hockte. Es war nach zwölf Uhr, in der Nacht von Samstag auf Sonntag, was bedeutete, dass der Monat August soeben begonnen hatte und Lisa und Paulina schon seit über einer Stunde hier waren und wachten.

Der Mond war aufgegangen, doch er war von Wolken verhangen, und sein Licht reichte nicht bis an die Klippen am Strand.

Kent selbst trug eine starke Stablampe bei sich. Lisa und Paulina hatten außer ihren Walkie-Talkies, mit denen sie ihn alarmieren sollten, nichts von ihm bekommen. Wenn sich jemand den Klippen näherte, sollten sie zweimal auf den Senden-Knopf drücken. Wenn jemand in die Senke stieg, sollten sie dreimal drücken.

Kent hatte sich mit Camouflage-Jacke und Taschenlampe

zwischen den Klippen irgendwo in der Nähe des Bunkers versteckt. Lisa nahm an, dass er zudem bewaffnet war, vielleicht mit einem Messer. Der Gedanke war ihr gekommen, als sie beobachtete, wie er sich bewegte, während er vom Plateau hinunterschlich.

Generell konnte sie allerdings nicht viel erkennen, denn auch die Landzunge um sie herum lag im Dunkeln. Das war Kents Schuld, denn nachdem der Rest der Familie Kloss zu Bett gegangen war, hatte er alle Lampen außen am Haus und die Beleuchtung im Garten ausgeschaltet.

Lisa hatte erst nicht verstanden, warum nur Kent mit ihnen hier unten war und sonst keiner von der Familie Kloss. Sein Bruder nicht, auch nicht die Jungs. Doch als sie gesehen hatte, wie still sich Kent verhielt, hatte sie geahnt, dass das hier eine Arbeit war, die er vor seinen Verwandten verbergen wollte.

Niemand sollte sehen, was hier heute Abend geschah. Bis auf die, die ein Teil der Falle waren.

Lisa und Paulina hielten jede das Ende eines Seils in der Hand. Die anderen Enden ihrer Seile waren an einem Fischernetz aus dünnem Nylon festgebunden, das unter einer dünnen Schicht Kies in der Rinne lag. Wenn Aron Fredh dort hineinsteigen würde, sollten sie das Netz hochreißen und so fest daran ziehen, dass der schmale Weg versperrt sein würde.

»Wenn er zu fliehen versucht, wird er sich verheddern«, hatte Kent erklärt. »Wie ein Fisch.«

»Und dann?«, hatte Lisa gefragt.

»Dann können wir uns ganz entspannt mit ihm unterhalten«, hatte Kent gesagt, ohne genau zu erklären, wer das können würde.

Ein kühler Wind blies vom Sund, und Lisa zitterte. Der Hochsommer war bald vorbei, jede Nacht war ein wenig dunkler und kühler als die Nacht zuvor. Sie würde bald nach Hause fahren.

Aber jetzt war sie noch hier. Musste noch schnell einen Job erledigen.

Doch seit sie ihre Wache angetreten hatte, war absolut gar nichts passiert, außer dass einzelne Fledermäuse wie schwarze Lappen im Dunkeln vorbeisausten. Unter ihnen rauschten leise die Wellen, einzelne Boot brummten in den Sund hinaus, doch mehr passierte nicht. Kein alter Mann hatte sich den Klippen genähert. Lisa beugte vorsichtig den Oberkörper über die Kante der Klippe, um nicht auf dem harten Kies einzuschlafen.

Sie blinzelte. Wartete. Überlegte, in welchen Straßen sich Silas jetzt wohl gerade herumtrieb. Dann hörte sie etwas.

Es waren keine Schritte in der Nacht, sondern nur ein dumpfer Laut. Ein Motor unten im Sund. Doch diesmal schien das Geräusch viel näher zu sein als die Boote, die sie bisher gehört hatte, und das Brummen hielt an. Das war eindeutig ein Boot, das sich dem Land näherte und direkt vor dem Ufer des Anwesens von Kent Kloss langsamer wurde und dann anhielt.

Lisa versuchte es zu erspähen, doch sie konnte nichts erkennen. Ohne Mondlicht war das Meer total schwarz.

Dann hörte sie noch mehr Geräusche, jetzt näher. Bewegung auf dem Kies. Ein Rasseln.

Jemand befand sich in ihrer Nähe unten in der Senke. Aber es war kein Mann, sondern eine lange schmale Gestalt. Eine Frau.

»Lisa?«

Das war die leise Stimme von Paulina. Lisa konnte sie nur als Schatten unten in der Dunkelheit erkennen. Sie musste ihr Versteck verlassen haben und hinunter in die Senke geschlichen sein.

Lisa beugte sich herab und flüsterte noch leiser: »Paulina, was machst du?«

Die Litauerin streckte ihr die Hand entgegen.

»Hör zu«, sagte sie. Sie sah zu Lisa hoch und deutete dann in Richtung Sund. »Hör mir zu … Veronica Kloss ist am Ufer. Sie hat das Motorboot geholt.«

»Das Boot?«

Paulina sah sie unverwandt an. Ihr Schwedisch war plötzlich viel besser, fast akzentfrei.

»Das Motorboot von Kloss«, erklärte sie. »Sie werden ihn erschießen, Veronica und Kent. Dann werden sie ihn ins Boot tun und mit Gewichten versenken.«

Lisa versuchte zu verstehen, was sie da hörte. »Du meinst … du meinst, ermorden?«

Paulina nickte, streckte die Hand nach oben und packte Lisas Arm. »Wir müssen gehen«, flüsterte sie. »Jetzt.«

Lisa blinzelte. »Was meinst du?«

Doch Paulina antwortete nicht, sondern zerrte nur stur an ihrem Arm. »Komm!«, forderte sie.

»Warum denn?«, fragte Lisa.

Sie begriff nicht, was so eilig sein sollte, aber Paulina gab nicht nach. Sie zog noch fester, und schließlich ließ Lisa ihr Ende des Netzes los. Dann schwang sie die Beine über die Kante und kletterte vorsichtig den Abhang hinunter.

Paulina drehte sich einen Moment von ihr weg und rief laut und gellend die Rinne hinunter:

»Er hat eine Pistole! Er steht am Bunker!«

Als Antwort kam ein Ruf zurück. Von einem Mann. Lisa sah in der Rinne ein weißes Licht auftauchen. Kent Kloss hatte seine Taschenlampe eingeschaltet.

Lisa landete mit den Füßen im Kies und behielt das Gleichgewicht. Paulina packte sie und gab ihr einen Schubs.

»Lauf!«, schrie sie. »Jetzt!«

Lisa erschrak über das laute Rufen und ließ sich davonjagen. Die Rinne entlang, weg von der Senke, hinunter zum Wasser.

Paulina lief hinter ihr, schob sie vorwärts. Sie liefen über den Kies, zum Ufer hinab.

Hinter ihnen wischte das Licht der Taschenlampe die Wände der Senke entlang – und plötzlich fing der Strahl eine kräftige Gestalt in der Dunkelheit ein.

Lisa warf einen Blick über die Schulter. Die Gestalt erinnerte sie an den alten Mann. Aron Fredh.

Aber er war nicht unten in der Senke beim Bunker, wie Lisa sah. Er stand oben auf dem Rand der Klippe, nahe der Steinröse. Und in der Hand hielt er etwas, das blitzte.

DER HEIMKEHRER

Jetzt war die Zeit gekommen. Aron hatte sein Auto auf dem Parkplatz des Badestrands ganz am Ende der Bucht stehen lassen. Leise hatte er sich in der Hocke durch das Wildgras zur Kante des Plateaus oberhalb des Bunkereingangs vorgearbeitet. Jetzt lag die Steinröse wie eine breite schwarze Kuppel in der Dunkelheit neben ihm.

Er lauschte und hörte von einem kleinen Boot draußen im Sund leise Motorengeräusche. Sonst nichts.

Er schlich weiter, den Blick auf den Boden gerichtet. Dann kniete er sich an der Kante der Klippe in den Kies.

Es war schwer, in der Dunkelheit zu suchen, doch nach ein paar Minuten fand er, wonach er Ausschau gehalten hatte: Das Ende des hellen Plastikkabels, das er einige Tage zuvor vom Bunker her ausgerollt und eingegraben hatte. Das Kabel ragte unter einem Stein hervor und wurde durch ein kleines Stück Klebeband vor Feuchtigkeit und Staub geschützt.

Aron entfernte das Klebeband und zog vorsichtig etwas mehr von dem Kabel aus dem Kies. Es sah nicht aus wie eine Zündschnur, war aber genau das.

Diese moderne Sorte war hohl wie ein Strohhalm und innen mit hochentzündlichem Stoff gefüllt. Die Zündschnur wurde nicht mit einem Streichholz angesteckt, sondern mit einem Funkenerzeuger aus Metall. Der war kleiner als ein Pistolengriff, und Aron hielt ihn bereits in der Hand. Jetzt verband er den Anzünder vorsichtig mit der Zündschnur und erhob sich langsam gegen den Nachthimmel. Er spähte von der Kante der Klippe herunter, sah aber nichts als Dunkelheit.

Da hörte er plötzlich einen Ruf durch die Senke hallen: »Er hat eine Pistole! Er steht am Bunker!«

Es war eine Frau, die das rief, und er erkannte die Stimme. Paulina.

Aron verstand ihre Warnung, konnte aber nicht reagieren, ehe die Nacht plötzlich hell wurde. Ein weißes Licht wurde in der Senke eingeschaltet, das als breiter Strahl zur Kante der Klippe hinauffuhr und dann direkt in sein Gesicht leuchtete.

»Aron!«, rief eine Männerstimme.

Es war Kent Kloss, der da brüllte. Kloss hielt eine Taschenlampe und in der rechten Hand eine Waffe. Eine alte Pistole, die Aron nur zu gut kannte. Seine eigene Walther.

Aron blieb im Kegel der Taschenlampe stehen, er wusste, dass er bereits gesehen worden war. Das machte jetzt nichts mehr aus.

Er nickte Kloss zu, hob seine Hand ins Licht und spürte den Knopf des Anzünders unter dem Daumen.

»Lass die Waffe fallen«, sagte er, »sonst drücke ich ab.« Aber er war noch zu nahe am Bunker, um das zu wagen, und zögerte zu lange.

»Fuck you«, fauchte Kloss. Er richtete die Pistole auf ihn.

Dann schoss er.

Die Kugel fuhr in der Dunkelheit über ihn hinweg, und Aron zuckte zusammen. Er trat von der Kante zurück und ging in die Hocke. Da Kloss die Pistole immer noch hochhielt, warf er sich bäuchlings in den Kies und hörte den zweiten Schuss. Diese Kugel pfiff direkt über seinen Kopf hinweg.

Aron sah sich um. Der Zünder war ihm aus der Hand gefallen. Zusammen mit der Zündschnur war er in der Dunkelheit verschwunden.

Aron rappelte sich auf, um zu suchen. Und da hörte er das Rasseln. Kent Kloss hatte begonnen, aus der Senke hochzuklettern.

Wo war der Zünder?

Er sah ihn im Gras blitzen, schaffte es aber nicht mehr, ihn aufzuheben.

»Aron!«, brüllte Kent. »Es ist zu Ende!«

Kloss war ein paar Meter entfernt über die Kante auf das Plateau geklettert, und die Taschenlampe leuchtete jetzt in alle Richtungen in die Dunkelheit.

Die Pistole hatte er nicht im Anschlag, das konnte Aron erkennen, aber er hatte sie noch. Gleich würde er stehen bleiben, zielen und abdrücken …

Aron streckte die Hand aus, aber nicht nach dem Zünder. Im Schotter um ihn herum gab es jede Menge scharfer Steinscherben, und er nahm eine davon auf.

Dann wandte er sich in der Dunkelheit Kent Kloss zu und hob den Stein für einen festen Wurf.

Er zielte dabei auf die Taschenlampe.

LISA

»Komm! Lisa! Nicht stehen bleiben!«

Paulina zog sie am Arm und klang so bestimmt, dass Lisa sich einfach mitzerren ließ. Blind flohen sie durch die Nacht, weg von den steilen Klippen und hinunter zu dem ebenen inneren Teil der Bucht.

Lisa lief nicht langsamer, schlug sich aber die Zehen an den Steinen auf, die aus dem Schotter ragten, und war einige Male nah dran zu stürzen.

»Warte!«, keuchte sie schließlich.

Als der Boden ebener wurde, blieb sie stehen, um Atem zu schöpfen, und konnte einzelne Lichter von dem vielleicht dreihundert Meter entfernten Campingplatz sehen. Dann drehte sie sich noch einmal um und erkannte, dass Aron Fredh jetzt von einer anderen Gestalt auf der Klippe Gesellschaft bekommen hatte. Kent Kloss, mit erhobener Taschenlampe. Sie schrien einander an, und dann prallten sie zusammen.

Zwei Schatten, die zu einer zu werden schienen und an der Plateaukante oberhalb des Bunkers miteinander kämpften.

Paulina war auch stehen geblieben und hatte sich umgedreht. Sie war genauso außer Atem wie Lisa, die in der Dunkelheit keuchte und zur Klippe starrte, wo das Licht der Taschenlampe immer noch herumwirbelte.

»Ich muss zurück«, keuchte Paulina und machte einen Schritt auf die Klippen zu.

»Nein.«

»Doch«, sagte Paulina. »Er braucht Hilfe.«

»Wer?«

Paulina gab keine Antwort, aber Lisa hielt sie trotzdem fest. »Er ist gefährlich!« rief sie, ohne selbst zu wissen, welchen der beiden Männer sie meinte.

Zehn oder fünfzehn Sekunden lang standen sie beide in der Dunkelheit und maßen ihre Kräfte. Lisa meinte, dass sie die Oberhand gewinnen würde und Paulina dazu bringen könnte, bei ihr zu bleiben.

Doch da war es schon zu spät. Lisa sah, dass das Licht oben auf der Klippe verschwunden war – die Taschenlampe war über die Kante gefallen, oder sie war geworfen worden.

Dort schien jetzt nur noch eine Gestalt zu stehen. Sie bewegte sich, unsicher schwankend, an der Kante entlang, von der Steinröse weg.

Paulina starrte hinüber und stieß einen Fluch in einer fremden Sprache aus. Dann packte sie Lisa erneut.

»Deckung!«, schrie sie.

Lisa wurde in den Schotter gedrückt, Paulina war stark und legte sich fast auf sie.

Ein paar lange Sekunden vergingen. Die ganze Küste schien zu warten.

Dann zerriss ein ohrenbetäubender Knall die Stille. Ein gewaltiger Lichtschein erhellte die Dunkelheit, und die Nacht wurde von einer riesigen Explosion entzweigerissen.

DER HEIMKEHRER

Aron sah, dass er die Lampe verfehlt, aber Kloss erwischt hatte. Der Stein hatte Kloss an der rechten Schulter getroffen, und durch den plötzlichen Stoß hatte er die Walther fallen lassen. Aron hörte, wie die Pistole in die Senke polterte.

Diesmal verlor er keine Zeit, sondern bewegte sich rasch auf allen vieren entlang der Kante, hin zu der Stelle, wo er den Zünder hatte aufblitzen sehen.

Die Pistole war kein Problem mehr, aber Kent Kloss war es. Er war jetzt außer sich und jünger und wütender als Aron.

»Du!«, schrie er. »Bleib hier!«

Kloss warf sich auf ihn und hielt ihn fest. Er zog an seinem Wollpullover, zerrte an seinen Armen.

»Hiergeblieben, verdammt noch mal!«

Kloss fluchte und brüllte wie ein Untier, aber Aron kämpfte und riss sich los. Er kroch weiter an der Kante entlang.

Kloss trat gegen seinen Oberschenkel, um ihn hinunterzustürzen, doch Aron biss die Zähne zusammen. Jetzt war er Soldat und konnte dem Schmerz begegnen. Er kroch weiter.

Nur ein paar Meter noch. Da lag der Zünder auf dem Boden. Ein kleiner Metallgriff, aus dessen einem Ende ein runder Knopf ragte. Er streckte die Hand aus, gleich …

Da bekam er einen harten Tritt in den Rücken. Kloss war wieder über ihm. Er erhob sich über Arons Kopf, die Taschenlampe auf ihn gerichtet.

»Gib endlich auf!«, schrie er.

Und holte mit dem Fuß aus für einen harten Tritt mit dem Lederstiefel. Aron packte Kloss' Stiefel mit festem Griff und drehte ihm das Bein herum.

Kloss verlor den Halt und wedelte mit den Armen. Die Taschenlampe fiel ihm aus der Hand, und die Stiefel ließen den Schotter rasseln, als er versuchte, das Gleichgewicht wiederzuerlangen. Doch Aron gab ihm dazu keine Zeit. Schnell rappelte er sich auf und schlug Kloss vor die Brust.

»Verdammt!« Kloss schrie und fuchtelte einen Moment lang in der Luft mit den Armen, ehe er über die Klippe stürzte.

Es war kein tiefer Fall, sondern nur ein paar Meter einen Schotterabhang hinunter. Aber die Landung war hart.

Aron hörte einen dumpfen Schlag, gefolgt von rasselndem Geröll.

Jetzt war Aron frei und konnte die letzten Meter entlang der Klippe hinter sich bringen. Er griff nach dem Anzünder, der immer noch an dem Plastikkabel festsaß.

Kloss würde wieder heraufkommen, wenn er den Revolver gefunden hatte. Aron hatte wenig Zeit.

Schnell zog er Zünder und Kabel mit sich, seitlich des Plateaus fand er eine kleine Senke im Boden und drückte sich hinein. Liegend hielt er die Hände um den Zünder. Er wusste, dass er immer noch nahe an der Röse war – gefährlich nahe – und presste sich hart auf den Boden.

Mit gesenktem Kopf drückte er den Auslöser. Ein heißer Funken fuhr aus dem Apparat und entzündete die dünne Schicht Sprengstoff in dem Plastikkabel.

Die Flamme der Zündschnur brannte ungeheuer schnell, schneller, als das Auge es wahrnehmen konnte. Mit einer Geschwindigkeit von zwei Kilometern in der Sekunde sauste ein blitzender Punkt durch das Kabel und in den Bunker hinein, wo der Funke auf eine Reihe Zündhütchen in dem Loch übersprang, das Aron mehrere Wochen lang gegraben hatte.

Ganz tief im Inneren lag die Hauptsprengladung, und jetzt wurde sie ausgelöst.

Der Monat August begann mit einem rumpelnden Donner über dem Kalmarsund.

Um Viertel vor eins kam die Explosion, ein lang gezogener Knall, der über die Bucht hallte und wie ein Gewitter über das Wasser bis an die småländische Küste zu hören war.

Aron lag gefährlich nahe. Er drückte sich tief in die Kuhle neben dem Plateau, weniger als fünfzig Meter von der Röse entfernt, ohne zu wissen, ob er überleben würde.

Die Sprengmasse war einen Meter tief im Boden unter dem Zentrum der Steinröse platziert, und als sie explodierte, war es, als wäre ein schlafendes Untier geweckt worden und würde sich aus der Erde erheben.

Alles im Bunker wurde zerstört.

Die Betonwände barsten, der Zementfußboden wurde zu Schotter, und die verschlossene Metalltür zerriss zu messerscharfen Splittern, die aus der Senke stoben.

Die Explosion ließ einen Teil der Klippe vor dem Bunker zusammenbrechen und auf den Strand stürzen. Ein riesiger Steinblock rollte wie ein Dampfwalze über den Uferstreifen und begrub die Bootshütte der Familie Kloss und alles, was darin war: Fischernetze, Sonnenstühle, Schwimmwesten und Kühltaschen.

Doch die größte Kraft setzte die Druckwelle senkrecht nach oben frei, wo kein Beton war, nur weiche Erde, loser Kies – und all die runden Steine, die Sven Fredh einmal vor langer Zeit auf dem Plateau zu einer Steinröse aufgeschichtet hatte.

Die Steine wurden vom Boden weggesprengt und sie stoben in den Nachthimmel, als würden sie aus einem Vulkan gespien.

Kleinere Steine flogen in den Sund. Sie prasselten auf das Wasser, wo Veronica Kloss im Motorboot der Familie gesessen und gewartet hatte, dass ihr Bruder Kent mit der Leiche von Aron herunterkommen würde. Veronica schloss die Augen, als die Explosion kam, hielt das Lenkrad fest umklammert und hörte Kies und kleine Steine gegen den Rumpf des Bootes schlagen, doch wie ein Wunder kamen keine größeren Steinblöcke herunter.

Aron lag immer noch fest auf den Boden gedrückt in der Senke. Er hatte die Arme schützend über den Kopf gelegt und spürte Stahl und Steine heransausen und in seiner Umgebung einschlagen.

Doch die meisten Steine der Röse flogen in einem dichten Schwarm in eine andere Richtung, nämlich ins Landesinnere.

Irgendwo oberhalb der Küstenstraße ließ die Druckwelle der Explosion die Steine los und übergab sie der Schwerkraft, die sie nun nach unten zog.

Der Schotter fiel, die Erde fiel, und auch die Steine begannen zu fallen wie unsichtbare Bedrohungen in der Dunkelheit. Viele flogen auf die Villa Kloss und dort auf das am nächsten stehende Haus zu, das Kent gehörte.

Sie donnerten in seinem Garten herunter, auf die frisch abgeschliffene Holzterrasse, in den Pool und auf das Hausdach.

Niklas Kloss war allein im Haus zurückgeblieben. Er lag in einem der hinteren Gästezimmer, von der Explosion hellwach. Fenster waren zersprungen, doch nachdem das Klirren verstummt war, hörte er etwas anderes, etwas, das hart auf das Hausdach zu donnern begann. Dachpfannen zerbarsten und Balken splitterten.

Niklas lag zu Tode erschrocken da und wartete darauf, dass das Dach über ihm einstürzen würde, aber es hielt.

Dann verstummte der Hagel plötzlich. Ein Echo der Explosion wanderte hin und her über die Bucht, dann verklang auch das.

Alles wurde still.

In der Senke neben dem Plateau begann Aron, sich wieder zu bewegen. Sein Körper und seine Kleider waren von Staub bedeckt, aber er hob den Kopf aus dem Schotter und stellte fest, dass er immer noch lebte.

Langsam erhob er sich und dachte an den fröhlichen Mann aus Esbo, der ihm einst beigebracht hatte, wie Dynamit eingegraben und verkabelt werden musste. Und wie man es abfeuerte.

Er blickte zur Küstenstraße und zur Villa Kloss hinüber und sah dort im Garten und im Dach dunkle Löcher.

Die Steine aus der Röse waren wie Kanonenkugeln eingeschlagen.

GERLOF

John hatte ihn bei sich übernachten lassen, und Gerlof hatte das Altersheim angerufen und Bescheid gesagt, dass er heute Abend nicht kommen würde. Gegen elf Uhr hatten sie sich in der stillen Hütte ins Bett gelegt, aber Gerlof hatte nicht gleich einschlafen können. Er hatte weiter über Veronica Kloss nachgedacht.

Seine Gedanken waren gekreist, und dann war er doch weggedämmert und hatte schließlich tief und traumlos geschlafen – als plötzlich die Erde erbebte.

Der ganze Steinboden von Johns kleiner Hütte vibrierte, als ob eine große Welle durch den Urberg gerollt wäre. Die Fenster schepperten, und die Möbel wackelten. Irgendwo fiel eine Zeitung zu Boden.

Gerlof hörte, wie John im Nebenzimmer etwas rief und sich aus dem Bett rappelte.

Er selbst hob nur den Kopf vom Kissen und vernahm ein dumpfes Donnern. Es klang wie ein Gewitter und als hätte der Blitz eingeschlagen, aber der Lärm kam nicht vom Himmel, sondern aus Südwest, wie es ihm schien. Vom Strand. Und er wurde von einer Serie kleinerer Schläge begleitet. Wie das Prasseln von Steinschlägen.

Eine Explosion?

Gerlof dachte an eine Mine, wovor er auf See immer Angst gehabt hatte, aber er wusste, dass dies keine Mine gewesen sein konnte.

Er hörte schwere Schritte im Haus.

»Gerlof?« Die Tür ging auf. John streckte den Kopf ins Zimmer. »Bist du wach?«

»Ja.«

»Hast du den Knall gehört?«

»Ja, klar.«

Sie hielten beide ein paar Augenblicke inne und horchten, aber alles war wieder still. Zu still

John drückte auf den Lichtschalter, aber nichts tat sich. Der Strom war weg.

»Was sollen wir machen?«, fragte er und wandte sich zum Fenster.

»Wir können nicht viel tun«, meinte Gerlof. »Das können Gasleitungen gewesen sein. Kannst du sehen, ob es irgendwo entlang der Bucht brennt?«

John schüttelte den Kopf. »Es ist stockfinster.«

»Dann können wir nicht viel tun.«

»Nee«, meinte John.

»Vielleicht könntest du ein paar Kerzen anzünden«, schlug Gerlof vor, »und deinen alten Kamin.«

»Gut«, meinte John, »ich mache Kaffee.«

Gerlof hörte den Freund in die Küche eilen. Wenn John auf See nervös geworden war, dann hatte Gerlof ihm immer etwas zu tun gegeben. Das beruhigte ihn.

Er selbst blieb im Bett liegen und wartete darauf, dass noch mehr geschah, dass es klingeln oder klopfen würde, aber alles war wieder still.

In seinem Dorf war etwas passiert. Etwas Schlimmes.

Aron Fredh, dachte er. Aron hatte seinen Krieg wieder aufgenommen, und Gerlof hatte ihn nicht aufhalten können.

Als keine weiteren Geräusche durch die Wände drangen, sank Gerlof allmählich wieder zurück in die Dunkelheit. Er wollte ohnehin keinen Kaffee. Es war zu spät am Abend.

Kurze Zeit später war ein Martinshorn zu hören, das sich von der Landstraße her näherte. Aber da war Gerlof schon wieder eingeschlafen.

LISA

Lisa war von Paulina zu Boden gedrückt worden, sah aber dennoch die Explosion in der Dunkelheit – und spürte sie. Als würde eine intensive gelbrote Sonne über der Klippe binnen einer Sekunde aufflammen und wieder verlöschen. Im nächsten Moment hörte sie das Donnern und spürte, wie die Erde bebte. Sie vibrierte unter ihr, die ganze Küste schien zu wackeln.

Ragnarök, Götterdämmerung, dachte sie und versuchte davonzukriechen. Aber das ging nicht, Paulina lag schwer auf ihr, also schützte sie ihren Kopf mit den Armen.

Eine Druckwelle fuhr über sie hinweg. Dann kamen die Splitter von der Klippe angesaust. Der Schotter erreichte sie nicht, aber Lisa hörte, wie ein Hagel von kleinen Steinchen ins Wasser platschte.

Ein paar Sekunden später war alles still.

Fast vollkommen still.

Dann war ein anhaltendes lautes Krachen oben auf dem Plateau, entlang der Küstenstraße und dahinter vom Grundstück der Klossens zu hören. Etwas Großes und Schweres donnerte auf die Erde. Wie unrhythmische Basstrommeln.

»Komm!«, schrie eine Stimme Lisa ins Ohr.

Ein harter Befehl. Paulina lag nicht mehr an sie gedrückt auf ihr, sondern war aufgesprungen. Ihre Hände packten Lisas Arme.

Jetzt war kein Lärm mehr zu hören, aber Lisa wollte trotzdem liegen bleiben.

»Komm!«, rief Paulina wieder.

Schließlich gehorchte sie, rappelte sich hoch und stolperte nach Norden entlang der Bucht, die ganze Zeit über in großer Angst vor weiteren Steinblöcken.

Doch so weit waren die nicht geflogen, das konnte sie im Mondschein sehen, die meisten waren in den Garten der Klossens und auf Kents Villa gefallen. Lisa hielt den Atem an und stolperte weiter durch die Dunkelheit.

Paulina war ein Schatten, der sich zielgerichtet, ohne stehen zu bleiben, neben ihr bewegte.

»Was ist denn passiert?«, keuchte Lisa.

Paulina antwortete nicht, sie lief nur weiter.

Jetzt hing ein verbrannter Geruch in der Luft. Und sie hörte, wie in der Ferne das Dach von Kent Kloss' Haus einzustürzen begann, nachdem einige tragende Balken unter den Steinblöcken geborsten waren.

Erkennen konnte sie nicht viel, als sie über die Schulter blickte. Entlang der ganzen Bucht schien der Strom ausgefallen zu sein. Das Dorf war vollkommen dunkel, und plötzlich stolperte sie über einen Stein oder eine Wurzel am Boden und wäre fast hingefallen, sie sah nicht einmal ihre eigenen Füße.

Die Explosion dröhnte ihr immer noch in den Ohren.

»Paulina«, sagte sie wieder, »was ist denn passiert?«

Der Schatten neben ihr lief ruhig weiter, so als ob er Kontrolle über das Chaos hätte, und sagte nur ein einziges Wort: »Ammonal.«

DAS NEUE LAND, APRIL 1998

Die Sowjetunion ist zerfallen, und Russland ist ein eigenes Reich, doch es ist ein Land, das Aron Fredh nicht wiedererkennt. Alle in diesem Neuen Land scheinen mehr und mehr von Geld besessen zu sein. In den Vierteln um seinen alten Arbeitsplatz Lubjanka herum eröffnen Nachtclubs, lichtscheue Typen parken ihren Mercedes davor und öffnen kichernden Teenagermädchen die Wagentür. Kapitalistische Gangster, die sich in sowjetischen Zeiten niemals zu zeigen gewagt hätten, tun jetzt alles, um gesehen zu werden.

Arons und Milas Tochter ist fünfundzwanzig Jahre alt, eine dunkle Schönheit, die immer noch zu Hause wohnt. Sie nimmt teil am Nachtleben von Moskau, geht in die von Ausländern betriebenen Nachtclubs, kommt aber enttäuscht nach Hause. Die Neureichen und ihr Hofstaat langweilen sie. Aron ist froh darüber, denn das neue Russland ist eine gefährliche Welt, in der der Kapitalismus herrscht und keine alten Regeln mehr zu gelten scheinen. Und auch keine neuen. Junge Männer werden erschossen, Mädchen werden vergewaltigt.

Er geht nur selten aus. Das ist ihm zu anstrengend, zu viele große Autos auf den Straßen. Moskau ist nicht mehr seine Stadt, und das macht ihn traurig. Er sehnt sich nach Öland, nach der alten Welt. Der einfachen Welt.

Mila geht auch nicht aus, doch aus anderen Gründen. Sie kann kaum mehr atmen. Das liegt an der Luft und an ihren Lungen, die jetzt noch schlechter denn je funktionieren. An manchen Tagen kann sie nur noch im Bett liegen. Ihr Husten erfüllt das Haus, und am Ende bringt Aron sie zu einem Arzt, der sie weiter in die Lungenklinik im großen Pirogow-Krankenhaus schickt.

Untersuchungen werden vorgenommen, Röntgenfotos werden gemacht. Alle flüstern und denken nach. Ein Lungenarzt im Pirogow erklärt ihm schließlich, wie schlecht es um sie steht.

»Ihr Frau hat wahrscheinlich viel geraucht, oder?«, fragt er Aron, als sie allein sind.

»Überhaupt nicht. Aber sie hat als junge Frau eine schwere Brandkatastrophe miterlebt. Eine große Explosion mit giftigen Gasen.«

Der Arzt nickt, jetzt versteht er. »Die Diagnose ist ein unheilbares Lungenemphysem«, sagte er.

»Unheilbar?«, fragt Aron.

»Sie braucht jetzt Sauerstoff«, erklärt der Arzt und nickt.

»Sie müssen ihr Sauerstoff geben und eine gute Krankenversorgung. Privat … Sie wissen ja, wie das heutzutage ist.«

Aron weiß, dass die Privatversorgung im Neuen Land Geld kostet, so wie alles andere. Viel Geld. Er hat schon Geschichten von Krankenwagenfahrern gehört, die von Kranken und Verletzten Bargeld verlangt haben.

»Und im Ausland?«, fragt er leise. »Zum Beispiel in Schweden?«

»Dort haben sie eine gute Krankenversorgung«, erwidert der Arzt. »Und es kann durchaus sein, dass die Behandlung dort weniger kostet. Aber das gilt natürlich nur für die Bürger des Landes.«

Aron geht nach Hause. Mila hat ihr Urteil erhalten. Er denkt über Schweden nach, über die Krankenversorgung in Schweden. Sie ist gratis für die Schweden, sicher auch für ihre Familienangehörigen. Vielleicht ist es jetzt an der Zeit, nach Hause zu reisen.

Und es gibt noch einen weiteren Grund dafür, dass Aron sich aus dem Neuen Land wegwünscht: Die Archive aus der Stalinzeit werden nach und nach geöffnet, und die Bürger der früheren Sowjetunion begeben sich wie Höhlenforscher zwischen die Dokumentenstapel, um die Namen der Opfer des Großen Terrors zu finden. Und sie suchen nach den Namen der wenigen Henker, die noch leben.

Aron überlegt, ob er ein zweites Mal die Identität wechseln und das Leben als Vladimir Jegerow beenden soll.

Er will ins das Alte Land reisen und Mila mitnehmen. Aber dafür braucht er Hilfe, und zwar jemanden, der bestätigen kann, wer er ist.

Heutzutage ist es viel leichter, aus Russland ein Auslandsgespräch zu führen, man muss keine Formulare mehr ausfüllen, aber Aron hat keine Nummer, die er anrufen könnte. Er weiß nicht, wer von seinen Verwandten noch lebt.

Dennoch versucht er eines Abends, mehr herauszufinden, und zwar über das Telefon. Ein hilfsbereiter Mann von der russischen

Telefongesellschaft findet den Namen Greta Fredh auf Öland. Sie wohnt in einem Altersheim, hat aber ein eigenes Telefon.

Der Mann von der Auskunft verbindet ihn weiter. Es klingelt, der Hörer wird abgehoben und eine Frauenstimme antwortet: »Greta Fredh.«

Die Stimme ist alt und schwach, aber Aron erkennt seine Schwester wieder. In zögerlichem Schwedisch beginnt er zu erklären, wer er ist.

Greta erinnert sich nicht an ihn. Sie kennt ihn nicht mehr. In eine rauschende Stille hinein versucht er, sich zu erklären. Dass er in ein anderes Land emigriert ist, dass er erwägt zurückzukehren. Nach Rödtorp. Dort sind sie aufgewachsen, am Wasser an der Küste der Insel vor dem Festland.

Erinnert sie sich nicht daran?

Es herrscht Schweigen in der rauschenden Leitung.

»Aron?«, fragt seine Schwester schließlich. »Bist du es wirklich?«

»Ja, ich bin es, Greta. Ich werde nach Hause kommen. Auf unseren Hof.«

»Haben wir einen Hof?«, fragt Greta.

»Ja«, antwortet Aron. »Familie Kloss besitzt Land, massenhaft Land, und wir sind mit ihnen verwandt.«

»Kloss, ja«, sagt Greta. »Sie wird im Sommer hier einen Vortrag halten, Veronica Kloss. Das wird nett.«

»Sag ihr, dass ihr verwandt seid«, sagt Aron.

»Das werde ich tun.«

Aron glaubt, dass die Schwester allmählich begreift, worum es geht, aber er muss erkennen, dass sich ihre Gedanken langsam bewegen und dass ihre Erinnerungen verschwommen sind.

»Jetzt gibt es Kaffee«, sagt Greta schließlich. »Dann mach's gut, Aron, mach's gut.«

Er verabschiedet sich und legt mit zitternder Hand auf.

Mila liegt im Bett und sieht ihn unverwandt an. »Und deine anderen Verwandten in Schweden?«, flüstert sie. »Familie Kloss?«

Ja. Familie Kloss. Mit denen ist Aron schließlich verwandt, er ist der Sohn von Edvard Kloss, auch wenn diese Vaterschaft nie eingestanden wurde – sie war so geheim, dass Sven niemals davon sprach und seine Mutter Astrid sie nur in Andeutungen erwähnte. Und Edvard selbst starb lieber, als zuzugeben, dass er Arons Vater war.

Vielleicht können ja die jüngeren Verwandten helfen. Ja, vielleicht.

Er nickt seiner Frau zu und nimmt wieder den Hörer ab.

Weitere Gespräche mit der Auslandsauskunft zeigen, dass es mehrere Personen mit dem Nachnamen Kloss gibt, die noch auf Öland leben. Eine von ihnen, Veronica, hat zudem eine Wohnung in Stockholm. Sie war es, von der Greta gesprochen hat.

Aron bekommt die Adresse und Telefonnummer von Veronica Kloss und sieht Mila leiden. Schließlich ruft er an. Mit dem Zeigefinger, dem Abzugsfinger, wählt er die Nummer und wartet angespannt.

Einige Klingeltöne vergehen, ehe sich jemand meldet. Es ist ein Mann. Ein junger Mann, der Urban Kloss heißt und, wie sich zeigt, der Sohn von Veronica ist.

Er versteht Arons Schwedisch und bestätigt, dass er in der richtigen Familie gelandet ist. Sie kommen von Öland und wohnen im Sommer immer noch dort.

Doch er scheint keine Ahnung zu haben, wer Aron Fredh ist.

Aron bittet ihn, seine Mutter zu holen. Die Leitung rauscht. Aron wartet. Schließlich erklingt die kühle Stimme einer Frau.

»Veronica Kloss.«

Aron räuspert sich und beginnt wieder, Schwedisch zu sprechen. Er stellt sich ein wenig zögernd vor, berichtet, wer er ist und von wo aus er anruft.

»Wir sind verwandt«, sagt er.

»Verwandt?«, fragt Veronica Kloss.

Aron erzählt noch mehr, sein Schwedisch wird allmählich besser. Er spricht von Rödtorp und vom Strand. Von Edvard

Kloss und seiner Mutter. Von der Reise nach Stockholm mit Sven, die sie dann weiter nach Leningrad führte. Von der Reise nach Norden, der harten Arbeit. Dann hält er inne – mehr möchte er nicht erzählen.

»Aber wir sind verwandt«, sagt er wieder. »Ich bin Edvards Sohn.«

Seine schwedische Verwandte ist verstummt, dann holt sie tief Luft und sagt: »Ich lege jetzt auf.« Nur das. Und dann klickt es in der Leitung.

Aron sitzt erstaunt mit dem Hörer in der Hand da. Er sieht Mila an, dann das Telefon.

»Die Verbindung ist unterbrochen worden«, sagt er. »Das klang wahrscheinlich zu verrückt.«

Mila nickt.

»Dann reisen wir über Ostern nach Stockholm. Wenn die Luft ein wenig wärmer ist. Und dann besuchen wir deine Verwandte, die junge Weronikaja. Dann könnt ihr direkt miteinander sprechen.«

»Veronica, einfach Veronica«, sagt Aron.

Er ist unsicher, aber Mila nickt zuversichtlich. »Ja, Veronica. Du kannst deine Papiere und deine alte Holzdose mit zu ihr nehmen und beweisen, wer du bist. Dass du der Bruder ihres Vaters bist.«

»Der Cousin ihres Vaters«, sagt Aron leise.

»Ihr seid verwandt«, entgegnet Mila. »Dann müssen sie uns helfen und dir den Hof und den Strand zurückgeben.«

LISA

Ohne stehen zu bleiben, führte Paulina Lisa weiter durch die Dunkelheit am Strand entlang. Nur weg von der gesprengten Klippe, nach Norden an Wacholdersträuchern und Bootsschuppen vorbei. Jetzt hatten sie fast die Steinmauer um den Campingplatz erreicht.

Lisa nahm an, dass Paulina dort hinein- und zu ihrem Wohnwagen gehen würde, doch stattdessen bog sie zur Straße hin ab und stellte sich einige Meter vom Straßenrand entfernt hin und wartete.

Lisa zog sie am Ärmel. »Ammonal?«, fragte sie. »Was ist das?«

»Dynamit in der Erde«, antwortete Paulina. »Er hat einen Gang unter der Erde gegraben und das Dynamit dort hineingelegt.«

Lisa blinzelte. Sie hatte so viele Fragen, dass sie sich überhaupt nicht entscheiden konnte, welche sie zuerst stellen sollte.

Paulina sah nach Süden auf den dunklen Sund hinaus. Dort brummte immer noch ein Motorboot, doch es war nicht zu sehen. Dann hörten sie etwas näher einen anderen Motor, und Lisa sah zwei Lichter herankommen – ein Paar Scheinwerfer.

Es war ein dunkler Personenwagen. Langsam kam er von Süden her die Küstenstraße hoch. Täuschte sie sich in der Dunkelheit, oder lächelte Paulina beim Anblick des Autos?

»Bleib ruhig«, sagte sie. »Jetzt ist alles vorbei, Lisa.«

Paulina war trotz all dem, was in der letzten Stunde passiert war, immer noch ruhig. Sie schien so verändert. Lisa sah sie an.

»Wer bist du?«

»Ich bin nicht aus Litauen«, entgegnete Paulina und blickte dem Auto entgegen, »sondern aus Russland.«

Der Wagen, ein dunkelblauer Ford, hatte, ohne den Motor abzustellen, vor ihnen auf der Straße gehalten.

Paulina wandte sich wieder Lisa zu. Sie nahm ihre zitternde Hand. »Verlass die Insel«, sagte sie. »Fahr jetzt nach Hause.«

Dann ging sie.

Lisa blieb stehen und sah, wie Paulina auf den Ford zulief. Der Fahrer hatte ihr die Beifahrertür aufgemacht, und Paulina stieg ein.

Am Steuer saß der alte Mann, das konnte Lisa im Schein der Innenbeleuchtung erkennen. Aron Fredh. Er lächelte Paulina müde zu, als sie sich neben ihn setzte, und sie strich ihm über die Wange.

Das Auto wendete, fuhr die Küstenstraße hinunter am Restaurant vorbei und verschwand in der Dunkelheit.

Lisa blieb allein beim Campingplatz zurück, wo mittlerweile die Leute aus Zelten und Wohnwagen gekommen waren und erschrocken zu dem zerschlagenen Plateau im Süden hinüberschauten. Gemurmelte Fragen erfüllten die Nacht.

Lisa öffnete ihre rechte Hand, in die Paulina bei ihrem Abschied etwas gelegt hatte. Es war eine Rolle mit Geldscheinen. Schwedische Kronen. Eine daumendicke Rolle.

Sie schloss die Hand wieder und dachte an Silas, ihren eigenen Vater. Silas wollte dieses Geld haben, Silas brauchte dieses Geld. Dieses Bedürfnis würde nie ein Ende haben.

Aber sie war es leid, ihrem Vater Geld für Drogen zu geben.

Sie steckte das Geld in ihre Tasche und ging weiter. Erst langsam, dann schneller. Zu ihrem Wohnwagen, um Kleider, die Gitarre und die Schallplatten zusammenzupacken und um dann zu tun, was Paulina ihr geraten hatte – von hier zu verschwinden. Sie wollte nach Hause, ehe die Polizei auftauchte.

DER HEIMKEHRER

Aron und Paulina hielten an der Landstraße an und tauschten die Plätze. Aron wandte den Kopf und sah zurück zur Bucht hinunter.

Dort war alles dunkel. Es klingelte noch in seinem Kopf nach dem Knall, doch das Gehör schien noch in Ordnung zu sein.

»Das Steingrab von Kloss ist jetzt weg«, sagte er auf Russisch. »Und ihr Haus und ihr Badehaus auch. Alles verschwunden. Wir haben unseren Teil getan.«

Paulina strich ihm über die Wange. »Ich dachte, du wärest tot, Papa. Du warst so nah an dem Bunker, und ich …«

»Ich komme immer durch«, erwiderte Aron kurz.

Sie nickte.

»Und er?«, fragte sie dann.

Er, das war alles, was sie sagte. Im Laufe des Sommers hatte Aron seine Tochter einige Male heimlich treffen können, doch nie hatte Paulina Kent oder Veronica Kloss bei ihren Namen genannt.

»Er ist weg«, sagte Aron.

»Aber sie hat überlebt«, berichtete Paulina. »Sie hat draußen im Boot gesessen und darauf gewartet, dass er deine Leiche runtertragen würde. Er sollte dich erschießen, das war ihr Plan.«

»Sie hat es geschafft?«, fragte Aron. »Veronica Kloss?«

»Ja«, sagte Paulina. »Ich habe hinterher das Boot gehört, es ist weggefahren.«

Damit startete sie den Wagen und fuhr los. Nicht nach Süden in Richtung Festland, sondern nach Norden, wo es keine Brücke gab. An das Ende des Insel.

Unterwegs begegnete ihnen kein einziges Auto, und als die Landstraße schmaler wurde und der Fichtenwald begann, bog

Paulina auf einen kleinen Schotterweg zwischen den Bäumen ein und schaltete die Schweinwerfer aus. Aron sah, dass es jetzt fast zwei Uhr war. Er war sehr müde, und sein Körper schmerzte.

Paulina hatten schon früher am Abend ihren Wohnwagen ausgeräumt und ihre Taschen auf den Rücksitz des Autos gestellt. Jetzt nahm sie aus einer davon Decken und klappte die Sitze zurück.

Sie legten sich in der Dunkelheit zurecht, und es wurde still im Wagen.

»Wir konnten die Kinder doch nicht zu Schaden kommen lassen«, sagte Paulina nach einer Weile. »Das verstehst du doch, oder, Papa?«

Aron lag still und schweigend da. Es war die Idee seiner Tochter gewesen, die Kloss-Jungen aus der Villa zu bringen, ehe sie die Steinröse sprengten. Sie war, nachdem sie eingeschlafen waren, zu ihnen geschlichen und hatte ihnen in Chloroform getränkte Tücher auf die Gesichter gelegt, und dann hatte sie Aron den Alarmcode zur Villa gegeben.

»Ich weiß«, entgegnete er schließlich.

Die Kinder, dachte Aron. Als Vlad hatte er in den Dreißigerjahren viele Jugendliche verletzt. Achtzehnjährige, Siebzehnjährige, vielleicht noch Jüngere. Er hatte sie verhört, geschlagen und, ohne mit der Wimper zu zucken, ins Lager geschickt. Oder sie zu Waisen gemacht.

»Was hast du mit ihnen gemacht?«, fragte Paulina.

»Mit wem?«, fragte Aron.

»Mit den Kloss-Kindern.«

Er schloss die Augen.

»Ich habe sie quer über die Insel gebracht und in einem Bootsschuppen eingeschlossen.«

Paulina nickte.

»Wir rufen deswegen morgen an«, sagte sie und fügte hinzu: »Meine Freundin ist auch rausgekommen.«

»Welche Freundin?«

»Sie heißt Lisa.«

Wieder wurde es still im Auto. Die Ruhe des Waldes. Nach einer Weile hörte Aron die gleichmäßigen Atemzüge seiner Tochter in der Dunkelheit. Er selbst konnte nicht einschlafen, sein Körper pochte und schmerzte.

Irgendwann musste er doch weggedämmert sein, denn als er die Augen öffnete, schien ihm die Sonne ins Gesicht. Das Licht strahlte zwischen den Stämmen der Fichten hindurch. Ein weiterer strahlender Sommertag. Paulina bewegte sich neben ihm, schlief aber noch.

Aron blinzelte, erstaunt darüber, aufgewacht zu sein. Langsam knöpfte er sein Hemd auf.

Nach einer Weile erwachte seine Tochter hinter dem Steuer. Sie wechselten ein paar leise Worte in der Stille des Autos, dann startete Paulina den Wagen. Die Reise ging weiter nach Norden über die Insel.

In Byxelkrok waren sie wieder am Meer und hielten am Hafenhotel, um Kaffee zu trinken. Die Bedienung beachtete sie kaum.

Vielleicht wurden sie gesucht, aber in dem Fall konzentrierte sich die Suche auf den Süden. Vielleicht standen in Borgholm Polizeiautos, vielleicht war die Brücke gesperrt. Hier im Norden jedoch schien sich niemand um sie zu kümmern.

Unten am Hafen von Byxelkrok gab es eine Telefonzelle. Paulina fuhr hin und forderte ihren Vater auf: »Jetzt ruf sie an, Papa, und sag ihr, wo die Kinder sind.«

Aron nickte und stieg aus dem Auto. Langsam ging er zur Telefonzelle. Dann nahm er den Hörer ab und hielt ihn ans Ohr, doch er telefonierte nicht. Stattdessen wandte er Paulina den Rücken zu und öffnete mit der freien Hand seine Jacke. Darunter trug er ein Flanellhemd. Es hatte einen schmalen, dunkelroten Streifen über dem Bauch, aber es kam kein Blut mehr. Nicht viel jedenfalls.

Er hatte ein paar Stunden nach der Explosion gebraucht,

um die Verletzung zu bemerken, doch als er in der Morgendämmerung erwacht war, hatte Aron erkannt, dass das Pochen in seinem Bauch nicht normal war. Leise, um die Tochter nicht zu wecken, hatte er das Hemd aufgeknöpft und eine kleine schmale Wunde in seiner rechten Seite entdeckt.

Der erste Schuss von Kent Kloss hatte ihn doch nicht verfehlt.

Im Auto hatte er einen Verbandskasten, also hatte er die Wunde sauber verpflastert, um die Blutung zu stoppen, doch seine Eingeweide schmerzten, und er konnte mit den Fingern spüren, dass immer noch ein Stück Blei darin saß.

Aron war angeschossen worden, zum ersten Mal in seinem Leben. Das entbehrte nicht der Komik, aber er musste es für sich behalten.

Paulina durfte nichts erfahren.

Bedächtig legte er den Telefonhörer wieder auf und ging langsam zum Auto zurück.

»Alles klar«, sagte er.

Also ließ Paulina den Motor wieder an, und sie fuhren weiter nach Norden zum letzten Posten auf der Insel, dem Fähranleger Nabbelund, von wo das Schiff nach Gotland abging.

»Was hast du mit den Waffen gemacht?«, fragte sie.

Aron deutete mit einem Nicken zu der Stofftasche auf dem Rücksitz. Zuvor war sie mit Sprengstoffstäben gefüllt gewesen, jetzt war sie fast leer.

»Sind da drin«, sagte er. »Ich werde sie über die Reling werfen, wenn wir im tiefen Wasser sind.«

Die Grankulla-Bucht war fast wie eine Lagune von Landzungen und niedrigen Inseln mit dichtem Wald darauf umgeben. Auf der nördlichen Spitze der Insel erhob sich Erik, der hohe, weiße Leuchtturm. Er warnte vor den Untiefen hier oben.

Doch die Fähre nach Gotland, auch sie ganz weiß, war unbeschadet in die Bucht gekommen und lag abfahrtbereit. Aron und Paulina ließen den alten Ford auf dem Parkplatz zurück und gingen auf den Pier. Aron spürte den Wind im Gesicht, der angefangen hatte, über die Ostsee zu wehen.

Sie liefen über die Gangway und betraten das Schiff. Paulina hatte die Heimreise, den ganzen Weg, gebucht. Die Fähre würde sie nach Visby bringen. Von dort würden sie die kurze Strecke nach Stockholm fliegen und dann mit einem größeren Flugzeug weiter nach Moskau.

Nach Hause.

Aber natürlich hatte Aron sich das Ende der Reise so nicht vorgestellt. Er hatte vorgehabt, auf Öland zu sterben. Auf dem Hof oder am Strand der Ostsee.

Im Innern der Fähre gab es eine Cafeteria, einen Kiosk und eine große Sitzecke mit leeren Tischen. Sie suchten sich einen Platz in einer abgeschiedenen Ecke aus, wo niemand sie würde belauschen können.

Aron ließ sich vorsichtig auf einem Stuhl nieder, denn sein Bauch schmerzte. Er schaute aus dem Fenster nach Süden, als ob er Stenvik und alles, was er dort angerichtete hatte, sehen könnte.

Dann seufzte er und sagte zu seiner Tochter: »Ich bin einer, der säubert.«

Paulina schwieg.

»Nicht mehr«, sagte sie dann leise, aber bestimmt. »Damit bist du jetzt fertig, Papa.«

Aron blickte auf seine Hände. »Sauber machen und säubern, das war das Einzige, was ich je gut konnte«, erklärte er. »Es war das Einzige, wofür ich gelobt wurde, als ich jung war, also ist es alles, was ich im Leben geschafft habe. Abgesehen davon, dass ich deine Mutter getroffen habe und mich um dich gekümmert habe.«

»Das war genug, Papa.« Paulina langte über den Tisch und nahm seine Hände in die ihren. »Jetzt fahren wir nach Hause und ruhen uns aus und essen richtiges Essen. Wir sind fertig mit diesem Land.«

Wie gewöhnlich war sie effektiv und konzentriert, genau

wie damals, als sie Arbeit bei Kent Kloss gesucht und bekommen hatte. Doch Aron spürte in ihr die Ruhe nach einem anstrengenden Sommer und auch ein wenig Vergebung.

Er versuchte sich auch zu entspannen. Der kleine Kai auf der anderen Seite der Reling war jetzt menschenleer. Alle waren entweder an Bord der Fähre gegangen oder nach Hause. Sein Ford stand noch verlassen auf dem Parkplatz. Er hatte ihn unverschlossen stehen lassen, mit dem Schlüssel im Zündschloss, damit ihn, wer immer wollte, mitnehmen konnte.

Langsam und vorsichtig erhob sich Aron. »Ich habe ein wenig Hunger«, log er. »Möchtest du auch etwas?«

Paulina schüttelte den Kopf. Er strich ihr über das Haar und ließ die Hand für eine Sekunde dort ruhen. Dann verließ er die Sitzecke und ging zum Ausgang.

Noch eine Minute bis zur Abfahrt.

Er war höchste Zeit, sich jetzt zu entscheiden, und schließlich tat er es. Aron ging zum Schrank und zog die Tasche heraus, dann marschierte er direkt zum Ausgang.

Wenige Sekunden, ehe die Gangway eingezogen wurde, sprang er an Land.

Am Kai stand ein junger Matrose und hielt die letzte Trosse. Er sah Aron erstaunt an.

»Haben Sie es sich anders überlegt?«

Aron nickte schweigend. Dort auf dem Kai, als er die Bauchschmerzen nicht mehr verbergen musste, ließen sie ein wenig nach. Die Sonne hatte inzwischen die Luft erwärmt, und er fror kaum noch.

Der Matrose warf die Trosse an Bord, die Fähre legte ab. Es bildete sich ein Wassergraben, der immer größer wurde. Rasch war es zu spät, um wieder an Bord zu springen, selbst wenn Aron jung und gesund gewesen wäre.

Er konnte einen letzten Blick durch das Fenster auf Paulinas Haar werfen. Ihr Kopf war gesenkt, und sie hatte ihn nicht gesehen.

Jetzt empfand er einen anderen Schmerz: den, seine Tochter

nie wiederzusehen. Doch sie hatte das Geld in der Tasche, das Aron aus der Kasse in Kloss' Schmugglerschiff genommen hatte, über eine halbe Million Kronen. Sie würde ohne ihn ein gutes Leben haben.

Über dem Horizont im Westen türmten sich dicke Wolken auf, grau und wie Hämmer geformt, erste Vorzeichen der Herbstunwetter. Der Sturm war auf dem Weg.

Er wandte dem Wasser den Rücken zu. Jetzt hatte er viel Zeit. Die Tochter würde einige Stunden auf der Fähre zwischen Öland und Gotland festsitzen.

Mit kurzen Schritten begab er sich zum Ford. Öffnete die Fahrertür, setzte sich hinters Lenkrad und atmete aus.

Er legte die Tasche auf den Rücksitz, und die Waffen darin klirrten. Er musste an die Familie Kloss denken und sah das kühle Gesicht von Veronica Kloss vor sich. Er sah sie auf Ölands sonnigen Wiesen herumlaufen, ebenso ruhig und siegesgewiss wie die Witwe Lenins.

Aron war ein sterbender Mann. Er wusste nicht, wie viele Stunden er selbst noch hatte – aber Veronica Kloss würde weiterleben.

Würde sie das?

Nein, sagte Vlad in seinem Kopf. *Das wird sie nicht.*

Er startete den Ford und warf einen letzten Blick auf die Tasche mit den Waffen. Dann wendete er den Wagen auf dem Hafengelände und fuhr zurück nach Süden.

JONAS

Zum zweiten Mal in diesem Sommer wachte Jonas mit Schwindelgefühlen in einem Bootshaus auf. Doch dieses hier hatte dicke Steinwände, und er lag nicht in einem Bett. Er lag auf einem Haufen Netze, Fischernetze, die alt und weich waren und nach Teer stanken. Der Wind fuhr um die Ecken des Schuppens, und von draußen drang gedämpft Möwengeschrei herein.

Jonas war nicht allein, stellte er fest. Casper und Urban, seine Cousins, lagen an der anderen langen Wand des Schuppens. Die Cousins wirkten ebenso benommen wie er selbst. Sie trugen Schlafanzüge, und als er an sich hinuntersah, bemerkte er, dass auch er im Schlafanzug war.

Jonas war im Gästehäuschen eingeschlafen, hatte aber noch vage Erinnerungen an die Nacht – zuerst war da ein weißer Engel an seinem Bett gewesen. Dann hatte sich ein süßlicher Geruch über ihn gesenkt. Und dann hatten ihn grobe Hände in der Dunkelheit gepackt.

Er schloss die Augen, döste, wartete. Ein dünnes Licht schien durch einen schmalen Spalt unter der Tür, und irgendwann rappelte sich Urban auf. Langsam und leicht wankend, ging er zur Schuppentür und drückte die Hände gegen das Holz. Fester und fester, aber die Tür war massiv und unmöglich aufzuschieben. Auf der Außenseite saß offenbar ein fester Eisenbeschlag.

Nach einigen müden Stößen gab Urban auf und ging zurück zu dem Haufen Netze.

Alle drei saßen schweigend da. Jonas hatte massenhaft Fragen, die Cousins konnten jedoch keine Antwort bieten.

Als es draußen heller wurde, brachen Urban und Casper das Schweigen.

Sie hatten Kopfschmerzen. Er auch.

»Das war irgendeine Narkose«, sagte Urban leise. »Sie haben uns betäubt, während wir geschlafen haben.«

»Ich erinnere mich, dass mich jemand getragen hat«, sagte Casper. »Es war ein Mann, ein alter Mann ... aber stark.«

Der Grabgeist, dachte Jonas.

Lange Zeit saßen sie schweigend im Halbdunkel. Keiner von ihnen hatte eine Uhr.

Sie konnte nur warten.

Jonas lehnte mit geschlossenen Augen an der Steinwand und horchte auf den Wind und die Möwen. Da hörte er plötzlich noch etwas: In der Nähe brummte ein Automotor. Er hob den Kopf.

»Hört ihr das?«

Die Cousins lauschten auch mit unruhigen Blicken.

»Ob er das ist?«, flüsterte Casper.

»Keine Ahnung.«

Das Auto fuhr bis vor den Schuppen, dann wurde der Motor abgestellt. Eine Autotür schlug zu, danach waren schwere langsame Schritte durch das Gras zu hören.

Das Vorhängeschloss klapperte, der Eisenbeschlag wurde geöffnet, die Tür aufgezogen.

Ein alter Mann schaute sie von der Schwelle aus schweigend und grimmig an. Jonas erkannte ihn, es war der Mann, den er bei der Röse gesehen hatte. Zehn Meter hinter ihm sah er ein blaues Auto, einen Ford.

Der Mann trug einen schwarzen Revolver in der Hand, der zwar auf den Boden gerichtet war, doch der Alte hielt ihn so leicht und ruhig, dass Jonas begriff, dass er Waffen gewohnt war. Der Revolver war ein Handwerkszeug. Er würde ihn sofort heben, wenn es erforderlich wäre.

»Kommt jetzt raus«, brummte der Mann nur.

Jonas und Casper standen auf und traten durch die niedrige Tür. Draußen war es hell, es schien bereits Nachmittag zu sein.

Urban verließ als Letzter das Bootshaus, aber der Geist vom Steingrab hielt ihn mit seiner freien Hand auf. Er sah ihn an.

»Du bist ein Kloss, oder?«, fragte er. »Und deine Mutter heißt Veronica?«

Urban nickte.

»Gut.« Der Mann zeigte auf den Strand. »Geh in die Richtung, Kloss. Ungefähr einen Kilometer die Küste hinunter wohnen Leute. Lauf dort hin und ruf zu Hause an. Ruf deine Mutter an und sag ihr, wo ihr seid. Sag ihr, sie soll hierherkommen, und zwar so schnell wie möglich. Hierher zu Einar Walls Bootsschuppen. Allein.«

Urban warf Casper und Jonas einen Blick zu und holte dann Luft.

»Ich möchte etwas sagen …«

»Still«, befahl der Mann. Er richtete den Revolver auf Urban. Der Lauf zitterte schwach. »Willst du eine Kugel ins Genick haben?«

»Nein, aber …«

»Dann lauf jetzt.«

Urban schaute ein letztes Mal mit nervösem Blick zu Casper und Jonas, dann lief er los, mit langen Schritten über die Strandwiese.

Der Grabgeist sah ihm nach.

»Gut.« Er nickte Jonas und Casper zu. »Dann sind wir nur noch zu dritt.«

Jonas wagte nichts zu sagen, aber er begriff plötzlich, dass der Mann krank war. Er schwankte leicht und presste manchmal die Hand auf den Bauch, als ob ihm dort etwas wehtun würde. Und sein Gesicht glänzte von Schweiß, obwohl es inzwischen längst nicht mehr so heiß war.

Der Mann war krank, aber er bewegte sich dennoch mit entschiedenen Schritten wie ein Soldat. Er legte einen Zettel auf den Boden des Bootshauses, auf dem in großen dicken Buchstaben ein kurzer Text stand. Jonas konnte einen Blick darauf erhaschen und las fünf Worte:

DIE ALTE MÜHLE

STENVIK

ALLEIN

Dann schloss der Mann die Tür.

»Jetzt gehen wir.«

Jonas bekam einen Schubs in Richtung Auto. Er ging schweigend und gehorsam vor dem Mann mit der Waffe her, wie Gefangene es immer tun müssen.

GERLOF

Gerlof und John waren am Morgen mit dem Auto unterwegs. Es war fast halb neun, aber nicht sonderlich hell, denn über der Insel hingen schwere Wolken.

John hatte Gerlof schon um sieben Uhr geweckt, er hatte nicht einmal einen guten Morgen gewünscht.

»Es ist die Röse«, sagte er. »Sie haben sie gesprengt.«

»Die Röse?«

»Nicht deine«, meinte John. »Die Röse, die Kloss gebaut hat.«

Gerlof konnte ihm zunächst gar nicht glauben. Zwar hatte er einen Knall gehört – aber die Röse?

Dann dachte er nach und mutmaßte schließlich: »Aron Fredh?«

John erwiderte nichts. Aber es war gar keine Frage, es musste Aron gewesen sein.

»Wir sollten hinfahren«, sagte er.

Also half John ihm ins Auto, und dann fuhren sie den kurzen Weg zur Küstenstraße. Sie bogen bei den Briefkästen ab und dann weiter am Campingplatz vorbei und zur südlichen Landzunge der Bucht, wo sich das Plateau erhob.

John rollte langsam heran, und Gerlof hatte viel Zeit, die Bilder aufzunehmen. Erst sah er einen kleinen Volksauflauf von Campinggästen und Hüttenbesitzern, dann Polizeiautos und einen Krankenwagen vor einem blau-weißen Absperrband und schließlich den Unglücksplatz selbst.

Es musste eine enorme Explosion gewesen sein, das begriff er, als er die Röse sah.

Oder besser gesagt, die Reste davon. Alles glich mehr einem Krater aus Erde und Schotter. Nur wenige Steine lagen noch am Rand des Plateaus, den Großteil hatte es ins Landesinnere katapultiert, direkt über die Küstenstraße hinweg. Viele hatten die Villa Kloss getroffen, das einzige Anwesen, das in Reichweite lag.

Aron war vielleicht ein kriegsgeschädigter Verrückter, dachte Gerlof, aber er hatte verdammt gut geplant. Die Explosion hatte ausschließlich Eigentum seiner eigenen Familie zerstört. Das Haus von Kent Kloss lag am nächsten und wirkte mit der kaputten Holzterrasse und dem zerschlagenen Dach wie ausgebombt. Sämtliche Panoramafenster waren geborsten.

Gerlof sah die Zerstörung und musste an Jonas Kloss denken. Er suchte unter den Gesichtern der versammelten Menschen. Die meisten von ihnen waren Gerlof fremd, und er konnte niemanden aus der Familie Kloss entdecken. Dann plötzlich bemerkte er einen Mann mittleren Alters mit zerzaustem Haar im hellblauen Morgenmantel. Den Namen hatte er vergessen, aber es war ein Stockholmer, der in Nachbarschaft zur Familie Kloss wohnte.

John hielt das Auto an, und Gerlof kurbelte das Fenster hinunter. Er musste nicht einmal fragen, was geschehen war.

»Jemand verletzt?«, sagte er nur.

Der Stockholmer schüttelte den Kopf. »Keine Ahnung. Unser Garten liegt weit genug entfernt, sodass uns die Steine erspart blieben, aber hier … nun, was soll man da sagen?« Er deutete auf die Villa von Kent Kloss.

»War jemand heute Nacht da drin?«, fragte Gerlof.

»Einer der Brüder hat in einem Zimmer auf der Rückseite geschlafen. Niklas Kloss, aber er ist offensichtlich mit heiler Haut davongekommen.«

»Und der andere? Kent? Und ihre Jungen?«

Der Nachbar schüttelte den Kopf. »Keine Ahnung.«

John und Gerlof saßen im Auto und beobachteten noch eine Weile das Treiben, dann schien John genug zu haben und legte den Rückwärtsgang ein.

»Halt an, John«, sagte Gerlof plötzlich.

Als der Wagen stand, stieg er aus, stützte sich auf den Stock und machte ein paar Schritte auf das zerstörte Grundstück von

Kloss zu. Er hatte einen Mann über das Gras kommen sehen, der unsicher zwischen den Steinblöcken herumirrte. Gerlof erkannte ihn: Niklas Kloss.

Kloss trug braune Sommershorts, aber einen grauen, nicht zugeknöpften Mantel darüber. Eine seltsame Kombination, aber wenigstens sah er unverletzt aus.

Gerlof hob die Hand zum Gruß, und Niklas Kloss kam mit leerem Blick und steifen Bewegungen zu ihnen herüber. Er schien sie wiederzuerkennen, grüßte aber nicht.

»Kent und die Jungs sind verschwunden«, sagte er nur. »Und Paulina.«

»Verschwunden?«

»Veronica hat die halbe Nacht nach ihnen gesucht. Ich auch.«

Gerlof sah zur Villa Kloss hinüber.

»Das heißt, Sie waren heute Nacht nicht zu Hause? Und Kent auch nicht?«

»Ich weiß nicht«, meinte Niklas leise. »Die erzählen ja nichts. Kent und Veronica sagen mir nie etwas.«

»Was sollten sie denn erzählen?«, fragte Gerlof.

Niklas antwortete nicht und blickte zur Seite.

Gerlof sah, dass bei dem zweiten Haus die Schiebetür geöffnet worden war. Veronica Kloss trat auf ihre Terrasse. Sie war besser gekleidet als ihr Bruder, in Jeans und Pullover, und ihre Terrasse war unbeschädigt. Sie erblickte die drei Männer und ging auf sie zu.

Ehe Veronica Kloss sie erreicht hatte, beugte sich Gerlof zu ihrem Bruder hin und stellte ihm eine kurze Frage, über die er schon mehrere Wochen lang nachgedacht hatte: »Haben Sie geschmuggelt, Niklas?«

Niklas sah ihn mit leerem Blick an.

»Geschmuggelt?«

»Alkohol und Tabak?«, fragte Gerlof.

Veronica war jetzt fast bei ihnen.

»Ich habe nicht geschmuggelt«, antwortete Niklas. »Im Gegensatz zu meinem Bruder.«

Veronicas Blick war nicht im Geringsten leer, das erkannte Gerlof sofort, sondern hart und konzentriert.

»Niklas«, sagte Veronica leise.

Doch ihr Bruder sprach weiter, als hätte er sie gar nicht bemerkt: »Kent hat jeden Sommer mit Schiffen und Autos Alkohol und Zigaretten auf die Insel gebracht. Aber er ist der Chef des Ölandic Resorts, und der Chef des Ölandic Resorts darf natürlich nicht in den Knast gehen. Also habe ich die Strafe übernommen.« Er blickte Veronica kurz an und fügte hinzu: »Das war die Idee meiner Schwester.«

»Sie dachte an die Firma«, meinte Gerlof.

Veronica ignorierte ihn, sie fixierte ihren Bruder und sagte kühl: »Niklas, geh bitte und rufe meinen Mann in Stockholm an. Jetzt dürfte er in der Praxis sein. Er soll sich so schnell wie möglich bei mir melden. Ich muss jetzt los.« Dann machte sie kehrt, um zurück zur Villa Kloss zu gehen.

»Was ist passiert?«, fragte Gerlof.

Veronica wandte sich rasch um. »Er hat die Jungs entführt.«

»Wer?«

Veronica antwortete nicht mehr, sondern eilte über das Grundstück zu ihrem Auto.

Aber Gerlof benötigte natürlich keine Erklärung – sie konnte nur Aron Fredh gemeint haben.

Niklas Kloss stand immer noch mit leerem Blick bei ihnen. Gerlof begriff, dass er einen Schock hatte, und beugte sich zu ihm vor.

»Niklas, sind Sie schon von einem Arzt untersucht worden?«

»Dieses Jahr noch nicht.«

Gerlof legte ihm die Hand auf die Schulter und deutete auf den Krankenwagen.

»Gehen Sie dorthin und bitten Sie darum, untersucht zu werden. Wir kümmern uns so lange um alles andere.«

Niklas nickte gehorsam.

»Finden Sie denn auch die Jungs?«, fragte er.

Was sollte Gerlof darauf antworten? Schließlich waren John

und er nur zwei alte Seeleute. »Das werden wir«, erwiderte er bestimmt.

Er sah Niklas zum Krankenwagen trotten und seufzte, als John und er sich ins Auto setzten: »Wir müssen wohl etwas herumfahren. Ich weiß nicht, wohin, aber …«

»Wir können ruhig fahren«, meinte John. »Ich habe Benzin. Aber können wir vorher kurz am Laden halten?«

»Musst du arbeiten?«

»Nein, Anders ist dort, wenn heute überhaupt Kunden kommen. Aber ich muss sehen, ob wir genug Milch fürs Wochenende haben.«

»Klar«, sagte Gerlof.

Also bog John ab, hielt auf dem Parkplatz vor dem kleinen Laden von Stenvik und stieg aus. Gerlof blieb sitzen, bis John sich zu ihm umdrehte und fragte: »Willst du einen Kaffee, ehe wir fahren?«

Sie tranken ihren Kaffee schweigend zwischen den Kartons im Lager.

»Dann hat Aron also die Röse gesprengt«, sagte John schließlich, »und die Kloss-Kinder entführt.«

»Ja, scheint so. Und Veronica Kloss ist losgefahren, ihn zu suchen.«

»Genau«, brummte John.

Sie schwiegen wieder. Nur die Uhr tickte. Gerlof trank seinen Kaffee.

Wo war Aron jetzt? Wo hatte er sich versteckt? In einer Hütte?

Plötzlich hatte er ein Bild vor Augen: der kleine Aron Fredh an jenem Sommertag, als Gerlof ihn auf dem Friedhof gesehen hatte, ehe sie das Klopfen aus dem Sarg hörten. Aron, zwölf Jahre alt, war wie ein kleines Gespenst in der Einsegnungshalle aufgetaucht. Er hatte ausgesehen wie ein Gespenst, weil …

»Er war weiß«, sagte Gerlof laut.

»Weiß?«, fragte John.

Gerlof starrte ihn an. »Er war weiß gepudert! Als ich Aron zum ersten Mal sah, damals auf dem Friedhof, hatte er weiß gepuderte Kleider. Sie waren von Mehlstaub bedeckt.«

John nickte. »Ja, schließlich war Sven Fredh Müllergehilfe. Da hatte Aron wohl mitgearbeitet, ehe er auf den Friedhof kam.«

»Bei verschiedenen Bauern, ja«, sagte Gerlof. »In den Windmühlen.«

»Die Mühlen …«, erinnerte sich John.

»Genau«, bestätigte Gerlof. »Ich glaube, dass er sich da versteckt. In irgendeiner Mühle, die immer noch steht.«

Jetzt blickte John grimmig drein. »Welche denn?«, schnaubte er. »Es gibt ja allein in dieser Gegend hier schon fünfunddreißig oder vierzig Stück.«

»Er kann aber nur in den verlassenen Mühlen wohnen«, erklärte Gerlof. »In den verfallenen Mühlen, die von Bäumen und Gestrüpp verdeckt sind und die viele Leute schon vergessen haben.«

»Damit verringert sich die Zahl«, gab John zu. »Aber die meisten sind wohl eingefallen.«

»Ein paar stehen noch«, sagte Gerlof. »Es muss eine Mühle in der Nähe des Kloss-Grundstücks sein. Da hat Aron sich aufgehalten, als er jung war.«

»Dann sind es noch weniger«, meinte John.

Gerlof nickte. Und plötzlich erinnerte er sich, manchmal Stimmen gehört zu haben, wenn er in seinem Garten saß. Ein alter Mann und eine jüngere Frau hatten draußen im Gestrüpp miteinander gesprochen. Ein leises Murmeln. Als hätten sie in einem Versteck ein Stück über der Erde gesessen. In einem Baum oder einem Hochsitz …

»Vielleicht täusche ich mich ja«, sagte er zu John, »aber ich glaube, es ist die Mühle in Stenvik. Die alte Mühle im Wald hinter meinem Garten.«

DER HEIMKEHRER

Es war ein grauer Nachmittag an der Inselküste, und es herrschte beinahe Sturm. Die hundert Jahre alte Mühle im Wald klapperte im Wind und ächzte im Takt mit den gleich hohen Laubbäumen um sie herum, aber sie stand noch.

Das Innere der Mühle bestand aus einem einzigen viereckigen Raum, der eng, aber hoch war, mit einem kleinen Speicher unter dem Dach und der verstaubten Maschinerie in der Mitte. Hier gab es keine Fenster, sondern lediglich ein paar kleine Luken, sodass der Raum auch tagsüber dunkel war.

Nachdem Aron die beiden Jungen an alte Holzstühle an der Wand gefesselt hatte, zündete er ein paar Petroleumlampen und Stalllaternen an, die er gefunden hatte. Schließlich brannten vier starke Lampen, jede in einer Ecke auf dem staubigen Boden der Mühle. Sie beschienen die Holzwände und die bleichen Gesichter der Jungen, die schweigend dasaßen. Doch Aron wusste, dass sie auf Hilfe von Veronica Kloss hofften. Auch er selbst, mit brennend heißer Stirn und schmerzender Bauchwunde, wartete auf sie. Er horchte in den Sturm hinaus und wartete, den Rücken an die hintere Wand gelehnt.

Es dauerte lange.

Doch schließlich fand Veronica sie. Ein Automotor näherte sich und wurde dann abgestellt.

Der Wind heulte schaurig, dann hörte Aron draußen Schritte.

Harte Absätze schlugen auf die Holztreppe, die zur Eingangstür der Mühle hinaufführte. Das Geräusch von einem Paar Schuhe, aber nur von einem.

Sie kam allein. Gut.

Langsam, aber entschlossen traten die Schritte auf die Plattform und ließen die ganze alte Mühle vibrieren.

Dann wurde die Holztür aufgezogen, und Aron konnte Veronica Kloss in der Türöffnung erkennen. Sie trug Jeans und eine schwarze Windjacke. Die Haare waren straff zu einem Pferdeschwanz zurückgebunden.

Nun begegnete er ihr also zum ersten Mal. Im Schein der Lampen wirkte es, als hätte sie schwarze Ringe unter den Augen, doch der Blick, mit dem sie ihn ansah, war intensiv und hasserfüllt.

Sie ist hässlich, dachte er. Vielleicht schön, aber trotzdem hässlich.

»Sind Sie allein?«

Veronica nickte kurz.

»Eines will ich gleich vorneweg sagen«, begann sie. »Sie sind schwer gestört. Sie haben alles ruiniert.«

»Das weiß ich«, erwiderte Aron. »Mit Dynamit von der Familie Wall von der Ostseite. Pecka und Einar Wall. Die beiden, die Ihr Bruder ermordet hat.«

Veronica widersprach ihm nicht, sondern trat in die Mühle ein.

»Ziehen Sie die Jacke aus«, sagte er von der Rückseite des Raumes her, »und werfen Sie sie hinter sich.«

Sie gehorchte. Zog den Reißverschluss auf und warf die Jacke aus der Mühle. Darunter trug sie nur eine dünne weiße Bluse. Wenn sie eine größere Waffe dabeihatte, dann hatte sie die soeben weggeworfen.

Aron selbst war mit einer Maschinenpistole bewaffnet, der größten Waffe, die er bei Wall gekauft hatte. Er stand weniger als fünf Meter von ihr entfernt, zum Teil von der Mittelsäule verdeckt, und hatte die Mündung auf sie gerichtet.

»Kommen Sie jetzt her.«

Veronica stellte sich zwischen die beiden gefesselten Jungen. Das Licht von den Lampen ließ ihre Augen blitzen.

»Lassen Sie die Jungen frei.«

Aron schüttelte den Kopf.

»Nein. Die werden freigelassen, wenn wir geredet haben.«

Veronica deutete nach rechts, auf den älteren der beiden Jungen.

»Dann lassen Sie meinen Sohn gehen.«

»Warum?«

»Weil er am wichtigsten ist.«

»Ist er das?«

Aron dachte ein paar Sekunden nach. Dann knüpfte er das Seil auf, das die Hände des kleineren Jungen verschnürte. Dann das andere, das seine Füße band.

Die Seile fielen zu Boden, der Junge war frei.

»Du kannst gehen«, sagte er.

Der Junge starrte ihn an und rieb seine betäubten Hände. Er blieb stehen, bis Aron ihm einen kleinen Klaps auf die Schulter gab.

»Geh nach Hause.«

Mit steifen Beinen ging der Junge zur Tür der Mühle. Vorbei an Veronica. Sie sah ihn nicht an. Die Tür schloss sich hinter ihm.

Aron betrachtete Veronica Kloss. Er zeigte auf den leeren Stuhl, den ihr Neffe eben verlassen hatte.

»Setzen Sie sich.«

Sie rührte sich nicht. »Warum?«, fragte sie kühl.

»Sie werden sich eine Anklage anhören müssen.«

»Weswegen?«

»Weil Sie und Ihr Bruder Rödtorp abgerissen haben und weil Sie meine Schwester getötet haben.«

Als Veronica sich immer noch nicht setzte, fügte er hinzu: »Und meine Frau.«

DAS NEUE LAND, APRIL 1998

Ostern kommt, und Aron und Mila reisen nach Westen. Sie lassen die Tochter zu Hause, nehmen am Karfreitag 1998 den Zug nach Leningrad, das jetzt wieder Sankt Petersburg heißt, und übernachten dort.

Mila, die zuletzt als Studentin in der Stadt war, würde sie gern besichtigen, vielleicht das Winterpalais besuchen und die Newa sehen, doch sie ist zu schwach. Und Aron hat keine Lust, allein herumzulaufen und sich in den Straßen nostalgisch zu fühlen. Er will das Kresty-Gefängnis unten am Fluss nicht wiedersehen, will nicht die alten Erinnerungen an die Geräusche und die Gerüche dort wecken. Und an den Freund Truschkin.

Er kann nur noch an Schweden denken. Und an die Insel auf der anderen Seite der Ostsee.

Am Ostersamstagmorgen besteigen sie im Hafen das Fährschiff *M/S Baltika*, das die Strecke zwischen Stockholm und Sankt Petersburg bedient. Es ist ebenso weiß wie die *Kastelholm*, aber größer, und diesmal muss Aron nicht die Kabine mit einem seekranken Stiefvater teilen. In gespannter Erwartung gleiten sie nach Westen die Newa entlang und dann in die Ostsee hinaus.

Das Wasser ist ruhig, und Mila scheint es in der Seeluft etwas besser zu gehen. Sie lächelt ihm an der Reling zu.

So viele Sommer, so viele Winter, denkt Aron.

Die Überfahrt dauert viel kürzer als in den Dreißigerjahren, und Ostern ist noch nicht einmal vorüber, als sie in Stockholm anlegen. Auch diese Stadt hat sich verändert, denkt Aron. Die Lastkräne im Hafen sind verschwunden, und die Häuser sind größer geworden.

Der schwedische Grenzpolizist wirft nur einen kurzen Blick auf den russischen Pass von Aron und Mila, dann sagt er: »Welcome« und winkt sie durch.

Sie wohnen in einem kleinen Hotel am Nytorget, und im Telefonbuch findet Aron einen Stadtplan. Er sieht, dass Veronica Kloss mit ihrer Familie am Norr Mälarstrand wohnt. Eine feine Adresse ist das, direkt am Wasser.

Mila nickt. »Dann gehen wir morgen dorthin, rechtzeitig, ehe unser Schiff abfährt«, meint sie entschlossen.

Auch Aron nickt, doch in seinem Innern bebt er. Gegenüber der Familie Kloss fühlt er sich unwürdig. Und das ist er ja auch, er ist das uneheliche Kind, das bei den feinen Leuten hereintrampelt und nicht weiß, wie man sich zu benehmen hat.

Doch jetzt haben sie erst einmal einen netten Abend im hellen Stockholm. Sie wandern ein wenig durch die engen Gassen der Gamla stan, genau wie Sven und er es getan hatten, dann nehmen sie eine Fähre auf die Inseln und investieren ihr letztes Reisegeld in ein gutes Abendessen in einem Gasthaus. Mila hustet viel während des Abends und ist jetzt sehr müde, aber sie lächelt auch.

»Alles wird gut.«

Vielleicht, denkt Aron. *Wenn ich vor Veronica Kloss auf die Knie gehe.*

Am nächsten Tag ist es Zeit, sie zu treffen. Kungsholmen liegt ein paar Blocks und einige Brücken von ihrem Hotel entfernt. Aron hat immer noch Zweifel, doch schließlich gehen sie hin und finden das richtige Haus.

Die Eingangstür ist aus dunklem Holz, sehr massiv und breit. Und verschlossen. Doch da ist ein Namensschild, auf dem KLOSS eingraviert ist, und daneben ein Klingelknopf.

Aron drückt auf den Knopf und wartet, mit Mila an seiner Seite, vor der Gegensprechanlage.

»Ja?«, sagt eine Stimme.

Es ist eine Frauenstimme, und Arons Puls beginnt zu pochen.

»Veronica?«, fragt er leise. »Veronica Kloss?«

»Ja?«

Aron stellt sich wieder vor. Er erklärt, Mila fest an der Hand, dass sie kommen, weil sie Hilfe in Schweden brauchen. Dass er Beweise dabeihabe, dass sie verwandt sind, eine Dose von seinem Vater Edvard Kloss.

Aus dem Lautsprecher kommt nur Schweigen. Dann klappert etwas über ihren Köpfen. Drei Stockwerke höher wird ein Fenster geöffnet.

Ein weißer Briefumschlag segelt durch die Luft. Absurderweise muss Aron an Kamerad Truschkin denken und an die Briefe, die er auf den Straßen von Leningrad fallen ließ.

»Aron Fredh« steht ordentlich geschrieben auf dem Umschlag.

Langsam öffnet er das Kuvert. Es ist kein Brief darin, sondern nur ein Foto. Es zeigt eine Lichtung im Wald, auf der eine Planierraupe vor den Resten eines kleinen Hauses steht. Eine Kate. Die Raupe ist direkt in sie hineingerollt und hat die Wände niedergerissen.

Natürlich erkennt Aron den Hof.

Er lässt das Bild sinken und blickt zur Tür.

Sie bleibt verschlossen. Veronica Kloss hat oben in der Wohnung den Hörer aufgelegt, und der Summer ertönt nicht.

Aron dreht sich um und sieht seine Frau an. Sie kann kein Schwedisch, aber sie versteht trotzdem, was passiert ist. Jetzt ist etwas in ihren Augen erloschen, ihre Hoffnung ist dahin.

Sie hakt sich bei ihm unter. »Wir müssen gehen«, flüstert sie. »Wir verpassen unser Schiff.«

Also gehen sie. Eine schweigende Wanderung im Sonnenschein.

Mila atmet schwer, als sie ihr Gepäck im Hotel holen und mit dem Taxi zum Hafen fahren. Sie ist niedergeschlagen, und ihr Husten ist schlimmer denn je. Aron würde sie gern aufmuntern, doch er weiß nicht, was er sagen soll. Sein Hof ist verloren. Kloss hat seinen lebenslangen Traum zerstört.

Sie schaffen es rechtzeitig auf das Schiff. Mila bekommt jetzt kaum noch Luft, und trotz der Sonne über Stockholm ist ihr Gesicht farblos. Das Schiff legt ab und gleitet durch den Schärengarten. Schweden bleibt hinter ihnen zurück.

»Wir kommen wieder«, sagt Aron.

Mila nickt matt. Es ist Zeit für das Abendessen, doch sie schüttelt nur den Kopf und legt sich in ihre Kabine. Jetzt wirkt sie krank, vielleicht ist sie seekrank, obwohl das Meer ganz glatt daliegt.

Aron isst schnell eine Kleinigkeit im einzigen Restaurant der Fähre, dann geht er wieder zur Kabine hinunter.

Mila schläft mit rasselnden Atemzügen. Aron hat plötzlich das verwirrende Gefühl, das hier schon einmal erlebt zu haben, als er mit einem kranken Sven reiste. Doch die Lage heute ist ernster.

Zwei Tage später sind sie wieder in Moskau. Ebenso wie auf der Hinfahrt haben sie auch jetzt den Zug von Sankt Petersburg genommen.

Am Weißrussischen Bahnhof wartet ihre Tochter Paulina. Aron bemerkt, dass sie statt ihres Wintermantels leichtere Kleidung trägt – der Frühling ist nach Russland gekommen.

Mit schweren Schritten steigt Aron aus dem Waggon und hilft der erschöpften Mila hinunter auf den Bahnsteig. Beide umarmen sie lange ihre Tochter. Dann fahren sie nach Hause, und nun beginnen wieder die Krankenhausbesuche. Und der ständige Mangel an Sauerstoff.

Im August ruft er auf der rauschenden Leitung, die in den Tiefen der Ostsee liegt, wieder seine Schwester an. Greta geht nicht ans Telefon, sondern eine Krankenschwester.

»Nein, Greta Fredh ist nicht mehr bei uns. Sie ist verstorben.«

Aron begreift erst nicht, was er hört.

»Ein Sturz. Sie ist in ihrem Badezimmer gestürzt.«

Schließlich dringt die Nachricht zu ihm durch, und er legt langsam auf.

Seine Schwester ist tot, und für seine Frau gibt es keine Hoffnung.

Es werden sieben Monate mit unzähligen Krankenhausbesuchen und Nachtwachen, bis Milas Lungen aufgeben. Am Ende gleicht sie einer Ertrinkenden, die kämpft und kämpft, aber keine Luft mehr bekommt.

Am 20. Februar 1999 stirbt Mila. Aron und Paulina sitzen bei ihr, aber Aron muss mehrere Male hinausgehen, während sie kämpft. Die Ohnmacht ist so schrecklich.

Anfang Mai, zwei Monate nach der Beerdigung, reist er wieder nach Schweden. Er kauft in Stockholm einen alten Ford und fährt nach Öland hinunter.

Gretas Zimmer ist ausgeräumt, aber er darf in den Karton mit ihren hinterlassenen Dingen sehen. Sie besaß nichts von Wert, er nimmt nur ein paar Familienbilder mit, auf denen er selbst als kleiner Junge zu sehen ist und seine Mutter Astrid.

Die Tür des Zimmers nebenan steht offen. Daran hängt ein Schild mit der Aufschrift WALL. Aron wirft einen Blick in den Raum. Dort sitzen zwei Männer, der eine älter als er selbst, der andere jünger. Aber sie sehen sich ähnlich, wahrscheinlich sind sie verwandt.

»Kannten Sie Ihre Nachbarin?«, fragt er.

»Und wer will das wissen?«

»Fredh«, antwortet er. »Aron Fredh.«

»Ein Verwandter von Greta also«, konstatiert der ältere Mann. »Die gestürzt ist.«

Die letzten Worte betont er ein wenig zu stark, sodass Aron aufhorcht.

»Ja«, bestätigt er. »Ich bin ihr Bruder.«

»Ich heiße Wall«, sagt der ältere Mann. »Ulf Wall. Das hier ist mein Sohn Einar.«

Aron nickt.

»Ich bin sogar verwandt mit Kloss.«

Aron sieht, wie der jüngere Mann, Einar Wall, die Stirn in Falten zieht, als der Name fällt, und deshalb macht er einen weiteren Schritt ins Zimmer. Zielgerichtet, wie ein Soldat.

DER HEIMKEHRER

»Kent ist tot«, sagte Veronica Kloss.

Aron nickte. »Greta auch. Und Mila.«

Veronica starrte ihn im Schein der Petroleumlampen an, und er starrte zurück.

»Setzen Sie sich«, befahl er.

Sie zögerte einen Augenblick, dann setzte sie sich neben ihren jüngeren Sohn auf den leeren Stuhl. Er blickte sie mit großen Augen an, und sie öffnete den Mund, um etwas zu ihm zu sagen, aber Aron wollte es nicht hören.

»Gut«, fuhr er dazwischen. »Dann können wir ja mal anfangen.« Dies war sein und Vlads allerletztes Verhör, das wusste er. Und es war wichtig, hier keine Fehler zu machen.

In der Mühle gab es keinen Schreibtisch, aber er hatte einen Kugelschreiber und Papier mitgebracht. Eine Holzkiste, die er gefunden hatte, konnte als Unterlage dienen. Die schob er jetzt Veronica zu.

»Nehmen Sie den Stift.«

Sie sah ihn lange an, griff dann aber danach.

»Und Papier.«

Sie nahm ein Blatt Papier.

Aron hob die Maschinenpistole.

»Jetzt müssen Sie schreiben. Sie müssen gestehen, dass Sie vorigen Sommer, nachdem ich Ihnen erzählt hatte, dass wir verwandt sind, im Altersheim meine Schwester ermordet haben. Und beschreiben Sie, wie Sie das getan haben.«

Veronica hob den Stift über das Papier. »Und dann?«, fragte sie.

»Wenn Sie fertig sind, lasse ich den Jungen gehen.«

»Und mich auch?«

Er deutete mit der Gewehrmündung auf das Papier. »Schreiben Sie einfach.«

Veronica sah auf das leere Blatt. Dann beugte sie sich über die wackelige Kiste und begann zu schreiben. Aron hatte gute Augen, nach einer Weile beugte er sich ein wenig vor und konnte ihr Geständnis lesen.

»Der Teppich unter der Badezimmertür«, sagte er überrascht. »Sie haben ihn weggezogen, und dann?«

Veronica blickte auf ihre Hände. »Im Badezimmer war nichts zu hören«, erzählte sie leise, »also ging ich aus dem Zimmer. Niemand hat mich gesehen.«

Es wurde still in der Mühle.

Veronica hielt immer noch den Stift in der Hand, und durch Arons Augen starrte Vlad sie an.

»Schreiben Sie weiter«, befahl er. »Sie werden gestehen, dass Sie sich weigerten, meiner todkranken Frau, Ludmila Jegerow, zu helfen, obwohl wir Sie mehrere Male um Hilfe gebeten haben. Das soll alles hingeschrieben und dann unterzeichnet werden.«

JONAS

Draußen war es grau und windig, und Jonas rannte, so schnell er konnte, von der Mühle weg. Er lief einen schmalen Pfad zwischen den Bäumen und dem Gestrüpp hinunter. Mittlerweile war es fast Abend, und er rutschte mehrere Male auf dem feuchten Gras aus. Jedes Mal rappelte er sich schnell wieder hoch und rannte weiter. Die Fesseln hatten ihm in Hände und Beine geschnitten, aber jetzt war er sie los.

Hart spürte er den Wind vom Sund, der ihm entgegenblies. Wacholderbüsche peitschten ihm über die Arme, Haselgerten schlugen ihm ins Gesicht, aber er presste die Lippen fest aufeinander und rannte weiter. Er war frei und versuchte einfach nur rasch weit wegzukommen von dem hohen schwarzen Monster hinter ihm. Von der Windmühle.

Natürlich wollte er Casper und Tante Veronica nicht im Stich lassen, er würde irgendwo Hilfe holen. Die Polizei oder wen auch immer.

Das Dickicht lichtete sich. Mit gesenktem Kopf rannte er weiter. Plötzlich packte etwas seinen Arm und hielt ihn fest, so bestimmt, dass er anhalten musste. Es war nicht der Ast eines Wacholderstrauchs, sondern eine Hand. Sie war groß und gehörte zu einem Mann mit tief in die Stirn gezogener Kappe und hartem Blick.

»Wohin willst du?«

Es war zwecklos, sich losreißen zu wollen, also hielt Jonas schließlich still und antwortete: »Zur Polizei.«

Der Griff um seinen Arm lockerte sich ein wenig. Der Mann schob die Kappe hoch und sah ihn an. Er schien nicht bösartig zu sein.

Da raschelte es hinter ihnen im Gebüsch, und dann war eine andere Stimme zu hören: »Jonas?«

Diese leise Stimme erkannte Jonas sofort, das war Gerlof Davidsson! Langsam stieg der alte Mann, auf seinen Stock gestützt, aus dem Gestrüpp und nickte Jonas zu. Gleichzeitig ließ der andere Mann ihn los.

»Was machst du denn hier?«, fragte Gerlof.

Jonas deutete hinter sich auf das Dickicht und den großen schwarzen Turm. »Ich durfte gehen«, erklärte er.

»Das heißt, du warst in der Mühle?«

Jonas nickte, seine Knie wurden weich, und ihm war plötzlich übel. »Casper ist noch dort«, brachte er schluchzend hervor. »Mit dem Geist aus der Steinröse. Und Tante Veronica. Sie wollte, dass er Casper freilässt, aber er hat mich gehen lassen.«

Gerlof nickte, und der andere Mann reichte ihm ein Taschentuch.

»Der Geist heißt Aron Fredh«, erklärte Gerlof. »Ist er jetzt oben in der Mühle mit deinen Verwandten?«

»Ja.« Jonas schniefte.

»Was will er denn? Weißt du, was er mit ihnen vorhat?«

Jonas schüttelte den Kopf. Mit bebender Stimmer sagte er: »Er hat ein großes Gewehr, und er will mit Tante Veronica reden. Nur sie durfte reinkommen.«

Gerlof sah mit einem Schlag müde aus. »Eine Konfrontation«, seufzte er. Er warf einen Blick auf die Mühle und fragte ganz leise: »Wo genau sitzen sie dort drinnen, Jonas? Kannst du dich daran erinnern? Im Erdgeschoss oder oben im Speicher?«

»Unten.«

»Gut«, sagte Gerlof. »In der Mitte oder an der Wand?«

Jonas dachte nach. Dann erklärte er: »Casper und ich saßen an der Tür. Beim Eingang. Wir waren an Stühlen festgebunden.«

»Auch an der Wand festgebunden?«

Jonas schüttelte den Kopf. »Er hat uns Seile um die Hände gebunden. Und um die Fußknöchel.«

»Gut«, sagte Gerlof erneut. Und an den anderen alten Mann gewandt, meinte er. »Wir können etwas tun, John, aber es ist ein wenig riskant. Im Fußboden der Mühle gibt es eine Falltür, die benutzt worden ist, um besonders schwere Mehlsäcke nach unten zu befördern. Wenn der Junge darauf sitzt, dann können wir ihn befreien. Und vielleicht sogar Veronica Kloss.«

Der andere Mann rückte seine Kappe zurecht, seine Augenbrauen waren zusammengezogen. Ihm schien der Plan nicht wirklich zu behagen.

»Und wie machen wir das?«, brummte er.

Gerlof dachte nach.

»Wenn ich mich recht entsinne, gibt es da einen Eisenriegel, der die Luke von unten her verschlossen hält. Den müsste man wegschlagen, das muss aber schnell gehen.«

Der Mann nickte.

»Ich suche einen Stein.«

Gerlof sah wieder Jonas an. »Kannst du mitgehen und uns alles zeigen?«

Jonas zögerte, nickte dann aber.

»Wir müssen leise sein.«

GERLOF

Gerlof versuchte, John und Jonas zu folgen, aber er war zu langsam. Denn er war müde und der Waldboden machte ihm zu schaffen. Seine Füße schleiften über die Erde und ließen das Laub rascheln. Nicht gut.

Er musste stehen bleiben.

Während er verschnaufte, beugte sich John hinunter und nahm einen Stein vom Pfad auf, lang und platt wie ein Hammer, um dann an der Seite von Jonas Kloss weiterzugehen.

Gerlof folgte, aber langsamer. Er kannte sich hier aus, schließlich war es weniger als hundert Meter von seinem eigenen Garten entfernt, der hinter dem Dickicht lag. Und links davon konnte er die Röse sehen. Die richtige aus der Bronzezeit, die noch stand.

Die Bäume standen immer dichter, je weiter sie gingen, doch in einer schmalen Lichtung sah Gerlof einen hohen Schatten mit ausgebreiteten Flügeln – das war die Mühle. Sein eigener Vater hatte dort noch manchmal gemahlen, und schon damals war die Mühle alt gewesen. Sie war mindestens hundertfünfzig Jahre alt und war errichtet worden, ehe der Wald gewachsen war und als sie den Wind noch von allen Seiten eingefangen konnte. Im Norden Schwedens waren die Mühlen von Wasserkraft betrieben worden, doch hier auf dem flachen Öland gab es keine Flüsse, sondern nur den beständig wehenden Wind.

Der hatte jetzt aufgefrischt, und die Mühle schwankte sichtlich. Das hohe Gebäude ruhte auf einem einzigen runden Holzsockel, dem Stumpf, wie er genannt wurde, der dazu diente, die Windmühlenflügel in jede Richtung drehen zu können, aus der gerade der Wind kam. Doch es war lange her, seit die Flügel sich zuletzt bewegt hatten. Jetzt waren sie zerbrochen, und die Mühle ragte wie ein verlassener Wachturm zwischen den Bäumen hervor.

Nein, nicht ganz verlassen – unter den Bäumen stand ein dunkler Ford geparkt, und einige Meter entfernt sah Gerlof das Auto von Veronica Kloss. Er konnte sich jetzt nur noch mit Zeichensprache verständlich machen, und er wies John an weiterzugehen.

Als sie näher an die Mühle herankamen, konnten sie flackerndes Licht durch die Ritzen der hölzernen Wände sehen, und er hörte leise Stimmen.

Der Raum unter der Mühle war nur einen knappen Meter hoch. Dort war es dunkel, aber Gerlof beugte sich hinunter und sah, dass die Luke zwischen den Beinen des Stumpfes noch vorhanden war, gesichert mit einem großen Eisenriegel.

Gut. Doch wenn das Holz im Laufe der Jahre gequollen war oder sich verzogen hatte, dann saß die Luke fest.

Das Risiko mussten sie eingehen.

Er bedeutete John, dass sie es versuchen sollten, und sein alter Freund beugte den Rücken und begann langsam, das letzte Stück mit Jonas neben sich voranzukriechen.

In der Hocke begaben sich der Mann und der Junge unter die Mühle, hinein zwischen die Pfosten. Sie wurden zu zwei Schatten.

Gerlof hielt den Atem an. Jetzt konnte er nichts mehr tun, nur warten.

Dann hörte er die Schläge gegen den Boden der Mühle. Das war John, der schlug, fest und entschlossen: ein, zwei, drei, vier Schläge.

Ein Klirren. Und dann löste sich die Luke und klappte herunter.

DER HEIMKEHRER

»Hier sind wir nun«, sagte Aron zu Veronica Kloss, seiner Verwandten und seiner Feindin.

Sie antwortete nicht.

»Hier sind wir, in der Mühle«, fuhr er fort. »Wenn der Wind stärker geworden ist und die Flügel angefangen haben, sich zu drehen, dann kann nichts mehr das Mahlen aufhalten.«

Veronica schwieg noch immer, aber sie hatte ihr Geständnis nun verfasst. Sie behielt den Stift in der Hand, schob aber das Blatt Papier Aron hin. Er sah sie unverwandt an und wischte sich die Stirn. Es war warm in der Mühle zwischen den Petroleumlampen, aber das war es nicht nur. Er hatte auch Fieber.

»Meine Frau brauchte dringend eine medizinische Behandlung, aber ich selbst wollte nur ein Stückchen Land haben«, sagte er bedächtig. »Ich wollte nur die Kate. Das war das Einzige. Rödtorp am Wasser.«

»Das hätten Sie niemals gekriegt«, sagte Veronica.

»Nein«, meinte Aron, »da haben Sie die Kate lieber eingerissen.«

Veronica drehte den Kopf und blickte ihren Sohn an, der mucksmäuschenstill auf seinem Stuhl saß und nur zuhörte. »Hier geht es um Sicherheit«, sagte sie. »Und Weitsichtigkeit. Es sollte niemand kommen und uns das Ölandic Resort wegnehmen. Keine unehelichen Kinder, die nach fast siebzig Jahren auftauchen und unser Land wollen. Also habe ich Sie aus Stockholm vertrieben, und ich habe mich um Ihre Schwester im Altersheim gekümmert, ehe sie zu viel reden konnte. Kent und ich waren uns vollkommen einig, dass wir Sie nicht in unseren Kreis aufnehmen würden.«

»Das war ein Fehler«, sagte Vlad.

Veronica antwortete nicht, doch sie zeigte mit dem Stift auf sein blutiges Hemd. »Das sieht übel aus«, meinte sie mit sachlicher Stimme. »Sie bluten, Aron.«

Vlad schüttelte den Kopf, fühlte aber die Schweißtropfen die Stirn herunterrinnen. »Nicht mehr.«

Veronica lächelte. »Ich glaube, Sie sterben, Aron.«

Vlad blinzelte langsam. »Sie auch.«

Sie zuckte mit den Schultern. »Mir geht es gut, Aron. Ich werde noch lange leben. Schließlich habe ich unser Land, um das ich mich kümmern muss.«

Vlad hob die Waffe und sagte leise: »Das werden Ihre Kinder tun müssen.«

Er wollte noch etwas hinzufügen, aber plötzlich dröhnte etwas unter ihm. Er hörte ein Geräusch unter dem Boden.

Da war die alte Ladeluke – die hatte er vorher nicht bedacht. Aber jetzt erbebte sie. Im Schein der Lampen wirbelte Staub auf.

Vlad sprang auf, wusste aber nicht, was er tun sollte. Mit einem Knall klappte die Luke nach unten, und der Kloss-Junge, der darauf gesessen hatte, folgte, immer noch an Händen und Füßen gefesselt, nach.

Die Geisel war weg.

Vlad starrte einen Augenblick zu lange auf die Luke. Er sah nicht, dass Veronica Kloss aufgestanden war.

Er hörte nur das Klirren, als sie die nächststehende Lampe umwarf. Das Petroleum flammte auf, und Veronica war mit wenigen Schritten bei ihm. Sie war schnell. Vlad sah sie erst, als sie direkt vor ihm stand, mit erhobenem Kugelschreiber.

In einer einzigen Bewegung stieß sie ihm den Stift direkt in die Bauchwunde.

»Von Kent!«, rief sie und stach noch einmal mit dem Stift zu.

Ein eiskalter Schmerz durchfuhr ihn.

Vlad ließ das Gewehr fallen und hörte, wie es auf den Boden knallte. Hastig tastete er nach dem Stift in seinem Bauch, versuchte, ihn aus der Wunde zu ziehen, aber Veronica hielt ihn fest umklammert und drückte Vlad so an die Wand.

»Es ist zu Ende!«, zischte sie.

Aber er schüttelte den Kopf.

Vlad starb nicht, er warf sich mit seinem ganzen Gewicht Veronica entgegen, schob sie quer durch den Raum, an den Mühlenbalken vorbei. Direkt gegen die Wand.

»Lass mich los!«

Sie schrie und zerrte an ihm. Miteinander ringend, tanzten sie in dem engen Raum herum.

Das brennende Petroleum breitete sich um sie herum aus. Der trockene Holzfußboden brannte – aber das Papier mit Veronicas Geständnis wurde durch die Hitze hochgewirbelt, weg vom Feuer, das konnte Vlad sehen.

Der Wind drückte gegen die Mühle, jetzt schwankte sie noch mehr und begann, sich wie ein krängendes Schiff zu neigen. Die Wände knackten und der Boden barst. Zwei weitere Lampen fielen um und zerbrachen.

Vlad schloss die Augen wie ein Seekranker.

Er ließ Veronica los.

Zu Ende, dachte er und spürte, wie die ganze Welt schwankte.

GERLOF

»Fang ihn auf!«, schrie Gerlof.

John hockte unter der Mühle und hatte den Eisenriegel weggeschlagen. Ein dünner, gefesselter Körper plumpste durch die offene Luke. Ein Junge.

Aber John war nicht schnell genug, doch Jonas warf sich blitzschnell nach vorn. Er streckte die Arme aus, und es gelang ihm, seinen Cousin aufzufangen.

Er packte ihn unter den Achseln und zog ihn schnell unter der Mühle hervor.

Durch die dünne Wand konnten sie dumpfe Schläge aus der Mühle hören und dann den Schrei einer Frau.

»Sie schlagen sich!«, rief John.

Die ganze Mühle erbebte. Gerlof sah sie schwanken wie eine uralte Eiche. Der Sturm war es, der sie ins Wanken brachte und auch der Kampf, der in ihr tobte. Die Zeit der Mühle war vorüber – sie war zu alt, um noch länger aufrecht zu stehen.

Plötzlich waren im Stumpf unter dem Mühlenhaus knackende Laute zu hören und dann ein lautes Krachen, als der Fuß der Mühle schließlich umknickte.

Gerlof starrte erschrocken auf das wankende Gebäude. »John! Weg da!«, rief er.

John hockte immer noch unter der Mühle, und er starrte Gerlof an. Doch schließlich begann er, langsam hervorzukriechen.

Auch Gerlof rührte sich. Er ging rückwärts mit seinem Stock, aber nicht schnell genug. Die steifen Beine wollten ihm nicht recht gehorchen.

»John!«, schrie er wieder.

Er konnte seinen Freund nicht mehr sehen, und die Mühle brach einfach weiter zusammen. Gerlof hörte Rufe durch die Wände und das Geräusch von splitterndem Glas.

Aber auch Gerlof selbst war immer noch zu nahe dran. Der schwarze Schatten wuchs über ihm. Er dachte an Don Quichote und wollte sich umdrehen, um der Mühle zu entfliehen.

Da sah er einen Lichtschein. Lampen, erinnerte sich Gerlof. Petroleum.

Vor ihm krachten Planken und Balken auf die Erde. Alte Nägel quietschten und wurden losgerissen, Splitter flogen durch die Luft.

Das Mühlenhaus wurde seitlich zusammengedrückt, und die Flügel brachen.

Auch Gerlof fiel, rückwärts ins Gras, und er sah das Feuer zwischen den Holzplanken auflodern. Jetzt bekam es ordentlich Sauerstoff, und die Flammen begannen zu knistern.

Da entdeckte er plötzlich eine schmale Gestalt, die aus dem einstürzenden Gebäude kroch: Veronica Kloss. Sie erhob sich nicht, vielleicht hatte sie sich etwas gebrochen, aber sie lebte zumindest und kroch langsam auf allen vieren durch das Gras davon. Sie hatte ihren Sohn gefunden.

Gerlof hob den Kopf.

John?, dachte er.

Und Aron Fredh? Wo war der?

DER HEIMKEHRER

Die Mühle war eingestürzt.

Aron Fredh lag im Gras mit einem Mühlenbalken über der Brust und einem anderen auf den Oberschenkeln. Seine Beine waren gebrochen, seine Bauchwunde blutete, und sein Körper war eiskalt.

Dies war das Ende, das wusste er. Aber die Schusswunde schmerzte nicht mehr, und der Kopf funktionierte noch.

Vor seinem inneren Auge zogen Erinnerungen vorbei. Er hörte Stimmen und sah Gesichter. Die Augen seiner Mutter. Das Lachen seiner Schwester. Die letzten jämmerlichen Laute seines Vaters, Edvard Kloss, der vor siebzig Jahren ebenfalls unter einem Haufen Balken gelegen hatte – verletzt und sterbend, aber nicht willens, die Hand seines Sohnes zu nehmen.

Aron blinzelte die Erinnerungen fort. Nur wenige Meter von sich entfernt sah er etwas Schmales, Blankes aus den Balken herausragen – der Lauf des Maschinengewehrs. Aber er konnte ihn nicht erreichen, und das war auch egal. Er würde nicht mehr schießen.

Er dachte daran zurück, wie er Soldat im Gefangenenlager gewesen war und schließlich die behäbige Winchester loswerden konnte. Am selben Tag, als er das Gewehr im Wachkontor abgegeben hatte, durfte er seine erste russische Pistole in Empfang nehmen, eine alte Nagant. Damit konnte er dann Genickschüsse aus der kurzen Distanz ausführen.

Das war im September 1936 gewesen und nun mehr als sechzig Jahre her. Doch er erinnerte sich noch genau. Es war ein Tag in einer unendlichen Reihe von Tagen in jenem Herbst, die angefüllt waren mit Erschießungen an der Kiesgrube vor dem Gefangenenlager. Von morgens bis abends hallten die Schüsse, aber der Hinrichtungsplatz war so abgelegen, er hätte auch auf dem Mond sein können. Niemand konnte sehen oder hören, was hier im Kampf für eine hellere Zukunft geschah.

Als Vlad mit seiner Truppe von zwei Mann zu dem Platz kam, hatten die Wachleute die Verurteilten bereits aufgereiht. Es waren um die dreißig, die mit den Gesichtern zu einem Sandwall und mit dem Rücken zu ihren Henkern standen. Sie waren mit Seilen aneinandergebunden, die lang genug waren, dass ein Fallender nicht die anderen mit sich riss.

Eine lange Reihe von Genicken wartete.

Da hieß es einfach die Arbeit aufnehmen.

Vlads Kameraden an diesem Tag hießen Daniljuk und Petrow, beide standen mit eigenen Waffen bereit, für den Fall, dass Vlads Pistole einmal streiken würde. Alle freuten sich auf das Abendessen und den Wodka nach der Arbeit und wollten die Arbeit rasch erledigt haben.

Die Gefangenen standen mit gebeugten Rücken vor dem Sandwall. Einige flüsterten einander leise etwas zu oder baten ein letztes Mal um Gnade oder brabbelten in einer fremden Sprache vor sich hin.

»Noch mehr Ausländer«, sagte Petrow. »Es nimmt kein Ende.«

Vlad entgegnete nichts. Er entsicherte nur seine neue Dienstwaffe und trat vor zu dem ersten Genick, legte die linke Hand auf die Schulter des Gefangenen und erhob die Pistole. Und drückte ab.

Die Pistole zuckte, und der Gefangene fiel nach vorn.

Vlad war schon auf dem Weg zum nächsten Genick. Seine Pistole wurde gehoben und abgefeuert, gehoben und abgefeuert.

Ein normaler Arbeitstag.

Doch der siebte Gefangene in der Reihe tat etwas Verbotenes: Er drehte seinem Henker den Kopf zu. Plötzlich sah Vlad sein Profil.

Er hatte die Pistole schon erhoben, aber seine Hand erstarrte.

Der Gefangene vor ihm hatte einen schütteren Bart, der jedoch die Wunden und blauen Flecken im Gesicht nicht verdecken konnte. Einige alte, viele neue. Als er einen kleinen Schritt auf die Seite tat, sah Vlad, dass er hinkte.

»Erkennst du mich?«, fragte der Gefangene leise.

Er sprach Schwedisch. Aron hätte die schwache heisere Stimme nicht wiedererkennen dürfen, aber er tat es dennoch. Es war dieselbe Stimme, die ihn in einer dunklen Nacht angewiesen hatte, unter die Scheunenwand zu kriechen und seinem Vater die Brieftasche wegzunehmen, damit sie das Geld haben würden, um hierherzureisen. In das Neue Land.

Plötzlich vermochte Aron sich nicht zu rühren, er konnte den Arm nicht heben.

»Du siehst gesund aus«, sagte Sven.

Aron antwortete nicht. Er wagte nicht zu antworten.

»Bist du glücklich hier?«

Aron sah seinen Stiefvater an und versuchte nachzudenken. Glücklich?

Er schüttelte kurz den Kopf.

»Dann fahr zurück nach Schweden«, fuhr Sven fort, »und spreng alles in die Luft. Damit sie kriegen, was sie verdient haben.«

Aron nickte, langsam und müde. Aber er konnte nicht länger stehen bleiben, deshalb war er schließlich nicht hier. Es war Zeit, etwas mit der Pistole zu unternehmen. Er musste jetzt etwas tun.

Überhaupt nicht abdrücken.

Oder die Waffe gegen sich selbst richten.

Oder …

Vlad zögerte nur noch eine einzige Sekunde, dann legte er schnell die Hand auf die Schulter des Gefangenen und richtete die Pistole auf dessen Genick.

Der Schuss löste sich.

Sven sank in sich zusammen, und aus seiner Hosentasche fiel eine kleine Holzdose.

Aron zuckte zusammen, er war wieder unter der Mühle. Aber er erinnerte sich an jenen Tag an der Kiesgrube. Er hatte sich weiter durch lange Reihen von Gefangenen gearbeitet, erstaunt darüber, dass die Pistole immer noch funktionierte. Und dass er selbst immer noch lebte.

Doch nun war das Leben vorbei.

Das Feuer war nah, und die Mühlenbalken pressten ihn auf den Boden.

Ein letztes Mal schloss er die Augen.

SPÄTSOMMER

GERLOF

Die alte Mühle lag auf der Seite und wirkte auf Gerlof jetzt wie das Wrack eines Luftschiffs – ein abgestürztes brennendes Luftschiff.

Der untere Teil stand bereits wild in Flammen, und der Wind ließ die Funken in den grauen Himmel sprühen. Das Feuer breitete sich in rasender Geschwindigkeit über die geborstenen Wände aus und wuchs immer höher. Von den abgebrochenen Flügeln war nicht mehr viel übrig, auch die Sprossen brannten.

Da kam etwas durch die Luft gewirbelt und landete im Gras neben Gerlof. Das war keine Ascheflocke, sondern ein Blatt Papier, das aus der Mühle geflogen war. Es war beschrieben und hatte kein Feuer gefangen.

In dem Moment hörte Gerlof ein klagendes Geräusch. Eine Stimme unter dem Haufen aus Brettern und Balken.

Er schob das Papier in die Hosentasche und sah mit zusammengekniffenen Augen auf die eingestürzte Mühle. Ein Stück vom Feuerschein entfernt war Veronica Kloss dabei, ihren Sohn von dem Seil zu befreien.

Und John?

John war nirgends zu sehen. Das war das Schlimmste, dass er nicht wusste, ob John überlebt hatte. Er war dabei gewesen, unter der Mühle hervorzukriechen, als sie fiel. Aber jetzt war er verschwunden.

Gerlof selbst lag im Gras, ohne dem Feuer entfliehen zu können. Die Hitze strahlte auf ihn aus, und er spürte, dass er ein Opfer war. Ein Opfer der Mühle. Gleich würde sie sich mit glühenden Händen nach ihm ausstrecken …

»Gerlof!«, rief plötzlich eine helle Stimme.

Er spürte Hände über sich, zwei Hände, die ihm unter die

Arme griffen und ihn langsam von der Mühle wegzerrten. In letzter Sekunde – denn jetzt knackte erneut berstendes Holz, und dann fiel einer der Flügelbalken genau dort ins Gras, wo Gerlof eben noch gelegen hatte.

Der kleine Jonas war es, der nach ihm gerufen hatte und ihn nun rückwärts, schwankend und keuchend, übers Gras zerrte. Jonas war nur ein Junge mit dünnen Armen und mageren Beinen, aber er tat sein Bestes. Gerlof widersetzte sich nicht, konnte aber auch nicht helfen. Er war zu erschöpft, um noch irgendetwas tun zu können. Er ließ sich von der Hitze wegziehen, zurück in die kühle Abendluft.

»John«, sagte er leise.

Er sah zu den auseinandergefallenen Wänden der Mühle, wusste aber, dass John und Aron Fredh noch dort in dem Inferno waren. Vielleicht hatte irgendein Nachbar das Feuer bemerkt und Polizei und Feuerwehr gerufen, aber die würden nichts mehr ausrichten können.

»Gerlof?«

Er blickte hoch. Das war wieder Jonas Kloss, und Gerlof sah ihn eindringlich an. »Hol Hilfe«, sagte er heiser. »Lauf zu meinem Sommerhaus. Schnell, Jonas.«

Der Junge rannte los.

Jetzt war Gerlof wieder allein. Er wartete. Versuchte, John unter der Mühle zuzurufen, bekam aber keine Antwort.

Nach einer gefühlten Ewigkeit war ein Martinshorn zu hören. Ein Krankenwagen rollte vor die Mühle. Dann kamen die Feuerwehrleute mit Schläuchen, um zu verhindern, dass sich das Feuer in dem trockenen Gras ausbreitete.

Ein Schatten fiel auf Gerlof. Jemand leuchtete mit einer Taschenlampe in seine Pupillen.

»Da liegen Leute unter der Mühle«, flüsterte Gerlof.

Niemand schien ihn zu hören. Er bekam nur eine Decke über die Beine gelegt. Die dunkle Gestalt stand immer noch über ihm.

Ein Feuerwehrmann. Gerlof sah ihn an, öffnete seine trockenen Lippen. »Es sind Leute da drin«, wiederholte er, jetzt etwas lauter.

»Wie viele?«, fragte der Feuerwehrmann.

»Zwei Männer. Können Sie helfen …«

Der Feuerwehrmann drehte sich um und rief seinen Kollegen einen Befehl zu.

Ein paar Minuten später kamen die Männer mit einer Art Luftkissen, das sie unter das zerstörte Mühlengebäude schoben. Dann pumpten sie das Kissen auf und krochen unter die Balken.

Gerlof hörte Rufe und Befehle.

Schließlich sah er, wie zwei Gestalten herausgetragen und auf Decken ins Gras gelegt wurden. Sie waren nur Silhouetten vor dem Feuerschein, doch er erkannte beide.

Aron Fredhs Körper schien leblos zu sein.

Der von John bewegte sich schwach.

Die Sanitäter beugten sich über ihn und begannen mit der Wiederbelebung. Sie verdeckten John mit ihren Schultern.

Jetzt rührte sich Gerlof, er kroch über das Gras auf die Sanitätergruppe zu und streckte die Hand aus. Einfach zwischen den Schuhen der Sanitäter hindurch. Langsam tastete er sich vor, ohne etwas zu sehen, und dann spürte er plötzlich etwas Knochiges. Es war eine Hand, Johns kalte Hand.

Er hielt sie ganz fest, doch sein Händedruck wurde nicht erwidert.

Die Bewegungen der Sanitäter um den Körper herum wurden hektischer, sie arbeiteten fieberhaft – und dann hielten sie plötzlich inne. Sie richteten sich auf. Einer der Männer atmete hörbar aus und trat einen Schritt zurück.

Gerlof hielt die Hand noch immer fest und ließ sie erst widerwillig los, als die Sanitäter ihn behutsam, aber bestimmt ein Stück zur Seite hoben und eine gelbe Decke über seinen Freund legten und eine andere über ihn selbst. Doch Johns Decke wurde in einer Bewegung bis über sein Gesicht gezogen, und da wusste Gerlof, dass er nichts mehr für ihn tun konnte.

JONAS

Nach dem Abend in der Mühle musste Jonas vier Tage im Krankenhaus von Kalmar bleiben. Warum, wusste er nicht, aber die Ärzte sprachen von »Traumaverarbeitung«. Er selbst fand, dass es ihm jetzt gut ging, sein Leben verlief so ruhig wie lange nicht mehr.

Die meiste Zeit war er allein. Mats war schon zu Hause in Huskvarna, und sein Vater hatte das Krankenhaus zwei Tage zuvor verlassen dürfen, hatte Jonas aber vorher noch besucht.

Als sie von Öland sprachen, hatte sein Vater traurig und müde ausgesehen.

»Jetzt brauchen wir erst einmal eine Pause«, hatte er gesagt, ehe er ging.

Aber Jonas wollte gern wieder dorthin, und als seine Mutter kam, um ihn abzuholen, überredete er sie, mit ihm eine Runde über die Insel zu drehen, ehe sie nach Hause fuhren.

Also überquerten sie, eine Stunde nachdem die Ärzte ihn für gesund erklärt hatten, die Öland-Brücke.

»Ich war ja gar nicht so krank«, sagte er, nachdem sie von der Brücke abgefahren waren. »Die wollten mich wahrscheinlich nur beobachten und sehen, wie es mir geht.«

»Und, wie geht es dir?«, fragte seine Mutter.

»Gut. Ich spüre eigentlich nicht so viel. Aber es ist nicht lustig.«

»Was ist nicht lustig?«

»Alles«, meinte Jonas. »Alles, was passiert ist.«

»Nein«, pflichtete seine Mutter ihm bei. »Aber jetzt ist es vorbei.«

Daraufhin schwiegen sie fast den ganzen Weg nach Stenvik.

Sie fuhren am Laden vorbei. Er war geschlossen. Der Campingplatz war auch geschlossen.

Es war ein wenig traurig, weil das ganze Dorf jetzt, zumindest im Vergleich zum Juli, verlassen zu sein schien.

Doch es war nicht völlig verlassen. Vor einigen Häusern entlang der Küstenstraße standen Autos, und in den Gärten flatterten vereinzelt blau-gelbe Wimpel. Doch es waren nur wenige Menschen zu sehen.

Seine Mutter wollte gern die Villa Kloss anschauen, aber Jonas hatte keine Lust dazu. Also fuhren sie nur schnell daran vorbei, und er konnte erkennen, dass die Polizeiabsperrung immer noch angebracht war. Die Löcher im Dach und die leeren Fenster waren mit weißen Plastikplanen verdeckt worden.

Das Plateau lag verlassen da, und die Röse war immer noch ein großes Loch in der Erde.

Jonas wusste, dass sie die Rinne an der Klippe aufgegraben hatten, während er im Krankenhaus lag. Sein Vater hatte ihm erzählt, dass sie unten vor dem Bunker die Leiche von Onkel Kent gefunden hatten. Jonas hatte keine Ahnung, wer sich jetzt um das Haus kümmern würde.

Und Tante Veronica? Die war von der Polizei zum Verhör einbestellt worden, hatte sein Vater gesagt.

Es war unerheblich, was mit der Villa Kloss passieren würde, denn Jonas wollte sowieso nie wieder dorthin.

Er sah seine Mutter an.

»Wir können in die andere Richtung fahren«, schlug er vor.

Sie nickte und wendete das Auto, um nach Norden weiterzufahren.

Bei Gerlofs Bootsschuppen, in dem Jonas Schutz gesucht hatte, stand ein Mann im blauen Overall und strich einen Kahn.

Gerlof. Jonas hatte viel an ihn gedacht, als er im Krankenhaus lag.

»Bieg mal hier ab«, sagte er zu seiner Mutter, und sie fuhren wieder ins Landesinnere, die nördliche Dorfstraße entlang, doch nach nur ein paar Hundert Metern bat Jonas sie, an einem kleinen Stichweg zu halten, der zu einem eisernen Gartentor führte.

»Ich komme gleich wieder«, versprach er und stieg aus. Er ging durch das Tor in den Garten. Hier war alles unverändert, abgesehen davon, dass die Flagge auf Halbmast hing. Die Vögel zwitscherten, und neben dem Fahnenmast saß wie immer Gerlof mit gesenktem Kopf in seinem Gartenstuhl. Als hätte Jonas gewusst, dass es so sein würde.

Gerlof saß da, den Strohhut in die Stirn gezogen und den Stock in der Hand, so wie er den ganzen Sommer über gesessen hatte. Doch als Jonas sich näherte, blickte er auf und nickte.

»Hallo, Jonas«, sagte er leise. »Bist du wieder da?«

Jonas blieb vor ihm stehen.

»Ja. Aber ich werde jetzt nach Hause fahren.«

»Geht es dir gut?«, fragte Gerlof.

»Schon …«

Sie schwiegen.

»Jonas, du hast mich gerettet«, sagte Gerlof schließlich. »Als ich bei der Mühle lag. Du hast mich vom Feuer weggezogen.«

Jonas zuckte, etwas peinlich berührt, mit den Schultern. »Vielleicht«, antwortete er.

Gerlof hob den Kopf, blickte über das Wasser und sagte: »Sie haben die *Ophelia* jetzt gefunden.«

Jonas sah ihn verwirrt an, bis er sich erinnerte.

»Das Geisterschiff?«

»Das Geisterschiff war echt«, erklärte Gerlof. »Vorgestern haben sie es mithilfe des Echolots gefunden. Es lag in Richtung Norden im Sund, in dreißig Metern Tiefe. Jemand hatte ein Loch in den Rumpf gesprengt.«

Jonas nickte nur, er wollte nicht mehr an das Boot denken. Er hörte die Vögel in den Büschen zwitschern, und da fiel ihm ein, dass er noch etwas anderes zu erzählen hatte und um Verzeihung bitten musste. Für ein gebrochenes Versprechen. Also sagte er leise: »Ich habe etwas ausgeplaudert.«

»Was denn?«, fragte Gerlof.

»Das von Peter Mayer. Ich habe Papa und Kent von ihm erzählt.«

Gerlof winkte ab. »Ich weiß«, entgegnete er nur. »So etwas ist schnell geschehen, Jonas. Aber dann war der Tod von Peter Mayer vielleicht gar kein Unfall, da auf der Straße vor Marnäs?«

»Keine Ahnung«, sagte Jonas leise. »Ich hab es nicht gesehen. Onkel Kent hat ihn gejagt, und sie sind in der Dunkelheit verschwunden …« Er verstummte.

»Da konntest du nichts tun«, erwiderte Gerlof beschwichtigend. »Das haben die Erwachsenen zu verantworten. So wie immer.«

Jonas dachte nach. »Das ist nicht lustig«, sagte er dann. »Das, was alles passiert ist.«

Gerlof schien zu verstehen, was er meinte. »Nein, gar nicht lustig. John wird nächste Woche beerdigt.« Er seufzte und fuhr fort: »Aber dieses Jahrhundert war eben auch nicht sehr lustig. Krieg und Tod und Elend, wie schön, dass es bald zu Ende geht. Das 21. Jahrhundert wird sicher lustiger.« Er lächelte Jonas müde an und fügte hinzu: »Das wird dein Zeitalter.«

Jonas wusste nichts mehr zu sagen. Er hörte, dass seine Mutter den Motor des Autos draußen auf der Dorfstraße weiterlaufen ließ, also machte er einen Schritt Richtung Gartentor.

»Wir müssen jetzt fahren.«

Gerlof nickte.

»Der Sommer ist vorbei.«

Er streckte die Hand aus, und Jonas nahm sie. Und dann ging er zum Tor, wo er sich noch einmal umdrehte.

Gerlof sah einsam aus in seinem Garten. Doch er hob noch einmal die Hand, und Jonas winkte zurück.

EPILOG

An einem sonnigen Tag Mitte August nahm Gerlof auf dem Friedhof von Marnäs von John Abschied.

Der Freund lag in einem schönen weiß gestrichenen Holzsarg, der gut verschlossen war. Gerlof wartete und horchte, doch natürlich war während der gesamten Zeremonie kein Klopfen zu hören.

Das Grab lag westlich der Kirche, weit entfernt von der Grabstätte der Familie Kloss, und an der wollte Gerlof auch gar nicht vorbeikommen. Er ging langsam über den Plattenweg auf das Friedhofstor zu. Über sich sah er mehrere große Vögel, die wie Wildgänse aussahen. Sie waren geradewegs auf dem Weg nach Süden, als hätten sie die lange Reise nach Afrika angetreten. Jetzt schon? War der Sommer selbst für die Zugvögel schon vorbei?

»Gerlof?«, sagte eine Stimme am Friedhofstor. »Soll ich dich mitnehmen?«

Das war Johns Sohn Anders, der auf sein Auto auf dem Parkplatz zeigte. Gerlof hatte schon das Angebot seiner Töchter Lena und Julia, die direkt nach Göteborg zurückfahren würden, ausgeschlagen. Doch Anders nickte er zu und ließ sich auf den Beifahrersitz helfen.

Anders setzte sich hinters Steuer.

»Willst du ins Altersheim?«

Gerlof dachte nach und sagte dann: »Fahr mich zum Sommerhaus, ich will dort nach dem Rechten sehen.«

Anders legte einen Gang ein, und sie fuhren schweigend los.

Nach einer Weile fragte Gerlof: »Du, Anders, mochte John mich? War ich nett zu ihm?«

Anders bog auf die Landstraße ein und antwortete: »An so etwas hat er nie gedacht. Er hat nur einmal gesagt, dass du ihm dein ganzes Leben lang keinen einzigen Befehl gegeben hättest.«

»Nicht? Ich dachte, ich hätte draußen auf See die ganze Zeit über Befehle gegeben.«

»Nee«, entgegnete Anders. »Er hat erzählt, dass du, wenn etwas getan werden sollte, Fragen gestellt hättest. Du hast gefragt, ob er das Segel hissen wolle, und dann habe er es gehisst.«

»Ja. Vielleicht war es so.«

Dann sprachen sie wieder eine Zeit lang nichts. Anders fuhr auf die Dorfstraße, und als sie in das Gebiet mit den Sommerhäusern einbogen, sagte er leise: »Ich habe sie gestern zu Wasser gelassen.«

»Wen?«, fragte Gerlof, der in Gedanken an John versunken gewesen war.

»Ich habe euer Boot ins Wasser gelassen … den Kahn.«

»Du meinst den Spitzkahn?«

»Ja, den Spitzkahn«, sagte Anders. »Ich hatte nichts anderes zu tun, also bin ich hin und habe sie ins Wasser geschoben.«

»Schwimmt sie?«

»Sie leckt ziemlich. Aber jetzt soll sie ein paar Tage im Wasser liegen, damit die Planken aufquellen.«

»Gut«, sagte Gerlof, und dann musste er wieder an John denken und was er hätte anders machen können.

Eines war klar: Sie hätten der Familie Kloss aus dem Weg gehen können.

Einige Augenblicke später waren sie am Sommerhaus angekommen. Anders hielt an Gerlofs Gartentor, und er stieg bedächtig aus. Dann wandte er sich zum Auto um.

»Danke, Anders. Pass auf dich auf. Mach Urlaub.«

»Vielleicht«, sagte Anders.

»Oder such dir eine Frau.«

Anders lächelte müde. »Wohl kaum hier oben«, sagte er. »Aber das Leben geht weiter.«

Gerlof erwiderte nichts darauf, er verabschiedete sich nur und öffnete das Tor.

Als Anders weggefahren war, betrat er sein Grundstück. Er schloss das leere Sommerhaus auf und ging geradewegs, ohne die Schuhe auszuziehen, hinein. Im Wohnzimmer blieb er stehen.

Jetzt war hier alles still. Im Haus war es kühl und ruhig. Die alte Wanduhr neben dem Fernseher war stehen geblieben, doch Gerlof zog sie nicht auf.

Neben der Uhr hing eine Schwarz-Weiß-Fotografie. Sie war fünfzig Jahre alt und zeigte John und ihn selbst am Södra kajen in Stockholm, mit den Kirchtürmen der Gamla stan im Hintergrund. John und er waren noch jung und kräftig, sie trugen schicke Anzüge und schwarze Hüte. Und sie lächelten in die Sonne.

Gerlof drehte sich langsam um. Er sah aus dem Fenster zu dem Windspiel mit dem seine Sense schleifenden Holzkerl. Das Windspiel hatte sich im Laufe des Morgens gedreht und zeigte jetzt zum Strand. Der Seewetterbericht im Radio hatte ebenfalls westliche Winde mit Stärken von drei bis vier für diesen Tag vorhergesagt. Eine schwache, aber stetige Brise, ablandiger Wind. Alles, was in das Wasser der Bucht geriet, würde schnell vom Land weggetrieben werden.

Interessant.

Hier stand er in seiner Hütte, der Letzte aller gleichaltrigen Freunde am Ende des 20. Jahrhunderts. Wenn die Welt zum Jahreswechsel nicht unterging, dann würde er in genau zehn Monaten seinen fünfundachtzigsten Geburtstag feiern. Er war am 12. Juni geboren, am selben Tag wie Anne Frank, doch vierzehn Jahre vor ihr. Als sie in Bergen-Belsen starb, war Gerlof Schutenkapitän gewesen und durch die Minenfelder in der Ostsee gesegelt.

Inzwischen hatte er mehr als vierundfünfzig Jahre länger gelebt als Anne Frank. Er hatte das 20. Jahrhundert überlebt – hatte die Kinder überlebt, die in den Lagern ermordet worden waren, die Flüchtlinge, die verhungert waren, die Gefangenen, die hingerichtet worden waren, die Soldaten, die im Krieg gefallen waren. Er hatte länger gelebt als Millionen von Menschen, die jünger gewesen waren als er selbst, er sollte zufrieden sein. Aber der Körper war gierig, der wollte immer noch einen Tag länger leben.

Doch nicht in einem Krankenbett. Gerlof hatte sich entschieden, er würde sein Leben nicht mit einer Anzahl Schläuche im Körper beenden.

Er nahm sein Notizbuch heraus und schrieb eine letzte Nachricht. Grüße an die Töchter und ein paar Wünsche.

»Macht viel Musik«, schrieb er. »Gerne Psalmen, aber zwischendurch Evert Taube und Dan Andersson.«

Dann hielt er mit dem Stift in der Hand inne. Sollte er noch etwas hinzufügen? Gesammelte Weisheiten?

Nein, das musste reichen. Er legte den Stift beiseite. Das Buch ließ er aufgeschlagen liegen und erhob sich. Immer noch im Beerdigungsanzug verließ er das Sommerhaus.

Auf den Stock gestützt, ging er die Dorfstraße hinunter, die jetzt menschenleer war. Doch in einiger Entfernung hörte er Leute, ein Hund bellte, und eine Autotür schlug zu – es war Zeit, nach Hause zu fahren und wieder arbeiten zu gehen. Vielleicht war der Sommer noch nicht vorbei, aber die Ferien waren es.

Auch die Küstenstraße war leer, als er sie überquerte, alles, was er sah, waren ein paar badende Gestalten hinten am Steg.

Ohne gesehen zu werden, ging er an den Briefkästen vorbei und zum Strand hinunter. Jetzt erkannte er deutlich, wie kleine, sich kräuselnde Strudel das Wasser verdunkelten.

Doch, der Wind war ablandig.

Ein paar Möwen ruhten sich auf den Steinen am Wasser aus. Eine von ihnen bemerkte Gerlof und reckte den Hals. Sie begann, mit weit aufgerissenem Schnabel Warnrufe gen Himmel zu kreischen, und die anderen stimmten ein.

Neben ihnen lag der Spitzkahn, das halbe Kielschwein voll Wasser, genau, wie Anders es gesagt hatte.

Die *Schwalbe*.

Sie war schön, fast wie neu. Bereit loszufahren.

Langsam stieg Gerlof den Abhang hinunter. Er legte den Stock in den Bug, koppelte den Rumpf von der Leine, die den Kahn an der Mooring hielt, und packte die Reling, um ihn abzustoßen.

Aber die *Schwalbe* bewegte sich nicht. Gerlof schob und kämpfte, aber es war hoffnungslos. Das Boot war zu schwer und er selbst zu schwach.

Das freie Wasser war ärgerlich nahe, nur einen halben Meter vom Bug des Spitzkahns entfernt. Er unternahm einen letzten Versuch, das Boot hinauszuschieben, beugte sich achtern über die Reling und schob mit aller Kraft …

Nein, es war unmöglich. Hier ging seine Reise zu Ende, das funktionierte nicht.

»Brauchen Sie Hilfe da unten?«

Gerlof sah sich um. Oben auf dem Plateau standen zwei Personen, ein Mann mittleren Alters und ein Junge, beide in kurzen Hosen und mit Sonnenbrillen. Der Mann lächelte ihm zu. Gerlof hatte keine Ahnung, wer das war, doch er richtete sich auf und nickte ihnen zu.

Sie kamen mit großen Schritten über die Steine zum Strand und blieben neben Gerlof stehen.

»Schönes Boot«, sagte der Mann. »Ein bisschen wie eine Miniaturausgabe von einem Wikingerschiff, oder?«

Gerlof nickte kurz.

»Das ist ziemlich alt, nicht wahr?«

»Ja«, antwortete Gerlof, »fünfundsiebzig Jahre. Wir haben es renoviert, mein Freund John und ich.«

Es war ein gutes Gefühl, Johns Namen zu sagen, auch wenn der Wind ihn sofort davontrug.

»Ach so?«, sagte der Mann. »Ja, es ist nett, dass hier auf der Insel noch mit den alten Booten gesegelt wird. Und jetzt machen Sie eine kleine Tour?«

»Ja. Eine letzte Tour«, bestätigte Gerlof und fügte rasch hinzu: »Für diesen Sommer.«

»Dann helfen wir Ihnen, oder, Michael?«

Der Junge nickte gelangweilt. Er sehnte sich wahrscheinlich aufs Festland zurück.

Der Mann und der Junge – vermutlich Vater und Sohn, dachte Gerlof – schienen von keinerlei Gebrechen heimgesucht zu sein. Ohne zu zögern, packten sie die Reling des Spitzkahns mit festem Griff und spannten die Beinmuskeln an.

»Auf drei«, sagte der Mann, »eins … zwei … drei!«

Wie auf Rädern glitt die *Schwalbe* ins freie Wasser hinaus. Einen Moment lang meinte Gerlof, sie würde ohne ihren Kapitän in den Sund segeln, doch der Mann hielt die Reling fest und sorgte dafür, dass ein Stück vom Kiel noch Kontakt zum Land hatte.

»So, bitte schön, nun steht es bereit«, sagte er. Er sah Gerlof und dann das Boot an. »Und wie kriegen Sie es wieder an Land?«

»Das sehen wir dann.«

Der Mann nickte und stieg den Abhang wieder hinauf. Der Junge folgte ihm

»Haben Sie vielen Dank«, sagte Gerlof. »Wohnen Sie hier im Dorf?«

Der Mann wandte sich um.

»Nein, wir haben nur kurz hier angehalten. Wir fahren heute ein wenig herum und suchen nach einem Bootsschuppen. Ist der da zu verkaufen?«

Er deutete auf Gerlofs Schuppen.

»Glaube ich kaum«, entgegnete der. »Woher kommen Sie?«

»Wir kommen aus Stockholm. Sonst wohnen wir in Bromma, aber jetzt reisen wir ein paar Wochen herum.«

»Ach so«, sagte Gerlof.

Nicht nur vom Festland. Auch noch Stockholmer. Da hätte Gerlof ihnen einiges erzählen können, aber er beherrschte sich und sagte nur: »Dann herzlich willkommen. Ich hoffe, Sie fühlen sich wohl auf der Insel.«

»Das tun wir wirklich.«

Schweigend sah er zu, wie Vater und Sohn zur Küstenstraße hinauf verschwanden.

Jetzt waren sie wieder allein am Strand, er und die *Schwalbe*.

Gerlof musste sich vorsichtig bewegen, er durfte keine Fehler machen, aber mithilfe des Stocks konnte er auf einen der Steine neben der *Schwalbe* klettern und sich mühevoll an Bord begeben. Erst das rechte Bein, dann das linke.

Er hätte eines der Ruder nehmen und den Spitzkahn anstoßen können, doch das ging mit dem Stock genauso gut. Er setzte ihn gegen den Stein, auf dem er eben noch gestanden hatte, und stieß sich ab.

Das Boot ließ das Land los und glitt, ohne mit dem Kiel auf Grund zu schaben, ins Wasser hinaus.

Gut.

Gerlof war kein großer Schwimmer und hatte es immer vermieden, ins Wasser zu fallen, als er noch zur See fuhr. Und er war auch nie auf Grund gelaufen. In dreißig Jahren nicht. Allerdings hatte er eine Schute bei einem Brand verloren, und die letzte, die *Nore*, hatte er unter Preis verkaufen müssen, als die Lastwagen ihn vom Markt verdrängt hatten. Aber auf Grund laufen? Niemals.

Jetzt war es Zeit, den Wind übernehmen zu lassen. Mit letzter Kraft hob er die Ruder hoch und warf sie ans Ufer. Erst das eine, dann das andere. Vielleicht würde jemand sie gebrauchen können.

Er selbst überließ alles dem Wind. Der würde ihn schon auf die Mitte des Sunds hinaustragen – oder so weit, wie das Boot noch schwamm.

Er sah zum tiefblauen Himmel hinauf. Im Westen, hoch über dem schmalen dunklen Streifen, dem Festland, war ein hellerer Strich zu sehen, der immer länger wurde. Ein Flugzeug. Gerlof sah ihm nach und dachte, dass er mehrere Jahrzehnte auf der Ostsee gesegelt, aber kein einziges Mal geflogen war.

So viele Öländer hatten die Insel verlassen und waren nach

Westen in die USA gegangen, nach Süden in die deutschen Häfen und nach Afrika und Australien – oder nach Osten, so wie Aron Fredh. Aber Gerlof hatte sich immer an sein heimatliches Meer gehalten, die Ostsee. Er war seiner Frau und seinen Kindern zu treu gewesen, um sich an den Äquator zu begeben. Zu segeln war eine Methode, Kontakt zu Öland zu behalten, denn jeder Ostseehafen war direkt mit allen anderen Häfen verbunden.

Und nun war er ein letztes Mal auf See.

Er senkte den Blick ins Boot und sah schon unten in der Plicht Rinnsale von Wasser. Das waren die Risse in der Bordwand, die hatten sich noch nicht verschlossen. Wenn der Spitzkahn lange genug im Wasser läge, dann würden die Planken natürlich aufquellen und die Risse sich schließen, aber dafür war keine Zeit.

Und wenn John dabei wäre, dann würde er mit einem Ösfass achtern sitzen, doch da saß nun niemand mehr.

Sachte entfernte sich der Spitzkahn, durch den Wind angeschoben, vom Land.

Gerlof entspannte sich. Er dachte an den Tod – an diesen Sommertag vor fast siebzig Jahren, als er oben auf dem Friedhof von Marnäs das Grab für Edvard Kloss gegraben hatte, und an die Klopfgeräusche, die er aus dem Sarg gehört hatte. Erst drei in rascher Folge, dann noch einmal drei. Deutliche Klänge aus der Unterwelt.

Seit jenem Tag hatte er darüber nachgegrübelt, jedoch ohne zu einer natürlichen Erklärung zu kommen. Wenn es die nicht gab, dann bedeutete das, dass die Seele des Großbauern unter dem Sargdeckel die Klopfgeräusche erzeugt hatte.

In dem Fall gab es ein Leben nach dem Tod, und Gerlofs Abenteuer war noch nicht zu Ende. Vielleicht würde er bald Freunde und Verwandte treffen. Seine Frau Ella und den Freund John und den Enkel Jens. Alle, die sich vor ihm auf den Weg begeben hatten.

Das Wasser war über die Planken am Boden gestiegen. Gerlof

verließ die Ruderbank und setzte sich in die Plicht. Seine Sonntagshosen wurden nass, aber das ging nun nicht anders. Vorsichtig legte er sich auf den Rücken und atmete aus. Es wird, wie es kommt, wie man auf Öland sagte.

Als Gerlof das kalte Wasser an den Hosenbeinen verspürte, tauchte eine andere Erinnerung an dieses schreckliche Begräbnis damals auf.

Die gekühlten Bierflaschen.

Er erinnerte sich an das Bier, das der Totengräber Bengtsson ihm angeboten hatte. Das musste eines der ersten gewesen sein, die Gerlof je getrunken hatte. Die Flaschen waren beschlagen gewesen, und das Bier in ihnen war mindestens ebenso kalt gewesen wie das Wasser, das jetzt in das Boot sickerte.

Aber wie hatte das Bier so kühl sein können, wenn doch der Sommertag so warm und sonnig gewesen war? Das war vor der Zeit der Kühlschränke gewesen. Vom Winter aufgesparte Eisblöcke hatte es in den Erdkellern auf Öland gegeben, aber keine Kühlschränke oder Gefrierboxen. Wenn man im Sommer etwas kalt haben wollte, dann musste man es zusammen mit altem Eis eingraben.

Hatte der Totengräber einen eigenen kleinen Keller für die Flaschen gehabt? Eine Holzkiste, die er eingegraben hatte, oder einen leeren Teereimer? Vielleicht ein altes Dränagerohr in der Friedhofserde, dessen Öffnung unter einem Grasbüschel verborgen war?

Bengtsson hatte ein wenig hinter den anderen gestanden, als sie die Klopfgeräusche gehört hatten, daran erinnerte sich Gerlof. Somit hatte der Totengräber also, während alle auf den Sarg gestarrt hatten, mit seinem Spaten oder seinem Stiefel auf das Oberteil des Rohres schlagen können. Drei schnelle Stampfbewegungen mit dem Spaten oder dem Stiefelabsatz.

Das könnte wie Klopfen aus einem Sarg geklungen haben. Wie das Geräusch von einem unruhigen Geist.

Gerlof erinnerte sich an den wütenden Blick, den Bengtsson den Gebrüdern Kloss auf dem Friedhof zugeworfen hatte.

Hatte er die beiden Großbauern womöglich nicht leiden können? Hatte er ihnen an jenem Tag einen Streich spielen wollen und so getan, als würde ihr Bruder spuken? Das war dann aber ein gemeiner Streich gewesen, der völlig aus dem Ruder gelaufen war.

War es so gewesen? Gerlof hatte niemanden, mit dem er das besprechen konnte, denn alle anderen, die an jenem Tag dabei gewesen waren, waren tot.

Aber das Loch im Boden gab es vielleicht noch, dachte er, ein paar Meter vom Grab der Familie Kloss entfernt.

Vielleicht – doch Gerlof konnte jetzt nicht hingehen und danach suchen. Es war zu spät. Er lag in einem lecken Ruderboot auf dem Weg hinaus auf den Kalmar-Sund.

Da war nichts zu machen.

Ertrinken war ein angenehmer Tod. Das hatte er immer von alten Seeleuten gehört, auch wenn man niemanden fragen konnte, der es wirklich erlebt hatte. Aber Gerlof glaubte es. Man schloss die Augen und glitt allmählich auf die große Finsternis zu, nicht als Seemann, sondern als Passagier auf der Fähre über den Fluss Styx …

Er schlug die Augen wieder auf. Irgendetwas stimmte nicht. Er spürte in seinem Seemannskörper, dass etwas geschehen war. Langsam setzte er sich mit nassem Rücken auf und sah über die Reling.

Es war der Wind – er hatte ohne Vorwarnung gedreht. Und die Kräuselungen waren zu kleinen Wellen geworden, die die *Schwalbe* sanft, aber entschieden vor sich herschubsten. Gerlofs Boot war wieder auf dem Weg zum Land.

Änderung des Fahrtziels, dachte er. Stenvik statt Styx.

Er atmete aus, ließ sich treiben und sah aus dem Boot in den großen hellen Himmel hinauf. Dort oben kreisten die Möwen mit ausgestreckten Flügeln und schwebten auf den Winden. Sie parierten jede Bö und kreischten einander gellend zu.

Man konnte leicht glauben, dass es genau dieselben Möwen gewesen waren, die ihn vor mehr als achtzig Jahren hier willkommen geheißen hatten, als er zum ersten Mal zum Strand hinuntergegangen war.

Gerlof lächelte ihnen zu.

Die Vögel waren Überlebenskünstler, genau wie er.

NACHWORT

Teile dieses Romans handeln von dem, was wir den Großen Terror nennen, als Josef Stalin in den Dreißigerjahren einen geheimen Krieg gegen sein eigenes Volk begonnen hatte, der Massenverhaftungen und willkürliche Hinrichtungen und eine enorme Ausbreitung von Arbeitslagern, Gulags genannt, in der gesamten Sowjetunion zur Folge hatte. Der Terror suchte sowohl die Bürger des Landes heim wie auch die Einwanderer, die in dem Glauben, die Sowjetunion wäre das Arbeiterparadies, aus dem Westen kamen. Mindestens einer von ihnen stammte von Öland, wie Kaa Eneberg es in seinem Buch »Tvingade till tystnad« (»Zum Schweigen gezwungen«) über die schwedischen Auswanderer in die Sowjetunion beschreibt. Dieser unbekannte Emigrant war die Inspiration zu Aron Fredh.

Die Raketenkatastrophe auf einem Versuchsgelände östlich des Aralsees im Oktober 1960 und die NKWD-Massaker an polnischen Kriegsgefangenen im April 1940 sind wahre Begebenheiten. Arons Lebensschicksal wurde auch von verschiedenen Fakten und Erzählungen in Büchern inspiriert, wie zum Beispiel Alfred Badlunds Erinnerungen »Som arbetare i Sovjet« (»Als Arbeiter in der Sowjetunion«), Julian Betters »Jag var barn i Gulag« (»Ich war Kind im Gulag«), Robert Conquests »Der große Terror«, Simon Sebag Montefiores »Stalin: am Hof des roten Zaren«, Donald Rayfields »Stalin und seine Henker«, Owen Matthews' »Winterkinder«, Swetlana Alexijewitschs »Secondhand-Zeit«, Harald Welzers »Täter« und Anne Applebaums »Der Gulag«. Die Fakten über die öländischen Emigranten, die nach Nordamerika reisten, habe ich »Amerika tur och retur« (»Amerika hin und zurück«) von Ulf Wickbom und Walter Frylestam und »Amerika, dröm eller mardröm« (»Amerika,

Traum oder Albtraum«) von Anders Johansson entnommen. Und den Geschichten aus meiner eigenen öländischen Familie.

Dank an Ulrica Fransson, Hans Gerlofsson, Cherstin Juhlin, Caroline Karlsson, Ing-Mari und Jim Samuelsson und Ture Sjöberg. Und an Åsa Selling und Katarina Ehnmark Lundquist.

Und schließlich möchte ich einigen Autoren danken, die vor mir über Öland geschrieben haben und interessante Wege durch die Landschaft dort aufgezeigt haben: Tomas Arvidsson, Thekla Engström, Margit Friberg, Carl von Linné (der es leider ein wenig eilig hatte, als er Nordöland bereiste), Thorsten Jansson, Anders Johansson, Barbro Lindgren, Åke Lundqvist, Anders Nilson, Rolf Nilsson, Per Planhammar, Ragnhild Oxhagen, Anna Rydstedt, Niklas Törnlund und Magnus Utvik. Und die zwei lyrischen Größen der Insel: Lennart Sjögren und Erik Johan Stagnelius.

Johan Theorin